John Ajvide Lindqvist

REFUGIUM

Thriller

Aus dem Schwedischen
von Franziska Hüther, Ricarda Essrich,
Hannes Langendörfer und Thorsten Alms

dtv

MIX
Papier | Fördert gute Waldnutzung
FSC® C083411

Deutsche Erstausgabe 2023
dtv Verlagsgesellschaft mbH & Co. KG, München

First published by Ordfront, Sweden
Published by arrangement with Nordin Agency AB, Sweden
Titel der schwedischen Originalausgabe: ›Skriften i vattnet‹

Umschlaggestaltung: zero-media.net, München
Umschlagmotive: FinePic®, München, Thron Ullberg
Satz: Fotosatz Amann, Memmingen
Gesetzt aus der Minion
Druck und Bindung: CPI books GmbH, Leck
Printed in Germany · ISBN 978-3-423-28364-9

Für Mia, meine Mia
Immer noch und auf ewig

Prolog – Mittsommer 2019

Der Tisch auf dem Bootssteg ist festlich gedeckt. Hier mangelt es an nichts, was zu einem echten Mittsommerfest gehört: eingelegter Hering, Dillkartoffeln und Schnaps – aber auch Schinken und Köttbullar, falls den weit gereisten Gästen der Hering zu exotisch ist. Auf dem schneeweißen Tischtuch glänzt das beste Besteck und kleine schwedische Fahnen in Miniflaggenständern wehen sanft in der Meeresbrise. Es ist ein perfekter Tag.

Gastgeber dieser kleinen Extravaganz sind Helander und seine Frau Gabriella. Ihnen gehört die Insel Knektholmen in den Stockholmer Schären, knapp einen Kilometer vor der nächstgrößeren Insel Tärnö. Auf der Anhöhe oberhalb des Bootsstegs thront ihre moderne Luxusvilla, die beide liebevoll ihr »Häuschen« nennen: hundertfünfzig Quadratmeter offener Grundriss mit Panoramafenstern zum Meer. Olof Helanders Handel mit Emissionsrechten und CO_2-Zertifikaten hat auch *diese* Extravaganz ermöglicht.

Die vier Gäste setzen sich unter Ausrufen des Entzückens an den Tisch. Da wären Chen Bao, der in seinem Heimatland China ebenfalls in der Klimabranche sein Geld verdient, und seine Gattin Chen Min. Des Weiteren Cédric Montaigne, ein Europaparlamentarier, der die Klimamaßnahmen der EU-Mitgliedsstaaten koordiniert, und seine Ehefrau Suzanne.

Der Gastgeber klopft an sein Glas und begrüßt die Gäste auf Englisch, garniert mit ein paar chinesischen und französischen Phrasen. Ehe er sein Schnapsglas erhebt, müssen alle das schwedische »Skål!« üben, was mit allgemeinem Gelächter und von

Chen Min mit verlegenem Kichern quittiert wird. Am unteren Tischende versteckt sich Astrid, die vierzehnjährige Tochter des Paares Helander, hinter einer übergroßen Sonnenbrille. Sie verabscheut das alles, und nur die Androhung ihres Vaters, das Wifi-Passwort zu ändern, hat sie dazu gebracht, heute Abend »die Familie zu repräsentieren«. So zumindest nennt es ihr Vater. Sie hasst diese aufgesetzte joviale Stimmung, sie hasst die pflichtschuldigen Fragen der Gäste an die »Tochter des Hauses«, und sie hätte sich beinahe in Grund und Boden geschämt, als die angetrunkenen Erwachsenen beim Versuch, den *typically Swedish dance* »Små grodorna« zu lernen, wie Frösche um die selbst gebastelte Mittsommerstange hopsten, von dem Ekel beim Anblick der Unmengen an Fleisch auf der Festtafel ganz zu schweigen.

Ehe die Gäste ihre Plätze einnahmen, hatte Astrid die Fleischauslage fotografiert und mit der Bildunterschrift »Midsummer is murder« auf Insta geteilt. Sie hat gut viertausend Follower und postet Bilder, kurze Clips und Texte zu *vegan lifestyle* und Tierschutz.

Astrid nimmt ihr Smartphone und checkt die Uhrzeit. Viertel nach eins. Maximal eine Viertelstunde wird sie noch hier rumsitzen und »repräsentieren«, egal, was ihr Vater dazu sagt. Ihr Blick schweift über die nahezu spiegelglatte Bucht. Die wenigen Segelboote dort draußen fahren mit Motor und haben die Segel gerefft.

»*Helan går*, singt hoppfalleralla …«

Olof Helander ist aufgestanden. Astrid kneift gequält die Augen zusammen. Als ihr Vater jetzt auch noch anfängt, den Gästen diesen *typically Swedish song* beizubringen, und sie sich unmusikalisch und mit ihrem jeweiligen Akzent durch »*Helan går* …« hangeln, denkt Astrid: zehn Minuten. Nein, fünf. Noch fünf Minuten.

Um diese fünf Minuten irgendwie zu überleben, startet Astrid die FaceTime-App und ruft Algot an, einen Jungen aus ihrer Klasse, der total auf sie steht. An einem Tag wie heute kann sie alle Bewunderung brauchen, die sie kriegen kann. Während sich die Verbindung aufbaut, schaut Astrid auf das glitzernde Wasser, das ihren getönten Gläsern einen goldenen Schimmer verleiht. Aus der Ferne nähert sich ein Motorengeräusch.

»Was machen die denn da?«

Astrid lässt ihr Smartphone sinken. Auf dem Display hält Algot den Kopf schräg, als könnte er so besser hören, was am anderen Ende vor sich geht. Die Erwachsenen sind immer noch mit ihrer kindischen und nicht bloß Ländergrenzen verletzenden Interpretation von »*Helan går* …« zugange. Astrid schüttelt den Kopf und hält wieder ihr Smartphone hoch.

»Das willst du nicht wissen.«

»Okay. Hast du was Neues gepostet?«

»Mhm. Gerade eben.«

Am anderen Ende raschelt es, als Algot seinen Rechner anmacht. Ein breites Grinsen lässt sein pickliges Gesicht aufleuchten. »*Midsummer is murder*. Nice. Schon achtzig Likes. Hier kriegst du noch einen.«

Algot ist nett, klug und hat immer ein aufmunterndes Wort. Astrid wünschte wirklich, sie könnte seine Gefühle erwidern, aber erstens ist sie vollauf mit ihrem eigenen Befinden beschäftigt, und zweitens hat sie langsam den Verdacht, sie könnte asexuell sein. Sie hat noch nie ernsthaft für jemanden Gefühle entwickelt, mal abgesehen von einem Crush auf Edward aus *Twilight*, mit acht, aber das war damals angesagt.

Auf ihre Frage, was er gerade mache, antwortet Algot: »nix Besonderes«. In dem Moment gleitet ein offenes Motorboot in Astrids Gesichtsfeld und nähert sich dem Anlegesteg. Erwarten sie etwa noch mehr idiotische Gäste? Der Außenborder schaltet erst auf Rückwärts und dann in den Leerlauf, bevor das Boot fünf Meter vor dem Steg zum Stehen kommt. Astrid sieht auf.

Was zum …?

Zwei Männer sitzen im Boot. Beide mit Sturmhauben vermummt. Jetzt bücken sie sich und jeder der beiden hebt ein …

»Scheiße, scheiße!«, schreit Astrid und wirft sich im selben Augenblick unter den Tisch, als die Männer mit ihren automatischen Waffen das Feuer eröffnen. Astrid presst ihre Wange gegen das warme Holz und hört, wie über ihrem Kopf Gläser und Porzellan splittern dazu und das schmatzende Geräusch, mit dem in Sekundenbruchteilen abgefeuerte Kugeln in Körper einschlagen. Durch das Bellen der Waffen hört sie Algot brüllen: »Was ist los? Was ist los?«

Dort, wo Kugeln die Tischplatte durchlöchern, erhellt gleißendes Licht das Dunkel unter der Festtafel, und punktförmige Sonnenstrahlen schießen über Astrids Kopf. Dann spürt sie einen Ruck in der rechten Hand. Ein Glassplitter ritzt Astrids Wange. Ihr Smartphone ist zerstört, schlittert über den Steg und fällt mit einem Plumps ins Wasser.

Jetzt sterbe ich, jetzt sterbe ich …

Astrid steigt ein scharfer Geruch von Heringslake und Schnaps in die Nase, während rings um sie Körper von den Stühlen sinken und fallen, ohne dass das Dauerfeuer verstummt. Mit dem letzten Quäntchen Verstand wird Astrid klar, dass ihr jeden Moment eine Kugel den Schädel zertrümmern kann. Also rollt sie zur Stegkante und lässt sich ins Wasser fallen.

Sie taucht unter und sinkt in kalte Dunkelheit. Tang und Seegras wiegen sich vor ihren weit aufgerissenen Augen. Ihr Bewusstsein gleitet davon, alle klaren Gedanken verschwinden. Hier unten ist es still und schön. Hier bleibt sie. Sie klemmt den rechten Fuß zwischen zwei Stegpfähle, damit sie nicht nach oben steigt.

Ruhig und still. Jetzt ist es gut. Nur ganz schön dunkel. Astrid schüttelt den Kopf, wie dumm von ihr. Nicht zu fassen, sie hat immer noch ihre Sonnenbrille auf. Und die ist noch nicht mal kaputt. Nice.

I

Julia und Kim

1

Julia Malmros und Kim Ribbing begegneten sich zum ersten Mal bei ihrer Recherche für den *Millennium*-Roman. Seit David Lagercrantz erklärt hatte, dass es keine weiteren Fortsetzungen aus seiner Feder geben werde, hing die enorm lukrative Romanreihe in der Luft. Es galt, jemand Neuen zu finden, um die Geschichte von Mikael Blomkvist und Lisbeth Salander würdig weiterzuspinnen.

Die Wahl fiel auf Julia Malmros. Ihre vier Bücher um Kriminalkommissarin Åsa Fors waren in Schweden wie auch im Ausland, mit Übersetzungen in fast vierzig Sprachen, ein enormer Erfolg. Dass sie bei den Lesern so beliebt war, mochte eine ganze Reihe Gründe haben, allen voran ihr Realismus. Julia hatte mehr als zwanzig Jahre bei der Polizei Karriere gemacht, erst als Ermittlerin im Dezernat für Wirtschaftskriminalität, dann als Kriminalkommissarin im Dezernat für Gewaltverbrechen, bevor sie die Handschellen an den Nagel hängte und zu schreiben anfing.

Na ja, ganz so einfach war es nicht gewesen. Es gab eine Übergangsphase. Julia hatte bei der Polizei gearbeitet, bis ihr zweiter Åsa-Fors-Roman erschien. Mit ihm kam der große Durchbruch, und der Verkauf brachte ihr so viel Geld ein, dass sie sich traute, zu kündigen und ganz vom Schreiben zu leben.

Und nun hatte man ihr also *Millennium* angeboten. Sie fühlte sich geschmeichelt, sie war unschlüssig, und sie hatte ein bisschen Schiss. Julia war sich der enormen Erwartungen weltweit bewusst und auch der Tatsache, dass sich ihr Leben ändern würde (ganz zu schweigen von ihren Finanzen), wenn sie zusagte. Sie hatte in der Presse gelesen, was für Dagobert-Duck-mäßige Summen David Lagercrantz kassiert hatte.

Nur, was sollte sie mit so viel Geld? Von ihren eigenen Romanen hatte sie sich bereits eine große Eckwohnung am Järntorget in Gamla Stan, der Stockholmer Altstadt, leisten können, dazu einen Toyota Prius, den sie nur selten fuhr. Sie hatte ihr Sommerhäuschen auf Tärnö renoviert und einen neuen Badesteg angelegt. Was brauchte es mehr? Klar, sie könnte sich einen Pool zulegen, aber lohnte es sich wirklich, für den Luxus einer morgendlichen Schwimmrunde ihren guten Ruf zu riskieren?

Am Ende gab die Eitelkeit den Ausschlag. Sie würde den nächsten *Millennium*-Roman schreiben, nur um zu beweisen, dass sie es konnte. Sie würde es diesen Bastarden schon zeigen! Julia hatte keinen Schimmer, wer *diese Bastarde* waren, doch irgendwo lauerten sie garantiert. Sie war bei Lesern und Kritikern gleichermaßen beliebt, aber bestimmt gab es auch Zweifler. Julia Malmros? *Millennium*? Pah!

Allerdings gab es etwas, das ihr Sorgen machte: Lisbeth Salander. Julia hatte sämtliche *Millennium*-Bände gelesen und wusste, dass Hacking und Internet-Spionage einen wesentlichen Teil der Handlung ausmachten. Lisbeths Persönlichkeit zu gestalten, traute sie sich durchaus zu, aber Programmieren und Hacking? Julias Computerkenntnisse hatten für die Ermittlung von Wirtschaftsverbrechen ausgereicht, doch dieses Wissen war für den Roman nur begrenzt brauchbar und außerdem völlig veraltet. Sie würde Hilfe benötigen.

Julia bat den Verlag, jemanden mit der nötigen Expertise aufzutreiben. Bisher hatte sie immer sorgfältig recherchiert, und es wäre geradezu idiotisch, ausgerechnet einen so sehnsüchtig erwarteten Roman wie *Millennium* zu verpatzen. Während sie auf Rückmeldung vonseiten des Verlags wartete, machte sie erste Skizzen für ein Handlungsgerüst.

Ihre Åsa-Fors-Romane waren fest im schwedischen Polizeialltag verwurzelt. Für das *Millennium*-Projekt schwebte ihr eine ausschweifendere Handlung vor. Internationale Intrigen, vielleicht mit Abstechern an Orte, die sie von ihren eigenen Reisen her kannte.

Ihr erster Gedanke war Mexiko. Drogenkartelle, die die Politik unterwanderten und missliebige Journalisten ermordeten. Das war doch was für Mikael Blomkvist! Dazu die aktuellen Konflikte an der Grenze zwischen Mexiko und den USA. Salander könnte sich in die Datennetze der Kartelle hacken und Drogentransporte sabotieren. Actionszenen. Motorradverfolgungsjagd durch den Dschungel, Showdown auf einem Schmugglerschiff.

Julia arbeitete wie immer, sie notierte ihre Ideen auf Post-its und klebte sie in ihrem Arbeitszimmer an die Wand. Sobald sie ungefähr fünfzig beisammen hatte, arrangierte sie die Zettel zu Gruppen und möglichen Szenenfolgen. Das Erzählgerüst wurde zum Leben erweckt und winkte ihr wie eins dieser Wackelgerippe vom *Día de los muertos* zu. Julia grinste zufrieden. *Millennium motherfucker!*

Eine Woche später meldete sich der Verlag. Es sei nicht leicht gewesen, jemand mit echter Hacker-Erfahrung ausfindig zu machen, schließlich annoncierten Hacker ihre Dienste ja nicht gerade in der Zeitung, im Gegenteil. Aber über drei Ecken habe man doch jemanden aufgestöbert, eine wahre Koryphäe auf dem Gebiet, die Sicherheitssysteme von Unternehmen zu knacken, um so deren Schwachstellen offenzulegen: Kim Ribbing.

»Ribbing?«, sagte Julia erstaunt. »Wie das Adelsgeschlecht? Wie diese … Benimm-und-Etikette-Tante von *Dagens Nyheter*, Magdalena Ribbing?«

»Keine Ahnung«, antwortete ihre Verlagschefin Louise Granhagen, die immer klang, als wäre sie kurz vorm Ersticken.

»Und, äh … Kim?«, hakte Julia nach. »Ist das ein Mann oder eine Frau? Junge oder Mädchen?«

»Ich habe nicht selbst mit der betreffenden Person gesprochen«, keuchte Louise Granhagen, »aber als Treffpunkt wurde das Espresso House in der Västerlånggatan vorgeschlagen. Morgen um zwölf. Passt das für dich?«

»Ja, das geht. Aber wie soll ich ihn oder sie erkennen?«

»Die betreffende Person hat geschrieben, dass sie dich erkennt.«

»Ach was.«

Nachdem sie aufgelegt hatten, setzte Julia sich gleich an den Computer, um Fragen zu notieren, die sie der »betreffenden Person« stellen wollte. Aber ihr fiel einfach nichts ein. Sie wusste noch nicht einmal, wo sie anfangen sollte. Sie würde Kim Ribbing einfach bitten, ihr die Grundzüge von Hacking zu erläutern, und hoffte, dass sich bei Unklarheiten Anschlussfragen ergeben würden.

2

Am nächsten Tag betrat Julia Malmros mit Notizblock und Stift bewaffnet zehn Minuten vor der Zeit das Café in der Västerlånggatan. Sie bestellte einen Cappuccino mit extra Espresso-Shot und setzte sich an einen Tisch am Fenster. Es war Ende Januar 2019, und die Passanten auf der Straße stapften mit verbissenen Gesichtern durch den Schneematsch. Fast alle trugen eng anliegende Daunenjacken, die aktuelle Alltagsuniform der Mittelschicht.

Julia hatte keine Ahnung, wie das möglich war, doch als sie den Blick vom Fenster löste, saß ihr eine Person gegenüber. Eine Person, deren Anblick sie überraschte.

»Kim?«, fragte sie und erhielt ein Nicken als Antwort.

Kim Ribbing war eine bemerkenswerte Erscheinung. Er – denn Kim war definitiv ein Er – hatte pechschwarze, glatte Haare, die ihm bis zur Taille reichten und sein porzellanweißes feingeschnittenes Gesicht umrahmten. Seine Lippen waren schmal, die Nase zierlich und ein wenig schief, aber das Aufsehenerregendste waren seine Augen. Sie waren so groß und hellblau, dass sie fast durchsichtig wirkten. Im Kontrast zu Kims schwarzem Haar schienen sie von innen heraus mit einem ultravioletten Schimmer zu leuchten.

Julias Blick glitt von Kims Gesicht zu seinem Oberkörper. Was sie sah, verwirrte sie noch mehr. Kim erinnerte vage an einen Hardrocker oder sogar Death-Metalhead, doch anstelle von Lederjacke und *Entombed*-T-Shirt trug er einen dicken, wie aus der Zeit gefallenen Mantel mit breitem Revers und darunter einen schwarzen Rollkragenpulli mit … einem *Schildkröte Skalman*-Aufdruck. Ja, die Schildkröte Skalman aus den *Bamse Bär*-Comics für Kinder.

Julia war so perplex, dass es ihr einfach rausrutschte: »Skalman?!«

»Mhm«, sagte Kim. »Mein Idol. Wer ist deins?«

Julia hatte kein echtes Idol oder Vorbild, aber um die Frage zu beantworten, sagte sie: »Vielleicht … Malala?«

Kim nickte. »Malala ist gut. Aber nicht so gut wie Skalman.«

Julia wusste nicht recht, ob Kim sie auf den Arm nahm oder ihre Grenzen testete. Sie schätzte ihn auf irgendwo zwischen fünfundzwanzig und dreißig, also gut zwanzig Jahre jünger als sie. Möglicherweise war er mit dem Humor einer anderen Generation gesegnet, oder er war einfach nur sehr speziell.

Um ein Haar hätte sie Kim gefragt, ob auch das kleine Kaninchen *Lille Skutt* zu seinen Idolen zählte, beschloss aber, lieber gleich zur Sache zu kommen. »Du bist also ein … Hacker, hab ich das richtig verstanden?«

»Also genau genommen ein Cracker, aber wenn du Hacker sagen willst, auch gut.«

Julia klappte ihren Block auf. »Wo liegt da der Unterschied?«

»Ein Hacker ist zunächst mal jeder, der sich extrem für Computer und Programmieren interessiert. Ein Cracker ist grob gesagt jemand, der übers Internet fremde Sicherheitssysteme knackt. Man unterscheidet zwischen *white hats* und *black hats* …«

Kim erklärte und erklärte, und Julia schrieb mit. Wie erhofft, ergaben sich jede Menge Anschlussfragen, und Kim durfte im Detail beschreiben, was ein Trojaner macht oder was man unter einem Makro-Code versteht. Er ging geduldig mit ihrer Unwissenheit um, und Julia ertappte sich dabei, wie sie fasziniert dem grazilen Flug seiner schlanken Hände folgte, wenn er etwas erklärte. Er bewegte sich mit der Präzision und Leichtigkeit eines Tänzers.

Eine Stunde später schwirrte Julia der Kopf vor lauter neuen Begriffen und komplizierten Zusammenhängen. Trotzdem hatte sie wahrscheinlich schon genug Informationen, um ein größeres Wissen vorzutäuschen, als sie wirklich besaß. Hauptsache, sie demonstrierte gleich zu Beginn eine gewisse terminologische Sattelfestigkeit und verleitete so die Leser dazu, auch den Rest zu schlucken. Julia legte den Stift zur Seite und rieb sich die Augen.

»Wofür brauchst du das alles?«, fragte Kim verwundert.

»Hat dir der Verlag das nicht gesagt?«

»Nö. Nur, dass es um dich geht. Und dass du Unterstützung brauchst.«

Julia sah sich unauffällig um, ehe sie sich vorbeugte und die Stimme senkte: »Das ist natürlich supergeheim, aber … ich soll den neuen *Millennium*-Roman schreiben.«

Falls sie gehofft hatte, Kim zu beeindrucken, wurde sie enttäuscht.

»Was stimmt denn nicht mit deinen eigenen?«, fragte er schlicht.

»Hast du sie gelesen?«

»Den ersten. Fand ihn nicht besonders.«

»Der zweite ist besser.«

»Wenn du's sagst.«

Julia fühlte sich ein wenig verletzt durch Kims Gleichgültigkeit gegenüber ihrem großen Projekt und seine Kritik an ihrem Debütroman. Okay, sie selbst fand ihn auch nicht überragend, aber das war noch lang kein Grund, damit so rauszuplatzen. »Na, dann weißt du ja, was mit meinen Büchern nicht stimmt«, knurrte sie.

Kim zuckte mit den Schultern. »Ach, besser als die meisten.«

»Du hast doch gesagt, du mochtest den Band nicht.«

»Die meisten Krimis sind einfach schlecht.«

In ihrer Polizeilaufbahn hatte Julia Hunderte von Verhören geleitet. Manche Menschen waren so leicht zu knacken wie ein

Frühstücksei, andere musste man härter anpacken, und dann gab es welche, die man gar nicht richtig in die Mangel nehmen konnte, weil man sie überhaupt nicht zu fassen bekam. Kim gehörte anscheinend zur letzten Sorte. Julia wurde einfach nicht schlau aus ihm. Trotz seiner augenscheinlichen Zerbrechlichkeit war er erstaunlich unnahbar.

»Jedenfalls danke für deine Hilfe«, sagte Julia, »das war sehr aufschlussreich. Falls noch Fragen auftauchen, könnte ich …«

Kim holte sein Smartphone raus, fragte Julia nach ihrer Nummer und rief sie an. Julia speicherte seine Nummer unter dem Namen Kim Cracker. »Und äh … wie regeln wir das mit deinem Honorar?«, fragte sie dann.

Kim machte eine seiner fließenden Handbewegungen. »Nicht nötig.«

»Aber irgendwas musst du dafür doch bekommen?«

Unerklärlicherweise verdüsterte sich Kims Miene, als er Julia antwortete. »Ich hab schon alles.«

»Ach was.«

Sie standen auf und wandten sich zum Gehen. Kims breiter, mit schwarzem Schaffell besetzter Mantelaufschlag erinnerte Julia an eine historische Fotografie, auf der der Maler Anders Zorn einen fast identischen Mantel trug. In welcher Stilrichtung malte der noch gleich – Naturalismus, Impressionismus? Jedenfalls war die Aufnahme sicher hundert Jahre alt. Auch in Kims blassblauen Augen lag etwas Uraltes, als säße ein viel älterer Mensch in seinem Schädel und blickte hinaus.

Draußen auf dem schneematschbedeckten Gehweg zog Kim eine Schachtel Camel Blue aus der Tasche, öffnete sie und hielt sie Julia hin. Nach über zwanzig Jahren als Vollblutraucherin hatte sie es vor fünf Jahren mehr oder weniger geschafft, aufzuhören. Hier und da vielleicht mal eine Zigarette in geselliger Runde, auf der Buchmesse etwa, aber ansonsten war Schluss. Na ja, mit etwas gutem Willen ging das hier noch als gesellige Runde durch.

Julia fischte eine Zigarette aus der Schachtel. Kim gab ihr mit einem Zippo Feuer und steckte sich auch eine Kippe an. Eine Weile rauchten sie schweigend, dann fragte Kim: »Wohnst du hier in der Nähe?«

Julia zeigte die Västerlånggatan entlang. »Ja. Am Järntorget.«

Kim nickte und fragte im selben Ton, als redete er über das Wetter: »Willst du Sex haben?«

Julia machte aus Versehen einen Lungenzug und hustete. Um Zeit zu schinden, hustete sie länger, als nötig. »Der Altersunterschied ist dir schon klar, oder?«, erwiderte sie schließlich.

Kim wirkte ehrlich überrascht. »Und?«

»Na ja, nur dass du's weißt.«

»Was gibt's da groß zu wissen? Dass ich nicht … Vater werde?«

Julia räusperte sich ein letztes Mal und sagte: »Wir müssen das ja vielleicht auch nicht jetzt entscheiden. Vielleicht trinken wir erst mal ein Glas Wein und dann … schauen wir, wie's sich anfühlt.«

Kims Miene verriet deutlich, wie sinnlos ihm dieses gesellschaftskonforme Verhalten vorkam. Julia nahm einen so tiefen Zug, dass ihr schwummrig wurde. Es war über ein Jahr her, dass sie mit jemand geschlafen hatte, ein betrunkener Flirt auf der Buchmesse. Bei der bloßen Erwähnung von Sex überlief es sie heiß. Sie sah verstohlen zu Kim, der ganz ungerührt das Schaufenster eines Souvenirshops studierte. Elche mit Wikingerhelmen.

Julia hielt sich recht gut in Form, sie achtete auf ihre Ernährung und ging ein paarmal die Woche ins Fitnessstudio. Wenn die Waage über 60 Kilo kletterte, folgten ein, zwei Wochen Pulverdiät, bis sie wieder ihr Idealgewicht von 57 hatte. Sie fühlte sich wohl in ihrem Körper und war sich bewusst, dass sie für ihr Alter ziemlich gut aussah. »Krimi-Schriftstellerin-schön« hatte ihr Buchmesseflirt gesagt. »Hübscher, als die Polizei erlaubt«, so der seltene Versuch ihres Ex-Manns Jonny, einen Scherz zu machen.

Julia ließ sich sonst durch nichts erschüttern, sie konnte mit steinerner Miene dastehen, während ein Gangster auf Amphetamintrip vor ihr mit den Fäusten herumfuchtelte, und die übelsten Drohungen an sich abprallen lassen. Aber Kims Vorschlag machte ihr weiche Knie. Vielleicht lag es gar nicht so sehr am Altersunterschied, sondern dass just *er* es war, er, den sie nicht enträtseln konnte. Jedenfalls war der Vorschlag verlockend.

3

Nachdem sie zu Ende geraucht hatten, gingen sie schweigend die Västerlånggatan entlang. Julia hatte noch nie erlebt, dass jemand so direkt und ungekünstelt Sex ansprach, und schon gar nicht mitten am Tag, was ihr kurz die Sprache verschlug. Aber reden mussten sie, sonst würde es sich eben doch merkwürdig anfühlen, eine Art schweigend vollzogener Handel. Julia gab sich einen Ruck: »Wie kommt es, dass du dich so gut mit Computern auskennst?«

»Hab viel damit gearbeitet. Bis ich alles konnte, was es so gibt.«

»Oh. Okay … Und dann?«

»Hab ich aufgehört.«

»Und was machst du jetzt?«

»Nichts.«

»Aber … wovon lebst du?«

»Ich sagte doch. Ich hab schon alles.«

Sie kamen zu Julias Hauseingang. Julia gab den Code ein und drückte die schwere Tür auf. Die Marmortreppenstufen zu ihrer Wohnung waren von den Hausbewohnern der vergangenen Jahrhunderte abgenutzt. Julia mochte die Eigenheiten und den historischen Flair dieses Gebäudes. Sie fühlte sich hier mehr zu Hause als in der Wohnung in Bagarmossen, in der sie zwanzig Jahre mit Jonny gelebt hatte.

Julias Wohnung, vier Zimmer mit insgesamt neunzig Quadratmetern, hatte für ganze elfeinhalb Millionen Kronen den Besitzer gewechselt. Allein schon der Blick auf den Järntorget vom Wohnzimmereckfenster war eine halbe Million wert. Kim hängte seinen Mantel an einen zierlichen Gusseisenhaken, den Julia in Italien gekauft hatte. Sie brachte von ihren Reisen immer etwas für die Wohnung mit, eine Gegenstand gewordene Erinnerung

Julia sah verstohlen durch die halb offene Schlafzimmertür auf das ordentlich gemachte Bett. Wieder durchfuhr sie ein heißer Schauer. Ihr Hals schnürte sich zu, und ihr wurde klar, dass sie – wie banal! – schlicht *nervös* war. Ein Glas Wein wäre keine schlechte Idee. Kim sagte nichts zu der ordentlichen, schlicht, aber geschmackvoll eingerichteten Wohnung mit Möbeln von *Länna* und *Mio* sowie ein paar Prunkstücken von *Svenskt Tenn*. Lediglich in Julias Arbeitszimmer gab es Spuren von Chaos.

Sie gingen in die Küche, wo Julia eine Flasche Barolo entkorkte. Kim setzte sich an den kleinen Esstisch am Fenster, griff nach dem Fernglas, das auf dem Fensterbrett stand, und hielt es Julia mit fragendem Blick entgegen.

»Ähm, das ist ein bisschen peinlich«, sagte sie, und schenkte zwei bauchige Gläser ein. »Ich weiß nicht, ob ich …«

»Dann lass es.«

Julia stellte die Weingläser auf den Tisch und setzte sich Kim genau gegenüber. Seine Direktheit hatte etwas Entwaffnendes, und sie beschloss, doch damit rauszurücken. Julia zeigte auf ein Restaurant unten am Järntorget.

»Da ist *Den Gyldene Freden*, siehst du? Jeden Donnerstag trifft sich die Schwedische Akademie, und hinterher kehren sie hier ein. Wenn die Mitglieder abends rauskommen, sind sie manchmal ein bisschen wacklig auf den Beinen. Und ich warte dann hier und schaue, ob … ja, ob Horace Engdahl sich auf den Hosenboden setzt oder so. Ist bis jetzt aber nie passiert.«

»Verstehe.«

Julia trank einen ordentlichen Schluck, um das peinliche Gefühl in ihrer Brust runterzuspülen, und fragte: »Klingt bescheuert, oder?«

»Klingt einsam.«

Julia hatte keinen großen Bekanntenkreis, nur ein paar Freundinnen, mit denen sie sich ab und zu traf. Also ja, ihr Leben war nicht sonderlich gesellig, aber das hatte sie doch selbst gewählt? Ihr war aber auch klar, was für ein Bild sie hier abgab. Eine Frau, die am Küchenfenster hockte und heimlich beschwipste Akademiemitglieder beobachtete.

»Und du?«, fragte sie. »Bist du einsam?«

»Ja«, sagte Kim mit der ihm eigenen Selbstverständlichkeit. »Ich bin extrem einsam.«

Als er aufstand, trank Julia rasch noch einen ordentlichen Schluck Wein. Kim beugte sich über sie, nahm ihr Gesicht zwischen seine Hände und küsste sie. Etwas Magisches geschah mit seinen Lippen, als sie Julias berührten. Eben noch schmal und verkniffen, lösten sie sich jetzt und wurden feucht und weich. Sie erwiderte den Kuss und legte ihre Hand auf seinen Schritt, wo sie spürte, wie etwas zur genau richtigen Größe anschwoll.

»Okay«, flüsterte sie. »Okay, okay.«

Auf dem Weg ins Schlafzimmer versuchte Julia, sich dem leichten Rausch hinzugeben, den die rasch getrunkenen Schlucke Wein bewirkten. Als sie neben dem Bett standen, zog Kim ihre Bluse hoch.

»Sorry«, sagte sie. »Lass mich kurz …«

Sie kam sich unbeholfen vor und wollte das hier so rasch wie möglich hinter sich bringen, also drehte sie sich um und zog sich schnell selbst aus. Hinter sich hörte sie das Rascheln, mit dem Kims Kleidung zu Boden fiel. In einem Anflug kindischer Schamhaftigkeit verschränkte Julia die Arme vor den Brüsten und drehte sich um. Sein Anblick verschlug ihr den Atem. In all den Jahren bei der Polizei hatte sie schon eine Menge gesehen, aber das hier war neu. Kims ganzer Körper war von einem Geflecht aus Hunderten und Aberhunderten großer und kleiner Narben überzogen. Außer Gesicht, Geschlecht und Händen war kein einziger Zentimeter unversehrt. Sogar über den Hals, bis halb unters

Kinn, zogen sich ein paar Narben. Vielleicht trug Kim deshalb einen Rollkragenpulli. Sein Körper sah aus, als hätte ihn jemand jahrelang, Tag für Tag, als Schneidbrett benutzt.

»Um Gottes willen«, entfuhr es Julia. »Wie …?«

»Am Anfang hat jemand anders mir das angetan«, sagte Kim. »Dann hab ich selbst weitergemacht.«

»W… wer?«

»Ich will lieber nicht drüber reden, wenn es okay ist.«

»Natürlich, ich hab mich nur …«

»Ich hab damit aufgehört, falls du dich das gefragt hast. Das ist Jahre her.«

Julia nickte. Kim ging zu ihr und umarmte sie. Sie schlang ihre Arme um seinen Rücken und strich sanft über seine rifflige Haut. Wie hatte er es nur geschafft, sich derart den Rücken zu zerschneiden? Sie spürte sein pochendes Glied an ihrem Bauch und nahm es in die Hand. Ohne loszulassen, bewegte sie sich rückwärts zum Bett, ließ sich auf den Rücken fallen und öffnete sich ihm.

4

Es war nicht der beste Sex ihres Lebens. Aber definitiv mit der interessanteste. Obwohl sie und Kim Ribbing sich so gut wie fremd waren, achtete er feinfühlig auf ihre Signale, sie fanden einen gemeinsamen Rhythmus, und Julia Malmros konnte mit ihm spielen. Es war eigenartig, wenn sie mit den Händen über seine Haut strich. Sie fühlte sich nicht menschlich an. Julia dachte bei der Berührung an die trockene Haut eines Reptils, und genau das erregte sie, obwohl sie wahrlich nie davon geträumt hatte, mit einem Waran zu schlafen. Nein, es war eher das Erlebnis der Fremdheit, das ihre Lust entfachte, die Vorstellung, mit etwas ganz anderem und Fremdem Sex zu haben. Die Erfahrung hatte etwas … Transzendentes.

Julia war auch überrascht, wie fest Kim sich anfühlte. Sie hätte erwartet, dass sein schlanker Körper weich wäre, aber unter Kims narbiger Haut bewegten sich seine Muskeln wie Bündel fest verdrillter Schnüre, die sich unter der Berührung ihrer Hände spannten.

Als es vorbei war, zog Kim sich, ohne ein Wort zu sagen, aus ihr heraus und ging ins Bad. Julia blieb allein liegen und wischte sich mit einem Zipfel des Bettlakens ab, das sie sowieso wechseln wollte. Als sie die Spülung hörte und seine nackten Füße im Flur, wurde sie plötzlich verlegen und kroch tiefer unter die Decke. Kim kam ins Schlafzimmer, und aufs Neue faszinierte sie sein Körper, dieser gesammelte Schmerz, der sich wie eine Landkarte über seine Haut zog.

Julia rutschte ein bisschen zur Seite, um Kim Platz zu machen, aber Kim fing an, seine Sachen anzuziehen. »War das alles?«, fragte Julia, als er fertig war.

»Wie meinst du das?«

»Genau so, wie ich's sage. War das alles?«

»Ich versteh nicht. Ich hab gefragt, ob du Sex haben willst. Du hast gesagt, vielleicht. Dann wolltest du. Und dann hatten wir welchen.«

Julia konnte nicht verbergen, dass sie verletzt war, und sagte nur: »Okay.«

Kim wollte schon gehen, überlegte es sich dann aber anders und setzte sich auf die Bettkante. Er dachte einen Augenblick nach. »Liegt es daran, dass du eine … Beziehung haben willst?«

»Das hab ich nicht gesagt, aber man haut doch nicht einfach so ab. Machst du das immer so?«

»Ich habe das hier noch nicht so oft gemacht, ich habe keinen … Modus Operandi.«

Kim ließ den Kopf sinken, sodass seine langen schwarzen Haare über das Gesicht fielen. Einen Augenblick dachte Julia, sie hätte eine Figur aus einem Horrorfilm auf der Bettkante sitzen, aber sie ließ sich davon nicht abschrecken.

»*Warum* wolltest du mit mir schlafen?«

»Hatte Lust.«

»Nicht weil du mich irgendwie … magst oder so?«

Kim zuckte mit den Achseln. »Wohl schon.«

Was hatte Kim gesagt? Dass er *extrem einsam* war. Da sein Gespür für ein normales Sozialverhalten nicht sonderlich ausgeprägt schien, war das nicht weiter verwunderlich. Oder vielleicht war es ihm einfach egal. Beides war für das Knüpfen und die Pflege zwischenmenschlicher Beziehungen allerdings nicht gerade förderlich.

»Na, geh schon«, sagte Julia und drehte ihm den Rücken zu. Er stand auf. Und setzte sich wieder.

»Schau«, sagte er. »Mal angenommen, wir würden hier *post*

coitum noch liegen und uns unterhalten, was du, glaube ich, meinst. Dann würdest du mich Sachen fragen, über die ich absolut nicht reden will. Und dann wäre die Stimmung im Keller.«

»Ich finde, die Stimmung ist auch jetzt nicht gerade auf dem Höhepunkt«, murrte Julia.

Kim seufzte. »Und was hättest du gern von mir?«

»Du könntest mir einen Kuss auf die Wange geben und wenigstens Tschüss sagen.«

Das Bett quietschte, als Kim aufstand und es umrundete. Er hockte sich vor Julia hin und berührte sanft ihre Wange mit seinen Lippen. Als sie den Kopf hob, sah sie Tränen in seinen Augen glitzern.

»Was ist?«, fragte sie.

»Es … manchmal wünschte ich, ich wäre … nicht so verdammt … kaputt. Aber das bin ich.«

Julia streckte die Hand aus, um sein Gesicht zu berühren, doch Kim zog den Kopf weg und rieb sich die Augen trocken. Als er zur Schlafzimmertür ging, sagte Julia: »Eine Sache noch. Wie alt bist du?«

»Achtundzwanzig. Wieso?«

»Nichts. Wollte es nur wissen.«

»Okay. Viel Glück mit dem Buch.«

»Danke.«

5

Der Gutshof Roshult liegt idyllisch am Ufer des Vättern. Vom Herrenhaus erstreckt sich ein weitläufiger Rasen bis hinunter an den spiegelblanken See. Es ist ein schöner Sommermorgen des Jahres 2000.

Zwischen den Säulen des Patio kommt ein Junge zum Vorschein. Der Junge ist sieben Jahre alt. Sein Haar ist lockig und blond, sein Gesicht zart und mädchenhaft. Ein kleiner Engel. Seine Augen leuchten so blau wie der Himmel, und doch liegt eine Schwere über ihm, als er mit festen Schritten zum See hinuntergeht.

Unten am Ufer liest der Junge Steine auf und füllt sie in die Taschen seines moosgrünen Frotteebademantels.

Als sie so voll sind, dass kein einziges Steinchen mehr hineinpasst, steigt der Junge in den See.

Er erschaudert, als das kalte Wasser seine Haut berührt. Dennoch geht er einen großen Schritt weiter. Und noch einen. Als er fünf Meter vom Ufer entfernt ist, schwimmen die Schöße des Mantels obenauf, doch das Gewicht der Steine zieht den Rest unter Wasser. Der Junge geht weiter. Noch mal fünf Meter, und das Wasser umspielt sein Kinn. Er geht weiter.

6

Julia Malmros blieb auf der Seite liegen, bis sie hörte, wie die Wohnungstür sich öffnete und wieder schloss. Das Bett roch nach Körperflüssigkeiten und Schweiß. Sie stand auf, schlüpfte in einen Morgenrock, zog rasch alle Laken und Bezüge ab und stopfte sie in den Wäschekorb. Dann hielt sie inne und betrachtete sich im Badezimmerspiegel. So sah also eine Frau aus, die gerade Sex gehabt hatte. Traurig.

Ihre charmanten Grübchen glichen eher Falten, und auch unter den Augen hatten sich Fältchen eingegraben. Ihre klare Kinnlinie war noch vorhanden, aber weniger konturiert als früher. Sie hatte durchaus noch ein hübsches Gesicht: große braune Augen, eine kleine, ein wenig zu flache Nase, und einen Mund, den Jonny manchmal »französisch« genannt hatte. Sie sah streng und sinnlich zugleich aus, nur verloren ihre körperlichen Vorzüge mit den Jahren nach und nach an Kontur.

Julias größter Stolz waren ihre Haare. Sie hatte sie hochgesteckt getragen, und als sie jetzt die Spange löste, fielen sie ihr bis über die Taille. Mit vierzig hatte sie die ersten grauen Haare bekommen. Danach war es schnell gegangen, und jetzt, mit einundfünfzig, war ihr Haar aschgrau. Sie sah aus wie *Die kleine Prinzessin Tuvstarr* – nach der Pensionierung.

Doch der Prinz zog von dannen.

Julia ging in die Küche, setzte sich an den Tisch, leerte erst ihr Glas und griff sich dann Kims, der nur daran genippt hatte. Obwohl es erst kurz nach zwei war, senkte sich draußen über dem Järntorget und in Julias Brust bereits die Dämmerung herab. Sie trank einen großen Schluck und stellte fest, dass es ihr richtig mies ging.

Was hatte sie sich eigentlich von der Begegnung mit Kim erhofft? Na ja, im Grunde nicht mehr als einen Nachmittag voller Zärtlichkeiten, Gespräche und einen wehmütigen Abschied. Sie hatte nicht vorgehabt, eine Beziehung mit einem Achtundzwanzigjährigen anzufangen, der nach seinen eigenen Worten kaputt und dessen Idol eine Comic-Schildkröte war.

Warum fühlte es sich dann so schlimm an?

Dieser Kim Ribbing hatte einfach etwas Besonderes an sich, eine … Geradlinigkeit. Die meisten Menschen waren ständig darauf fokussiert, welchen Eindruck sie machten, wie ihre nächste clevere Antwort ausfallen sollte. Kim war präsent, aufmerksam, und das hatte sich umso mehr gezeigt, als sie sich geliebt hatten. In den Jahren direkt nach der Scheidung von Jonny hatte Julia eine Anzahl von Partnern gehabt, nur leider waren die meisten von ihnen so leistungsfixiert gewesen, dass sie nicht wirklich lieferten. Ganz anders Kim. Er war wirklich präsent. Mit seinem geschmeidigen Körper, der reptilartigen Haut.

Über verschüttete Milch soll man nicht weinen.

Julia verzog unwillig den Mund. Wirklich erstaunlich, wie wenig Trost solche Volksweisheiten spendeten, und wer zum Teufel stellt sich schon hin und heult wegen verschütteter Milch? Ein Psychopath, that's who.

Ihr Telefon klingelte. Als sie sah, dass es Jonny war, wollte sie zuerst gar nicht rangehen, aber sie kannte ihren Ex-Mann: Er würde wieder und wieder anrufen, bis sie zermürbt nachgab, also nahm sie den Anruf an.

»Hi, Jonny.«

»Na, Mädchen, wie geht's, wie steht's?«

»Nenn mich bitte nicht *Mädchen*!«

»Sorry. Alte Gewohnheit.«

Das war leider nur allzu wahr. Jonny und Julia hatten sich auf der Polizeiakademie kennengelernt, mit vierundzwanzig geheiratet, und schon drei Jahre nach der Hochzeit war Jonny dazu übergegangen, sie »Mädchen« zu nennen. Und bald darauf »altes Mädchen«. Zu den unzähligen Gründen, die zwanzig Jahre später zur Scheidung führten, gehörte unbedingt auch dieses »Mädchen«, eine von Jonnys Paradenummern.

»Ist was passiert?«, fragte Julia.

»Allerdings. Erinnerst du dich noch an Edward Dahlberg?«

»Klar. Was ist mit ihm?«

Der Fall war einer der letzten gewesen, an dem Julia gearbeitet hatte, ehe sie vor fünf Jahren den Dienst quittierte. Ein schwedischer Meeresbiologe, der in der norwegischen Ölindustrie arbeitete, hatte eines Tages seine Wohnung in Stavanger verlassen und war auf Nimmerwiedersehen verschwunden. Die Ermittlung in Zusammenarbeit mit der norwegischen Polizei war im Sand verlaufen. Der Mann blieb schlicht wie vom Erdboden verschluckt.

»Er ist sozusagen … wieder aufgetaucht«, sagte Jonny. »Ein Trawler vor der norwegischen Küste hatte ihn im Netz.«

»Wurde er eindeutig identifiziert?«

»Ja. Wie du dir denken kannst, war außer dem Skelett nicht sonderlich viel übrig, aber für einen Zahnabgleich hat es gereicht, und auch die DNA-Probe war positiv.«

»Teufel auch.« Julia hatte den Polizeijargon mehr oder weniger in dem Augenblick abgelegt, als sie in der Dienststelle am Kungsholmen aus der Tür marschiert war, aber wenn sie mit Jonny sprach, meldete er sich oft zurück. »Gibt es Hinweise auf die Todesursache?«

»Hm, hm.« Jonny machte es spannend. Julia seufzte. Jonny, der, wie Julia in ihren letzten Dienstjahren, inzwischen Kriminalkommissar war, hatte keine Ahnung, dass seine Kollegen ihn »Jonny the Cat« nannten. Und zwar nicht wegen seiner Geschmeidigkeit, sondern weil er gern um den heißen Brei herumschlich.

»Komm schon, Jonny«, sagte Julia, »spuck's aus.«

»Sagen wir, gewisse Umstände deuten drauf hin, dass er nicht freiwillig im Meer gelandet ist.«

»Und diese Umstände wären?«

»Tja, zum Beispiel hatte der Tote … also das, was von ihm noch übrig war, Kabelbinder um Hand- und Fußgelenke. Die Arme hinterm Rücken.«

»Gewichte?«

»Keine Anzeichen dafür. Vermutlich haben sie den armen Kerl einfach gefesselt ins Meer geworfen und seinem Schicksal überlassen.«

»Autsch. Ganz schön kaltblütig.«

»Kannst du laut sagen. Aber weshalb ich anrufe: Jetzt, wo wir sicher wissen, dass es sich um Mord handelt … gab es damals bei deiner Ermittlung irgendeinen Hinweis darauf, dass es jemand auf Dahlberg abgesehen haben könnte?«

»Mein Bericht ist doch im System.«

»Schon klar. Aber ich frage dich. Wenn du jetzt nach sechs Jahren noch mal in dich gehst, ist da irgendwas? Irgendein Verdacht, der dir keine Ruhe gelassen hat? Du weißt, wie sehr ich deine Intuition schätze.«

Letzteres war eine glatte Lüge. Wann immer Julia in einer Fallbesprechung ihr Bauchgefühl erwähnt hatte oder »so eine Ahnung«, dass etwas nicht stimmte, hatte Jonny bloß gestöhnt. Für ihn zählten nur harte Fakten, am liebsten der rauchende Revolver in der Hand des Täters. Julia verkniff sich einen entsprechenden Kommentar und ließ ihre Gedanken nach Stavanger und zu Edward Dahlberg schweifen, der damals als vermisst gegolten hatte und heute als Mordopfer.

Egal, ob in der Firmenzentrale von Statoil oder draußen auf den Bohrinseln, wo Dahlberg hauptsächlich gearbeitet hatte: Jeder, mit dem Julia gesprochen hatte, berichtete, was für ein gewissenhafter, vielleicht ein wenig penibler Meeresbiologe Dahlberg gewesen war. Offenbar hatte der Mann ganz für seine Arbeit gelebt und keinerlei Feinde gehabt. Außerdem war er ein fähiger Taucher gewesen. Auch Selbstmordgedanken hatten sie damals ausgeschlossen.

»Nein, sorry«, sagte Julia. »Keine Spuren, die wir nicht zu Ende verfolgt hätten. Soweit ich mich erinnere, blieb Dahlbergs Fall vollkommen unerklärlich. Er ist einfach verschwunden.«

»Tja. Jetzt ermitteln wir also in einem Tötungsdelikt.«

»Dann viel Erfolg! Sag Bescheid, wenn ihr was rausfindet.«

»Kommt drauf an. Du weißt schon.«

»Ja, ja. Also … viel Glück.«

»Und wie geht's dir sonst so?«

Julias Versuch, das Gespräch zu beenden, war wie gewöhnlich gescheitert. Jonny rief an, wann immer er etwas auf den Tisch bekam, das auch nur im Entferntesten mit einem ihrer früheren Fälle zusammenhing. Er schien sich in letzter Zeit wesentlich mehr für sie zu interessieren als während ihrer letzten Ehejahre. Allerdings beschäftigten Julia im Augenblick *Millennium* und Kim. Über Ersteres war sie zu Stillschweigen verpflichtet, und über Letzteren wollte sie nicht reden, also sagte sie: »Alles prima. Ich muss bloß gleich …«

»Hättest du Lust, dass wir uns mal treffen?«

»Jonny, nein. Ich hab dir doch gesagt …«

»Man kann's sich ja auch anders überlegen.«

»Ich hab's mir aber nicht anders überlegt. Tschüss, Jonny.«

Julia legte abrupt auf. Dem Ende ihrer Ehe war kein dramatisches Ereignis vorausgegangen, sondern der klassische stete Tropfen. Kurz gesagt: Das Leben mit Jonny war sterbenslangweilig geworden, und eines Tages hatte Julia diese Langeweile endgültig satt gehabt.

7

Julia Malmros duschte ausgiebig und rubbelte sich dann mit einem Frotteehandtuch energisch Gesicht und Haare. Sie schlüpfte in bequeme Sachen und legte sich das Handtuch über die Schultern, damit ihr noch feuchtes Haar nicht den Pulli nass machte. Dann ging sie in ihr Arbeitszimmer.

Mit vielleicht fünfzehn Quadratmetern war es der kleinste Raum der Wohnung. Am oberen Rand des Fensters, das auf den Innenhof zeigte, war ein schmaler Streifen dunkler Abendhimmel zu sehen. Von dem Stück Wand abgesehen, an das Julia ihre Post-its klebte, waren die Wände mit deckenhohen Regalen vollgestellt. Oh ja, fünf Regalbretter waren nur für die Übersetzungen ihrer eigenen Bücher reserviert. Ein bisschen Eitelkeit durfte sein.

Julia nahm auf dem ergonomischen Stuhl an ihrem Schreibtisch Platz. Den Tisch hatte sie bei einer Zwangsversteigerung von Industriemöbeln erstanden, er war riesig und nahm fast ein Viertel des Zimmers in Beschlag. Sie liebte die große Tischplatte, die Platz für ganze Berge von Papier und Büchern, für jede Menge Krimskrams und diverse Stifte bot. Als säße sie in einer echten Schreib*werkstatt*.

Julia gruppierte die Post-its um und bastelte weiter an der Gliederung, die allmählich Kontur annahm, notierte ein nächtliches Gespräch zwischen Mikael und Lisbeth als Testballon für ihre Dialoge, recherchierte mexikanische Drogenkartelle im Internet und spielte mit dem Gedanken, Lisbeth ein Massengrab vor den Toren einer Geisterstadt entdecken zu lassen. Um halb acht klappte Julia den Laptop zu und streckte sich.

Das fühlte sich schon besser an. Jedes Mal, wenn sie mit Worten etwas erschuf, das es vorher nicht gegeben hatte, und ganz in ihre Erzählwelt eintauchte, verblasste die Wirklichkeit mit ihren Kümmernissen. In den seltenen Momenten, wenn es richtig gut lief, merkte Julia gar nicht, dass sie schrieb. Dann saß sie ein, zwei Stunden in dem Glauben am Schreibtisch, sie schriebe noch immer an der ersten Seite, ehe sie zu sich kam und erstaunt feststellte, dass es volle fünf waren. Ganz so war es heute nicht gewesen, aber inzwischen ließ sie sich auf die Erzählung ein und sah sie immer deutlicher vor sich.

Abendessen. Sie hatte nicht den Nerv, etwas zu kochen, also musste sie in ein Restaurant gehen. Zwei-, dreimal die Woche wählte sie diese Option. Zum Glück hatte Gamla Stan in diesem Punkt einiges zu bieten, das war einer der Vorteile daran, hier zu wohnen. Ein Nachteil waren die Touristenscharen. Jetzt im Winter waren die Straßen nicht so überlaufen, aber die meisten Restaurants hatten trotzdem geöffnet. Außer den Eisdielen natürlich.

Das Gefühl von Wehmut und Unvollkommenheit, das ihr von der Begegnung mit Kim geblieben war, überkam sie mit neuer Wucht, als sie die Wohnung verließ. Der Widerhall ihrer Schritte im Treppenhaus klang in ihren Ohren geradezu aufreizend verlassen. Sie fühlte sich wie eine einsame Frau. Vor der Scheidung von Jonny hatte sie sich ausgemalt, wie sie frei in der Welt herumreiste und ihre langen grauen Haare an Orten, von denen sie schon immer geträumt hatte, im Wind flatterten.

Sie hatte den Traum auch in die Tat umgesetzt und Italien, Spanien, Griechenland und Lateinamerika besucht. Dort hatte sie eine paar kürzere Affären, doch die meiste Zeit verbrachte sie allein. Irgendwie war es leichter, im Ausland einsam zu sein. Mit einer Flasche Weißwein im Eiskühler auf irgendeiner Piazza sitzen und die Leute zu beobachten …

Hier zu Hause in Stockholm, tagein, tagaus immer in denselben Straßen und mit Schneematsch an den Schuhen, fühlte sich die Einsamkeit … einsamer an. Auch wenn Julia damit alles in allem gut zurechtkam, gab es doch einen Teil in ihr, der unter dem Alleinsein litt. Ein Vorteil von *Millennium* war, dass die Arbeit am Roman sie wohl wieder in die Welt hinaus führen würde.

Julia war so in ihre Gedanken an eine alternative Zukunft versunken, dass sie fast über die Gestalt stolperte, die draußen im Hauseingang kauerte. Ein Paar hellblauer Augen blickte zu ihr herauf.

»Kim? Was machst du hier? Wie lang sitzt du hier schon?«

»Paar Stunden.«

»Warum?«

»Verdammt«, sagte Kim und schüttelte den Kopf, dass seine langen Haare flogen. »Verdammt noch mal.«

8

Die nächsten beiden Tage verbrachten Kim Ribbing und Julia Malmros mehr oder weniger komplett im Bett. Natürlich gingen sie mal auf Toilette, tranken Wasser oder Wein und ließen sich Essen liefern, aber sobald Julia begann, das Bett neu zu beziehen, verwüsteten sie es gleich wieder.

Sie hatte keine Ahnung, woher diese plötzliche Leidenschaft kam, und sie begriff auch nicht Kims verzehrendes Verlangen nach ihr. Vielleicht war an der sprichwörtlichen Anziehung der Gegensätze wirklich etwas dran, und Kim suchte in ihr auch das völlig andere und Fremde.

Julia hütete sich, Fragen zu stellen, um ja nicht die Stimmung zu verderben. Denn obwohl sie sich während dieser Tage viele Male geliebt hatten, waren sie von einer »wunderbaren« oder »liebevollen« Stimmung weit entfernt. In ihren Umarmungen lag eine wilde Verzweiflung, als ob sie beide hinter etwas herjagten, das sich so nicht erreichen ließ. Es war wie der Versuch, einen Nagel mit einer Säge einzuschlagen.

Sie redeten über die trivialsten, belanglosesten Dinge. Lieblingsplätze in Stockholm, wie viele Straßennamen sie kannten, Kinderserien aus den Siebzigern, Åsa-Nisse-Filme … Kim hatte zu Julias Erstaunen sämtliche dieser alten Klamaukfilme gesehen und konnte sogar die im Prinzip immer gleichen Handlungen auseinanderhalten.

Aus fallen gelassenen Bemerkungen und Andeutungen puzzelte Julia sich nach und nach ein wenn auch sehr lückenhaftes Bild von Kims Vergangenheit zusammen. Ja, er entstammte einem recht vermögenden Zweig des Adelsgeschlechts der Ribbings. Seine Eltern waren bei einem Bootsunglück ums Leben gekommen, als Kim vierzehn war, und sein großes Erbe machte ihn für den Rest des Lebens finanziell unabhängig. Als Jugendlicher hatte er intensiv geturnt, was seine geschmeidigen Bewegungen erklärte. Mit dem Programmieren hatte er mit zehn angefangen.

Julia erzählte von ihrer Kindheit in Alvik mit einem Polizisten als Vater und einer Mutter, die als Sekretärin auf seiner Dienststelle arbeitete. Ihr Vater war mit seinen achtzig Jahren bettlägerig und wurde zu Hause von einem mobilen Pflegedienst versorgt. Julia erzählte auch in groben Zügen von ihrer Ehe mit Jonny, und der großen Erleichterung, endlich nicht mehr Julia Munther zu heißen, wie ein kesses Mädchen in einer schwedischen Schmierenkomödie. Sie erzählte von ihrem Häuschen auf Tärnö in den Stockholmer Schären, wo sie die Sommer verbrachte. Bei alldem stand freilich der sprichwörtliche Elefant im Raum und starrte die beiden an, wenn sie sich in den Laken wälzten: Jede Umarmung, jede Zärtlichkeit brachte Julia aufs Neue in Berührung mit Kims fremder Haut, die rau und rifflig war und sie an mumifizierte Körper denken ließ. Sie mied das Thema und stellte keine Fragen. Auf eine vorsichtige Bemerkung zu seiner schiefen Nase hatte Kim geantwortet: »Ich hatte eine Phase, in der ich mich geprügelt habe«, und damit war das Thema beendet.

9

Für den Morgen des dritten Tags hatte Julia einen Wecker gestellt, denn sie musste zu einem wichtigen Termin in den Verlag. Heute sollte sie verbindlich Bescheid geben, ob sie sich auf das ungewisse Abenteuer *Millennium* einlassen wollte. Sie stand auf und zog sich ordentlich, aber mit genau dem richtigen Tick *casual* an, um nicht übereifrig zu wirken. Kim blieb im Bett liegen und sah sie an. Obwohl sie zwei Tage und Nächte damit verbracht hatten, auch die letzten Zentimeter ihrer Körper zu erforschen, fühlte Julia sich verlegen, als sie sich unter dem Blick von Kims hellblauen Augen den BH zuhakte.

»Was hast du vor?«, fragte sie und schlüpfte in eine weiße Bluse. »Bleibst du, oder … soll ich dir einen Schlüssel dalassen, damit du abschließen kannst?«

»Weiß nicht«, sagte Kim. »Kommt drauf an. Lass mir einen da.«

Noch etwas, über das sie keine Silbe verloren hatten: Ob und wie es mit ihnen weitergehen sollte. Es war schwer, sich eine gemeinsame Zukunft vorzustellen, also besser nicht darüber reden. Julia wurde klar, dass ihr Angebot ein erster Schritt war und die Möglichkeit eröffnete, dass sie gemeinsam weitermachten.

»Wo wohnst du eigentlich?«, fragte sie, ohne zu wissen, ob die Frage ein Stimmungskiller sein könnte.

»Kann nicht sagen, dass ich wirklich irgendwo wohne.«

»Aber du musst doch irgendwie ein Dach überm Kopf haben?«

»Hotel. Ich wohne in verschiedenen Hotels.«

»Oh. Wie lange schon?«

»Seit ich …«, ein Schatten legte sich auf Kims Gesicht, und Julia merkte deutlich, wie er gerade noch einen anderen Abzweig nahm, »… seit ich allein wohnen darf.«

»Muss ganz schön teuer sein.«

Kim zuckte mit den Schultern. Julia wusste nicht, wie groß sein Vermögen war, aber Andeutungen legten nahe, dass ihm wesentlich mehr Mittel zur Verfügung standen als ihr, und sie hatte immerhin zehn Millionen Kronen in verschiedenen Fonds angelegt.

Etwas an Kims Haltung, an der Art, wie er im Bett lag, sagte ihr, dass ein Abschiedskuss unangebracht war. Also hob sie nur die Hand. »Tschau für ein Weilchen, oder für immer«, sagte sie und verließ die Wohnung.

10

Im Verlag brach Jubel aus und die Sektkorken knallten, als Julia Ja sagte. Ihre Idee einer international angelegten Storyline, in deren Mittelpunkt mutige Journalisten standen, die sich mit mächtigen Drogenkartellen anlegten, wurde mit Begeisterung aufgenommen. Angefeuert von ein paar Gläsern Sekt, malte Julia die Szene aus, in der Lisbeth Salander mit den Killern der Drogenbarone auf den Fersen durch die Geisterstadt in der mexikanischen Wüste schleicht. Alle sahen sie mit leuchtenden Augen an und beteuerten, dass Julias *Millennium*-Roman garantiert fantastisch würde.

Als Julia unten im Schneeregen auf die Straße trat, fühlte sie sich von der Wirklichkeit wie losgelöst. Erst die rauschhaften Tage und Nächte mit Kim und jetzt diese hymnische Begeisterung für ihren sagenhaften Erfindungsreichtum. Dazu drei Gläser Sekt auf nüchternen Magen. Julia war so übersensibel, dass sie noch die kleinste Schneeflocke auf ihrer erhitzten Haut spürte. Sie musste sich kurz an einem Laternenpfahl festhalten, um nicht wie ein Ballon wegzuwehen.

Ruhig, ganz ruhig.

Sie senkte den Kopf und holte ein paarmal tief Luft. Neben ihr platschte es. Als sie aufblickte, sah sie eine Dame im Rentenalter, die einen Zwergpudel Gassi führte und Julia einen missbilligenden Blick zuwarf. *Dass diese Person sich nicht schämt, am helllichten Tag schon betrunken.* Nein, falsch. So hätte man sie vermutlich früher angesehen. Heute war es eher: *Sieh mal an, Julia Malmros. Hat mittags schon einen sitzen. Das muss ich unbe-*

dingt meinen Freundinnen erzählen. Julia rang sich ein gewinnendes Lächeln ab, doch die Dame schnaubte nur unwirsch und stapfte weiter.

Okay. Der Verlag war im Boot. So weit, so gut. Blieb nur noch eins: Julia musste sich zusammenreißen und das verflixte Buch auch *schreiben*. Die letzten Tage waren in einem Rausch der Leidenschaft verflogen, der für rationales Denken keinen Raum ließ. Höchste Zeit, sich zusammenzureißen, Arbeit und Vergnügen zu trennen und zur Alltagsroutine zurückzukehren. Wie sie das mit Kim Ribbing unter einen Hut bringen sollte, war Julia allerdings schleierhaft.

11

Und so löste der Anblick von Kim Ribbings Stiefeln im Flur bei Julia Malmros sehr gemischte Gefühle aus. Ein Teil von ihr wollte nichts sehnlicher, als in die feucht-klebrige Blase aus atemlosen Küssen, Körperschweiß und Orgasmen zurückkehren, ein anderer drängte darauf, sich die trockene, bequeme Schreibkluft anzuziehen und als Fräulein Vorbildlich am Schreibtisch Platz zu nehmen.

Julia zog Mantel und Schuhe aus und ging ins Schlafzimmer. Kim lag bäuchlings mit von der Tür abgewandtem Gesicht auf dem Bett. Aus den Airpods in seinen Ohren kam leise Musik. Julia wurde neugierig und schlich näher. Als sie nur noch einen Meter von Kim entfernt war, konnte sie hören, was die Stimme in den Kopfhörern sang, und zog die Augenbrauen hoch. *Zwei dunkle Augen, und Liebesflammen brannten …*

Noch ein merkwürdig geformtes Puzzleteil in dem Rätsel namens Kim Ribbing. Julia streckte die Hand aus und berührte seine nackte Schulter. Kim schrie auf und zuckte zur Seite, dann wirbelte er herum, riss sich die Kopfhörer aus den Ohren und starrte sie an.

»Entschuldige«, sagte Julia. »Ich …«

»Schleich dich nicht so an mich ran!«, erwiderte Kim mit rauer Stimme.

»Ich wollte dich nicht erschrecken.«

Kim rieb sich energisch die Augen, als wollte er etwas Klebriges loswerden. Julia breitete hilflos die Arme aus, ihr fiel nichts mehr ein, was sie noch zur ihrer Entschuldigung sagen konnte.

Um die Situation zu entspannen, fragte sie: »Hörst du *Sven-Ingvars*?«

»Ja«, antwortete Kim und schwang die Beine über die Bettkante. »Und?«

»Nichts und«, antwortete Julia. »Hatte ich nur nicht erwartet.«

Mit fahrigen Bewegungen zog Kim seine Sachen an, die über den Boden verstreut lagen, seit Julia sie ihm runtergerissen hatte. Als Letztes zog er sich den schwarzen Rollkragenpullover über, auf dem Schildkröte Skalman den Zeigefinger hob, wie um etwas zu erläutern oder jemanden zu schelten: *Nein, Lille Skutt. Von Donnerhonig bekommst du nur Bauchschmerzen.*

Kim benahm sich wie jemand, den man bei etwas Schlimmem ertappt hat und der sich der Situation entziehen will, indem er so schnell wie möglich abhaut. Julia setzte sich aufs Bett und faltete die Hände im Schoß. »Du kannst selbstverständlich hören, was du willst«, sagte sie. »Und es tut mir leid, dass ich dich erschreckt habe.«

»Okay«, sagte Kim. »Schon klar.«

Er suchte ein letztes Mal den Schlafzimmerboden ab, um sich zu vergewissern, dass er nichts vergessen hatte. Sein Blick blieb in der Ecke zwischen Schlafzimmerschrank und Wand hängen und er erstarrte. Julia folgte seinem Blick. Außer dem Rechteck der Schranktür mit einem kleinen Kreis in der Mitte, dem Fensterbrett und einem Blumentopf gab es dort nichts.

»Was ist?«, fragte sie verwundert.

Kim deutete auf die Ecke und sagte: »Da ist … ein Muster.« Er schüttelte sich, fuhr sich mit den Händen übers Gesicht und marschierte dann Richtung Tür. Auf der Schwelle blieb er stehen. Es kostete ihn sichtlich Überwindung, als er sich umdrehte, die paar Schritte auf Julia zuging und ihr beinahe aggressiv einen Kuss auf die Wange drückte.

»Tschüss«, sagte er. »War schön.«

Julia nickte und blieb auf dem Bett sitzen. Sie hörte, wie Kim sich im Flur den Mantel überzog und die Wohnungstür aufging und wieder ins Schloss fiel. Auf einmal war es sehr still. Julia sah noch einmal in die Ecke, wo außer den völlig normalen Konturen kein Muster erkennbar war. Sie strich über das Bettlaken, auf dem sich eingetrocknete Flecken abzeichneten. Sie würde schon wieder ein neues aufziehen müssen.

Zwei dunkle Augen, und Liebesflammen brannten …

Julia hatte ziemlich dunkle Augen. Hatte Kim an sie gedacht, als er im Bett lag und Sven-Ingvars hörte? Hatte er deshalb dieses Lied ausgesucht, oder war es einfach nur Zufall? Und was wäre ihr lieber?

12

»Kim? Kim? Hörst du mich?« Obergärtner Johansson kniet neben dem Jungen, der auf dem Rücken am Seeufer liegt. Sein klitschnasser Arbeitsoverall klebt ihm am Leib, als er dem Kind über die zarte, kalte Wange streicht. Es war reines Glück, dass er den goldenen Lockenschopf gerade noch rechtzeitig gesehen hat, bevor er unter der Wasseroberfläche versank.

Johansson ist in aller Herrgottsfrühe aufgestanden, um die Reben des Weingartens zu schneiden, eine mühsame, langwierige Arbeit. Er wollte gerade eine Rebe stutzen, als er aus dem Augenwinkel etwas sah, was ihm zunächst wie ein tauchender Wasservogel vorkam. Er hat ein paar Sekunden gebraucht, um zu begreifen, dass das helle Gekräusel kein Gefieder war, sondern ein Haarschopf. Da hat er die Rebschere fallen lassen und ist runter zum See gerannt.

Er hat eine halbe Minute bis zum Seeufer gebraucht und noch einmal so lang, um zu der Stelle zu waten und zu schwimmen, wo der Kopf verschwunden war. Dann ist er getaucht. Der Anblick ließ ihn aufstöhnen, und ein Strom von Blasen stieg aus seinem Mund.

Kim Ribbing hatte die Augen geschlossen. Er stand reglos da, die Arme eng am Körper. Seine blonden Haare umwogten seinen Kopf wie der Glorienschein eines Meeresgottes. Johansson begriff nicht, woher ein siebenjähriger Junge eine derartige Selbstdisziplin in der Kunst des Ertrinkens nahm.

Für weitere Gedanken blieb ihm keine Zeit. Johansson tauchte zu Kim hinab, fasste den Jungen um den Leib und zog ihn mit sich hoch. Kims Augen und Mund blieben geschlossen, als sein Kopf an die Oberfläche kam. Johansson rüttelte ihn und schrie: »Atme, Junge! Atme!« Ein paar Sekunden verstrichen, dann ein Atemzug, der eher wie ein Seufzen klang, und Kims Lunge weitete sich. Johansson zog ihn an seine Brust und schwamm auf dem Rücken zum Strand.

»Kim? Kim? Hörst du mich? Was ist mit dir?«

Die Augen des Jungen sind noch immer geschlossen. Was Johansson am meisten beunruhigt, ist die Frage, wie sein Großvater, Graf Sigward Ribbing, den Vorfall aufnehmen wird. Graf Ribbing ist ein strenger Mann, und Johansson weiß, dass er nicht vor körperlicher Züchtigung zurückschreckt, wenn sein Enkel während der Sommerwochen, die er alljährlich auf Roshult verbringt, die Vorschriften verletzt. Der Versuch, sich das Leben zu nehmen, verletzt zweifellos die Vorschriften. Johansson schielt bang zum Herrenhaus hoch. Zum Glück ist es erst sieben, und der Graf steht gewöhnlich nicht vor acht Uhr auf.

Als Johansson wieder Kim ansieht, hat der Junge die Augen geöffnet. Der Morgenhimmel spiegelt sich darin. Könnte man sich den Blick eines Engels vorstellen, sähe er genau so aus, erfüllt von des Himmels Herrlichkeit.

»Was ist mit dir?«, fragt er den Jungen. »Warum …«

»Verraten Sie es nicht«, murmelt der Junge mit schwacher Stimme. »Verraten Sie Großvater nichts.«

13

Den Sekt spürte Julia Malmros immer noch, und es würde noch ein paar Stunden dauern, bis sie wieder zum Schreiben in der Lage wäre. Einige Kollegen hatten ihr gegenüber behauptet, nach einem oder zwei Gläsern Wein seien die Gedanken gelöster. Doch die meisten mussten wie Julia stocknüchtern sein, um die nötige Konzentration fürs Schreiben aufzubringen.

Einmal war sie nach einem feuchtfröhlichen Abend im Engelen nach Hause gekommen und hatte so etwas Seltenes wie *Inspiration* verspürt. Damals hing sie bei ihrem aktuellen Åsa-Fors-Roman fest. Doch in jenem Augenblick der Klarheit sah sie die Lösung deutlich vor sich, setzte sich mit benebeltem Hirn an den Computer und schrieb vier Seiten. Was sie am nächsten Morgen las, war leider vollkommener Mist gewesen.

Schreiben fiel also aus. Was dann? Julia stand vom Bett auf, ging ins Wohnzimmer und öffnete Spotify auf ihrem Handy, das mit ein paar Bluetooth-Lautsprechern gekoppelt war. Sie tippte »The Dead of Night« ein, startete das Lied und ließ sich auf die Couch fallen. Durch das Wohnzimmer dröhnte ein Motor mit immer höherer Drehzahl, bis er von lauten Gitarren und einem pulsierenden Bass abgelöst wurde, der in Julias Brust vibrierte. Der Depeche-Mode-Song war das musikalische Pendant zu einer kalten Dusche, denn mit seinem monotonen Hämmern spülte er sämtliche Schlacke aus ihrem Kopf, *von den geilsten Jungs und den leichtesten Mädchen.*

Julia tippte auf Pause. Nein. Das funktionierte nicht. Die rauen Töne passten nicht zu ihrer Stimmung. Sie ging durchs Wohnzimmer und checkte die Lage am Järntorget, bevor sie sich wieder auf die Couch setzte und »Zwei dunkle Augen« ins Suchfeld eingab.

Die Gitarren, mit denen das Lied einsetzte, hatten mit Depeche Mode so viel gemeinsam wie ein Kaninchen mit einem tollwütigen Wolf. Das galt auch für die Stimme von Sven-Erik Magnusson im Vergleich zu der von David Gahan. Julia verzog angewidert das Gesicht, als er in seinem weichen värmländischen Dialekt zu singen begann. *Es war Sommer, mein Freund, und ich fand die Liebe …*
Julias Mundwinkel waren immer noch in demonstrativer Abscheu heruntergezogen, als sie merkte, dass ihre Wangen nass waren, und begriff, dass sie weinte. Himmelherrgott, wie lächerlich! Normalerweise konnte sie diese Art von Musik nicht ertragen, und es war noch nicht einmal Sommer. Trotzdem hörte sie das Lied bis zum Ende, während ihr unaufhörlich die Tränen herabrannen. Als es vorbei war, spielte sie es von vorn. Dann wählte sie eine Playlist mit Sven-Ingvars' größten Hits und hörte sie hintereinanderweg. Nach den letzten Takten fühlte sie sich vor lauter Weinen völlig ausgelaugt.

Im Gymnasium hatte Julia zur Synth-Rock-Szene gehört. Gegelter Seitenscheitel, rosa fingerlose Handschuhe, Lederjacke, das volle Programm. Fans von Depeche Mode und Erasure wurden als »Baby-Synthies« bezeichnet; sie selbst hatte D. A. F. und Nitzer Ebb gehört. Doch mit der Zeit waren die aggressiven Töne des Electro-Industrial den sanfteren, melodiöseren Varianten gewichen. Weichgespülter Electro-Sound.

Doch irgendwo gab es eine Grenze, und sie hatte angenommen, dass diese viele Kilometer von Sven-Ingvars entfernt lag. Und hier saß sie nun mit rot geweinten Augen. Dieser verdammte Kim Ribbing. Womöglich als Versuch, Abbitte zu leisten, beendete Julia ihr Musikprogramm mit »A Question of Lust«, woraufhin sie erneut in Tränen ausbrach.

Gut zwei Stunden waren vergangen. Julia atmete tief durch und schlug sich auf die Schenkel. Hier saß eine der meistgeschätzten Krimiautorinnen Schwedens, der gerade ein Auftrag angeboten worden war, der sie zur Multimillionärin machen und es ihr ermöglichen würde, mehrmals um die Welt zu jetten. Und sie saß hier und vergoss Krokodilstränen zu den Hits einer Schlagerband? No Sir, es wurde Zeit, loszulegen.

Als Julia sich am Schreibtisch einrichtete, hatte sie nicht etwa einen Kloß im Hals. Vielmehr fühlte es sich an, als hätte sie ein Stück Stoff verschluckt. Etwas unangenehm Raues, das in ihrer Kehle feststeckte. Doch sie riss sich zusammen und öffnete das Dokument »Notizen-*Millennium*«, in dem sie die Wendungen in der Liebesgeschichte zwischen Mikael Blomkvist und Lisbeth Salander festhielt.

14

»Du bist also im Rauschzustand?«

Irma Ryding nahm einen Zug von ihrem dünnen Zigarillo und klopfte Ascheflocken ab, die im Schneematsch vor dem Eingang des Engelen landeten. Irma war einundachtzig Jahre alt und behauptete, sie würde »nur wegen der Optik« rauchen. Ihre Lunge gab es eigentlich nicht mehr her, aber sie fand, sie hätte ein Image aufrechtzuerhalten.

Schon in den Sechzigerjahren, vor Julia Malmros' Geburt, hatte Irma Ryding als Krimiautorin gearbeitet, war aber im Schatten von Sjöwall-Wahlöö geblieben. Trotzdem hatte sie unverdrossen jedes Jahr einen Krimi produziert, und ihr Leserkreis war groß genug, dass sie von ihren Büchern leben konnte. Außerdem bekam sie eine Rente.

»Im Rauschzustand?«, fragte Julia und zog an der einzigen Zigarette, die sie sich an solch einem Abend genehmigte. Sie hatte sich eine Packung am Kiosk gekauft. Ja, Camel Blue.

»Genau. Keine Liebe«, sagte Irma, »eher eine Art Fieber oder ein Sturm in deinen Adern. Hitze, Unruhe und was sonst noch alles Wunderbares dazugehört.«

Bei einem Glas Rotwein hatte Julia ihr eine gute Stunde lang von Kims Besuch erzählt, der schon wieder eine Woche her war. Irma hatte aufmerksam und streng dreinschauend zugehört, so wie sie es immer tat, und dann waren sie nach draußen gegangen, um sich vor dem nächsten Glas ein wenig Nikotin zu gönnen.

Rauschzustand. Julia fand, dass das Wort ihre momentane Verfassung ziemlich treffend beschrieb. Ihr Körper stand unter ständigem beharrlich kribbelndem Stress, als ob eifrige Ameisen durch ihre Arterien krabbelten. Sie war sich nicht sicher, ob diese Empfindung mit Kim zu tun hatte, nahm es aber an. Etwas fehlte ihr.

»Warum rufst du ihn nicht an?«, fragte Irma und blinzelte Julia aus Augen an, die einmal genauso intensiv gestrahlt haben mussten wie die von Kim, inzwischen aber vom Alter eingetrübt waren. Sie trug ihre weißen Haare kurz, und die Zigarillos passten zweifellos zu ihrem Image: Irma sah … nach Klasse aus. Eine eiserne Dame, *la grand-mère fatale*. Julia hoffte, in dreißig Jahren auch so eine Ausstrahlung zu haben.

»Das geht nicht«, sagte Julia. »Ich kann nicht … für uns gibt es keine gemeinsame Zukunft, ich mache mich nur lächerlich.«

»Zukunft«, schnaubte Irma. »Was ist aus dem guten alten hemmungslosen Sex geworden?«

»Das bin ich nicht. Nicht wirklich. Und weißt du was? Ich habe einen halben Nachmittag damit verbracht … und jetzt halt dich fest … Sven-Ingvars zu hören!«

»Und?« Irma zuckte mit den Schultern. »Nur Menschen, die noch nie geliebt haben, mögen keinen Schlager.«

Irma hatte eine Vorliebe für direkte, drastische Formulierungen, doch hier bewegte sie sich auf dünnem Eis, fand Julia. Sie wollte gerade widersprechen, als ihre Freundin sie mit einer Handbewegung zum Schweigen brachte: »Für mich ist dieser Kitsch auch nichts«, sagte sie »aber Sture liebte Schlager, und manchmal, wenn er mich packte und in der Küche über den Boden wirbelte, wurden solche abgedroschenen Phrasen wie ›Hand in Hand über den Strand‹ und ›der Wind auf den Wangen‹ plötzlich real. Natürlich sind das Klischees, aber dafür können sie wahre Gefühle beschreiben – und das meistens viel besser als die sogenannte *Kultuuuur*.«

Irmas Mann Sture war vor zehn Jahren an Krebs gestorben, nur eine Woche nach ihrer goldenen Hochzeit. Die Ehe musste sehr glücklich gewesen sein. Im Jahr darauf veröffentlichte Irma erstmals kein Buch, und noch ein Jahr später begegneten sich Julia und Irma zum ersten Mal, und zwar bei einem Podiumsgespräch auf der Buchmesse. Seitdem waren sie Freundinnen.

Wenn es etwas gab, das Irma noch mehr verabscheute als einen Mann auf dem hohen Ross, dann war es das, was sie *Kultuuuur* nannte, landläufig auch als »hohe Kultur« bezeichnet. Als der Skandal rund um die Schwedische Akademie auf dem Höhepunkt war, rief sie Julia nahezu täglich an, um sich mit ihr am neusten Schmuddelklatsch zu ergötzen. »Jetzt stehen sie mit blankem Hintern da, all diese *Ordensbrüder*«, konnte man sie sagen hören. »Jetzt bekommen sie eins auf den Allerwertesten und heulen so laut, dass Gustav III. sich in seinem Grab die Ohren zuhalten muss.«

Julia zog noch einmal an ihrer Zigarette und warf sie dann in den Matsch, wo sie mit einem Zischen erlosch. »Ja, ja. Aber ich kann ihn trotzdem nicht anrufen, das wäre … und außerdem …«

»Ja?« Irma machte eine ungeduldige *Nun raus damit*-Geste.

»Er trägt so viel Schmerz in sich«, erklärte Julia. »Und ich weiß nicht, ob ich damit umgehen kann.«

»Tja«, sagte Irma und ließ ihren Zigarillo fallen. »Dann musst du deinen Rauschzustand weiter ertragen. Gehen wir jetzt rein und trinken noch etwas?«

15

Sigward Ribbing sollte niemals vom Selbstmordversuch des Kindes erfahren. Doch dass etwas nicht stimmte, nahm er wahr, weil der Junge mit hängendem Kopf auf seinem Anwesen herumschlich. Und das ärgerte den Grafen sehr. Etwas war geschehen, wahrscheinlich wieder eine Teufelei, die der ungezogene Bengel angestellt hatte.

Am Nachmittag des Mittsommertags hatte der Graf genug. Es war kein Mensch im Haus, als er energisch die Bibliothek betrat, wo Kim zusammengekauert unter einem Tisch saß und in einem Buch mit Dorés-Bibel-Illustrationen blätterte. Der Graf war ein hochgewachsener Sechzigjähriger, gut in Form und mühelos in der Lage, das schmächtige Kind aus seinem Versteck zu zerren. Er gab Kim ein paar Ohrfeigen und fragte: »Was hast du angestellt? Was?«

»Nichts, Großvater, nichts.«

»Ich sehe es dir doch an. Nun gut, dann eben das Pferd, bis du …«

»Nein, Großvater, nein! Nicht das Pferd! Bitte, Großvater, nicht das Pferd!«

In dem Lächeln, das sich in dem sonst so strengen Gesicht des Grafen ausbreitete, lag Befriedigung. Die Angst und Verzweiflung des Kindes waren Balsam für seine Seele. Und bald würde hier ein ganz anderer Ton herrschen! Der Graf zerrte und trug Kim zu dem Raum, der einmal ein Ballsaal gewesen war, inzwischen aber nur noch als Lagerraum für ausgediente Möbel und Utensilien benutzt wurde. Und für das Spanische Pferd.

Kims Angstschreie erreichten ein neues Ausmaß, als der Graf das Tuch von dem mittelalterlichen Folterinstrument zog, das früher zur Züchtigung vorlauter Mägde und Knechte eingesetzt wurde. Ein Holzbock, der sich oben zu einer scharfen Kante verjüngte. Zur Verzierung war an einem Ende des Bocks ein geschnitzter Pferdekopf befestigt.

Von einem Haken an der Wand nahm der Graf einen schweren schwarzen Mantel mit breitem Revers aus Schafswolle. Er hatte seinem Vater gehört, einem strengen Mann mit einer Vorliebe für Bestrafungen. Der Graf bezeichnete das Gewand als »Richterrobe«, und das Gewicht auf seinen Schultern verlieh ihm ein angenehmes Gefühl von Autorität und Rechtschaffenheit.

Er packte seinen Enkel an der Taille und hob ihn hoch. Kim versuchte, seinem Großvater das Gesicht zu zerkratzen, doch er erreichte ihn nicht. Mit einer Viertelumdrehung setzte der Graf den Jungen auf die Holzkante, und dessen Schreie änderten ihren Charakter von Angst zu Schmerz, als sich der scharfe Keil in seinen Schritt drückte. Kim zappelte und wand sich, um herunterzukommen, doch der Graf brüllte: »Bleib sitzen! Sonst hole ich die Katze!«

Die neunschwänzige Katze hatte der Graf bisher nur ein einziges Mal eingesetzt. Sie war ungeeignet, weil sie Narben auf dem Rücken hinterließ. Der Graf ging zwar davon aus, dass er Kims Eltern in der Hand hatte, doch auch sie hatten womöglich ihre Grenzen. Deshalb zog er das Pferd vor.

Kim blieb mit schmerzverzerrtem Gesicht regungslos sitzen. Sein Weinen war in ein Hicksen und Schniefen übergegangen. Er atmete flach, sein Gesicht war rot.

»Also«, sagte der Graf, »wie viel wollen wir heute anhängen? Was meinst du?«

»Nichts, Großvater«, brachte Kim wimmernd hervor. »Nichts.«

»Nun, aber ein wenig Hilfe brauchen wir schon, wenn wir diesen Hahn zum Krähen bringen wollen.«

Der Graf wühlte in einer Holzkiste mit Gewichten, die an Lederriemen befestigt waren. Er entschied sich für die Zwei-Kilo-Ge-

wichte, die er an Kims Knöcheln befestigte, und nickte zufrieden, als Kim erneut aufschrie. Es war, als erhöbe sich die Seele des Grafen auf den Schwingen der Schreie zum Himmel, und er bekam eine trockene Kehle, als er die Richterrobe enger um sich zog. »Im Galopp, im Galopp!«, gluckste er.

Zwanzig Minuten musste Kim auf dem Pferd reiten, danach war er nur noch ein zitterndes Häufchen Elend. Er schwitzte aus allen Poren, und seine Locken klebten an seinem Kopf. Als der Graf die Gewichte abnahm, fiel der Junge seitlich zu Boden und blieb mit dem Gesicht im Staub liegen.

Kims Körper fühlte sich an wie in zwei Hälften zerteilt, und das Einzige, was ihn zusammenhielt, war ein weißglühender Hass. Eines Tages würde dieser aufflammen und lodern. Eines Tages.

II

Tärnö

1

Mittsommer. Morgens stand Kim Ribbing am Fenster seiner Minisuite im Hotel Diplomat und blickte auf den Nybrokajen, wo die Schiffe des Fährunternehmens Waxholmsbolaget im glitzernden Wasser schaukelten. Fünf Monate waren vergangen, seit er sich mit einem »Tschüss. War schön« von Julia Malmros verabschiedet hatte. Mehrmals war er kurz davor gewesen, sie anzurufen, hatte es sich dann aber im letzten Moment doch anders überlegt. Sie hatte sich auch nie gemeldet.

Obwohl, vielleicht hatte sie das ja sogar getan. Ein paar Tage, nachdem Kim ihre Wohnung verlassen hatte, hatte er sich ein Flugticket nach Kuba gekauft und zwei Monate in einem Dorf *off the grid* verbracht. Kein Internet und nur sporadisch ein Mobilfunksignal. Womöglich hatte sie also versucht, Kontakt mit ihm aufzunehmen. Er hatte die Zeit gebraucht, um Kraft für die Aufgabe zu tanken, der er sich nach seiner Rückkehr nach Schweden gewidmet und die er gerade abgeschlossen hatte.

Kim lehnte seine Stirn gegen das warme Fensterglas. Er war zutiefst erschöpft. In den letzten Tagen hatte er kaum geschlafen, da er die umfangreichen Ermittlungen gegen einen Pädophilenring im Darknet, Kindesmissbrauch in seiner perfidesten Form, zu einem Ende bringen musste.

Der Tor-Browser, über den man Zugang zum Darknet erhielt, schleuste den Datenverkehr durch viele verschiedene Server, und es war so zeit- und nervenraubend, die Spuren bis zu ihrer Quelle zurückzuverfolgen, dass es den Usern fast immer gelungen war, sich auszuklinken, bevor Kim sie eingeholt hatte.

Dennoch hatte er einen Vorteil gegenüber der Nationalen Operativen Abteilung, die Verbrechen im Bereich Kinderpornografie untersuchte. Er konnte unorthodoxe, besser gesagt illegale Methoden einsetzen. Vor allem konnte er sich in die Computer und Telefone der Pädophilen hacken und warten, bis sie im Darknet auftauchten und surften.

Eine seiner Methoden bestand darin, dass er sich als zwölfjähriger Junge ausgab und sich dann in Chatforen groomen ließ. Er war gut darin, die Konversation mit einem Interessenten so lange am Laufen zu halten, bis er das Netzwerk – mithilfe eines Programms, das er selbst entwickelt hatte – nach einer bestimmten Wortfolge absuchen konnte, die die betreffende Person benutzt hatte.

Wenn er einen Treffer landete und schließlich die IP-Adresse hatte, von der das Gespräch ausging, versuchte er, die Person weiter zu locken und anzutörnen, während er sich Schicht für Schicht durch ihre Firewall arbeitete. Es war eine große mentale Herausforderung, sich als naiver Zwölfjähriger auszugeben und gleichzeitig ein gerissener Cracker zu sein.

Sobald er in den Server der anderen Person eingedrungen war, durchsuchte er deren E-Mails nach Kontakten mit ähnlichen Interessen und schleuste einen Trojaner ein. Alle E-Mails, die der Pädophile anschließend an seinen Bekanntenkreis schickte, waren dann infiziert und öffneten Kim eine Hintertür zu neuen Rechnern.

Als Kim dieses Projekt vor einigen Jahren begonnen hatte, war er sehr viel destruktiver vorgegangen. Nachdem er die Quellcodes von einigen der Filesharing-Programme entschlüsselt hatte, die die Täter nutzten, um einander Bilder und Filme zuzusenden, pflanzte er diesen einen Wurm ein, der ihre Festplatten ein für alle Mal löschte, sobald sie etwas herunterluden. Oder er löschte gleich den gesamten Inhalt des Chatforums.

Letzteres hatte sich jedoch als vollkommen sinnlos erwiesen.

Nach ein bis zwei Tagen tauchten die Missbrauchsvideos in einem neuen Forum auf. Das Phänomen, Kinder zu missbrauchen und zu quälen, war so widerstandsfähig wie eine Kakerlake.

Deshalb beschloss Kim, sich üblicher Ermittlungsmethoden zu bedienen und sie mit unkonventionellen Ansätzen und Mitteln zu verbinden. Inzwischen besaß er einen Ordner mit fast viertausend Seiten Text und Bildmaterial, ein Archiv, das helfen konnte, dreihundertvierzehn schwedische Mitbürger vor Gericht zu bringen und zu verurteilen.

Das Aufspüren, Cracken und Einschleusen von Spionageprogrammen war schon anstrengend genug. Aber viel mehr schaffte ihn der ganze Dreck, den er sich ansehen musste. Die Anzahl der Dateien wurde immer größer und das Material immer brutaler. Inzwischen war es eher die Regel als eine Ausnahme, dass sogar Säuglinge grausamen Übergriffen ausgesetzt waren, die dann tausendfach verbreitet wurden. Zutiefst deprimierend.

Kim setzte sich an den Schreibtisch und klickte sich durch den Ordner, den er »Dokumentation eines Pädophilenrings« genannt hatte. Dann schickte er ihn über einen verschlüsselten Link an den Bereich Internetverbrechen der Nationalen Operativen Abteilung, kurz NOA. Anschließend verbrachte er eine Stunde damit, sämtliche Spuren der Dokumentation von seinem Rechner zu löschen. Es wäre ja an Ironie nicht zu übertreffen, wenn er aufgrund des Inhalts seiner Festplatte wegen des Besitzes von Kinderpornografie angeklagt würde.

Kim hob den Blick und betrachtete sich im Spiegel. In den drei Monaten, in denen er sich mit dem Pädophilenring beschäftigt hatte, war er um ein paar Jahre gealtert. Er hatte tiefe Schatten unter den Augen, und der blonde Ansatz in seinem strähnigen schwarzen Haar wirkte geradezu grotesk. Er brauchte Ruhe.

Ruhe.

Wann hatte er sich in den letzten Jahren ausgeruht, wirklich ausgeruht? War vollkommen zur Ruhe gekommen und hatte das

Leben einfach laufen lassen? Das Erste, was ihm einfiel, war das Bild von seiner Hand auf Julias Schulter, während sie schlief. Durchs Fenster war Mondlicht gefallen und hatte sich schimmernd auf seinen Handrücken gelegt. Wenn sie beide sich nach dem Sex ausruhten, hatte er sich völlig friedlich gefühlt.

Kim zog den Computer zu sich heran, tippte »Julia Malmros« in Google ein und klickte auf »Nachrichten«. Unzählige Schlagzeilen aus den letzten Tagen füllten den Bildschirm. Julia war mit ihrem *Millennium*-Projekt wohl sehr erfolgreich. Dann fing er an zu lesen, was dort stand …

Kim tat etwas, was er schon mehrere Monate nicht mehr getan hatte: Er warf den Kopf zurück und lachte aus vollem Hals. Als er sich wieder beruhigt hatte, schüttelte er den Kopf und hob mahnend den Zeigefinger. »Julia Malmros«, sagte er. »Jetzt sitzt du in der Tinte.«

2

Julia Malmros saß zweifellos in der Tinte, ja, sogar richtig tief. Alles hatte vor ein paar Tagen bei einer Besprechung mit der Lektorin im Verlag begonnen, der sie ihren *Millennium*-Roman drei Wochen zuvor geschickt hatte. Sie war mit dem Manuskript erstaunlich schnell vorangekommen und hatte die knapp vierhundert Seiten in gut vier Monaten heruntergetippt, was wahrscheinlich einfach daran lag, dass die Romanwelt und die Hauptfiguren bereits existierten und nur darauf warteten, dass sie mit ihnen weiterspielte.

Na ja, ganz so einfach war es nicht gewesen. Vor allem die Abschnitte rund um Lisbeth Salanders Hacking-Aktivitäten hatten ihr Probleme bereitet, weil ihr Stolz es ihr verbot, Kim Ribbing zu kontaktieren. Sie nutzte das Basiswissen, das er ihr vermittelt hatte, und sog sich den Rest mithilfe von Wikipedia aus den Fingern. Vor Veröffentlichung des Buches musste dann wohl ein anderer Experte die betreffenden Abschnitte prüfen. Das Kapitel Kim war ihrer Ansicht nach beendet.

Julia war mit dem Ergebnis zufrieden. *Stormland* – der Arbeitstitel des Romans – war mindestens ebenso solide wie ihre Åsa-Fors-Romane. Ein dicht gewobener, internationaler Thriller um Drogenkartelle, Korruption und Pressefreiheit. Und natürlich mussten die Figuren, die Larsson geschaffen hatte, sich weiterentwickeln.

Julia hatte immer schon gefunden, dass Jan Bublanskis juristischer Hintergrund nicht genug ausgeschöpft worden war, weshalb sie ihm einen langen Bart wachsen, den Religionsphilosophen Martin Buber zitieren und Züge eines alttestamentarischen Propheten annehmen ließ. Vielleicht inspiriert durch die Affäre mit Kim, hatte sie die Beziehung zwischen Salander und Blomkvist angeheizt, die ihr zu keusch erschienen war.

Julia hatte sich an Mikael Blomkvists unbekümmerter Haltung gegenüber Frauen gestört. Zu seinem unverhohlenen Erstaunen zwangen sie ihn immer fast zum Sex. Deshalb hatte Julia ihm eine MeToo-Geschichte angedichtet, was der Verlag überraschenderweise begrüßte, da es *Millennium* in der Gegenwart verankerte.

Insgesamt war Julia wirklich zufrieden mit ihrem Werk. Frisch und schwungvoll würde es die Welt von Lisbeth Salander erneuern und bereichern und ihr selbst einen Pool auf Tärnö einbringen. Einen Infinity-Pool.

Am Tag ihres Verlagsbesuchs war sie voller Freude und Erwartungen. Jetzt endlich würde sie auch ihre Lektorin kennenlernen. Nun, es war eigentlich nicht *ihre* Lektorin. Die Helena, mit der sie sonst zusammengearbeitet hatte, war für dieses Prestigeprojekt durch eine andere Helena ersetzt worden, die man von einem größeren Verlag abgeworben hatte. Sie war Expertin für Krimis und stand hinter mehreren der ganz großen Erfolge der letzten Jahre.

Helena Bergman, so ihr vollständiger Name, empfing sie in ihrem Büro und bot ihr Kaffee an. Sie war eine kleine, nervös wirkende Frau mit rastlosen Händen und mit Augen, die durch das jahrelange Manuskriptlesen in Mitleidenschaft gezogen worden waren. Laut der Verlagsleiterin war sie die Erfahrenste der Branche, und wenn jemand das *Millennium*-Schiff sicher in den Hafen steuern konnte, dann sie. Julia fragte sich, wie viel der Verlag hingeblättert hatte, um Helena abzuwerben.

Sie unterhielten sich zunächst ganz allgemein darüber, wie die Arbeit am Manuskript vorangegangen war, wie es war, mit bereits bestehenden Charakteren zu arbeiten, und was David Lagercrantz jetzt machte. Als der Kaffee alle war, wurde Julia allmählich ungeduldig. Sie fragte Helena geradeheraus, was diese von *Stormland* hielt.

Helena verschränkte ihre Finger auf dem Schreibtisch. »Wir finden, es ist ein sehr gutes Buch. Wirklich sehr gut, aber … könnten wir uns auf eine andere Handlung einigen?«

Julia hatte so sehr damit gerechnet, dass sie »Titel« sagen würde, dass sie eifrig nickte. Mit *Stormland* war sie nämlich selbst nicht ganz zufrieden. Dann begriff sie, was sie eben gehört hatte. »Das heißt … was genau meinen Sie?«

»Nun, dass alles bleibt, wie es ist. Nur mit einer anderen Handlung.«

»Aber … die Handlung *ist* doch das Buch. Wie sollte ich die ändern und das Buch gleichzeitig so lassen, wie es ist?«

Julia überkam ein ungutes Gefühl. Die Verlagsleiterin hatte deutlich gemacht, dass Helena Bergman bei *Millennium* das letzte Wort haben würde. Sie hatte ein gutes Verhältnis zu Stieg Larssons Vater und Bruder und war eine Koryphäe. Trotzdem war sie offensichtlich nicht ganz bei Trost.

Die Lektorin lächelte Julia gewinnend an: »Da ist so viel Gutes. Die Charaktere, der Drive, die Sprache. Diese MeToo-Geschichte mit Blomkvist finde ich brillant. Und so weiter.«

»Aber was ist denn dann *nicht* gut?«

Helena presste ihre verschränkten Finger noch stärker gegeneinander. »Nun ja, zum einen halte ich Mexiko für nicht so … relevant. Zum anderen sind es zu viele Zufälle. Das Massengrab mit den gefolterten Frauen kommt mir für die Serie zu morbide vor, und die Beziehung zwischen Salander und Blomkvist ist zu … drastisch. Viel zu drastisch, um genau zu sein.«

Julia hatte Antworten auf all diese Einwände, doch eigentlich fiel alles mit der Aussage, Mexiko sei »nicht so relevant«, in sich zusammen. Sicher könnte Julia ein paar Szenen ein wenig abmildern, leichter verdaulich machen, wenn man das für nötig hielt.

Blümchensex und weniger brutale Foltermethoden, kein Problem. Doch wenn die erzählerische Grundlage für ihre Story wegfiel, war es das. Inzwischen fühlte Julia sich, als hätte sie einen Eisklumpen verschluckt. »Sie wollen also, dass ich ein anderes Buch schreibe?«

»Das habe ich nicht gesagt. Nur ein Buch mit einer anderen Handlung.«

Julia griff sich an die Stirn und schloss die Augen. Das hier führte zu nichts. Neben der Kälte im Magen breitete sich jetzt auch noch ein Hämmern in ihrem Hinterkopf aus. Allmählich wurde sie richtig wütend, und als sie die Augen wieder öffnete, sagte sie mühsam beherrscht: »Also gut. Mal angenommen, ich verbringe weitere fünf Monate damit, ein neues Buch zu schreiben, schicke es Ihnen, Sie lesen es und kommen dann zu dem Schluss, dass es ebenfalls nicht *relevant* ist. Was machen wir dann?«

Helena schürzte bei Julias Betonung des Wortes *relevant* die Lippen und sagte: »Wir hätten während des Schreibprozesses einfach enger zusammenarbeiten sollen. So arbeite ich für gewöhnlich.«

Das Letzte, was Julia wollte, war diese Person, die ihr beim Romanschreiben ständig über die Schulter sah. Da ließ sie es lieber ganz bleiben. So ruhig wie irgend möglich schlug sie vor: »Wie wäre es dann damit: Sie erarbeiten mit einer Werbeagentur eine Handlung, die für Ihre Zwecke geeignet ist. Eine relevante Handlung. Eine Synopsis auf fünf bis zehn Seiten. Die geben Sie mir dann, und ich schreibe das Buch. In meiner Sprache und mit meinem Drive.«

Julias Vorschlag war vollkommen ernst gemeint und ihrer Meinung nach die einzige Möglichkeit, dass das Ganze nicht völlig gegen die Wand fuhr. Trotzdem lag in Helena Bergmans Antwort eine Art Abscheu: »So etwas haben wir wirklich noch nie gemacht.«

»Dann ist mir nicht klar, wie es weitergehen soll.«

»Nein, mir auch nicht.«

Julia wünschte, ihr würde eine bissige Antwort einfallen, mit der sie das Gesicht wahren könnte, doch das Einzige, was ihr über die Lippen kam, war das Zitat eines Zitats: »I'm leaving the table. I'm out of the game.«

3

Als sie wieder auf die Straße trat, hatte sich die Kälte in Julia Malmros' Magengegend in Übelkeit verwandelt. Sie hatte ihr womöglich bestes Buch geschrieben, und es wurde als »nicht relevant« abgetan. Das Schlimmste daran war, dass sie nichts dagegen tun konnte. Sie konnte mit dem Buch nicht einfach zu einem anderen Verlag gehen, denn der Verlag in dem Gebäude, das sie gerade verließ, hielt die Rechte an der *Millennium*-Serie.

Vier Monate Arbeit für den Papierkorb. Zwar hatte sie einen Vorschuss erhalten, aber der entsprach nur etwa einem Zwanzigstel dessen, was sie mit einem Åsa-Fors-Roman verdiente. Sie hatte ihre Zeit verschwendet und wollte am liebsten heulen vor Frust. Und dann hatte sie auch noch Klas Östergren zitiert, der sich bei seinem Abgang aus der Schwedischen Akademie wiederum eines Songtexts von Leonard Cohen bedient hatte. Das war im höchsten Maße pathetisch.

Sie zog ihr Telefon heraus und rief Irma Ryding an. Irma war die Einzige, die das Manuskript schon während der Entstehung zu Gesicht bekommen hatte, denn ihr Urteil war das einzige, auf das Julia vertraute. Irma fand *Stormland* hervorragend und störte sich lediglich – genau wie Julia – am Titel. Sie hatten gemeinsam nach einem besseren gesucht, jedoch ohne Erfolg. Beim dritten Klingeln ging Irma mit ihrer rauchigen Stimme dran.

»Julia! Wie lief es im Verlag?«

»Darum geht es. Können wir uns vielleicht treffen?«

»Oh, so schlimm?«

»Schlimmer.«

»Zehn Minuten.«

Sie brauchten sich nicht auf einen Treffpunkt zu verständigen. Tagsüber trafen sie sich immer im Gråmunken. Das Café war nichts Besonderes, aber Irma mochte es, weil es nicht »so verflucht hell und voller Tand« war, was ihrer Meinung nach heutzutage auf die meisten anderen Cafés zutraf.

Als Julia ankam, saß Irma bereits an ihrem üblichen Tisch ganz hinten in der Ecke, wo es schummrig und nicht plüschig war. Irma stützte sich an der Tischplatte ab und umarmte Julia. Dann hielt sie sie auf eine Armlänge Abstand. »Du siehst erbärmlich aus, mein Mädchen. Hat dich jemand geärgert? Hier.« Mit einer Geste wies sie auf den Tisch. »Cappuccino mit einem extra Shot und ein Plunderstück. Wie wär's?«

Jetzt konnte Julia sich nicht mehr zurückhalten. Sie ließ alle Kontrolle fahren und weinte. Irma nahm sie wieder in die Arme und strich ihr über den Hinterkopf. Es war so schön, »Liebes« genannt und getröstet zu werden. Der Eisklumpen löste sich auf, und die Übelkeit ließ nach. Lieber hätte sie sich Nadeln in die Augen gestochen, als zuzulassen, dass Helena Bergman sie so sah. Nachdem sie sich ausgeweint hatte, deutete Irma auf den Stuhl. »Setz dich. Und erzähl«, sagte sie.

Julia berichtete von Anfang an, und wurde nur hier und da von Irmas missbilligendem Schnalzen unterbrochen. Als sie fertig war, hatte sie noch einen weiteren Cappuccino bestellt und beinahe ausgetrunken. Irma lehnte sich zurück. »Weißt du, vor einigen Jahren haben sie versucht, mir diese Helena anzudrehen. Das war, bevor sie bei dem großen Verlag anfing.«

»Und wie lief es?«

»Was glaubst du? Es dauerte eine Woche. Sie wollte sich in *alles* einmischen. Ich weiß, dass viele mit ihr zufrieden sind, denn es gibt Autoren, die keinen Buchstaben schreiben, ohne dass sie jemand an der Hand hält. Doch so bin ich nicht und du auch nicht. Mit ihr *kannst* du nicht arbeiten.«

»Nein, das ist mir klar. Aber was soll ich denn jetzt machen?«

Irma lehnte sich vor und hob den rechten Zeigefinger, wie sie es oft tat, wenn sie etwas besonders betonen wollte. »Du machst Folgendes: Du erfindest zwei neue Figuren, die Blomkvist und Salander so weit ähneln, dass sie zu deiner Romanhandlung passen, aber nicht so sehr, dass es ein Plagiat wäre. Dann schreibst du einen neuen Anfang, um sie einzuführen. Und danach steigst du in die Haupthandlung ein.«

»Darf man das?«

»Klar darf man das. Aber du kannst nicht alles so lassen, wie es ist, und sie nur in Lösböth Söhlönder und Möckö Blömkvöst umtaufen …«

Julia lachte befreit auf. Vielleicht war das ein Ausweg. »… mach es so, wie ich es dir geraten habe«, fügte Irma hinzu. »Dann gehst du mit deinem Manuskript zu Bonniers, am besten mit einem neuen Arbeitstitel, die machen ein Buch daraus, es wird ein großer Erfolg, und dann kann diese Helena Bergman dran ersticken. Ende, aus, Mickymaus. Das war übrigens kein Vorschlag für einen neuen Titel.«

Ganz so einfach, wie Irma es darstellte, war es natürlich nicht. Sie würde ihr Manuskript gründlich überarbeiten müssen, doch große Teile der Haupthandlung sollten sich verwenden lassen. Es war machbar und würde erheblich schneller gehen, als ein völlig neues Buch zu schreiben.

»Es gibt noch eine andere Möglichkeit«, sagte Julia. »Vielleicht hat Helena Bergman ja recht. Vielleicht ist es kein gutes Buch.«

»Papperlapapp. Das kannst du vergessen. Es ist ein verdammt spannendes Buch. Richtig gut geschrieben. Das Einzige, bei dem ich ihr vielleicht zustimmen würde, ist die Sache mit den Zufällen. Aber was soll's, sieh dir Dostojewski an. Bei ihm wirkt Sankt Petersburg wie ein Dorf, die Leute begegnen sich andauernd auf der Straße.«

»Nur bin ich nicht Dostojewski.«

»Nein. Dafür bist du Julia Malmros, und das ist auch keine Schande.«

Julia nahm Irmas Hand, die auf dem Tisch lag, küsste ihre Knöchel und sagte: »Irma, was würde ich bloß ohne dich machen?«

»Du würdest zu einem kleinen, nassen Häufchen Elend zusammenbrechen.«

4

Nachdem sie sich verabschiedet hatten, ging Julia Malmros nach Hause, setzte sich an den Schreibtisch und dachte lange nach. Noch einmal las sie das erste Kapitel ihres Manuskripts, in dem Lisbeth Salander einem Frauenhaus dabei half, dessen Computersystem so zu schützen, dass niemand herausfinden konnte, wer die Frauen waren, die dort Hilfe suchten.

Es war nicht notwendig, dass ausgerechnet Salander dies tat. Im Grunde konnte es jede beliebige Person sein, jemand wie … Kim Ribbing? Julia schnipste mit den Fingern. Natürlich! Sie würde die Geschlechter vertauschen, die Computerspezialistin wäre ab jetzt ein junger Mann und der Journalist eine ältere Frau, jemand wie … sie selbst?

Julias Gedanken überschlugen sich, als sie versuchte, jemanden, der ihr ähnelte, in die actiongeladene Handlung einzufügen. Sie musste komplett umdenken, aber der Geschlechtertausch war eine gute Basis für die Überarbeitung. Mit einem Signalton erinnerte ihr Smartphone sie daran, dass sie in einer Stunde beim Fernsehsender TV4 erwartet wurde.

Sie hatte vergessen, dass sie zu einer Aufzeichnung von *Malou nach zehn* mit Malou von Sievers eingeladen war, um dort über die Åsa-Fors-Fernsehserie zu sprechen, die im Herbst ausgestrahlt werden sollte. Lust hatte sie nicht, denn ihrer Meinung nach stellte Malou nur Suggestivfragen, um genau die Antworten zu bekommen, die sie hören wollte. Doch das Produktionsbüro hielt ihren Auftritt in der Sendung für gute Werbung, und Julia hatte sich gefügt. Jetzt war es zu spät für einen Rückzug.

Während sie Kleidung und Schuhe für die Aufzeichnung auswählte, nagte die Verbitterung an ihr. Der vorübergehende Enthusiasmus über ihre Idee, die Geschichte mit neuen Hauptfiguren umzuschreiben, legte sich allmählich. Denn trotz allem war es eine Geschichte, die sie für Blomkvist und Salander entwickelt hatte, und das zu ändern, bedeutete viel Arbeit. Diese verfluchte Helena Bergman. Mochten ihre Haare in Flammen aufgehen, bemühte Julia eine Verwünschung ihrer Großmutter.

Julia zog eine schlichte hellblaue Bluse, Jeans und schwarze Sneaker an und frischte ihr Make-up auf, bevor sie ein Taxi rief. Für den Moment musste sie das alles herunterschlucken und sich auf die gute alte Åsa Fors konzentrieren. Was sollte sie bloß zu der Serienverfilmung ihres Stoffes sagen? Ihr fiel nichts ein. Was sie bisher gesehen hatte, schien ziemlich schlecht zu sein, aber das würde sie sicher nicht erwähnen. Sie würde improvisieren müssen. Etwas, das ihr eigentlich lag.

5

Sie scheiterte bereits bei der ersten Frage. Malou von Sievers begann mit einem Hinweis auf die bevorstehende Serie und sagte dann: »Aber bevor wir darüber sprechen: Es war in letzter Zeit ungewöhnlich still um Sie. Was haben Sie getrieben?«

Bevor Julia Malmros anfing nachzudenken, hörte sie sich sagen: »Ich habe einen neuen *Millennium*-Roman geschrieben.«

Malou zeigte einen seltenen Ausdruck von echter Verwunderung. »Huch, das haben wir gar nicht mitbekommen.«

»Nein, das war auch geheim.«

»Und trotzdem erzählen Sie uns hier davon?«

»Ja. Das tue ich.«

»Wie kommt's?«

Der Geist war aus der Flasche. Und ehe Julia sich's versah, berichtete sie, was vorgefallen war. Sie imitierte Helenas absurde Aussage, die Geschichte sei *wirklich gut, alles was sie bräuchte, sei eine andere Handlung*. Malou schüttelte verständnisvoll den Kopf und ließ Julia weitersprechen. Sie stellte sehr wenige Fragen, was höchst ungewöhnlich für sie war. Offenbar begriff sie, dass sie hier einen Scoop hatte, und ließ ihren Gast ausreden.

Julia erzählte, wie sie an den Auftrag gekommen war und wie mager der Vorschuss ausfiel, und führte dann aus, wie die Lektorin sie erst gelobt und dann niedergemacht hatte. Sie gab die Romanhandlung in groben Zügen wieder und wünschte dem Autor oder der Autorin, den oder die man jetzt damit beauftragen würde, viel Glück.

Als sie fertig war, saß Malou mit offenem Mund da. Dann riss sie sich zusammen und sagte: »Na, da haben Sie uns ja eine spannende Geschichte mitgebracht, Julia. Jetzt folgt Bobo Stahl, der uns vom neuen Trend der Mindlessness berichtet.«

Der nächste Gast ließ sich auf der Couch nieder, und ein Studiomitarbeiter winkte Julia zu, um ihr zu zeigen, wohin sie gehen musste. Schon als sie von dem niedrigen Podest stieg, schoss ihr der Gedanke durch den Kopf: *Das war dumm, richtig dumm.*

Die Sendung wurde erst am nächsten Tag ausgestrahlt, doch irgendjemand aus der Redaktion *Nach zehn* musste etwas nach draußen gegeben haben, denn schon um sieben Uhr am selben Abend rief der erste Journalist sie an. Stimmte es, dass … und so weiter. Hatte Julia keine Geheimhaltungserklärung unterschrieben? Doch, das hatte sie. Was würde jetzt geschehen? Sie wusste es nicht.

Der richtige Sturm brach nach der Ausstrahlung über sie herein. Tagsüber riefen mehrere Journalisten an, auch von ausländischen Zeitungen. Der Verlag meldete sich und erklärte, dass Stieg Larssons Erben mit Klagen drohten und dass der Verlag Julia dann ebenfalls verklagen würde. Vielleicht fingen die Erben auch gleich bei ihr an. Es sah ganz so aus, als würden alle, die Julia verklagen könnten, das auch tun. Irma rief an und meinte, Julia sei eine Idiotin, doch sie würde sie deshalb nicht weniger lieben und sie solle sich nicht unterkriegen lassen.

Gegen halb zehn am Abend schaltete Julia ihr Telefon aus und trank eine ganze Flasche Wein, während sie Sven-Ingvars hörte. Sie wünschte, Kim wäre da. Ihm wäre ihr Verhalten wahrscheinlich völlig egal, vielleicht hätte er ihr sogar recht gegeben. In den letzten Monaten hatte sie kaum an ihn gedacht, stellte jetzt aber fest, dass sie ihn vermisste.

Als sie am nächsten Morgen das Telefon wieder einschaltete, hatte sie über fünfzig verpasste Anrufe. Um elf Uhr klingelte es an der Tür. Durch den Türspion erkannte sie einen Journalisten der Abendzeitung und öffnete nicht. Sie trat ans Küchenfenster und spähte durch ihr Fernglas zum Kiosk auf dem Platz. Erwartungsgemäß sah sie ihren Namen in großen Lettern auf den Titelseiten prangen. Als sie das Fernglas senkte, standen mehrere Personen auf dem Platz und zeigten zu ihr hinauf.

Lass dich nicht unterkriegen, hatte Irma gesagt. Nachdem Julia das Telefon ausgestöpselt hatte, hockte sie wie erstarrt in ihrer Wohnung und hörte, wie es von Zeit zu Zeit an ihrer Tür klingelte. Als sie nach zwei Tagen Dauerbelagerung in ihren Kalender sah, stellte sie fest, dass das Mittsommerfest bevorstand. Kurzerhand packte sie eine Tasche, um all das hinter sich zu lassen, und fuhr nach Tärnö.

6

Die Fähre war voll gepackt mit Menschen, denn viele wollten Mittsommer im Schärengarten feiern. Als Julia Malmros unter Deck ging, drehten sich mehrere Köpfe zu ihr um, und es wurde getuschelt.

Sie hatte nicht gelesen, was über sie in der Zeitung stand, und wusste nicht, aus welchem Blickwinkel die Story wiedergegeben wurde. Wahrscheinlich hatte man jemanden vom Verlag interviewt und so erfahren, was für einen »ungeheuerlichen Vertragsbruch« sie in *Malou nach zehn* begangen hatte. Aber ließen sich die normalen Leser von so was überhaupt beeindrucken?

Julias Hoffnung wurde bestätigt, als sie sich umsah und ihr Blick dem einer etwa gleichaltrigen Frau begegnete. Diese lächelte sie an und hob den Daumen, bevor sie mit einer kämpferischen Geste die Faust ballte. Halbherzig hob Julia ihre Faust, senkte sie dann aber gleich. Nicht dass alle sie gleich nachahmten, als wäre Julia eine Heldin im Spanischen Bürgerkrieg, obwohl sie lediglich eine gekränkte unbedeutende Schriftstellerin war. Denn am Ende ging es nur um ihren verletzten Stolz.

Als sie auf Tärnö anlegten und Julia mit einer Menge Leute darauf wartete, dass die Gangway ausgefahren wurde, drehte sich ein älterer Herr zu ihr. »Dieses Buch hätte ich ja gerne gelesen«, sagte er, was von zustimmendem Gemurmel begleitet wurde.

»Vielleicht gebe ich es als Fanfiction heraus«, antwortete Julia.

»Als was?«

»Ach, nichts. Aber danke.«

Die Gangway kam, und Julia musste keine weiteren Erklärungen geben. Während sie zu ihrem Haus hinaufging, dachte sie über ihre als Scherz gemeinte Idee etwas ernsthafter nach. Wäre das nicht die ultimative *Fuck you*-Idee? Das Buch gratis ins Netz zu stellen? Dann würde der Verlag einen anderen Autor beauftragen, und wenn dessen *Millennium*-Erzeugnis veröffentlicht wurde, würde man es mit Julias Gratisversion vergleichen und für schlecht befinden …

Julia gab sich diesen Fantasien hin, bis sie ihr Grundstück erreichte, auf dem das Gras nicht gemäht und die Terrasse mit herabgefallenen Zweigen der Ulme bedeckt war, die von Jahr zu Jahr dichter wurde. Julia war seit dem letzten Sommer nicht mehr hier gewesen und verbrachte daher den Nachmittag damit, einzukaufen, zu putzen, das Bett neu zu beziehen und Spinnweben aus den Ecken zu saugen. Gegen Abend war das Haus wieder in einem akzeptablen Zustand.

Schließlich holte sie noch den 5-PS-Außenborder aus dem Werkzeugschuppen und trug ihn zum Strand. Als sie ihr kleines Kunststoffboot erreichte, das umgedreht auf ein paar Böcken lag, musste sie erst mal Luft holen. Während der letzten Monate intensiven Schreibens hatte sie ihr Training vernachlässigt, und das rächte sich jetzt. Schwer atmend lehnte sie sich gegen den Rumpf und rieb ihre schmerzenden Arme.

»Alte Schachtel«, murmelte sie vor sich hin, während sie das Boot auf den Kiel umdrehte und den Motor anbrachte. Früher hatte sich Jonny darum gekümmert. Getrieben von einem Ich-kann-das-auch-Ehrgeiz holte Julia schließlich noch den Benzinkanister, schob das Boot ins Wasser und zog mit einem Ruck an der Startleine, bis der Motor mithilfe des Chokes ansprang. Sie tätschelte die Kunststoffabdeckung und sagte: »Gutes Mädchen.«

Unter Aufbietung ihrer letzten Kräfte zog sie das Boot bis zum Strandsaum hinauf. Jetzt hatte sie einen Fluchtweg, war unabhängig vom An- und Ablegen der Fähre und entging den neugierigen Blicken der Leute. Sie kehrte zum Haus zurück, goss sich ein großzügiges Glas *Famous Grouse* ein und trat damit auf die Terrasse. Mit einem tiefen Seufzer sank sie auf eine Sonnenliege.

Der Stuhl antwortete mit einem gekränkten Knarren, als sie sich gegen die Rückenlehne fallen ließ und an ihrem Whisky nippte. Drüben am Hafen warteten bereits Segelboote in Dreierreihen auf die Mittsommerfeierlichkeiten. Julia hatte nicht vor, sich daran zu beteiligen. Selbst unten im Laden hatten die Menschen heimlich zu ihr herübergesehen, und nach ein paar Schnäpsen würden die wahrscheinlich um sie statt um die Mittsommerstange herumtanzen. Nein, danke.

Die ganze Zeit schon verspürte Julia eine starke Unlust bei fast allem, was sie tat, insbesondere aber bei ihrer Arbeit. Sie war vorsichtig mit dem Wort »Genuss«, aber genau das hatte sie bei der Arbeit an *Stormland* empfunden, sogar mehr noch als bei den Åsa-Fors-Romanen. Sie hatte sich in Lisbeths und Mikaels Gesellschaft wohlgefühlt. Umso größer war jetzt die Enttäuschung.

Vielleicht klappte es ja mit den neuen Figuren? Julia schüttelte den Kopf und goss sich noch einen Whisky ein. Auf die hatte sie auch keine Lust. Das einzige Verlangen, das sie verspürte, war das nach einer Zigarette. Leider hatte sie keine gekauft, und im Haus gab es auch keine. Wie deprimierend, dass sie nicht einmal eine einzige Zigarette bekommen konnte. Selbstmitleid überkam sie, und nach dem dritten Glas Whisky wandelte es sich zu Verbitterung.

Diese Idioten! Verdammte Idioten!

Sie würde keinen weiteren Åsa-Fors-Roman schreiben, und wenn sie es doch tat, würde sie ihn bestimmt nicht in diesem verdammten Scheißverlag veröffentlichen. Julia fühlte sich ein bisschen überspannt und goss sich einen vierten Whisky ein.

Und wenn sie jetzt sofort Nägel mit Köpfen machte? Eine Seite für Fanfiction suchte und *Stormland* einfach dort einstellte? Bitte schön, liebe Schweden! Ein kleines Mittsommergeschenk von Julia Malmros, viel Spaß damit! Julia gluckste, während sie den Whisky im Mund bewegte. Im Verlag würden sie schier ohnmächtig werden vor Verärgerung, und vielleicht würden Helena Bergmans Haare wirklich Feuer fangen.

Julia wollte aufstehen, um ihren Racheplan sofort in die Tat umzusetzen, aber in ihrem Kopf drehte sich alles, und sie fiel in den Stuhl zurück. Offenbar war sie ein wenig betrunken. Vielleicht wartete sie besser bis zum nächsten Morgen. Sie hatte schon mehrmals die bittere Erfahrung gemacht, dass es keine gute Idee war, betrunken Entscheidungen zu fällen.

Verdammt!

Wenn Julia sich recht erinnerte, war Fanfiction theoretisch illegal, auch wenn niemand Einwände gegen eine Publikation erhob, solange die Rechte der Verlage nicht grob verletzt wurden. Was auf *Stormland* mit Sicherheit nicht zutraf. Also müsste sie mit einer weiteren Klage rechnen. Sie fragte sich, ob der Verlag wirklich vor Gericht ziehen würde und wie empfindlich die Strafe wohl ausfiele. Mehrere Millionen Kronen? Würde sie das Haus verkaufen müssen? Die Wohnung? Verdammte Malou, die sie einfach hatte weiterplappern lassen!

Von den Segelbooten im Hafen drangen Lärm und Musik herauf. Nach Tärnö zu fahren, war ein Fehler gewesen. Wenn die Menschen ringsum Partys feierten, wurde ihre Einsamkeit noch genährt. Sie hätte sich besser in ihrer Wohnung verstecken und abwarten sollen, bis das Ganze vorübergezogen war. Irgendwo platschte es, als jemand ins Wasser sprang oder fiel, dann folgte Gelächter.

Weißt du noch, wie voll Leffe an Mittsommer war? Ist mit Klamotten ins Meer gefallen! Was haben wir gelacht!

Die Leute waren Idioten. Julia griff nach der Flasche, um ihr Glas erneut zu füllen, hielt sich dann aber zurück. Wenn sie noch mehr trank, würde sich die Schwermut wie eine nasse Decke über sie legen und dann vermutlich mehrere Tage lang anhalten, während sie weitertrank, um ihr etwas entgegenzusetzen.

Es war Mittsommer! Sie würde sich zusammenreißen. Sich aufrichten. Und nicht wie eine mürrische alte Hexe hier sitzen und über ihre Enttäuschungen nachgrübeln.

Julia verschloss die Flasche und stand, auf die Armlehnen gestützt, auf. Beinahe wäre sie gestürzt und hätte im Fallen den Stuhl umgeworfen. Sie konnte sich gerade noch abfangen und hob ihr fast leeres Glas in Richtung Hafen, wo die Party weiterging.

Skål, ihr Deppen!

Julia ging ins Haus und ließ ihre Kleidung in einem Haufen zu Boden fallen. Sie kroch unter das saubere Laken und eine dünne Wolldecke. Das Zimmer drehte sich. Sie versuchte, an Kim Ribbing zu denken, an die rauschhaften Tage in ihrer Wohnung. Es funktionierte nicht. Dann visualisierte sie die Sexszene zwischen Salander und Blomkvist, die sie geschrieben hatte. In ihrem Schritt kribbelte es ein wenig, doch als sie sich selbst berührte, empfand sie nichts. Nicht einmal dieses kleine Vergnügen brachte sie zustande. Sie rollte sich auf der Seite zusammen wie ein unschuldiges kleines Mädchen. Und wartete eine Weile, bis der Schlaf kam.

7

Als Julia Malmros aufwachte, checkte sie als Erstes ihr Handy. Nur zehn verpasste Anrufe, einer davon von der Verlagsleiterin Louise Granhagen. Julia stand auf, trank einen halben Liter Wasser, füllte die Kaffeemaschine und blieb dann mit dem Handy in der Hand stehen.

Wie war das noch gleich? Sich aufrichten, sich zusammenreißen. Dann konnte sie es auch ebenso gut gleich hinter sich bringen. Sie drückte das grüne Hörer-Symbol und blickte aus dem Fenster. Es sah nach schönstem Mitsommerwetter aus.

Louise ging beim zweiten Klingeln dran und scherte sich nicht um Begrüßungsfloskeln. »Ach du bist es, Julia«, sagte sie nur.

»Frohen Mittsommer, Louise.«

»Das kannst du dir sparen. Weißt du, was du angerichtet hast?«

»Ich denke schon.«

Julia trat ans Fenster, das zum Sund hinausging, und blickte nach Knektholmen hinüber, wo ihr Jugendfreund Olof Helander eine Luxusvilla besaß, die er gerne als »Häuschen« bezeichnete. Am anderen Ende der Leitung keuchte Louise vor Entrüstung. »Die sind hier wie die Geier. Und weil du dich aus der Affäre gezogen hast, bekommen wir alles ab. Verflucht, Julia!«

»Und die Erben? Werden sie euch verklagen?«

Ein paar Sekunden lang war es still, dann sagte Louise etwas ruhiger: »Ich glaube nicht, sie wollen nicht wirken, als wären sie … aber begreifst du überhaupt, was du angerichtet hast? Was das für die Marke bedeutet?«

»Welche Marke?«

»*Millennium* natürlich. Was denkst du denn, worüber wir hier sprechen? Donald Duck?«

Julia verstand zwar nicht, warum die *Marke Millennium* wichtiger war als Donald Duck, aber sie hütete sich, das laut zu sagen. Stattdessen fragte sie: »Und ihr? Werdet ihr mich verklagen?«

Louise seufzte. »Die offizielle Version lautet bis auf Weiteres, dass wir es tun werden. Aber nein, das haben wir nicht vor. Wahrscheinlich glaubst du mir nicht, aber ich mache mir tatsächlich Gedanken um dich, du Dummkopf.«

Julia wandte den Kopf vom Telefon ab, damit ihr erleichtertes Aufatmen nicht zu hören war. Sie hatte keine Ahnung, wie zeitaufwendig Gerichtsverfahren sein konnten, und wollte es auch nicht wissen. Das Einzige, was sie zu Louise sagte, war: »Das freut mich zu hören.«

In drohendem Tonfall sagte Louise: »Nur, wenn du nicht noch mehr anstellst.«

»Eigentlich hatte ich überlegt, den Roman kostenlos als Fanfiction zu veröffentlichen.«

Louise stöhnte auf. »Wenn du das tust, hetze ich dir so viele Anwälte auf den Hals, dass du dein restliches Leben im Gericht verbringst.«

»Werde ich nicht. Aber weißt du, ich war verdammt enttäuscht.«

»Das verstehe ich. Das verstehe ich wirklich, Julia. Ich finde auch, dass es ein gutes Buch ist, aber die endgültige Entscheidung treffen nicht wir.«

»Sondern Helena Bergman?«

»Inzwischen ja.« Als Julia Luft holte, um etwas Abfälliges über Helenas Kompetenz zu sagen, unterbrach Louise sie mit den Worten: »Wann bekommen wir etwas Neues von Åsa Fors?«

»Das wird sicher dauern. Man könnte sagen, meine Arbeitsmoral hat einen schweren Schlag erlitten.«

»Dann reiß dich zusammen. Ich sage es nur ungern, aber du

hast für Aufmerksamkeit gesorgt, und wenn du schlau bist, nutzt du das aus.«

»Wie du weißt, Louise, bin ich nicht besonders schlau.«

»Stimmt, das ist mehr als deutlich geworden. Frohen Mittsommer, du verrückte Person.«

»Frohen …« Doch die Leitung war bereits tot.

In der Küche brodelte die Kaffeemaschine, und Kaffeeduft strömte durchs Haus. In Julias Innerem machte sich Erleichterung breit. Louise war nicht ganz so wütend gewesen, wie sie befürchtet hatte, und sie würde weder das Haus noch die Wohnung verlieren. Von ihrem Vorsatz, keine weiteren Åsa-Fors-Romane mehr für diesen *verdammten Scheißverlag* zu schreiben, war nicht viel übrig geblieben. Ob sie tatsächlich in der Lage sein würde, einen zu schreiben, stand auf einem anderen Blatt.

Sie goss sich Kaffee ein und trank ihn auf der Terrasse, während sie zum Hafen blickte, wo betrunkene Segler in den Plichten ihrer Boote den Tisch für das Mittsommeressen deckten. War es schon so spät? Als ihr Kaffee alle war, klatschte Julia in die Hände. Das Zusammenreißen begann ab sofort.

Julia duschte lange, dann zog sie eine weiße Leinenbluse und passende Hosen an. Sie stellte den Terrassentisch auf den Felsen vor dem Haus und legte darauf die einzige Tischdecke, die sie besaß. Aus dem Kühlschrank holte sie den Proviant, den sie am Vortag gekauft hatte. Hering, Kartoffeln und Eier. Den Aquavit hatte sie aus der Stadt mitgebracht.

Sie kochte Kartoffeln und Eier und machte sich sogar die Mühe, Zwiebel- und Senfheringe aus den Konservengläsern in Schälchen umzufüllen. Während die Ein-Uhr-Fähre im Hafen anlegte, stellte Julia alles auf den Tisch. Schließlich holte sie den Aquavit aus dem Kühlschrank und suchte nach einer Serviette. Die einzige, die sie fand, passte zum jährlichen Krebsfest im August, ein Überbleibsel von einem Abendessen, das sie in längst vergangenen glücklicheren Tagen für die Verlagsleute veranstaltet hatte. Sie steckte sich die Serviette in den Ausschnitt und ging zurück an den Tisch. Alles sah so aus, wie es sollte, die Farce war perfekt. Sie setzte sich hin.

Julia hatte sich gerade Kartoffeln aufgefüllt und war dabei, ein Ei zu pellen, als sie Schritte auf dem Kiesweg vom Hafen herauf hörte. Sie kamen näher. Julia ließ das Ei sinken und legte den Kopf schief. Ein paar Sekunden später tauchte ein dunkler Haarschopf oberhalb der Felskante auf und kurz darauf der ganze Kim Ribbing. Er trug eine Tasche mit einem abgenutzten Gepäckanhänger.

Julia starrte ihn nur an. Kim blieb auf der anderen Seite des Tisches stehen und ließ den Blick vom Geschirr über das Ei in Julias Hand bis zu der Krebsfestserviette in ihrem Ausschnitt wandern.

»Tja«, sagte er, »das könnte mit Abstand das Pathetischste sein, was ich je gesehen habe.«

8

Als Kim Ribbing einen Stuhl geholt und sich gegenüber von Julia Malmros niedergelassen hatte, zeigte sie auf seinen Haaransatz. »Du bist … eigentlich blond.« Das Attribut stimmte so wenig mit dem Kim überein, den sie kannte, dass sie es laut aussprechen musste, um daran zu glauben.

»Mm«, sagte Kim und aß eine Kartoffel. »Und du bist etwas rundlicher.«

Julia hatte tatsächlich drei oder vier Kilo zugenommen, seit sie sich zuletzt gesehen hatten. Als sie Kims schlanke, wenn auch etwas zusammengesunkene Gestalt sah, musste sie dem Impuls widerstehen, sofort in die Laufklamotten zu springen und eine Runde zu drehen.

Stattdessen ging sie ins Haus, holte ein weiteres Schnapsglas und stellte es auf den Tisch. Sie wies auf die Aquavit-Flasche und fragte: »Möchtest du einen?«

Kim schüttelte den Kopf, beugte sich zu seiner Tasche hinunter, öffnete sie und holte eine Flasche mit goldbraunem Inhalt und der Aufschrift »Selección de Maestro« heraus. Er entkorkte sie und goss die Schnapsgläser voll.

Der Rum war fantastisch und hinterließ einen Geschmack von Sonnenuntergang auf der Zunge. Julia betrachtete die Flasche und fragte: »Warst du auf Kuba?«

»Auf Kuba, ja.«

»Was hast du da gemacht?«

»Alles Mögliche.«

»Sprichst du Spanisch?«

»Inzwischen schon.«

»Und was machst du hier?«

»Dachte, du könntest Gesellschaft vertragen.«

Kim leerte sein Glas und goss sich noch eines ein, dann lehnte er sich im Stuhl zurück, sah Julia an und sagte: »Ich nehme an, dass du traurig bist. Aber das musst du nicht. Du hast allen gezeigt, dass du *cojones* hast. Und dass man es sich mit dir nicht verscherzen sollte. Skål.«

Julia stieß mit ihm an und trank. Der Sonnenuntergang breitete sich in ihrem Inneren aus.

9

Julia Malmros hatte sich ein drittes Glas Sonnenuntergang eingeschenkt und stellte fest, dass Kim Ribbing etwas gesprächiger wurde. Er erzählte von Kuba, dass er in einem kleinen Haus am Strand gewohnt und Spanisch gelernt hatte, getaucht war und mit seinen zwei neuen Freunden Fliege und Fedo mit einem Harpunengewehr gefischt hatte. Für seine Verhältnisse ein regelrechter Informationsschwall.

»Und dann?«, fragte Julia.

»Dann was?«

»Die drei Monate nach Kuba. Was hast du da gemacht?«

Kim hatte bei seiner Ankunft ziemlich drahtig ausgesehen, doch seit er sich auf den Stuhl hatte fallen lassen, wirkte er, als hätte eine tiefe Ermattung von ihm Besitz ergriffen. Auf Julias Frage hin sank er noch ein wenig mehr in sich zusammen, rieb sich die Augen und sagte: »Ein Projekt. Ich möchte eigentlich nicht so gern darüber sprechen.«

»Okay.«

Gerade als Julia das Glas ansetzte, drang ein Geräusch von Knektholmen herüber, das sie nicht gleich zuordnen konnte. Hatte jemand ein Mittsommerfeuerwerk gezündet? Doch das Geräusch war zu gleichmäßig, um von Raketen oder Böllern zu stammen. Sie sah Kim an, der angespannt lauschte. »Sind das … Maschinenpistolen?«

»Scheiße!«, rief Julia und knallte ihr Glas auf den Tisch. »Das klingt, als käme es von Olof drüben!«

»Olof?«

Julia sprang auf. »Erzähle ich dir unterwegs«, sagte sie und rannte über die Felsen.

Gemeinsam schoben sie das Boot ins Wasser. Die Schüsse waren inzwischen verstummt. Julia setzte sich auf die Achterbank und klappte den Motor runter, während Kim sich auf die Mittelbank setzte. Der Motor sprang beim dritten Zug an. *Braves Mädchen.* Julia setzte zurück und richtete dann den Bug auf Knektholmen aus. Über das Knattern des Motors hinweg rief sie: »Olof und ich sind in dieselbe Klasse gegangen. Ein paar Jahre lang waren wir beste Freunde. Als Kind war er ein paarmal hier, und es gefiel ihm so gut, dass er, nachdem er als Erwachsener ein Vermögen gemacht hatte, Knektholmen kaufte. Ich habe ihn ab und zu besucht.«

Kim nickte und blickte über die Bucht. In einiger Entfernung entdeckte er zwischen den Inseln ein Motorboot, das mit hoher Geschwindigkeit zum Festland fuhr. Ein ganz anderes Modell als Julias Boot, das nicht mehr als sieben Knoten schaffte.

Es dauerte rund fünf Minuten, die Bucht zu durchqueren, und als sie die östliche Landspitze von Knektholmen umrundeten, erkannte Julia schon aus der Entfernung, dass genau das passiert war, was sie befürchtet hatte, und noch viel mehr. Die Festtafel auf dem Steg sah aus … als hätte jemand sie mit einer Schnellfeuerwaffe unter Beschuss genommen.

Auf dem Tisch und dem Steg lagen leblose Körper, der Tisch war durchlöchert und das Tischtuch mit Blut besudelt. Kein Teller, keine Schüssel und kein Glas waren ganz geblieben.

Julia musste sich die Hand vor den Mund halten, um sich nicht zu übergeben, als sie ihren Freund aus Kindertagen am Steg liegen sah, seine Haare blutgetränkt. *Olle. Kleiner Olle.* Julia zwang sich, ein paar Mal tief einzuatmen. »Mein Gott. Wer macht bloß so etwas?«, fragte sie schließlich.

»Jemand, der ganz sichergehen will«, sagte Kim, ohne den Blick vom Steg zu lösen.

Um den Tatort nicht zu verunreinigen, zogen Julia und Kim das Boot mehrere Meter weit entfernt auf den Strand. Einige Nachbarn der Helanders lugten um die Hausecke, als Julia ihr Telefon hervorzog, den Notruf wählte und mit einigermaßen fester Stimme berichtete, was sie vor sich sah. Sie bat den Menschen in der Notrufzentrale, dranzubleiben, während sie zu einer älteren Frau und ihrem Mann ging, die auf den Steg starrten und die Köpfe schüttelten.

»Haben Sie gesehen, was passiert ist?«, fragte Julia sie.

Der Mann, dessen weißer Haarkranz vom Kopf abstand, zeigte mit einem zitternden Finger auf den Steg. »Sie kamen in einem Boot. Einem Motorboot. Zwei Leute. Dann schossen sie. Sie schossen … und schossen …«

»Haben Sie gesehen, was für ein Boot das war?«

»Ich glaube, es war ein … Buster. Aus Aluminium. Oder was meinst du, Vera?«

Vera sagte nichts, schüttelte nur weiter den Kopf. Deshalb gab Julia die Angaben des Mannes an die Notrufzentrale weiter und fügte hinzu, dass die Männer – falls sie ihre Waffen nicht im Meer entsorgt hatten – bewaffnet und gefährlich waren. Sie erhielt die Bestätigung, dass sofort eine Fahndung eingeleitet würde, und wurde gebeten, ihren Standort nicht zu verlassen. Julia steckte das Handy wieder in die Tasche und wandte den Blick widerwillig zum Steg. Als sie sah, was sich dort abspielte, zuckte sie zusammen. »Kim! Was tust du da?«

10

Kim Ribbing hatte in seinem Leben mehr als genug schreckliche Dinge gesehen, doch das hier übertraf alles. Vom Holzsteg ging ein dunkler Sog aus. Die Körper der Erschossenen lagen wie weggeworfen da, als hätte sie jemand dorthin getragen und dann achtlos fallen gelassen.

Das letzte Abendmahl.

Zwischen den Scherben von Gläsern und Geschirr lagen Fleischreste, die Kim nicht zuordnen konnte. Die Körper waren von unzähligen Kugeln zerfetzt worden, und der Leiche einer zierlichen Frau fehlte ein Großteil des Kopfes, Hirnmasse ergoss sich auf den Steg. Einem Männerkörper fehlten mehrere Finger. Hatte der Mann die Hand in dem sinnlosen Versuch gehoben, sich vor dem Schnellfeuer zu schützen? Dann begriff Kim, dass die Fleischreste nicht von den Menschen stammten, sondern zu dem Schinken gehörten, der ebenso zerschossen auf und unter dem Tisch verteilt lag. Es mussten mehrere Hundert Schuss abgefeuert worden sein.

Aus dem Augenwinkel bemerkte er ein Aufblitzen unter der Wasseroberfläche, gleich neben dem Steg. Vorsichtig näherte er sich der Kante und sah nach. Auf dem Grund lag ein Handy, das augenscheinlich in sehr schlechtem Zustand war, wahrscheinlich von einer Kugel getroffen.

Dann nahm Kim ein Geräusch wahr, das er nicht zuordnen konnte. Ein Ticken wie von einem altmodischen Wecker, nur schneller. Es kam von schräg unter ihm. Den Gedanken an eine Bombe mit Zeitzünder verwarf er, denn dafür gab es keinen

Anhaltspunktt. Er legte sich auf den Bauch und beugte sich über die Kante des Stegs.

An die Unterkonstruktion festgeklammert hing ein junges Mädchen, vielleicht dreizehn oder vierzehn Jahre alt. Schwarze Kajalspuren liefen ihre Wangen hinunter, und Kim registrierte, dass sie eine Sonnenbrille im Haar hatte. Das Weiß ihrer Augen schien in der Dunkelheit zu leuchten. Die Lippen des Mädchens zitterten, und das Geräusch, das Kim gehört hatte, kam von ihren klappernden Zähnen. An ihrem Kinn rann etwas Blut herab.

»Hallo«, sagte Kim. »Bist du verletzt?«

Das Mädchen starrte ihn regungslos an und klapperte einfach weiter mit den Zähnen. Kim ließ sich vom Steg ins Wasser gleiten.

Das Wasser hatte bestimmt nicht mehr als fünfzehn Grad, kein Wunder also, dass das Mädchen fror. Kim keuchte auf, machte ein paar Schwimmzüge und hängte sich neben dem Mädchen von unten an den Steg.

»Wie heißt du?«, fragte er. Als er keine Antwort erhielt, sagte er: »Ich heiße Kim, und ich werde dir jetzt hier heraushelfen, okay?«

Keine Reaktion. Doch das Mädchen ließ zu, dass Kim behutsam ihre kalten Hände löste, die vom Wasser bereits ganz aufgeweicht waren. Er legte den einen Arm des Mädchens um ihren Hals, packte sie in der Taille, und schwamm mit ihr in Richtung Ufer. Schon nach wenigen Metern konnte er wieder stehen und trug das Mädchen mehr zum Strand, als dass er sie stützte. In dem Moment kam Julia angerannt.

»Mein Gott!«, rief sie und legte ihren Arm um die Schulter des Mädchens, woraufhin sie sich noch stärker an Kim drückte. »Astrid. Wie geht es dir? Bist du verletzt? Wurdest du getroffen?«

»Ich glaube nicht«, sagte Kim. »Nur eine kleine Wunde an der Wange. Hol eine Decke.«

Astrid weigerte sich, Kim loszulassen, und er ließ sie gewähren, bis Julia mit einer Decke zurückkam. Da löste er behutsam die Hände des Mädchens und sagte: »Du musst jetzt loslassen, damit wir dich aufwärmen können. Ich gehe nicht weg, und bleibe hier bei dir sitzen, wenn du willst.«

Ganz langsam ließ Astrid ihn los, und Kim konnte sie in die Decke einhüllen. Er half ihr, sich auf den warmen Felsstein zu setzen, ließ sich dann neben ihr nieder und legte den Arm um sie, bis fünf Minuten später das erste Patrouillenboot eintraf.

11

In einem Sommer auf Roshult, als Kim zehn war, belauschte er ein Gespräch zwischen seinen Eltern und dem Großvater auf der Veranda. Und da verstand er, was los war. Die Erwachsenen dachten, Kim sei beim Schwimmen, doch er war ums Haus geschlichen und hatte sich im Zimmer neben der Veranda versteckt. Die Tür stand offen, sodass er jedes Wort hören konnte, das gesprochen wurde.

Die Eltern zeigten eine gewissen Beunruhigung angesichts Kims Insichgekehrtheit und der nicht zu erklärenden Narben auf Brust und Bauch. Der Großvater hatte sich angewöhnt, Kim nach der Misshandlung noch eine »bleibende Erinnerung« mit seinem Taschenmesser zu verpassen. In der Turngruppe, in der Kim mehrmals pro Woche trainierte, wurden Fragen gestellt. Als die Eltern das Thema jetzt ansprachen, nahm die Stimme des Großvaters einen drohenden Ton an.

Es stellte sich heraus, dass die Vierzimmerwohnung der Familie am Östermalmstorget dem Großvater gehörte, der sie dort kostenlos wohnen ließ. Dazu zahlte er seinen Eltern einen großzügigen monatlichen Unterhalt. Kim hatte sich gefragt, weshalb seine Mutter und sein Vater so viel Geld hatten, wo sie doch kaum arbeiteten. Jetzt kannte er die Antwort.

Zum Schluss sprach der Großvater das Erbe an. Er habe mit seinem Anwalt gesprochen und herausgefunden, dass es Mittel und Wege gab, Verwandte, die man nicht mochte, vom Erbe auszuschließen. Er erklärte, ihm gefielen die Wochen im Sommer, die Kim auf Roshult verbrachte, doch wenn sie ihm dieses kleine Vergnügen verwehrten, tja, dann …

Die Eltern versicherten dem Großvater schnell, dass davon keine Rede sein könne, sie hatten sich nur ein wenig gewundert. Ihnen musste klar sein, was hier vor sich ging. Kim hatte schon mehrfach versucht, ihnen zu erzählen, was der Großvater mit ihm anstellte, doch seine Eltern hatten es als Fantasien abgetan und ihn im kommenden Jahr wieder gezwungen, nach Roshult zu fahren. In seinem Versteck hinter den Gardinen biss Kim die Zähne zusammen, um nicht zu schreien. Er drückte die geballten Fäuste gegen die Schläfen. Es war ganz offensichtlich: Seine Eltern verkauften ihn. An einen Sadisten.

Nach diesem Sommer interessierte Kim sich zunehmend für Computer, und zwar mit einem ganz bestimmten Ziel.

12

Bei der Polizei gab es einen Personalengpass. Zum einen war Wochenende, zum anderen hatte die rechtsextreme Partei »Die wahren Schweden« sich entschieden, an diesem ihrer Meinung nach urschwedischen Feiertag zu demonstrieren, was einige Kräfte band.

Da sämtliche verfügbaren Polizeiboote draußen waren und nach einem Aluminiumboot der Marke Buster Magnum suchten, traf Jonny Munther erst knapp zwei Stunden nach der Tat auf einem Seenotrettungskreuzer ein. Begleitet wurde er von der Kriminalinspektorin Carmen Sánchez, die ihre Mittsommeraktivitäten für den Einsatz unterbrechen musste. Da sie ein paar Schnäpse getrunken hatte, wurde sie von einem Wagen abgeholt und nach Stavsudda gebracht, wo der Seenotrettungskreuzer und Munther warteten.

Seit drei Jahren waren sie ein eingespieltes Team und ergänzten einander gut. Wo Jonny langsam, bedacht und gründlich agierte, war die fünfzehn Jahre jüngere Carmen kreativer und stellte immer wieder Hypothesen auf, über die Jonny nachdenken konnte. Sánchez hatte chilenische Eltern, war aber in Schweden geboren und im Stadtteil Rinkeby aufgewachsen. Der Umgangston und die Haltung der Menschen dort waren ihr bestens bekannt. Zu ihr fassten die Menschen leichter Vertrauen, und wenn sie mit Einwanderern der ersten, zweiten oder dritten Generation zu tun hatten, bekam sie das erste Wort.

Als der Seenotrettungskreuzer am Kai anlegte, trat Carmen zu Jonny, der, an die Reling gelehnt, den Blick auf den Horizont gerichtet hatte.

»Habe ich das richtig verstanden?«, wollte Carmen wissen. »Deine Ex war diejenige, die das hier gemeldet hat?«

»Meine Ex-Frau, ja.«

»Ich dachte, sie hätte aufgehört.«

»Reiner Zufall. Der Tatort liegt auf der Nachbarinsel von unserem Ferienhaus. Von Julias Ferienhaus, meine ich.«

Carmen blickte ihren Kollegen prüfend an und musste wieder einmal an einen Hund denken, der keine Lust mehr hat, hinter dem Ball herzujagen, und am liebsten in seinem Körbchen liegen bleiben würde.

»Und wie fühlt sich das an?«, fragte sie.

»Ich lasse nicht zu, dass Gefühle meine Arbeit beeinträchtigen«, antwortete Jonny, ohne eine Miene zu verziehen.

»Klar, du hast ja auch keine mehr, oder?«

»Ich habe viele Gefühle, aber im Gegensatz zu einigen anderen Menschen behalte ich sie für mich.«

Carmen ahnte, dass diese Spitze gegen sie gerichtet war. Sie wusste, dass ihr Kollege sie für übertrieben emotional hielt. »Hör auf, so schrecklich *latino* zu sein«, hatte er sie einmal gebeten. Sie hatte ihn daraufhin zurechtgewiesen, dass es sich um eine rassistische Bemerkung handelte, und nun begnügte er sich mit Sätzen wie: »Können wir jetzt vielleicht ein bisschen weniger südländisch sein?«

Carmen überließ ihn der Betrachtung des Horizonts und beschloss, die Fahrt zu genießen, bevor sie all das Schreckliche zu sehen bekam. Sie war noch nie im Schärengarten gewesen, daher sog sie jetzt den Duft des Meeres ein und betrachtete die schnell vorbeigleitenden Inseln, auf denen rote Häuschen mit weißen Eckbalken wie Spielzeug verstreut dalagen.

Als das Schiff seine Fahrt verlangsamte, um an einem Steg anzulegen, richtete Carmen Sánchez sich auf, atmete einmal tief durch und verscheuchte die Ferienstimmung aus ihrem Kopf. Sie näherten sich einem Tatort. Konzentriert suchte sie mit den

Augen das Ufer nach möglichen Besonderheiten ab, prägte sich jedes Detail ein und erstellte in Gedanken eine Karte der Umgebung. Mit Jonny ging sie an Land und machte sich auf den Weg zu Olof Helanders Grundstück.

13

Für den Fall, dass es auf dem Meeresboden etwas zu finden gab, wurden Ankerbojen, die mit dem blau-weißen Absperrband der Polizei verbunden waren, in einem Radius von dreihundert Metern um den Steg ausgelegt. Taucher waren im Einsatz. Sie hatten bereits eine Reihe von Patronenhülsen und ein stark demoliertes Handy gefunden. Keine Waffen.

Jonny Munther und Carmen Sánchez traten bis an den Fuß des Stegs heran. Zwei Opfer lagen mit dem Oberkörper auf dem Tisch, eines rücklings auf dem Steg, die weit aufgerissenen matten Augen waren zum Himmel gerichtet. Drei weitere waren in ihren Stühlen zusammengesunken. Einer asiatisch aussehenden Frau hatte man den Hinterkopf weggeschossen, und Gehirnmasse ergoss sich über ihren Rücken auf den Steg.

Zwei Kriminaltechniker mit Ganzkörperanzügen und Haarhauben gingen auf Zehenspitzen umher und machten Fotos, während andere ein Zelt über dem Tatort aufbauten, was eigentlich schon längst hätte erledigt sein sollen.

Sie waren nicht allein. Draußen in der Bucht reflektierten die Linsen der Teleobjektive das Sonnenlicht. Drei Boote mit Journalisten und Fotografen hatten bereits angelegt, und weitere würden folgen.

»Sie wurden völlig überrascht«, sagte Carmen und wies mit einem Nicken zum Tisch. »Einige konnten nicht mal mehr aufstehen.«

Jonny kratzte sich im Nacken, der von der Hitze schweißnass war. »Weiß man schon, wer die Gäste waren?«

»Ja. Ein Kollege von Olof Helander wusste Bescheid. Wir haben eine Liste.«

»Gut.«

Sie verließen den Steg und gingen zum Haus hinauf, wo der Polizeiassistent auf sie wartete, der als Erster vor Ort gewesen war. Er sah so jung aus, dass er noch als Anwärter durchging, und stellte sich als Bill Skugge vor, bevor er seinen Block hervorzog. Viele jüngere und einige ältere Kollegen waren zu elektronischen Hilfsmitteln übergegangen, aber Bill Skugge gehörte offenbar zur alten Schule.

»Habe ich das richtig verstanden?«, fragte Jonny. »Die Frau, die das gemeldet hat, war Julia Mun… Malmros?«

»Ja«, antwortete Bill Skugge und sah auf der ersten Seite seines Blocks nach. »Sowie ein … Kim Ribbing.«

»*Ribbing?* Wer ist das?«

»Keine Ahnung. Ich hatte den Eindruck, dass sie … na ja, zusammen waren.«

Carmen warf Jonny einen verstohlenen Blick zu. Sein Gesichtsausdruck hatte sich bei Skugges Kommentar verdüstert. Den wenigen Andeutungen ihres Kollegen zu dem Thema hatte sie entnommen, dass nicht Jonny die Scheidung eingereicht hatte und dass er die Trennung gerne ungeschehen machen würde.

Carmen wandte sich an Bill und fragte: »Zeugen?«

Der blätterte in seinem Block. »Zwei Nachbarn. Anders und Vera Josefsson.« Er wies nach Osten. »Sie wohnen hundert Meter in diese Richtung und saßen auf der Terrasse, als es losging. Sie haben alles mitbekommen.«

»Gut. Wir müssen mit ihnen sprechen. Gibt es Informationen dazu, wie lange es gedauert hat?«

»Du meinst …«

»Die Schüsse«, verdeutlichte Carmen. »Wie lange haben die Täter geschossen?«

»Die Nachbarn sprechen von circa fünfzehn Sekunden.«

Jonny erwachte aus seinen Grübeleien über diesen Kim Ribbing und fragte: »Wissen wir bereits, wie viele Schüsse abgegeben wurden?«

Skugges Geste schloss die Kriminaltechniker, die das Gelände rund ums Haus absuchten, und das Taucherboot in Stegnähe mit ein. »Sie haben sicher noch nicht alle Kugeln und Hülsen gefunden, aber wir gehen momentan von etwa zweihundert aus.«

Carmen pfiff leise durch die Zähne. »Wenn sie zu zweit waren, wären das also … etwa sechs Schüsse pro Sekunde. Wir haben es mit einer ziemlich professionellen Ausrüstung zu tun.«

»In diesem Fall sind die Zeitangaben der Zeugen nicht zuverlässig«, sagte Jonny.

»Das stimmt.« Carmen nickte. »Aber normalerweise erleben Zeugen eine solche Zeitspanne ja eher länger, als sie wirklich ist, nicht kürzer.«

Jonny zuckte mit den Schultern, während sein Blick unwillkürlich vom Steg angezogen wurde. Die Opfer hatten keine Chance gehabt, als sie von einer Flut aus Blei überrascht wurden, die sie in Stücke riss. *Zweihundert Schüsse*. Die Mörder hatten wahrscheinlich auf Nummer sicher gehen wollen. Gab es überhaupt Magazine für so viel Munition? Diese Frage musste warten.

»Dieses Mädchen«, setzte Jonny an, »die Tochter, wie hieß sie noch? Astrid. Wie geht es ihr?«

»Sie wurde mit dem Hubschrauber ins Sankt Görans gebracht.« Als würde er ein unanständiges Geheimnis preisgeben, fügte Skugge mit gesenkter Stimme hinzu: »In die Psychiatrie.«

»Konnte sie bereits verhört werden?«

»Sie war nicht ansprechbar. Dieser Ribbing saß bei ihr, bis der Krankentransport kam.«

»Sind die beiden verfügbar?«, fragte Carmen. »Malmros und Ribbing?«

Jonny verzog das Gesicht. Er mochte es gar nicht, ihre Namen auf diese Weise zu hören, so als wären sie eine Einheit, ein Paar. Was sie vielleicht auch waren, doch das musste ja nicht extra erwähnt werden.

Bill Skugge zeigte auf Tärnö. »Malmros meinte, bei Fragen sollen wir einfach zu ihrem Haus kommen. Ihre Telefonnummer ist …«

»Ich habe ihre Nummer«, unterbrach Jonny ihn. »Jetzt sprechen wir erst einmal mit den Nachbarn.«

14

Auch an den Absperrungen rund um das Grundstück hatten sich Neugierige und ein paar Journalisten versammelt. Jonny Munther und Carmen Sánchez duckten sich unter dem Band hindurch und signalisierten, dass sie keine Fragen beantworten würden. Glücklicherweise waren schwedische Journalisten einigermaßen wohlerzogen, und die beiden Polizisten konnten ihren Weg zum Nachbargrundstück ohne einen Rattenschwanz im Schlepptau fortsetzen.

Gartenarbeit gehörte offenbar zu den Hobbys des Ehepaars Josefsson. Das Grundstück mit seinen sauber angelegten Blumenbeeten war gepflegt, der Rasen wirkte wie mit der Nagelschere geschnitten. Jonny konnte sich nicht erinnern, dass er je einen so gleichmäßig und üppig gewachsenen Rasen gesehen hatte.

Das Ehepaar hingegen machte einen schlechteren Eindruck. Die beiden saßen nebeneinander in einer knarrenden Hängematte, hielten sich an den Händen und starrten verängstigt vor sich hin. Jonny hatte so etwas schon bei anderen Gewalttaten erlebt. Häufig traten Zeugen direkt nach den Ereignissen mehr oder weniger gefasst auf. Dann wurde ihnen bewusst, was geschehen war, und die Welt, die sie zu kennen geglaubt hatten, zerbrach. An diesem Punkt befand das Ehepaar Josefsson sich jetzt.

»Bitte entschuldigen Sie die Störung«, sagte Carmen. »Aber wir müssten mit Ihnen sprechen, wenn es Ihnen recht ist. Ich heiße Carmen Sánchez, und dies ist mein Kollege Jonny Munther.«

Anders Josefsson nickte und bedeutete ihnen, auf den Gartenstühlen Platz zu nehmen.

Jonny Munther sah auf den Sund hinaus. Hier hatten die Josefssons wahrscheinlich gesessen. Er hatte freie Sicht auf Olof Helanders Steg. Damit hatten sie mindestens zwei geeignete Zeugen, vorausgesetzt, ihr Gedächtnis funktionierte und sie waren in der Lage, sich zu äußern. Auch diese Fähigkeiten konnten nach traumatischen Ereignissen beeinträchtigt sein.

Carmen Sánchez gehörte auch zur alten Schule. Sie zog ihren Block hervor, bei dem es sich nicht um das unter Kollegen gebräuchliche Modell handelte, sondern um ein Heft, wie es die Kinder in der Grundschule verwendeten, mit weichem Einband. Sie drückte die Spitze ihres Kugelschreibers heraus und begann: »Ich verstehe, dass dies für Sie sehr schwierig ist. Es ist schrecklich, so etwas mitzuerleben, aber wie Sie sich sicher vorstellen können, sind Ihre Beobachtungen für uns besonders wertvoll.« Auf Anders Josefssons Nicken hin fragte sie: »Haben Sie das Boot gesehen, als es sich näherte?«

Anders räusperte sich, und als er antwortete, brach beinahe seine Stimme.: »Es fiel mir auf, als es um die westliche Landzunge fuhr, aber ich habe dann nicht weiter darauf geachtet, bis es … die Fahrt verlangsamte. Am Steg.«

Carmen wies mit dem Stift zum Ufer ein paar Hundert Meter vom Steg entfernt. »Dort also. Und mit ›um die Landzunge herumfahren‹ meinen Sie …«

»Dass sie von Süden kamen«, warf Jonny ein. »Schätze ich.«

Carmen machte sich Notizen, während Vera Josefsson flüsterte: »Haben Sie sie gefunden?«

»Noch nicht«, antwortete Carmen. »Aber wir suchen weiter. Gut. Das Boot verlangsamte also seine Fahrt am Steg, und dann?«

»Dann sind sie aufgestanden«, sagte Anders und drückte die Hand seiner Frau, als diese zu schluchzen begann, und beendete seinen Satz mit, »und … fingen an zu schießen.«

»Wie viele waren es?«

»Zwei. Das habe ich dem anderen Polizisten bereits gesagt.«

»Wir wollen nur sichergehen, dass wir nichts falsch aufnehmen.«

»Es war schrecklich«, sagte Anders und wischte sich über die Augen, als wolle er das Bild von seiner Netzhaut löschen. »Sie waren … eiskalt. Standen einfach nebeneinander im Boot und schossen und schossen.«

»Entschuldigen Sie«, unterbrach Jonny ihn. »Was genau meinen Sie mit ›eiskalt‹?«

»Na ja …«, begann Anders und blickte nach Worten suchend in den Himmel. »So ungerührt. Präzise. Als hätten sie so etwas schon einmal getan. Wie Profis eben.«

»Können Sie uns etwas zu dem Aussehen der Täter sagen?«, fragte Carmen.

»Also, sie hatten solche … Hauben über dem Gesicht, deshalb …«

Vera Josefsson lehnte sich zu ihrem Mann hinüber und flüsterte ihm etwas ins Ohr. Er nickte und sagte: »Vera meint, dass sie klein waren. So würde ich das wahrscheinlich nicht beschreiben, aber sie waren nicht besonders groß.«

»Wie … Jugendliche?«

»Ja, vielleicht. Sie waren … wie heißt das … schmächtig.«

Mehr konnte das Ehepaar nicht berichten, außer dass die Täter die Waffen ins Boot gelegt hatten, bevor sie mit hohem Tempo nach Norden davongefahren waren. Jonny und Carmen dankten ihnen und gingen dann über einen Kiesweg zurück, der so sorgfältig geharkt war, dass jeder Schritt wie ein Frevel erschien.

»Tja«, seufzte Jonny. »Dann ist es jetzt wohl an der Zeit, den Stier bei den Hörnern zu packen und mit der eigenen Ex zu sprechen. Dass es ausgerechnet sie sein muss, hat sich doch der Teufel einfallen lassen.«

Carmen grinste schief. »Ich dachte, du lässt die Gefühle außen vor?«

»Das ist kein Gefühl, das ist eine Feststellung.«

15

Julia Malmros und Kim Ribbing hatten gut eine Stunde auf Knektholmen verbracht, zuerst, weil Kim sich um Astrid Helander kümmerte, die ihn kaum gehen lassen wollte, und dann, um mit der Polizei zu sprechen. Nachdem sie alle Fragen gleich mehrfach beantwortet hatten, fuhren sie in Julias Boot zurück zu ihrem Ferienhaus. Während der Fahrt schwiegen beide und blickten gedankenverloren über das Wasser. Wortlos zogen sie das Boot an den Strand, und gingen ebenso wortlos über die Felsen zum Haus hinauf.

Erst als Julia Drinks eingeschenkt hatte und jeder seinen in einem Zug geleert hatte, sagte sie: »Scheiße.«

»Ja«, erwiderte Kim. »Scheiße.«

Kim hängte seine nassen Kleider zum Trocknen auf und zog einen von Jonnys alten Bademänteln über, der ihm viel zu groß war. Sie setzten sich an den Tisch und blickten in die Richtung von Knektholmen. Wahrscheinlich stand die Mittsommertafel mit den leblosen Körpern immer noch auf dem Steg. Die Techniker waren kurz vor Julias und Kims Abfahrt gekommen und arbeiteten inzwischen wahrscheinlich auf Hochtouren.

Kim zog sein Handy heraus, tippte einen Suchbegriff ein und las. »Es ist raus«, sagte er. »*Blutbad auf einer Insel im Schärengarten.* Mit Karte.« Er nickte in Richtung der Boote. »Schaulustige.«

Julia verstand nicht, warum Menschen von Blut und Gewalt angezogen wurden wie Bienen vom Honig. Was hatten sie davon? Einen ganz speziellen Kick? Die Genugtuung *Mich hat es nicht erwischt*? Aber verdiente sie selbst nicht genau mit dieser verbreiteten Neigung ihr Geld? Sie ließ das Grübeln sein und wandte sich Kim zu.

»Steht da etwas … über uns? Es waren Leute mit Teleobjektiv dort …«

»Ja«, erwiderte Kim. »Du wirst auch erwähnt. Bekannte Krimiautorin und so weiter.«

»Was steht da genau?«

»Ist das wichtig?«

Julia wurde rot. Seit dem Vorfall bei Malou hatte sie aufgehört, die Berichterstattung über ihre Person zu lesen. Aber bis zu diesem Zeitpunkt hatte sie ihren Namen und die Titel ihrer Bücher ein- bis zweimal pro Woche gegoogelt. Und überwiegend Positives gelesen.

»Reine Neugier«, sagte sie, »an der öffentlichen Diskussionskultur.«

Der Blick, den Kim ihr zuwarf, ließ sie noch stärker erröten. Ach, zum Teufel mit ihm! Nach allem, was passiert war, hatte sie doch wohl das Recht, sich zu fragen, wie sie in den Augen der Öffentlichkeit dastand. Kein Grund, sie deshalb anzusehen, als wäre sie die Selbstbezogenheit in Person. Aber warum wurde sie dann rot? Weil sie selbstbezogen *war*. Trotzdem, zum Teufel mit ihm!

16

Als der Seenotrettungskreuzer mit Jonny Munther und Carmen Sánchez an Bord eine halbe Stunde später im Hafen anlegte, herrschte eine ziemlich gereizte Stimmung auf Julias Malmros' Terrasse. Den Rum hatten beide nicht mehr angerührt.

Kim Ribbing hatte eine Weile nur dagesessen und am Handy gescrollt, bis Julia ihn schließlich fragte: »Was machst du?«

»Ich überprüfe deinen Freund Helander.«

»Und, hast du etwas gefunden?«

»Vielleicht. Er hatte …« Kim blickte zum Steg hinüber. Der Kreuzer hatte gerade angelegt und zwei Gestalten gingen an Land. Julia stöhnte auf und fasste sich an die Stirn.

»Was ist los?«, fragte Kim.

»Mein Ex-Mann, das ist los.«

Sie hätte es ahnen müssen. Wenn die Stockholmer Polizei im Schärengarten ermittelte, wurde häufig Jonny hinzugezogen. Er war zwar nicht gebürtig aus Roslagen, aber er lebte hier und kannte die Schären. Trotzdem. Wurde sie diesen Kerl denn nie los?

Als Jonny ihr Grundstück erreichte, blieb er stehen und starrte Kim wie ein übernatürliches Phänomen an, während Carmen vortrat und sich vorstellte.

»Ich erinnere mich«, sagte Julia. »Du hast etwa zu der Zeit angefangen, als ich aufgehört habe.«

»Möglich«, sagte Carmen. »Und ich habe viel von dir gehört.«

Julia sah Jonny an, der immer noch wie festgewachsen dastand und sagte: »Nichts Nettes, vermute ich.«

»Ich meine im Präsidium«, sagte Carmen. »Und doch, das meiste war nett.«

»Das war …«

»Der Bademantel«, stöhnte Jonny. »Warum hast du ihm diesen Bademantel gegeben?«

»Er war nass und ausgekühlt, nachdem er Astrid Helander aus dem Wasser geholt hat. Es war das Einzige, was da war«, antwortete Julia und wandte sich an Carmen. »Ich weiß nicht, ob wir helfen können; als wir ankamen, war es ja schon vorbei.«

»Das war mein Lieblingsbademantel, wie du weißt«, sagte Jonny. »Diese ganzen Sommer, das Schwimmen am Morgen …«

»Sie können ihn gerne wiederhaben«, sagte Kim. »Aber ich habe darunter nichts an.«

Carmen warf Jonny einen so scharfen Blick zu, dass man meinen konnte, eine Klinge sirrte durch die Luft. Er schüttelte sich und gab sich geschlagen.

»Dieses Mädchen, das Sie aus dem Wasser geholt haben, Astrid«, begann Carmen, »hat sie etwas zu Ihnen gesagt?«

Kim schüttelte den Kopf und tippte weiter auf seinem Handydisplay herum. »Neben dem Steg lag ein Telefon im Wasser«, sagte er.

»Ja, das haben wir gefunden«, sagte Jonny, sichtlich bemüht, nicht die Beherrschung zu verlieren. »Sogar die Inkompetenz der Polizei hat ihre Grenzen.«

»Wie laufen die Ermittlungen?«, fragte Julia.

Jonny presste reflexhaft die Lippen zusammen, und Carmen antwortete an seiner Stelle diplomatisch: »Die Mörder zu finden, hat natürlich oberste Priorität. Danach kommt die Fahndung nach dem Boot und den Waffen.«

»Was für ein Boot war es?«

»Ein Buster Magnum.«

»Das habe ich gesehen«, sagte Kim. Er zeigte sein Display, auf dem ein Bild des betreffenden Modells zu sehen war. »So eins?«

»Ja«, bestätigte Jonny widerwillig. »Wo haben Sie es gesehen?«

»Zwischen zwei Inseln. Dort hinten.« Kim zeigte in die Richtung.

»Warte«, sagte Julia und ging ins Haus, holte eine Seekarte und breitete sie vor Kim auf dem Tisch aus. Gemeinsam studierten sie die Karte. »Hier ist Tärnö«, sagte Julia. »Und Knektholmen liegt …«

»Ich weiß«, unterbrach Kim sie und deutete auf zwei kleine Inseln, die durch eine Rinne getrennt wurden. »Dort.« Er zog den Finger auf das Festland. »Es war dorthin unterwegs. Schnell.«

Jonny nahm sein Handy heraus. »Selbstverständlich führen unsere Leute Zeugenbefragungen auf den Inseln durch, um die Route zu ermitteln, die das Boot genommen hat, aber jede Eingrenzung des Suchgebiets ist …« Das Wort schien einen steinigen Weg zurücklegen zu müssen, aber schließlich kam es heraus: »… willkommen.«

Während Jonny ein Stück zur Seite trat und telefonisch die neuen Informationen weitergab, fragte Carmen: »Sonst noch etwas? Julia, du warst ja früher selbst dabei und weißt, was wichtig sein könnte.«

Julia überlegte. »Es klang nach Schnellfeuerwaffen mit einer unheimlich hohen Schussfrequenz.«

»Ja, so weit sind wir schon. Hast du noch etwas?«

Kim schaltete sein Handy aus und legte es auf den Tisch. Dann starrte er vor sich hin, schien weder den Sund noch die Felsen, die Ulme oder die dünnen Birken rund ums Haus wahrzunehmen. Schließlich sagte er: »Die rechte Seite des Tisches. Von Land aus gesehen. Es wirkte, als hätten sich die Mörder … mehr darauf konzentriert. Die Leichen … wiesen andere Schussverletzungen auf.«

Er stand vom Tisch auf und ging zum Haus. Carmen sah sich das Foto des Stegs an, das sie mit ihrem Handy gemacht hatte, zog das Bild groß und glich die Opfer im Geist mit Helanders

Gästeliste ab. Kim hatte wahrscheinlich recht. Dort saß die Chinesin mit dem weggeschossenen Kopf, dort lag Olof Helander auf dem Rücken, den leeren Blick gen Himmel gerichtet. Sein Oberkörper war zerfetzt, Knochen und Eingeweide schauten zwischen den blutigen Resten seines Hemds hervor.

Und schließlich der Chinese, der dem Wasser am nächsten saß. Ihm waren Finger weggeschossen worden. Wahrscheinlich hatte er intuitiv versucht, seine Frau zu schützen, bevor ihn die Kugeln mitten ins Gesicht trafen. Dass er Chinese war, erschloss sich nur aus der Tatsache, dass das dritte männliche Opfer auf der gegenüberliegenden Seite des Tisches offensichtlich ein Europäer war. Obduktionen und rechtsmedizinische Untersuchungen würden zeigen, ob sich die Annahmen als richtig erwiesen.

Wenn ich raten müsste, dachte Carmen, dann waren Olof Helander und Chen Bao die eigentlichen Ziele. Allerdings war es nicht klug, in dieser Phase Vermutungen anzustellen und danach zu handeln. Sie mussten jetzt alle Möglichkeiten in Erwägung ziehen. Vielleicht handelte es sich ja auch um eine Racheaktion, die sich ausschließlich gegen die kleine Chen Min mit ihrem weggesprengten Schädel gerichtet hatte. Unwahrscheinlich, aber nicht unmöglich.

Jonny hatte sein Gespräch beendet und kam mit federnden Schritten über die Felsen zurück. »Wir müssen los«, sagte er. »Sie haben das Boot gefunden.«

»Wo?«, fragte Carmen.

Jonny schielte zu Julia hinüber, schien dann aber zu entscheiden, dass es keine Rolle spielte. »Im Schilfgürtel bei Södra Stavnäs.«

Julia hob die Augenbrauen. »In der Nähe von Sjösala?«

»Genau. Vielleicht haben wir es mit Evert-Taube-Liebhabern zu tun.«

Jonny versuchte nur selten, witzig zu sein, und wenn er es tat, traf sein Humor meist nicht den der Allgemeinheit. So auch bei dieser Anspielung auf das Ferienhaus des berühmten schwedischen Dichters, das dieser in einem seiner bekanntesten Lieder besungen hatte. Es entstand eine unangenehme Pause, bis Jonny sich räusperte, eine Geste zum Haus machte und Julia fragte: »Du und … er? Seid ihr …?«

»Ist das für die Ermittlungen relevant?«

»Nein, ich …«

»Dann möchte ich lieber nicht antworten.«

Jonny sah aus, als wollte er sich damit noch nicht zufriedengeben, hielt aber inne, als Kim aus dem Haus trat und zu ihnen kam. Er hatte seine mehr oder weniger trockenen Kleider wieder angezogen und hielt Jonny den Bademantel hin.

»Hier. Bitte entschuldigen Sie, ich wollte Sie nicht beleidigen.«

»Das haben Sie nicht, ich habe nur …« Was er sagen wollte, ging in einem Räuspern unter. Dann bedankten Carmen und er sich und gingen zum Seenotrettungskreuzer zurück. Auf halber Strecke die Felsen hinunter, warf Carmen ihrem Partner einen Blick zu und bemerkte, dass er den Bademantel umklammerte und Tränen in den Augen hatte.

»Wie war das noch? Keine Gefühle?«

»Es gibt Grenzen«, sagte Jonny gepresst. »Einfach Grenzen.«

17

Gegen Abend hatte Julia Malmros ein einfaches Omelett mit Salat zubereitet und auf der Terrasse serviert. Da weder Kim Ribbing noch sie selbst großen Appetit hatten, aßen sie nur wenig und freuten sich mehr über die kalten Biere, die Julia aus dem Kühlschrank geholt hatte. Jetzt, um kurz nach sechs Uhr, war es immer noch so hell wie mittags.

Kim schob seinen Stuhl zurück und fingerte am Saum seiner hochgekrempelten Jeans herum. Als er sich wieder aufrichtete, hatte er ein Metallröhrchen mit einem Mundstück in der Hand. Er untersuchte den Gegenstand und nickte, als eine gelbe Lampe aufleuchtete, nachdem er auf einen Knopf gedrückt hatte. Dann sog er an dem Mundstück und blies eine bläuliche, nach Eukalyptus duftende Wolke aus.

»Du hast mit E-Zigaretten angefangen?«, stellte Julia fest.

»Vape, im Volksmund«, sagte Kim.

»Warum trägst du sie dort?« Julia zeigte auf seine Knöchel.

»Der einzige Ort, wo sie nicht scheuert.«

Kims Jeans saßen wie eine zweite Haut, und die Hosentaschen waren eher modisch als nützlich. Wahrscheinlich passte nicht einmal eine Münze hinein.

»Und das Wasser hat sie überlebt?«

»Sieht so aus.«

»Du hast nicht zufällig eine normale Zigarette?«

Kim wühlte in seiner Reisetasche und warf eine ungeöffnete Packung Camel Blue auf den Tisch. Er hob die Vape und sagte: »Falls ich keine Lust mehr darauf habe.«

Julia riss das knisternde Zellophan von der Packung. Nach einem Ritsch war das Rascheln des Stanniolpapiers zu hören. Die Intensität dieser Geräusche machte ihr bewusst, wie still es war. Sie hob den Blick und sah zum Hafen.

Es war Mittsommerabend, und normalerweise begann um diese Uhrzeit das schwedischste aller Saufgelage, inklusive klingender Gläser, Musik und Gesang – Geräusche, die zum Abend hin in Gegröle und in das Klirren von Glasflaschen übergingen.

Nichts davon war zu hören. Von den Booten im Hafen drang allenfalls ein Gemurmel herauf, schätzungsweise hatten die Ereignisse auf Knektholmen die Stimmung gedämpft. Niemand wollte in der Nähe des Schauplatzes dieser brutalen Morde Partys feiern. Julias derzeit nicht besonders gute Meinung von ihren Mitmenschen besserte sich ein wenig. Sie zündete sich eine Zigarette an, nahm einen tiefen Zug und wartete, bis sich der Schwindel des ersten Nikotinkicks gelegt hatte. »Okay. Erzähl«, sagte sie dann.

»Erzähl was?«

»Was du herausgefunden hast. Über Olle.«

Kim zog an der Vape und blies ein paar Rauchkringel aus. »Ich habe keine … unorthodoxen Nachforschungen angestellt, aber …«

Julia nahm an, dass er die Art elektronischer Nachforschungen meinte, die außerhalb der legalen Möglichkeiten lagen, alias Hacking. Kim blickte den Rauchkringeln nach, bis sie sich in der schwachen Abendbrise auflösten. »… was ich gefunden habe, ist eigentlich nichts Ungewöhnliches. Allerdings gibt es Hinweise darauf, dass anderswo mehr zu holen ist.«

Julia nickte nur. Sie wusste, dass sie Kim besser nicht unterbrach, wenn er entgegen seiner Gewohnheit längere Sätze formulierte, noch dazu mehrere hintereinander.

»Helander verkauft, oder verkaufte, Klimakompensationen«, erklärte Kim. »Ich nehme an, dass ich dir nicht erklären muss, was das ist?«

»Nein.«

»Er ist als Eigentümer von zwei verschiedenen Unternehmen eingetragen, beide in Steuerparadiesen registriert. Auf konventionelle Weise bekommt man da keinerlei Rechenschaftsberichte.«

»Verdächtig?«

»Nicht unbedingt. Der Grund dafür, dass sich viele in der Branche an die Kaimani-Inseln oder Zypern halten … Spielt das wirklich eine Rolle?«

»Du entscheidest, was du erzählen willst. Ich höre zu.«

»Dann lasse ich es weg. Interessanter wird es, wenn man sich *Olles* private Finanzen ansieht.« Kim sprach den Namen beinahe scherzhaft aus, was Julia in diesem Zusammenhang unpassend fand, doch sie ließ es ihm durchgehen. »Sein Einkommen bezog er von einer Holding in Schweden«, erklärte Kim weiter, »die ihrerseits ihre Einkünfte von den beiden genannten Unternehmen bezieht. Ein ziemlich niedriges Einkommen für den Geschäftsführer eines Unternehmens mit zwanzig Mitarbeitern. *Aber* …«

Wie um das Gesagte zu unterstreichen, wedelte Kim mit der Vape, schien zu überlegen, ob er noch einen Zug nehmen sollte, steckte sie dann aber doch in den Hosensaum zurück. »*Außerdem* gibt es noch ein Unternehmen, das ihm und diesem Chen Bao gehört, mit Sitz in Shanghai. Und dieses Unternehmen ist ein Phantom. Abgesehen von einer Eintragung im Handelsregister findet man keinerlei Informationen darüber. Das Unternehmen mit einem typisch nichtssagenden Namen, nämlich »International Credentials and Holdings Inc.«, ist auf ein Postfach in Shanghai angemeldet. Das ist alles, was sich finden lässt.«

»Und was hat das mit Olofs privaten Finanzen zu tun?«

»Ihm gehört eine Sechszimmerwohnung am Strandvägen, er fährt einen Tesla, das Vorjahresmodell, und ich vermute, dass er sein Grundstück dort drüben und die Villa nicht geschenkt bekommen hat.«

»Ich glaube, er hat einmal achtzehn Millionen erwähnt.«

»Eben. Und das passt nicht zu seinem versteuerten Einkommen. Überhaupt nicht.«

»Du denkst also …«

»Dass seine eigentlichen Einkünfte aus einer anderen Quelle stammen, und es ist sicher nicht weit hergeholt, anzunehmen, dass es sich dabei um dieses Unternehmen in Shanghai handelt.«

»Das Phantom.«

»Das Phantom, das seine Phantommillionen auf einem Konto parkt, das so geisterhaft ist, dass nicht einmal ein Ghostbuster es finden würde.«

»Und du?«

»Vielleicht«, sagte Kim. »Aber warum sollte ich? Es ist nicht mein Fall.«

»Weil es dich interessiert. Weil du die Leichen der Ermordeten auf dem Steg gesehen hast und herausfinden willst, wie es dazu kommen konnte. Hast du etwas anderes Wichtiges vor?«

»Hm«, sagte Kim und griff nach der Zigarettenschachtel. »Hm.«

18

Es ging auf acht Uhr zu, und für Kriminalkommissar Jonny Munther war es ein langer Tag gewesen. Dass er Mittsommer nicht feiern konnte, spielte für ihn keine Rolle; nach der Scheidung von Julia Malmros hatte er ohnehin darauf verzichtet, und eigentlich war er noch nie ein Partylöwe gewesen.

Bereits eine halbe Stunde nach der Schießerei hatte Staatsanwältin Liselott Ahrnander ihn zum Ermittlungsleiter ernannt, bevor sie mit dem Versprechen, sich zum Abend hin wieder zu melden, zu ihrer eigenen Feier auf irgendeiner Insel im Schärengarten geeilt war. Um sieben hatte sie kurz vorbeigeschaut, um sich auf den neusten Stand bringen zu lassen und Jonny dafür zu tadeln, dass er immer noch kein richtiges Ermittlungsteam zusammengestellt hatte.

Bisher bestand es nur aus ihm selbst, Carmen Sánchez sowie Christof Adler, einem jüngeren Kriminalpolizisten, der sich vorrangig um die Koordination der Polizeikräfte vor Ort bzw. auf dem Wasser kümmerte. Jonny hatte schon länger vorgehabt, Christof in eine Ermittlung einzubeziehen, um zu sehen, was er draufhatte. Im Blick des jungen Mannes lag eine kindliche Aufgewecktheit, die sich vielleicht einmal als nützlich erweisen könnte.

Liselott hatte betont, dass der Fall höchste Priorität hatte und für großes mediales Aufsehen sorgte. Und falls *Kommissar Munther* nicht in der Lage war, vor der morgigen Pressekonferenz ein kompetentes Fahndungsteam zusammenzustellen, müsste das vielleicht jemand anderes übernehmen.

Jonny hatte Carmen darauf angesetzt, die Leute für ihn zusammenzutrommeln, die bisher nicht gerade Schlange gestanden hatten, damit ihm genug Zeit blieb, sich auf die Pressekonferenz vorzubereiten. Öffentliche Auftritte gehörten nicht gerade zu seinen Lieblingsbeschäftigungen.

Der Fund des Buster Magnum hatte nicht viel ergeben, man hatte in dem trockenen Boden hinter dem Schilfgürtel nicht einmal Fußspuren sichern können. Daher wurde das Boot in Kunststofffolie eingewickelt und im Ganzen zur Kriminaltechnik in Linköping transportiert. Das Boot war um neun Uhr morgens aus dem Hafen in Stavsudda als gestohlen gemeldet worden, weitere Anhaltspunkte zur Rückverfolgung gab es nicht.

In einem Fichtenwäldchen hundert Meter weiter im Landesinneren hatte man einige abgeschnittene Fichtenzweige und schwache Abdrücke von zwei Reifenpaaren gefunden. Wahrscheinlich waren die Täter auf Motorrädern weitergeflohen. An der Straße hatten sie keine Kameras passiert, was für eine sorgfältige Planung sprach.

Der beeindruckendste oder beunruhigendste Fund hatte sich gegen fünf Uhr nachmittags ergeben. Alles deutete darauf hin, dass die Täter die Nacht auf der größtenteils unberührten Südseite der Insel Tärnö verbracht hatten. Schleifspuren am Strand passten exakt zu den Maßen des Bootsrumpfs. Wahrscheinlich war das Boot schon am Vorabend entwendet, sein Fehlen aber erst am Morgen entdeckt worden.

Außerdem war der erste Meter der Schleifspur im Sand von den Wellen fortgespült worden. Gestern Abend hatte der Wind ab sieben Uhr mit sechs Metern pro Sekunde aus nördlicher Richtung geweht und war vor Mitternacht auf zwei Meter pro Sekunde abgeflaut. Zwei Metersekunden drückten die Wellen nicht weit genug an den Strand, um die Spuren zu verwischen. Daraus ergab sich, dass das Boot irgendwann zwischen sieben und zwölf Uhr abends an Land gezogen worden sein musste. Die anders geformten Spuren des Zuwasserlassens waren intakt.

Der Strand war sieben Meter breit und ging in ein Waldstück über. Zwanzig Meter tief in den Wald hinein hatte man die Fußabdrücke von zwei Personen in den trockenen Fichtennadeln entdeckt, sowie zwei tiefere Abdrücke neben zwei dicken Baumstämmen. Danach rein gar nichts mehr.

Die Schlussfolgerung: Zwei Personen hatten irgendwann zwischen sieben und zwölf Uhr abends ihre Motorräder in Stavsudda abgestellt und versteckt, wo sie ein Boot gestohlen und damit die Südseite von Tärnö angesteuert hatten. Dort hatten sie das Boot an Land gezogen, waren in den Wald gegangen und hatten wie versteinert an die Bäume gelehnt dagesessen, bevor sie nach zwölf bis siebzehn Stunden aufgestanden waren, das Boot ins Wasser geschoben hatten und losgefahren waren, um die Tat zu begehen. Die verwendete Munition hatte einen weichen Mantel um einen harten Kern, und war darauf ausgelegt, maximalen Schaden anzurichten. Diese Männer wussten, was sie taten, und hatten die Mittel, ihr Vorhaben auch umzusetzen.

Polizisten waren zwischen den Inseln gekreuzt und hatten Zeugen befragt, deren Aussagen halfen, die Fahrtstrecke ziemlich präzise nachzuzeichnen. Während der Pressekonferenz würde Jonny die Öffentlichkeit in und um Stavsudda dazu auffordern, etwaige Beobachtungen vom Vorabend und vom Nachmittag des Mittsommertags zu melden. Er bezweifelte allerdings, dass das viel bringen würde.

Schon jetzt konnte er die Frage hören, die kommen würde, wenn er vom Stand der Ermittlungen berichtet hatte: »Weiß man, welches Motiv die Mörder hatten?«

Das gehörte zur nächsten Phase ihrer Arbeit. Erst alle Spuren sammeln, bevor sie kalt werden, dann klären, *warum* diese Spuren entstanden sind.

Jonny lehnte sich in seinem Stuhl zurück. Tagsüber war er nicht dazu gekommen, nach Hause zu fahren, deshalb hing der Bademantel noch immer in seinem Büro. Er schämte sich für sein Verhalten auf Tärnö und gelobte, dass sich so etwas nicht wiederholen würde. Jonny dachte an Kim Ribbing und schürzte die Lippen. Wenn Julia mit einem Möchtegern-Hardrocker zusammen sein wollte, der ihr Sohn sein konnte, war das ihre Sache. Mit dem Ziehen in seiner Brust musste Jonny allein fertigwerden.

Er stand auf und prüfte, ob jemand in der Nähe war. Dann trat er zum Bademantel, hob einen Ärmel an und schnüffelte. Er roch nach Sommer, Meer und salzverkrusteten Felsen. Er seufzte.

19

»Ich habe noch nie jemanden kennengelernt, der bessere Papierflieger bauen konnte«, sagte Julia Malmros und gähnte. Es war beinahe Mitternacht, und der fehlende Schlaf der letzten Nacht machte sich bemerkbar.

Kim Ribbing trank seinen Selección de Maestros aus und fragte: »Als wer?« Für eine so zierliche Person vertrug er beeindruckend viel Alkohol. Mehrere Deziliter Rum und vier oder fünf Bier pro Abend machten ihm nichts aus, während Julia sich inzwischen ziemlich benebelt fühlte. »Olle«, sagte sie. »Er besaß ein Buch mit hundert verschiedenen Modellen und konnte davon gut die Hälfte falten. Einige davon waren Origami in Reinform.«

Sie hob das Gesicht in den Nachthimmel, der nun doch einen Hauch dunkler war, sodass wenigstens die Sterne sichtbar wurden, die am stärksten leuchteten. Schläfrig blinzelte sie und erinnerte sich an eine Situation, als Olle und sie zehn Jahre alt gewesen waren. Olle hatte eine ganze Flotte von Flugzeugen in verschiedenen Größen und Ausführungen gefaltet, die sie zur Tranebergsbrücke gebracht und dort über das Geländer geworfen hatten. Sie hatten den Fliegern hinterhergesehen, als sie zum Wasser hinabsegelten. Sie wollte Kim schon von dieser Erinnerung erzählen, stellte dann aber fest, dass sie es nicht konnte.

Kim deutete auf sein zusammengeklapptes Notebook und sagte: »*Makes sense*. Sein Unternehmen beschäftigt sich mit der Entwicklung von Drohnen zur Messung von Luftverschmutzung.«

Julia nickte und streckte sich mit knackenden Gelenken. Sie unterdrückte ein Gähnen und sagte: »Ich werde ins Bett gehen.

Letzte Nacht habe ich nicht so gut geschlafen.« Kim nickte, und Julia blieb im Stuhl sitzen. Sie befanden sich an einer Art Scheideweg, doch Kim ließ mit keiner Miene erkennen, ob ihm das bewusst war. Vorsichtig fragte Julia: »Und du?«

»In letzter Zeit habe ich die Nacht zum Tag gemacht. Ich werde wahrscheinlich noch eine Weile nicht schlafen können.«

»Wegen dieses Projekts?«

»Mm.«

Julia verschränkte die Finger, presste sie gegen ihren Bauch und spürte eine kleine weiche Wölbung, die vor einem halben Jahr noch nicht da gewesen war. »Nur, um das klarzustellen«, setzte sie an, »wo stehen wir im Hinblick auf ...« Mein Gott war das peinlich, dachte sie und beendete ihren Satz mit einem lahmen: »... du weißt schon?«

Kim betrachtete sie so intensiv, dass Julia sich nackt fühlte. Wenn sie ein Badehandtuch in Reichweite gehabt hätte, hätte sie ihren Körper und ihr vor Röte brennendes Gesicht am liebsten dahinter versteckt.

»Sex und Zusammenleben?«, fragte Kim.

»Mm-hm. Ich meinte nicht, dass«, begann Julia und suchte nach den richtigen Worten, »ich meine, du hast keine ..., du musst nicht ...«

Und sie wollte eine Autorin sein! Heiße Sexszenen zwischen Blomkvist und Salander zu schreiben, war offenbar kein Problem. Aber wenn sie eine einfache Frage stellen sollte, zerfiel ihre Sprache zu Bruchstücken. Bald würden wahrscheinlich nur noch unverbundene Laute aus ihrem Mund kommen.

Kim hob die Hand und unterbracht ihr unzusammenhängendes Gestammel. »Ich befürchte, dass mir dieses Gefühlsspektrum im Moment nicht zur Verfügung steht.«

»Du sprichst wie ein Geistlicher.«

»Okay. Ich habe überhaupt keine Lust. Besser? Es klingt wie ein Klischee, aber das hat nichts mit dir zu tun. Wirklich nicht.

Ich sehe dich gerne an. Aber gerade … geht es einfach nicht. Ich bin noch nicht so weit. Enttäuscht?«

»Überhaupt nicht, oder na ja … vielleicht ein ganz kleines bisschen. Ich wollte nur wissen … wo wir stehen, damit es nicht unangenehm oder anstrengend wird.«

»Im Moment steht gar nichts.«

»Hat das auch etwas mit diesem ›Projekt‹ zu tun?«

»Könnte man so sagen.«

»Okay«, sagte Julia. »Dann weiß ich Bescheid.« Leicht wackelig erhob sie sich von ihrem Stuhl. Auf halber Strecke zum Haus wandte sie sich um und sagte: »Danke, dass du gekommen bist. Es ist schön, dich hierzuhaben.«

»Trotzdem?«

»Ja. Und du kannst gerne im Bett neben mir schlafen. Trotzdem. Gute Nacht.«

»Gute Nacht.«

Kim klappte sein Notebook auf, und seine Finger bewegten sich schnell über die Tasten. Julia ging zum Haus, zog sich aus und kroch ins Bett, während sie Kim auf der Terrasse tippen hörte, begleitet von leiser Musik aus den Lautsprechern des Computers. Siw Malmqvist, wenn sie sich nicht irrte.

Wenn Julia ehrlich zu sich war, hatte sie ihre Frage eigentlich eher aus Pflichtgefühl gestellt. Denn obwohl sie sich hin und wieder nostalgisch an das erinnerte, was Irma als »Rauschzustand« bezeichnete, war auch sie gerade weder körperlich noch emotional dazu in der Lage. Was sie auf Knektholmen gesehen hatte, raubte ihr nicht nur den Appetit auf Essen, und so war sie beinahe erleichtert, dass Kim sie abgewiesen hatte.

Julia schloss die Augen, und die Bilder von Olof Helanders entstelltem Körper stiegen aus der Dunkelheit auf. Auch wenn sie keinen großen Kontakt mehr gehabt hatten, früher hatten sie sich einmal sehr nahegestanden. Aus einer Art Schüchternheit heraus hatte sie das Kim nicht erzählt, doch Olof Helander war der erste Junge gewesen, der sie geküsst hatte, und der erste, der ihre Brüste berührt hatte. Mehr war nicht geschehen, sie waren erst dreizehn gewesen. Aber die Erinnerung war ihr geblieben.

Es war schwer, den schüchternen Jungen mit seinen Papierfliegern mit dem Mordopfer auf dem Steg zusammenzubringen. Die Hände, die sie einst gestreichelt hatten, waren jetzt zerfetzt. Sie kniff die Augen zusammen, um das Bild loszuwerden. Wenn es etwas gab, das sie für Olof tun konnte, würde sie es tun.

Sie drehte sich auf den Rücken, lauschte auf das entfernte Klappern der Tastatur und versuchte sich vorzustellen, wie diese fliegenden Finger sie streichelten, doch davor schob sich immer wieder das Bild von Olofs Händen. Das konnte eine lange Nacht werden.

Siw Malmqvist wurde von Anna-Lena Löfgren abgelöst, und Julia wurde von einer zärtlichen Melancholie ergriffen, als sie die Worte verstand: »Es geschah im Sommer, jenem Sommer, der meine Welt auf den Kopf stellte. Als ich dich traf, verliebtest du dich in mich, und ab da verlief unser Weg gemeinsam.«

Tja, lieber Unbekannter. Wenn das doch nur so einfach wäre.

20

Während seines Aufenthalts in Kuba und auch später während der intensiven Arbeit an der Enttarnung des Pädophilenrings hatte Kim Ribbing keinerlei Kontakt zu jenem Netzwerk aus Gleichgesinnten gehabt, das sich HackPack nannte. Als er jetzt den verschlüsselten Mailserver öffnete, informierte ihn eine Nachricht darüber, dass HackPack die Login-Seite geändert hatte. Die alte Seite sei »compromised«, was bedeutete, dass sie infiltriert worden war, wahrscheinlich von einer Behörde wie der NSA.

Kim seufzte, während er die aktuelle Seite aufrief. Einige der HackPack-Mitglieder waren Nerds, die von Anfang an dabei gewesen waren. Das neue Einfallstor war eine kostenlose Version des *Pac-Man*-Spiels. Man musste einen von Hunderten von Punkten anklicken, die der kleinen gelben Figur als Futter dienten. Welcher Punkt der richtige war, änderte sich täglich nach einem Algorithmus, auf den nur die Mitglieder Zugriff hatten. Klickte man auch nur einmal falsch, wurde man ausgesperrt.

Nachdem er sich vergewissert hatte, dass es noch nicht Mitternacht war, ließ er das Punktemuster durch den Algorithmus des Tages laufen und erfuhr, dass der gesuchte Punkt auf acht senkrecht nach unten und drei waagerecht nach rechts lag. Mit einem Doppelklick gelangte er auf die Login-Seite, wo er seine Zugangsdaten eingab.

Er schickte als *Skalman* eine kurze Begrüßung auf Englisch und teilte mit, er sei zurück. Nach einigen Minuten hatten gut zehn Mitglieder geantwortet und auf unterschiedliche Arten ausgedrückt, dass sie davon ausgegangen waren, dass Kim entweder tot war oder hinter Gittern saß. Als Erster antwortete *Moebius*. Er hatte Kim in das Netzwerk eingeladen, weil sie eine gemeinsame Vergangenheit teilten und sich aus dem Real Life kannten. Moebius antwortete fast immer sofort, egal, zu welcher Tageszeit, und Kim nahm an, dass er nie schlief, nur ab und zu vor dem Bildschirm ein Nickerchen hielt.

Kim erkundigte sich, was seit seinem letzten Besuch passiert war, und erfuhr von verschwundenen oder neu hinzugekommenen Mitgliedern, von einem koordinierten Angriff, der eine spanische Bank, die schmutziges Geld wusch, an den Rand des Ruins getrieben hatte, sowie von der Aufdeckung einer Trollfabrik in Moskau. Grundsätzlich zeichnete sich HackPack durch einen gewissen Gerechtigkeitssinn aus, kombiniert mit der allgemeinen Lust, Unruhe zu stiften.

Die interessanteste Neuigkeit war die beinahe unglaubliche Großtat eines Hackers namens *Ces*, der in den Großrechner des Mossad eingedrungen war. Der israelische Sicherheitsdienst war bekannt für seinen wahrscheinlich besten Schutz der Welt, und noch nie zuvor war es jemandem gelungen, in sein Kernsystem einzudringen.

Die HackPack-Gemeinde war euphorisch, vor allem angesichts Ces' Sinn für Humor. Die Aufklärungszentrale des Mossad lag im Keller anonymer Geschäftsräume in Tel Aviv, an deren Hausfassade eine Reklametafel hing. Und die hatte Ces ebenfalls gehackt, sodass dort ein paar Minuten lang auf Hebräisch der Schriftzug »MOSSAD! HELL YEAH!« blinkte, bevor er entdeckt und der Strom abgeschaltet wurde.

Kim gab zu, dass ihn die Sache interessierte. Wusste man mehr über diesen Ces? Nein, nicht mehr als das, was man auch über diesen Skalman wusste, schrieb jemand. Kim war immer sehr sparsam mit Details gewesen, die auch nur den geringsten Hinweis auf seine Identität preisgaben. Das hatte er mit allen anderen HackPack-Mitgliedern gemeinsam.

Nach ein paar ironischen Erwiderungen von beiden Seiten fragte Kim schließlich, ob jemand die Aufgabe übernehmen wolle, das in Shanghai ansässige Unternehmen »International Credentials and Holdings Inc.« zu überprüfen. Jemand, der sich *Legion* nannte und schon lange dabei war, fragte, was er wissen wolle. Kim schrieb: »Alles«, und fügte hinzu, dass er dreitausend Dollar zahlen würde, in Bitcoin, falls gewünscht. Das war gewünscht. Er verabschiedete sich und klappte das Notebook zu, wobei er dem Sänger Thorleif auf halber Strecke durch das Lied »Weine keine Tränen« das Wort abschnitt.

Als die trübe Nacht in die Morgendämmerung überging, goss sich Kim noch einen Rum ein. Möwen kreisten über seinem Kopf und flogen dann über den Sund davon, während ihre Schreie über das stille Wasser hallten. Als die ersten Sonnenstrahlen in die goldene Flüssigkeit fielen, trank er das Glas in einem Zug leer.

Er dachte an Julia Malmros und ihre inzwischen etwas runderen Formen, an ihren Körper, dort drinnen im Bett. Doch schon der bloße Gedanke an nackte Haut weckte unangenehme Assoziationen. Vielleicht war ihm die Lust ein für alle Mal abhandengekommen. Er fragte sich, wie lange Julia das hinnehmen würde.

Kim rieb sich die Augen, als könnte er dadurch die unerwünschten Bilder gequälter Kinder wegwischen. Er selbst war auf jede erdenkliche Art gequält worden, und am schlimmsten wahrscheinlich von der Person, deren Aufgabe es gewesen war, ihn zu heilen.

21

Eine Woche bevor er zur Behandlung in die EKT-Klinik Vamlinge in Vallentuna nördlich von Stockholm kam – von den Patienten meist als »E-Klinik« bezeichnet –, war Kim fünfzehn geworden. Er hatte mehrere Monate in einer tiefen Depression gesteckt, und die Pflegeeltern, bei denen er nach dem tragischen Unfall seiner Eltern untergekommen war, verzweifelten angesichts seines extremen selbstverletzenden Verhaltens, das sich mit lähmender Apathie abwechselte.

Einen Monat verbrachte er im Sankt-Görans-Krankenhaus. Doch weder Medikamente noch Therapien zeigten Wirkung und Kim nutzte jede Gelegenheit, sich weitere Verletzungen zuzufügen. Schließlich sah man keinen anderen Ausweg mehr, als ihn nach Vamlinge zu schicken, um ihn im Rahmen einer Elektrokonvulsionstherapie mit Elektroschocks zu behandeln.

Der Chefarzt der Klinik, der über die Behandlung entschied, war Doktor Martin Rudbeck, einer der führenden Experten Schwedens auf diesem Gebiet. Sein hervorragender Ruf sollte sieben Jahre später schwer beschädigt werden, als sich herausstellte, dass er junge Menschen derart unethischen Experimenten unterzogen hatte, dass der Fall schließlich vor Gericht landete.

Denn der Arzt missbrauchte seine Schutzbefohlenen als Versuchskaninchen, um herauszufinden, wie viel Elektrizität ein junges Gehirn aushielt und welche Wirkungen und Nebenwirkungen dies hatte.

Während des Prozesses zogen die Medien Vergleiche zu Doktor Mengele, und Martin Rudbeck erhielt den Beinamen »der Schock-

doktor«. Er wurde vom Bezirksgericht verurteilt und später vom Berufungsgericht freigesprochen. Doch sein Ruf hatte Schaden erlitten, und obwohl das Berufungsgericht keine Strafe verhängte, wurde ihm die Arbeit mit Elektroschocks untersagt, und er kehrte in die neurologische Abteilung zurück, in der er begonnen hatte.

Als Kim zum ersten Mal in den EKT-Raum gebracht wurde, war er so apathisch, dass er sich nicht darum scherte, was mit ihm geschah. Nicht einmal, als sie ihm eine Beißschiene in den Mund steckten und Elektroden an seinen Schläfen befestigten, rührte er sich. Die roten Blitze und die blendende Dunkelheit, die ihm durch den Schädel schossen, ließen seinen Körper auf der Untersuchungsliege krampfen. Es war, als würde sein Kopf bersten und ein winziger Lichtstrahl hineinfallen.

Bei der Nachuntersuchung am nächsten Tag ging es Kim ein wenig besser. Unter anderem war er wieder in der Lage, Zunge und Lippen zu bewegen und Worte zu formen. Außerdem schien es, als wären Teile seines Gehirns, die bisher im Dunkeln gelegen hatten, teilweise mit Lichtern versehen, dank derer Kim nun Szenen sehen konnte, die er offenbar verdrängt hatte.

Das war der Moment, in dem er sich öffnete. Eine Stunde lang saß Kim Martin Rudbeck in einem Sessel gegenüber und erzählte von den Misshandlungen und Qualen, die er in seiner Kindheit erlitten hatte, während er sich hektisch an den vernarbten Armen kratzte. Als er fertig war, ging er auf die Toilette und übergab sich.

Was Kim nicht wusste: Seine extreme Traumatisierung hatte eine erregende Wirkung auf Martin Rudbeck. Hier gab es wahrlich eine harte Nuss zu knacken! Vor ihm saß ein junger Mann, dessen Seele so vernarbt war, dass er kaum mehr fähig schien weiterzuleben. Beim Gedanken daran, welche Ergebnisse die Mysterien der Elektrizität erzielen konnten, musste Rudbeck sich insgeheim die Hände reiben.

Kims nächste Sitzung war eine derjenigen, die später in dem Prozess behandelt wurden, bei dem Kim als Zeuge geladen war.

Normalerweise durchlief der Patient zwei »Durchgänge« pro Sitzung. Bei Kim wurden es fünf, und beim letzten wollte der Arzt aus einem Impuls heraus die Stromstärke so hoch einstellen, dass die Assistenten sich weigerten weiterzumachen. Ohne ihren Widerstand wäre Kim zu Tode behandelt worden.

Als Kims nach dem letzten Durchgang wieder zu Bewusstsein kam, bestand sein Körper nur noch aus einem Bündel brennender Nervenbahnen, und seine Muskeln schienen sich ineinander verknotet zu haben. Die Lungenmuskulatur war so verkrampft, dass er kaum atmen konnte. Sein weißes Krankenhausnachthemd war schweißdurchtränkt und stank.

Als sie die Riemen lösten und ihm beim Aufstehen halfen, brach er als kraftloses Häufchen auf dem Boden zusammen. Genau wie damals, als der Großvater ihn gezwungen hatte, auf dem Pferd zu reiten, war sein Körper wie zerbrochen und zersplittert, und genau wie damals war das Einzige, was ihn zusammenhielt, ein weiß glühender, brennender Hass, der sich jetzt gegen Martin Rudbeck richtete.

22

Wenn Kim Ribbing an Martin Rudbeck dachte, verspannte sich sein Kiefer, und seine Augen wurden zu schmalen Schlitzen. Für seinen Geschmack war der Schockdoktor viel zu billig davongekommen, und Kim plante seit Langem, eines Tages selbst beim Strafmaß nachzubessern. Eines Tages.

Mit großer Willensanstrengung verdrängte er Rudbecks Gesicht und dessen ausdruckslosen Blick. Da war noch etwas ganz anderes, etwas von heute, dem er nachgehen wollte. Kim klappte sein Notebook auf und tippte »Astrid Helander« in die Google-Suche ein. Zu seiner Überraschung erhielt er zahlreiche Treffer, die meisten davon Links zu einem YouTube-Kanal mit dem Titel: »Mördermaschine AG« und einem Instagram-Account unter demselben Namen. Kim klickte auf einen Link, der »Schweine vs. Schweine« hieß.

Grauenerregende Bilder von Schweinen, die so wenig Platz zum Leben hatten, dass sie sich gegenseitig angriffen, bis Blut floss. Dann kam Astrid ins Bild und erklärte mit einer Stimme voll unterdrücktem Zorn, was man da sah. Dann Ausschnitte von einem Interview mit einem Schweinezüchter, der behauptete, wie viel besser die Tierhaltung in Schweden im Gegensatz zu anderen Ländern war. Das Bild fror ein, auf dem Kopf des Landwirts erschien ein Paar gezeichneter Hörner, und quer über dem Bildschirm prangte das Wort »LÜGE«, bevor Astrid wieder ins Bild trat und mit erhobenem Zeigefinger die Fakten darlegte.

Das war also der wahre Charakter des unter Schock stehenden Mädchens, das Kim aus dem Wasser gezogen hatte. Ihm gefiel, was er sah, und er war froh, dass er dem Mädchen, das jetzt keine Eltern mehr hatte, ein wenig geholfen hatte. Zorn war etwas Vertrautes für Kim, er selbst hatte sein ganzes Leben in dessen Umklammerung verbracht.

Er klickte auf einen Link mit dem Titel »Gottes Liebe?« und sah, wie eine maschinelle koschere Schlachtung ablief. Die Kuh, deren Kopf in die runde Guillotine gezwungen wurde, verdrehte die Augen und brüllte vor Angst. Nicht einmal, als das Messer einmal im Kreis fuhr und ihre Halsschlagadern durchtrennte, verschwand die Todesangst aus ihrem Blick. Dann kam Astrid ins Bild. Tränen liefen über ihre Wangen, als sie ihre Wut über die Tierquälerei im Namen der Religionen mehr oder weniger herausschrie. Als Kim das Notebook zuklappte, hatte er eine Entscheidung gefällt: Morgen würde er Astrid besuchen.

Die Sonne stand schon ein gutes Stück über dem Horizont, als Kim Ribbing einen letzten Schluck Rum trank. Anschließend ging er ins Haus, zog sich aus, stieg ins Bett und zog ein Laken über sich, bevor er sich neben Julia zusammenrollte. Sie schmatzte kurz, und nach ein paar Sekunden legte sich ihre Hand vorsichtig auf seine Brust. Kim drückte sie vorsichtig und hielt sie fest, während er in den Schlaf fiel.

III

Astrid

1

Der Presseansturm war beinahe furchteinflößend. Man war in den größten Konferenzraum im Polizeipräsidium ausgewichen, und als Jonny Munther das Podium betrat, blickte er auf die Köpfe von rund achtzig Journalisten sowie auf eine Mauer aus Fotografen an den Wänden gegenüber und einen Wald aus Fernsehkamerastativen. Sogar das chinesische Fernsehen war gekommen, und er hatte keine Ahnung, wie viele Länder noch vertreten waren.

Liselott Ahrnander hatte ihn gebeten, den Bericht auf Englisch vorzutragen, doch Jonny hatte abgelehnt. Sein Englisch war gut, aber seine Aussprache ließ zu wünschen übrig, und inzwischen wusste er aus Erfahrung, dass es nur Minuten dauern würde, bis irgendein Versprecher als Meme zum Thema *Die Dummheit der schwedischen Polizei* im Internet auftauchen würde.

Den Auftrag, den ausländischen Journalisten eine englische Zusammenfassung von Jonnys Bericht zu geben, übernahm stattdessen William King, ein schwedisch-englischer Kollege, der zum Kriminologen umgeschult hatte und gelinde gesagt medienerfahren war. Sobald der Polizei ein Fehler unterlief, tauchte sein rundes rosafarbenes Gesicht auf den Sofas der Fernsehstudios auf und erzählte, wie man es *hätte machen sollen*. Er war sehr beliebt, und seine vielen männlichen Fans nannten ihn den »King«. Jonny Munther nannte ihn insgeheim *Billy Babyface*.

Und auch wenn es Jonny nicht gefiel, er begriff die Logik dahinter. Babyface sprach perfekt Englisch und machte sich gut im Fernsehen. Vor allem aber würde der Auftritt des Kings, so hatte ihm Liselott Ahrnander erklärt, bei der breiten Öffentlichkeit den Eindruck erwecken, dass man den Fall sehr ernst nahm und die besten Leute darauf ansetzte.

»Die besten?«, hatte Jonny geschnaubt. »Der Typ kann kaum eine Pistole von einem Revolver unterscheiden. Viel Lärm um nichts!«

»Das kann er sicher«, hatte Liselott erwidert und die Lippen geschürzt. »Und es ist wichtig, dass wir einen guten Eindruck machen. Alle Augen sind auf uns gerichtet.«

Letzteres hatte sie im Laufe des Vormittags in verschiedenen Varianten wiederholt. Jonny ging davon aus, dass Liselott Ahrnander vor allem die Augen beunruhigten, die auf sie persönlich gerichtet waren. Augen, die sie am liebsten nur anstrahlen und ihr den Weg zum Posten der zukünftigen Generalstaatsanwältin erleuchten sollten. Jonny hielt sie nicht für inkompetent, doch ganz eindeutig für eine Karrieristin.

Einen Trost gab es. Am Abend hatte Carmen Ulrika Boberg erreicht. Sie war dreiundvierzig Jahre alt, arbeitete im Wirtschaftsdezernat und war eine der kompetentesten Ermittlerinnen im Präsidium. Jonny hatte sie bereits einige Male bei Fällen hinzugezogen, bei denen auch Wirtschaftskriminalität eine Rolle spielte.

Neben ihrem Fachwissen auf diesem Gebiet war sie auch mit internationalem Handel, Industriespionage und Cyberkriminalität vertraut, alles Spezialthemen, die bei den Ermittlungen zu den Knektholmen-Morden relevant sein könnten. Vieles deutete auf Auftragskiller hin, eher auf das große Geld als auf ein banales Eifersuchtsdrama.

Darüber hinaus hatte Ulrika keine Familie und lebte für ihre Arbeit. Sie unterstützte, wo sie konnte, und machte nicht viel Aufhebens darum. Ihr einziger Nachteil bestand darin, dass sie ein wenig … speziell war. Sie hatte einen extrem ausgeprägten Ordnungssinn und ertrug kaum den Anblick von unsauber gefalteten Papieren. Nun ja. Angesichts all ihrer positiven Eigenschaften war das zu verschmerzen. Sie saß zu seiner Linken, Carmen

Sánchez zu seiner Rechten, während William King seitlich von ihnen Platz genommen hatte und auf seinen Auftritt wartete.

Jonny klopfte ein paarmal gegen das Mikro und sagte: »Willkommen. An Mittsommer um kurz nach dreizehn Uhr wurden auf der Insel Knektholmen im Schärengarten von Roslagen sechs Menschen erschossen …«

Er fasste den Stand der Ermittlungen knapp zusammen und bat um Hinweise aus der Bevölkerung zu den Motorrädern und dem Buster Magnum. Nach weniger als drei Minuten war er fertig. Viele Hände schossen in die Luft, und er wählte irgendeine aus.

»Die Familie hat eine Tochter«, sagte ein ausgemergelt aussehender Journalist. »Was ist mit ihr passiert?«

»Kein Kommentar.«

Man hatte die Namen der Toten noch nicht veröffentlicht, doch natürlich hatten die Medien sie herausbekommen. Astrid Helander nicht zu nennen, sollte nicht nur ihre Identität schützen, sondern auch ihre Sicherheit gewährleisten. Es war zwar unwahrscheinlich, dass sie hinter ihr her gewesen waren. Aber ganz ausschließen konnten sie es nicht, denn die Mörder hatten in jedem Fall beabsichtigt, alle Personen am Tisch zu beseitigen.

Eine Journalistin in der ersten Reihe winkte hektisch, und Jonny erteilte ihr das Wort. Mit vor Eifer geröteten Wangen fragte sie: »Stimmt es, dass die Schriftstellerin Julia Malmros vor Ort war?«

»Kein Kommentar.«

Die Journalistin ließ nicht locker: »Es gibt eindeutige Aufnahmen von der Umgebung des Tatorts. Wurde sie als Expertin hinzugerufen, oder ist sie eine *Verdächtige*?«

»Kein …« Jonny seufzte und sagte: »Nein, sie ist keine Verdächtige. Sie war nur zufällig in der Nähe und kam zum Tatort. Und damit übergebe ich an …« – Jonny schluckte herunter, was er eigentlich sagen wollte – »William King.«

»Good Morning, Ladies and Gentlemen.«

2

Julia Malmros erwachte gegen zehn Uhr, gerade noch, bevor die Sonne ihr ins Gesicht schien. Sie fühlte sich ausgeschlafen. Kim Ribbing hatte ein Laken über sich gezogen und lag mit dem Rücken zu ihr, seine langen, schwarzen Haare mit dem blonden Ansatz breiteten sich über das Kissen aus. Sie studierte die Konturen seines Körpers unter dem dünnen Stoff. Seine zierlichen Schultern, die kaum ausgeprägten Hüften, die schmalen, aber muskulösen Schenkel und Waden.

Sie legte eine Hand auf seine Schulter und spürte, wie sich etwas direkt unter ihrem Zwerchfell zusammenzog, etwas, das ihr die Hitze ins Gesicht steigen ließ. Rein theoretisch könnte sie ihn jetzt aufwecken – *anders als Olof Helander, dessen sezierter Körper wahrscheinlich im Kühlraum irgendeines rechtsmedizinischen Instituts lag.*

Julia seufzte und stieg aus dem Bett, ohne Kim zu wecken. Vielleicht litt sie unter einer Art PTBS. Noch nie hatte sie etwas auch nur annähernd so Schreckliches gesehen. Seit sie dem Polizeidienst den Rücken gekehrt hatte, war sie nur noch beim Schreiben mit Gewalt und Tod in Berührung gekommen. Und wieder einmal fiel ihr auf, wie gravierend der Unterschied zur Realität war.

Im Allgemeinen galten ihre Romane als drastisch, mit nahegehenden und schonungslosen Beschreibungen. Oh ja, häufig war sie richtig mitgenommen, wenn sie über unangenehme Dinge schrieb, aber sobald sie mit dem Schreiben fertig war, ließ ihre Aufregung wieder nach. Nicht so bei der Erinnerung an Knektholmen. Die blieb.

Julia befüllte die Kaffeemaschine und schaltete ihr Handy ein. Wieder hatte sie mehr verpasste Anrufe, als auf dem Display angezeigt werden konnten. Der Vorwahl nach zu urteilen, stammten einige davon aus dem Ausland. Jetzt stand sie wirklich im Rampenlicht. Als der Kaffee fertig war, nahm sie eine Tasse mit auf die Terrasse und begann, die Nummern zu blockieren. Nach gut zwanzig hatte sie keine Lust mehr und rief stattdessen Irma Ryding an.

Wie immer kam Irma direkt zur Sache. »Julia! Wie geht es dir, meine Liebe?«

»Es geht. Ich sitze gerade hier und blockiere Nummern, damit ich mein Handy anlassen kann, für den Fall, dass zum Beispiel du anrufst.«

»Ich *habe* angerufen. Gleich als ich erfuhr, was passiert ist.«

»Sorry. So weit bin ich in der Liste noch nicht gekommen.«

»Kein Problem. Also, wie geht es dir?«

Julia hob den Blick und sah nach Knektholmen hinüber. So viele widersprüchliche Gefühle wüteten in ihr, dass sie sich fühlte wie …

»Als hätte mir jemand den Stecker gezogen«, sagte sie. »So fühle ich mich.«

»Das ist wahrscheinlich ganz normal. Wenn man so etwas mitansehen muss … denn wenn ich es richtig verstanden habe, warst du dort?«

»Ja, ich war dort. Ich habe es gesehen. Alles. Und ich weiß nicht, ob ich dir das mal erzählt habe, aber Olof Helander war ein Jugendfreund von mir.«

»Wenn ich mich recht erinnere, sogar ein besonderer.« Wenn Irma eines bestimmt *nicht* war, dann senil. Sie hatte ein bemerkenswertes Gedächtnis für Namen und Gesichter, und bei einem Barbesuch während der Buchmesse kannte sie jeden der Autoren mit Namen. »Es tut mir leid, Liebes«, fuhr sie fort.

»Danke. Aber eigentlich ist es weniger die Trauer als vielmehr der Schock. Oder dieses Gefühl, vollkommen machtlos zu sein.«

»Mm. Und diese Person, die bei dir war?«

»Kim. Er ist gerade hier.«

»Der Rauschzustand?«

»Davon ist derzeit nicht viel zu merken, kann ich dir sagen.«

»Das gibt sich. Geh es einfach langsam an.«

Eine der vielen Eigenschaften, die Julia an Irma schätzte, war ihre Fähigkeit, die Dinge ins richtige Verhältnis zu setzen. Irma hatte ein langes Leben mit viel Auf und Ab hinter sich. Eine ihrer Töchter war als Jugendliche bei einem Autounfall ums Leben gekommen, sie hatte einen bösartigen Brustkrebs überlebt, und ihr geliebter Mann war gestorben. Sie war ganz unten gewesen und hatte sich immer wieder hochgekämpft. *Das findet sich* war einer ihrer Lieblingssprüche.

Sie unterhielten sich lange, wobei Julia immer wieder auf Kindheitserinnerungen aus Alvik und die Geschehnisse auf Knektholmen zurückkam. Nach einer Weile trat Kim auf die Terrasse. Er trug dieselben Jeans und dasselbe T-Shirt wie am Vortag und hatte einen kleineren Rucksack über die Schulter gehängt.

»Warte kurz, Irma«, sagte Julia in den Hörer und wandte sich an Kim. »Fährst du?«

»Mm, ich nehme das Schiff um elf.«

»Okay.« Mit bemüht fester Stimme fragte sie: »Kommst du wieder?«

»Heute Abend.«

»Okay. Mach's gut.«

»Du auch.«

Als Julia das Handy wieder ans Ohr hielt, forderte Irma sie auf: »Schalte auf FaceTime um, damit ich das Wunderwerk sehen kann.«

Kim war schon auf dem Weg über die Felsen, doch selbst wenn er direkt neben ihr gestanden hätte, wäre Julia dem Wunsch ihrer

Freundin eher nicht nachgekommen. Es wäre ihr unangenehm, mit ihrem jungen Freund zu prahlen, den sie im Übrigen wohl kaum als ihren Freund bezeichnen konnte. Julia redete sich damit heraus, dass Kim schon außer Sichtweite war.

»Ah ja«, meinte Irma. »Ich muss schon sagen, selbst in Beckett-Stücken habe ich leidenschaftlichere Dialoge gehört.«

»Das ist … nicht so einfach.«

»Na, na«, sagte Irma. »Alles wird gut, du wirst schon sehen.«

3

Im Hafen setzte Kim Ribbing sich auf einen Haufen Trossen und wartete auf die Fähre. Sein Blick wanderte über die wenigen Menschen auf dem Steg, dann weiter zum Laden, vor dem Jugendliche mit einem Eis abhingen, und blieb dann am Bootsschuppen hängen. Kim erstarrte. Da war es wieder. Das Muster.

Ein Rechteck hochkant an der Schuppenwand, quer dazu ein Fischkasten. Die runde Form eines Rettungsrings an einer Seite der Wand, daneben der rautenförmige Schatten eines Straßenschilds. Kim rieb sich die Augen. Als er sie öffnete, war das Muster immer noch da.

Im letzten halben Jahr hatte er immer häufiger beobachtet, wie sich genau dieses Muster in den unterschiedlichsten Zusammenhängen wiederholte. Im Müll einer Abfalltonne, in Farbfeldern auf Hauswänden, in der Warenauslage von Geschäften und in den Sanddünen am Strand. Kim hatte ein gutes visuelles Gedächtnis und war sich sicher, dass es das gleiche Muster war.

Es handelte sich dabei nicht um eine psychotische Interpretation von Zeichen, die die Welt ihm und nur ihm sandte. Vielmehr keimte durch das wiederkehrende Muster der Verdacht in ihm auf, dass die Welt bloß ein Konstrukt war, eine Kreation, und dass ihrem Schöpfer nur eine begrenzte Anzahl von Bausteinen zur Verfügung stand.

Gott?

Kim klappte sein Notebook auf und las weiter in Thomas von Aquins *Summa theologica*, eine Lektüre, die er in Kuba begonnen hatte. Schon vor langer Zeit hatte er die Hoffnung aufgegeben, in dem Buch Antworten auf seine Fragen zu finden. Es führte ihn auch keinen Millimeter näher an irgendeine Form von Glauben heran, eher im Gegenteil. Weiterlesen ließ ihn zum einen sein Pflichtbewusstsein gegenüber einem angefangenen Projekt, zum anderen eine zunehmende Faszination angesichts der paradoxen Natur des theologischen Werks, um nicht zu sagen seiner Absurdität.

Thomas versuchte zu beweisen, was sich nicht beweisen ließ, zu benennen, was nicht benannt werden konnte, und mit exakten Begriffen zu beschreiben, was nicht zu beschreiben war. Sein allumfassender »erster unbewegter Beweger«, dessen Existenz sich per definitionem der menschlichen Vernunft entzog, war so unendlich mächtig, dass er ebenso gut … *nichts* sein konnte, und trotzdem schrieb der emsige Mönch weiter an seinem Traktat, und Kim zollte dieser Anstrengung Respekt.

Von einer Sache war er seit der Lektüre allerdings überzeugt: Ein alter Mann mit Bart oder ein kosmischer Weihnachtswichtel wären ein viel besserer Gott als die Version der Scholastiker. Käme Kim jemals auf die Idee, an etwas zu glauben, wäre es der alte Bartträger.

Mit einem tiefen Tuten näherte sich die Festlandfähre dem Anleger. Kim klappte das Notebook zu und steckte es in seinen Rucksack. Bevor er an Bord ging, blickte er zu Julias Haus hinauf. Trotz ihrer derzeit etwas unterkühlten Beziehung war die Tatsache, dass jemand bei der Abreise winkte und bei der Rückkehr auf einen wartete, etwas Schönes. Es gab einen Ort, an den er zurückkehren konnte. So etwas hatte Kim bisher nur selten gehabt.

4

Nachdem Julia Malmros das Gespräch mit Irma Ryding beendet hatte und Kim Ribbings Fähre außer Sichtweite war, ging sie ins Haus und tat etwas, das sie eigentlich unter keinen Umständen hatte tun wollen: Sie googelte Kims Namen. Er war sehr auf seine Privatsphäre bedacht, und es kam ihr wie Betrug vor, es durch die Hintertür zu versuchen. Doch die Dinge hatten sich geändert. Der anfängliche Rauschzustand war eine hitzige, zu nichts verpflichtende Zügellosigkeit zwischen zwei Fremden gewesen, danke schön und tschüss. Jetzt nahm ihr Verhältnis immer mehr die Gestalt einer *Beziehung* an. Kim war weggefahren, wollte aber wiederkommen. Sie würden zu Abend essen, über Dinge sprechen. Vielleicht nur in Beckett-Manier, aber dennoch.

Julia wollte abgesehen von den spärlichen Informationen, die er selbst preisgab, wenigstens eine annähernde Vorstellung von ihm haben, also gab sie »Kim Ribbing« in das Suchfeld ein und drückte die Eingabetaste.

Gab man »Julia Malmros« ein, bekam man etwa eine halbe Million Treffer, und es würden wahrscheinlich noch mehr, wenn die Åsa-Fors-Serie erst ausgestrahlt wurde. Kim Ribbing ergab knapp ein Dutzend. Einige aus seiner frühen Jugend, Topplatzierungen bei diversen Turnwettkämpfen. Die übrigen bezogen sich auf einen Prozess vor sechs Jahren gegen jemanden, der der »Schockdoktor« genannt wurde, bei dem Kim als Zeuge aufgetreten war. Julia las die Artikel und erfuhr, dass Kim mit fünfzehn in der Vamlinge-Klinik gewesen und dort folterähnlichen Elektroschockbehandlungen unterzogen worden war.

Sie klappte den Laptop zu und blickte über die Bucht nach Knektholmen. Vielleicht lag darin eine Erklärung, weshalb Kim sich so für Astrid eingesetzt hatte, und auch der Grund, weshalb sich das Mädchen selbst in ihrem traumatisierten Zustand sofort an ihn gehalten hatte. Eine Verbundenheit im Schmerz.

Und Julia? Was sollte sie mit dem, was sie erfahren hatte, jetzt anfangen? Sie wusste es nicht. Vielleicht sich einfach bewusst machen, dass ihr allererster Eindruck richtig gewesen war: Kim hatte etwas Zerbrechliches an sich, etwas, mit dem man sehr vorsichtig umgehen musste. Sie wusste nicht, ob sie dazu in der Lage war.

5

In der Stadt war es ein paar Grad wärmer als auf Tärnö. Der Asphalt unter Kim Ribbings Gummisohlen strahlte die Hitze ab, als er auf den Eingang der psychiatrischen Notfallambulanz des Sankt-Görans-Krankenhauses zuging. Eigentlich wusste er nicht, warum er das hier tat. Er handelte lediglich aus einem Gefühl heraus, wegen einer Verbindung, die entstanden war, als er unter dem Steg in die Augen des traumatisierten Mädchens geblickt hatte, und die noch intensiver geworden war, als er auf YouTube gesehen hatte, wie sie gegen die koschere Schlachtung wetterte. Fast als würde er etwas von sich selbst in Astrid Helander erkennen. Und das war gut so.

Kim zog die Tür auf und betrat den Empfangsbereich, wo die Klimaanlage den Schweiß auf seiner Haut kühlte. Eine grauhaarige Frau in weißem Kittel mit grimmigem Gesichtsausdruck saß hinter dem Tresen. Kim erschauderte. Solche Orte mochte er überhaupt nicht. Er hatte mehrere Jahre seiner Jugend in Einrichtungen wie dieser und vor allem in dem verdammten Vamlinge verloren, in den Händen Martin Rudbecks, der seine Experimente vor Gericht damit begründet hatte, dass es ihm allein um das »Verstehen« gegangen sei.

Kim riss sich zusammen, rief sich ins Gedächtnis, dass er jetzt erwachsen war, trat zum Tresen und sagte: »Hallo. Ich möchte gerne zu Astrid Helander.«

»Sind Sie ein Angehöriger?«

»Nein, aber … vielleicht könnten Sie Astrid fragen, ob sie mich sehen möchte? Ich heiße Kim. Kim Ribbing.«

»Ich darf keine Informationen über unsere Patienten herausgeben, solange Sie nicht nachweisen können, dass Sie ein Angehöriger sind.«

»Aber sie ist hier?«

»Ich darf keine Informationen über …«

»Das sagten Sie bereits«, entgegnete Kim, und der ohnehin schon finstere Gesichtsausdruck der Frau verfinsterte sich weiter. »Wie stelle ich es also an, wenn ich sie sehen will?«

»Da würde ich vorschlagen, Sie nehmen Kontakt mit den nächsten Angehörigen auf.«

»Und ich denke mal, Sie können mir nicht sagen, wer die nächsten Angehörigen sind?«

»Ich darf keine Informationen über …«

»Danke für nichts«, sagte Kim und überließ die verärgerte Frau ihrer Verärgerung. Als er wieder auf den Parkplatz kam, fiel ihm ein, dass Julia eigentlich wissen müsste, wer Astrids nächste Angehörige waren und wie man sie erreichen konnte. Also unverrichteter Dinge zurück nach Tärnö. Er hatte keine Lust mehr auf den Bus und beabsichtigte, sein Motorrad aus der Garage zu holen, um selbst nach Stavsudda zu fahren.

Kim drehte sich um und betrachtete den Eingang der psychiatrischen Ambulanz. All die Male, die er durch Türen wie diese hineingebracht und wieder herausgelassen worden war. Er wünschte, er hätte eine Handgranate.

6

»Machst du Witze?«, fragte Jonny Munther Liselott Ahrnander, als er die Tür seines kleinen Büros hinter sich geschlossen hatte. »Sag, dass du Witze machst.«

»Das kommt von oben«, sagte Liselott. »Wenn du jemanden suchst, der Witze macht, musst du ihn dort suchen.«

»Und mit *von oben* meinst du Lelle.«

»Unter anderem.«

Lennart Browall war erst vor einem halben Jahr Polizeipräsident geworden. Jonny hatte an sich nichts gegen den Mann, aber er besaß eine erhebliche Schwäche: Er war sehr darauf bedacht, wie die Polizei *nach außen wirkte*, und vielleicht hatte er den Posten ja genau deshalb bekommen. Seit den Einsätzen auf der Drottninggatan nach Rakhmat Akilovs Amokfahrt mit dem Lkw und auch angesichts der zunehmenden Schießereien unter Gangs, der Krawalle in den Vororten und einer historisch niedrigen Aufklärungsrate war das Ansehen der Polizei kontinuierlich auf Talfahrt.

Da jetzt *alle Augen auf uns gerichtet* waren, galt es, tatkräftig aufzutreten und die Ermittlungen auf eine für Medien und Öffentlichkeit glaubwürdige Art und Weise zu präsentieren. Daher lag es auf der Hand, das Fahndungsteam um William King zu erweitern und ihn die Medienkontakte übernehmen zu lassen.

Jonny stützte die Ellbogen auf dem Schreibtisch ab und massierte sein rechtes Ohrläppchen zwischen Daumen und Zeigefinger. »Verstehe«, sagte er. »Und soll der Teufelskerl auch Ermittlungsleiter werden?«

»Natürlich nicht«, sagte Liselott. »Er fungiert als externer Berater, verfügt aber über die gleichen Befugnisse wie alle anderen Ermittler.«

»Und ich soll sozusagen an ihn berichten?«

»Jonny, mach doch aus einer Mücke keinen Elefanten. Du lässt ihn einfach dabeistehen und erzählst ihm, was er den Journalisten sagen soll. Mehr nicht. Und wenn es dir damit besser geht, kannst du ihn auch als Pressebeauftragten ansehen.«

»Danke. Jetzt fühle ich mich richtig gut.«

Liselott Ahrnander strich ihren Rock glatt und nickte Jonny kurz zu, bevor sie sein Büro verließ. Jonny blieb mit dem Kopf in den Händen sitzen, sein Ohrläppchen war so malträtiert, dass es glühte. Eines war klar: Er sah keinerlei Nutzen in William King.

Das Spezialgebiet dieses Typen war schlichtweg das medial wirksamste: Profiling. Überwiegend pauschale Aussagen über den vermeintlichen Hintergrund und Charakter des Täters eines bestimmten Verbrechens. Und wenn es am Ende gar nicht passte, konnte man sich immer auf »statistische Erfahrungen« zurückziehen, bei denen Abweichungen zur Tagesordnung gehörten.

Im Fall Knektholmen wurde kein Profiling benötigt. Ohne sich zu sehr auf eine bestimmte Spur festzulegen, deutete doch alles darauf hin, dass die Morde von zwei Profikillern begangen worden waren, deren Hintergrund und Charakter in diesem Zusammenhang irrelevant waren. Sicher, wenn William King aufgrund ihres Modus Operandi Hinweise auf ihre Nationalität geben könnte, wäre das hilfreich, aber Jonny bezweifelte das. Jetzt hatte er einen Wichtigtuer in seinem Fahndungsteam.

»Alles für die Medien«, murmelte Jonny, als es plötzlich an der Tür klopfte und Carmen den Kopf hereinsteckte. Er deutete auf den freien Stuhl.

»Und?«, sagte er und wedelte ungeduldig mit der Hand.

»Sind wir vielleicht ein wenig beleidigt?«

»Kaum. Lass hören.«

Carmen schlug ihren Kindernotizblock auf und überflog ein paar Angaben. »Die Motorräder sind von mindestens vier Personen in Åsättra, Roslags-Kulla und Vettershaga gesehen worden«, sagte sie dann. »Ich habe die mutmaßliche Fahrtstrecke auf der Karte im Konferenzraum eingezeichnet, kannst du dir später ansehen. Die wichtigste Info für uns ist, dass die letzte Sichtung im Industriegebiet Görla außerhalb von Norrtälje erfolgte.«

»Verdammt, das hätte man ja ahnen können.«

»Wenn wir es geahnt hätten, hätten wir Straßensperren errichten können. Haben wir aber nicht. Nicht dort.«

Im Industriegebiet Görla lag unter anderem die Flugschule von Norrtälje. Von dort aus war auch der Hubschrauber beim großen Bargelddepotraub in Västberga gestartet.

»Das heißt, sie sind auf und davon geflogen?«

»So sieht es aus, ja.«

»Und die Motorräder? Die Waffen?«

»Wir haben die Polizei von Norrtälje zur Suche hinzugezogen, doch bisher haben sie nichts gefunden.«

Jonny rieb sich die Augen und schüttelte den Kopf. »Ein gestohlenes Boot, Schnellfeuerwaffen, Sturmhauben, Motorräder, ein Hubschrauber. Das könnte der am besten geplante Mord sein, von dem ich je gehört habe.«

»Und damit schwierig aufzuklären.«

»Ja. Vielleicht sollten wir den *King* darum bitten, uns etwas über ihre Kindheit zu erzählen.«

»Wovon sprichst du?«

»Don't get me started.«

7

Carmen Sánchez verließ den Raum, während Jonny Munther an seinem Schreibtisch sitzen blieb. Er kannte Görla gut, da er in Ersta bei Norrtälje aufgewachsen war. Seine Eltern hatten sich gewünscht, dass er als ältester Sohn den Hof übernahm, und ihre Enttäuschung war groß, als er stattdessen nach Stockholm an die Polizeihochschule ging.

Eigentlich hatte Jonny geplant, nach Abschluss der Ausbildung nach Norrtälje zurückzukehren, dort seinen Beruf auszuüben und bei Bedarf auf dem Hof zur Hand zu gehen. Dann hatte er Julia kennengelernt, die sich weigerte, »in die Pampa« zu ziehen. Jonny war in der Hauptstadt geblieben, und die Beziehung zu seinen Eltern hatte bis zu deren Tod darunter gelitten.

Ein galliger Geschmack stieg ihm in den Mund, die Verbitterung darüber, dass Julia gegen seinen Willen einen Stadtbewohner aus ihm gemacht hatte, um ihn dann wie Abfall wegzuwerfen. Er ahnte, dass er hier noch lange sitzen und Trübsal blasen konnte, stand auf und ging zu Ulrika Boberg.

Er fand sie, den Blick auf den Computerbildschirm geheftet. Mit erhobenem Finger bedeutete sie ihm zu warten, las weiter und notierte sorgsam etwas auf einem Blatt Papier, ehe sie sich ihm zuwandte.

»Und, was rausgefunden?«, fragte Jonny.

Er hatte Ulrika gebeten, die Lebensumstände der Mordopfer zu durchleuchten. Den Fokus sollte sie auf die Geschäfte der drei Männer legen. Ulrika rückte das vor ihr liegende Blatt gerade, legte den Stift parallel zur Oberkante ab und faltete die Hände auf dem Schreibtisch.

»Die lange oder die kurze Version?«, fragte sie.

»Erst mal die kurze.«

Ulrika nickte und lieferte eine knappe Zusammenfassung dessen, was sie am gestrigen Nachmittag herausgefunden hatte. Ihre Ergebnisse deckten sich mit dem, was Kim Ribbing ohne ihr Wissen recherchiert hatte. Wie er hatte Ulrika sich auf die »International Credentials and Holdings Inc.« in Shanghai sowie deren undurchsichtige Aktivitäten und Finanzen konzentriert.

»Kommst du da an Informationen ran?«, fragte Jonny.

»Das hängt ganz vom Wohlwollen der chinesischen Handelskammer ab«, sagte Ulrika. »Und das hält sich in der Regel in Grenzen, vor allem, wenn China dadurch in ein schlechtes Licht geraten könnte.«

»Und du glaubst, das könnte hier der Fall sein?«

Ulrika lächelte nachsichtig. »So ein Unternehmen gründet man nicht, um Kinderbettwäsche zu verkaufen.«

Jonny verstand den Vergleich nicht, begriff aber, was sie meinte, und fragte stattdessen: »Was ist mit diesem dritten Mann, Cédric …?«

»Montaigne. Leicht zu merken.«

»Wieso?«

»Vergiss es.«

Jonny vermutete, dass es sich um irgendeine intellektuelle oder popkulturelle Anspielung handelte, die seinen Wissenshorizont überstieg. Letzteres ließ sich nicht ändern, an Ersterem versuchte er seit der Scheidung zu arbeiten. Unter Zuhilfenahme einer Checkliste aus dem Internet hatte er mit der Lektüre von Klassikern begonnen. Auf Anhieb angesprochen hatte ihn natürlich der Titel *Verbrechen und Strafe*, und dann hatte er mit anderen Romanen von Dostojewski weitergemacht. Gar nicht so übel, diese Bücher.

Ulrika zog ein zweites Blatt Papier aus ihrer Schreibtischschublade, legte es auf das erste und schob es so zurecht, dass es deckungsgleich auflag.

»Montaigne ist auch interessant«, sagte sie. »EU-Abgeordneter mit besonderer Verantwortung für den Handel mit Emissionsrechten. Er gehörte einer kleinen Gruppe an, die sich für eine deutlich verringerte Vergabe dieser Rechte einsetzt.«

»Geht es um hohe Beträge?«

»Ja. Nehmen wir mal Schweden als Beispiel. Aktuell haben wir durch Einsparungen ein Guthaben von etwa zwölf Millionen Tonnen CO_2-Zertifikaten, die wir weiterverkaufen können. Das entspricht in etwa einem Wert von drei Milliarden Kronen.«

»Aber das Geld gehört doch dem Staat, oder nicht?«

»Teilweise. Aber ein ziemlich großer Teil fließt an Unternehmen zurück, die ihre Emissionen erfolgreich gesenkt haben. Sonst würde ja der Anreiz fehlen.«

»Trotzdem noch lange kein Motiv für einen Mehrfachmord.«

»Du wolltest wissen, ob es um hohe Beträge geht, und das tut es.«

»Aber wo ist die Verbindung zwischen Cédric und den anderen beiden Männern?«

»Anders als bei Helander und Bao haben wir hier keine direkte Verbindung, jedenfalls keine geschäftliche. Jedoch hat er sich im Parlament dafür ausgesprochen, dass die Industrieunternehmen mit besonders hohen Emissionen einen gewissen Teil ihres Gewinns für Klimakompensation aufwenden müssen.«

Jonny Munther rieb sich das Kinn und blickte aus dem Fenster nach draußen, wo die mächtige Laubkrone einer Ulme im Wind wogte. Er schüttelte den Kopf. »Auch kein wirklich gutes Motiv, andere Parlamentarier werden bestimmt da weitermachen, wo Cédric aufgehört hat.«

»Noch mal. Du wolltest wissen, ob es eine Verbindung gibt, und die gibt es.«

»Gute Arbeit. Besprechungsraum in fünf.«

»In fünf *Minuten*?«

»Ja. Fünf Minuten.«

Ulrika verdrehte die Augen. »Dann sag's halt auch.«

Den Blick zu Boden gerichtet, ging Jonny zum Besprechungsraum, wo sich das Ermittlungsteam gleich treffen und über die neusten Erkenntnisse austauschen würde. Wie so oft wurde alles immer undurchsichtiger, je tiefer man grub.

Jonny hielt es für recht unwahrscheinlich, dass ein Unternehmen die Morde an sechs Personen in Auftrag gab, nur weil ihm der Verlust der Emissionsrechte oder die Verpflichtung zu Kompensationsmaßnahmen drohte. Dreh- und Angelpunkt ihrer Ermittlung schien das Unternehmen zu sein, das Helander und Chen Bao zusammen besaßen. Hier mussten sie ansetzen.

Nach der Besprechung würde Jonny den chinesischen Botschafter anrufen müssen, ein Gespräch, dem er nicht eben freudig entgegensah. Die schwedisch-chinesischen Beziehungen waren angespannt wie schon lange nicht mehr, und er konnte nicht mit der Kooperationsbereitschaft der Chinesen rechnen. Andererseits waren unter den Mordopfern auch zwei chinesische Staatsbürger. Vielleicht war das ja, wenn man so sagen beziehungsweise denken durfte, auch für irgendetwas gut.

Jonny öffnete die Tür zum Besprechungsraum und erstarrte. William King stand, die Hände auf dem Rücken verschränkt, vor der Karte, auf der Carmen mit Bleistift die Route der Motorräder eingezeichnet hatte. Als die Tür aufging, drehte William sich um und grinste höhnisch.

»Ach, ach, Herr Kommissar«, sagte er und tippte mit einem seiner Wurstfinger auf zwei Punkte auf der Karte. »Warum wurde hier keine Straßensperre errichtet? Und hier?«

Jonny kramte in seinem Gedächtnis nach irgendeinem Zitat von Dostojewski, das zu Nachsicht mit den Übelgesinnten mahnte. Ihm fiel keines ein.

8

Nachdem Julia Malmros unter den neugierigen Blicken der anderen Kunden Lebensmittel für das Abendessen eingekauft hatte, kehrte sie gegen halb sechs zum Haus zurück. Sie entdeckte Kim Ribbing mit seinem Notebook auf dem Schoß auf der Terrasse. Er musste mit der Fünf-Uhr-Fähre gekommen sein. Sie blieb auf halbem Weg die Felsen hinauf stehen und lauschte der Musik, die aus den Lautsprechern des Geräts kam.

Es war wie üblich irgendein schwedischer Schlager, aber Julia erkannte den Sänger nicht. Der Typ sang mit dermaßen viel Schmalz in der Stimme, dass man die Lyrics kaum verstehen konnte. »Ich« wurde zu »Iihich« und »Du« zu »Duou«. Den Song hatte Julia noch nie gehört, aber er handelte von Iihich und Duou. Julia raschelte mit der Einkaufstüte, um ihre Ankunft anzukündigen, und als Kim über die Schulter blickte, fragte sie: »Was ist das? Wie heißt der Sänger?«

»Sten Nilsson.«

»Sten … wie in Sten & Stanley?«

»Mhm.«

»Und dir … gefällt das?«

Kim zuckte mit den Achseln. »Es funktioniert.«

»Funktioniert? Inwiefern?«

Kim überlegte einen Moment, dann sagte er: »Ich kann nichts Hartes hören. Es zieht mich runter, wenn die Leute davon singen, wie unglücklich sie sind, oder wenn Gitarren so … losfetzen.«

»Wobei es bei Anna-Lena Löfgren ja auch ziemlich viel unglückliche Liebe gibt.«

»Schon, aber da kommt es in einer soften Verpackung, verstehst du?«

Einer der seltenen Momente, in denen Kim sich ein klein wenig öffnete und Julia einen flüchtigen Blick in sein Inneres gewährte. Sie glaubte zu verstehen, was er meinte. Wenn Anna-Lena Löfgren von einer für immer verlorenen Liebe sang, dann wurde eine traurige Geschichte ohne verheerende emotionale Auswirkungen daraus. Ein Liedchen.

Julia strich Kim über den Hinterkopf. Er ließ es geschehen und drückte sogar den Kopf ein wenig gegen ihre Hand. Julia spähte über seine Schulter und sah, dass er einen eng gesetzten Text auf Englisch las.

»Was liest du da?«

Ohne den Blick vom Bildschirm zu heben, scrollte Kim zur nächsten Seite und sagte: »*Summa theologica.*«

»Summa … du liest ein Buch über Theologie?«

»Ja.«

»Wozu?«

»Unterhaltung.«

Julia hatte eine vage Vorstellung, worum es sich bei der *Summa theologica* handelte. Sie hatte in der Oberstufe Philosophie gehabt und wusste, dass das christliche Standardwerk enorm umfangreich und schwer verständlich geschrieben war. Kim zählte wohl zu den ganz wenigen Menschen auf der Welt, die dieses Buch, untermalt von Sten & Stanley, dem Genre *Unterhaltung* zuordneten.

Julia trug die Einkaufstüte ins Haus und räumte die Lebensmittel in den Kühlschrank. Als sie auf die Terrasse zurückkehrte, blickte Kim vom Laptop auf. »Wer ist Astrid Helanders nächster Angehöriger, jetzt, da ihre Eltern tot sind?«, fragte er.

Aus Julias Erinnerung tauchte ein pickeliger junger Mann in einer nach Öl riechenden Motorradjacke auf. Olles vier Jahre älterer Bruder namens …

»Lars«, sagte sie. »Lars Helander. Olles großer Bruder. Ich glaube, Gabriella hatte keine Geschwister.«

»Lasse und Olle«, sagte Kim. »Gibt's auch einen Bosse?«

»Nicht, dass ich wüsste. Warum?«

»Vergiss es. Du musst ihn anrufen.«

»Und warum?«

Kim berichtete knapp vom Sankt Görans und dass er für einen Besuch bei Astrid eine Art Vollmacht brauchte oder dass Lars mitkommen musste. Soweit Julia sich erinnerte, hatte Olle erwähnt, dass sein Bruder Zahnarzt geworden war und immer noch auf Kungsholmen wohnte. Seine Nummer herauszufinden, sollte kein Problem sein.

»Wie kommt es, dass du dich für Astrid einsetzt?«, fragte Julia, obwohl sie ihre Vermutungen hatte.

Kim zuckte mit den Achseln. »Persönliche Gründe.« Er nahm sein Handy, tippte aufs Display, und im nächsten Moment vibrierte es in Julias Tasche. Sie fischte ihr Gerät heraus und sah, dass sie eine Nachricht erhalten hatte. Eine Telefonnummer.

»Seine Nummer«, sagte Kim.

»Das heißt … du wusstest es schon?«

»Nicht hundertprozentig. Ruf jetzt bei ihm an.«

Julia ging ins Haus und setzte sich in den Sessel. Erst als sie auf die blau gefärbte Telefonnummer tippte, wurde ihr klar, dass sie Lars bei dem bevorstehenden Anruf auch ihr Beileid aussprechen musste. Als Lars Helander nach dem dritten Klingeln ranging, sagte sie: »Hallo, hier ist Julia Malmros, erinnerst du dich an mich?«

»Ja, na klar. Hi, Julia.« Die Stimme am anderen Ende klang bleiern und müde.

»Mein Beileid, Lars …«

Sie wechselten ein paar Sätze darüber, was für ein toller Mensch Olle gewesen, wie gut die Freundschaft zwischen ihm und Julia gewesen und wie unbegreiflich das alles war. Dann kam

Julia zum eigentlichen Grund ihres Anrufs und erhielt die Bestätigung, dass Astrid in der Klinik lag und seit dem Anschlag keinen Ton mehr von sich gab. Klar, natürlich könne Lars, falls nötig, eine Besuchervollmacht ausstellen, aber Julia müsse wissen, dass …

Als Julia das Gespräch beendet hatte, ließ sie das Handy sinken und starrte einen Moment lang auf den kleinen Picasso-Druck, der an der Wand hing. *Guernica*. Das Chaos. Schreiende, sterbende Menschen und Tiere. Dann stand sie auf und schlich geradezu auf die Terrasse. Kim klappte das Notebook zu und sah hoch. »Und?«

Julia hielt als Zeichen für das Telefonat, das sie eben geführt hatte, ihr Handy hoch. »Also: Er tut, was er kann. Die Sache ist nur, dass Astrid verlegt worden ist. Nach Vallentuna.« Julia räusperte sich, ehe sie hinzufügte: »Nach Vamlinge.«

Obwohl sie durch ihre heimliche Google-Suche vorbereitet war, erschrak sie angesichts des dunklen, lodernden Hasses in Kims Augen. Er umklammerte mit weiß hervortretenden Knöcheln die Armlehnen des Stuhls, seine Lippen verzerrten sich, und er sagte tonlos: »Das werden wir ändern.«

9

»Das war taktisch vielleicht nicht das Klügste«, meinte Carmen Sánchez. »Das mit dem King.«

Es war acht Uhr, und vom Ermittlungsteam waren nur Carmen und Jonny Munther noch im Präsidium. Beide waren müde nach einem langen Tag und blieben mehr aus Gewohnheit als aus Pflichtgefühl im Besprechungsraum, wo Jonny vorhin William King die Meinung gegeigt hatte, dass die Wände wackelten.

»Ich kann diesen aufgeblasenen Wichtigtuer nicht ab«, sagte Jonny. »Hinterher ist man immer schlauer.« Mehr schlecht als recht äffte er William Kings weiche Stimme nach: »*Warum habt ihr dies nicht getan, warum habt ihr das nicht getan?*«

»Prinzipiell hat er recht.«

»Nein, hat er nicht. Der Disponent hat völlig richtig entschieden, die Suchmaßnahmen auf das Motorboot zu konzentrieren. Hätten wir gewusst, dass es bei Stavsnäs anlegen würde, ja, dann hätte der Wichtigtuer *prinzipiell* recht gehabt. So spielt er sich einfach nur auf.«

Carmen nickte, als würde sie Jonnys Einwand gelten lassen, sagte dann aber: »Okay, aber ich glaube, du verstehst eines nicht.«

»Es gibt tausend Dinge, die ich nicht verstehe. Millionen. Warum leben wir? Was ist angeboren, was ist anerzo…«

»Halt jetzt die Klappe«, sagte Carmen. Nach mehreren Jahren enger Zusammenarbeit war sie die Einzige im Haus, die so etwas zu Jonny sagen konnte und damit durchkam. Jonny hielt den Mund, und Carmen fuhr fort: »William King ist nicht Teil des Ermittlungsteams, weil er irgendetwas beitragen könnte, und auch nicht, um mit den Medien zu kommunizieren. Also warum ist er hier?«

»Um zu nerven.«

»Nein, er ist hier, damit er nicht woanders sein kann, zum Beispiel in einer Talkshow. Glaub mir, wenn wir ihm nicht schmeicheln würden, indem wir ihn miteinbeziehen, würde er jetzt bei TV4 als Experte auf dem Sofa sitzen und erzählen, was wir für Trottel sind, weil wir keine Straßensperren errichtet haben. So aber tut er das nicht.«

»Diese dämlichen Straßensperren …«, setzte Jonny an, doch Carmen stöhnte und blickte zur Decke, als wollte sie den Herrgott um Kraft bitten. Jonny verkniff sich den Rest des Satzes. »Ja, ja, hab's verstanden«, murrte er. »Aber es gefällt mir nicht.«

»Es muss dir auch nicht gefallen. Aber wenn ich dir einen wohlgemeinten Rat geben darf, dann solltest du den Wichtigtuer, wie du ihn nennst, etwas freundlicher behandeln. Sonst stürmt er mit seinem gekränkten Ego zum nächstbesten TV-Sender, und dann haben wir keine ruhige Minute mehr.«

»Der Typ stürmt nirgendwohin. Der nimmt ein Taxi. Okay, okay. Du hast ja recht. Aber wenn das alles vorbei ist, schicke ich ihm einen Meuchelmörder auf den Hals.«

»Mach das. So, was sagen die Chinesen?«

»Das Übliche. Die ganze Angelegenheit sei heikel, aber sie würden schauen, was sich machen lässt. Bedeutet im Normalfall, sie tun gar nichts, oder jedenfalls nichts, was sie uns mitzuteilen gedenken.«

»Hat die Untersuchung des Motorboots etwas ergeben?«

»Die Techniker haben einen halben Stiefelabdruck auf einer der Bänke gesichert, der vielleicht helfen würde, wenn wir einen Stiefel zum Abgleich hätten, aber nichts, was sich zurückverfolgen lässt.«

»Immerhin wissen wir, dass sie nicht barfuß waren«, sagte Carmen. »Und das Mädchen, Astrid, redet sie immer noch nicht?«

»Nein, kein Wort, weder mit uns noch mit jemandem in Vamlinge.«

»Warum hat man sie dorthin verlegt?«

»Die sind da anscheinend auf traumatisierte Jugendliche spezialisiert. Was sagen die Obduktionsberichte?«

Carmen überflog eine Seite in ihrem Notizheft. »Keine Überraschungen. Alle Opfer starben infolge von Schussverletzungen, die mit Hämatomen … Sie wurden abgeknallt, fertig, aus. Und dieser Ribbing hat das ganz richtig beobachtet. Die rechte Seite des Tisches stand unter deutlich schwererem Beschuss als die linke. Suzanne Montaigne, die auf der linken Seite und am nächsten zum Ufer saß, hatte einfach Pech, sonst hätte sie womöglich sogar überlebt. Eine der drei Kugeln, von denen sie getroffen wurde, hat die Halsschlagader erwischt.«

Sie schwiegen eine Weile und sannen darüber nach, wie schnell es vorbei sein konnte und wie ein Zentimeter in der falschen Richtung über Leben und Tod entschied. Jonny rechnete es Carmen hoch an, dass sie seine Antipathie gegen Kim Ribbing bemerkt hatte und von ihm stets als »dieser Ribbing« sprach.

Carmen warf einen Blick auf ihr Handy und sagte: »Tja, es ist, wie's ist.« Sie stand auf und nahm ihre Tasche. »Was steht für mich morgen auf dem Plan?«

»Wenn's dir nichts ausmacht, dachte ich, du könntest dir die digitalen Fußabdrücke der Opfer in den sozialen Medien ansehen. Christof hat wenige Stunden nach der Tat gecheckt, ob es Posts oder Kommentare gibt, die im direkten Zusammenhang mit dem Mittsommeressen stehen. Aber wir müssen die Datenspuren der ganzen letzten Zeit berücksichtigen.«

»Glaube kaum, dass das viel bringt.«

»Vielleicht hast du recht. Aber stell dir mal vor, wir übersehen was, und Babyface Billy kriegt es spitz, dann sitzt er im Taxi, ehe ich bis zehn zählen kann.«

Carmen lachte müde und sagte: »Gute Nacht, Chef.«

»Nacht, Carmen. Grüß Bruno.«

Carmens hoch gewachsene, athletische Gestalt verschwand durch die Tür, und Jonny sandte ihrem Schäferhund Bruno einen dankbaren Gedanken. Carmen war ein Freiluftmensch und zur Polizei gegangen, um Hundeführerin zu werden. Bruno hatte sich als äußerst talentierter Spürhund erwiesen, das Problem war nur, dass es ihm an Disziplin fehlte und er rasch das Interesse verlor.

Carmen wurde ein anderer Hund angeboten, doch da hatte sie Bruno schon so lieb gewonnen, dass sie ihn behielt und seine Fähigkeit stattdessen anderweitig einsetzte. Sie brachte ihm bei, Pfifferlinge aufzuspüren, und im Herbst verschenkte sie manchmal Papiertüten voller Pilze an die Leute in der Abteilung.

Jonny stand auf und betrachtete die Karte, auf der nun auch die bestätigte Route des Motorboots eingezeichnet war. Er folgte der gepunkteten Strecke, bis sein Blick bei Knektholmen ankam. Nichts an dem unscheinbaren gelben Fleck deutete auf das gestrige Grauen hin. *Das Mittsommermassaker*, wie ein alliterationsfreudiger Schlagzeilenverfasser es getauft hatte.

Bilder von Knektholmen liefen wie ein Film vor Jonnys innerem Auge ab, um dann bei einer Szene anzuhalten, von der er nur gehört hatte. Die unter Schock stehende Astrid Helander, die neben diesem Kim Ribbing auf dem Felsen saß, sein Arm um ihre Schultern. Die weit aufgerissenen Augen des Mädchens, ihre zitternden Hände. Was ging Astrid jetzt wohl durch den Kopf? Was machte sie? Würde je wieder ein Mensch aus ihr werden?

10

Es war halb elf, und Astrid Helander schlief in ihrem schmalen Bett in Zimmer 304 in der Vamlinge-Klinik in Vallentuna. Obwohl das Fenster mit den heruntergelassenen Jalousien den zehn Zentimeter breiten Spalt geöffnet war, den das Sicherheitsschloss zuließ, war es heiß im Raum, und Astrid hatte das Betttuch weggestrampelt und sich in ihrem Nachthemd auf der Seite zusammengerollt.

Sie träumte, dass sie in einem Meer aus warmem Blut trieb. Um sie herum schwammen panische Tiere und brüllten, wieherten, bellten und schrien vor Angst, während sie unbarmherzig in die Tiefe gezogen wurden. Astrid versuchte, die wild paddelnden Pfoten eines Labradors zu packen, doch er entglitt ihr und versank mit einem letzten jämmerlichen Winseln. Der Lärm verstummte. Astrid war allein in dem dunkelroten Meer, und das einzige Geräusch waren langsame, angestrengte Atemzüge. Astrid öffnete die Augen.

Sie war nicht allein im Zimmer. Auf einem Stuhl zwei Meter von ihrem Bett saß ein älterer Mann, der seine grauen Haare über den Schädel gekämmt hatte. Im Schein des Nachtlichts betrachtete er Astrid. Sie fühlte sich nackt in ihrem dünnen Hemd, tastete nach der Decke und zog sie über sich.

Der Mann rutschte mit seinem Stuhl einen Meter näher heran. »Hallo, Astrid. Ich heiße Martin. Martin Rudbeck. Ich bin hier, um dir zu helfen. Als Allererstes wollen wir dafür sorgen, dass du wieder sprechen kannst, damit du mir erzählen kannst, wie du dich fühlst.« Der Mann beugte sich vor und legte eine unbegreiflich kühle Hand auf ihren Fuß. Sie zog ihn weg. Der Mann nickte und sagte mit einem Pfeifen aus der Luftröhre: »Ich will *verstehen.*«

11

»Julia, wach auf! Dein Garten ist voller Journalisten!«

Eine schmale, starke Hand rüttelte Julia Malmros am Bein. Sie fuhr hoch und rieb sich die Augen. Kim Ribbing saß im Schneidersitz im Schein des durchs Fenster fallenden Sommernachtslichts am Fußende des Bettes. Er trug seine schwarze Jeans und einen Pulli mit einem Bild von Sven-Ingvars. Nach dem Abendessen war er ununterbrochen am Notebook gewesen, und Julia hatte kaum einen Mucks aus ihm herausbekommen, geschweige denn ein Gute Nacht, als sie gegen elf ins Bett gegangen war.

»Journalisten?« Julia wurde mit einem Schlag wach. »Was … wie …?«

»Hunderte! Sie wollen das *Millennium*-Buch lesen!«

Julia ließ sich stöhnend zurücksinken. »Witzig, Kim. Echt lustig. Wie spät ist es?«

»Kurz nach zwölf. Ich muss weg. Ich nehme das Boot.«

»*Mein* Boot?«

»Ja. Oder gibt's noch andere?«

Julia schwirrte der Kopf. Sie konnte sich nur schwer vorstellen, wie Kim ihr kleines Kunststoffboot über den Sund manövrierte, daher fragte sie: »Hast du schon mal einen Außenborder bedient?«

»Nee. Aber ich hab zugeguckt, wie du es machst.«

»Du musst den Kraftstoffhahn öffnen …«

»Wie gesagt.«

»Soll ich dich fahren?«

»Nein. Du hast anderes zu tun.«

»Aha?«

»Hier.« Kim legte einen kleinen USB-Stick neben Julias Kissen und strich ihr über die Wange, bevor er vom Bett aufstand. Julia ahnte, dass sie jede Menge Fragen stellen sollte, aber sie bekam gerade keine zu fassen. Als Kim auf dem Weg aus dem Zimmer war, fiel ihr zumindest eine ein: »Wie kommst du weiter, wenn du auf dem Festland bist?«

»Hab heute das Motorrad aus der Stadt geholt. Steht am Hafen.«

Als er auf die Haustür zusteuerte, schoss Julia die wichtigste Frage in den Kopf, und sie rief: »Wo willst du hin?«

»Rate mal«, sagte Kim und öffnete die Haustür. »Schau dir den Stick an.« Die Tür fiel hinter ihm ins Schloss.

Julia legte sich auf den Rücken und sah hinaus zum kobaltblauen Himmel. Wenn man bedachte, wie Kim reagiert hatte, als Julia ihm von Astrid erzählte, ließ sich unschwer erahnen, wohin er unterwegs war. Julia seufzte und setzte sich auf.

Zur Hölle mit dir, Kim Ribbing.

Immer noch schlaftrunken zog Julia einen Bademantel über und steckte den USB-Stick in die Tasche. Sie war schon auf dem Weg in die Küche, um die Kaffeemaschine einzuschalten, doch die Neugier siegte. Sie ging zum Schreibtisch, schaltete ihr Notebook an und steckte den Stick in den Anschluss. Ein neuer Ordner mit dem Namen »International Credentials and Holdings Inc« erschien auf dem Desktop. Julia vergaß den Kaffee, ließ sich auf den Stuhl fallen und öffnete den Ordner.

12

Es war kein Problem, das kleine Kunststoffboot allein hinaus in die schwache Lichtstraße des bleichen Mondes zu schieben. Die Sommernacht war an ihrem dunkelsten Punkt angelangt und damit noch immer ziemlich hell. Der Sund lag ruhig vor ihm, kein Boot war unterwegs. Kim Ribbing drückte das Boot ins Wasser, und seine Füße wurden kaum nass, als er in den Bug sprang und seine Tasche auf den Boden legte.

Er setzte sich auf die Achterbank, öffnete den Benzinhahn, drückte dreimal auf den Gummiball, der Kraftstoff hochpumpte, und zog den Choke heraus, so wie Julia es getan hatte. Dann zog er an der Startleine, und der Motor sprang umgehend an. Bevor er den Bug aufs Festland richtete, machte er einen Abstecher zum Hafen, wo er eine der Trossen mitnahm, auf denen er am Tag zuvor gesessen hatte.

Der Systemschutz von Vamlinge war eher dürftig für einen Server, der sensible Patientendaten enthielt. Über ein Network Attached Storage, das stündlich automatische Backups erstellte, war Kim problemlos ins System gelangt. Er hatte sich, als Systemupdate getarnt, im NAS auf die Lauer gelegt und, als der Server sich damit verband, Zugriff erhalten.

Er hatte gesehen, dass Astrid Helander in Zimmer 304 untergebracht war, und sich den Grundriss von Vamlinge vor Augen gerufen. Das Zimmer lag im dritten Stock, sechs Fenster vom linken Giebel entfernt. Astrids Akte hatte er entnommen, dass das Mädchen als »katatonisch« beschrieben wurde, ein Terminus, der auch auf ihn angewendet worden war, wenn er so gar keine Lust gehabt hatte, zu reden oder sich auch nur zu bewegen.

Die Namen der behandelnden Ärzte waren Tomas Berndtson und Wilmer Syd. Keiner davon sagte ihm etwas, aber sein Aufenthalt in Vamlinge lag mehrere Jahre zurück, und vermutlich waren sie später eingestellt worden. Der Gedanke *jüngere Ärzte* hatte ihn auf etwas anderes gebracht. Es dauerte eine ganze Weile, bis er sich in das System der Universität Stockholm gehackt hatte, das wesentlich besser geschützt war als das der Psychiatrie. Er hatte Listen ehemaliger Studenten des Psychologischen Instituts durchgesehen, und er spürte die Schlagader an seinem Hals, als er sah, dass Tomas und Wilmer denselben Dozenten als Betreuer gehabt hatten: Martin Rudbeck.

Kim glaubte keine Sekunde, dass Rudbeck tatsächlich seine »Forschungen« mit dem Ziel »zu verstehen« eingestellt hatte. Nichts deutete darauf hin, dass das Schwein etwas mit Astrid Helander zu tun hatte, aber es war schlimm genug, dass zwei seiner Studenten für sie zuständig waren. Vielleicht wurden sie noch immer von diesem Sadisten angeleitet und hatten seine Methoden übernommen.

Kim hatte die Verbindung zu den gehackten Servern abgebrochen, nachdem er ein paar Trojaner dagelassen hatte, die es ihm künftig erleichtern würden, bei Bedarf darauf zuzugreifen. Dann hatte er Astrids Instagramm-Kanal aufgerufen.

Der letzte Beitrag war ein Foto von einer Platte mit Köttbullar sowie einem Schinken, bei dem es sich vermutlich um denselben handelte, den Kim in zerfetzter Form auf Knektholmen gesehen hatte. Unter dem Bild stand: »Midsummer is murder«. Kim schmunzelte bei dem Gedanken. Das Mädchen war originell. Er hatte noch mehr Fotos und einzelne kurze Filme im Stil der Videos von ihrem YouTube-Kanal gefunden. Tiere, die auf qualvollste Weise litten. Wie hielt sie das aus?

Kim hatte auch die Liste von Astrids Followern studiert. Es

waren weniger als auf YouTube, trotzdem hatte er ein paar Minuten gebraucht, um die Namen und Bilder von hauptsächlich jungen, stark geschminkten und traurig aussehenden Mädchen durchzuscrollen, bis er #gabriellahelander fand.

Auch der letzte Post von Astrids Mutter stammte vom Mittsommerfest, war jedoch gänzlich anderen Charakters. Vom ans Wasser grenzenden Tischende aus hatte sie die ganze Festgesellschaft fotografiert, die Schnapsgläser zum Prost erhoben. Am entgegengesetzten Ende saß Astrid hinter ihrer großen Sonnenbrille. Das Mädchen blickte auf ihr Handy, und die Form ihres offenen Mundes verriet, dass sie ein Gespräch führte.

Mit wem redest du da, Astrid?

Kim war ein absurder Gedanke gekommen. Dass alles ein Auftragsjob von Astrid war, eine Vergeltungsaktion für den Fleischverzehr, und dass er sie dabei betrachtete, wie sie den Killern letzte Anweisungen durchgab. Ziemlich unwahrscheinlich. Ihrem zerstörten Handy nach zu urteilen, hatte sie sich selbst in der Schusslinie befunden, und auch radikaler Veganismus hatte wohl seine Grenzen.

Kim hatte die Seite geschlossen, seine Mails gecheckt und gesehen, dass *Legion* seinen Auftrag ausgeführt hatte. Dann hatte er die Dateien durchgesehen und alles auf den USB-Stick kopiert, die Sachen gepackt, die er brauchte, und Julia geweckt.

Und nun war er hier. Das Tuckern des Bootes hatte etwas Einschläferndes. Gemächlich glitt es über den stillen Sund, während die Inseln in Zeitlupe vorüberzogen. In einigen Häusern brannte Licht, und hier und da saßen Leute unter bunten Laternen auf ihren Terrassen. Vor einer Sauna hüpften ein paar nackte Typen prustend und johlend ins Wasser. Auf einem Steg saß eine Teenagerin mit einer Angelrute. Sie winkte Kim zu, als er vorbeifuhr. Er winkte zurück.

Wie schon so viele Male fühlte Kim sich ausgeschlossen von der ruhigen und laternenbeschienenen Normalität, die augenscheinlich so viele Leute lebten. Aber war dieses Gefühl wirklich so schwer auszuhalten? Er war vielleicht nicht sonderlich gern er selbst, wollte aber auch kein anderer sein.

Nach einer Stunde erreichte er Stavsnäs und zog das Boot etwa hundert Meter von der Fähranlegestelle an den Strand. Seine Honda hatte er beim Parkplatz an einen Baum geschlossen. Er öffnete die Gepäckbox und holte Lederkombi und Helm heraus. Als er die Motorradkluft übergezogen hatte, stieg er auf, drehte den Zündschlüssel und brauste los Richtung Vallentuna.

13

Der Ordner, den Julia Malmros geöffnet hatte, enthielt mehrere Hundert unsortierte Dateien, und sie verwandte zunächst einmal eine Stunde darauf, diese nach »Einzahlungen«, »Auszahlungen« und »Sonstiges« zu sortieren. Es war Ewigkeiten her, dass ihre Ausbildung und ihre Jahre im Wirtschaftsdezernat ihr etwas genützt hatten, aber jetzt kam ihr beides zugute. Aus den Dateien ging nicht hervor, was International Credentials and Holdings Inc. (ICAH) eigentlich *machte*. Die wenigen Male, bei denen auf einer Rechnung eine Arbeitsleistung angegeben wurde, handelte es sich um »Beratungen«, ein Begriff, der in etwa so viel aussagte wie »Job«.

Bevor Julia ihren dritten Åsa-Fors-Roman schrieb, hatte sie ein Buch über die Auseinandersetzung um das Neue Karolinska-Krankenhaus gelesen, das nicht wie geplant das beste, sondern wohl eher das teuerste Krankenhaus der Welt wurde. Kaum einer der für den Bau Verantwortlichen war in der Lage gewesen, seine Aufgaben ohne Inanspruchnahme von »Beratungsleistungen« auszuführen, wobei häufig unklar blieb, worin diese bestanden. Die Gelder versickerten noch immer, womöglich saß also weiterhin eine Gruppe Berater in einer kafkaesken Ecke des Gebäudes und tat, was sie nun einmal taten.

Konferieren. Konspirieren. Konsultieren.

ICAH schien in erster Linie ein Knotenpunkt für Überweisungen zwischen verschiedenen Konten zu sein. Mit der Zeit wurden die Summen immer größer, Pi mal Daumen hatten allein im letzten Jahr an die dreißig Millionen Kronen die Besitzer gewechselt. Die Gelder gingen an Konten in Steuerparadiesen mit Bankgeheimnis, solche, von denen Kim behauptet hatte, dass nicht einmal ein Exorzist sie finden würde. Julia konzentrierte sich auf die Beträge, die bei ICAH eingegangen waren. Hierbei handelte es sich größtenteils um Unternehmen mit ebenso nichtssagenden Namen, und ging es nicht um die Bezahlung von Beratungsleistungen, dann um die von »Auftrag 22C-32« und Ähnlichem. Nachdem sie eine Stunde lang durch den Morast aus Buchstaben und Ziffern gewatet war, setzte Julia sich Kaffee auf.

Wenn man überlegte, dass vor etwas mehr als dreißig Jahren Bösewichte und Banditen ihre krummen Dinger noch mit Bargeld drehen mussten. Eine Bank stürmen, Waffen ziehen, und dann raus mit den Sporttaschen voller Scheine. Oder die klassischen Geldübergaben in Tiefgaragen, wo gut gefüllte Aktenkoffer diskret den Besitzer wechselten. Vielleicht gab es so etwas in Osteuropa noch immer, aber hier in der westlichen Welt sah der Modus Operandi heutzutage anders aus.

Keine voreiligen Schlüsse, Frau Malmros! Bisher gab es keine Beweise, dass ICAH in ungesetzliche Machenschaften verstrickt war, außer möglicherweise Steuerflucht, doch vieles *deutete* angesichts diverser Verschleierungstaktiken darauf hin. Wenn dies eine Phantomjagd war, dann waren die Enthüllungen um das Karolinska dagegen ein gutes altes Versteckspiel gewesen.

Julia schenkte sich einen ordentlichen Pott Kaffee ein und gab angesichts der frühen Stunde sogar einen Schluck Milch dazu. Dann setzte sie sich wieder an ihr Notebook und widmete sich erneut den sterbenslangweiligen Dokumenten. Da hätte sie selbst die *Summa theologica* lieber gelesen.

Es war kurz nach drei, und die Sonne ging langsam hinter den Inseln jenseits von Knektholmen auf, als Julias Blick an einem Firmennamen hängen blieb. OnyxC. Das Unternehmen hatte ICAH vier Monate zuvor eine gute Million für … *wait for it* … Beratungsleistungen überwiesen.

OnyxC.

Irgendetwas klingelte bei Julia. Etwas, das mit den Ermittlungen um den verschwundenen Meeresbiologen Edward Dahlberg zu tun hatte, dessen Leiche vor einem halben Jahr im Netz eines Trawlers gelandet war. Etwas mit dem Verleih von Bohrinseln, die in Edwards Zuständigkeitsbereich fielen. Es hatte da eine Briefkastenfirma gegeben, die einer Holding gehörte, und die wiederum gehörte … Julia schnipste mit den Fingern. Frode Moe, dem norwegischen Industriemagnaten.

Die Briefkastenfirma Onyx, die als Holding für Tochterfirmen desselben Namens ergänzt um die Buchstaben A bis G fungierte, war nur eine von vielen komplexen Unternehmensstrukturen unter dem Dach des riesigen Konzerns Futurig, dessen Haupteigentümer Frode Moe war. Nichts hatte jedoch darauf hingewiesen, dass Onyx illegal agierte, und so war die Sache im Ordner »Sackgassen« abgelegt worden.

Und jetzt?

Julias erste Euphorie angesichts des Fundes wich Skepsis. Was dachte sie sich eigentlich? Der Umstand, dass Frode Moe eine Million an ein Unternehmen gezahlt hatte, das Olof Helander und Chen Bao gehörte, war ja kaum ein Beweis dafür, dass er zwei Auftragsmörder anheuerte und sie zusammen mit ihren Familien niedermähen ließ. *Good business?*

Julia schüttelte den Kopf. Sie war nicht objektiv.

Während der Ermittlungen hatte sie ihre Zweifel gegenüber Moe gehabt, der häufig im Norwegerpullover die Cover von Managermagazinen zierte, um zu demonstrieren, dass er ein Mann des Volkes war. Vielleicht war es nur eine persönliche Antipathie, aber irgendetwas war dubios an ihm, das sagte Julia ihr Bauchgefühl. Aber mehrfachmord-dubios? Schwer zu glauben.

Sie trank den letzten Schluck Kaffee, rieb sich die Augen und schaltete den Computer aus. Einen Augenblick lang saß sie da und genoss das Dämmerlicht, das angenehm weich durchs Fenster hereinfiel. Sie hatte keine bahnbrechenden Entdeckungen gemacht, aber ein wenig dazugelernt. Als Nächstes müsste sie vermutlich prüfen, womit genau Chen Baos offizielle Firma Geld verdiente. Julia lachte, als sie sich einen Spürhund mit ihrem Gesicht vorstellte, der eifrig im Dickicht der digitalen Überreste schnüffelte.

Sekunde mal …

Was machte sie hier eigentlich? Hatte sie bei der Polizei aufgehört, nur um jetzt in die Rolle einer Privatermittlerin zu schlüpfen? Es sah ganz danach aus.

Ihre Kompetenzen im Bereich Wirtschaftskriminalität waren solide, aber überholt. Dafür hatte sie hier Material vorliegen, an das die Polizei wohl kaum mit konventionellen Methoden gelangen würde. Praktisch verstieß sie also gegen das Gesetz.

Sie schloss die Augen und dachte an Olofs bebende Lippen damals unter der Tranebergsbron, seine unbeholfenen Liebkosungen. Sein etwas pickeliges Gesicht. Sein regloses, totes Gesicht mit dem starren Blick. Danach tauchte der Meeresbiologe Edward Dahlberg in Julias Gedanken auf, den sie nur von Fotos und aus den Zeugenbefragungen kannte. Seine überall gelobte Fachkompetenz und Freundlichkeit, seine verzweifelte Familie.

Julia öffnete die Augen. *Millennium* war gestern, und Åsa Fors war noch nicht wieder am Horizont aufgetaucht. Es war das Zusammenspiel von mehreren Faktoren, das Julia dazu brachte, die Ermittlungen im Mittsommermord zu unterstützen. Letztendlich war vermutlich aber jener schlichte Umstand ausschlaggebend, dass sie nichts Besseres zu tun hatte.

14

Astrid Helander konnte nur schwer wieder einschlafen, nachdem der Widerling gegangen war. Abgesehen von der kurzen Berührung an ihrem Fuß hatte er sie nicht angefasst, aber ihr kam es so vor, als habe der Arzt sie mit seinen Blicken und seiner Stimme begrabscht. Sogar jetzt, nachdem er den Raum verlassen hatte, spürte sie ihn noch, und sie wollte ihn nicht dahaben.

Sie hatte nicht auf seine Fragen geantwortet und auch sonst keinen Ton gesagt. Astrid wäre durchaus in der Lage, zu sprechen, sie hatte bloß jeglichen Willen dazu verloren. Versuchsweise hatte sie sich einmal leise »Mama« zugeflüstert, angefangen zu weinen und dann nichts mehr gesagt. Es war sinnlos.

Sie war häufig im Streit, um nicht zu sagen auf Kollisionskurs, mit ihren Eltern gewesen, vor allem mit ihrem Vater, und manchmal hatte sie sich gewünscht, sie würden aus ihrem Leben verschwinden und sie in Ruhe ihr Ding machen lassen, aber verschwinden war ja wohl nicht dasselbe wie ermordet werden. Oder?

Astrid zog die Knie an die Brust und fühlte sich schuldig, weil sie es getan hatte, und zwar wiederholt. Sie hatte tatsächlich nicht nur einmal zu ihren Eltern gesagt, sie wünschte, sie wären tot. Jetzt hatte sie also bekommen, was sie wollte, aber da war keine Zufriedenheit, da war ein tiefes schwarzes Loch. Und Rudbeck hatte alles nur noch schlimmer gemacht.

Ihr Zusammensein solle ganz »informell« bleiben, hatte er erklärt. Ihre Ärzte, bei denen es sich übrigens um ehemalige Schüler von ihm handele, hätten angesichts von Astrids besonders schwerem Fall von Abkapselung um seine Expertise gebeten. Es gäbe gewisse *Methoden*, die Martin besser beherrsche als jeder andere, und schon morgen würden sie mit den Anwendungen beginnen. Um dem Ganzen noch die Krone aufzusetzen, hatte er sie mit seinem Handy im Bett fotografiert, und damit stand eindeutig fest: Der Typ war ein Perverser. Und Astrid war ihm ausgeliefert. Sie ballte die Fäuste und biss sich auf die Knöchel.

Warum durfte sie nicht zu ihrem vertrauten Psychologen? Walter Berzelius, zu dem sie zweimal die Woche zur Therapie ging, war ein Mann in den Sechzigern, der nicht viel von Astrids Lebenswelt verstand, aber trotzdem ein Erwachsener war, mit dem sich vernünftig reden ließ – Astrid wagte sogar zu behaupten, dass sie ihn mochte. Er konnte gut zuhören. Also warum durfte sie ihn dann nicht sehen?

Astrid biss sich wieder auf die Knöchel. Anders als viele Gleichaltrige mit einer ähnlichen Problematik hatte sie sich nie selbst verletzt. Dafür war sie stolz auf ihre Fähigkeit, allein durch Willenskraft so lange den Atem anzuhalten, bis sie ohnmächtig wurde. Walter war nicht einmal erschrocken, als sie ihm davon erzählte – nur so als Beispiel. Ihre Eltern wären ausgeflippt.

Aber das war jetzt vorbei. Ihre Eltern würden nie wieder ausflippen. Sie würden nie wieder irgendetwas denken oder tun. Man hatte Astrid erklärt, dass Lars Helander jetzt ihr Vormund sei. Onkel Lasse war total okay, aber als er sie besucht und gefragt hatte, ob sie etwas brauche, und sie ihm mit einer Geste klargemacht hatte, dass sie hier rausmüsse, hatte er bloß bedrückt den Kopf geschüttelt und gesagt, die Ärzte wüssten das sicher am besten.

Es war nach drei, und schwaches Dämmerlicht fiel durch den Fensterspalt herein. Astrid vergrub ihr Gesicht im Kissen. Ihr gesamtes bisheriges Dasein war in Stücke gerissen. Würde sie es jemals wieder flicken können, sodass es wieder Ähnlichkeit mit einem Leben bekam? Sie blickte in einen Abgrund und sah nichts, an das sie sich halten konnte. Da hörte sie ein Geräusch vor dem

Fenster. Ein Geräusch, und dann ein vorsichtiges Klopfen. Astrid setzte sich auf und sah sich um. Ihr erster Gedanke war: *Martin!* Bestimmt war er wie eine Spinne die Wände hinaufgeklettert. Dann verwarf sie den Gedanken und schlich zum Fenster.

Sie erkannte das Gesicht, das durch den Spalt zu sehen war, sofort. Der Mann mit den klaren blauen Augen und den schwarzen Haaren, der sie unter dem Steg hervorgeholt und dann bei ihr gesessen hatte. Kim.

»Weißt du, wer ich bin?«, fragte er. Astrid nickte. »Willst du hier weg?« Heftiges Nicken. »Dachte ich mir. Nimm das und schraub das Schloss ab.«

Er steckte einen Kreuzschlitzschraubenzieher und einen Inbusschlüssel durch den Spalt. Astrid nahm das Werkzeug und ging in die Hocke, um das Schloss genauer zu untersuchen. Tatsächlich war der kräftige Haken mit einem Bolzen im Fenster befestigt, zu dem der Inbusschlüssel passte, und das Blech selbst war mit vier Schrauben in genau der richtigen Größe für den Schraubenzieher festgeschraubt.

Astrid brauchte fünf Minuten, um den Bolzen und die Schrauben zu lösen, sodass sie das Fenster weit öffnen konnte. Kim hing an einem dicken Seil und stemmte sich mit den Füßen gegen die Fassade. Astrid beugte sich vor und schaute hinunter. Das Seil reichte drei Stockwerke tief bis zum Boden.

»Schaffst du es zu klettern?«, fragte Kim.

Astrid nickte. Sie war recht gut in Leichtathletik und konnte in der Turnhalle problemlos am Seil bis zur Decke klettern.

»Gut«, sagte Kim und begann den Abstieg. »Ich warte unten.«

Astrid drehte sich zum Zimmer um, betrachtete, was sie gleich hinter sich lassen würde, und kam zu dem Schluss, dass es weniger war als nichts. Mithilfe des Seils zog sie sich auf den Fensterrahmen, machte den Schritt ins Leere und hing nur noch mit den Händen am Seil, bis sie ihre Beine darumschlang und sich Stück für Stück hinabließ Richtung Boden und Freiheit.

15

Sauber, dachte Kim Ribbing anerkennend, als er hochschaute und sah, wie Astrid sich in ihrem Nachthemd aus dem Fenster schwang, mit den Füßen sicherte und dann behände Armlänge um Armlänge abseilte. Die Trosse war an einem Schornstein auf dem Dach befestigt, auf das Kim gelangt war, nachdem er das Schloss auf der Feuertreppe aufgebrochen hatte.

Kim war sich nicht sicher gewesen, ob die Fensterverriegelungen noch dieselben sein würden wie bei seinem Aufenthalt, daher hatte er vorsichtshalber ein wenig Back-up-Werkzeug aus Julias Werkzeugschuppen mitgebracht, darunter eine Bügelsäge, die klirrte, als er den Rucksack auf den Boden legte und sich aus seinem Lederanzug schälte. Als Astrid unten ankam, hielt er ihn ihr hin.

»Hier. Zieh das an.«

Ohne zu fragen, warum, tat Astrid, wie ihr geheißen. Der Anzug, der Kim passte wie eine zweite Haut, schlug an Astrids noch schlankerem Körper Falten, würde seinen Zweck aber erfüllen. Kim hatte nicht vor, einen Unfall zu bauen, es ging ihm mehr um Schutz gegen den Wind.

»Lars, dein Onkel«, sagte Kim. »Magst du ihn?«

Astrid nickte, und Kim fragte: »Vertraust du ihm?« Astrid wackelte mit der Hand, *so halbwegs*. Kim holte sein Handy aus dem Rucksack, rief Lars' Nummer auf, die er am Vortag besorgt hatte, und sagte: »Ich rufe ihn an, okay? Und dann fahren wir hin.«

Astrid zeigte auf ihr Handgelenk, um zu signalisieren, dass es sehr früh am Morgen war.

»Das ist ein Notfall«, sagte Kim. »Wenn du hierbleibst, kriegst du Elektroschocks, und glaub mir, das willst du nicht. Hast du einen anderen Vorschlag?«

Astrid dachte an den Perversen. Sie wollte nicht, dass er sie antatschte, und schon gar nicht, dass er ihr Elektroschocks verpasste. Sie schüttelte den Kopf, und Kim rief bei ihrem Onkel an. Zum Glück ging Lars nach dem fünften Klingeln dran. Seine Stimme war belegt, wurde im Laufe des Gesprächs jedoch wacher. Kim schilderte die Situation. Dass er Astrid soeben aus Vamlinge geholt habe, weil dieser Ort von Menschen betrieben werde, die kränker seien als die Patienten, um die sie sich kümmern sollten.

Auf Lars' Frage, wie er das wissen könne, sagte Kim, dass er selbst dort behandelt worden und nur knapp mit dem Leben davongekommen sei, worauf Astrid den Kopf schieflegte und Kim forschend ansah. Ihr Onkel schien die Bedingungen zu akzeptieren und versprach, er werde tun, was in seiner Macht stehe, damit Astrid nicht nach Vamlinge zurückmüsse. Kim sagte, er werde anrufen, sobald sie da seien.

»Aber wissen Sie denn, wo ich wohne?«, fragte Lars, und Kim hörte eine Bettdecke rascheln.

»Ja«, sagte Kim und legte auf. Er bedeutete Astrid, ihm zum Motorrad zu folgen, das an der Wand des Krankenhauses stand. Dort angekommen, nahm er den Helm, der am Lenker hing, und reichte ihn ihr.

Astrid machte eine Geste im Sinne von *Und du?*. Kim, der nichts weiter trug als eine schwarze Jeans und einen dünnen schwarzen Pulli mit einem Bild von Leuten, die aussahen wie eine Schlagerband, zuckte mit den Schultern und sagte: »Es gibt schlimmere Arten zu sterben.«

Langsam fuhren sie vom Krankenhausgelände und beschleunigten, sobald sie auf dem Stockholmsvägen waren. Als sie die E4 erreichten, gab Kim richtig Gas. Die Honda röhrte los und schoss vorwärts. Astrid wurde nach hinten geworfen und klammerte sich fester an Kims schmale Taille.

Mit hundertzwanzig Sachen brausten sie die nahezu leere Autobahn entlang. Kims lange schwarze Haare flatterten über das Visier ihres Helms, und die aufgehende Sonne schien immer wieder kurz in Astrids Augen. Sie roch den Duft von Benzin und taunassem Grün.

Zum ersten Mal seit dem Mittsommerabend fühlte sie sich beinahe lebendig und hatte das Bedürfnis, etwas zu sagen. Sie lehnte ihren Kopf gegen den Rücken ihres Retters und flüsterte: »Kim.«

16

Als Kim achtzehn wurde, fand im Sankt-Görans-Krankenhaus eine große Besprechung darüber statt, inwieweit eine Aufrechterhaltung der Zwangsbetreuung indiziert war. Kim war seit einem Jahr zurück aus Vamlinge und allmählich wieder so weit hergestellt, dass er als Mensch auftreten konnte. Man entschied, ihn ohne Betreuer, der das ansehnliche Vermögen aus dem Nachlass seines Großvaters verwaltete, probeweise zu entlassen.

Kim wurde gefragt, ob er Hilfe benötige, um eine Wohnung zu mieten oder zu kaufen, was er jedoch ablehnte. Unter keinen Umständen wollte er gezwungen sein, an ein und demselben Ort zu bleiben, das hatte er in den letzten Jahren zur Genüge gehabt, außerdem sah er sich nicht in der Lage, selbstständig einen Haushalt zu führen.

So kam es, dass Kim im Laufe eines Jahres nahezu sämtliche Stockholmer Hotels abgraste. Er blieb nie länger als zwei bis drei Nächte. Sein einziges Gepäck bestand aus einem Rucksack mit seinem Laptop, Toilettenbeutel und Wechselklamotten. Während dieser Zeit wurde die Schildkröte Skalman zu seinem Idol. Alles, was man brauchte, trug Skalman auf dem Rücken.

In den Hotelzimmern surfte er in verschiedenen Communities herum, wo er zunehmend versiertere Fragen über das Knacken von Sicherheitssystemen stellte. Diese Leidenschaft teilte er mit manchen anderen, die ihr Wissen gerne weitergaben. Nach und nach versuchte er sich selbst daran.

Er begann mit einfachen Aufgabenstellungen. Hackte eine obskure Seite für den Verkauf von BDSM-Artikeln und füllte sie mit

Gudrun-Sjödén-Kleidern und widmete sich dann der Homepage der Akademie der Wissenschaften, wo er langatmige Ausführungen durch Berichte von Ufo-Sichtungen ersetzte. Sein Bravourstück war die schwer zu knackende Buchungsseite der Schwedischen Bahn. Es gelang ihm, sie drei Minuten lang unter seine Kontrolle zu bringen, sodass sämtliche Züge laut Plan auf einmal in einem Kaff namens Säffle losfuhren.

Echte Freude bereitete ihm das nicht, er tat das einfach, weil er es konnte. In Vamlinge war ihm von Dr. Martin Rudbeck etwas Entscheidendes weggebrannt worden. Kim war zwar am Leben, aber er lebte nicht.

Manchmal ging er in Bars und betäubte sich mit Alkohol. Hin und wieder begleitete er eine Frau nach Hause, und es wunderte ihn, dass er zu Sex überhaupt fähig war, wo er so gut wie gar nichts fühlte.

Eines Abends, als Kim im Theodoras auf Kungsholmen am Tresen hing und seinen dritten Whisky runterkippte, spürte er eine Hand auf seiner Schulter, und eine dunkle Stimme fragte: »Hey, Süße, willst du dich nicht zu uns setzen?«

Kim drehte sich langsam um. Zu diesem Zeitpunkt hatte er seine Haare bereits wachsen lassen und schwarz gefärbt, er war von schmaler Statur, und in dem Schuppen war es schummerig, die Verwechslung also verständlich. Kim sah einem Typen in die Augen, der gut zwanzig Zentimeter größer und zwanzig Kilo schwerer war als er. Er hatte braun gelocktes Haar und einen dümmlichen Gesichtsausdruck.

»Nein danke«, sagte Kim. »Aber nett, dass du gefragt hast.«

Über das Gesicht des Typen zog sich ein Grinsen, und er deutete mit dem Zeigefinger auf Kim. »Du weißt schon, dass das hier kein Homo-Club ist?«

»Ja, ist mir bewusst.«

Der Typ wies mit dem Daumen zum Ausgang. »Dann mach dich vom Acker.«

»Warum sollte ich?«

»Weil du eine Schwuchtel bist. Sieht man von Weitem.«

Kim seufzte und wandte sich wieder zum Tresen, um einen weiteren Whisky zu bestellen, als sich der Druck auf seine Schulter verstärkte und er herumgedreht wurde. Die Augen des Lockigen hatten sich zu wütenden Schlitzen verengt. »Guck mich gefälligst an, wenn ich mit dir rede. Oder sollen wir das auf der Straße klären?«

»Können wir machen«, sagte Kim, was den Typen kurz aus dem Konzept brachte, ehe er abermals mit dem Daumen zum Ausgang zeigte und sagte: »Na dann los, du Arschficker.«

Auf dem Weg zur Tür sah Kim aus dem Augenwinkel einen weiteren Typen von einem Tisch aufstehen, wahrscheinlich war er es, den das »Wir« des Lockigen miteingeschlossen hatte.

Kim und der Typ traten hinaus auf die Sankt Eriksgatan. Es war Anfang Mai, die Dunkelheit war hereingebrochen und die Luft frühlingskühl. Der Typ hob die Fäuste vors Gesicht. Kim steckte die Hände in die Hosentaschen, was sein Gegenüber zu einem Grinsen veranlasste. »Scheißt du dir in die Hosen, Schwuli?«, fragte er.

»Ganz bestimmt nicht«, erwiderte Kim.

Der Typ zögerte, richtete dann aber einen ersten Schlag gegen Kims Gesicht, dem dieser durch einen schnellen Ausfallschritt behände auswich. Als der Typ es mit einem Aufwärtshaken versuchte, sprang Kim zurück, und die Faust des Typen sauste dreißig Zentimeter vor seinem Kinn vorbei.

Der Typ schnaufte. »Kämpfst du heut noch irgendwann?«

»Mache ich doch«, sagte Kim und bot dem Typen sein Gesicht. Der legte seine ganze Kraft in eine rechte Gerade, die Kims Nase zertrümmert hätte, wäre er an Ort und Stelle geblieben. Stattdessen tauchte Kim seitlich nach vorn und nahm gleichzeitig die rechte Hand aus der Tasche. Er nutzte die Vorwärtsbewegung des Typen, um den Schlag gegen dessen Solarplexus zu verstärken.

Der Typ keuchte und krümmte sich zusammen. Kim versetzte ihm einen Kniestoß gegen die Stirn. Als sein Kopf nach oben schoss, packte Kim ihn am Hemdkragen, damit er nicht nach hinten fiel, und versetzte ihm zwei rechte Haken gegen das Kinn, sodass auf Kims Knöcheln die Haut aufplatzte. Dann löste er den Griff und ließ den Typen auf die Straße fallen.

Das war nicht Kims erste Schlägerei. In den Einrichtungen, in denen er untergebracht gewesen war, kam es immer wieder mal vor, dass verletzte Gefühle im Gemeinschaftsraum überkochten und sich in Handgreiflichkeiten entluden, aber meistens ging schnell ein Betreuer dazwischen. Es war aber das erste Mal, dass Kim seine Fähigkeiten im wirklichen Leben ausprobierte.

Aus dem Augenwinkel sah er den Kumpel des Typen auf sich zukommen und machte einen Sidestep. Diesmal verzichtete er auf das Vorgeplänkel und drosch auf die Weichteile des Kumpels ein, während er um ihn herumtänzelte. Vielleicht wurde er etwas übermütig, denn dem Kumpel gelang eine saftige Rechte gegen Kims Wange, und er schmeckte Blut.

Da fand Kim allmählich Gefallen an der Sache, und so begann es.

17

Um halb fünf parkte Kim Ribbing die Honda vor Lars Helanders Wohnung in der Svarvargatan 8. Astrid stieg vom Beifahrersitz, nahm den Helm ab und reichte ihn Kim, ehe sie mit vom Nichtgebrauchen ihrer Stimme heiser fragte: »Warum?«

»Warum was?«

Astrid räusperte sich. »Warum bist du gekommen und hast mich geholt?«

»Wie gesagt. Ich lag auch schon dort.«

»Und hast Elektroschocks gekriegt?«

»Mhm.«

»Weswegen?«

»Wegen allem, was ihnen eingefallen ist.«

Kim holte sein Handy heraus, um Astrids Onkel anzurufen, doch Astrid legte ihm eine Hand auf den Arm. »Da war so ein Typ«, sagte sie. »Ein ekliger Typ. Als ich geschlafen habe.«

Kim Ribbings Miene verfinsterte sich. »Hieß er vielleicht Martin?«

»Ja. Woher weißt du das?«

»Martin Rudbeck. Wir sind alte Bekannte.«

Astrid wich einen halben Schritt zurück. »Seid ihr befreundet?«

Kim lächelte bitter. »Eher im Gegenteil. Sobald ich Zeit habe, werde ich mich um das Ekelpaket kümmern. Ist sonst noch was?«

Da war jede Menge, vor allem, dass Astrid diesen Kim nicht verlieren wollte, den der Himmel geschickt hatte, als sie Hilfe am dringendsten brauchte, und der dann mit ihr durch die Morgendämmerung gefahren war. Doch sie schüttelte den Kopf, woraufhin Kim ihren Onkel Lars anrief und sagte, dass sie da seien und ob er eine Decke oder etwas in der Art mit rausbringen könne.

»Der Motorradanzug«, sagte Kim. »Den brauche ich.«

Während Astrid widerwillig die Lederkombi auszog, in die sie sich ein klein bisschen verliebt hatte, sagte Kim: »Ach so. Am Mittsommerabend. Bevor … bevor es passiert ist. Du hast mit jemandem am Handy geredet. Wer war das?«

»Woher weißt du …« Kim machte eine abwehrende Handbewegung, und Astrid antwortete: »Algot. Algot Mörner. Er geht in meine Klasse.«

»Dein Freund?«

»Wenn es nach ihm ginge, ja, aber … nein.«

Kim nickte, nahm den Lederanzug entgegen und begann ihn anzuziehen. »Wo wohnt er?«

»Linnégatan vierundzwanzig. Das ist …«

»Finde ich schon. Hast du ein Handy?«

»Nein. Das wurde …«

»Sorry, ich bin bescheuert.« Kim reichte Astrid sein Gerät und fragte: »Weißt du seine Nummer?«

»Ja.«

»Okay. Schreib ihm, dass er in zehn Minuten raus auf die Straße kommen soll. Füg noch irgendein Detail dazu, das nur von dir kommen kann.«

Astrid überlegte einen Moment, schrieb dann mit über das Display fliegenden Daumen eine Nachricht und gab Kim das Handy zurück. Die Haustür ging auf, und Lars Helander kam mit einer zusammengefalteten Decke über dem Arm heraus. Kim zog den Reißverschluss des Anzugs hoch und startete die Honda.

»Darf ich dich wiedersehen?«, fragte Astrid.

»Ich schaue vorbei«, sagte Kim und rollte langsam die Straße entlang, während Astrid die Decke um die Schultern gelegt wurde. Nach einigen Metern hielt er an und drehte sich noch einmal um: »Du, übrigens.«

»Ja?«, sagte Astrid und zog sich die Decke um den Hals.

»Deine Videos sind cool.«

18

In Algot Mörners' Leben gab es drei große Themen: Computerspielen, Onanieren und Astrid Helander, die letzten beiden gerne in Kombination. In Wirklichkeit hatte er sie nie auch nur berührt, doch in seinen Fantasien war die Paargymnastik, die sie betrieben, umfassend und hautnah.

Nach dem Mittsommerabend hatte er sie unzählige Male angerufen und Dutzende Nachrichten geschickt, ohne eine Antwort zu erhalten. In den Zeitungen stand, dass Astrid überlebt hatte, doch mehr wusste er nicht.

Algot wurde vom Pling seines Handys geweckt, als eine Nachricht von einer unbekannten Nummer einging. Er rieb sich den Schlaf aus den Augen und las: »Komm in zehn Minuten raus auf die Straße. Mumford rollt Popel.«

Algot lächelte, als er erkannte, dass die Nachricht von Astrid stammen musste. Ihr Physiklehrer sah genauso aus wie der Sänger von *Mumford & Sons*, und irgendwann mal hatten Algot und Astrid darüber diskutiert, ob er in den Unterrichtsstunden Popel rollte. Schließlich hatten sie an der Unterseite seines Lehrerschreibtisches nachgesehen und dort haufenweise festgeklebte Kügelchen entdeckt, also ja, Mumford rollte so was von Popel.

Algot rechnete felsenfest damit, auf der Straße Astrid anzutreffen, weshalb er für einen Augenblick dachte, der Typ in Lederkluft auf dem Motorrad mit dem über die Schultern fließenden schwarzen Haar *wäre* Astrid, die auf magische Weise gealtert und gekommen war, um ihn abzuholen. Aber natürlich war es nicht Astrid, der Typ sah eher aus, als wäre er einer Manga-Serie à la

Ghost in the Shell entstiegen. Obwohl genau das manchmal auch auf Astrid zutraf.

»Algot?«, fragte der Typ, und Algots Herz setzte ein oder auch zwei Schläge aus.

»Äh … ja?« Algot trat vorsichtig näher.

»Astrid hat mich geschickt. Du hast mit ihr geredet, oder? Am Mittsommerabend?«

»Ähm. Ja. Wie geht es ihr?«

»Gut so weit.«

»Ist sie verletzt?«

»Nein. Hast du etwas von dem Schusswechsel gesehen oder gehört?«

»Na ja, ich hab gehört, wie sie anfingen zu schießen, aber dann wurde es dunkel.«

Der Typ dachte einen Moment nach und fragte dann: »Kannst du etwas darüber sagen, wie Astrid … wie sie unmittelbar davor gewirkt hat?«

»Sind Sie von der Polizei?«

»Ganz sicher nicht.«

»Wer sind Sie dann?«

»Ein Freund.«

Der Typ sah nicht aus wie jemand, der Freunde hat. Algot zögerte, kratzte sich am Nacken und überlegte hin und her. Er konnte sich nicht erklären, warum Astrid diesen Vogel geschickt haben sollte, aber die Sache mit Mumford war schließlich Beweis genug, dass die Nachricht von ihr stammte.

»Was ist los?«, fragte der Typ. »Irgendwas hast du.«

»Na ja, äh …«, sagte Algot und spürte, wie er errötete. »Ich … ich *habe* es quasi.«

»Was hast du?«

»Das Gespräch. Ich hab eine Aufnahme davon.«

Der Typ hob die Brauen, beugte sich zu Algot vor und schaute ihn auf eine Weise an, dass Algot plötzlich ein großes Interesse für seine Schuhe entwickelte. »Du hast es *aufgenommen*? Warum?«

»Weil … keine Ahnung … könnte ja mal nützlich sein.«

Algot würde garantiert nicht erzählen, in welcher Weise die Aufnahmen der FaceTime-Gespräche mit Astrid Helander »nützlich« waren, und just dieses Gespräch hatte er auch nicht auf ungehörige Weise verwendet, schließlich endete es so schrecklich.

»Zeig's mir«, sagte der Typ in einem Ton, der keinen Widerspruch duldete, und streckte die Hand aus. Algot suchte gehorsam das betreffende Video auf seinem Handy heraus und reichte es dem Typen. Der schaute einige Sekunden lang konzentriert aufs Display und sagte dann: »Das kopiere ich mir.«

Algot hörte den Ton einer ausgehenden Nachricht und fragte: »Ähm … darf man das?«

Der Typ gab ihm das Handy zurück. »Weiß Astrid, dass du eure Gespräche aufnimmst?«

»Seien Sie so nett und erzählen Sie ihr nichts davon.«

Der Typ startete sein Motorrad und sagte: »War ja auch nicht sehr nett, sie heimlich zu filmen. Wir werden sehen.«

19

Obwohl es erst kurz nach acht war, kletterte die Temperatur in Stockholm stetig in die Höhe, je weiter die Sonne am Himmel aufstieg. Kim Ribbing fuhr langsam Richtung Humlegården-Park, stellte die Honda auf einer für Motorräder gekennzeichneten Fläche ab, nahm seinen Rucksack und setzte sich, den Rücken gegen den Stamm gelehnt, unter einen Baum, möglicherweise eine Esche, in den Schatten.

Er holte seinen Laptop heraus, lud das Video vom Handy darauf und stellte auf Vollbildmodus. Dann kramte er die Vape aus seinem Hosensaum und zog daran, während das Video von Anfang an ablief. Nachdem er einige Minuten davon gesehen hatte, begann er tatsächlich zu überlegen, ob er »nett« sein sollte. Es war offensichtlich, dass Astrid Helander mit dem armen Algot Mörners spielte. Sie spitzte die Lippen zum Kussmund und hielt ihr Handy »versehentlich« in einem Winkel, dass die Kamera ihren Ausschnitt und den Spalt zwischen ihren Brüsten filmte.

»Und, was machst du grade so?«, fragte Astrid im Video, in einem Ton, der darauf schließen ließ, dass die Antwort sie nicht sonderlich interessierte.

»Nix Besonderes«, sagte Algot und holte Luft, um das weiter auszuführen, doch in dem Moment hob Astrid den Blick. Dann schrie sie »Scheiße, Scheiße!«, und Chaos brach aus. Ein trockenes Rattern drang aus der Ferne, während das Telefon in die Dunkelheit abtauchte, und dann das Geräusch von splitterndem Glas und Porzellan.

»Was ist los? Was ist los?«, rief Algot. Das Rattern und Klirren hielten an, und Astrids panischer Atem kam nah vom Hörer. Ein Flimmern, dann knisterte es, und alles wurde schwarz und still.

Kim blies eine Rauchwolke aus, bewegte den Zeiger des Videos zu dem Punkt, als das Smartphone in der Dunkelheit verschwand, und spielte die Sequenz in Zeitlupe ab. Das Rattern wurde zu ungleichmäßigen Schlägen auf einer Doppeltrommel, ta-ta, ta-ta, ta-ta stolperte der tödliche Rhythmus, das Klirren von Glas und Porzellan zu lang gezogenen Tönen im Diskant, und Astrids Atmung zu einem dunklen Pfeifton. Kim hob den Bildschirm näher an die Augen.

Er konnte die Konturen von Astrids Gesicht im Profil unter dem Tisch ausmachen, und nach einigen Sekunden wurde die Szene deutlicher, als mehr Licht darauf fiel, vermutlich weil das herabhängende Tischtuch zerschossen wurde. Das Gesicht des Mädchens war zu einer Grimasse stummen Entsetzens verzerrt. Dann Dunkelheit.

Kim bewegte den Wiedergabebalken abermals und ließ ihn versehentlich ein paar Sekunden zu früh los. Das Video wurde ab dem Augenblick abgespielt, als Astrid den Blick hob. Durch die Zeitlupe wurde ihr »Scheiße« in der Tonspur zu einem tiefen Bass verzerrt. Eine Bewegung am oberen Bildrand erregte Kims Aufmerksamkeit, und er hob das Display abermals vor die Augen, während ein Zug Rauch in seiner Lunge blieb.

Da.

In Astrids großen dunkel getönten Brillengläsern spiegelte sich das Meer. Und ein Motorboot mit zwei stehenden Personen. Kim biss sich auf die Unterlippe. Da waren sie. Die Mörder. Er lud den Film in das Programm Final Cut, zoomte an die betreffende Stelle mit Astrids Sonnenbrille und verwandte ein paar Minuten darauf, das Fragment, das bei normaler Abspielgeschwindigkeit nicht mehr als eine Sekunde ausmachte, schärfer zu stellen und zu säubern. Dann steckte er die Vape weg und sah sich den Clip erneut in Zeitlupe an.

Der stark vergrößerte Film war unscharf und die Gesichter der Mörder nicht zu erkennen, da sie Sturmhauben trugen. Auch über die Waffen ließ sich nichts sagen, außer dass es sich um zwei Schnellfeuerwaffen desselben Typs handelte. Besonders auffällig war, wie aufrecht und ruhig, in praktisch identischer Körperhaltung, die beiden Schützen dastanden.

Er wusste nicht, ob sich etwas mit dem Material anfangen ließ, aber er hatte getan, was er konnte. Er speicherte das Originalvideo und die kurze Sequenz auf seinem Handy und wollte beides schon an Julia Malmros schicken, damit sie es an die Polizei weiterleiten konnte. Aber dann besann er sich, nahm sich das Original noch mal vor und schnitt alles vor den letzten Sätzen der beiden Jugendlichen weg. Kein Analytiker im Polizeipräsidium sollte sabbernd vor Astrids vierzehnjähriger Brust sitzen

Jetzt sendete er den bearbeiteten Clip mit einer kurzen Nachricht an Julia. Dann blieb er noch eine halbe Stunde unter dem Baum sitzen. Er schloss die Augen und ließ die Gedanken wandern, wohin sie wollten. Sie kreisten hauptsächlich um Astrid Helander. Abgesehen von ihrem veganen heiligen Zorn konnte das Mädchen eitel und ein wenig anhänglich sein, aber es ließ sich nicht leugnen, dass Kim eine gewisse Verbundenheit mit ihr spürte. Wie er war sie mit Martin Rudbecks Streben nach »Verstehen« in Berührung gekommen, auch wenn der Typ nicht die Gelegenheit bekommen hatte, Astrids Hirn kaputtzubrennen.

Irgendwann, Martin. Irgendwann.

Kims Kopf fiel zur Seite, und er nickte für fünf Minuten ein. Als er aufwachte, fühlte er sich munterer. Er schwang sich aufs Bike und fuhr zum nächsten Phone House, wo er gewisse Arrangements traf, ehe er das Vorderrad abermals nach Stavsudda wendete.

IV

Tärnö 2

1

Julia Malmros wurde vom Signalton ihres Smartphones geweckt. Sie grabschte nach dem Handy und stellte fest, dass es Viertel vor neun war. Schlafen konnte sie, wenn sie tot war. Blinzelnd schaute sie aufs Display und sah, dass Kim Ribbing ihr etwas geschickt hatte. Die Nachricht enthielt einen Videoclip samt dem Text: »Weiterleiten an Jonny the rocker.« Julia stopfte sich ein Kissen in den Rücken, setzte sich auf und sah sich das Video an.

Kim Ribbing, du Teufelskerl.

Wie bist du da drangekommen? Julia hatte sich ausgerechnet, dass Kim bestimmt nach Vamlinge fahren und Astrid dort rausholen würde, naheliegenderweise stammte der Clip also von ihrem Handy. Aber Eingewiesene durften doch bestimmt kein Handy haben? Außerdem war Astrids Gerät erstens zerstört und zweitens bei der Polizei, fiel Julia ein.

Wie auch immer. Julia konnte nicht einschätzen, welche Bedeutung der unscharfe Clip für die Ermittlungen hätte, aber schaden konnte es sicher nicht, einen Teil des Geschehens auf Band zu haben. Julia folgte Kims Anweisung und leitete die Nachricht an Jonny weiter, nachdem sie Kims Text gelöscht und eine eigene Mitteilung verfasst hatte: »Als Dank nehme ich gern an den weiteren Entwicklungen teil. Julia.«

Es ging ihr nicht darum, die Lorbeeren für Kims Fund einzuheimsen, doch indem er Julia als Zwischenstation nutzte, hatte er klargemacht, dass er nicht in die polizeilichen Ermittlungen involviert werden wollte. Julia füllte das zweite Mal Kaffee in die Maschine, als es in ihrer Hosentasche vibrierte. Seit sie alle unbekannten Rufnummern blockiert hatte, konnte sie das Handy wieder eingeschaltet lassen. Diesmal kam der Anruf von einer Nummer, die sie in den Kontakten gespeichert hatte, Jonny Munther.

»Guten Morgen, Herr Kommissar«, meldete sich Julia.

»Wie?«, lautete Jonnys einzige Frage.

»Wie was?«

»Julia, spar dir das. Wie bist du an das Video gekommen? Und wenn du jetzt *Quellenschutz* sagst, schicke ich die Küstenwache los, damit sie dein Haus abfackelt.«

»Ich bezweifle, dass das Teil ihres Arbeitsvertrags ist.«

»Jetzt im Ernst, Julia. Wie?«

»Ist das wichtig?«

Ein paar Sekunden lang war es still. Dann sagte Jonny: »Hat das irgendetwas damit zu tun, dass Astrid Helander heute Nacht aus Vamlinge getürmt ist?«

»Davon weiß ich nichts.«

»Ist dieser Ribbling auch darin verwickelt?«

»Wie gesagt, davon weiß ich nichts. Aber der Film dürfte nützlich sein, oder? Wie sagt man da?«

»Da sagt man gar nichts, außer dass ich's gewusst hab. Sobald ich gehört habe, dass du die Schießerei gemeldet hast, *wusste* ich, dass das ein verdammtes Schlamassel gibt.«

»Schlamassel, inwiefern?«, fragte Julia verwundert, doch Jonny hatte bereits mit einem Knurren aufgelegt. Julia pfiff Evert Taubes »Sjösala-Walzer«, während sie die Kaffeemaschine einschaltete.

2

Jonny Munther gab Christof Adler ein Zeichen, dass er die Deckenbeleuchtung im Besprechungsraum einschalten sollte. Der junge Mann sprang auf und tat, wie ihm geheißen. Auch wenn Christof bisher nichts Brillantes beigesteuert hatte, stimmten sein bloßer Gehorsam und sein Diensteifer Jonny etwas heiterer. Das gesamte Ermittlungsteam saß um den Tisch und hatte soeben das Handyvideo von der Schießerei gesehen. Auf dem Großbildschirm war das eingefrorene Bild der beiden Männer im Boot zu sehen.

Jonny räusperte sich und sagte: »Dem Video verdanken wir eine neue Information, nämlich um welche Waffen es sich handelt. Deshalb habe ich den Clip an einen Experten der Nationalen Operativen Abteilung geschickt, und wir hoffen auf eine schnelle Antwort. Dann wäre da …«

William King hob die Hand und sagte: »Entschuldigung?«

»Ja?«

»Dieses Video, wo kommt das her?«

»Das hat uns Julia Malmros geschickt.«

William King lachte auf. »Was? Hast du jetzt etwa auch deine Ex-Frau in die Ermittlungen eingespannt?«

Jonny wand sich. »Ich hab sie in gar nichts eingespannt. Aber sie hat uns das Video geschickt. Was die Personen angeht …«

Diesmal fuhr William King direkt dazwischen: »Und die Bearbeitung? Diese Slow-Motion-Variante? War sie das auch?«

Jonny zählte in Gedanken langsam bis zehn, während er Carmen Hilfe suchend ansah. Sie schüttelte kaum merklich den

Kopf und formte mit den Lippen das Wort »Julia?«. Jonny zuckte ebenso unmerklich die Achseln und wandte sich William King zu.

»Ich denke, im Augenblick sollten wir uns eher auf den Inhalt des Films konzentrieren statt auf dessen … Provenienz, oder hat sonst noch jemand Einwände?«

Bevor sich die Situation weiter aufheizte, klopfte es an der Tür, und Jakob Lans von der NOA steckte den Kopf herein. Er selbst bezeichnete sich als Waffennarren, der sämtliche existierenden Waffenzeitschriften abonniert hatte, und das waren einige. Er jagte, war Mitglied des Schützenvereins und besaß eine große Sammlung von modernen als auch älteren Waffen.

»Störe ich?«, fragte er.

»Ganz im Gegenteil«, sagte Jonny. »Komm rein. Hast du was rausgefunden?«

»War nicht schwer.« Jakob Lans ging zum Bildschirm, wo er auf eine der beiden Waffen deutete. »Das hier, ihr Lieben, ist eine der gewöhnlichsten Schnellfeuerwaffen der Welt.« Er schaute in die Runde und zog den Moment genüsslich in die Länge, ehe er fortfuhr: »Das ist nämlich die Standardwaffe der chinesischen Armee, Typ 95. Große Schlagkraft und, genau wie ihr geschätzt habt, sechs Schuss die Sekunde. Ein tolles Gewehr.«

»Armee?« Christof sah Jakob Lans mit großen Augen an. »Meinen Sie, das chinesische Militär hat …«

»Halt, halt«, sagte Jakob Lans und hob die Hände. »Wie gesagt, von dieser Waffe gibt es da draußen viele, und einige sind der Armee abhandengekommen. Ich habe selbst gesehen, dass das Modell auf gewissen … ähem … Internetseiten zum Verkauf angeboten wird.«

»Aber es *könnten* Angehörige des Militärs sein?«, hakte Carmen nach.

»Ausschließen lässt es sich nicht.«

Jonny griff sich an die Stirn und dachte: *Scheiße, verdammt.* War die Situation bisher schon »kompliziert« gewesen, wie die chinesische Botschaft es ausgedrückt hatte, dann machte diese Erkenntnis die Angelegenheit kaum einfacher. Und was wusste er schon? Vielleicht war die Botschaft in die Tat verwickelt. Auch wenn es unfair war, ertappte er sich dabei, wie er seiner Ex-Frau die Schuld an dem Schlamassel gab, zu dem sich die ganze Angelegenheit allmählich entwickelte.

Ulrika Boberg drehte ihren Computer herum, auf dem sie ein Bild von Typ 95 im Vollbildmodus aufgerufen hatte. Eine Respekt einflößende und in gewisser Weise schöne Waffe. »Und die kann man also im Internet kaufen?«, fragte sie.

Jakob Lans sah sie mitleidig an: »Wenn du weißt, wo du suchen musst, kannst du einen Panzer im Internet kaufen. Eins noch …«

Er räusperte sich ausgiebig, als mache er sich bereit für einen längeren Vortrag, aber vermutlich war es nur eine weitere Kunstpause. Als er sicher war, dass er die ungeteilte Aufmerksamkeit der Gruppe hatte, deutete er auf den Bildschirm und sagte: »Ich habe mir das Video mit Kopfhörern angehört, weil, na ja, weil ich anhand des Klangbilds der Schüsse überprüfen wollte, ob es sich wirklich hundertprozentig um dieses Fabrikat handelt.«

Jakob Lans besaß immerhin so viel Humor, dass er seine nerdige Fähigkeit, eine Waffe anhand des Klangbilds der Schüsse zu identifizieren, selbst belächelte. Er spulte den Film zur letzten Sekunde vor und drehte die Lautstärke hoch.

Alle sahen angespannt zu, wie das Boot sachte ins Bild glitt. Astrid Helanders »Scheiße, Scheiße« donnerte durch den Raum, bevor die Waffen ihren todbringenden Inhalt in einer Lautstärke ausspuckten, dass die Glaswand des Raumes bebte und die Leute draußen in der Bürolandschaft sich umdrehten. Jakob Lans drückte auf Pause.

»Habt ihr's gehört?«, fragte er.

»Ja«, antwortete Carmen. »Genau zwischen Astrids Schrei und den ersten Schüssen. Da sagt jemand was.«

»Richtig«, sagte Jakob Lans. »Hört noch mal hin.«

Jetzt, da alle wussten, worauf sie achten sollten, konnte jeder es hören. Einer der Männer sagte etwas zu dem anderen, unmittelbar bevor sie zu schießen begannen.

»Was sagt er?«, wollte William King wissen. »Denn es ist ein Mann, oder?«

»Keine Ahnung«, erwiderte Jakob Lans. »Was denkt ihr, wonach klingt es?«

»Boote?«, schlug Christoph vor. »Lote?«

»Nein, in der Mitte ist ein ›s‹«, sagte Carmen. »Lotse?«

»Ergäbe nicht so wirklich Sinn«, wandte Ulrika ein, »bevor man anfängt, auf Leute zu schießen.«

Jonny seufzte. »Ausgehend von dem, was wir jetzt wissen, oder zu wissen glauben, können wir uns darauf einigen, dass es ... wie Chinesisch klingt?«

»Jepp«, sagte Jakob Lans.

Fünf Minuten später stieß Johnny Chang vom Dezernat für Sexualverbrechen zu ihnen. Er war Experte für Bildanalyse und Mustererkennung und arbeitete vorrangig an der Verfolgung von Internetprostitution. Nun war er jedoch wegen seines schwedisch-chinesischen Hintergrunds gefragt. Er hatte als Kind eines chinesischen Vaters und einer schwedischen Mutter seine ersten zehn Lebensjahre in Chengdu verbracht und sprach beide Sprachen sowie Englisch fließend.

Johnny wurde mit einem Paar geräuschreduzierender Kopfhörer an einen Computer gesetzt, und die Gruppe saß mit angehaltenem Atem um ihn herum, während er mehrere Male den Clip anschaute. Schließlich nahm er die Kopfhörer ab und nickte. »Ja. Das ist Chinesisch.«

Diesmal dachte Jonny die Worte nicht nur, sondern sprach sie laut aus: »Scheiße, verdammt.«

»Was sagt er?«, fragte Carmen.

Johnny Chang lächelte listig. »Tja, er sagt *Lo zeh e*, was in etwa so viel wie *awesome*, *hervorragend*, *super* bedeutet.«

»Lotse«, sagte Carmen und tippte sich auf die Schulter, da sie mit ihrem Rateversuch der Wahrheit lautlich am nächsten gekommen war.

»Mhm«, machte Johnny Chang. »Aber was in diesem Zusammenhang interessant sein könnte: Es handelt sich um einen dialektalen Ausdruck, der nur in Shanghai und Umgebung verwendet wird.«

3

Um kurz nach zwölf klingelte es an der Tür, und Astrid Helander zuckte zusammen. Aus einem kindlichen Impuls heraus erwog sie, sich unter dem Bett zu verstecken, zog sich dann aber nur die Decke bis ans Kinn, während sie ihren Onkel durch den Flur gehen hörte. Lars Helander hatte sich Urlaub von der Zahnarztpraxis genommen, um für seine Nichte da zu sein.

Die Haustür wurde geöffnet, und Astrid hörte ihren Onkel mit jemandem reden. Ihr war klar, dass *sie* kommen und nach ihr suchen würden, und der naheliegendste Ort, um mit der Suche zu beginnen, war logischerweise die Adresse ihres Vormunds. Ihr Onkel hatte ihr allerdings versprochen, sie nicht auszuliefern, insbesondere nachdem sie ihm erzählt hatte, was in der Nacht passiert war.

Martin Rudbeck.

Der Mann hatte an Astrids Bettkante gesessen und sie begutachtet, so wie es ein Schlachter vermutlich mit einem Tier tat, das unters Messer sollte. Prüfend, abschätzend, wie viel sich wohl herausholen ließe, letztlich aber doch nur wie ein Stück Fleisch. Astrid stellte sich vor, wie dieser Schlachter nun sein Messer in ihren Onkel stieß und es umdrehte. Doch die Haustür wurde wieder geschlossen, und kurz darauf klopfte es vorsichtig an ihrer Tür.

»Astrid?«, hörte sie die Stimme ihres Onkels. »Bist du wach?«

»Ja.«

Ihr Onkel öffnete die Tür, kam zu ihr ans Bett und hielt einen kleinen Pappkarton hoch. »Das wurde gerade für dich geliefert.«

»Was ist das?«

»Keine Ahnung«, sagte ihr Onkel und las, was auf dem Karton stand. »Aber es ist von … was steht da … Phone House.«

»Okay«, sagte Astrid und nahm das Päckchen. »Danke.«

Als ihr Onkel gegangen war und die Tür hinter sich geschlossen hatte, öffnete sie das Päckchen. Darin befand sich das neuste iPhone. Kein Zettel oder Absender. Da Astrids Smartphone zerschossen bei der Polizei lag, nahm sie das mysteriöse Geschenk dankbar an.

Nachdem sie die Grundeinstellungen vorgenommen hatte, sah sie das iPhone durch und stellte fest, dass es vollkommen sauber war. Bevor sie aber ihre Inhalte aus der Cloud lud, öffnete sie aus einem Impuls heraus die Kontakte. Das Handy war doch nicht ganz leer, ein Kontakt war eingespeichert, eine Telefonnummer, die zu einem Sven-Erik Magnusson gehörte. Der Name kam Astrid vage bekannt vor. Sie ging zu ihrem Onkel, der am Küchentisch Zeitung las, und fragte: »Sven-Erik Magnusson. Wer ist das?«

Ihr Onkel nahm seine Lesebrille ab und kaute einige Sekunden lang an einem Bügel. »Hm, ist das nicht dieser Sänger von Sven-Ingvars?«

»Sven-Ingvars?«

»Eine Schlagerband. Das sind doch die, die …« Ihr Onkel räusperte sich und sang: »Ich will dein sein, Margareta …« Er hielt inne und schüttelte den Kopf. »Ach nein, Quatsch, das ist gar nicht von denen …«

»Okay«, sagte Astrid. »Danke.«

Astrid fiel der Pulli ein, den Kim angehabt hatte, als er sie aus Vamlinge holte. Irgendwelche alten Opas, die in total bekloppten Klamotten total bekloppt posierten. Bestimmt war ihre Vermutung richtig, aber es gab nur einen Weg, um das herauszufinden. Astrid rief Sven-Erik Magnusson an.

Wie vermutet war es Kim, der nach dem zweiten Klingeln ranging. Im Hintergrund war ein Brummen zu hören, und nachdem Astrid sich für das iPhone bedankt hatte, fragte sie: »Wo bist du?«

»In einem Boot. Du?«

»Im Bett.«

»Aha. Gut. Jetzt weißt du jedenfalls, wie du mich erreichen kannst.«

»Warum nennst du dich Sven-Erik Magnusson?«

»Privater Scherz. Geb nicht so gern überall meinen Namen an.« Das Motorengeräusch am anderen Ende der Leitung veränderte sich. Erst wurde es zu einem Stottern, dann verstummte es ganz. Kim klang etwas gestresst, als er sagte: »Wenn sonst nichts ist, dann …«

»Ich wollte mich nur bedanken. Für alles.«

»Das Vergnügen war ganz meinerseits. Jetzt scheint hier meine Aufmerksamkeit gefordert zu sein.«

»Vielleicht ruf ich irgendwann mal wieder an.«

»Mach das. Tschau.«

Bevor Astrid noch etwas sagen konnte, war die Verbindung abgebrochen. Sie blieb noch einen Moment sitzen und strich mit dem Daumen über das Display des iPhone. Vielleicht war sie ein ganz klein bisschen verknallt.

4

Es war kurz nach elf, als Julia Malmros ein Boot gemächlich auf ihren Strandabschnitt zugleiten sah. Sie kehrte zu dem Artikel über chinesische Solarzellen zurück, den sie gerade las. Dann sah sie wieder hoch. Es lag an der Inkongruenz, dass sie Kim Ribbing nicht erkannt hatte. Wenn sie sich schon nicht hatte vorstellen können, dass er einen Außenborder bediente, dann erst recht nicht, dass er ruderte. Aber hier kam er. Rudernd.

Julia schlenderte gemütlich den Hang hinunter, um im selben Moment am Strand anzukommen, als der Bug des Bootes den Grund berührte. Kim drehte sich um und sah sie schlecht gelaunt an. Auf seiner Stirn glänzten Schweißperlen.

»Tank leer?«, erkundigte sich Julia.

»Du solltest dir einen Reservekanister zulegen«, entgegnete Kim und fuhr sich mit dem Ärmel über die Stirn, ehe er ausstieg.

»Hab schon einen.« Julia zeigte auf den Sitzplatz im Bug, unter dem sich eine Luke befand. »Da.«

»Hättest du ja mal sagen können.«

»Wann denn, bitte schön? Und du hättest ja mal fragen können.«

Kim murmelte etwas Unverständliches, und gemeinsam klappten sie die Ruder ein und zogen das Boot an den Strand, ehe sie die Felsen hinaufgingen.

»Ist es gut gelaufen?«, fragte Julia.

»Hervorragend«, antwortete Kim in einem Ton, als meinte er das genaue Gegenteil.

»Hab Jonny dein Video geschickt. Er war total begeistert und will dir irgendeine Art Verdienstorden verleihen.«

»Das ist hoffentlich ein Scherz.«

»Klar. Hab dich nicht erwähnt.«

»Gut.«

Kim setzte sich auf einen der Stühle auf der Terrasse und atmete erschöpft aus. Es war ungewohnt, ihn so zu sehen. Die meisten Dinge nahm er stoisch hin.

»Hab gar nicht gewusst, dass du rudern kannst«, bemerkte Julia.

»Kann ich auch nicht. Wie sich gezeigt hat.«

»Du, ich hab ein bisschen über Chen Bao nachgeforscht und ein paar Sachen rausgefunden.«

Ohne den Kopf zu heben, hielt Kim eine Hand hoch. »Später. Hab jetzt nicht den Kopf dafür. Nachher gern. Aber nicht jetzt.« Er wischte sich erneut den Schweiß von der Stirn und ging mit schweren Schritten ins Haus. Kurz darauf hörte Julia ein Knarren und Knirschen, als er im wahrsten Sinne des Wortes ins Bett fiel.

5

Julia Malmros blieb sitzen und drehte Däumchen. Kim hatte zugegebenermaßen das volle Recht, müde zu sein, aber sie hatte sich darauf gefreut, ihm von ihren Funden zu erzählen. Es war nichts Spektakuläres, aber in diesem Fall waren sie nun mal Komplizen.

Der Großteil der öffentlich zugänglichen Informationen über Chen Baos Firma Klintec war auf Chinesisch, doch nach einigem Herumgepuzzle mit der englischen Homepage des Unternehmens und mehreren Artikeln, hatte Julia ein halbwegs zusammenpassendes Bild erhalten.

Kurz gesagt bot Klintec in China Emissionszertifikate an, die von Zwischenhändlern gekauft und dann weiterverkauft wurden, zum Beispiel an schwedische Behörden und Unternehmen. Olof Helanders Unternehmen Greenbase zählte zu Klintecs größten Kunden. So weit nichts Ungewöhnliches.

Chinas System mit Emissionsrechten unterschied sich insofern vom europäischen, als Fabriken dafür belohnt wurden, wenn sie weniger CO_2-Äquivalente in Relation zum *Ergebnis* emittierten. Belohnt wurde also weniger die Klimafreundlichkeit als vielmehr die Effektivität. Eine Fabrik konnte so viele Treibhausgase in die Atmosphäre blasen, wie sie wollte, Hauptsache, es geschah bei maximaler Produktionsleistung. Klimakompensation war für den chinesischen Staat also kein Problem.

Dagegen war man gegenüber groß angelegten Projekten im Bereich erneuerbare Energien alles andere als zögerlich. Und hier kam Klintec ins Spiel. Klintec steuerte beispielsweise einige Millionen zum Bau eines Solarparks bei, Millionen, die, wenn man so wollte, von einer europäischen Fluggesellschaft bezahlt worden waren, um sich als klimafreundlich zu präsentieren und lachende grüne Smileys auf ihre Plakate drucken zu können.

Problematisch war die Vergabe-Bedingung, dass die Klimaschutzprojekte ohne diese Millionen nicht realisiert worden wären. Das ließ sich schwer beweisen, und es gab riesige Grauzonen. Obwohl umfassende Pläne existierten, konnte China behaupten, sie hätten keinerlei Absicht, Windkraftanlagen zu bauen, und dann auf eine kräftige Finanzspritze von sich flugschämenden Europäern warten. Die Firma dankt, so, *jetzt* bauen wir mal eine Windkraftanlage!

Krank, aber nicht weiter bemerkenswert. Das war allerdings noch nicht alles. China und einige andere Länder kassierten außerdem Kompensationsgutschriften dafür, bestimmte Dinge *nicht* zu tun. Eines der größten Aufkaufgebiete von Klintec war die chinesische Ölindustrie. Der Großteil des chinesischen Öls befand sich tief, tief unten im Südchinesischen Meer, und PetroChina hatte erst kürzlich BlueWhale, die am tiefsten vordringende Bohrinsel der Welt, gebaut. Dafür hatte man im Tausch gegen einige Hundert Millionen als Klimakompensation vom Bau von zwei, drei anderen Bohrinseln abgesehen (die man vielleicht ohnehin nie gebaut hätte) und als großzügige Geste noch ein paar Tausend Solarzellen für ein Zehntel des Betrags obendrauf gelegt.

Genau hier wurde es in Julias Augen richtig interessant. Greenbase vermittelte also via Klintec Gelder an den chinesischen Staat, damit dieser *kein* Öl förderte. Frode Moes Futurig wiederum lebte davon, *dass* Öl gefördert wurde, primär in Norwegen, mithilfe von Bohrinseln made in … China.

Die genauen Zusammenhänge waren ihr immer noch nicht ganz klar, aber irgendeine Verbindung musste bestehen, dafür passten zu viele Teile zusammen. Jedenfalls war es wohl kaum ein lachender grüner Smiley.

Julia nahm ihr Handy vom Tisch und starrte eine Weile auf den Namen Jonny Munther. Wenn sie sich überlegte, dass das mal ihr Nachname gewesen war und sie fast ihr halbes Leben mit der dazugehörigen Person verbracht hatte … unbegreiflich. Sie rief an. Jonny nahm beinahe umgehend ab.

»Mann, Julia. Erst gehst du kaum ran, wenn ich dich anrufe, jetzt rufst du dauernd an, wo ich so viel zu …«

»Hat euch der Film was genützt?«

»Wo hast du den her? Verrat's mir jetzt.«

»Leider kann ich mich zur laufenden Ermittlung nicht äußern.«

Am anderen Ende wurde es still. Das war die Standardantwort der Polizei an Presse und Neugierige, wenn bestimmte Dinge besser nicht öffentlicht gemacht werden sollten. Mit sanfter Stimme, als spräche er zu einem Kind, sagte Jonny: »Julia, du weißt schon, dass du keine Polizistin mehr bist?«

»Danke für den Hinweis, ist mir bewusst.«

»Ganz sicher? Du verhältst dich verdächtig wie jemand, der auf eigene Faust ermittelt.«

»Dann tue ich das wohl. Und ich hab noch mehr.«

»Jetzt lege ich auf.«

»Das hier willst du wissen.«

Erneutes Schweigen. Julia sah genau vor sich, wie Jonny die Augen verdrehte und sein Ohrläppchen knetete, wie immer, wenn er aufgebracht war. Schließlich sagte er: »Dann spuck's halt aus.«

»Nicht am Telefon.«

Jonny seufzte, dass es im Hörer knisterte. »Und die Info nützt uns was, ja?«

»Bin mir ziemlich sicher.«

»Wann kannst du in der Stadt sein?«

»Die Fähre geht um zwölf, also in gut zwei Stunden. Aber ich will etwas im Gegenzug.«

»Leider kann ich mich zur laufenden Ermittlung nicht äußern …«

»Jonny …«

»… am Telefon.«

Sie vereinbarten Ort und Uhrzeit und beendeten das Gespräch. Julia lehnte sich auf dem Stuhl zurück, sah blinzelnd hinüber nach Knektholmen und nickte. *Privatermittlerin.* Als sie noch bei der Polizei arbeitete, war das Wort stets negativ konnotiert gewesen. Aluhüte, Verschwörungstheoretiker, Rechthaber und dann Privatermittler. Jetzt gefiel ihr der Klang.

6

Verflucht noch eins!

Jonny Munther hatte es gewusst, er hatte es einfach gewusst. Seine Ex-Frau einzubinden bedeutete, zusehen zu müssen, wie aus einer ordentlichen polizeilichen Ermittlung ein Kriminalrätsel für Möchtegerndetektive wurde. Jonny legte das Telefon weg und knetete sein Ohrläppchen ein letztes Mal, während er sich in Erinnerung rief, dass Julia Malmros ehrlicherweise keine Schuld an der verfahrenen Lage trug.

Jonny hatte ein weiteres Mal vor dem chinesischen Botschafter gekatzbuckelt, als er zwecks Zusammenarbeit um eine Kontaktherstellung zur chinesischen Polizei in Shanghai bat. Auf die Frage nach dem Warum war er gezwungen, darauf hinzuweisen, dass er sich aus ermittlungstechnischen Gründen leider nicht weiter dazu äußern dürfe. Soso, ob er denn wenigstens sagen dürfe, ob ein chinesischer Staatsbürger eines Verbrechens verdächtigt werde? Auch diesbezüglich könne er aus den genannten Gründen keine Auskunft geben, doch eine Zusammenarbeit mit der Polizei in Shanghai sei zwingend notwendig.

Dürfe der Herr Kommissar denn wenigstens sagen, inwieweit die Ermittlungen ein unvorteilhaftes Licht auf die Volksrepublik China werfen und infolgedessen die Gefühle des chinesischen Volkes verletzen könnten? *Ja*, hätte Jonny Munther am liebsten geantwortet, *wir arbeiten daran, ein unvorteilhaftes Licht auf eure ganze Armee zu werfen*. Stattdessen sagte er, dass sich das zum gegenwärtigen Zeitpunkt nicht einschätzen ließe. Das Gespräch war mit dem gegenseitigen Wunsch nach weiterhin guter Gesundheit beendet und ansonsten für die Katz gewesen.

Mithilfe der aus dem Video gewonnenen Erkenntnisse konnte man auch den halben Schuhabdruck aus dem Buster Magnum in einem neuen Licht untersuchen. Jonny hatte sich fest die Schläfen gerieben, als die Bestätigung kam: Ja, der Stiefelabdruck stammte tatsächlich von einem Modell, das vor zwanzig Jahren vom chinesischen Militär verwendet worden war.

Chinesen, Chinesen, Chinesen.

Der einzige dürftige Trost bestand darin, dass es sich wenigstens um ein älteres Stiefelmodell und somit möglicherweise um zwei Ex-Militärangehörige handelte, die die Streitkräfte verlassen hatten, um sich ein lukrativeres Gewerbe zu suchen. Das würde den chinesischen Botschafter allerdings kaum zufriedenstellen.

Jonny sah auf die Uhr. Halb zwei. Um drei würde William King eine Pressekonferenz abhalten, und Jonny musste ihn briefen, was er sagen durfte und was nicht. Verflucht noch eins!

Jonny fand William King im Besprechungsraum, wo er an seinem Laptop saß und schrieb. Ihm war noch kein Büro zugeteilt worden, weil Jonny ihn nicht als festen Bestandteil des Teams ansah.

»Kurz Zeit?«, fragte Jonny und setzte sich.

»Immer, Herr Kommissar«, sagte William King in diesem Ton, bei dem Jonny nicht wusste, ob er ironisch gemeint oder unterwürfig war.

»Pressekonferenz«, sagte Jonny. »Du kannst erzählen, was wir über den Verlauf des Geschehens wissen, und auch das mit dem Helikopter.«

»Das Motorboot, das die Nacht über auf Tärnö lag? Dass die beiden mucksmäuschenstill dort gesessen und gewartet haben? Das ist ein schönes Bild.«

Schönes Bild. Jonny verzog das Gesicht, sagte aber dennoch: »Ja. Wüsste nicht, was das schaden sollte, alles in dem Stil ist okay, aber kein Wort, und ich meine *kein Wort* über Shanghai oder China oder Chinesen.«

»Ist es okay, wenn ich *Reis* sage?«

Jonny schaute William King verärgert an.

Der hob die Hände. »Okay, ich sehe schon, du bist nicht zum Scherzen aufgelegt.«

»Gut beobachtet. Unsere Zusammenarbeit mit China hängt am seidenen Faden. Ich will nicht, dass er reißt.«

William King nickte: »Der Helikopter. Die Person, die in Norrtälje den Start beobachtet hat, kannte sich ja mit Hubschraubern aus und konnte uns sogar das Modell nennen. Sollten wir nicht ein Beispielfoto zeigen, damit wir Hinweise aus der Bevölkerung erhalten? Wo die Täter damit hin sind? Wir haben die internationale Presse hier, und sie könnten immerhin ins Ausland geflogen sein.«

Was Jonny an dem Vorschlag am meisten ärgerte, war die Tatsache, dass er in dem allgemeinen Chaos nicht selbst darauf gekommen war. Wahrscheinlich ging es William King nur um die mediale Dramaturgie. Dort sitzen und ein Foto hochhalten, ganz so wie der legendäre Fahndungschef Hans Holmér, als er bei der Pressekonferenz zu den Ermittlungen im Olof-Palme-Mord zwei Magnum-Revolver an den Zeigefingern schlenkerte. *Ein schönes Bild*. Leider Gottes änderte das nichts daran, dass der Vorschlag gut war.

»Klar«, sagte Jonny. »Tu das.«

7

Als Kim Ribbing um halb vier aufwachte, war er total desorientiert. Einige unbehagliche Sekunden lang hatte er keine Ahnung, wo er war. Er starrte zum blauen Rechteck des Fensters, richtete den Blick auf einen runden Astknoten in der Holzverkleidung, und für einen Moment dachte er, er befinde sich in diesem *Muster*. Dann glitten Decke, Wände und Bett an ihren Platz und wurden Teil von etwas Bekanntem, das sich den Begriffen *Julia – Ferienhaus – Tärnö* zuordnen ließ.

Er konnte sich nicht erinnern, seine Kleider ausgezogen zu haben, doch er musste es getan haben, denn er trug nur eine Unterhose. Neben dem Bett entdeckte er seine Jeans und den Pulli, die nach der schweißtreibenden Ruderei noch immer klamm waren. Er roch an den Klamotten und verzog das Gesicht.

Astrid. Vamlinge.

Da war was. So langsam ordnete sich alles. Kim stand auf, schaute durchs Küchenfenster und sah keine Julia auf der Terrasse. Auf dem Schreibtisch lag ein Zettel: »Bin in der Stadt. Komme heute Abend zurück. J.«

Kim legte den Kopf schief. Dem »J« wohnte etwas Intimes inne, mehr noch, als wenn Julia das übliche »Kuss« oder »Deine Julia« geschrieben hätte. Vielleicht, weil es voraussetzte, dass es nur ein »J« in seinem Leben gab und sie diesen Buchstaben in seinem Alphabet erobert hatte? Irgendwie gefiel ihm der Gedanke.

Kim suchte sich ein Badehandtuch, warf es über die Schulter und ging die Felsen hinunter. Obwohl die Außentemperatur über fünfundzwanzig Grad betrug, war das Wasser um seine

Füße beim Hineinwaten immer noch kalt. Als es ihm bis zur Taille reichte, ließ er sich nach vorn fallen, tauchte ab und schwamm einige Züge mit dem Kopf unter Wasser.

In einer Kaskade aus Wassertropfen, die ihm ums Gesicht wirbelten und wie kühle Edelsteine im Sonnenlicht glitzerten, kam er zurück an die Oberwelt. Er hatte wieder einen klaren Kopf und fühlte sich in seinem Körper beheimatet. Er schlüpfte aus der Unterhose und wrang sie unter Wasser aus, bevor er sie wieder anzog. Er hatte noch Unterwäsche zum Wechseln in seinem Rucksack, aber so musste er einmal weniger waschen.

Als Kim aus dem Wasser kam, ließ er das Handtuch Handtuch sein und legte sich auf die warmen Felsen, um sich von der Sonne trocknen zu lassen. Er streckte die knirschenden Glieder und entspannte sich. Jetzt. Jetzt war es okay. Ein paar Minuten lang durfte er einfach nur sein, dann kam es zurück: *Martin. Rudbeck.* Die Wut, die sich einen Augenblick lang gelöst hatte, war wieder da und verhärtete sich gleichsam in seinem Körper, wurde wieder ein Teil von ihm. Er setzte sich auf.

Ihm war etwas eingefallen, und er überlegte einen Moment, inwieweit es umsetzbar wäre. Er kam zu dem Ergebnis, dass es mithilfe eines kleinen Streichs, den Moebius ausgeheckt und stolz auf HackPack präsentiert hatte, möglich sein müsste.

Die Sonne hatte seine Haut bereits getrocknet, als er zurück zum Haus ging, und da es warm und windstill war, wickelte er sich lediglich das Handtuch um die Hüften.

Moebius' Streich bestand darin, dass er in einmonatiger diffiziler Kleinarbeit sämtliche größeren schwedischen Internetanbieter infiltriert hatte, um dann winzige trojanische Pferde hineingaloppieren zu lassen, die nun Schlupföcher ins System boten. Man brauchte bloß die Programmiercodes, die Moebius hilfsbereit zur Verfügung stellte, schon konnte man als Admin auftreten, obendrein als unsichtbarer.

Kim loggte sich bei einem Provider ein und landete sofort

einen Treffer. Telia. Martin Rudbeck kaufte den Zugang zu seinem, vermutlich schmierigen, Datenverkehr von Telia. Das war für Kim etwas mühsam, da Telia einer der größten, wenn nicht der größte Anbieter war und folglich Millionen IP-Adressen pro Tag ausspuckte. Die Suche musste daher eingegrenzt werden.

Die erste und größte Eingrenzung war dank Moebius' Pferdchen kein Problem. Kim kannte die Adresse des Schockdoktors und konnte deshalb sehen, welche Basisstation am nächsten lag und ihren Traffic in Rudbecks und andere verbundene Geräte einspeiste. Dann wurde die Sache kniffliger. Tausende IP-Adressen liefen über Kims Bildschirm, und es ließ sich unmöglich sagen, welche in diesem Augenblick zu Rudbeck gehörten.

Ihn traf ein Geistesblitz. Er loggte sich erneut, diesmal als Administrator, bei Telia ein und fand heraus, dass der Doktor wie vermutet auch sein Mobilfunkabonnement dort hatte. Die Nummer war als geheim gelistet, doch ausgestattet mit Administratorenrechten konnte Kim sie sehen. Rudbeck benutzte ein gewöhnliches Galaxy S8, sodass Kim, getarnt als Telia-Mitarbeiter mit höchster Sicherheitsstufe, nur eine Viertelstunde brauchte, um in das Smartphone einzudringen. Darin warteten sicherlich viele Leckerbissen, doch Kim hatte anderes im Sinn.

Er leckte sich die Lippen. Wenn der gute Doktor wüsste, dass er in seinem Handy herumschnüffelte. Kim ging auf »Verbindungen«. Ka-tsching! Hätte Rudbeck das Mobilfunknetz aktiviert, wäre Kim nicht weitergekommen, doch gerade war sein Handy mit dem WLAN verbunden, daher konnte Kim die IP-Adresse des Routers sehen – des Routers, der Traffic in sämtliche verbundenen Geräte des Schockdoktors schickte.

Kim speiste die IP-Nummer ein, hackte problemlos den Router und sah, dass drei Geräte damit verbunden waren. Er schaute sich an, welches davon am meisten Traffic produzierte und ergo der Computer sein musste, auch wenn dieser im Augenblick nicht Kims Ziel war. Er konnte den Bootscreen sehen, der merkwürdigerweise vollkommen blank war, doch dann war Schluss.

Kim probierte einige Standardmethoden aus, um über, unter oder durch die Firewalls zu gelangen. Nichts. Ausgefeiltere Methoden. Nichts. Martin Rudbecks Computer hätte sich genauso gut in einem faradayschen Käfig befinden und per definitionem unerreichbar sein können. Wahrscheinlich waren Sicherheitsupdates im System vorgenommen worden, während Kim *off the grid* war … Was der Schockdoktor wohl in einem solchen digitalen Safe schützte?

Darum konnte er sich später noch kümmern, Kims Idee war anderer Natur. Er prüfte das dritte verbundene Gerät. Ka-tsching! Wie erhofft war Rudbeck so up to date, dass er einen Smart-TV besaß. War der Systemschutz des Computers vom Typ Schweizer Banktresor gewesen, so entsprach der des Fernsehers mehr kubanischer Plastiktüte. Ein bisschen zuppeln, schon ging er kaputt. Nach zwei Minuten war Kim drin.

Da es sich bei dem Fernseher um ein Modell mit Gestensteuerung handelte, verfügte er auch über eine Kamera. Kim griff darauf zu und öffnete deren Stream in einem neuen Fenster. Er riss die Arme hoch und verbeugte sich vor einem imaginären Publikum, als Martin Rudbecks Wohnzimmer auf seinem Bildschirm auftauchte.

Aha. So also sah es zu Hause bei jemandem aus, der gerne Kinder zu Studienzwecken folterte. Geschmackvoll, würden wohl die meisten Menschen sagen. Widerwärtig, fand Kim, da alle Gegenstände und Möbel, die er auf dem Bildschirm sah, von Martin Rudbeck benutzt und dadurch besudelt wurden.

Eine große Couch mit Flauschkissen, daneben ein Sessel mit einer Wolldecke mit dem Aussehen nach mexikanischem Muster. Vor dem Sofa ein elliptischer Tisch aus hellem Holz. Ein Bücherregal, vollgestopft mit ledergebundenen Schinken, und auf dem Boden ein Teppich im Patchworkstil. Ekelhaft. Hinter der Couch zeigte ein Fenster zu einer Glasveranda mit Grünpflanzen auf den Fensterbänken. Abartig.

Nichts bewegte sich, und Kim hätte genauso gut ein Foto betrachten können. Trotz des allgemeinen Ekelgefühls wusste er, dass alles reine Spekulation war, nichts sagte ihm mit Sicherheit, dass es sich hierbei tatsächlich um Martin Rudbecks Wohnzimmer handelte.

Kurz nachdem er einige Einstellungen von Fernseher und Router modifiziert hatte, um einen Zugang durch die Hintertür in die Systeme zu haben, fiel ein Schatten auf den Wohnzimmerboden, und im nächsten Augenblick erschien eine Gestalt, die Kim nur allzu gut kannte. Martin Rudbecks ergraute Überkämmsträhne fiel ihm in die Stirn, als er sich vorbeugte, um eine Pflanze zu gießen. Kim drückte ihm den Zeigefinger an den Kopf, formte mit dem Daumen den Hahn einer Pistole und drückte ab.

Gotcha!

8

Jonny Munther hatte vorgeschlagen, dass sie sich bei McDonald's in der Sankt Eriksgatan trafen. Nur einen Steinwurf vom Polizeipräsidium entfernt und maximal anonym. Julia Malmros ging davon aus, dass seine Ermittlerkollegen um keinen Preis erfahren sollten, dass er mit ihr konferierte.

Sie bestellte einen Kaffee und steuerte einen Tisch möglichst weit hinten im Lokal an. Manche Gäste sahen ihr nach, beugten sich zum Tischnachbarn und sagten etwas. Auch früher war es immer mal vorgekommen, dass Leute in der Stadt sie erkannten, aber seit der Sendung mit Malou hatte sich ihr Bekanntheitsgrad ungefähr verzehnfacht. Vielleicht hatte Louise recht und sie sollte das ausnutzen. Julia nahm Platz, nippte an ihrem Kaffee und versuchte, spaßeshalber, sich den Anfang eines Åsa-Fors-Plots auszudenken. Irgendetwas mit Bandenkriminalität und Schießereien, das wäre zeitgemäß. Oder … Julia zwirbelte eine Haarsträhne zwischen den Fingern, und ein Bild nahm in ihrer Vorstellung Gestalt an. Ein Marktplatz. Ein Mann ausländischen Aussehens mit zwei Einkaufstüten. Auf einmal stürzt der Mann und lässt die Tüten fallen. Drei Apfelsinen rollen über den Platz. Der Mann ist tot.

Ja. Und warum ist er tot?

Eigentlich waren die drei leuchtend orangefarbenen Apfelsinen, die über einen grauen, abgetretenen Platz rollten, das Ausgangsbild. Doch dann kamen die Einkaufstüten und mit den Einkaufstüten der Mann. *Warum aber fiel er tot zu Boden?*

Weil ihn jemand mit einem Scharfschützengewehr erschossen hat.

Okay. Auf einem Dach oder in einer Wohnung sitzt jemand mit einem Gewehr mit Schalldämpfer und Zielfernrohr. Jemand wie die Rechtsterroristen Peter Mangs oder »der Lasermann« John Ausonius, aber mental besser vorbereitet und mit besserer Ausrüstung. Weitere Schießereien folgen. Vielleicht die Tat mit »Den wahren Schweden« in Verbindung bringen. Julia hatte schon lange mit dem Gedanken gespielt, die stetig anwachsende rechtsextremistische Partei in einen Roman einzubinden, bisher aber keine passende Handlung dazu gehabt. Vielleicht ginge es ja so.

Sie trommelte auf dem Tisch. Sie hatte viel recherchiert, um die Szenen mit Lisbeth Salander und dem Frauenhaus schreiben zu können. Vielleicht konnte sie etwas davon gebrauchen. Einen Handlungsstrang einflechten, bei dem es um Ehrgewalt gegen Frauen ging, die sich verstecken mussten. Heikles Thema, aber das könnte was werden.

Okay. Sagen wir, der Schütze wechselt zwischen mehreren Wohnungen …

Jonny betrat den McDonald's und sah sich um. Julia hob die Hand und unterbrach ihren Gedankengang. Es war wie verhext. Kaum trat sie in ein Bild und begann, sich selbst Fragen zu stellen, hatte sie binnen kurzer Zeit den Anfang einer Geschichte. Wobei, *verhext* war wohl kaum das richtige Wort, schließlich war genau das ihre Begabung und ihr Beruf. Ohne diese Fähigkeit könnte sie nicht schreiben.

Jonny bestellte sich einen Kaffee und kam zu ihr an den Tisch, nachdem er sich umgeschaut hatte, als wolle er sichergehen, dass ihm nicht der Geheimdienst auf den Fersen war. Als er sich setzte, wurde Julia bewusst, dass dies ihr erstes Treffen nach der Scheidung war, das nicht in *direkter* Verbindung mit einem Verbrechen stand. Obwohl …

»Also?«, sagte Jonny. »Lass hören.«

»Wollen wir nicht erst ein bisschen smalltalken? Du willst doch schon lange, dass wir uns mal treffen.«

»Hab keine Zeit, aber meinetwegen. Mit dem Boot alles gut?«

»Mit dem Boot alles bestens.«

»Wunderbar, wunderbar. Und wie läuft's mit diesem Ribbling?«

Julia wusste, dass Jonny das mit Absicht machte, sagte aber dennoch: »Er heißt Ribbing, und es läuft … so lala.«

»Mir ist schleierhaft, was du mit so jemandem willst.«

»Was meinst du mit *so jemandem*?«

»Das, was ich sage.« Jonny fuhr mit der Hand über die Tischplatte, als wollte er Krümel wegwischen. »So. Haben wir jetzt fertig gesmalltalkt?«

»Wahrscheinlich.«

»Gut.« Jonny trank einen Schluck Kaffee. »Bah, was ist das denn für eine Plörre?«, sagte er. »Also, jetzt erzähl.«

»International Finance and Holdings Inc.«, begann Julia.

»Nichts Neues. Unsere Leute sind schon dran.«

»Okay. Das heißt, ihr wisst von der Verbindung zu Frode Moe?«

Jonny nahm einen Schluck des angeblich so scheußlichen Kaffees und sagte: »Nehmen wir einfach mal an, wegen gewisser … Geheimhaltungsprobleme … wissen wir es nicht.«

Julia berichtete von den Kontobewegungen der ICAH, um welche Summen es sich dabei handelte und dass Moes früheres Unternehmen OnyxC zu den Klienten zählte.

»Und das hast du wie herausgefunden?«, fragte Jonny.

»Unkonventionelle Methoden.«

»Ribbling also. Wie du ja weißt, können wir das nicht verwenden, und soweit ich es verstehe, handelt es sich außerdem um nichts Ungesetzliches.«

»Das behaupte ich auch gar nicht. Ich wollte nur darauf hinweisen, dass gewisse Spuren in eine bestimmte Richtung weisen. Und Frode Moe ist damals auch in den Ermittlungen um diesen Meeresbiologen aufgetaucht, von dem du mir erzählt hast, dass er von einem Trawler aufgefischt wurde. Das sind sehr viele … Zufälle. Ich nehme mal an, über Klintec und Greenbase seid ihr im Bild …«

»Sind wir«, sagte Jonny und gab dem Kaffee eine letzte Chance, ehe er den Kopf schüttelte und ihn auf den Nachbartisch stellte.

»Dann wisst ihr ja auch«, sagte Julia, »dass wir auf der einen Seite Klimakompensation für Ölbohrungen und auf der anderen neu errichtete Bohrinseln haben und …«

»Ja. Wissen wir. Soll heißen?«

»Ich weiß tatsächlich nicht, was das heißt«, räumte Julia ein. »Aber das scheinen mir schon arg viele Zufälle zu sein.«

»Das reicht nicht, um den beliebtesten Geschäftsmann Skandinaviens festzunehmen. Nicht mal ansatzweise. Aber du hast dich ja irre reingehängt. Ist das deine neue Laufbahn? Privatermittlerin?«

Aus Jonnys Mund klang das Wort weitaus weniger positiv als in Julias Vorstellung. Sie zuckte mit den Schultern und sagte: »Du kannst nicht bestreiten, dass ich eine gute Ermittlerin war. Warum sollte ich es nicht immer noch sein? Hast du irgendwas, das mich weiterbringen könnte?«

Jonny schaute auf die Tischplatte. Während er nachdachte, verzogen sich seine Lippen, als hätte er auf eine Zitrone gebissen. Schließlich sah er sich um und stellte fest, dass die Blicke mehrerer Gäste auf ihren Tisch gerichtet waren. Er beugte sich vor und sagte kaum hörbar: »Das hast du nicht von mir. Überhaupt hast du keine Informationen von der Polizei, das ist hoffentlich klar?«

Julia nickte, und Jonny beugte sich so weit über den Tisch, dass sich beinahe ihre Nasenspitzen berührten. Was war das für eine Information, die so ungeheuer brisant war? Um sich kein Wort entgehen zu lassen, drehte sie den Kopf, sodass ihr Ohr an Jonnys Mund war, als er flüsterte: »Shanghai. Die Mörder kommen so gut wie sicher aus Shanghai. Eventuell sind sie ehemalige Militärangehörige.«

Jonny Munther richtete sich auf und sagte, wieder in normalerem Gesprächston: »Und dir ist wahrscheinlich klar, warum das eine delikate Angelegenheit ist?«

»Ja. Diplomatische Gründe.«

»So kann man es ausdrücken.«

»Wieso erzählst du es mir dann?«

Jonny bedachte Julia mit einem schiefen Blick und erklärte widerwillig: »Weil ich nicht bestreite, dass du eine gute Ermittlerin bist. Als Ehefrau dagegen …«

»Jonny, das Thema lassen wir vielleicht besser.«

»Ja, besser ist's.«

Nachdem Jonny ins Präsidium zurückgegangen war, blieb Julia sitzen und trank den Kaffee aus, an dem sie persönlich nichts zu bemängeln hatte. *Shanghai*. Genau wie *Öl* tauchte der Name mal hier, mal da überraschend auf, wenn man in diesem Fall Nachforschungen anstellte.

Glücklicherweise verfügte Julia über einen ausgezeichneten Kontakt, wenn es um China ging. Sie scrollte durch ihre Kontaktliste und wählte die Nummer von Bruce Li.

9

In Verbindung mit der Entstehung ihres dritten Åsa-Fors-Romans, *Der Schlüssel zum Paradies*, hatte Julia Malmros eine ganze Menge recherchieren müssen. Darin wurde ein chinesischer Geschäftsmann im Grand Hôtel in Stockholm ermordet aufgefunden. In seiner zur Faust geballten Hand hielt er einen Schlüssel, mit dem man normalerweise eine Spieldose aufzieht. Um ihren einzigen Roman mit einem bis zu einem gewissen Grad internationalen Plot schreiben zu können, musste Julia einiges über chinesische Politik und Geschäfte lernen.

Der Verlag hatte ihr den Kontakt zu Bruce Li vom Außenministerium vermittelt, und er hatte sein Wissen und seine Gedanken über die Zukunft Chinas mit ihr geteilt. Er sagte voraus, dass ein kleinerer Handelskrieg mit den USA ausbrechen und sich die schwedisch-chinesischen Beziehungen verschlechtern würden, falls Schweden einen Preis an einen missliebigen Autor oder Oppositionellen verleihen würde. Beide Vorhersagen hatten sich bewahrheitet.

Pu der Bär war aufgrund seiner Ähnlichkeit mit Präsident Xi Jinping in China verboten. Wäre Bruce Li der chinesische Staatschef gewesen, wäre stattdessen der Esel I-Aah verboten worden. Der Mann hatte die trübseligste Miene, die Julia je gesehen hatte, und sein Pessimismus gegenüber so ziemlich allem war unerschütterlich.

Während ihres Treffens waren sie auch auf etwas persönlichere Dinge zu sprechen gekommen. Bruce Li erzählte, er habe als Kind massiv unter seinem Namen gelitten. Anfang der Siebziger, als der große Kampfkünstler Bruce Lee auf dem Höhepunkt seiner Karriere stand, war sein Beinahe-Namensvetter zehn Jahre alt. Sämtliche Jungs in der Schule triezten ihn und wollten sich mit dem kleinen, mageren Kerlchen prügeln, um anschließend sagen zu können, sie hätten Bruce Li vermöbelt. Vielleicht hatte Bruce Lis düstere Sicht aufs Leben dort ihren Anfang genommen.

Er war zwar als China-Experte beim Außenministerium angestellt, doch im Gespräch kam heraus, dass seine Hauptaufgabe darin bestand, Worst-Case-Szenarios zu erstellen, eine Aufgabe, für die er wie geschaffen war. Er brauchte bloß auszusprechen, was seiner tatsächlichen Überzeugung nach passieren würde.

Bruce Li war in Hongkong aufgewachsen und hatte Wirtschaft studiert. Er machte schnell Karriere und war einer der Mitgestalter der marktwirtschaftlichen Reformen. Dann geschah das Massaker auf dem Platz des Himmlischen Friedens, und die ideologischen Zügel wurden straffer angezogen. Der viel zu liberale Bruce Li geriet unter Verdacht und wurde seines Postens enthoben. Bald erkannte er, dass er außerdem Grund hatte, um sein Leben zu fürchten, und so flüchtete er 1995 nach Schweden.

Er war ein intelligenter Mann und lernte rasch die schwedische Sprache. Nach einigen Jahren durfte er auf Beraterbasis für das Außenministerium arbeiten, und in den Nullerjahren erhielt er eine Festanstellung. Er war einer der angesehensten China-Experten, und die Leute hörten ihm stets genau zu, auch wenn man ihn nicht immer ganz beim Wort nahm. Schließlich war China *nicht* in Taiwan einmarschiert und hatte massives Blutvergießen verursacht. »Abwarten«, sagte Bruce Li. »Abwarten.«

Nachdem Julia sich bei Bruce für all die wertvollen Informationen bedankt hatte, hatte er sie zu ihrer Überraschung gefragt, ob er sie irgendwann einmal zum Abendessen einladen dürfe. In einem Nebensatz hatte er erwähnt, dass er nicht verheiratet sei, doch Julia hätte nie im Leben romantische Absichten bei ihm vermutet. Sie hatte höflich abgelehnt, und als er später noch ein paarmal anrief, ging sie nicht dran. Insofern war es nicht unbedingt die feine englische Art, sich Jahre später plötzlich wieder zu melden, weil sie etwas von ihm wollte, aber sie sah keine andere Möglichkeit.

Während bei Bruce Li das Freizeichen tutete, schoss Julia eine weitere Idee für Åsa Fors in den Kopf. So war es häufig. Wenn das Fundament für eine Geschichte erst einmal gelegt war, begannen – um Stephen King zu paraphrasieren – die *Mädels im Keller* zu arbeiten. Ihr Unterbewusstsein übernahm und überraschte sie mit neuen Bildern und Ideen.

Der Scharfschütze geht zu mehreren Wohnungsbesichtigungen und kopiert dabei jedes Mal die Schlüssel für die Eingangstür. Auf diese Weise erhält er Zugang zu mehreren leer stehenden Wohnungen, von wo aus er seiner todbringenden Profession nachgehen kann. Julia gab sich selbst ein Daumenhoch, als sich eine Stimme in Moll meldete: »Ja, hier ist Bruce Li.«

»Hallo, hier ist Julia Malmros. Ich weiß nicht, ob Sie sich an mich erinnern …«

10

Es war kurz nach acht, als Jonny Munther seine Wohnungstür aufschloss. Kaum war er in den Flur getreten, holte er als Erstes den Bademantel aus der Plastiktüte, die er am Arm hängen hatte. Er hielt ihn mit beiden Händen vor sich, und als ihm der schwache Duft von Meer und Salz in die Nase stieg, musste er schlucken.

So ging das nicht. Sollte er hier in seiner Wohnung wie ein trauernder Hund herumtappen, der immer wieder zu seinen Dufterinnerungen zurückkehrt, um daran zu schnüffeln? Das war erbärmlich. Was also tun? Das blöde Ding verbrennen? Vielleicht etwas sehr drastisch, außerdem war es ein schöner Bademantel. Seine Überlegungen endeten damit, dass Jonny ihn in die Waschmaschine stopfte und die Temperatur auf sechzig Grad stellte. Das sollte wohl ausreichen, um die Spuren der Vergangenheit herauszuwaschen. Und natürlich von diesem Ribbling.

Jonny lebte seit fünf Jahren in gemütlich fußläufiger Entfernung vom Präsidium zur Untermiete in einer Zweizimmerwohnung am Odenplan. Hauptmieter war ein Kollege, der in Spanien arbeitete und nicht plante, in absehbarer Zeit zurückzukommen.

Jonny hatte äußerst wenig getan, um die Wohnung in seine eigene zu verwandeln. Nach der Scheidung hatte er seine Sachen eingelagert, und da der Kollege die Wohnung möbliert vermietete, sah Jonny keinen Grund, ihr einen persönlichen Touch – soweit er überhaupt so etwas besaß – zu verleihen. Es gab hier schließlich alles, was er brauchte. Die einzige größere Investition, die er getätigt hatte, war der Kauf eines bequemen Lesesessels, in dem er saß, während er seine Bildung verbesserte.

Jonny öffnete den Kühlschrank. Aus den Packungen mit Fertigessen wählte er Köttbullar mit Kartoffelbrei, die er in die Mikrowelle stellte. Jonny konnte durchaus kochen, und seine Spezialität war ein lange geschmorter Lammeintopf, den er und Julia früher immer servierten, wenn sie Besuch bekamen. Aber wer kocht schon für sich allein?

Julia, Julia, Julia.

Warum hatte er ihr eigentlich die Info mit Shanghai gegeben? Ihr eigener Beitrag war ja nicht gerade viel wert, und die Sache mit Frode Moe wollte Jonny nicht recht glauben, das waren bloß Indizien. Also warum? Jonny ahnte den Grund und starrte verbissen auf den rückwärts zählenden Timer der Mikrowelle.

Während ihrer gemeinsamen Jahre bei der Polizei hatten sie nie zusammen an derselben Ermittlung gearbeitet. Das war nicht gern gesehen, weil es die Urteilskraft trüben konnte und so weiter. Hatte er nun eine Chance gewittert, ihr über die Arbeit am Mittsommer-Fall näherzukommen?

Er konnte sich natürlich gut mit der Begründung herausreden, die er Julia genannt hatte: dass sie eine kompetente Polizistin gewesen war und es nicht schaden konnte, wenn jemand außerhalb der Box, sprich des Polizeipräsidiums auf Kungsholmen, dachte. Trotzdem: Er hatte wesentliche Details einer laufenden Ermittlung mit einer Privatperson geteilt. Gar nicht gut.

Die Mikrowelle piepte, und Jonny nahm die Plastikform heraus, riss die Folie ab und stellte das Essen auf den Tisch. Er holte Besteck und nahm ein Leichtbier aus dem Kühlschrank, auf Glas und Teller pfiff er. Er aß ein paar Happen und zog dann die Taschenbuchausgabe von Dostojewskis *Der Idiot* zu sich her.

Jonny klappte das Buch an der Stelle mit dem Eselsohr auf und hielt es mit der rechten Hand vor sich, während er mit der linken das Essen in sich hineinschaufelte. Er schüttelte den Kopf. Wenn hier einer ein Idiot war, dann er.

11

Die letzte Fähre von Stavsudda legte um halb neun am Steg von Tärnö an. Julia Malmros ging mit ihrer Tasche über der Schulter und einer Plastiktüte in jeder Hand von Bord. In der einen Tüte befand sich ihr Einkauf aus Systembolaget, dem staatlichen Spirituosengeschäft, in der anderen eine Auswahl Antipasti von einem italienischen Delikatessenladen in der Östermalmshallen. Man musste sich auch mal was gönnen.

Diese Stunde war ihre Lieblingstageszeit, jedenfalls auf Tärnö im Hochsommer. Das in schrägem Winkel einfallende Licht der Sonne verlieh den roten Sommerhäuschen einen weichen Schimmer, und die glänzende, gekräuselte Meeresoberfläche spiegelte sich in den Fenstern wider, sodass Lichtreflexe auf den glatten Felsen tanzten. Eine kühle, nach Seetang duftende Abendbrise wehte von der Ostsee herein und trug den schwachen Klang von Stimmen von den umliegenden Inseln mit sich. Es war die Tageszeit, zu der die Welt wie ein magisches Rätsel schien, das kurz davorstand, gelöst zu werden. Gelöst wurde es nie, nur das Erstaunen blieb.

Kim Ribbing saß eingehüllt in Julias Bademantel mit seinem Notebook im Schoß auf der Terrasse. Aus den Lautsprechern wisperte Lasse Lönndahl etwas von »tausendundeiner Nacht«. Mit einem Klirren stellte Julia die Tüten ab und fragte: »Warst du schwimmen?«

»Ja.«

»War es kalt?«

»Ja.«

»Magst du ein Glas Wein?«

»Ja.«

Was hatte Irma gesagt? Dass sie selbst in einem Beckett-Stück schon leidenschaftlichere Dialoge gehört habe. Doch auch wenn Didi und Gogo häufig absurde Dinge sagten, sprachen sie wenigstens miteinander. Sie seufzte, und Kim schien sein Verhalten aufzufallen, denn er hob den Blick und erklärte: »Sorry, ich bin ein bisschen … ich suche nach was zum Wohnen.«

»Ah«, sagte Julia erleichtert. »Und, schon was gefunden?«

»Nicht wirklich, es muss bestimmte Anforderungen erfüllen.«

»Was denn für Anforderungen?«

»Ziemlich spezielle Anforderungen.«

Damit musste Julia sich begnügen. Sie brachte die Lebensmittel nach drinnen und räumte sie in den Kühlschrank. Dann richtete sie eine großzügige Auswahl Antipasti auf einem Schneidebrett an. Mehrere Käse, zwei Sorten Prosciutto, Würstchen sowie ein Schälchen eingelegte Oliven. Sie entkorkte eine Flasche italienischen Weißwein und trug alles auf die Terrasse, wo sie es auf den Tisch stellte und »Tadaa!« sagte.

Kim schaltete den Laptop aus und schaute beinah entsetzt auf den Überfluss. »Das brauchst du doch nicht.«

»Warum nicht? Ich hatte Lust. Hau rein.«

Julia riss ein Stück Prosciutto ab und ließ es über dem Mund baumeln, ehe sie es losließ und kaute. Sie schenkte ein Glas Wein ein und reichte es Kim. Er nahm es, bedankte sich und griff mit derselben Vorsicht, mit der man einem fremden Hund die Hand zum Schnuppern hinhält, nach dem Schneidebrett. Er entschied sich für eine Olive, die er nachdenklich kaute.

»Was ist los?«, fragte Julia. »Hast du irgendwas?«

»Nee«, sagte Kim. »Ich bin es nur … so gar nicht gewohnt, dass Leute Dinge für mich tun.«

»Dann gewöhn dich mal lieber dran.« Julia wies mit dem Kinn auf Kims zusammengeklapptes Notebook und fragte: »Stockholm?«

»Möglichst.«

»Ist was Interessantes dabei?«

»Nicht in der Nähe.«

»Nicht in der Nähe von Stockholm?«

»Nicht mal in der Nähe von dem, was ich brauche. Was hast du gemacht?«

Julia verstand nicht, weshalb Kim so ein Geheimnis um seine Wohnungssuche machte, und seine Wortkargheit kränkte sie. Daher antwortete sie auf seine Frage bloß: »Mich mit Jonny getroffen.«

»Okay?«

»Ja, und er hatte das ein oder andere zu berichten.«

Julia studierte die Platte und wählte ein Stück Wurst, das sie sich in den Mund steckte und sorgfältig kaute. Kim schaute sie nur an. *So*, dachte Julia, *ich kann dieses Spielchen auch spielen*. Sie trank einen Schluck Wein, faltete die Hände über dem Bauch und blickte auf den Sund, wo sich rosa Wolken auf der Wasseroberfläche spiegelten. Nachdem eine Weile verstrichen war, sagte Kim: »Jetzt verhältst du dich kindisch.«

»Wieso? Du verhältst dich doch genauso.«

»Nein. Du fragst, und ich will nicht antworten. Das darf man als Erwachsener. Etwas anzudeuten und dann nicht zu erzählen, nur um den anderen zu ärgern, das ist kindisch.«

»Selber kindisch.«

»Auch eine total kindische Erwiderung.«

Julia stopfte sich ein weiteres Stück Wurst in den Mund und kaute darauf herum. Sie überlegte, ob sie sauer werden sollte. Da kaufte sie lecker fürs Abendessen ein und brachte einen guten Tropfen mit, was etwas Supererwachsenes war, und dann nannte er sie … andererseits war es möglicherweise besser, kindisch zu reden, als »wie eine alte Oma«. Sie ließ es gut sein und sagte: »Na schön. Jonny hat erzählt, dass die Täter so gut wie sicher aus Shanghai kommen und vermutlich Militärangehörige oder Ex-

Militärangehörige sind. Keine Ahnung, worauf er das gründet, aber das hat er gesagt.«

»Die Waffen«, sagte Kim. »Es sind die Standardwaffen der chinesischen Armee.«

»Woher … Woher weißt du das?«

Kim deutete auf seinen Rechner und sagte: »Man kann sie problemlos kaufen, sie sollten ihre Vermutung also auf etwas solidere Füße stellen.«

»Okay«, sagte Julia. »Jedenfalls habe ich dann Bruce Li vom Außenministerium angerufen und …«

»Du hast *wen* vom Außenministerium angerufen?«

»Bruce Li.«

»Ach so, also *da* ist er abgeblieben. Das große Rätsel ist gelöst.«

Julia lachte auf. Um Bruce Lees frühen Tod rankten sich etliche Verschwörungstheorien, und einige behaupteten, er sei noch immer am Leben, sitze in irgendeinem Raumschiff und mache sich einen faulen Lenz. Das schwedische Außenministerium war nie in den Spekulationen aufgetaucht.

»Ja, sein Name hat ihm schon einiges Leid bereitet«, sagte Julia. »Jedenfalls ist er Experte für China, und ich bin morgen mit ihm verabredet. Magst du mitkommen?«

»Als ob ich mir ein Treffen mit Bruce Lee entgehen lassen würde! Vielleicht ist Elvis ja auch da.«

»Die Art Witze solltest du dir wohl besser verkneifen.«

Sie blieben noch ein paar Stunden sitzen, bis die Antipasti aufgegessen und mit einer weiteren Flasche Wein heruntergespült waren. Sie sprachen nicht viel, sondern blickten in den Himmel und beobachteten, wie die Dämmerung verhalten Einzug hielt. Dunkel wurde es nicht, doch die Wolken wechselten zwischen unterschiedlichen Rot- und Rosatönen, während sie faul dahintrieben und sich eitel im Meer spiegelten.

Um kurz vor elf streckte Kim sich, gähnte und sagte: »So, morgen ist auch noch ein Tag.«

»War das jetzt ironisch gemeint?«, fragte Julia.

»Das war ein Fakt. Gute Nacht.«

Kim machte Anstalten aufzustehen, ließ sich jedoch auf den Stuhl zurücksinken und sah Julia eindringlich an, als wäre sie ein Rätsel, das er lösen müsse. Julia fühlte sich nicht sonderlich rätselhaft, wie sie etwas beduselt vom Wein dasaß und an der letzten Olive knabberte. »Was ist?«, fragte sie deshalb.

»Dieses Projekt«, sagte Kim. »An dem ich gearbeitet habe. Dabei musste ich mir … Dinge ansehen. Dinge, durch die der Anblick von nackter Haut, das Gefühl von Haut …« Kim zuckte zusammen wie nach einem schwachen Stromschlag. »Egal, jedenfalls, was ich sagen wollte …, es verblasst.«

»Verblasst?«

»Ja. Die Bilder. Sie haben nicht mehr … dieselbe Wirkung. Sie sind noch da, aber sie … verblassen.«

Julia glaubte zu verstehen, was Kim meinte, und fragte vorsichtig: »Heißt das, du …?« Weiter traute sie sich nicht.

»Glaub nicht«, sagte Kim. »Aber vielleicht … peu à peu.«

»Peu à peu?«

»Ja. Gute Nacht.«

»Nacht.«

Nicht nur Jonny besaß das Talent, wie die Katze um den heißen Brei herumzuschleichen. Julia blieb sitzen und sah, wie Kims zierliche Gestalt im Haus verschwand, hörte das Rascheln, als er sich auszog, und das Knirschen, als er sich ins Bett legte. Sie spürte einen Anflug von Traurigkeit. Aus einem Sturm der Leidenschaft war eine leichte Abendbrise geworden, die allerhöchstens die Blätter erzittern ließ.

Oder? Auch Julias Erinnerungen waren verblasst und Olof Helanders geschundener Körper tauchte nicht mehr vor ihrem inneren Auge auf. Wenn er zwischendurch aus den Schatten trat, verschmolz er mit dem Jungen, der Papierflugzeuge faltete. Damit konnte sie umgehen.

Julia trank einen Schluck Wein und fühlte in sich hinein, visualisierte Kim, der nur wenige Meter entfernt von ihr dort drinnen im Bett lag. Sein vernarbter Körper, seine weichen Hände. Über ihren Schritt schlich ein leises Kitzeln, und ihr Zwerchfell wurde warm. *Peu à peu.* Julia schluckte, und ein neues Bild machte sich breit. Vielleicht überschritt sie damit eine Grenze, doch mit wachsendem Verlangen überzeugte sie sich selbst davon, dass es das Richtige war. Sie stand auf und ging in den Werkzeugschuppen, um das Klebeband zu holen.

12

Es war viel zu heiß im Zimmer, um mit Decke zu schlafen, doch Kim Ribbing zog das leichte Laken hoch bis zum Kinn. Während der Schlaf sachte seinen Mantel um ihn legte, dachte er an Häuser. Den Nachmittag über hatte er sich Hunderte Objekte angesehen, ohne etwas Passendes zu finden. Jetzt baute er sich im Kopf sein eigenes Haus, eines, das die speziellen Anforderungen, die er hatte, erfüllte.

Wände bewegten sich und ordneten sich neu, Dächer hoben und senkten sich. Dachböden und Kellerräume kamen und gingen. Vielleicht wäre es am besten, wenn er sich ein Grundstück kaufte und dann ein Haus entsprechend seiner Vorstellungen bauen ließ? Nein. An Geld fehlte es ihm nicht, aber an der Geduld zu warten.

Kim war beinahe eingeschlafen, als er die Schritte nackter Füße hörte. Er hatte gedacht, Julia würde noch eine ganze Weile sitzen bleiben und Wein trinken. Für seinen Geschmack war es ein bisschen viel Alkohol gewesen, auch wenn er seine Grenzen kannte und nie so viel trank, dass er die Kontrolle über sein Verhalten oder sein Erinnerungsvermögen verlor.

Im schwachen Licht, das durch den Spalt im Verdunkelungsvorhang drang, sah Kim, dass Julia Malmros nackt war und irgendeine Art Rolle in der Hand hielt. Das schwebende Weiß ihrer Augen wurde größer, als sie ihn ansah, und ihn schauderte leicht, als er an einen Succubus denken musste, einen weiblichen Dämon der Nacht.

»Was machst du?«, murmelte er.

»Dich beim Wort nehmen«, antwortete Julia und ging zum Fenster. »Sag es, falls es nicht funktioniert.«

Ein Ratschen erklang, als Julia einen Streifen von der Rolle abriss, bei der es sich, wie Kim nun begriff, um Klebeband handelte. Er sah auch, dass ihre Hände ein wenig zitterten, als sie mit ruckartigen Bewegungen den Spalt im Vorhang zuklebte. Im Zimmer wurde es stockfinster, und ein dumpfer Laut war zu hören, als Julia die Klebebandrolle fallen ließ.

»So«, sagte sie. »Keine Haut sehen und …« Das Bett knarzte, als Julia sich mit dem Laken zwischen ihnen auf Kim legte und mit bebender Stimme schloss: »keine Haut spüren.«

In der totalen Dunkelheit war nicht einmal mehr das Weiß ihrer Augen zu sehen. Kim spürte nur ihr Gewicht und ihre Wärme und hörte ihre erregten Atemzüge, als sie sich an ihm rieb. Er wusste nicht, ob er wollte, was hier geschah, oder ob er es überhaupt in Ordnung fand. Trotzdem wurde er steif.

Julia merkte es und wimmerte, rieb sich fester an ihm. Ihre Schamhaare kratzten leise über das Laken, und der warme Atem, der über Kims Gesicht strich, duftete nach Sprossen.

»Julia …«

»Schh. Nicht reden.«

Durch den dünnen Stoff spürte Kim die Konturen ihrer Scham, die trocken über seine Vorhaut rieb und sie mit immer heftigeren Bewegungen massierte. Er ließ die Arme seitlich fallen und ließ es geschehen. Julias Haare fielen über sein Gesicht, während in seinem Schritt ein glühender Ball wuchs und alle Gedanken an Richtig oder Falsch verbrannte.

Julia presste die Handknöchel gegen seine Brust und bog den Rücken durch. Sie gab einen halb knurrenden, halb wimmernden Laut von sich und stieß die Hüften gegen ihn. Der Ball explodierte, und klebrige Wärme spritzte über Kims Bauch. Er atmete zitternd aus, und Julia rollte sich von ihm herunter.

Eine Weile lagen sie wortlos und ohne sich zu berühren, in der

Dunkelheit, bis Kim sich an die Stirn fasste und sagte: »Julia, ich weiß nicht, ob …«

»Ich auch nicht. Aber jetzt ist es so passiert. Okay?«

»Vielleicht. Wahrscheinlich nicht.«

»Es muss genügen.«

Julias Schulter knackte leise, als sie den Arm ausstreckte und federleicht mit den Fingern über Kims Gesicht strich. »Darf ich dich was fragen?«

»Vielleicht.«

»Warum ist deine Nase schief?«

Kim seufzte. »Peu à peu. Peu à peu.«

13

Irgendetwas war an jenem Abend in der Sankt Eriksgatan vor dem Theodoras mit Kim passiert. Es war nicht so, dass er gerne andere Leute verprügelte, aber er genoss den Kampf, *die Konzentration. »Genoss« war das falsche Wort. Er schätzte es, dass kein Platz für andere Gedanken blieb, und nur das zählte, was in genau diesem Moment geschah. Jahre später würde er etwas Ähnliches mit Julia Malmros erleben, wenn auch auf andere Weise. Oder im Grunde dieselbe.*

Seine geschwollene Wange kümmerte ihn wenig. Diesem Treffer war es zu verdanken, dass er ganz im Augenblick und in seinem Körper angekommen war, der sich sonst fremd und unbehaust anfühlte. Blut und Schmerz gehörten nicht in die Geisterwelt. Sie holten ihn in seinen Körper und verbanden ihn mit der Welt.

Nach einigen Tagen ließ die Wirkung nach. Kim wollte den Zustand wieder erleben, und hungerte regelrecht danach. Bloß konnte er ja schlecht durch die Gegend laufen und Streit mit Fremden vom Zaun brechen, aber wahrscheinlich war er nicht der Einzige, wahrscheinlich gab es andere, denen es ebenso ging. Also setzte er sich an den Rechner.

In manchen Foren wurde diskutiert, inwieweit Gruppen ähnlich der in Fight Club *auch in Schweden existierten, also Leute, die sich zum Kämpfen verabredeten. Im Darknet fanden sich Uhrzeit, Ort und Datum. Anders als im Film traf man sich jedes Mal an einem neuen geheimen Ort, um der Aufmerksamkeit der Gesetzeshüter zu entgehen.*

Der erste Kampf, zu dem Kim ging, sollte in einem unterirdi-

schen Gang unter der Sankt Eriksbron stattfinden, gar nicht weit von dort, wo er vor dem Theodoras sein Erweckungserlebnis gehabt hatte. Als Kim an dem vereinbarten Samstagabend um kurz nach elf bei der Brücke ankam, dachte er, er wäre entweder falsch oder das Ganze ein Bluff. An dem Ort befand sich eine Baustelle, und außer Schutt und »Zutritt verboten«-Schildern vor einem klaffenden Loch in der Dunkelheit war nichts zu sehen.

Kim lauschte. Durch das Verkehrsrauschen oben auf der Brücke drangen irgendwo aus der Dunkelheit schwaches Stöhnen und dumpfe Laute. Er leuchtete mit seinem Feuerzeug und stieg über rostigen Baustahl und Holzreste, bis er zu einer Metalltür mit einem weiteren Warnschild kam. Er zog sie auf.

Die Größe des Raumes hinter der Tür ließ sich unmöglich abschätzen, doch dem Widerhall der Schläge und Geräusche nach handelte es um eine Art Hangar aus Beton. Zwei Scheinwerfer auf Stativen schufen einen Lichtkreis, in dem zwei Kombattanten mit nackten Oberkörpern einander umkreisten. Am Rand des erleuchteten Rings ließen sich weitere Menschen in der Dunkelheit erahnen.

Kim blieb im Dunkeln stehen, bis einer der beiden Männer auf den Boden zusammensackte und eine Staubwolke aufwirbelte, die in den Lichtkegeln tanzte. Der Sieger reckte triumphierend die Arme, ehe er den anderen fragte, ob alles okay sei. Als er ein bejahendes Stöhnen als Antwort erhielt, half er dem Verlierer auf die Beine. Kim trat ins Licht. Die Lampen blendeten ihn, und er sah nichts als eine Wand aus Schwarz vor sich. »Darf man mitmachen?«, fragte er.

Einen Moment herrschte Stille, dann fragte eine Stimme aus der Dunkelheit: »Und wer bist du?«

»Ich heiße …«

»A-a-a«, unterbrach ihn der andere. »Wir nennen keine richtigen Namen. Ich hab gefragt: Wer du bist?«

Kim überlegte einen Moment und sagte dann: »Skalman.«

Die Antwort löste Heiterkeit aus. In dem schummrigen Raum, Kims Augen hatten sich inzwischen an die Lichtverhältnisse ge-

wöhnt, zuckten mehrere Gestalten kichernd und glucksend. Eine gewisse Belustigung schwang auch in der Stimme des Fragers mit. »Du siehst echt nicht wie ein Bulle aus, und dein Name dürfte die letzten Zweifel beseitigen.«

Zustimmendes Gemurmel erklang, und Kim fragte: »Wieso?«

»Na ja, wenn du hier wärst, um uns zu infiltrieren, hättest du dich Mr Destruction oder irgend so was Bekloppptes genannt«, antwortete der andere und trat ins Licht. Abgesehen von einer geschwollenen Lippe, einer Narbe über der einen Augenbraue und der Andeutung eines Blumenkohlohrs sah er ganz alltäglich aus. Jeans und blaues Poloshirt, etwas kleiner als Kim und von durchschnittlichem Äußeren. Jemand an der Kasse eines Sportgeschäfts, den man schon wieder vergaß, sobald man aus der Tür trat.

»So was schon mal gemacht?«, fragte der Mann.

»Noch nie.«

Der Mann nickte, wandte sich zur Seite und gab ein Zeichen. Ein weiterer Mann löste sich aus dem Dunkel und reichte Kim ein Paar Bandagen, nachdem er ihm grüßend zugenickt hatte. Kim erwiderte die Geste, und der Mann zog sich zurück.

»Okay«, sagte Kims Gegenüber, während er sich Bandagen um die Knöchel wickelte. »Simple Regeln. Keine Schläge unter die Gürtellinie, keine Tritte. Keine Schläge gegen jemanden, der am Boden liegt oder kniet. Das war's.«

Kim nickte und bandagierte sich ebenfalls die Hände. Der Mann, der bereits mit Bandagieren fertig war, zwinkerte ihm zu. »Willst du gar nicht wissen, wie man signalisiert, dass man aufgibt?«

»Das dürfte nicht relevant werden.«

Der Mann lachte auf, schaute zu den anderen und zeigte dann auf Kim, als wollte er sagen: Hört euch den an! Dann wandte er sich ihm wieder zu. »Scheinst ja ganz schön von dir selbst überzeugt zu sein. Gefällt mir. Aber falls es doch … relevant *werden sollte«, er legte eine besondere Betonung auf das Wort, »dann machst du das hier.« Der Mann reckte eine geballte Faust.*

»Hasta la victoria siempre«, entgegnete Kim.

»Was?«

»Nichts. Fangen wir an?«

»Erst das Shirt aus«, sagte der Mann, zog sein Polohemd über den Kopf und warf es aus dem Lichtkreis. Er hatte einen kompakten und durchtrainierten Körper, anders als ein erster Blick vermuten ließ. Kim zögerte. Gewohnheitsmäßig trug er ein langärmeliges Oberteil, um seine Narben zu verbergen, und … Scheiß drauf. Wenn er sich hierauf einließ, war es besser, das Pflaster mit einem Ratsch abzureißen. Er zog das Oberteil aus und warf es hinter sich. Bei den Umstehenden erhob sich schwaches Gemurmel, doch das war alles.

»Was …«, setzte Kim an, da kam bereits eine Faust auf ihn zugeflogen. Er konnte gerade noch zurückweichen, sodass der Knöchel des Mannes nur seine Nasenspitze streifte.

Sie kämpften. Es war etwas völlig anderes als die Schlägerei in der Sankt Eriksgatan. Der Mann, der sich später als Styx vorstellen würde, verfügte sowohl über Technik als auch über Schnelligkeit. Kim kassierte einen Faustschlag aufs Ohr, dass ihm der Schädel dröhnte, und einen Haken, von dem ihm die Lippe aufplatzte. Er selbst verpasste dem Mann einen Schlag in die Niere, der ihn aufstöhnen ließ, und anschließend einen Uppercut gegen das Kinn, worauf er sich mit der Hand abstützen musste, um nicht zu stürzen.

Sie umkreisten einander noch einige Minuten mit schnellen Schlägen, dann senkte der Mann die Hände und sagte: »Okay. Das reicht.«

»Hast du genug?«

Der Mann grinste. »Nee du, keine Sorge. Wir werden irgendwann schon noch ein Kämpfchen austragen. Aber jetzt sind andere dran. Erst mal ging es nur darum, zu sehen, was du draufhast.«

»Und?«

»Du kämpfst wie eine Balletttänzerin, aber eine verflucht zähe. Du bist dabei, Skalman.«

Während der nächsten Monate schloss Kim sich der Gruppe, die sich inoffiziell SSF, Stockholm Street Fighting, nannte, ein paarmal die Woche an. Er kämpfte in trockengelegten Schwimmbädern, auf Schulhöfen, unter anderen Brücken und in im Abriss begriffenen Bürokomplexen. Er teilte mehr Schläge aus, als er einsteckte, doch er bekam seine Veilchen, schmerzenden Kiefer und aufgeplatzten Augenbrauen. Das erfüllte den Zweck. Im weißen Licht der Scheinwerfer war er ebenso präsent wie ein Schauspieler auf der Bühne, und sobald es vorbei war, sehnte er sich bereits nach dem nächsten Mal.

Er erlernte die edle Kunst, nicht zu zaudern. Schon bevor der Adrenalinrausch einsetzte, voll draufzugehen, als ob der Kampf bereits gewonnen wäre, und wenn der Rausch dann einsetzte, einen kühlen Kopf zu bewahren, um die Schwachstellen des Gegners auszunutzen.

Die Leute kamen und gingen. Einige blieben weg, andere schlossen sich an. Die einzige Konstante waren Styx und seine beiden Scheinwerfer, die er in einem schäbigen Van zu den verschiedenen Orten transportierte. Einmal rutschte ihm heraus, dass er im Alltag tatsächlich in einem Sportgeschäft arbeitete.

Als der Kampf gegen Styx schließlich stattfand, wurde es wie erwartet ein Bossfight. Er war der schwerste Gegner, den Kim je gehabt hatte, und es endete in einem Unentschieden, als beide so platt waren, dass sie sich gegenseitig stützen mussten, während sich ihr Blut und ihr Schweiß mischten.

Styx hatte zu diesem Zeitpunkt eine angeknackste Rippe – nicht schlecht für eine Balletttänzerin –, und Kims Nasenbein war gebrochen. Der Kampf war auf dem oberirdisch gelegenen Bahnsteig der nie fertiggestellten U-Bahn-Station Kymlinge im Naturschutzgebiet Järvafältet ausgetragen worden. Als Kim dort unter einem leuchtenden Vollmond auf dem Bahnsteig stand, an dem niemals Züge anhalten würden, die Hände auf Styx' Schultern und die Stirn gegen seine gelegt, während ihm das Blut übers Gesicht lief, dachte er: Das war der Höhepunkt. Besser wird es nicht.

Bereits da wusste er, dass es das letzte Mal gewesen war.

V

Stockholm

1

Astrid Helander saß vor dem Spiegel und toupierte sich die Haare. Seit dem Mord an ihren Eltern kümmerte ihr Aussehen sie nur wenig. Sie umrandete die Augen mit einer dicken Schicht Schwarz. In wenigen Stunden würde sie zur kinder- und jugendpsychiatrischen Ambulanz gehen und Walter treffen, und dann würde er sie zum Polizeipräsidium fahren. Die Polizei hatte angeboten, zur Ambulanz zu kommen, aber das wollte Astrid nicht. Das Zimmer, in dem sie und Walter ihre Therapiesitzungen hatten, war ihr geschützter Raum.

Noch mehr Schwarz. Da Astrid mit dem diffusen Gefühl kämpfte, kein Gesicht zu haben, malte sie sich nun eines. Aufgrund ihres Make-ups und ihres Kleidungsstils war sie immer mal wieder als Emo abgestempelt worden, hauptsächlich aber von Leuten, die etwas älter waren. Die Jüngeren bevorzugten E-Girl, womit Astrid sich eher anfreunden konnte. E-Girl war weniger eng gefasst und schloss das gesamte Spektrum von Punk bis hin zu Skate und sogar Grunge mit ein. Der einzige gemeinsame Nenner war wohl locker sitzende Kleidung.

Gerade war sie kein E-Girl, sondern leer, wie ausgehöhlt, eine bemalte Hülle. Sie dachte daran, wie Kim Ribbings Haar über ihr Gesicht geflattert war, als sie wie in einem Amy-Winehouse-Video durch den Morgen geflogen waren. Astrids Lippen umspielte ein schwaches Lächeln, und sie zog den Kajalstrich bis in die Augenwinkel und darüber hinaus.

Sie hatte Kim gegoogelt und von seinen turnerischen Erfolgen und dem Prozess gegen Martin Rudbeck gelesen. Als Kim vor ihrem Fenster in Vamlinge gehangen hatte, war sein Ärmel hochgerutscht, und sie hatte seine Narben gesehen. Kim war vermutlich durch eine schlimmere Hölle gegangen als sie und dennoch als funktionierender Mensch auf der anderen Seite herausgekommen.

Kim, dachte Astrid und trug pinken Lippenstift auf. *Denk an Kim. Er hat es geschafft. Du schaffst es auch.*

2

Julia Malmros und Kim Ribbing saßen auf dem Sonnendeck der Fähre und schwiegen. Julia hatte vergessen, einen Wecker zu stellen, und sie waren eine Viertelstunde vor Abfahrt der Fähre aufgewacht, weshalb beide nur schnell eine Tasse Instantkaffee runtergekippt hatten, bevor sie aus dem Haus mussten.

Kim kramte seine Vape aus dem umgekrempelten Hosensaum, nahm einen Zug und blies eine dicke Rauchwolke aus, die über die Passagiere des Achterschiffs wehte, ehe sie sich auflöste. Eine ältere Frau stand auf, kam zu ihm herüber und deutete vielsagend auf das Schild mit einer durchgestrichenen Zigarette.

»Das ist bloß Wasserdampf«, sagte Kim. »Kein Rauch.«

»Es ist trotzdem verboten«, behauptete die Frau.

»Aber warum …«, setzte Kim an, zuckte dann jedoch die Achseln und steckte die Vape wieder weg. Die Frau entfernte sich und murmelte irgendetwas von »Hooligan«.

»Man muss sich seine Schlachten aussuchen«, sagte Julia.

»Ja«, sagte Kim. »Apropos. Die Schlacht von letzter Nacht.«

»Als Schlacht würde ich das vielleicht nicht bezeichnen.«

»Hat sich aber ein bisschen so angefühlt.«

Kim suchte ihren Blick, doch Julia wandte den Kopf ab, und ihr Blick fiel auf einen Jet-Ski-Fahrer, der in der Bugwelle der Fähre hüpfte. Sie deutete auf ihn und sagte: »Ich persönlich finde ja, man sollte die Jagdlizenzen erweitern.«

»Du willst nicht darüber reden?«

»Ungern.«

Kim nickte, und sie schwiegen den Rest der Überfahrt. Julia

schämte sich für ihr Verhalten in der vergangenen Nacht, es war total untypisch für sie, sich etwas so … zu nehmen.

Als sie sich dem Stavsnäs-Hafen näherten, beugte Kim sich zu ihr und sagte mit gesenkter Stimme: »Ich weiß nicht, wie du das siehst, aber ich wäre gern mehr für dich als bloß ein Dildo.«

Julia hätte ihm gerne erklärt, dass es seine Nähe war, die sie aktuell aufrechthielt. Stattdessen sagte sie: »Es ist ja nicht so, als hätte ich dich vergewaltigt.«

Kim zog die Nase kraus. »War aber ziemlich nah dran. Ein Übergriff war es auf jeden Fall.«

»Du hättest Nein sagen können.«

Kim sah sie an. Lange. Julia wich seinem Blick aus, da sie sich nun wirklich schämte. Sie fingerte an ihren langen Haaren herum, die sie zu einem unordentlichen Zopf geflochten hatte. Und dann schwiegen sie.

3

Der Hinweis war am Morgen eingegangen. Eine Person in Karlstadt hatte den gesuchten Helikopter zum Tanken landen und anschließend abheben und westwärts weiterfliegen sehen, vermutlich Richtung Norwegen. Aus dem Nachbarland waren derweil keinerlei Sichtungen gemeldet worden, allerdings war der Fall dort weniger präsent in den Medien, auch wenn er nach wie vor die Schlagzeilen bestimmte. Jonny Munther hatte Carmen Sánchez gebeten, sich mit der norwegischen Polizei in Verbindung zu setzen, um mit deren Hilfe die Passagierlisten der Fluggesellschaften durchzugehen und alle chinesischen Staatsangehörigen zu überprüfen, die während der letzten Tage das Land verlassen hatten.

Norwegen, dachte Jonny und klopfte mit dem Stift auf eine an die Wand gepinnte Skandinavien-Karte. *Norwegen. China. Öl. Moe.*

»Was denkst du?«, wollte William King wissen.

»Gar nichts«, sagte Jonny. Er gedachte nicht, die wilden Theorien seiner Ex-Frau mit dem ganzen Team zu teilen, hatte jedoch Ulrika Boberg diskret gebeten, ein Auge darauf zu haben, ob Frode Moe in der digitalen Spur auftauchte. Weiter wollte er sich nicht aus dem Fenster lehnen.

Im Übrigen hatte Ulrika nicht viel herausgefunden, außer dass das Drohnengeschäft von Olof Helanders Firma Greenbase lukrativer war als zunächst angenommen. Das Unternehmen hielt das Patent an den Messvorrichtungen, mit denen die Drohnen ausgestattet waren, um Verschmutzungen und Emissionen zu erfassen. Die Erträge aus den Lizenzverträgen wurden derart raffiniert zwischen verschiedenen Firmen aufgeteilt, dass man unwillkürlich an Steuerhinterziehung dachte. Allerdings war das für ihre Ermittlungen kaum relevant, und so hatte Ulrika es an ihre Kollegen vom Wirtschaftsdezernat weitergeleitet.

Sämtliche Computer und Telefone der Verstorbenen waren eingesammelt worden. Auch das hatte keine nennenswerten Erkenntnisse gebracht, sah man von Cedric Montaignes ausgeprägtem Interesse an unterernährten Frauen in Bondage-Situationen wie auch von Chen Mins fast schon manischem Porzellankatzen-Shopping einmal ab. Astrid Helanders Handy war so ramponiert, dass die Techniker außer ihrer Kontaktliste nichts daraus hatten extrahieren können.

Einen Lichtblick allerdings gab es: Die Chinesen waren weich geworden. Auch dortzulande wurde über den Fall berichtet, und das mediale Interesse wuchs, als herauskam, dass Chens Sohn verschwunden war. Der Dreißigjährige hieß Danny Chen, lebte wenig überraschend in Shanghai und war seit Bekanntwerden des Mordes an seinen Eltern nicht mehr gesehen worden. Nun hatten die Zeitungen Wind davon bekommen.

Hatte man ihn verschwinden lassen, oder war er selbst abgetaucht, weil er brisante Informationen besaß?

Jonny war am Morgen vom chinesischen Botschafter höchstselbst angerufen worden. Nachdem der sich nach seinem gesundheitlichen Befinden erkundigt hatte, sagte er, dass er mit der Shanghaier Polizei gesprochen habe und eine Zusammenarbeit mit der schwedischen Polizei keineswegs ausgeschlossen sei. Es müssten lediglich die Rahmenbedingungen geklärt werden. Wenn alles glattlief, könnten bereits am folgenden Tag ein paar Leute nach China fliegen.

»Wer?«, erkundigte sich Carmen.

»Ehrlich gesagt hatte ich an dich gedacht«, sagte Jonny. »Du kannst gut mit Menschen, und wenn ich es richtig im Kopf habe, warst du schon eine Weile nicht mehr im Ausland. Johnny Chang, der uns mit dem Video geholfen hat, könnte dich begleiten, er macht mir einen kompetenten Eindruck. Sofern sein Dezernat ihn uns ausleiht. Was sagst du?«

»Bin dabei, und ich teile deine Meinung, was Johnny Chang betrifft.«

William King formte mit seinen Händen ein Herz, sagte: »Ching Chang Chong, Chinese im Karton«, und verwirkte damit das Quäntchen Wohlwollen, das Jonny für ihn aufgebracht hatte.

4

Bruce Li hatte erklärt, das Treffen müsse notwendigerweise ganz informell erfolgen und Julia Malmros das Tehuset im Kungsträdgården vorgeschlagen. Sie und Kim Ribbing waren eine Viertelstunde vor der vereinbarten Zeit erschienen und hatten je einen dreifachen Espresso getrunken, der die Stimmung zwischen ihnen ein wenig auflockerte. Julia stellte ihre leere Tasse ab. »Tut mir leid, wenn ich vorhin ein bisschen grob war«, sagte sie.

»Meinst du heute Nacht? Hab 'nen fetten blauen Fleck über der Hüfte.«

»Ich auch. Aber ich meinte, auf der Fähre.«

»Ja?«

Julia hatte sich eigentlich nur für ihr abweisendes Verhalten entschuldigen und keine Erklärungen abgeben wollen. Mit dem Zeigefinger drehte sie ihre Tasse auf dem Unterteller. »Ich weiß nicht, wie ich es ausdrücken soll. Da ist irgendwie so eine … Verzweiflung. Ein Schrei. In mir drin.«

»Und da schreist du mich an.«

»Ja. Anscheinend. Weil du gerade verfügbar bist.«

»Weiß nicht, ob ich nur ›verfügbar‹ sein will.«

»Nein. Das verstehe ich.«

Es war nahezu unbegreiflich, dass Julia ihr Geld mit dem Worteschmieden verdiente und sogar gut darin war. Wenn es darum ging, ihre eigenen Gefühle zu benennen, schien sie sprachlich auf das Niveau einer Fünfjährigen zurückzufallen. Sie verbarg ihr Gesicht in den Händen und murmelte: »I'm leaving the table, I'm out of the game.«

»Was?«, fragte Kim.

Julia hob den Kopf. »Manchmal. Ich hab das Gefühl, ich will einfach nur … wie Klas Östergren, als er … aber mit *allem*, verstehst du?«

Julia ballte die Fäuste und bemühte sich, eine weitergehende Erklärung zu finden, als Kim Richtung Wasser blickte. »Lieber Himmel«, sagte er.

Julia drehte den Kopf und sah, wie Bruce Li langsam zwischen den Tischen hindurch auf sie zukam. Seinem Gesichtsausdruck nach zu urteilen, hatte er soeben erfahren, dass seine gesamte Familie ausgelöscht worden war. Der angesichts der Hitze viel zu dicke Anzug hing wie ein Sack von seinen schmalen, herabhängenden Schultern. Er schien tief in Gedanken und schüttelte hin und wieder den Kopf, als habe er sich gerade einen besonders betrüblichen Umstand in Erinnerung gerufen.

Als er ihren Tisch erreichte, hielt Julia ihm die Hand hin und sagte: »Hallo, Bruce.«

»Ja ja«, sagte Bruce Li und schüttelte freudlos ihre Hand.

Julia wies auf Kim. »Und das ist Kim Ribbing, ich hoffe, das ist okay.« Bruce Li hob auf eine Weise die Schultern, die andeutete, dass es keineswegs okay, aber nun mal nicht zu ändern war. Julia nahm an, dass er sich auf ein Treffen zu zweit gefreut hatte, in dem Umfang zumindest, in dem Bruce Li sich auf Dinge freute.

»Setzen Sie sich«, sagte Julia. »Möchten Sie etwas trinken? Einen Kaffee?«

»Nein, nein«, sagte Bruce. »Mein Magen.« Er ließ sich stöhnend auf einem wackeligen Gartenstuhl nieder, zog dann ein Taschentuch aus seiner Innentasche und tupfte sich über das schweißnasse Gesicht. Julia schob ihm ihr unberührtes Wasserglas hin. »Dann vielleicht einen Schluck Wasser?«

»Haben Sie schon davon getrunken?«

»Nein.«

Bruce Li nahm das Glas und inspizierte es gründlich, ehe er

mehrere große Schlucke daraus nahm, was seine Lebensgeister wohl etwas auffrischte.

»So«, sagte er. »Also was wissen Sie über diese Geschichte?«

»Ich weiß, dass sie aus Shanghai kamen«, sagte Julia. »Das ist übrigens streng geheim, der Polizei ist extrem daran gelegen, dass es nicht …«

»Das wissen wir bereits«, sagte Bruce Li.

»Wir? Wer ist wir?«

»Ich. Meine Kontakte aus der Botschaft. Noch ein paar andere.«

»Warum wurde mir dann vermittelt, dass es ein Riesengeheimnis ist?«

Bruce Li seufzte und sagte in einem Ton, als wäre es seine leidige Pflicht, ein Kind aufzuklären: »Wissen ist eine Sache. *Öffentliches* Wissen eine andere.«

»Sie wollen nicht, dass in den Medien davon berichtet wird und die Beziehungen zu China darunter leiden?«, fragte Kim.

Bruce Li zog die Augenbrauen hoch und machte ein *Hört, hört!*-Gesicht. Julia nickte. Die meisten Geheimnisse waren wie Rauch, sie hatten die Angewohnheit, überall hindurchzuquellen, aber dabei verbreiteten sie einen Brandgeruch, der nicht verborgen blieb.

»Sie wissen von Danny?«, fragte Bruce Li.

»Chens Sohn?«, fragte Julia. »Der tot oder verschwunden ist?«

Bruce Li schüttelte den Kopf. »Nicht tot. Laut meinen Kontakten in China. Verschwunden ja. Aber nicht tot.« Er schaute zum Strömkajen, wo die Vaxholmschiffe in einer Reihe lagen. »Ich habe Olof Helander vor einigen Jahren getroffen. Er brauchte bezüglich seiner Geschäfte in China Rat.« Bruce Lis Miene hellte sich auf, sodass er nur noch traurig und nicht mehr zutiefst niedergeschmettert aussah. »In dem Jahr hat er mich zu dieser Mittsommerfeier eingeladen.«

»Ah«, sagte Julia. »War es schön?«

Bruce Li schüttelte den Kopf, und seine Miene verdüsterte sich wieder. »Bin nicht hin. Das Meer.« Er machte eine wogende Geste mit der Hand, um zu verdeutlichen, dass ihm die Bewegungen der See nicht bekamen.

»Diese Geschäfte«, sagte Julia. »Worum ging es da?«

»Wenn ich mich richtig erinnere, wollte er Drohnen bauen und hat überlegt, das in China zu tun. Keine Ahnung, wie es ausgegangen ist.« Bruce Li verzog das Gesicht, als würde seine Unkenntnis ihm Qualen bereiten.

»Der Sohn«, sagte Kim. »Danny. Wäre es möglich, mit ihm in Kontakt zu treten?«

Bruce Li sah ihn an, schüttelte den Kopf und schien im Begriff, etwas über die Unmöglichkeit dieses Anliegens zu sagen, besann sich jedoch, während Grübelfalten auf seiner Stirn erschienen. »Schwierig«, sagte er. »Aber vielleicht nicht unmöglich. Ich kenne jemanden, der *vielleicht* jemanden kennt, und … Ja. In diesem Fall. Aber ich würde mal vermuten, dass es vor Ort sein müsste. Er will sich offenbar nicht in der Öffentlichkeit zeigen, was ja verständlich ist.«

»Das heißt also, wenn jemand von der Polizei in Shanghai …«, begann Julia, als Bruce Li sie mit einer abwehrenden Handbewegung unterbrach. »Doch nicht von der *Polizei*«, zischte er und sah sich um, als hätte Julia ein gefährliches Wort gesagt. »Keiner vertraut der …« Er hielt inne und schwenkte um. »Außerdem gehe ich davon aus, dass er angesichts der aktuellen Lage eher jemandem aus dem Westen vertrauen würde.«

»Okay«, sagte Kim.

»Okay was?«, fragte Julia.

»Okay. Ich fahre.«

»*Du?* Warum solltest du …?«

»Hab sonst nichts Besonderes vor, und außerdem«, Kim zuckte mit den Schultern, »würde mir eine Pause vom ›Verfügbarsein‹ ganz guttun.«

Bruce Lis Blick huschte von Kim zu Julia, ehe er sich räusperte und mit gedämpfter Stimme sagte: »Verzeihen Sie, wenn ich so unverblümt frage, aber liegt hier eine romantische Verbindung vor?«

»Kann man sagen«, antwortete Julia, ohne zu wissen, ob das noch immer zutraf.

»Ich verstehe«, sagte Bruce Li, brachte das Unmögliche zustande und wirkte noch eine Nuance enttäuschter. »Ich wünsche Ihnen beiden ein langes Leben und gute Gesundheit. Kommen wir zur Sache.«

5

Als Jonny Munther und Carmen Sánchez in den Besprechungsraum kamen, saß dort bereits Astrid Helander mit ihrem Psychologen Walter irgendwas. Astrids Mund glänzte knallpink, und ihre Augen hatte sie so dick geschminkt, dass sie aussah wie ein trauriges Pandajunges. Jonny vermutete, dass es sich um eine Art Schutzbemalung handelte. Er legte einen dünnen Stoß Papiere auf den Tisch und setzte sich zu Carmen, die ihr Notizheft herausholte.

»Danke, dass du dir die Zeit genommen hast, herzukommen«, sagte Jonny. »Und mein Beileid.«

Astrid nickte, ohne den Blick von dem Tuch zu nehmen, das über die Ermittlungstafel gehängt worden war. Sie deutete darauf und fragte: »Sind dahinter Fotos?«

»Ja«, sagte Carmen. »Aber ich glaube, du solltest sie dir besser nicht ansehen.«

»Denke ich auch«, sagte Walter.

»Will ich auch gar nicht«, sagte Astrid. »Wollt's nur wissen.«

Jonny blätterte in seinen Unterlagen, in denen die relevanten Ermittlungspunkte zusammengefasst waren, legte den Stoß dann aber zurück auf den Tisch und sagte: »Reine Neugier. War es Kim Ribbling, der dich aus dem Krankenhaus geholt hat?«

»Ribb…«, setzte Astrid an, unterbrach sich aber und wandte sich an Walter. »Muss ich darauf antworten?«

Walter lächelte. »Ich bin Psychologe, kein Anwalt.«

»Das hier ist keine Vernehmung«, warf Carmen ein. »Du brauchst nichts zu sagen, was du nicht möchtest.«

»Dann will ich nicht antworten.«

Jonny schien weiter nachbohren zu wollen, doch Carmen warf ihm einen Blick zu. Er nickte und ließ die Schultern sinken, schielte auf seine Unterlagen und sagte: »Als Erstes, dieses Video … ja, also, wir haben ein Video erhalten, das mit deinem Handy aufgenommen wurde, und darauf …«

»Was?«, sagte Astrid. »Was für ein Video?«

»Es wurde uns zugeschickt und zeigt vor allem dich, als du …«

»Aber ich habe nichts gefilmt, und selbst wenn … zeigen Sie mal.«

Carmen schaute zu Jonny, der unschlüssig die Schultern hob. Walter fragte, ob auf dem Material etwas davon zu sehen sei, was mit Astrids Eltern geschah. Als Carmen versicherte, dass dem nicht so sei, überließ er die Entscheidung Astrid. Sie wollte das Video sehen, daher schaltete Carmen ihren Laptop ein, rief den Clip auf, drehte das Display zu Astrid und drückte auf Enter.

»Scheiße! Scheiße!«, klang Astrids Stimme aus den Lautsprechern, und die Astrid, die sich im Zimmer befand, zuckte zusammen, als das Automatikfeuer losging. Da auf dem siebensekündigen Ausschnitt nicht zu sehen war, wie die Opfer starben, ließ Carmen ihn bis zum Ende laufen.

»Ich kapier's nicht«, sagte Astrid. »Ich ka…« Dann veränderte sich ihr Gesichtsausdruck. »Algot«, sagte sie und nickte. »Algot, du kleiner Perversling.«

»Das musst du uns erklären«, bat Jonny. »Wer ist Algot?«

»Ein Typ aus meiner Klasse. Lange Geschichte. Völlig belanglos für euch.«

»Am besten überlässt du die Entscheidung uns, was von Belang ist«, entgegnete Jonny.

»Im Ernst«, sagte Astrid. »Hormonkram. Nichts für euch.«

»Aber kannst du nicht …«, begann Jonny, doch Carmen fuhr dazwischen: »Dann machen wir weiter. Ich verstehe, dass es schwer für dich ist, aber hast du die Mörder gesehen?« Astrid nickte. »Kannst du uns etwas über sie sagen?«

»Also, ich hab sie ja nur ein paar Sekunden lang gesehen, bevor ich mich …, bevor ich mich unter dem Tisch versteckt habe.« Astrid verzog das Gesicht, als würde sie sich wegen ihres Verhaltens schämen.

»Das war ein großes Glück, dass du das gemacht hast«, sagte Carmen. »Unglaublich geistesgegenwärtig.«

»Was bedeutet geistesgegenwärtig?«, fragte Astrid.

»Dass du in einer schwierigen Situation einen kühlen Kopf bewahrt hast«, sprang Walter ein.

»Die Mörder«, erinnerte sie Jonny.

»Weiß nicht, was ich sagen soll. Sie waren ziemlich klein. Dünn, so wie … na ja, so wie viele Jungs in meinem Alter.« Astrids Gesichtsausdruck verriet, was sie von Jungs in ihrem Alter hielt.

»Wenn du ihre Nationalität raten müsstest, was würdest du sagen?«, erkundigte sich Carmen.

Astrid blickte mit zusammengekniffenen Augen zur Decke, dann sagte sie: »Keine Ahnung. Vielleicht Vietnam, Thailand? Aber ich weiß es echt nicht.«

Carmen schielte zu Jonny, dessen Miene sich verdunkelte. Jedes Indiz, das nach Osten wies, schlug ihm auf die Stimmung. Er räusperte sich. »Was jetzt kommt, ist bestimmt nicht leicht für dich, aber ich muss dich leider fragen. Fällt dir irgendetwas in Zusammenhang mit den Geschäften deines Vaters ein, was dazu geführt haben könnte, dass er …, dass er ermordet wurde?«

Walter sah Jonny missbilligend an. »Das hätte man auch sensibler formulieren können.«

»Tut mir leid«, sagte Jonny. »Ich weiß nicht, wie ich …«

»Schon okay«, sagte Astrid, deren Blick abermals zur Decke wanderte. Sie runzelte die Stirn und fragte dann, an Carmen gewandt: »Habt ihr sein iPad?«

Carmen blätterte durch das Sicherstellungsprotokoll, demzufolge sich bei der Polizei zwei Laptops und zwei Handys von Olof Helander befanden. »Nein«, sagte sie. »Kein iPad.«

»Nee«, sagte Astrid. »Dachte ich mir schon. Ich hab es nur zweimal gesehen. Beim ersten Mal hab ich gesagt: ›Oh, seit wann hast du denn ein iPad?‹, oder so was in der Art, worauf er meinte, er hätte es bloß geliehen, aber ich hab gemerkt, dass er lügt, und außerdem hab ich es ein paar Monate später wieder gesehen, als er es auf seinem Schreibtisch vergessen hatte.«

»Hast du eine Ahnung, was er auf dem iPad gehabt haben könnte?«, fragte Carmen.

»Nein, aber er wollte nicht, dass es jemand sieht. Es war mit Code und Fingerabdruck gesperrt.«

»Du hast versucht reinzukommen?«

»Mhm. Wollte ja wissen, was so supergeheim war. Aber es ging nicht.«

»Weißt du, ob er es auf Knektholmen dabeihatte?«

»Kein Plan. Hab es jedenfalls nirgends gesehen, kann also überall sein. Sorry.«

»Das braucht dir wirklich nicht leidzutun«, sagte Jonny. »Das war eine wertvolle Info, und wir werden …«

Ohne anzuklopfen, riss William King mit einem aufgeklappten Notebook in der Hand die Tür zum Besprechungsraum auf und rief: »Jetzt ist die Kacke am Dampfen!«

»Entschuldigung«, sagte Jonny. »Wir sind mitten in …«

»Glaub mir, das hier wollt ihr sehen.« William King warf Astrid und Walter einen Blick zu und stellte den Laptop so auf den Tisch, dass nur Jonny und Carmen den Bildschirm vor sich hatten. Jonny brauchte nur drei Wörter der Schlagzeile auf der Webseite von *Aftonbladet* zu lesen, um zu begreifen, dass die Kacke tatsächlich am Dampfen war: »Chinesische«, »Soldaten« und »Knektholmen«.

»Tja«, seufzte Carmen. »Das war's dann wohl mit unserem Ausflug.«

6

Kim Ribbing saß mit seinem Laptop und einem kleinen Glas Punk IPA im Foyer des Hotels Rival am Mariatorget. Julia Malmros war verreist, um ihren Vater zu besuchen, und Kim hatte sich ein Einzelzimmer gebucht. Zuletzt war die Stimmung zwischen ihnen etwas unterkühlt gewesen, und Kims Flug würde ohnehin früh am nächsten Morgen gehen. Er hatte sein Ticket schon gekauft.

Kim reagierte äußerst sensibel auf Übergriffe jeder Art, und was Julia während der Nacht getan hatte, überschritt definitiv eine Grenze. Sie hatte ihn benutzt. Das fühlte sich nicht gut an, und Julias Bagatellisierungsversuche machten es kaum besser. Als wären Frauen zu Übergriffen körperlich nicht in der Lage.

Kim schüttelte den Kopf über das, was man durchaus als Frauenchauvinismus bezeichnen könnte. Es war gut, dass er eine Pause von Julia Malmros bekam, dann konnte er den Abstand nutzen, um ihre Beziehung aus einer gewissen Distanz zu betrachten, und herausfinden, wie viel sie ihm bedeutete.

Auf Kims Bildschirm war ein Artikel aus dem *Aftonbladet* zu sehen. Es hieß, der Hinweis, dass Astrids Eltern und ihre Gäste von chinesischen Soldaten erschossen worden seien, stamme aus einer »sicheren Quelle« innerhalb der Regierung, sodass Bruce Li vermutlich recht gehabt hatte: Es gab jede Menge Leute, die von alldem Wind hatten. Das machte die Angelegenheit für die Polizei nicht einfacher, und Kim würde wohl kaum auf Kommissar Munther treffen, wenn er sich in Shanghai befand.

Warum hatte er überhaupt angeboten, diese Reise zu unternehmen? Vielleicht brauchte er einfach eine Entschuldigung, um sich von Julia loszureißen. Einmal um die Welt zu reisen, bedeutete außerdem, dass er sich eine Zeit lang nicht mit bestimmten praktischen Problemen auseinandersetzen musste.

Kim holte das Handy heraus und rief das Immobilienportal Hemnet auf. Er hatte seine Suche auf Einfamilienhäuser in der Innenstadt von Stockholm begrenzt, und das Angebot war überschaubar. Kim entdeckte eine Villa, die von einem hohen schmiedeeisernen Zaun umgeben war. Er las den Text und betrachtete ein paar weitere Bilder. Dann rief er Jenny Martling an.

Jenny betreute seine Geschäfte, seit er volljährig geworden war. Sie kümmerte sich um die Verwaltung seiner Fonds, und unter ihrer kompetenten Leitung hatte sich Kims Vermögen in den vergangenen zehn Jahren fast verdoppelt. Er verließ sich voll und ganz auf sie.

Jenny meldete sich wie üblich fast sofort. »Hallo, Kim. Ich hoffe, dir geht es gut?«

»Ich brauche deine Unterstützung«, kam Kim direkt zur Sache.

»Dafür bin ich schließlich da.«

»Gut. Ich möchte, dass du für mich Haitis Botschaft kaufst.«

Ein paar Sekunden blieb es still, bis Jenny sagte: »Kannst du das noch einmal wiederholen?«

»Haitis ehemalige Botschaft in Stockholm. Sie steht zum Verkauf. Ich möchte, dass du sie für mich erwirbst.«

»Was kostet sie denn?«

»Spielt das irgendeine Rolle?«

»Nein, soweit es sich nicht um … nein, im Grunde nicht.«

»Okay, gut. Kannst du das so schnell wie möglich regeln?«

Er hörte einen Stift auf Papier kratzen.

»Hast du die Absicht … dort zu wohnen?«, fragte Jenny.

»Ja. Deshalb wäre es gut, wenn du auch noch ein paar Möbel besorgen könntest.«

»Möbel?«

»Ja, *Möbel*, du weißt schon, Stühle, einen Tisch, ein Bett. Solche Sachen. Du kannst das Doppelte deines üblichen Satzes abrechnen.«

»Das ist wirklich nicht nötig, aber welche Art von Möbeln, welcher Stil …«

Kim seufzte. »Sieh dir irgendein Einrichtungsmagazin an und übernimm alles. *Möbel.* Oder bestell einfach, was dir gefällt.«

»Aha«, sagte Jenny unglücklich. »Ja, in Ordnung. Ich kümmere mich darum.«

Sie beendeten das Gespräch, und Kim trank einen Schluck von dem Bier. Gern hätte er ein paar Züge aus seiner Vape genommen, ging aber davon aus, dass das verboten war. Er scrollte durch die Bilder der Ex-Botschaft und las die Objektbeschreibungen genauer. Sie schien ihm für seine Zwecke perfekt.

Möbel.

Kims Tasche stand noch auf Tärnö, also würde er die Sachen, die er brauchte, in den Duty-free-Läden bei seiner Zwischenlandung auf dem Amsterdamer Flughafen kaufen. Er würde Kleidung kaufen. Welche Kleidung, spielte keine Rolle, solange sie passte. Er würde Nahrung zu sich nehmen. Irgendetwas essen. Und wenn er in sein neues Zuhause kam, würde er eben irgendwelche Möbel haben. Die Leute verschwendeten viel zu viel Energie auf die falschen Dinge.

Es gab einen Aspekt der Shanghai-Reise, den Kim nicht ausreichend beachtet hatte. Sie könnte *gefährlich* werden. Sollte er jemanden treffen, der brisante Informationen über die Hinrichtung besaß, war es nicht unwahrscheinlich, dass auch andere hinter ihm oder ihr her waren.

Kim überlegte eine Weile, bis er eine SMS an Moebius schickte, den einzigen Bekannten von HackPack, mit dem er auch IRL – *in real life* – Kontakt hatte. Schon nach ein paar Minuten kam die Antwort von Moebius. Er konnte das, worum Kim ihn bat, in ein paar Stunden erledigen.

Kim verließ die Bar und machte sich auf die Suche nach einem Friseur, der ihm die Spitzen schneiden und den Haaransatz nachfärben sollte. Er hatte sich jetzt lange genug gehen lassen, es war Zeit, wieder zu demjenigen zu werden, der er sein wollte, zumindest was sein Äußeres betraf. Wie es in ihm aussah, war eine ganz andere Frage. Da war ohnehin nichts mehr zu retten.

7

»Und das warst nicht du?«

Jonny Munther heftete den Blick auf William King, der die Hände hob, als würde er mit einer Waffe bedroht, und »Ich schwöre beim Grab meiner Mutter« sagte.

»Und deine Mutter ist wirklich tot?«

»Wenn du mir nicht glaubst, musst du wohl beim Einwohnermeldeamt nachfragen.«

Jonny wanderte hinter seinem Schreibtisch hin und her. Wie befürchtet schlugen die Chinesen die Tür, die sie der schwedischen Polizei einen Spalt breit geöffnet hatten, nach den Enthüllungen im *Aftonbladet* knallend zu, und die Zusammenarbeit war bereits Geschichte, bevor sie begonnen hatte.

»Wenn du glaubst, dass ich es war«, sagte William King, »hast du dich dann vorher auch nur einen Augenblick lang gefragt, *warum* ich das hätte tun sollen?«

»Lass uns aufrichtig sein«, sagte Jonny. »Ich vertrau dir nicht.«

»Okay, damit kann ich leben. Aber trotzdem: Warum? Welchen Nutzen hätte ich? *Follow the money*. Gerade geht es zwar nicht um Geld, aber letzten Endes dreht sich alles um die Frage, wer davon profitieren könnte.«

Jonnys Blick blieb an dem Druck eines Gemäldes von Chagall hängen, der die Wand zierte. Ein Liebespaar, das aneinandergeschmiegt über die Dächer schwebte. Während er hier mit einem Menschen stritt, den er nicht mochte, und sich insgesamt ziemlich am Boden fühlte.

»Die Mörder, natürlich«, sagte Jonny Munther. »Weil der politische Skandal, gelinde gesagt, die Ermittlungen erschwert. Aber ich bezweifle, dass sie diejenigen waren, die sich ans *Aftonbladet* gewandt haben.«

»Okay«, sagte William King. »Und wie reagieren wir jetzt angemessen?«

»Indem wir diesen Teil der Ermittlungen der chinesischen Polizei überlassen.«

»Und wenn genau darin Ziel und Zweck bestand?«

Jonny hielt in seiner Wanderung inne. Ganz gleich, wie misstrauisch er William King auch gegenüberstand, hier hatte der Kerl vielleicht den Nagel auf den Kopf getroffen. In dem *Aftonbladet*-Artikel hieß es, dass die Informationen aus »Regierungskreisen« stammten, aber das konnte natürlich alles Mögliche bedeuten.

»Du meinst, dass sie eine Ermittlung übernehmen wollen, die belastend für sie werden könnte, nur um sie dann zu begraben?«

»Etwas in der Art, ja.«

»Hm«, sagte Jonny. »Es sei denn, du wärst es gewesen.«

»Ich schwöre bei allem, was mir heilig ist.«

Johnny bezweifelte, dass William King irgendetwas heilig war, aber er glaubte ihm trotzdem.

8

»Süß, nicht wahr?«

Der Gegenstand, der von Moebius' dickem Zeigefinger baumelte, sah aus wie ein in Metall gefasster kleiner Rubin, der an einer dünnen Silberkette hing. Kim Ribbing ließ die Kette über seinen Zeigefinger gleiten und begutachtete das Stück. Der Stein war nicht größer als der Nagel eines kleinen Zehs, aber darunter verbarg sich ein leistungsstarker GPS-Tracker.

»Ich habe ihn vor zehn Minuten geliefert bekommen«, sagte Moebius. »Kein billiges Vergnügen.«

»Software?«

»Klar. Ich komme mir langsam vor wie Q.«

Moebius nahm die Kette wieder an sich, die in seiner Pranke winzig aussah. Auf seinem Computer, einer Mördermaschine, mit der man eine Raumstation steuern könnte, öffnete er ein Programm mit dem Namen »Tracksuit«, und auf dem Bildschirm tauchte ein leerer weißer Streifen vor einem blauen Hintergrund auf. Er hielt den Rubin hoch und sagte: »Einfacher geht es nicht. Notlage. Dann drückst du diesen Knopf.« Mit einer gewissen Mühe gelang es Moebius, den Rubin mit seinem dicken Finger in die Fassung zu drücken. Aus dem Rechner erklang ein blökendes Alarmsignal, und der weiße Streifen füllte sich mit Ziffern, von denen Kim annahm, dass es Koordinaten waren.

»Okay«, sagte Kim. »Warum …«

Moebius hob den rechten Zeigefinger. »Wait for it.«

Kim wartete. Nach drei Sekunden blökte Moebius' Telefon in

derselben Tonlage wie vorher sein Rechner. Auf dem Display war dieselbe Reihe von Koordinaten aufgetaucht. Er bewegte den Cursor auf dem Rechner zu einem roten Knopf, auf dem »Received« stand. Als er klickte, verstummte der Alarm sowohl auf dem Rechner als auch auf dem Handy. Moebius breitete die Arme aus wie ein Zirkusdirektor, der seine größte Attraktion anpreist.

»Warum gibt es keine Karte?«, fragte Kim, und Moebius' Mundwinkel sackten nach unten.

»Was willst du denn mit einer Karte?«, fragte er patzig, kopierte die Koordinaten, fügte sie in Google Maps ein und drückte auf die Enter-Taste. Auf dem Bildschirm tauchte eine Karte von Sundbyberg auf, und ein roter Pfeil zeigte auf das Haus, in dem sich Moebius' kleine Wohnung befand. »Dauert fünf Sekunden, maximal. Wie faul kann man denn sein?«

Kim sah sich in der Wohnung um, in der alle Flächen von Staub bedeckt waren, und musterte die faustgroßen Staubmäuse an den Fußleisten. Auf dem Boden stapelten sich Pizzakartons. Kim wusste, dass Moebius sich Essen nach Hause liefern ließ, weil er sich nur ungern mit seinem massigen Körper unter Leuten bewegte oder weil er sich womöglich überhaupt ungern bewegte. Wie faul konnte man sein?

»Wie setze ich ihn wieder zurück?«, fragte Kim.

Moebius deutete auf ein kleines Loch auf der Rückseite der Fassung. »Nadel oder so was, da rein.«

Auf Moebius' überladenem Schreibtisch fand Kim eine Büroklammer, die er auseinanderbog, um den Mechanismus auszulösen. Der Rubin glitt in seine ursprüngliche Position zurück. Kim öffnete den Verschluss der Silberkette, legte sie um den Hals und bekam sie mit ein bisschen Gefriemel wieder zu.

»Hübsch«, sagte Moebius. »Damenhaft.«

»Danke. Dann fehlt nur noch eines. Könntest du dafür sorgen, dass ein Jonny Munther bei der Polizei in Stockholm auch so einen Tracker bekommt, und ihm erklären …«

Wieder hob Moebius den Zeigefinger. »Nix da. Ich werde nicht mit einem Polizisten sprechen. No way.«

»Okay. Dann kontaktiere stattdessen Julia Malmros und besorge ihr das Programm, sodass sie sich an die Polizei wenden kann, falls etwas passiert.«

Moebius wirkte schockiert. »Muss ich?« Jede Art von zwischenmenschlichem Kontakt schien in seiner Welt ein fast unüberwindliches Hindernis darzustellen.

»Ja«, sagte Kim. »Ich schick dir ihre Nummer. Und installiere das Programm auch auf ihrem Handy.«

»Also, das Signal geht zuerst zum Computer, und der Computer schickt es weiter ans Handy.«

»Okay, verstanden. Und ich kann nicht geortet werden, solange ich nicht den Knopf gedrückt habe?«

»Richtig.«

Kim ging in die Küche, um ein Glas Wasser zu trinken, blieb aber in der Türöffnung stehen. Dort der Küchenschrank, da die Schublade, ein rautenförmiger Topfuntersetzer, der Stapel ungewaschener Teller, ein kreisrundes Tablett. *Das Muster.* Eine Weile blieb er reglos stehen, bis er sich von dem Anblick löste und umdrehte. »Moebius, stell dir vor, alles wäre nur eine Simulation.«

»Was meinst du?«

»Texturen, die sich wiederholen. Als wäre alles *künstlich* und unsere Existenz nur eine Art Testlauf?«

»Dass wir uns innerhalb eines Computerprogramms befinden? Das ist doch einfach nur *Matrix.*«

»Nein. Kein Programm. Eine Simulation.«

»Sorry. You lost me there.«

Im Küchenschrank fand Kim ein Glas, das einigermaßen sauber war. Er füllte es und trank mit großen Schlucken, während Moebius ihn von seinem Schreibtischstuhl aus, der aussah, als stammte er von der Kommandobrücke des Raumschiffs, besorgt betrachtete. Kim stellte das Glas zu dem anderen schmutzigen Geschirr.

»Hast du noch mehr von diesem Ces gehört?«, fragte er.

Moebius grinste erleichtert. »*Mossad, hell yeah*, nee, aber es wird ziemlich viel gequatscht auf HackPack. Ich weiß nicht, wie sie darauf kommen, aber viele glauben, Ces sei eine Frau. Alle sind total gespannt, was sie sich als Nächstes ausdenkt. Ich hoffe, es wird irgendetwas mit der NASA.«

»Warum ausgerechnet die NASA?«

»Weiß nicht. NASA wäre klasse.«

Bevor Kim ging, fragte er noch: »Bitcoin ist immer noch okay?«

»Nee«, sagte Moebius und rieb sich die Hände. »Gold. Ich will Gold haben.«

»Du meinst … Gold wie in Gold? Das gelbe Metall?«

»Ja, klar. Ich sammle jetzt. Und dann werde ich in meiner Höhle sitzen wie Smaug.«

»Wird dir ausgezeichnet stehen. Pass gut auf dich auf.«

»Du auch, Skalman, du auch. Viele Grüße an die Oma.«

9

Julia Malmros begriff nicht, wie das möglich war, aber das Treppenhaus im Margretelundsvägen im Stadtteil Traneberg roch immer noch genau so wie zu der Zeit, als sie ein kleines Kind gewesen war. Ob der muffige Geruch aus der Wohnung ihres Vaters kam? Dem Pflegedienst blieb nie die Zeit zu putzen, und Julia hatte es, wie sie verschämt zugeben musste, auch noch nie gemacht. Sie fand immer neue Entschuldigungen, aber der eigentliche Grund bestand darin, dass sie sich ekelte.

Sie klingelte ein paarmal, bevor sie die Tür mit ihrem Wohnungsschlüssel öffnete. Ihr Vater kam immer noch aus dem Bett und konnte selbst zur Toilette gehen, aber dazu brauchte er einen Rollator und sehr viel Zeit. Den Großteil des Tages verbrachte er sitzend im Bett, von wo aus er sich Tierfilme und Snooker anschaute.

»Hallo«, sagte Julia, als sie in den Flur trat. »Ich bin's.«

Jedes Mal, wenn Julia die Wohnung ihres Vaters betrat, überfiel sie für einige Sekunden Unsicherheit, ob er noch am Leben war. Der Pflegedienst kam fünfmal pro Tag, also war es wahrscheinlich, dass er noch lebte, aber sicher konnte sie sich nicht sein.

»Ja, ja. Komm rein«, brummte es aus dem Schlafzimmer, und Julia atmete auf. Eine weitere schambehaftete Wahrheit: Sie fürchtete weniger den Tod ihres Vaters an sich als die Umstände, die ihn begleiten würden. Noch wusste er, wer sie war, aber vieles andere ging nach und nach verloren, seit die Demenz sich in sein Leben geschlichen hatte.

Sie ging durch die Küche, wo der Korkteppich an ihren Schuhsohlen haftete, und dann weiter in sein Schlafzimmer, das einmal ihres gewesen war. Die Eltern hatten damals im Wohnzimmer geschlafen. Ihr Vater saß wie gewohnt aufgestützt auf ein paar große Kissen, und im Fernseher am Fußende des Betts bereitete sich ein Mann mit Weste und Fliege auf den nächsten Stoß am Snookertisch vor. Der Ton war ausgeschaltet.

Julia beugte sich vor und küsste ihren Vater auf die Wange, bevor sie einen Stuhl heranzog und sich auf die andere Seite des Nachttisches setzte, der mit Medikamenten, Cremes, Zeitungen, Zetteln und noch mehr Zetteln übersät war, auf denen ihr Vater mit unleserlicher Handschrift alles aufschrieb, an das er sich erinnern wollte, und das er doch wieder vergaß.

»Wie geht es dir?«, fragte Julia. »Soll ich den Fernseher ausschalten?«

»Lass ihn an«, sagte ihr Vater, ohne auf den Bildschirm zu sehen. Soweit Julia wusste, kannte er noch nicht einmal die Regeln von Snooker, aber vielleicht hatten die planvollen Bewegungen der Kugeln eine beruhigende Wirkung.

»Alt zu werden, ist ein Scheiß«, bemerkte ihr Vater unvermittelt.

Es war nicht endgültig geklärt, woran er eigentlich litt. Er nahm Medikamente gegen niedrigen Blutdruck, Unwohlsein und Schwindel sowie ein paar andere Symptome, aber es gab kein spezifisches Krankheitsbild, das ihn ans Bett fesselte. Vielleicht war es einfach die Summe seiner Beschwerden. Oder ein gewisser Lebensüberdruss.

»Wie geht es Jonny?«, fragte er jetzt.

Julia korrigierte ihren Vater schon seit etwa einem Jahr nicht mehr, weil ihn das nur verängstigte und aufregte. Außerdem wusste sie ja tatsächlich, wie es Jonny ging.

»Er lebt und ist gesund«, sagte sie neutral.

Ihr Vater schüttelte den Kopf und senkte die Stimme, als wollte er ihr ein Geheimnis verraten: »Auf den hättest du verzichten können, wenn du mich fragst.«

»Das behalte ich im Hinterkopf, Papa.«

»Tu das. Und wie läuft es bei der Arbeit? Irgendwas Interessantes?«

»Na ja, nachdem das mit der *Millennium*-Reihe nichts geworden ist …«

Der Vater zog seine buschigen Augenbrauen hoch: »Mill…, was redest du denn da? Ich habe nach deiner Arbeit gefragt. Bei der Polizei.«

Julia dachte einen Augenblick nach und entschied, dass sie mitspielen würde. Sie sagte: »Ich weiß nicht, ob du dich an Olof Helander erinnerst?«

»Natürlich erinnere ich mich. Er kam ja alle Naselang hier vorbei.«

»Ja. Also, Olof ist ermordet worden, und ich versuche …«

Wieder sah ihr Vater sie ungläubig an. »*Ermordet?* Aber er ist doch bloß ein kleiner Junge!« Julia seufzte. Das hier war offenbar einer seiner schlechteren Tage, was noch bekräftigt wurde, als er sich vorbeugte und mit verschwörerischem Ton sagte: »Du weißt ja, dass ich auch Polizist war, oder?«

»Ja, Papa. Ich weiß.«

Ihr Vater legte Daumen und Zeigefinger zusammen und sagte völlig zusammenhanglos: »Ich habe sie *gekniffen*, so viel kann ich dir verraten.«

Julia hielt den Besuch kurz, weil in ihr eine zehrende Sehnsucht angewachsen war, die immer stärker wurde, als sie mit schweren Schritten die Treppe hinunterging. Sie vermisste den Vater, der er einmal gewesen war, sie vermisste ihre Mutter, die vor zehn Jahren an Krebs gestorben war, sie vermisste Kim Ribbing, der vielleicht nie wieder zurückkommen würde, und … ja, sie vermisste auch Mikael Blomkvist und Lisbeth Salander, mit denen sie nicht mehr spielen durfte.

Das Treppenhaus roch so, wie es immer gerochen hatte, aber Julia Malmros war eine andere geworden, eine Frau, die ihr Leben von der Verlustseite her dachte, von allem, was sie nicht mehr hatte. Bald würde sie selbst dasitzen und sich Snooker im Fernsehen anschauen.

10

Der Sommermorgen war klar und rein, als Kim Ribbing seine Honda auf dem Freiluftparkplatz in der Nähe von Terminal 2 auf Arlanda abstellte. Er warf seinen leichten Rucksack über die Schulter und ging zum Terminalgebäude. Es war kurz nach sechs, und sein Flug mit der Norwegian ging um Viertel nach sieben.

Die Sonne wärmte sein Gesicht, und die Luft, die er in seine Lunge sog, trug die liebliche Geruchskombination von Sommergrün und Kerosin. Er war auf dem Weg.

VI
Shanghai

1

Als Carmen Sánchez zum Morgenmeeting in den Besprechungsraum kam, saß Christof Adler bereits an seinem Platz und konzentrierte sich auf einen kleinen Bildschirm. Mit den Daumen drehte er an zwei Hebeln und drückte Tasten, während eine dünne, elektronische Musik ertönte.

Carmen stellte sich hinter ihn und sah zu. Eine kleine Figur kletterte auf Pfeiler, sprang über Autos und hüpfte mit einem munteren »Yohoo!« von einem Hausdach zum nächsten.

»Was ist das denn?«, fragte Carmen.

»Super Mario«, antwortete Christof, und die Figur sprang durch eine Reihe von Goldmünzen, wobei es klingelte: »Odyssey«, ergänzte ihr Kollege, als müsste er das noch verdeutlichen.

»Hast du dir das von Matilda geliehen, oder was?«

Christof schüttelte den Kopf. »Der gehört mir, mir ganz allein.«

Seit ein paar Jahren war Christof mit Cecilia, einer sechs Jahre älteren Frau, zusammen, die eine siebenjährige Tochter, Matilda, hatte. Christof wohnte bei ihnen, hatte den Mietvertrag für sein Einzimmerapartment aber noch nicht gekündigt, weil er sich noch nicht bereit fühlte, sich »vollständig zu committen«.

Als die Figur auf dem Bildschirm einen blauen Mond fing, jubelte und sich zu fröhlicher Musik im Kreis drehte, ballte Christof die Faust und sagte: »Yesss!«

»Du bist echt ein Kind, weißt du das?«, sagte Carmen.

»Was denn, es gibt jede Menge Erwachsene, die das hier spielen, und außerdem …« Christof zuckte mit den Schultern.

»Manchmal kann es sogar helfen, wenn man noch ein bisschen wie ein Kind denkt. Besonders wenn man an so etwas arbeitet.« Christof nickte zu dem Whiteboard hinüber, das nach wie vor abgedeckt war.

Während Mario weiter herumjohlte, nahm Carmen den Vorhang ab. Als Erstes fiel ihr Blick auf die Aufnahmen vom Tatort der Mittsommermorde.

Diese Brutalität.

Carmen Sánchez wurde ganz schlecht, wenn sie sich vorstellte, ihre Dienstwaffe auf einen anderen Menschen abzufeuern. Hier hatten zwei Maskierte über zweihundert Schüsse in eine Gruppe wehrloser Menschen abgegeben, darunter ein vierzehnjähriges Mädchen. Wie sah es in den Köpfen dieser Menschen aus? Gab es da noch irgendeinen Rest Empathie?

Die Technik hatte die Aufnahmen vergrößert und jedes Detail sichtbar gemacht, damit der Tatort lesbar wurde. Jede kleinste Abweichung konnte von Bedeutung sein, wenn es darum ging, eine Verbindung zwischen den Opfern und den Tätern herzustellen. Wie hatten sich Helander und seine Gäste in den letzten Sekunden ihres Lebens verhalten? Was verriet die Lage ihrer Körper? Aber sie hatten nichts gefunden, wenn man einmal von Chen Baos vergeblichem Versuch absah, seine Porzellankatzen liebende Gattin zu retten. Sie waren schlicht und ergreifend *Opfer*, die schonungslos niedergemäht worden waren. Das war alles.

Carmen erinnerte sich an den dunklen Sog, der von dem Steg ausgegangen war, das hypnotisierende Flüstern: *Komm und sieh, komm und sieh.* Und mit den Tatortfotos war es ähnlich. Reglos starrte sie auf die ausgebluteten Körper, das zerbrochene Porzellan und das blutdurchtränkte Tischtuch. Blauer Himmel und ein sonnenüberflutetes Meer als Hintergrund. Sie zuckte zusammen, als die Tür geöffnet wurde und Jonny Munther hereinkam.

»Bekommst du nie genug?«, fragte er.

»Ich hatte schon vor langer Zeit genug«, sagte Carmen und

setzte sich. »Deswegen sehe ich mir das auch an. Damit ich es nicht vergesse.«

Christof, dem in höchster Konzentration die Zungenspitze aus dem Mundwinkel hing, hatte Jonnys Blick offenbar bemerkt, denn ohne das Gesicht vom Bildschirm zu heben, sagte er: »Ich weiß, ich weiß, ich muss nur noch …«

Er grinste verlegen, und schließlich erklang eine fallende Melodie. Er beendete das Spiel und steckte den Gameboy in seine Tasche. Jonny hatte große Lust, eine Bemerkung über Spielgeräte am Arbeitsplatz fallen zu lassen und wie unangemessen es war, im Sitzungsraum zu hocken und zu daddeln, da wurde die Tür geöffnet, und William King stieß zu ihnen. Jonny wollte Christof nicht vor King zusammenstauchen, also beließ er es dabei.

William King hatte tiefe Schatten unter den Augen und wirkte, oder vielmehr roch, als hätte er am vorhergehenden Abend das ein oder andere Glas zu viel getrunken. »Aha«, sagte er. »Was gibt es hier zu diskutieren?«

»Den Unterschied zwischen rechts und links«, sagte Carmen.

King schüttelte den Kopf und ließ sich mit einem Ächzen auf einen Stuhl fallen. Ulrika Boberg tauchte in der Tür auf, und Jonny bat sie, die Tür hinter sich zu schließen, worauf er sich erhob und das Wort ergriff: »Wir sollten vielleicht damit anfangen, alles durchzugehen, was seit der letzten Besprechung passiert ist. Carmen?«

»Ja, also, das Gespräch mit Astrid Helander hat ergeben, dass ihr Vater ein iPad besaß, das er vor Außenstehenden geheim hielt. Ich war gestern oben in den Büros von Greenbase und habe mich mit den Angestellten unterhalten, aber sie haben anscheinend keine Ahnung von irgendeinem iPad. Die Durchsuchung der Büroräume hat nichts ergeben. Ich weiß nicht, ob die Geschichte mit diesem Gerät dadurch interessanter wird, aber …«

»Das Mädchen kann auch alles erfunden haben«, sagte William King. »Sie fantasiert ein bisschen herum, damit sie auch etwas beizutragen hat. Das ist ja kein ganz unbekanntes Phänomen.«

»Den Eindruck hatte ich nicht«, sagte Carmen.

»Ich auch nicht«, pflichtete Jonny ihr bei. »Carmen, du fährst mit Christof noch mal raus nach Knektholmen, vielleicht werdet ihr da fündig. Danach nehmen wir uns Helanders Stadtwohnung vor. Das hat hohe Priorität. Ulrika?«

Ulrika richtete die perfekt sortierten Papiere noch einmal vor sich aus, als wäre Symmetrie die Voraussetzung für ihre Sprachfähigkeit. »Also, ich habe ja den Auftrag bekommen, mir diesen Frode Moe etwas genauer anzusehen ...«

»So würde ich es vielleicht nicht ausdrücken.«

»Ach nein?«, fragte Ulrika. »Wie würdest du es denn ausdrücken?«

»Vergiss es«, sagte Jonny. »Mach weiter.«

Für einen Augenblick sah es so aus, als wollte Ulrika Boberg gar nichts mehr sagen. Schließlich machte sie eine seltsame gymnastische Übung mit ihrem Gesicht und begann: »Es gibt viele Unklarheiten. Die Muttergesellschaft Futurig ist transparent, aber dann ... ihr könnt euch nicht vorstellen, wie undurchsichtig das Geflecht von Tochterunternehmen dieses Konzerns ist. Wir bräuchten ein ganzes Bataillon von Buchhaltern und Rechtsanwälten, um das zu durchleuchten. Ich gehe hier jetzt nicht auf die Details mit Briefkastenfirmen und Tochtergesellschaften, Fonds und Verlustabschreibungen ein, aber der springende Punkt ist ...«, Ulrika trommelte mit Zeige- und Mittelfinger auf den Tisch, »... dass es ziemlich hohe Einnahmen gibt, die anscheinend aus dem Nichts entstanden sind, und das ist keine gute Buchhaltung.«

»Entschuldige«, sagte Jonny, »aber wenn du *aus dem Nichts* sagst, was genau meinst du damit?«

»Sie sind einfach da. Ich habe keine Transaktionen aufgespürt, also könnten die Einnahmen auch sauber sein, aber danach sieht es mir nicht aus.«

»Reden wir hier von großen Summen?«, fragte Jonny.

»Viele Hundert Millionen. In einigen Fällen hat man diese ominösen Einnahmen verwendet, um Verluste auszugleichen, und dann wurden sie gewaschen, indem sie ein paar Runden durch die Fonds in Tochterfirmen gedreht haben. Man könnte sagen, dass dieses Extra-Geld den Konzern über Wasser hält.«

»Das klingt ja alles sehr interessant«, sagte Jonny, »aber steht es in irgendeinem direkten Zusammenhang mit unserem Fall?«

Ulrika schürzte die Lippen. »Du hast mich gebeten, mir Frode Moe anzusehen, und ich habe mir Frode Moe angesehen. Also, was mache ich als Nächstes? Soll ich den Norweger durchleuchten?«

»Nein, nein, auf keinen Fall. Ich habe auch etwas in Erfahrung gebracht, also … mach einfach weiter.«

»Was denn?«, fragte Carmen Sánchez.

»Einen Moment noch.«

All das Gerede über komplizierte wirtschaftliche Transaktionen, und das so früh am Morgen, hatte sich wie eine Staubschicht auf Jonnys Gehirn gelegt. Er ging zum Kaffeetisch und pumpte einen Pappbecher voll, goss einen Schluck Milch dazu und trank in großen Schlucken. Seine Gedanken wurden klarer.

Als er sich umdrehte, ruhte Sánchez' spöttischer Blick auf ihm.

»Fährst du jetzt so eine Illusionisten-Nummer?«, fragte sie.

»Was meinst du damit?«

»Das klassische Täuschungsmanöver. Erst lässt du nebenbei fallen, dass du etwas zu erzählen hättest, und dann …«

»Nein. Nein. Ich brauchte nur etwas Kaffee.«

»M-hm. Dann lass mal hören.«

»Es ist keine große Sache. Ich habe das Dezernat für Sexualdelikte gebeten, mir Johnny Chang zu fünfundzwanzig Prozent auszuleihen. Er verfolgt für uns die chinesische Presse …«

»Und?«

»Noch nichts, was den Fall selbst betrifft, aber ein interessantes Detail über Chen Bao. Vor etwa einem Jahr hat er in einem Interview in der *China Daily* erklärt, dass er sich seit einer Weile aus der Klimaperspektive für die Konstruktion chinesischer Bohrinseln interessiert. Mehr ist es nicht, aber wenn man an die Verbindung zu Frode Moe denkt, dann … er lässt schließlich seine Plattformen in China bauen. Tja, das war es schon. Jetzt macht euch an die Arbeit.«

»Und ich?«, fragte William King. »Was soll ich tun?«

»Was hast du denn gestern gemacht?«

»Das weißt du doch. Ich war nach dieser Geschichte mit den chinesischen Soldaten vollauf beschäftigt, die Medien in Schach zu halten, ich musste mich wie eine Schlange winden, um nicht alles noch schlimmer zu machen.«

Und dann hast du gesoffen wie ein Pferd, dachte Jonny Munther, aber er sagte nur: »Finde die undichte Stelle.«

»Bin ich dafür nicht etwas überqualifiziert?«

»Tja, dann weiß ich auch nicht. Dann musst du dich wohl weiter wie eine Schlange winden.«

2

Ein Stich von Traurigkeit schmerzte in Julia Malmros' Brust, als sie die Tür zum Ferienhaus auf Tärnö abschloss. War sie im Begriff, etwas endgültig zu verlieren? Sie konnte den Charakter der Beziehung mit Kim Ribbing noch immer nicht einschätzen, und auch die letzten Tage, die sie miteinander verbracht hatten, ergaben keinen Anhaltspunkt.

Sie verstand nicht, warum Kim sie auf Tärnö besucht hatte, und sie verstand auch nicht, warum er abgereist war. Ihr eigenes Verhalten verstand sie ebenso wenig. Hatte sie versucht, die Barrieren zwischen ihnen mit Gewalt zu überwinden? Warum dieser Übergriff?

Julias Trolley holperte und krängte, als sie über die Felsen zur Dampferanlegestelle hinunterging. Eigentlich hatte sie länger auf Tärnö bleiben wollen, aber als sie am gestrigen Abend auf der Terrasse saß, hatten sich das Ferienhaus und dessen Umgebung wie die Bühne ihres Versagens angefühlt. Auch die Nähe zu Knektholmen bereitete ihr nach den Morden an Mittsommer Unbehagen. In ihrer Vorstellung lagen die Leichen der Ermordeten noch immer am Bootssteg und verwesten, und wenn sie über die Meerenge blickte, meinte sie den Gestank in der Abendbrise wahrzunehmen.

Als Julia unten am Anleger eintraf, standen dort wie üblich ein paar Leute, die sie heimlich musterten, aber niemand verlor ein Wort über Malou oder *Millennnium* oder irgendetwas in der Richtung. Und so blieb sie allein mit ihren düsteren Gedanken über Kim Ribbing, den sie vielleicht nie wiedersehen würde.

Immerhin gab es einen Lichtstreif am Horizont. Am Vormittag hatte sie eine Mail von einem gewissen Moebius bekommen. Ein Link zu dem Programm Tracksuit sowie Anweisungen, wie sie Kim damit orten konnte. Das war zumindest ein kleiner Trost: Er hatte beschlossen, dass Julia über ihn wachen durfte. Und er hatte beim Abschied *irgendwann* gesagt. Ein Strohhalm, an den sie sich klammern konnte.

Shanghai. Warum habe ich ihn bloß fahren lassen?

Als hätte sie ihn daran hindern können. Es gab vieles, was Julia von Kim Ribbing nicht wusste, aber sie meinte verstanden zu haben, dass er ein Mensch mit einem starken Bedürfnis nach *Bewegung* in jeglicher Form war. Wenn er innehielt, entdeckten ihn seine Dämonen und suchten ihn heim.

Das kleine Passagierboot glitt an den Anleger. Es war ein bisschen absurd, dass sich von allen Menschen ausgerechnet Kim auf die andere Seite der Welt begab, um den verschwundenen Danny zu suchen, aber das war Teil ihrer privaten Ermittlungen. Auf dieser Seite der Erdkugel wollte Julia jedenfalls so viel herausfinden wie möglich. Genau: für ihre gemeinsamen Ermittlungen. Auch wenn da sonst nicht mehr viel war, verband sie immer noch die Suche nach den Schuldigen.

3

Carmen Sánchez hatte gerade angerufen und berichtet, dass sie und Christof Adler vor Ort in Knektholmen waren, aber dass die Haustür abgeschlossen war und sie keinen Schlüssel besaßen. Wer hatte die Insel eigentlich zuletzt verlassen? Jonny Munther vermutete, dass es die Techniker waren oder möglicherweise die Taucher, aber normalerweise versteckten die Leute immer irgendwo einen Ersatzschlüssel. Könnten sie nicht danach suchen?

»Bin ich dafür nicht ein bisschen überqualifiziert?«, spielte Carmen auf das Morgenmeeting an. Jonny wusste die Scherze seiner Mitarbeiter nur selten zu schätzen, aber der hier brachte ihn tatsächlich zum Glucksen, vermutlich, weil er auf William King abzielte.

»Dann ruft eben einen Schlüsseldienst«, sagte Jonny. »Oder nehmt einfach einen Dietrich.«

»Aye-aye, Captain.«

Als Jonny Munther das Gespräch beendete, klopfte es vorsichtig an seiner Tür. Lennart Browall steckte den Kopf herein und fragte, ob er stören dürfe. Der Führungsstil des Polizeipräsidenten war nicht gerade das, was man autoritär nannte. Jonny bat ihn, hereinzukommen und Platz zu nehmen.

»Ach, nein, es ist nur eine Kleinigkeit«, sagte Lennart. »Ich habe eben mit Liselott gesprochen, und wenn ich es richtig verstanden habe, konzentrieren Sie sich bei Ihren Ermittlungen auf Frode Moe.«

Trotz Jonnys ursprünglicher Skepsis gegenüber Liselott Ahrnander wusste er es sehr zu schätzen, dass sie sich nicht mehr einmischte als notwendig. Jonny hatte sich kurz vor der Mittagspause mit ihr getroffen, und bislang hatte sie keine Einwände dagegen vorgebracht, wie er *ihre* Ermittlungen führte. Aber ihm war durchaus aufgefallen, wie sie die Augenbraue hochzog, als er König Frode erwähnte.

»So würde ich es nicht nennen«, sagte Jonny Munther. »Aber er ist Teil unserer Ermittlungen, das stimmt.«

»Ich gehe davon aus, dass Sie wissen, wie sensibel das Thema ist.«

»An diesem Fall ist alles sensibel, oder?«

»Stimmt. Aber Moe beschäftigt Tausende von Schweden, sowohl auf seinen Ölplattformen als auch in seinen Firmen. Der Innenminister hat mich angerufen, er klang sehr besorgt.«

Jonny traute seinen Ohren nicht. »Wollen Sie mir damit sagen, dass ich ihn *in Ruhe lassen* soll, nur weil …«

Browall machte eine abwehrende Geste.

»Nein, nein. Um Gottes willen, nein. Wie würde das denn aussehen? Ich wollte mich nur vergewissern, dass nicht schon wieder so eine … Chinasituation eintritt.«

»Dass Informationen durchsickern, meinen Sie? Ich bin ziemlich fest davon überzeugt, dass die undichte Stelle sich nicht in diesem Haus befindet.«

»Und der Innenminister hat mir mehr oder weniger garantiert, dass sie sich auch nicht in der Regierungskanzlei befindet.«

»Was bleibt dann noch?«, fragte Jonny Munther. »Die chinesische Botschaft?«

Entgegen seiner ursprünglichen Behauptung, es ginge nur um eine Kleinigkeit, faltete Lennart Browall seinen schlaksigen Körper vorsichtig auf einem Stuhl zusammen. Er bewegte sich meistens durch die Welt, als könnten durch seine bloße Anwesenheit Dinge kaputtgehen, und es war nur schwer nachvollziehbar, wie ein Mann mit so wenig Durchsetzungskraft überhaupt dorthin gekommen war, wo er sich jetzt befand. Na ja, der Schein konnte trügen.

»Es ist ein bisschen unglücklich«, sagte Browall und schüttelte den Kopf. »Das mit den Chinesen. Sehr unglücklich.«

»Da stimme ich vollkommen zu. Aber worauf wollen Sie hinaus?«

»Wenn sich jetzt herausstellt, dass sie es waren. Das internationale Ansehen Schwedens … wir dürfen doch nicht den Eindruck erwecken, als würden wir akzeptieren, dass der chinesische Staat Soldaten schickt, um schwedische Staatsbürger auf schwedischem Boden hinzurichten. Wir müssen uns auf denkbar schärfste Weise abgrenzen.«

»Also den Krieg erklären?«

Lennart Browall lächelte verbissen, in seinen Augen blitzte es entschlossen auf. Da war die Durchsetzungskraft also doch. »Vielleicht nicht ganz so scharf«, sagte er. »Aber diese Geschichte ist unglücklich im Hinblick auf die diplomatischen und ökonomischen Beziehungen. Sehr unglücklich.«

Jonny platzierte seinen Hintern auf der Schreibtischkante, sodass er dem Polizeipräsidenten in die Augen sehen konnte. »Nur damit hier keine Missverständnisse entstehen. Sie wollen mich nicht etwa bitten, sowohl Moe als auch die Chinesen in Ruhe zu lassen, weil das Ganze sonst *bad for business* wäre? Denn das kann ich nicht.«

»Natürlich nicht. Wie sähe das denn aus?«

Möglicherweise fasste diese Redensart Lennart Browalls ganze Lebensphilosophie zusammen: *Wie würde das denn aussehen?*, und vielleicht war sie sogar der Schlüssel zu seiner Karriere. Jonny erwiderte ein vage gehaltenes: »Ich werde es im Hinterkopf behalten«, worauf sie einander die Hand gaben und der Polizeipräsident den Raum verließ.

Worum ging es hier eigentlich?

Vermutlich wollte Browall sich absichern für den Fall, dass

alles in die falsche Richtung lief. Wenn man zum Beispiel Moe verhaftete, ihm aber nichts beweisen konnte. Dann könnte der Polizeipräsident seine schneeweißen Hände heben und sagen: »Ich habe es diesem Munther ja gesagt! Ich habe es ihm gesagt!«

Carmen Sánchez rief erneut an und ließ ausrichten, dass Christof den Schlüssel in einer Magnetschachtel unter der Dachrinne gefunden habe. »Dann richte ihm meine herzlichsten Glückwünsche zu dem strahlenden Fahndungseinsatz aus«, sagte Jonny trocken und beendete das Gespräch.

4

Im Gegensatz zu ihrem Ferienhaus auf Tärnö, das immer von Meeresluft durchströmt war, kam Julia Malmros die Wohnung in Gamla Stan muffig und stickig vor. Staubpartikel tanzten im Sonnenlicht, und die Topfpflanzen welkten anklagend. Sie setzte sich in ihren Sessel, legte die Hände auf die Knie und sah sich um.

So war es auch, wenn sie von längeren Reisen nach Hause kam. Die gewohnten Gegenstände waren plötzlich fremd geworden und mussten erst zurückerobert werden. Der Fernseher wartete darauf, dass sie ihn anmachte, das Sofa wollte benutzt und der Teppich begangen werden.

Julia flüchtete sich in die gewohnte Methode, mit der sie auch sonst wieder ins Gleichgewicht kam: Sie kochte Kaffee. Sie ging in die Küche, und allein die Beschäftigung mit der Espressomaschine gab ihr ein bisschen Geborgenheit. Während sie frisches Wasser, Kaffeebohnen und Milch einfüllte und die Maschine mahlte, Druck aufbaute und schäumte, gesellte sich zu ihrer Ruhe eine Sorge. Sie trank ein paar Tropfen des perfekten Kaffees, stellte den Becher wieder hin und rieb sich die Hände. Was jetzt?

Julias gegenwärtiges Projekt bestand darin, das Leben ihres Kindheitsfreundes so detailliert wie möglich zu rekonstruieren, vor allem in wirtschaftlicher Hinsicht. Sie war fast hundertprozentig davon überzeugt, dass der Grund für den Mord an Olof Helander mit seinen Geschäften zusammenhing. Mit seinem und Chen Baos Unternehmen. Möglicherweise war auch der dritte Mann, Montaigne, darin verwickelt.

Als Erstes würde sie Olofs Projekt mit den Drohnen weiter erforschen. Es war nur konsequent, dass der Junge mit den Papierfliegern mit fortgeschritteneren Varianten von Flugkörpern weitergemacht hatte. Obwohl sie bezweifelte, dass sie dort die Lösung fand, musste sie die Spur verfolgen. Julia nahm den Kaffee mit zum Schreibtisch und hatte gerade ihren Laptop aufgeklappt, als das Handy klingelte. Erstaunt betrachtete sie das Display. Als sie bei McDonald's das letzte Mal mit Jonny geredet hatte, war er kurz angebunden gewesen.

»Hallo, Herr Kommissar. Wie läuft es denn so?«

»Es geht. Dieses Video. Das dieser Ribbing geschickt hat. Es war bearbeitet, vermutlich von ihm, und ich würde gerne das Original sehen.«

»Aha.«

Jonny klang irritiert. »Also, im Telefonbuch werde ich ihn ja vermutlich nicht finden ...«

»Werden die immer noch gedruckt?«

»Du weißt, was ich meine. Könntest du dafür sorgen, dass er sich mit mir trifft?«

»Nein.«

»Was heißt nein?«

»Er ist nicht hier.«

»Wo ist er denn?«

Julia wog sorgfältig das Für und das Wider ab. Ihr war klar, dass spätestens dann, wenn Kims Tracker aus China Alarm schlug, nur noch internationale Polizeizusammenarbeit helfen würde, also sagte sie: »Er ist in Shanghai.«

Am anderen Ende der Leitung wurde es still. Julia betrachtete das Usambaraveilchen auf der Fensterbank, das überraschend gesund aussah und blühte. Ein paar Sekunden vergingen, und dann sagte Jonny: »Nein. Nein, Julia. Die Ermittlungen müssen ihren gewohnten Lauf nehmen.«

»Ich denke, von Lauf kann gerade keine Rede sein. Ihr habt keine Möglichkeit, in China zu ermitteln, aber Kim schon. Ich bin über seine Reise auch nicht gerade hocherfreut, aber jetzt ist es eben so.«

»Was läuft da eigentlich zwischen euch beiden?«

»Inwiefern ist das wichtig?«

Jonny murmelte etwas Unverständliches, dann wurde es still.

Selbst wenn Julia seine Frage beantworten wollte, sie hätte es nicht gekonnt. Was war zwischen ihr und Kim? Vielleicht nichts, außer einer kleinen Privatermittlung.

Als Jonny sich wieder gefangen hatte, fragte er: »Was hat er dort denn vor? Also Ribbing, in Shanghai.«

»Er will Chen Baos Sohn treffen.«

»Ich hoffe, ihm ist bewusst, dass das nicht ungefährlich ist.«

»Ja, apropos …«

Julia berichtete von dem Tracker, und Jonny sagte, er könne in der angespannten Situation für nichts garantieren. Aber solange Kim Ribbing nicht den Anschein erweckte, für die schwedische Polizei zu arbeiten, werde er versuchen, ihn zu schützen.

»Keine Sorge, das wird er nicht.«

»Ich hoffe, du hältst mich auf dem Laufenden.«

»Das habe ich durchaus vor.«

Ein langes Seufzen aus dem Polizeipräsidium produzierte ein Surren in der Leitung. »Ich habe es schon auf der Insel gesagt, Julia …«

»Ein Schlamassel, ja. Das haben wir schon festgestellt.«

»Nein, kein Schlamassel. Ein verdammtes Schlamassel.«

5

Astrid Helander öffnete den Kühlschrank und holte das Sandwich mit verganem Käse und Gurke heraus, das ihr Onkel für sie gemacht hatte, bevor er zur Arbeit aufgebrochen war. Sie setzte sich an den Küchentisch. Über ihrem Kopf tickte die Küchenuhr die Sekunden weg. Astrid biss von dem Sandwich ab, bekam aber kaum etwas hinunter, so trocken und eng war ihre Kehle.

Sie stand auf, stemmte ihre Hände gegen die Rippen und rang keuchend nach Atem. Ihre Beine wurden weich, und sie musste sich an der Spüle abstützen, um nicht das Gleichgewicht zu verlieren. Eine schwarzer Wirbelsturm in ihrem Kopf.

Angst, dachte Astrid. Nur ein bisschen Angst.

Es spielte keine Rolle, wie oft sie das durchmachte, es war immer wieder wie das erste Mal. Der einzige Unterschied bestand darin, dass sie jetzt eine Diagnose hatte, aber die Symptome verschwanden noch lange nicht, nur weil sie einen Namen hatten. Walter hatte angeboten, ihr Atarax oder ein anderes schnell wirkendes Medikament zu verschreiben, aber Astrid hatte abgelehnt. Sie wollte so lange wie möglich vermeiden, ein Pillenjunkie zu werden.

Astrid zwang sich, aufrecht zu stehen, und ging zu ihrem Zimmer. In der Türöffnung wurde sie daran erinnert, dass es gar nicht ihr Zimmer war, sondern ein fremdes Zimmer mit fremden Gegenständen. Ihr schnürte es die Kehle zu, sodass sie einen Augenblick lang glaubte, sie müsste ersticken. Sie schloss die Augen und wankte zum Wohnzimmer. Das Engegefühl ließ zum Glück schnell genug nach, und sie konnte wieder atmen.

Angst, Angst ist mein Erbe, meiner Kehle Wunde, meines Herzens Schrei in die Welt.

Sie hätte gerne den Band mit Pär Lagerkvists Gedichten gehabt, aber er war noch in der Wohnung am Strandvägen. Noch lieber hätte sie ihr Kuschelnilpferd Bippo gehabt, aber auch das befand sich in ihrem richtigen Zimmer. Wenn sie eine Panikattacke bekam, half es ein wenig, Bippo im Kampf gegen die Leere zu umarmen. Morgen. Morgen würde sie ihn holen.

Astrid schluchzte auf. Sie sah Bippo, einsam und allein auf ihrem Bett, wie er versuchte zu begreifen, was geschehen war. Bippo, der große Nilpferdtränen weinte. Bei der Vorstellung kamen ihr selbst die Tränen. Es war verrückt. *Aber ich bin ja auch verrückt.*

Als Astrid ins Wohnzimmer trat, fiel ihr Blick auf das Bild des toten Vogels. Eine geschossene Ente, die an einer Schnur unter einem Haken hing. Ihr Onkel hatte ihr einmal erklärt, dass es von einem ziemlich berühmten Künstler stammte, aber das war Astrid egal. Jemand hatte eine Ente totgeschossen, sie an eine Schnur gehängt und dann abgemalt. *Das* war verrückt.

Astrid sank zu Boden und legte sich mit heftig pochendem Herzen auf den Rücken. Sie hielt die Luft an, immer länger und länger. In dem Augenblick, bevor sie das Bewusstsein verlor, sah sie Kim Ribbings Gesicht.

Wo bist du jetzt? Was machst du jetzt?

Dann senkte sich Dunkelheit über sie.

6

Schon während des Anflugs auf Shanghai bekam Kim Ribbing eine erste Ahnung vom Smog. Die riesige Stadt, die sich unter dem Flugzeugfenster ausbreitete, versank unter einer Dunstglocke, sodass die Millionen von Lichtern nur verschwommen und wabernd glommen. Er hatte gelesen, dass es tatsächlich gefährlich sein konnte, nach draußen zu gehen, wenn der Wind vom Meer hereinwehte und den Dreck der Industrien am Rande der Stadt mitbrachte.

War das dort der berühmte Fernsehturm der Stadt, der einer Spinne auf drei Beinen glich? Er sah einen Wolkenkratzer in Form eines Flaschenöffners, der viele Hundert Meter hoch sein musste, und daneben zwei ebenso hohe und fantastisch designte Hochhäuser. Er spürte eine gewisse Erwartung, bevor er sich mit diesem Biest anlegen, bevor er den Puls der Megastadt ganz nah fühlen würde.

»First time in Shanghai?«

Der Fluggast neben ihm, eine ältere chinesische Dame in einem elegant geschnittenen Kleid, beugte sich zu ihm hinüber. Kim flog erste Klasse, und die großzügig geschnittenen Sitze standen weit auseinander.

»Ja«, antwortete Kim auf Englisch. »Zum ersten Mal. Gibt es etwas, das ich wissen sollte?«

Die Frau lächelte und sagte: »Seien Sie vorsichtig, wenn Sie über die Straße gehen.«

»Ich werde daran denken.«

Obwohl es bereits fast zehn Uhr abends war, war die Luft, die ihm beim Verlassen des Flugzeugs ins Gesicht schlug, ein kleiner Schock. Sie war warm und feucht und roch streng nach dem, was er für Abgase hielt. Er trug die Tasche, die er in Schiphol gekauft hatte, die Gangway hinunter und stieg in den Bus, der ihn zum Terminal bringen würde.

Er setzte sich ganz hinten in die Ecke, holte sein Handy aus dem Rucksack und schaltete es ein. Er hatte eine Mitteilung mit der Signatur »BL«: »Kontakt hergestellt. Anweisungen folgen.« Kim löschte den Text. Julia hatte Bruce Li ein bisschen zureden müssen, bevor er schließlich eingesehen hatte, dass es auch in seinem eigenen Interesse war, »dem alten Xi das Leben schwer zu machen«, wie er es ausdrückte.

Weil Kim kein Gepäck aufgegeben hatte, konnte er direkt zum Taxistand gehen und sich zum The Peninsula im Französischen Viertel fahren lassen. Er hatte eine Suite in einem der oberen Stockwerke für zweitausend Dollar pro Nacht gebucht.

Als er aus dem Taxi stieg, wurde ihm klar, dass die Dame im Flugzeug wusste, wovon sie sprach. Sogar in den Abendstunden war die Straße vor den Toren des Hotels stark von Autos, Motorrädern und Elektrorollern befahren. Es sah nicht so aus, als könnte man sie überhaupt überqueren, schon gar nicht, wenn man unvorsichtig war.

Kim lehnte das Angebot ab, seine Tasche tragen zu lassen, ging zur Rezeption und checkte ein. Die höfliche Angestellte sah Kim nur einen Hauch zu lange an, nachdem sie auf dem Bildschirm gesehen hatte, welchen Raum er beziehen würde. Kims Haare waren wieder kohlrabenschwarz, und er trug ein T-Shirt mit dem Print einer Marihuanapflanze, das er in Amsterdam entdeckt hatte. Nachdem er seine Kreditkarte für »unvorhergesehene Kosten« gezückt hatte, war jedoch alles wieder in Ordnung.

»Bier«, sagte Kim. »Schicken Sie mir ein paar Flaschen Bier aufs Zimmer.«

»Welche Sorte? Wir haben Tsingtao, Singha …«

»Egal welche«, sagte Kim. »Hauptsache, gekühlt.«

Das Erste, was Kim beim Betreten seiner Suite sah, war auch der Grund dafür gewesen, weshalb er sie ausgesucht hatte. Eine Wand des vierzig Quadratmeter großen Wohnzimmers bestand aus Panzerglas und neigte sich leicht nach außen. Er befand sich im fünfzigsten Stockwerk, und die Stadt breitete sich schimmernd unter seinen Füßen aus.

Er inspizierte das Badezimmer, das genauso groß war wie das Ferienhaus auf Tärnö. Es beherbergte einen Jacuzzi, in dem problemlos sechs Personen Platz fanden. Als Kim den Hahn öffnete und Wasser einließ, klopfte es diskret an der Tür. Draußen stand ein Hotelpage mit roter Uniform und Pillbox-Hut mit einer Schnur unter dem Kinn. Kim hätte nicht gedacht, dass es die tatsächlich gab. Der Junge trug ein Tablett mit drei Singha in einem Eiskübel. »At your service, Sir.«

Kim gab zehn Dollar Trinkgeld, was mit einer leichten Verbeugung quittiert wurde, und nahm den Eiskübel entgegen. Im Badezimmer warf er eine Handvoll Salz ins Wasser und zog sich aus.

Genau so.

Als er in das warme, blubbernde Wasser glitt, seufzte er zufrieden. Das Bier schmeckte himmlisch. Er streckte sich in seiner ganzen Länge aus und faltete die Hände hinter dem Kopf.

So gut sollte es einem immer gehen.

Beim zweiten Schluck dachte er an Martin Rudbecks Wohnzimmer. Kim hatte eine zusätzliche Datei in das Betriebssystem des Fernsehers kopiert, die bei jeglicher Bewegung im Raum ansprang, alles mit der Kamera filmte und in Kims Cloud streamte.

Er bekam einen sauren Geschmack im Mund und schob die Vorstellung mit einer gewissen Anstrengung beiseite. Wenn es so weit war, würde er sich die Filme ansehen, die in seiner Cloud eingetroffen waren, aber bis dahin *be gone, Dr. Shock.*

Als Kim das Bier getrunken hatte und seine Haut schon ganz

aufgeweicht war, stieg er aus der Wanne und wickelte sich in einen dicken, weißen Frotteebademantel. Langsam ging er barfuß über den Teppichboden zum Panoramafenster und blickte auf die Dächer hinab. Abgesehen von wenigen Hochhäusern befand er sich über *allem*.

Er ließ den Bademantel zu Boden fallen und trat ganz dicht an die Fensterwand, legte die Handflächen auf das Glas, spürte den Sog der Tiefe und beugte sich über die pulsierende Stadt. Schwindel breitete sich in seiner Magengegend aus. Die Scheibe vor Kims Mund beschlug, er lächelte und zeigte dem Monster, über dem er schwebte, die Zähne.

Hol mich, wenn du kannst.

7

Julia Malmros klappte den Laptop zu und streckte die Arme zur Zimmerdecke, bis die Gelenke knackten. Jetzt kannte sie sich wesentlich besser mit Drohnentechnologie und Emissionsmessung aus als noch vor zwei Stunden.

Olof Helanders Firma Greenbase verleaste und verkaufte Drohnen, die mit bemerkenswerter Genauigkeit Methanemissionen messen konnten. Das dafür entwickelte Instrument maß mit einer Präzision von 0,5 ppm, *parts-per-million*, was außergewöhnlich war. Eine andere Finesse bestand darin, dass Windstärke und -richtung nicht vom Boden aus, sondern von der Drohne selbst gemessen wurden, was zu noch genaueren Resultaten führte. Kurz gesagt, Olles Drohne lieferte die Wahrheit.

Julia hatte dazu ein paar Fotos gefunden. Das Modell war schwarz, kreisrund und glich einem dieser Staubsaugerroboter, nur mit Propellern. Der Windmesser war an einer langen Stange mit dem nötigen Abstand zu den Propellern montiert, während das Messinstrument in dem fünf Kilo schweren Flugkörper steckte.

Während ihrer Recherche war Julia klar geworden, dass exakte Emissionsmessung in Zeiten des Klimawandels immer stärker nachgefragt wurde. Drohnen waren die besten Trägersysteme, der Markt florierte, und Greenbase als einer der Marktführer lieferte ein effektives Werkzeug. Darüber hinaus war die Firma eine der ersten auf dem Markt. Das Unternehmen verdiente gut, aber trotzdem hielt man sich bei den Boni und bei Gewinnbeteiligungen zurück. Das meiste wurde reinvestiert, sodass die Gründe für Olles Reichtum anderswo liegen mussten.

Und vermutlich auch die Gründe für seinen Tod. Julia hatte sich das Gehirn zermartert bei dem Versuch, eine Verbindung zwischen dem fliegenden Staubsauger und den Mittsommermorden zu finden. Ihr erster Gedanke war, dass Olle eine Firma identifiziert hatte, die eine größere Menge Methan in die Atmosphäre blies, als sie angab. Damit hätte sie ihre Emissionsrechte verwirkt, was am Ende Geld kostete. Die Theorie war in sich zusammengefallen, als Julia herausfand, um welche Summen es sich in so einem Fall handelte. Nach den Maßstäben der Branche ein Betrag aus der Portokasse. Maximal hunderttausend pro Jahr für einen größeren Betrieb, dafür erschoss niemand sechs Menschen. Sie vermutete eher, dass die Erklärung in Chen Baos Tätigkeitsbereich lag, und darüber würde Kim in Shanghai hoffentlich etwas erfahren.

Obwohl ihre Nachforschungen vermutlich gar nicht relevant waren, fertigte Julia eine Zusammenfassung davon an, hängte die Bilder an und schickte alles an Kim.

Um sechs Uhr schaltete Julia den Computer aus, und der Abend lag wie ein unbeschriebenes Blatt vor ihr. Sie überlegte, ob sie noch runter an die Ecke ins Engelen gehen sollte, um den neuesten Klatsch aus der Gegend zu erfahren. Aber dann wurde ihr klar, dass sie selbst vermutlich eines der heißesten Themen abgab, und sie verließ der Mut.

Also klappte sie den Laptop wieder auf und öffnete das Dokument mit ihrem abgelehnten Romanmanuskript. In einem schwachen Moment überlegte sie tatsächlich, ob sie die Geschichte nicht doch umschreiben und es »mit einer anderen Handlung« versuchen sollte, aber die Chance war nach ihrem Auftritt bei Malou vermutlich längst vertan. Eine Weile stierte sie auf eine Szene zwischen Mikael Blomkvist und Erika Berger. Dann rief sie »Suchen und Ersetzen« im Schreibprogramm auf und änderte ihre Namen in Mökööl Blömkvöst und Örökö Börgör. Sie lachte auf und schüttelte den Kopf. Wenn es doch bloß so einfach wäre.

8

Die Einrichtung der Whiskybar kam Kim Ribbing wie das Abziehbild eines britischen Herrenclubs vor. Schwere Tische aus dunklem Holz, getäfelte Wände und ein Teppichboden, der alle Geräusche dämpfte. Das Licht war gedimmt und schimmerte golden in den Messingelementen der langen Bartheke aus Marmor.

Kim hatte ganz hinten in der Ecke einen Tisch gefunden, an dem er mit dem Rücken zur Wand saß. Er hatte seinen Laptop aufgestellt und einen Whisky Sour und eine Schachtel Camel Blue kommen lassen. Hier war Rauchen erlaubt, was ihm fast so luxuriös vorkam wie seine Suite. Es war eine Sache, in einem kubanischen Café mit Plastikstühlen und wackeligen Tischen zu rauchen, aber etwas ganz anderes, in diesem Club zu sitzen.

Kim nahm einen Zug von der Zigarette, streifte die Asche in einem schweren Aschenbecher aus Glas ab und nippte an seinem Drink. Der Geschmack war überraschend, und er betrachtete das goldgelbe Getränk mit zerstoßenem Eis genauer. Vielleicht war der Drink mit einem feineren Whisky zubereitet worden, als er gewohnt war, denn er hatte eine Note von geräuchertem Wacholder.

Etwa eine halbe Stunde zuvor war auf seinem Handy eine Nachricht eingegangen. Eine Adresse, eine Zeitangabe, nämlich 14.00, und, kryptischer: »Der Korridor mit der stöhnenden Dame«, *the moaning lady*. Würden sie sich in einem Bordell treffen? Kim googelte die Adresse und fand heraus, dass sie zu einem sogenannten Hospital of Horror im Jiading Distrikt gehörte, einer

Geisterbahn mit Schauspielern, die die Besucher laut Werbetext »zu Tode erschreckten«, *they will scare the hell out of you*. Man durfte annehmen, dass der stöhnenden Dame genau so ein Job zufiel.

Kim begriff, warum man das Horrorkrankenhaus gewählt hatte. Die Geisterbahn war ein öffentlicher Ort, und nach den Fotos zu urteilen, war es darin ziemlich dunkel. Ein perfekter Treffpunkt, wenn man nicht auffallen wollte und den Schutz der Menge brauchte. Trotzdem wollte es ihm nicht gefallen. Vermutlich lag es einfach in der Natur des Ortes …

Kim wechselte zum *Pac-Man*-Spiel und loggte sich bei Hack-Pack mit dem Code des Tages ein, heute waren es das Feld fünf von oben und vier von rechts. Er fragte, ob jemand einen Ort in Shanghai kannte, an dem man einen Taser kaufen konnte. Kim war der Ansicht, dass seine Vergangenheit ihm das Recht gab, sich mithilfe von Strom zu verteidigen.

Als er seine Mails checkte, sah er, dass er eine Mitteilung von Julia Malmros mit dem Betreff »Drohnen« bekommen hatte. Gerade, als er sie öffnen wollte, klingelte sein Telefon. Auf dem Display stand »Astrid Helander«. Er zögerte einen Augenblick, bevor er das Gespräch annahm. »Ja? Hallo?«

Es folgte eine lange Pause, dann ein angsterfüllter Laut.

»Kim, mir geht es nicht gut«, sagte Astrid mit sehr schwacher Stimme.

»Physisch oder psychisch?«

»Psychisch.«

»Das tut mir leid.«

»Ich habe die Luft angehalten, bis ich bewusstlos wurde.«

»Oh. So etwas kannst du?«

»Ja.«

In Vamlinge hatte Kim versucht, sich genau diese Fähigkeit anzutrainieren. Er hatte gelernt, sich zu erbrechen, ohne den Finger in den Hals zu stecken, und neben der Weigerung, zu essen und zu reden, war es eines der wenigen Mittel, die ihm zur Verfügung standen, wenn er einer weiteren Elektroschockbehandlung entkommen wollte. Aber so lange die Luft anzuhalten, war ihm nie gelungen. Wenn die Dunkelheit sich näherte und das Gehirn allmählich herunterfuhr, hatte er unwillkürlich eingeatmet.

»Kim?«, fragte Astrid. »Als es dir schlecht ging, was hast du da getan?«

Ja, was hatte er getan? Es gab bestimmt eine komplexere Erklärung dafür, dass er überlebt hatte, aber das Einzige, was ihm jetzt als Antwort einfiel, war: »Ich habe die Zähne zusammengebissen. Ich habe niemanden an mich herangelassen und durchgehalten.«

»Aber hinter mir ist ja niemand her.«

»Die Krankheit ist hinter dir her«, sagte Kim und korrigierte sich. »Falls es eine Krankheit ist. Es *könnte* auch ein Dämon sein.«

Astrid keuchte auf. »Ein Dämon? Ernsthaft?«

»Stelle es dir vor, wie du willst. Mach dir ein Bild. Und dann kämpf dagegen an.«

»Ich weiß nicht, ob ich das kann.«

»Astrid«, sagte Kim. »Wenn du mit reiner Willenskraft die Luft anhalten kannst, bis du bewusstlos wirst, dann glaube ich, dass du mehr kannst, als du ahnst.«

»Das glaubst du?«

»Nein. Ich *weiß* es.«

Ein paar Sekunden blieb es still. Kim winkte einem Kellner und machte eine kreisende Bewegung mit dem Zeigefinger neben seinem Glas, *noch so einen*. Der Kellner verbeugte sich und wandte sich zur Bar.

»Dieser Martin Rudbeck«, sagte Astrid schließlich. »Wer ist das?«

»Das werde ich dir irgendwann erzählen. Aber nicht jetzt.«

»Okay. Ich weiß nicht, ob es wirklich so ist, wie du sagst. Aber es hilft.«

»Was hilft?«, fragte Kim.

»Dass du es geschafft hast«, sagte Astrid. »Dass es dich gibt. Tschüss, Kim.«

»Tschüss, Astrid.«

Kim legte das Handy hin. Soweit er sich erinnern konnte, hatte ihn noch nie ein Mensch dafür gelobt, dass er seine Jugend trotz der ziemlich miesen Aussichten überlebt hatte.

Das Mädchen kann die Luft anhalten, bis sie ohnmächtig wird. Kim empfand dafür pure Bewunderung. Astrid war eine Kämpferin, ganz gleich, wie sie selbst darüber dachte.

Kims Drink kam, begleitet von einer weiteren Verbeugung. Er zündete sich eine neue Zigarette an und wandte sich HackPack zu. Jemand, der sich *MekaGodzilla* nannte, hatte die Adresse eines Elektroladens gepostet.

Die werben natürlich nicht mit dem Verkauf von Tasern. Aber wenn du Grüße von Jimmy Pang ausrichtest, sollte es kein Problem sein.

Ernsthaft?, schrieb Kim. *Ich möchte eine Elektropistole kaufen und soll von jemandem grüßen, der Pang heißt? Und wenn ich eine Handgranate will? Soll ich dann mit Benny Boom kommen?*

Die Antwort kam nach einer Minute: *Du kannst grüßen, von wem du willst, Skalman, aber wenn du den betreffenden Artikel willst, empfehle ich Jimmy Pang.*

Kim ging davon aus, dass der Mann – denn wer außer einem Mann würde sich MekaGodzilla nennen? – Chinese war, und ihn beschlich immer mehr das Gefühl, dass Humor nicht zu den größten Stärken der Chinesen zählte. Also schrieb er knapp *Danke* und verließ das Forum.

9

Eine Stunde lang feilte und schliff Julia Malmros an *Stormland* herum, ohne irgendwo hinzukommen. Nur, weil Salander und Blomqvist ausstiegen, konnte sie ihre Geschichte nicht einfach aufgeben. Sie war wie von selbst entstanden, hatte sich wie von selbst erzählt, und sie hatte einen Drive und eine Frische, mit der sie gewiss auch ohne Mickes und Hedvigs Mitwirkung überleben konnte. Julia wusste nur nicht, wie.

Als es auf acht Uhr zuging, gab sie auf und rief Irma Ryding an. Ihre Freundin war freudig überrascht, dass Julia zurück in der Stadt war, und sie verabredeten sich in einer Viertelstunde am üblichen Treffpunkt. Julia rief Google Maps auf dem Laptop auf, tippte »Shanghai« ein und klickte auf »Street View«. Sie verbrachte fünf Minuten damit, virtuell durch die Straßen zu streifen, und versuchte, sich Kim zwischen all den Menschen mit unkenntlich gemachten Gesichtern vorzustellen. Dann schaltete sie den Computer aus und verließ die Wohnung.

Gamla Stan war voller Touristen, die vor den erleuchteten Schaufenstern stehen blieben und sich gegenseitig fotografierten. Eine größere Gruppe versammelte sich um eine Jongleurin, die sich als Pippi Langstrumpf verkleidet hatte. Im Vorbeigehen hörte Julia jemanden »Mumin« sagen, vielleicht glaubten die Zuschauer ja, dass die Kleine My gerade zugange war.

Irma stand, auf eine Gehhilfe gestützt, vor dem Gråmunken und wartete. Als sie Julia entdeckte, nickte sie zum Lokal. »Da drin ist es vielleicht ein bisschen stickig«, sagte sie. »Sollen wir uns nicht lieber in ein Straßencafé setzen?«

»Aber meine Liebe«, sagte Julia, »was ist denn mit dir passiert?«

Irma zuckte mit den Schultern. »Gestürzt. Oberschenkelhalsbruch.«

»Aber warum hast du nichts gesagt?«

Irma schenkte Julia einen scharfen Blick aus blassblauen Augen. »Weil alte Weiber, die über ihre Schmerzen jammern, das Langweiligste sind, was diese Welt zu bieten hat. Abgesehen von Ingenieuren, möglicherweise. Sollen wir?«

Sie gingen gemeinsam die Västerlånggatan hinunter, bogen in den Kåkbrinken ab und liefen dann weiter Richtung Stortorget, während sich Irma über die Touristen aufregte, die ihr ständig im Weg standen. »Ich sollte mir ein Elektromobil anschaffen«, bemerkte sie, »und sie alle niedermähen.«

In einem Straßencafé direkt gegenüber dem Börshuset, wo die Schwedische Akademie tagte, fanden sie einen Platz. Mit einem Stöhnen ließ sich Irma auf einen Stuhl sinken und nickte zu dem Gebäude hinüber, das die andere Seite des Platzes dominierte. »Was meinst du, was sie da drinnen wohl vorhaben? Ob da schon wieder die Post abgeht?«

Julia hatte schon vor langer Zeit aufgehört, sich für das Hin und Her in der Akademie infolge der MeToo-Debatte zu interessieren, während Irma es fast zu ihrem Hobby gemacht hatte. Sie hatte verkündet, ihren nächsten Krimi in diesem Milieu spielen zu lassen. Der Arbeitstitel des Romans über ein Akademiemitglied als Massenmörder lautete: »Die Todesliste der Schwedischen Akademie«. Julia ging davon aus, dass ihre Freundin scherzte.

Sie bestellten jede ein Glas Weißwein, und Irma zusätzlich noch einen großen Wodka. »Wodka für die Hüfte, Wein für die Gesellschaft.«

Sobald der Wodka seine Wirkung entfaltet hatte, schien Irma sich zu entspannen, und sagte: »Alkohol löst alle Probleme.«

»Abgesehen von denen, die er schafft.«

»Nein, nein, man muss dann einfach nur weitertrinken, und sie lösen sich auf. Aber nun erzähl mal. Was hast du in letzter Zeit so angestellt?«

»Willst du die kurze oder die lange Version?«

»Die lange bitte. Ich bin den Klang meiner eigenen Stimme ziemlich müde.«

Julia brauchte eine ganze Weile, um alles zu erzählen, was sie seit dem Mittsommerfest erlebt hatte, und sie tranken dabei ihren Wein aus und bestellten einen neuen.

»Aha, du betreibst also deine eigenen Ermittlungen? Ich dachte, du hättest die Polizeiarbeit an den Nagel gehängt.«

Julia lächelte. »Zugegebenermaßen gehörte Polizeiarbeit früher nicht unbedingt zu meinen Traumberufen … und das, obwohl mein Vater Polizist war. Ich wollte immer schon Privatdetektivin werden.«

»Und jetzt bist du das auch. Aber warum?«

Julia hatte sich diese Frage selbst schon gestellt und zwar keine eindeutige Antwort gefunden, aber immerhin eine Erklärung. »Sicher gibt es viele Gründe«, sagte sie, »aber ich glaube, es ist vor allem … Olof Helander. Dieser kleine Junge. Dass er sich irgendwann mit Mächten anlegte, die zu stark für ihn waren, und am Ende sterben musste. Wir haben einen Teil unserer Kindheit miteinander verbracht, und jetzt ist er weg. Etwas von mir ist mit ihm gegangen, und ich will … es ist schwierig, das in Worte zu fassen.«

Irma nippte an ihrem Wein, und in ihrem Blick blitzte etwas auf. »Es hat also nichts mit einem spannenden Abenteuer mit diesem mysteriösen jungen Mann zu tun?«

»Bitte, Irma. Ich sitze die meiste Zeit vor dem Rechner und arbeite, und Kim …, das Gefühl ist nicht prickelnde Spannung, sondern vor allem die Sorge, dass ihm etwas zustoßen könnte.«

»Hm«, sagte Irma. »Ich glaube, was ich glauben will. Im Übrigen scheinst du ja jetzt selbst in diese *Millennium*-Geschichte verwickelt zu sein, die du nicht schreibst.«

»So fühlt es sich aber nicht an.«

»Nee. Das tut es nie, solange es läuft. Dann trinken wir auf Kim. Und darauf, dass er zurückkommt.«

10

Kim Ribbing wachte davon auf, dass sein Handywecker klingelte. Er befand sich in einem Meer von einem Bett, umgeben von Polstern und weichen Kissen. Es war neun Uhr, aber die Zeit hatte aufgehört, irgendeine Bedeutung für ihn zu haben.

Er hatte bemerkenswert gut geschlafen. Gestern Abend waren es insgesamt fünf Whisky Sour geworden, und kaum war er in die Koje gekrochen, war er sofort eingeschlafen und die ganze Nacht nicht mehr aufgewacht. Er fühlte sich ausgeschlafen und zu allem bereit.

Kim duschte kurz und ging dann hinunter in den Frühstückssaal, wo ein Büfett stand, das eine kubanische Kleinstadt gesättigt hätte. Er begnügte sich mit Rührei und Bacon sowie einer ordentlichen Tasse Kaffee. Dann verließ er das Hotel, um Shanghai zu besichtigen.

Als er die Hauptstraße im Französischen Viertel entlangging, überraschten ihn am meisten die Bäume. Er hatte sich Shanghai als eine Stadt mit massivem Verkehr und schlechter Luft vorgestellt. Mit beidem hatte er recht behalten, aber die breite Straße war außerdem von jeder Menge Bäumen gesäumt, die den Eindruck von Stahl und Beton etwas abmilderten. Kim fand einen Fußgängerüberweg und überquerte die Avenue, um ins Herz des Französischen Viertels zu gelangen.

Hier drängten sich die Fußgänger und in der Luft hing der Duft von Nudelsuppe und Bratfett. In den Schaufenstern drehten sich Hähnchen am Spieß, und in Garküchen standen alte Männer und kochten Essen in riesigen Woks. Unmengen von Schildern priesen auf Chinesisch und Englisch an, was es zu kaufen gab, und an den Straßenecken saßen Menschen und schlürften lautstark ihre Suppen, während sie mit dem Kinn fast in den Schüsseln hingen. Kim blieb vor einem Schild mit einem elektrobetriebenen Roller und dem Hinweis »Scooters 300 CNY/day« stehen.

Eine Viertelstunde später konnte er seinen gemieteten Elektromotorroller aufschließen. Er setzte den Helm auf, den er für weitere dreißig Yuan geliehen hatte, und machte sich mit der Steuerung vertraut. Dann gab er die Adresse des Elektronikgeschäfts in das GPS ein, das ihm sagte, er würde mit dem Auto in zwanzig Minuten dort sein. Mit dem E-Motorroller vermutlich etwas später.

Kim schaltete den Motor an und fädelte sich in den Verkehrsstrom ein. Schon bald stellte er fest, dass sein E-Roller leistungsstärker war als die schwedischen EU-Varianten. Auf einer geraden Strecke, auf der der Verkehr dünner wurde, drehte er voll auf, und das Tachometer blieb erst bei 85 km/h stehen.

Als Kim lautlos und geschmeidig zwischen Autos und Passanten kreuzte, fühlte sich das fast wie Schweben an, und erneut überfiel ihn der Gedanke: *Fang mich, wenn du kannst.*

Der Elektronikladen lag in einem heruntergekommenen Viertel. Zerborstene Schaufenster und Müllsäcke auf der Straße, Menschen, die von baufälligen Balkonen auf die Straße herabsahen. Die Schaufenster waren mit Papier überklebt, das mit Zeichen beschrieben war, die Kim nicht entziffern konnte. Er parkte an einem Hydranten und schloss den Roller mit einer Kette an, die er für weitere dreißig Yuan geliehen hatte. Hätten sie die Luft in den Reifen extra berechnen können, hätten sie auch das getan. Anschließend klemmte er den Helm unter den Arm und ging in den Laden.

11

Wenn man sich das absolute Gegenteil eines Apple-Shops vorstellte, dann hatte Kim Ribbing es gerade gefunden. Überall lagerten Elektronik, Computer, Fernseher, Verstärker und Blu-Ray-Player in offenen und geschlossenen Kartons, scheinbar wahllos von ein paar Stehlampen beleuchtet. In der Luft lag der Geruch von Räucherkerzen, vielleicht, um etwas Unangenehmeres zu überdecken.

Kim schlich wie durch Schützengräben zwischen den Kartons hindurch und fand eine Theke, hinter der ein älterer Chinese Pfeife rauchend saß. Er trug ein glattes schwarzes Käppchen und blinzelte Kim durch eine Brille mit eckigem Rahmen an.

»Guten Morgen«, sagte Kim auf Englisch. »Ich würde gerne einen Taser kaufen.« Der Mann zog eine bedauernde Grimasse und drehte mit den Händen an den Ohren, um zu signalisieren, dass er Kims Worte nicht verstand.

»Außerdem noch schöne Grüße von Jimmy Pang.«

Der Mann begann zu strahlen. »Ah! Das wirft ja ein ganz neues Licht auf die vorliegende Situation!«, antwortete er in ausgezeichnetem Englisch. »Wie geht es Jimmy denn?«

»So gut wie nie zuvor«, sagte Kim.

»Kommen Sie, kommen Sie«, sagte der Mann und winkte Kim zu, ihm zu folgen. »Seien Sie so freundlich und begleiten mich in die hinteren Gefilde.«

Der Mann klappte einen Teil der Theke hoch, und Kim folgte ihm in einen Bereich, der schätzungsweise das Lager war, obwohl der ganze Laden wie ein Lager aussah. Und tatsächlich konnte er keinen großen Unterschied zwischen dem vorderen und dem hinteren Bereich erkennen, möglicherweise war der hintere schlechter beleuchtet. Auch hier Kartons über Kartons.

Inmitten der Kartons, unter einer Hängelampe, stand ein Schreibtisch. Der Mann schaltete das Licht ein, das einen weißlichen Schein auf die Tischplatte warf. »Wenn Sie die Güte hätten, mich für einen Augenblick zu entschuldigen, dann werde ich Ihnen die gewünschte Ware umgehend bringen.«

Kim setzte sich auf einen Hocker und stützte die Ellenbogen auf den Tisch. Aus den Augenwinkeln nahm er eine Gestalt wahr und drehte den Kopf. In einer Ecke stand eine lebensgroße Puppe, deren Finger mittels Drähten mit einer Art Messgerät verbunden waren. Wurden hier auch Folterinstrumente verkauft? Die Puppe ließ Kim an Vamlinge denken, und ihm lief ein Schauer über den Rücken.

Der Mann kehrte mit drei Kartons zurück, auf deren Deckel die Ware abgebildet war, und stellte sie vor Kim auf den Tisch.

»Welcher ist der beste?«, fragte Kim.

»Oh, das kommt ganz auf den Zweck an oder besser gesagt auf das Anwendungsgebiet.« Der Mann pochte mit einem vergilbten Nagel auf das Modell, das einer Pistole am ähnlichsten sah. »Dieser hier ist am stärksten, wenn man den eigentlichen Elektroschock betrachtet, aber bei diesem hier …«, seine Finger bewegten sich weiter, »werden die Pfeile, oder sollte ich besser Pole sagen, mit einer höheren Geschwindigkeit abgeschossen, und darüber hinaus hat er die stärkste Batterie. Und schließlich gibt es noch den hier«, sagte der Mann und zeigte auf den kleinsten Karton, »ein etwas eleganteres Modell. Diskret, könnten wir auch sagen.«

»Diskret gefällt mir«, sagte Kim. »Aber verpasst es trotzdem einen ordentlichen Schlag?«

»Oh, ja«, sagte sein Gegenüber und riss die Augen auf. »Einen intensiven Kuss, wenn man so will.«

Der Mann öffnete den Karton und holte ein pistolenförmiges eckiges Gerät heraus, das an jeder Seite einen Knopf und vorne zwei Öffnungen hatte. Er machte eine zierliche Geste in Richtung der Menschenpuppe und sagte: »Wenn Sie die Güte hätten, mir zu Mister Ling zu folgen.«

Als Kim sich Mister Ling näherte, sah er, dass dessen Silikonhaut mit Hunderten kleiner Löcher übersät war, und allein die Tatsache, dass Mister Ling einen Namen hatte, deutete auf einen regelmäßigen Gebrauch hin. Der Mann legte den Taser in Kims Hand und betätigte den Schalter am Messinstrument, sodass das Fenster mit dem Zeiger aufleuchtete. Er zeigte auf die Waffe und sagte: »Linker Knopf, abfeuern. Rechter Knopf, Schock.«

Kim hob den Taser, der ein vertrauenerweckendes Gewicht besaß, aber trotzdem so schmal war, dass er den Daumen auf dem rechten Knopf und den Mittelfinger auf dem linken ruhen lassen konnte. Er zielte auf Mister Lings Brust und drückte den linken Knopf. Der Taser ruckte, und die Pfeile flogen los und bohrten sich direkt unter dem Punkt, an dem Mister Lings nicht vorhandenes Herz sitzen würde, in den Leib. Dünne gelbe Drähte hingen schlaff zwischen dem Kasten und den Pfeilen.

Kim wollte den rechten Knopf drücken, aber der Mann deutete mit der Hand auf die Messanzeige. »Sehen Sie dorthin!« Kim tat wie geheißen, und dann feuerte er. Die Nadel schoss ungefähr den halben Weg nach oben. Der Ladeninhaber tippte mit seinem gelben Fingernagel auf das Glas. »Zweitausend Volt!«

»Ein Kuss voller Leidenschaft«, sagte Kim.

»Ich hätte es selbst nicht besser ausdrücken können.«

Der Mann zog die Pfeile wieder heraus und demonstrierte dann, wie man eine Kurbel auf der Rückseite der Schachtel herausklappte und die Drähte wieder einholte.

»Die Ladung«, fragte Kim. »Wie lange reicht sie?«

Der Mann machte eine abwägende Handbewegung. »Wenn ich den treffenden Vergleich des werten Herrn weiter ausbauen darf, dann schätzungsweise für zwei leidenschaftliche Küsse und einen weiteren eher … wie soll ich sagen … ehelichen.« Er zeigte auf den Tisch. »Das größte Modell hier ermöglicht eine so große Anzahl von Küssen, dass der Gebrauch notwendigerweise eine andere Qualität besitzt, wenn ich das mal so kühn formulieren darf.«

»Für einen solchen Gebrauch habe ich im Augenblick keinen Bedarf«, sagte Kim. »Ich nehme diesen hier. Was kostet er?«

»Dreitausend Yuan. Wenn Sie verhandeln möchten, kann ich mich vermutlich, aber mit bekümmertem Herzen, auch für zweieinhalbtausend von ihm trennen.«

»Dann sagen wir dreitausend. Akzeptieren Sie Karten?«

»Bedauerlicherweise nein. Transaktionen dieser Art sollten keine Spuren im Sand hinterlassen, falls der werte Herr mir folgen kann.«

»Das tue ich. Gibt es einen Geldautomaten in der Nähe?«

Der Mann beschrieb ihm den Weg zum nächstgelegenen Geldautomaten. Kim sagte, dass er in zwei Stunden zurückkehren werde, legte den Taser aus der Hand und fragte, ob es auch okay sei, nebenbei den E-Roller zu laden. Der Mann verbeugte sich und zog ein Verlängerungskabel auf die Straße. Als Kim fragte, was es kostete, sagte der Mann, das gehe aufs Haus. Die illegalen Geschäfte waren offensichtlich einträglicher als die legalen.

Nachdem Kim das Geld abgehoben hatte, verbrachte er die folgenden zwei Stunden in einem Teehaus, wo ein Kellner seinen Tee immer wieder neu aufgoss, sobald die Tasse leer war. Er las den Text über die Drohnen, den Julia ihm geschickt hatte, und kontrollierte, ob Martin Rudbeck irgendwelche Dummheiten in seinem Wohnzimmer veranstaltet hatte. Bedauerlicherweise nicht, wie der Mann im Laden es vielleicht ausgedrückt hätte.

Laut GPS bräuchte er etwa vierzig Minuten zu dem Ort, an dem er Danny treffen sollte, also kehrte Kim um kurz vor eins in den Elektroladen zurück. Er bezahlte den Taser und konnte ihn mit ein wenig Mühe am Rücken in den Hosenbund stecken. Der Ladenbesitzer hob seine bleistiftschmalen Augenbrauen an und sagte: »Möchte sich der werte Herr in der näheren Zukunft in Gesellschaft begeben, wo es zu Küssen kommen könnte, wenn ich mir die Frage erlauben darf?«

»So könnte man es ausdrücken«, sagte Kim. »Aber ich hoffe, dass die Begegnung eher … platonisch verlaufen wird.«

»Selbstverständlich«, erwiderte der Mann und beugte leicht den Kopf. Ich wünsche dem werten Herrn Glück und Gesundheit.«

Um Punkt eins löste Kim seinen Roller vom Stecker, öffnete das Schloss und stieg auf. Er band seine Haare zu einem Knoten zusammen, winkte dem Ladenbesitzer zum Abschied und sauste lautlos in Richtung Hospital of Horror.

12

Julia Malmros wachte um Punkt sieben Uhr auf, zu der Zeit, als Kim Ribbing sich, sieben Zeitzonen entfernt, mit Danny Chen verabredet hatte. Kim hatte am vorhergehenden Abend eine SMS geschickt: »Treffe X morgen um 14 Uhr.« Seine Vorsicht, was Name und Ort anging, trug zu Julias Sorge bei, und vielleicht war sie deswegen aufgewacht. Sie holte ihr Handy heraus, stellte das Klingelsignal auf höchste Lautstärke und die Vibration auf maximal, um den Alarm nicht zu verpassen, falls der Tracker ansprang.

Dann kochte sie Kaffee und lief mit der dampfenden Tasse in der Hand in der Wohnung auf und ab. Sie ging davon aus, dass Kim selbst auf sich aufpassen konnte, aber jetzt war er allein in einer fremden Stadt, deren Spielregeln er nicht kannte.

Als es neun Uhr wurde, ohne dass Kim angerufen hatte oder der Alarm ausgelöst worden war, fiel die Spannung langsam von ihr ab. Vermutlich war alles gut gegangen, und warum auch nicht? Allmählich wurden ihre Sorgen von Neugierde verdrängt. Indem sie durch die Wohnung tigerte, würde sie Kim nicht dazu bringen, schneller anzurufen.

Sie hatte ein kleineres Projekt, das sie an diesem Tag angehen wollte, und damit konnte sie ebenso gut gleich beginnen. Also rief sie die Homepage von Greenbase auf ihrem Laptop auf und fand heraus, dass sich eines der Büros in Sundbyberg befand.

Am Abend zuvor hatten sie und Irma ziemlich tief ins Glas geschaut, und Julia hielt sich noch nicht für fahrtüchtig. Über die Homepage des öffentlichen Nahverkehrs fand sie heraus, dass sie die Adresse in Sundbyberg auch mit der U-Bahn erreichen konnte. Das Handy in der Brusttasche, verließ Julia die Wohnung.

Während sie auf dem Bahnsteig wartete, wanderten ihre Gedanken zu Irma. Es war beklemmend, dass Irma gefallen war und sich so ernsthaft verletzt hatte, aber anschließend aus Angst, andere Leute damit zu langweilen, noch nicht einmal darüber sprechen wollte. Wie einsam ihre Freundin sein musste.

Wie sie selbst wohl mit dem Älterwerden klarkam, wenn es so weit war? Würde sie genauso stoisch wie Irma werden, oder würde sie sich weiter über Kleinigkeiten beklagen, wie sie es jetzt tat? Vermutlich eher Letzteres. Es war eher unwahrscheinlich, dass sie dann jemanden an ihrer Seite hätte. Am allerwenigsten Kim, der bei der ersten Gelegenheit die Flucht ergriff, sobald die Dinge kompliziert wurden. Das Beste wäre vielleicht, einfach noch ein paar Schritte weiterzugehen und zu warten, bis sie unten auf den Gleisen zu Brei gefahren wurde. Solche Gedanken kamen Julia ziemlich oft, aber sie war weit entfernt davon, es wirklich zu tun.

Es sang in den Gleisen, als die U-Bahn sich der Haltestelle näherte, und Julia schreckte hoch. Das Telefon in ihrer Tasche vibrierte so besessen, dass ihr Herz vor Schreck beinahe stehenblieb.

13

Es war neun Uhr, und Jonny Munther eröffnete das erste Treffen des Tages, indem er auf den Tisch klopfte. »Guten Morgen. Ich hoffe, ihr hattet einen erholsamen Schlaf und erfreut euch guter Gesundheit.«

»Du hast zu viel mit dem chinesischen Botschafter geredet«, sagte Carmen Sánchez.

»Möglicherweise. Als ich ihn vor einer halben Stunde anrief, sagte er, dass wir die Gefühle des chinesischen Volkes verletzt haben, indem wir unbestätigte Gerüchte darüber verbreitet hätten, dass ihre Soldaten in den Überfall verwickelt seien. Er denke darüber nach, den Vorfall auf eine höhere diplomatische Ebene zu heben.«

»Und wenn sie das wirklich sind?«, fragte Ulrika Boberg.

»Wenn wer was ist?«, wollte Jonny wissen.

»Das chinesische Volk. Verwundet. In seinen Gefühlen.«

»Pah«, sagte William King. »Das ist ja wohl nur vorgeschoben. Haben Chinesen überhaupt Gefühle?« Noch bevor jemand etwas erwidern konnte, hob William King die Hände in seiner typischen *Ich ergebe mich*-Geste. »Und weil ich inzwischen begriffen habe, dass so etwas angemerkt werden muss, merke ich hiermit an, dass das gerade ein Scherz war.«

»Ein ziemlich unpassender Scherz in diesem Zusammenhang«, sagte Jonny, beließ es dann aber dabei und wandte sich an Sánchez. »Und ihr habt auf Knektholmen nichts gefunden?«

»Leider nein. Obwohl wir sehr sorgfältig waren. Wir haben sogar einen Smaragdring hinter einer Bodenleiste gefunden, der vermutlich Gabriella Helander gehört hat. Ich werde ihn am Strandvägen abgeben, wenn wir nachher dorthin fahren, um nach dem iPad zu suchen, denn jetzt gehört er wohl Astrid.«

»Danke. Ulrika?«

Ulrika hatte heute keine Papiere, sondern einen Laptop, der parallel zur Tischkante ausgerichtet war. Sie sah auf den Bildschirm. »Ich habe meine Kollegen im Wirtschaftsdezernat darauf angesetzt, das weit verzweigte Höhlensystem zu erforschen, das Moes Finanzen darstellen. Ich selbst habe mich weiter auf Chen Bao konzentriert, und was ich gefunden habe, könnte durchaus etwas mit dem Fall zu tun haben. Die Basiskonstruktion der Futurigs-Bohrinseln wird in China von einem Unternehmen namens ChengBa in Chengdu hergestellt. Ein riesiges Unternehmen, das Ölplattformen in viele Länder liefert und einen Jahresumsatz von zig Milliarden Dollar erreicht.«

»Ich habe mich schon gefragt«, sagte Christof Adler, »was so eine Bohrinsel eigentlich kostet.«

»Das kommt drauf an, wie groß sie ist und wie tief sie bohren kann«, sagte Ulrika. »Aber der Preis bewegt sich irgendwo zwischen ein und zwei Milliarden. Dollar.«

Adler stieß einen leisen Pfiff aus. »Jetzt reden wir über Summen, für die Leute töten.«

»Ja«, bestätigte Ulrika. »Und es sieht so aus, als hätte sich Chen Bao bei seinen Nachforschungen über die Konstruktion von Bohrinseln ausschließlich auf ChengBa konzentriert. Das müssen wir uns unbedingt genauer anschauen. Vermutlich sind auch Bestechungsgelder geflossen, als sie ihre Verträge geschlossen haben, unter anderem mit Futurig.«

»Sie haben also nebenbei noch etwas bezahlt, um den Zuschlag zu bekommen«, meinte Jonny Munther. »Gesetzwidrig, natürlich, aber gar nicht unüblich, wenn ich das richtig verstanden habe.«

Ulrika nickte unwillig, als der Kommissar mit so banalen Aussagen in ihr Spezialgebiet eindrang. »Stimmt«, sagte sie, »das ist korrekt. Aber lass uns einmal annehmen, wir sprechen von fünfzehn Milliarden schwedischen Kronen. Nehmen wir weiter an, man legt eine kleine Bestechungssumme von … beispielsweise einem halben Prozent des Vertragswerts drauf. Das wären schon fünfundsiebzig Millionen.«

»Und diese Bestechungsgelder flossen direkt an Frode Moe?«, fragte Jonny.

»Nein, nichts deutet darauf hin. Laut meinen Recherchen handelt es sich um eine interne chinesische Angelegenheit. Vielleicht gibt es da einen Funktionär.«

William King formte seinen Zeigefinger zu einer Pistole und sagte: »Wenn das herauskommt, kann sich der Halunke auf einen Genickschuss freuen. Und Pu der Bär würde dabei gern den Abzug ziehen.«

»Tja«, sagte Ulrika. »Man könnte auch sagen, dass man als chinesischer Staatsbürger ein besonders großes Interesse daran hat, solche Entdeckungen zu vermeiden.«

»So groß, dass man sechs Personen umbringen lässt, um davonzukommen?«, fragte Jonny.

»Davon würde ich ausgehen.«

»Okay. Also, was haben wir …?« Jonnys Telefon klingelte. Er warf einen Blick aufs Display, entschuldigte sich und ging nach draußen in den Flur.

»Julia, ich bin mitten in einer …«

»Es ist etwas passiert«, fiel ihm Julia Malmros aufgewühlt ins Wort. »Sitzt du?«

14

Von außen betrachtet, schien das »Spital des Schreckens« nicht gerade geeignet, jemandem Sinn und Verstand zu rauben. Ein Industriebau mit einer breiten Gittertreppe, die zu einer Doppeltür aus Glas hinaufführte. Das Schild, das über der Flügeltür hing, war noch bemerkenswerter. Weiße Buchstaben in schnörkelloser Schrift auf schwarzem Grund: »Hospital of Horror«. In diesem Krankenhaus hatte man sich offenbar eine eher klinische Einstellung zur Kunst des Erschreckens bewahrt.

Kim Ribbing schob den Roller auf den Parkplatz, wo bereits eine ganze Anzahl von Mopeds, Motorrädern und Autos auf dem Kies stand. Er ging einmal um das Gebäude herum, fand aber keinen Hinweis auf einen Hinterausgang. Als er sich erneut dem Eingang näherte, kam ihm eine Gruppe von fünf chinesischen Jugendlichen zuvor. Die Jungen zogen Grimassen, und die Mädchen kicherten. Kim gab ihnen einen kleinen Vorsprung, bevor er die Tür aufzog.

Dahinter stand ein schlichter dunkler Empfangstisch. Kim bezahlte die einhundert Yuan Eintritt und wurde in einen Vorraum geschickt, wo etwa zehn Besucher warteten. Ein Schild erklärte, »für ein optimales Erlebnis« dürften sich maximal dreißig Personen gleichzeitig innerhalb des Krankenhauses aufhalten.

Außer den kichernden Jugendlichen befanden sich noch zwei blasse Touristen im Raum, ein Mann und eine Frau in seinem Alter, die schon jetzt zu Tode erschrocken aussahen, ein älterer Herr mit gelangweilter Miene sowie zwei junge Chinesen mit femininen Gesichtszügen, die so nahe beieinandersaßen, dass sich ihre Hände fast berührten. Alle starrten auf einen großen Bildschirm, wo Szenen aus dem Inneren des Krankenhauses liefen – Menschen, die aufschrien und in Panik flüchteten.

Nach fünf Minuten kam ein Mann in einem Arztkittel und bedeutete Kim mit einer Handbewegung, dass er jetzt willkommen sei. Die anderen waren bereits hineingegangen, und neue Besucher drängten nach. Kim berührte den Taser, der an seinem Rücken schabte, und ging durch die Tür, die der Mann hinter ihnen schloss.

»Please. Welcome. Walk«, sagte der Mann und zeigte auf einen Korridor, der von roten Lampen nur unzureichend erleuchtet wurde. Weiter vorn erkannte Kim die Umrisse einer Bahre, auf der ein Körper lag, bedeckt mit einem Tuch. Kim lief los. Irgendwo im Korridor hörte er die Jugendgruppe schreien und lachen. Kim mochte keine plötzlichen Bewegungen oder Geräusche und war bis zum Äußersten angespannt, als er sich dem bedeckten Körper näherte und die blutigen Handabdrücke auf dem Laken sah. Er ging davon aus, dass sich der »Leichnam« jeden Augenblick mit einem Ruck aufsetzen würde. Kim ließ die Bahre nicht eine Sekunde aus den Augen, aber nichts passierte.

Als er schließlich aus den Augenwinkeln eine flüchtige Bewegung wahrnahm, wurde ihm klar, dass er manipuliert worden war. Die Bahre mit dem Leichentuch diente dazu, die Aufmerksamkeit in die falsche Richtung zu lenken, sodass die Besucher umso mehr erschraken, wenn der Schockmoment tatsächlich eintrat. Kim zuckte zusammen, als eine Frau im Arztkittel und einem Vorhang aus langem schwarzem Haar vor dem Gesicht mit ruckartigen Bewegungen auf ihn zukam, während sie fauchende, kehlige Laute ausstieß. Hinter den Haaren schimmerten zwei aufgerissene Augen und ein blutiges Gesicht. Die Frau stolperte an Kim vorbei und verschwand in einer Nische.

Kim dachte plötzlich, dass es ein riskanter Job sein musste, als Gespenst zu arbeiten. Beim Anblick der Frau hatte er instinktiv nach dem Taser gegriffen, sich aber noch rechtzeitig gebremst. Andere besaßen vielleicht nicht genug Selbstbeherrschung. Nachdem Kim durch einen abzweigenden Korridor gegangen war, von dessen Decke Knochensägen hingen, betrat er einen Raum, in dem ein Arzt in den Innereien eines Patienten wühlte. Der Patient war eine lebensecht wirkende Puppe, und die Gedärme, die der Arzt mit einem schlürfenden Geräusch herauszog und musterte, sahen ziemlich realistisch aus. Als Kim vorbeiging, hob der Arzt mit einem Ruck den Kopf und starrte ihn an.

Der nächste Raum war ein größerer Saal mit hoher Decke, in dem ein Rettungswagen parkte. Unter einer umgekippten Bahre lugte eine Hand hervor. Als Kim sich näherte, sprangen ein Mann und eine Frau mit kreidebleichen Gesichtern aus dem Rettungswagen, liefen an ihm vorbei und verschwanden in einer Öffnung, die von einem Vorhang verdeckt war. Kim nahm an, dass es hinter den Wänden ein System aus Gängen gab, die es den Gespenstern erlaubten, sich im Verborgenen zu bewegen.

Der nächste Korridor führte zu einer Treppe, auf der eine Person mit zerschmettertem Schädel lag, vermutlich auch eine Puppe. Rechts neben dem Fuß der Treppe gab es eine Öffnung, aus der das Stöhnen einer Frau zu hören war. Kim ging hin und starrte in die Dunkelheit. Die Frau stöhnte und jammerte auf eine sehr gespensterhafte Weise, zeigte sich aber nicht. Kim sah sich um, stellte fest, dass er allein in dem Raum war, und schaltete die Taschenlampe seines Handys ein.

Vor ihm verlief ein schmaler, zehn Meter langer Korridor, an dessen Ende sich eine Tür befand. Über der Tür saß ein Lautsprecher, aus dem das Stöhnen drang. Eine schwache, rote Lampe sorgte für ein kleines bisschen Sicht. Kim schaltete das Handy wieder aus und trat in den Korridor.

Er ging bis zur Tür, sank in die Hocke und lehnte sich mit den Schultern dagegen. Jetzt befand er sich so nah am Lautsprecher, dass alle anderen Geräusche von dem Stöhnen verschluckt wurden. Er sah auf die Zeitanzeige seines Handys. 13.55 Uhr. Hoffentlich war Danny pünktlich, diese Dauerbeschallung mit Jammer und Not machte ihn zunehmend nervös.

Exakt um 14 Uhr öffnete sich die Tür neben Kim. Ein bisschen mehr Licht fiel in den Gang, und Kim erkannte einen übergewichtigen, etwa dreißigjährigen Chinesen, der sich mit seiner randlosen Brille hektisch umschaute, bevor er die Tür hinter sich schloss und keuchend vor Kim in die Hocke ging, sodass ihre Knie sich fast berührten.

»Danny?«, fragte Kim, und der Mann nickte mit zitterndem Kinn. Es war sinnlos, etwas anderes zu tun, als direkt zur Sache zu kommen, also fragte Kim über das Jammern hinweg: »Ihr Vater hat etwas herausgefunden, oder?«

»Ja«, erwiderte Danny in einer Lautstärke, die gerade noch verständlich war. »Es gibt einen norwegischen Geschäftsmann.«

»Frode Moe?«

»Richtig. Er lässt Bohrinseln in Chengdu bauen, und mein Vater hat entdeckt, dass diese Inseln auf irgendeine Weise manipuliert sind, er …« Der Mann hielt inne und rang die Hände. »Das ist eine lange Geschichte, aber laut meinem Vater begann alles in Havanna, im Hotel Habana Libre zu Beginn der Neunzigerjahre, als dieser Moe und ein anderer Mann sich dort mit einem kubanischen Regierungsbeamten trafen …«

»Haben Sie das irgendwo aufgeschrieben, besitzen Sie irgendwelche Dokumente?«

»Natürlich, natürlich«, sagte Danny und steckte die Hand in die Jackentasche. »Ich habe einen Speicherstick.«

Plötzlich leuchtete auf Dannys Stirn ein grüner Punkt auf. Kim begriff sofort. Vermutlich war der gleiche Punkt über seinen Augen zu sehen. Er warf sich auf Danny, und im selben Augenblick ploppte es zweimal gedämpft. Dannys Kopf wurde zur Seite geschleudert, und Kims Schulter brannte.

Blut, das in der Dunkelheit schwarz aussah, spritzte an die Tür, und Danny sank zusammen, wobei seine Brille an der Betonwand entlangkratzte. Vor dem helleren Licht am Ende des Korridors zeichneten sich zwei schmale Silhouetten ab, möglicherweise die beiden Männer, die Kim für schwul gehalten hatte. Das Laserlicht aus der Zielvorrichtung ihrer schallgedämpften Pistolen schnitt durch die Dunkelheit.

Einen absurden Augenblick lang überlegte Kim, ob er Dannys Tasche durchsuchen sollte, aber er durfte nicht mal den sprichwörtlichen Bruchteil einer Sekunde verlieren. Wieder ploppte es zweimal, als er zur Tür rollte. Eine Kugel traf die Betonwand und schwirrte mit einem singenden Geräusch als Querschläger weiter, während die andere Dannys leblosen Körper traf.

Kim riss die Tür auf und warf sich gebückt in einen schmaleren Korridor, der in mehrere Richtungen abzweigte. Kurz bevor die Männer erneut schossen und die Kugeln an seinem Rücken vorbeipfiffen, bog er nach rechts ab.

Rücken. Taser.

Ja, aber sie waren zu zweit. Während er einen seiner Verfolger taserte, würde der andere ihn in aller Ruhe erschießen. *Zwei leidenschaftliche Küsse*. Wenn er die Männer auf irgendeine Art trennen könnte. Er bog nach links ab und erreichte einen Raum, in dem ein Gehängter an seinem Seil zappelte. Dann bog er in einen weiteren Nebengang ein. Hinter sich hörte er Schritte, die sich schnell näherten.

Kim schnappte sich einen Arztkittel, der an einem Haken hing, und tastete seine Schulter ab. Die Wunde war oberflächlich, blutete aber heftig. Im Laufen zog er die Finger durch das Blut und schmierte es sich ins Gesicht. Er nahm einen weiteren Seiteneingang und kam durch einen schmalen Raum, in dem ein Mann auf einer Bahre lag und zuckte, während ein hysterisch grinsender Arzt ihm Elektroschocks verpasste. Daneben stand die Jugendgruppe und sah kichernd zu. Wenn die wüssten.

Kim verzog das Gesicht, als er seine eigene Hölle zu einer Unterhaltungsnummer umgestaltet sah, schlüpfte in den weißen Kittel und tauchte in die Dunkelheit eines weiteren Korridors. Er löste den Knoten in seinem Haar, bog nach links ab und lief durch einen Gang, der an einer Wand endete. Für ein paar Sekunden stand er da wie paralysiert. Dann warf er sich die langen Haare vors Gesicht und drehte sich um.

Die beiden Männer, bei denen es sich tatsächlich um das Pärchen handelte, das einander fast an der Hand gehalten hatten, liefen in den Korridor hinein und sahen sich um.

Nur eine Chance.

Kim machte ruckartige Bewegungen und stolperte mit ausgestreckten Armen auf die Männer zu, während er die Augen aufriss und gequält röchelte. Die Männer sahen ihn entgeistert an, bevor sie in den Korridor zurückwichen und sich mit schnellen Schritten entfernten. Kim bewegte sich weiter wie der japanische Untote Kyonshī, während er denselben Weg zurückging, den er hergelaufen war. Allmählich kam ihm zu Bewusstsein, was geschehen war.

Sie haben ihn direkt vor meinen Augen erschossen.

Das Bild des grünen Punkts auf Dannys Stirn, der sich in ein Einschussloch verwandelte, brannte sich in Kims Netzhaut ein, als er sich in Zuckungen durch den Raum bewegte, wo ein Körper ausgeweidet wurde. Der Chirurg sah von seinem Eingeweidehaufen auf und fragte etwas auf Chinesisch. Kim ächzte als Antwort.

Frode Moe. Habana Libre.

Das Teuflische daran war, dass er keine handfesten Beweise hatte. Kim überlegte, ob er in den Korridor mit der stöhnenden Frau zurückkehren und versuchen sollte, den Speicherstick zu finden, aber das wäre zu gefährlich. Vielleicht hatten die beiden Männer sich schon von ihrem Schrecken erholt und erkannt, dass sie sich dieses Gespenst, das er darstellte, einmal näher ansehen sollten. Er musste so schnell wie möglich hier herauskommen. Außerdem hatten sie den Stick wahrscheinlich schon.

An Kims Schulter war der Kittel inzwischen blutdurchtränkt. Zum Glück konnte er problemlos den rechten Arm bewegen, und wusste, dass er nicht ernsthaft verletzt war, aber es brannte, als würde jemand ständig die Flamme eines Feuerzeugs an seine Haut halten.

Wie haben sie mich gefunden?

Es gab nur diese eine Erklärung: Trotz seiner Vorsicht musste er verfolgt worden sein. Er war so gut wie sicher, dass ihm niemand einen Minipeilsender angehängt hatte, und doch …

Der E-Motorroller.

Die Vermietung hatte er rein zufällig ausgewählt, und dem Mann im Elektronikgeschäft vertraute er instinktiv. Allerdings hatte er den Roller zwei Stunden vor dem Laden auf dem Bürgersteig stehen lassen, und es war gut möglich, dass jemand in dieser Zeit etwas daran befestigt hatte.

Warum waren sie vor mir da?

Jetzt fiel es ihm ein. Während er die Rückseite des Gebäudes inspiziert hatte, war eine Lücke entstanden. Er hatte seinen Verfolgern genug Zeit gegeben, um vor ihm ins Gebäude zu gelangen. *Fuck*. Es war anscheinend unmöglich, immer vorsichtig genug zu sein.

Kim humpelte in den letzten Gang und wurde von der Frau begrüßt, die er kopierte. Sie riss ihre Augen noch weiter auf und spuckte ihm einen zornigen Wortschwall auf Chinesisch entgegen, wahrscheinlich glaubte sie, dass Kim auf ihren Job aus war. Kim knurrte und näherte sich dem Ausgang.

Erst als er den Vorraum erreicht und sichergestellt hatte, dass die Männer nicht dort waren, band er seine Haare wieder am Hinterkopf zusammen. Ein paar Teenagermädchen starrten fassungslos auf sein blutiges Gesicht.

»I escaped«, sagte Kim, streifte den blutigen Kittel ab und ließ ihn zu Boden fallen, bevor er zum Ausgang lief.

15

Kim Ribbing setzte den Helm auf und ließ den E-Roller an. Bevor er losfuhr, nahm er seinen Gürtel ab und band damit die Wunde an seiner Schulter ab. In dem Moment, als er vom Parkplatz herunterrollte, öffneten sich die Eingangstüren des Spitals, und die beiden Männer liefen heraus.

Doublefuck.

Kim krümmte sich zusammen, während er die Energiezufuhr voll aufdrehte. Das Hinterrad des Rollers drehte auf dem Schotter durch, und er musste sein ganzes Gewicht auf das Lenkrad legen, damit beide Räder auf dem Boden blieben. Bevor die Männer ihre Waffen ziehen konnten, raste Kim an ihnen vorbei auf die von Bäumen gesäumte breite Straße.

Ein kurzer Blick über die Schulter verriet ihm, dass die beiden Männer ebenfalls einen Elektroroller bestiegen. Der war größer als der von Kim und sah richtig *badass* aus. Auf der Straße herrschte dichter Verkehr, und Kim musste die Geschwindigkeit drosseln, um nicht mit Autos, Mopeds oder Menschen zu kollidieren. Um Haaresbreite wäre er in einen Mann hineingefahren, der gerade die Straße überquerte. Der Fußgänger konnte sich zwar in Sicherheit bringen, aber die Aktentasche bekam einen Stoß ab und wurde ihm aus der Hand geschleudert.

Kim sah nach hinten. Die Tasche war aufgegangen, und Papiere wirbelten durch die Luft. Die beiden Männer fuhren direkt durch die Papierfontäne, und eines der Dokumente blieb an der Brust des Fahrers kleben. Sie waren näher gekommen.

Würden sie es wagen, unter all den Menschen auf ihn zu schießen? Wenn es dieselben Männer waren, die die Morde beim Mittsommeressen begangen hatten – und ihre Statur legte die Vermutung nah –, war ihnen ein Menschenleben nicht viel wert. Falls sie einen Peilsender an Kims E-Roller befestigt hatten, spielte es keine Rolle, welche Kunststücke er vollbrachte oder ob er sie in einem Wirrwarr von Gassen abhängte. Sie hatten ihn am satellitengesteuerten Haken. Er war erledigt.

I'm leaving the table. I'm out of the game.

Kim erinnerte sich an Julias Worte im Kungsträdgården, und ein Teil von ihm hätte sich dem am liebsten angeschlossen. Runter vom Pedal, nicht weiter fliehen, es einfach geschehen lassen, damit es endlich vorbei war. Das Adrenalin in seinem Körper wollte glücklicherweise etwas anderes.

Eine Fußgängerampel sprang auf Grün, und Menschen strömten über die Straße. Kim zielte auf eine schmale Lücke zwischen zwei Passanten, dachte, *lauft bitte weiter, danke*, und konnte sich in hohem Tempo gerade so hindurchschlängeln, während ihm Dinge, die wohl kaum Glückwünsche waren, hinterhergerufen wurden.

Kims Mutmaßungen über den Stellenwert eines Lebens wurden bekräftigt. Seine Verfolger hatten eine ältere Frau angefahren, und sie war zu Boden geschleudert worden. Ihr Arm stand in einem Winkel ab, bei dem schon allein der Anblick schmerzte. Die Männer waren jetzt nur noch wenige Meter entfernt. Kim bog nach rechts in eine schmalere Straße ein, die von Essensständen gesäumt wurde.

Schlechte Idee. Möglicherweise.

Der Geruch von heißem Fett strömte in Kims Nase, und Menschen mit Tellern und Schalen in den Händen sprangen zur Seite und schüttelten aufgebracht ihre Essstäbchen. Niedrige Kunststoffhocker flogen zur Seite, als sie vom Vorderrad des Rollers getroffen wurden. Kim griff an den Hosenbund und zog den Taser in dem Augenblick heraus, als die Männer an seiner linken

Seite auftauchten. Etwa zwanzig Meter weiter vorn überquerte jemand die Fahrbahn und zog eine große Karre mit jeder Menge Hühnerkäfigen hinter sich her.

Der junge Mann, der auf dem Beifahrersitz des Elektrorollers saß, steckte die Hand unter seine Jacke. In wenigen Sekunden würde der todbringende grüne Punkt auf Kim landen. Er wog seine Möglichkeiten ab, zielte auf die jeansbekleideten Oberschenkel des Fahrers und drückte ab. Der Mann auf dem Beifahrersitz hatte seine Pistole gezogen, verlor sein Ziel aber aus den Augen, als er auf die Pfeile in seinen Beinen sah und die Maschine ins Schlingern geriet. Kim gab ihm den Kuss.

Unter anderen Umständen hätte das vielleicht komisch ausgesehen. Korrektur: Auch unter diesen Umständen sah es komisch aus. Die Arme und Beine des Fahrers flatterten in alle Richtungen davon und sein Gesicht verzog sich, als würde er unter großer Qual an Pilates teilnehmen. Der Lenker schlug nach rechts ein, der E-Roller stellte sich plötzlich quer, und die Pfeile lösten sich aus den Oberschenkeln, als sich die Drähte spannten.

Kim konnte gerade noch den Zusammenstoß mit dem Hühnerkarren vermeiden, aber die beiden Männer schafften es nicht mehr. Sie schlugen mit gut sechzig Stundenkilometern in den Wagen ein und wurden aus ihren Sitzen mitten ins Federvieh geschleudert. Hinter Kim war ein wüstes Gegacker zu hören, dann bog er in eine Seitengasse ab und fuhr weiter zu seinem Hotel, während die gelben Drähte hinter ihm herflatterten wie dünne, chinesische Drachen.

16

Als sie sicher war, dass ihr Ex-Mann sich gesetzt hatte, berichtete Julia Malmros von dem Telefongespräch, das sie gerade geführt hatte. Sie erzählte, was in Shanghai passiert war und was Kim Ribbing über Frode Moe und das Hotel Habana Libre erfahren hatte. Sie ließ das E-Roller-Rennen und die blutigen Details aus, weil sie befürchtete, dass Jonny sie für eine Märchenerzählerin halten könnte. Sie hatte ja selbst Schwierigkeiten, das alles zu glauben.

Als wieder eine U-Bahn einfuhr, musste Julia sich ein Ohr zuhalten, um Jonnys Frage zu verstehen: »Und wo ist dieser Ribbing jetzt?«

Julia lächelte. Offensichtlich hatte Kims erfolgreiche Informationsjagd Jonny veranlasst, seinen Namen nicht so auszusprechen, als wäre er noch im Kindergarten, aber das Pronomen »dieser« konnte er sich anscheinend noch immer nicht verkneifen.

»Das wollte er mir nicht verraten«, sagte Julia. »Er meinte, dass Informationen über seinen Aufenthaltsort die Tendenz hätten, in die falschen Hände zu geraten.«

»Wieso, hat er *dich* im Verdacht?«

»Nein, aber du musst schon zugeben, dass es seltsam ist, wie schnell sie ihn und Danny gefunden haben.«

»Ja, schon.« Jonny gab ein Geräusch zwischen Seufzen und Schnauben von sich. »Frode Moe, also. Und sag mir nicht …«

»Was habe ich dir gesagt?«, kam Julia ihm zuvor. »Werdet ihr diese Spur jetzt endlich ernst nehmen?«

»Ich kann zumindest so viel verraten, dass wir unser Visier schon nach Westen ausgerichtet haben. Aber es gibt noch nichts Konkretes. Es ist wirklich schade, dass Ribbing diesen Speicherstick nicht an sich nehmen konnte.«

Hoppla, dachte Julia. *Gleich wird Jonny noch anfangen, ihn einfach »Kim« zu nennen.*

»Ich persönlich halte es für wichtiger, dass er mit dem Leben davongekommen ist«, sagte Julia.

»Ja, doch, natürlich«, sagte Jonny nicht sehr überzeugend. Dann wechselte er das Thema und fragte: »Wie habt ihr euch eigentlich kennengelernt?«

»Ich weiß nicht, inwiefern das für die Ermittlungen von Bedeutung sein könnte. Diese manipulierten Bohrinseln dagegen …«

Julia hörte, dass Jonny an einen Ort mit weniger Hintergrundgeräuschen ging und damit auch mit weniger potenziellen Zuhörern. Er senkte die Stimme. »Bevor du jetzt gleich *quid pro quo* oder irgendetwas anderes Dummes sagst, kann ich dir im Gegenzug berichten, dass wir Hinweise bekommen haben, dass es im Zusammenhang mit diesen Verträgen zu Bestechungen gekommen ist. Bestechungen, von denen Chen Bao gewusst haben könnte.«

»Viel Geld?«

»Genug Geld.«

»Ein Staatsdiener?«, wollte Julia wissen. »Soweit ich es verstanden habe, ist der chinesische Staat Teilhaber an all diesen Konzernen.« Es klickte in der Leitung, und Julia fragte: »Was war das für ein Geräusch?«

»Das war das Geräusch meines Mundwerks, das sich gerade geschlossen hat«, sagte Jonny Munther.

Sie beendeten ihr Telefonat mit dem Versprechen, einander auf dem Laufenden zu halten, nachdem Jonny betont hatte, dass er im Gegensatz zu Julia nicht *verpflichtet* war, relevante Informationen weiterzugeben. Julia sagte, dass sie sich dessen durchaus bewusst sei und so transparent sein werde wie eine Qualle, wofür sie mit einem Grunzen belohnt wurde.

Julias U-Bahn kam. Sie steckte das Handy in die Tasche, stieg ein und setzte sich.

Als sie noch für die Polizei gearbeitet hatte, war sie immer besonders gut darin gewesen, bei einer Ermittlung zu erkennen, welche Teile des Puzzles relevant waren und welche zusammengehörten. Jonny wusste das, und wollte sie wahrscheinlich deshalb auf dem Laufenden halten, allerdings innerhalb der Grenzen, die er selbst gesteckt hatte.

Also: Frode Moe und ein anderer Mann hatten irgendeine Art von Kontakt in Kuba. Eine chinesische Firma bezahlte Schmiergeld, um einen Vertrag für die Bohrinseln zu bekommen, die Moe kaufte. Die Erträge dieser Bohrinseln wiederum waren manipuliert. Und Chen Bao war dem Ganzen auf der Spur gewesen.

Das war die eine Seite. Auf der anderen gab es International Credentials and Holdings Inc., das Unternehmen, das Olof Helander und Chen Bao gemeinsam gehörte und in das Gelder aus einem anderen Unternehmen strömten, das sich zu der Zeit im Besitz von Frode Moe befand. Was für Gelder waren das? Hatte der Norweger Helander und Bao für ihr Schweigen bezahlt?

Und wie kam Olof Helander genau ins Spiel? Kuba schien nur ein Nebenschauplatz zu sein, und doch hatte Danny es vor seinem Tod erwähnt: *Kuba. China. Norwegen. Schweden.* Was oder wer verband diese Länder? Wo waren die Verbindungspunkte zu finden? Vermutlich an der gedeckten Tafel in den Schären am Mittsommerfest … In Julias Kopf schwirrte es, als die wildesten Spekulationen auftauchten und sich sofort wieder in die Dunkelheit zurückzogen. Sie schob die Gedanken zur Seite und konzentrierte sich auf Kim.

Sein Bericht war kurz und knapp und von lautem Verkehrslärm untermalt gewesen, sodass Julia nur das Wesentliche mitbekommen hatte: Gespensterhaus, Schusswechsel, E-Roller-Rennen, Taser. Am Ende hatte Kim noch etwas von Hühnerkäfigen erzählt, das Julia nicht verstanden hatte, und als sie ihn bat, es zu wiederholen, hatte er aufgelegt. Hühnerkäfige. Julia hoffte, dass es sich dabei nicht um ein exotisches Puzzleteil handelte, das sie in ein größeres Muster zwingen musste.

17

Kim Ribbing drückte Julia Malmros weg, kontrollierte das GPS auf dem Telefon und sah, dass er ein paar Kilometer von seinem Hotel entfernt war. Er drosselte die Geschwindigkeit und schwenkte in eine Gasse, die links und rechts von Verkaufsständen mit Kleidern gesäumt wurde. Von einem Bügel schnappte er sich im Vorbeifahren einen Seidenschal mit Drachenmotiv. Wütende Rufe begleiteten ihn, als er den Schal um seinen Hals wickelte und wieder beschleunigte.

Fünfhundert Meter vor dem Hotel ließ er den Elektroroller in einer Gasse stehen und ging zu Fuß weiter. Er hatte die Drähte des Tasers provisorisch um die Schachtel gewickelt, doch auf dem kurzen Weg zum Hotel wickelte er sie wieder ab, um sie ordentlich aufzukurbeln, falls ein weiterer Einsatz vonnöten wäre. Allerdings bezweifelte er, dass er jetzt noch die Chance dazu bekäme, wo er das Überraschungsmoment nicht mehr auf seiner Seite hatte. Wenn die beiden Männer ihn fanden, würden sie sofort schießen, nicht zuletzt, weil sie inzwischen bestimmt ein bisschen sauer waren.

Als Kim sich dem Hoteleingang näherte, löste er den Schal vom Hals und drapierte ihn über die Schultern. Blut hatte den Ärmel von der Schulter bis zum Ellenbogen durchtränkt und würde in der Lobby des Fünf-Sterne-Hotels zu viel Aufmerksamkeit erregen. Kim scannte die Umgebung, wie immer auf der Suche nach Abweichungen. Diese waren in einer fremden Umgebung schwieriger aufzuspüren, schließlich wusste er nicht, *was* genau eine Abweichung war.

In seinem Badezimmer nahm er sich ausreichend Zeit, die Wunde zu säubern und zu inspizieren. Die Kugel hatte ihn nur gestreift und keine Muskeln in Mitleidenschaft gezogen, aber aus der etwa fünf Zentimeter langen Wunde sickerte noch immer Blut. Kim wickelte mehrere Schichten Toilettenpapier um die Schulter und fand eine Büroklammer, mit der er den provisorischen Verband befestigte.

Er warf den blutgetränkten Pullover in den Papierkorb und zog sich einen neuen über, stopfte einen Satz Kleidung zum Umziehen in den Rucksack und ließ die Tasche zurück, die er in Schiphol gekauft hatte. Als er das Hotelzimmer verließ, hatte er nur den Rucksack auf dem Rücken und den Taser in der Hand.

Als einer der Fahrstühle sein Kommen mit einem Klingeln ankündigte, hob Kim den Taser an die Hüfte. Der Fahrstuhl war leer. Er stieg ein und drückte auf Erdgeschoss. In dem Augenblick, als sich die Türen schlossen, hörte Kim das Klingeln des anderen Aufzugs.

Unten eilte er durch die riesige Lobby, ohne auszuchecken. Es mussten nicht zwangsläufig seine Verfolger sein, die gerade jetzt in sein Zimmer eindrangen und den blutigen Pullover fanden, aber es war durchaus möglich. Noch immer wusste er nicht, wie sie ihn geortet hatten, und es gefiel ihm überhaupt nicht, dass sie ihm einen Schritt voraus waren.

Als er sich draußen auf der Straße unter die Menschen mischte und kein Anzeichen dafür entdeckte, dass ihm irgendwer folgte, stopfte er den Taser wieder in den Hosenbund und ging hastig in den Teil des Französischen Viertels, den er schon am Morgen besucht hatte. Ihm war dort ein Schild aufgefallen.

»Rooms hour or day« stand auf der einfachen Kunststoffplakette bei einer schmalen und steilen Treppe neben einem Fenster, aus dem heraus gebrauchte Handys verkauft wurden. Bumsräume für Ehebrecher oder für jugendliche Paare, die nirgendwo anders hinkonnten. Also das genaue Gegenteil des Ortes, von dem Kim gerade kam, aber vermutlich auch ein Etablissement, in dem nicht zu viele Fragen gestellt wurden.

Als Kim seinen Rucksack die enge Treppe hinaufschleppte, wurden die Schmerzen in der Schulter stärker. Noch bevor er den zweiten Stock erreichte, war sein provisorischer Verband bereits durchnässt. Dort saß eine ältere Chinesin an einem wackeligen Holztisch und schlürfte geräuschvoll Nudelsuppe aus einer gesprungenen Schale. Als Kim auf den Treppenabsatz stolperte, sah sie auf und ließ ihren Blick ungerührt von seinem Gesicht zu seiner blutigen Schulter wandern. In diesem Hotel erregte man mit so etwas anscheinend keine besondere Aufmerksamkeit.

»Guten Tag«, sagte Kim auf Englisch. »Ich hätte gerne ein Zimmer.«

»Tag oder Stunde?«, fragte die Frau mit starkem Akzent, ohne dabei die Schale abzustellen.

»Tag.«

»Zweihundert«, sagte die Frau und stocherte mit den Stäbchen in der Suppe, um die letzten Stücke zu finden.

»Zweihundert für den Raum«, sagte Kim. »Und zweihundert dafür, dass ich nicht einchecken muss.«

»Nicht einchecken?«

»Nein. Ich gehe einfach aufs Zimmer.«

»Ah. Ja.« Die Frau nickte und hob die Schale an die Lippen, um die Bouillon zu trinken. Kim legte vierhundert Yuan auf den Tisch und zeigte ein paar weitere Hunderter. Mit einem Nicken zu seiner Schulter hin sagte er: »Und ich brauche einen Arzt.«

»Krankenhaus?«

»Nein. Einen Arzt.«

»Oh. Schwer. Schwer.«

Kim legte noch ein paar Hunderter auf den Tisch. »Ein Arzt. Jetzt. Schnell.« Er machte eine Geste, als würde er seine Schulter nähen, und anschließend das internationale Zeichen für Geld, indem er den Daumen und den Zeigefinger aneinanderrieb. »Arzt. Nähen. Gut bezahlt.«

Die Frau nickte, stellte die Schale zur Seite und sammelte die Scheine ein. Sie steckte sie in die Vordertasche des kittelähnlichen Kleidungsstücks, das sie um ihren stämmigen Körper gebunden hatte. Stöhnend stützte sie sich auf dem Tisch ab, stand auf und ging zu der Treppe, die weiter nach oben führte.

»Schlüssel?«, fragte Kim.

Die Frau deutete neben sich auf den dunklen Flureingang. »In der Tür. Nummer vier.« Ächzend stieg sie weiter hoch, und Kim vermutete, dass er vor allem für das monumentale Projekt bezahlt hatte, dass sie sich die Treppe hinaufschleppte.

Kim ging zu der verzogenen Holztür, auf die offenbar mit einem Filzstift die Ziffer vier geschrieben war. Er drehte den lose sitzenden Knauf und schob sie knirschend auf. Der Raum war etwa acht Quadratmeter groß und enthielt ein Bett, einen kleinen Schreibtisch samt Ventilator sowie einen Holzstuhl. Es roch nach altem Schweiß und anderen Körperausdünstungen, die in der warmen, stickigen Luft herangereift waren. Durch eine fast blinde Fensterscheibe blickte man auf die gegenüberliegende Hauswand, auf die jemand »No worry be hapy« gesprüht hatte.

Kim versuchte, das Fenster zu öffnen, aber es war verkeilt, also schaltete er stattdessen den Ventilator ein, der mit einem wütenden Surren ansprang. Er richtete ihn auf das Bett, legte den Taser auf dem Schreibtisch ab und ließ sich auf die Matratze sinken, den linken Arm über den Augen.

No worry be hapy.

Seit vor einer Stunde der grüne Punkt auf Danny Chens Stirn aufgeleuchtet war, hatte Kim sich in einem konstanten Adrenalinrausch befunden. Eine seiner Stärken bestand darin, dass er nicht in Panik geriet, wenn er bedrängt wurde, aber die Ereignisse im Krankenhaus und die anschließende Verfolgungsjagd hatten ihn ziemlich angestrengt. Und nachdem sein Gehirn ständig fieberhaft nach Auswegen gesucht hatte, gestattete er sich jetzt, es wieder aufzuladen.

Er lag regungslos da, der Ventilator kühlte sein erhitztes Gesicht, und er spürte, wie seine Atemzüge tiefer wurden. Kim dachte an einen einsamen See im Wald. Er stellte sich vor, wie er unter einem Himmel voller glitzernder Sterne im schwarzen Wasser des Sees versank. Schwebend hinab, tiefer und tiefer, beide Arme ausgebreitet. Langsam, immer tiefer in die Dunkelheit.

18

Kim Ribbing zuckte zusammen, als es an der Tür klopfte. Wahrscheinlich hatte er eine Weile geschlafen. Er befand sich in einer Kuhle im völlig zerwühlten Bett. Unwillkürlich tastete er nach dem Taser, kam zu dem Schluss, dass diejenigen, die ihn jagten, nicht anklopfen würden, und schob die schwarze Schachtel unter die Matratze, bevor er aufstand und öffnete.

Draußen stand ein Chinese, der ungefähr zweihundert Jahre alt zu sein schien. Ein ausgemergeltes Gesicht, schütteres weißes Haar, das in Büscheln um seinen Kopf stand, eine Brille mit dicken runden Gläsern und ein dünner Bart. Hinter ihm stand die Frau, mit der Kim gesprochen hatte. Sie zeigte auf den Mann, sagte: »Doktor«, und fügte aus irgendeinem Grund noch hinzu: »Spezialist.«

Der Mann nickte, als wollte er bekräftigen, dass er tatsächlich ein Spezialist war, verlor aber kein Wort über sein Fachgebiet. Womöglich war es »Weiterleben«. Die Frau ging schwerfällig durch den Korridor davon, und Kim ließ den Mann herein, der sich mit einer Verbeugung als Mister Che vorstellte. Kim setzte sich aufs Bett, und der Mann nahm überraschend behände neben ihm Platz. Aus einer blank gewetzten Arzttasche aus Leder holte er eine Glasflasche heraus sowie ein Tuch, das glücklicherweise sauber aussah.

»Zeigen, zeigen«, sagte er, und Kim rollte seinen Ärmel hoch. Der Mann machte ein paar Tss-tss-Geräusche über Kims Papierverband und sagte: »Schlecht. Sehr schlecht.« Mit tastenden Fingern drückte er vorsichtig auf dem Toilettenpapier herum, bis

Kim die Geduld verlor und es einfach herunterriss. Der Mann sah schockiert aus und zeigte anklagend auf die Papierreste, die an der Wunde klebten. Kim gab sich geschlagen und ließ zu, dass er sie alle mit einer Pinzette entfernte, bevor er die Wunde mit Alkohol reinigte.

»Woher?«, fragte er.

»Woher was?«, erwiderte Kim.

»Woher die Wunde?«

»Pech.«

»Pech?«

»Ja. Wissen Sie, wer Che Guevara war?«, fragte Kim.

»Ja. Kuba. Castro. Freund. Bum-bum. Warum?«

»Ihr Name. Che.«

Der Mann betrachtete ihn vollkommen verständnislos und sagte: »Nicht Che. *Che.*« Kim konnte nicht den geringsten Unterschied hören und ließ das Thema fallen.

Aus seiner Tasche holte der Mann einen Faden, der wie gewöhnlicher Zwirn aussah, sowie eine dicke gebogene Nadel. Er zeigte Kim die Gegenstände wie ein Folterknecht, der seine Sitzungen mit einem Schockeffekt anfängt, und fragte: »Betäubung?«

»Ja, danke. Was haben Sie?«

Der Mann nickte und reichte Kim die Glasflasche mit der Flüssigkeit, die er zum Reinigen der Wunde benutzt hatte. Kim schüttelte verständnislos den Kopf, und der Mann machte eine Geste, dass er daraus trinken solle. *Der Gipfel des medizinischen Fortschritts.* Kim zuckte mit den Schultern und nahm einen ordentlichen Schluck.

Es fühlte sich an, als hätte jemand mit einem Flammenwerfer in seinen Mund gezielt. Der medizinische Alkohol verbrannte ihm den Gaumen, seine Zunge wollte sich aufrollen, und es tat ihm sogar in den Zähnen weh, bevor die Flüssigkeit wie ein Strom aus Lava weiter durch den Hals floss und das Pompeji seines Brustkorbs in Asche legte, schließlich im Magen ankam und die letzten Reste des morgendlichen Rühreis zerfraß.

»Gut?«, fragte der Mann.

»Klar«, hustete Kim. »Wunderbar. Fangen Sie an.«

Der Mann näherte sich mit zitternden Fingern der Wunde, und Kim sah aus dem Fenster. *No worry be hapy*. Seine Schulter brannte wie von einem Wespenstich, aber tatsächlich erleichterte das Feuer in seiner Brust und seinem Bauch die Begegnung mit dem Schmerz, und Kim saß ganz still mit den Händen auf den Knien, während Mister Che mit einem leisen Summen die Wunde nähte.

Vor dem dritten Stich begann Kim, nachzudenken. Hier saß er in einem muffigen Stundenhotel in Shanghai und wurde von einem Mann zusammengeflickt, der sich mit Sicherheit noch an den Ersten Weltkrieg erinnerte. Was sagte das über ihn selbst aus? Hatte er sein Leben auf die richtige Weise gelebt, obwohl es ihn an diesen Punkt gebracht hatte?

Rational betrachtet nicht. Aber was wäre die Alternative gewesen? Die »normalen« Leben der meisten Menschen ließen ihn kalt. Warum? Weil mit ihnen gewisse Verpflichtungen einhergingen … Und er brauchte Freiheit. Auch die Freiheit, sein eigenes Leben zu zerstören und es damit so weit zu bringen, dass es ihn hierher verschlug, in genau diesen Raum und in genau diese Situation. *No worry be hapy.*

Kim war so tief in seine Gedanken versunken, dass er die nächsten Stiche gar nicht wahrnahm. Erst als Mister Che die Hände aneinanderrieb, um das Ende der Operation zu unterstreichen, wandte Kim sich vom Fenster ab und inspizierte seine Schulter. Sie war lila angelaufen und geschwollen, aber die fünf Stiche, die die Wundränder zusammenhielten, waren überraschend sauber und würden nicht im Frankenstein-Stil verheilen.

Kim bedankte sich und hielt dem Arzt zwei Hunderter hin.

Mister Che schüttelte den Kopf, griff sich einen der beiden und sagte: »Gier. Nicht gut.«

»Sicher?«

»Sehr sicher.«

Mit einer Verbeugung und einem zahnlosen Lächeln verließ der Mann den Raum. Kim blieb auf dem Bett sitzen und ließ die Luft des Ventilators über seinen Bauch streichen, weil er während der Behandlung geschwitzt hatte. Er sah aus dem Fenster und dachte über das Leben nach. Mit einer bewussten Anstrengung konnte er es so betrachten, wie er es eben getan hatte, in Begriffen wie Freiheit versus Verpflichtungen. Aber sobald er den Fluss seiner Gedanken nicht mehr steuerte, sah er nur eine leere weiße Oberfläche, auf der wahllos Fußspuren verteilt waren. Also dachte er eine Weile über dieses Bild nach.

Thomas von Aquin ging einfach davon aus, dass das Sein etwas Gutes war. Daraus folgte mit einer gewissen Zwangsläufigkeit, dass Gott existierte, weil er schließlich die Vollendung des Guten war. Kim sah das ganz grundlegend anders. Zu sein, war nichts Gutes, möglicherweise war es sogar besser, nicht zu sein oder niemals existiert zu haben. Das Dasein an sich war für ihn nicht mehr als eine Gegebenheit. Es *war* einfach. Eine leere Fläche, über die sich viele Spuren zogen, und dann wurde es dunkel. Mehr nicht. Vielleicht bildeten diese Spuren auch ein Muster, aber das blieb eher fraglich.

Kim stand auf, nahm sein Notebook aus dem Rucksack und stellte es auf den Schreibtisch. Der Ventilator wanderte auf die Fensterbank und wurde auf den Holzstuhl ausgerichtet. In Kims rechter Schulter pochte es schwach. Er klappte den Bildschirm auf und begann, ein Programm zu schreiben, das er auf den kubanischen Markt zuschnitt. Kim Ribbing hatte die Absicht, *El Paquete* zu infiltrieren.

19

Astrid Helander ging langsam die Treppen zur Wohnung im Strandvägen hinauf. Sie hatten die Wohnung erst vor drei Jahren bezogen, aber sie kannte jede Unebenheit und Farbabweichung im Marmorboden, und es kam ihr vor, als wohnte sie schon ewig dort. Vielleicht lag es an ihrem Alter. Drei Jahre machten immerhin mehr als zwanzig Prozent ihres bisherigen Lebens aus.

Sie hatte die alte Dreizimmerwohnung in der Birger Jarlsgatan nicht vergessen, ganz und gar nicht, aber die Erinnerung war abstrakt, als rührten die Bilder und Szenen von einem Film her, den sie im Kino gesehen hatte. Sie war bestimmt noch nicht einmal ein Viertel der Wohnung wert, die sie jetzt aufsuchte. Vor ein paar Jahren hatte sich etwas verändert. Erst Knektholmen und ein paar Jahre später der Wohnungswechsel. Geld kam hereingespült, sie wusste nur nicht, woher.

Heute fühlte sie sich besser. Schon das Gespräch mit Kim Ribbing hatte einen Großteil der Dunkelheit vertrieben, und dann hatte sie tatsächlich das gemacht, was Kim ihr empfohlen hatte, und sich die Angst als grinsenden Dämon mit Schlachtergesicht vorgestellt, mit dem sie in den Nahkampf ging. Das hatte einen gewissen Effekt. Vielleicht nur kurzfristig, aber immerhin.

Je weiter sie die Treppe hinaufging, desto tiefer schien das dunkle Lot in ihrem Körper zu sinken. Sie machte sich Sorgen darüber, was das Wiedersehen mit der Wohnung in ihr auslösen würde, mit diesem Ort, an dem sie nicht mehr wohnen würde. Wo *würde* sie jetzt eigentlich wohnen? Sie kam sich mittlerweile schon wie ein Eindringling im Leben ihres Onkels vor und vermutete, dass sich dieses Gefühl noch weiter verstärken würde. Wann konnte sie dort ausziehen? Würde sie, als Vierzehnjährige, allein wohnen dürfen? Ging das überhaupt?

Sie erreichte die Wohnungstür, steckte den Schlüssel ins Schloss, holte tief Luft und drehte ihn. Nichts passierte. Die Tür war nicht abgeschlossen. Soweit sie wusste, hatten ihre Mutter oder ihr Vater niemals vergessen, die Tür hinter sich abzuschließen, wenn sie irgendwo hinfuhren. Astrid legte ihr Ohr dagegen und lauschte. Es waren Leute in der Wohnung. Sie überlegte, ob sie die Polizei anrufen sollte, aber dann fiel es ihr ein. Vielleicht war das ja die Polizei? Astrid öffnete die Tür einen Spalt und rief: »Hallo? Ist da jemand?«

Carmen Sánchez zeigte sich in der Tür zum Wohnzimmer, und Astrid betrat die Wohnung. Die Polizistin lächelte sie an. »Entschuldige bitte, dass wir hier alles auf den Kopf stellen, aber …«

»Das iPad«, sagte Astrid. »Schon klar. Ich wollte nur ein paar Sachen holen, ist das okay?«

»Natürlich, dein Zimmer haben mein Kollege Christof Adler und ich bereits durchsucht.« Carmen machte eine entschuldigende Geste. »Tut mir leid, es ist eher unwahrscheinlich, dass es dort ist, aber …«

Astrid beendete ein weiteres Mal für sie den Satz: »Aber Sie müssen gründlich vorgehen.«

»Ja, genau.« Carmen schnipste mit den Fingern. »Übrigens. Bei der Durchsuchung eures Hauses auf Knektholmen haben wir einen Ring gefunden. Ich weiß nicht, ob du ihn haben willst, aber ich habe ihn hier auf den Küchentisch gelegt.«

»Okay. Danke.«

»Wie geht es dir?«

Astrid zuckte mit den Schultern. »Mir geht es, wie ich kann.« Carmen Sánchez zog die Augenbrauen zusammen, als ob sie über etwas nachdächte, und Astrid half ihr auf die Sprünge: »Olle Adolphson.«

»Ah«, sagte Carmen. »Es kam mir gleich so bekannt vor. Hörst du ihn manchmal?«

»Ab und zu.«

»Dann werde ich dich mal in Ruhe lassen«, sagte Carmen. »Wenn du irgendwelche Fragen hast, dann musst du nur rufen.«

»Wie läuft es denn?«, fragte Astrid. »Mit den, wie nennen Sie es, Ermittlungen?«

»Es geht voran.«

»Wissen Sie schon, wer es getan hat?«

»Noch nicht.«

»Also geht es nicht *so* schnell voran.«

Carmen lächelte und sagte: »Wenn wir dieses iPad finden würden, könnte uns das ein gutes Stück weiterbringen.«

Astrid ging in die Küche, wo ein einsamer Ring auf dem großen gewienerten Küchentisch lag und glänzte. Die ganze Wohnung war auffällig gründlich geputzt, vermutlich war Ivana in den Tagen zwischen ihrem Aufbruch nach Knektholmen und dem Mittsommeressen hier gewesen. *Danach* war sie definitiv nicht wiedergekommen, weil sie furchtbar abergläubisch war und an Gespenster, Omen, und, ja, auch an Dämonen glaubte.

Astrid nahm den Ring und betrachtete ihn eingehend. Sie war sich ziemlich sicher, dass er ihrer Mutter gehörte, aber nicht hundertprozentig, weil sie ihn seit vielen Jahren nicht mehr getragen hatte. Sie hielt das Schmuckstück vor die Augen und ließ das Sonnenlicht in dem eingefassten Smaragd spielen. Dann steckte sie den Ring auf ihren rechten Mittelfinger, krümmte die Finger und fand, dass sich das richtig anfühlte.

Astrid ging in ihr Zimmer. Sie war ein wenig besorgt gewesen, als Carmen Sánchez gesagt hatte, dass es bereits durchsucht worden sei, und hatte an Krimis gedacht, wo alles auf den Kopf gestellt wurde und Ermittler genau wie Einbrecher einfach alles herauszerrten und achtlos liegen ließen. Die Sorgen hätte sie sich sparen können. Das Zimmer wirkte aufgeräumter als vorher.

Bippo lag auf seinem Platz neben ihrem Kopfkissen. Sie nahm ihn und drückte ihn gegen ihren Bauch, kontrollierte, dass niemand sie sehen konnte, und küsste seine breite Schnauze. »Hallo, Kleiner«, flüsterte sie. »Willst du jetzt mit mir kommen?«

Ihr Zimmer war groß und hatte eine hohe Stuckdecke. Alle in ihrer Klasse kamen aus mehr oder weniger wohlhabenden Familien, aber niemand hatte ein so großes Zimmer wie Astrid. Hier stand sogar ein Klavier, *falls* sie das irgendwann einmal lernen wollte.

Ihr Bett war von Hästen, 140 Zentimeter breit. Es gab einen Sessel mit Blumenmuster und eine Designer-Stehlampe neben ihrem Bücherregal. Einen antiken Kleiderschrank, den sie bei Bukowskis ersteigert hatten, und einen Schreibtisch von Svenskt Tenn. Es war auch von einem antiken Schreibtischstuhl die Rede gewesen, aber in dem Fall hatte Astrid die Notbremse gezogen und ein bequemes und ergonomisches Teil gefordert, weil sie wusste, dass sie darin mit ihren Hausaufgaben und anderen Dingen sehr viel Zeit verbringen würde. Sie hatte ihren Willen durchgesetzt, und es wurde eine Variante mit hoher Rückenlehne von Kinnarps angeschafft, die ihre Mutter als das »Dingsbums« bezeichnete. Schließlich noch der Fernseher, ein Samsung Frame, 42 Zoll, dazu eine Playstation 4 und davor noch ein Fatboy, den sie ebenfalls selbst ausgesucht hatte.

Ich bin privilegiert, dachte Astrid, als sie sich umsah. *Genauer gesagt: Ich war privilegiert.*

Obwohl, all das hier und die gesamte Wohnung gehörten jetzt ihr, oder etwa nicht? Würde sie jemals wieder hier wohnen? Astrid sah sich selbst wie eine Untote durch die einst bewohnten Räume geistern und beschloss, fürs Erste nicht mehr an so etwas zu denken.

Sie ging zu ihrem Bücherregal und zog mehrere Bände von John Green heraus. Dann nahm sie ihr Tagebuch und ein paar

Stifte vom Schreibtisch. Sie überlegte, ob sie die Playstation einpacken sollte, aber das konnte sie auch später noch machen. Am liebsten hätte sie das ganze Zimmer mitgenommen und es sich wie ein Schneckenhaus auf den Rücken geschnallt. Da das aber nicht ging, begnügte sie sich mit ein paar Kleinigkeiten.

In dem riesigen Bücherregal im Wohnzimmer suchte sie nach noch mehr Lesestoff. Die meisten Bände in ihrem eigenen Regal fielen in die Kategorie »Junge Erwachsene«, und obwohl sie sich im passenden Alter befand, hatte sie jetzt das Gefühl, dem Genre zu entwachsen.

Im Schlafzimmer ihrer Eltern unterhielten sich Carmen Sánchez und Christof Adler leise, wahrscheinlich aus Respekt vor Astrid. Sie mochte Carmen. Die Polizistin war rücksichtsvoll, ohne sie wie ein Kind zu behandeln, und sie wirkte clever.

Astrid ließ ihren Blick über die Buchrücken wandern und blieb an Fjodor Dostojewskis *Verbrechen und Strafe* hängen, über den Hugo, ein leicht versnobter Junge aus der neunten Klasse, einmal gesprochen hatte. Sie zog den Band heraus und legte ihn zu der kleinen Sammlung, die sie in den Armen hielt.

Auf dem Weg nach draußen fiel ihr Blick auf einen Titel, der sie zum Lächeln brachte: *101 Paper Airplanes*. Papierflugzeuge falten war eine der Sachen, die Astrid mit ihrem Vater gemacht hatte, als sie noch klein war. Sie konnte immer noch ein paar Modelle falten, unter anderem ihr gemeinsames Lieblingsmodell, *Phönix*, das wie ein Vogel mit langem Schwanz aussah.

Vielleicht sollte sie es mitnehmen und ein paar der zwanzig Anleitungen auffrischen, die sie mit neun Jahren auswendig konnte? Astrid legte die anderen Bücher zur Seite und musste sich auf die Zehenspitzen stellen, damit sie an den großen, dicken Band herankam. Sie griff nach dem Rücken, der sich seltsam ausgebuchtet anfühlte, und zog das Buch heraus. Sie konnte das iPad, das aus dem Buch geglitten war, gerade noch auffangen, bevor es auf den Boden schlug.

20

Jonny Munther war nach der täglichen Besprechung mit Liselott Ahrnander soeben in sein Büro zurückgekehrt, als sein Telefon klingelte. Eine unbekannte Nummer blinkte auf dem Display auf, und Jonny nahm das Gespräch an: »Ja, hier Munther.«

Eine träge Stimme in leicht gequältem Ton meldete sich am anderen Ende der Leitung. »Spreche ich mit Kommissar Munther?«

»Persönlich, ja.«

»Guten Tag. Mein Name ist Bruce Li. Ich arbeite für das Außenministerium und habe Ihre Nummer von Julia Malmros bekommen.«

»Wie lautete noch Ihr Name?«

»Genau so, wie Sie ihn verstanden haben, und da lässt sich auch nichts machen. Ich rufe an, weil ich Informationen habe, die für Sie von Interesse sein könnten.«

»Aha? Dann schießen Sie mal los.«

»Es ist nichts, was ich am Telefon berichten möchte. Können wir uns treffen?«

Eine Viertelstunde später stand Jonny Munther unten am Empfang und wartete darauf, dass eine gebeugte Gestalt durch die Flügeltür trat. Wie nicht anders erwartet, umgab Bruce Li eine düstere Aura. Er wirkte wie ein Mann, dem man alles genommen hatte. Jonny Munther ging ihm mit ausgestreckter Hand entgegen. »Bruce Li?«

»Richtig«, sagte Bruce Li und erwiderte den Handschlag zurückhaltend. »Leider.«

Sie nahmen den Aufzug in Jonnys Büro, und in Lis Blick tauchte eine fast unmerkliche Spur von Interesse auf, als er auf dem Schreibtisch den vergrößerten Bildausschnitt sah, der die beiden Männer im Boot zeigte. Er sank in einen Besucherstuhl und fächelte sich mit der aktuellen Zeitschrift der Polizeigewerkschaft, die ebenfalls auf dem Schreibtisch gelegen hatte, Luft zu.

»Also«, sagte Jonny Munther. »Was haben Sie für mich?«

»Ich habe die Namen«, sagte Bruce Li ohne Umschweife.

»Von der undichten Stelle?«

»Was für eine undichte Stelle?«

»Entschuldigen Sie. Fahren Sie fort.«

»Die Namen der Mörder. Von Knektholmen.«

Jonny Munther riss den Mund auf und schloss ihn schnell wieder. Klar kam es manchmal vor, dass wichtige Informationen im Lauf einer Ermittlung wie ein hübsch verpacktes Geschenk einfach vom Himmel fielen, aber das hier klang zu schön, um wahr zu sein.

»Und wie sind Sie an diese Informationen gekommen?«

»Ich habe weitreichende Verbindungen, und wenn ich es richtig verstanden habe, hat die chinesische Polizei schon ein paar Tage auf dieser Information gesessen.«

»Ein paar *Tage*?«

»Ja. Das ist leider sehr bedauerlich. Ich gehe davon aus, dass Sie in Kontakt mit dem chinesischen Botschafter standen?«

»Ja. Das war alles nicht ganz so einfach.«

»Dann ist es möglicherweise ja eine erfreuliche Nachricht ...«, sagte Bruce Li so tonlos, als würde er eine Todesnachricht überbringen, »... dass die Männer nichts mit der chinesischen Armee zu tun haben. Es sind Auftragsmörder aus dem Dunstkreis der Mafia.«

»Der Botschafter behauptet, dass es in China keine Mafia gibt.«

»Selbstverständlich. Und auch keine politischen Gefangenen

und nur ein klitzekleines bisschen Todesstrafe. Sehr bedauerlich.«

»Und die Namen?«

»Würden Ihnen ohnehin nichts sagen.« Bruce Li grub in der Innentasche seines Jacketts und förderte ein paar Papiere zutage. »Aber hier sind Kopien ihrer Pässe.«

Jonny Munther schüttelte den Kopf, während er die Papiere auseinanderfaltete. Das war weit mehr als ein Geschenk, das überraschend vom Himmel fiel. Wenn diese Informationen sich als stichhaltig erwiesen, war es eine verdammte Überraschungsparty, mit Geburtstagstorte und Konfetti und dem ganzen Kram.

Genau wie Bruce Li vermutet hatte, sagten ihm die Namen der Männer nichts. Xi Li-Jiang und Bao Tsiang. Laut ihrer Geburtsdaten war der eine siebenundzwanzig, der andere achtundzwanzig. Sie hatten schmale Gesichter, die sehr gut zu den schmächtigen Körpern in dem Boot passen konnten. Beide Männer blickten gleichgültig in die Kamera. Saß Jonny wirklich hier und hielt die Mörder gleichsam in den Händen?

Bruce Li zeigte auf die Papiere: »Ich vermute, dass diese Pässe gefälscht sind. Wie sagt man noch gleich? Man sollte nicht sofort Hurra schreien.«

Jonny Munther bezweifelte, dass Bruce Li überhaupt irgendwann einmal Hurra schreien würde. »Entschuldigen Sie, aber wenn diese Männer hier, wie Sie sagen, als Auftragsmörder mit der Mafia in Verbindung stehen, bringen Sie sich dann nicht selbst in Gefahr, indem Sie solche Informationen sammeln und weitergeben?«

»Sie kennen meinen Hintergrund nicht, aber wir könnten sagen, dass meine Beziehung zu China … nicht ganz einfach ist. Wir haben noch ein Hühnchen miteinander zu rupfen …« Bruce Li unterbrach sich und schüttelte den Kopf. »Das ist doch ein sehr, sehr seltsamer Ausdruck. Warum sagt ihr Schweden so etwas? Ein ungerupftes Hühnchen?«

»Keine Ahnung«, sagte Jonny. »Sie haben also eine nicht ganz einfache Beziehung zu Ihrem Heimatland?«

»Richtig. Und die Information, dass die Mörder, die in Schweden aktiv wurden, aus China stammen, ist alles andere als einfach für den chinesischen Staat, und damit eine Information, die ich gerne ans Licht bringe. Lassen Sie es mich so ausdrücken: Es hätte mich noch mehr gefreut, wenn es Soldaten gewesen wären.«

»Dann hätten Sie vielleicht sogar Hurra geschrien.«

Bruce Li zog die Augenbrauen zwei Millimeter hoch und betrachtete Jonny mit einem derart melancholischen Ausdruck, dass der Kommissar den Versuch eines Scherzes direkt bereute.

»Es gibt hier auch einen Zeitaspekt«, sagte Bruce Li. »Ich nehme an, dass Ihnen das bewusst ist.«

»Einen Zeitaspekt?«

»Ich weiß nicht genau, wie … wie kann ich das sagen … wie *erpicht* Sie darauf sind, diese Männer hinter Schloss und Riegel zu bekommen. Aber es ist äußerst beunruhigend, dass die chinesische Polizei das Wissen über ihre Identität nicht mit Ihnen geteilt hat. Das deutet darauf hin, dass man diese Situation im Stillen lösen möchte und … wie ist doch gleich der richtige Ausdruck … *ohne Fisimatenten.*«

»Sie wollen die Männer also schlicht und ergreifend aus dem Weg räumen, um den Skandal zu vermeiden?«

»So könnte man es ausdrücken. Schätzungsweise ist das bereits passiert.«

»Das scheint nicht der Fall zu sein.«

»Nein?«

»Ich kann nicht ins Detail gehen, aber gewisse Ereignisse deuten darauf hin, dass sie nach wie vor frei herumlaufen.«

»Das wäre aber sehr überraschend«, sagte Bruce Li ohne das geringste Anzeichen, überrascht zu sein, und Jonny rief sich William Kings unpassenden Kommentar in Erinnerung, inwieweit die Chinesen überhaupt Gefühle hätten. Bruce Li zumindest schien keine zu haben, wenn man die Schwermut außen vor ließ.

»Na ja«, sagte er und erhob sich von seinem Stuhl. »Das wird wohl nicht mehr lange dauern. Ich weiß nicht, welche Erfahrungen Sie mit der chinesischen Polizei gemacht haben, aber sie sind äußerst effektiv, und ihnen stehen … scharfe Instrumente zur Verfügung.« Als würde er mitteilen, was er zu Mittag essen wollte, schloss Bruce Li seine Aussage ab: »Und hingerichtet werden die beiden ohnehin. Jetzt muss ich weiter meines Amtes walten.«

»Dann bedanke ich mich ganz herzlich für Ihre Hilfe«, sagte Jonny. »Wenn das alles stimmt, sind die Informationen auf jeden Fall sehr wertvoll.«

»In der Tat«, sagte Bruce Li und bewegte sich zur Tür.

»Und Sie sind sich sicher, dass Sie keinen Schutz brauchen?«

Bruce Li drehte sich um, bevor er die Tür öffnete, und sagte etwas, das vielleicht der Kern seiner Philosophie war: »Meinem Leben fehlt die Bedeutung.«

Jonny begleitete ihn zum Fahrstuhl, weil sich Zivilpersonen nicht ohne Begleitung durch das Gebäude bewegen durften. Sie waren gerade eingestiegen, als ein Klingeln aus Jonnys Tasche ertönte. Er sah, dass es Carmen Sánchez war, und entschuldigte sich: »Den Anruf muss ich annehmen.«

»Natürlich«, sagte Bruce Li, studierte sein Gesicht im Spiegel der Fahrstuhlkabine und schüttelte langsam den Kopf.

»Ja?«, sagte Jonny Munther.

»Wir haben das iPad.«

»Olof Helanders iPad?«

»Ja. Astrid hat es gefunden.«

»Und was ist darauf?«

»Keine Ahnung. Es ist massiv verschlüsselt, aber wir bringen es jetzt rein, dann können die Techniker sich darum kümmern.«

»Super. Bis dann.«

Jonny Munther steckte das Telefon in die Tasche, und in einem Ton, als erwarte er das Gegenteil, fragte Bruce Li: »Gute Nachrichten?«

»Das kann man wohl sagen.«

Die Fahrstuhltüren öffneten sich, und Bruce Li verließ Jonny Munther mit einem »Hurra«, aus dem der Kommissar nicht schlau wurde. Hatte er nur die guten Nachrichten kommentiert, oder hatte dieser Mann tatsächlich gescherzt? Er glaubte eher Ersteres.

21

Das Glück lächelte Jonny Munther an diesem Tag pausenlos zu. Als er in sein Büro zurückkehrte, kam Ulrika Boberg mit einem Ordner herein. »Wir haben die Passagierlisten von der norwegischen Polizei bekommen«, sagte sie. »Ich habe alle chinesischen Staatsbürger herausgefiltert, die am Mittsommerabend und den folgenden drei Tagen aus Norwegen abgereist sind, und den jeweiligen Flughäfen zugeordnet. Und außerdem nach ihrem Alter sortiert. Aufsteigend.«

»Ausgezeichnet, ausgezeichnet«, sagte Munther und deutete auf die Papiere, die Bruce Li dagelassen hatte. »Möglicherweise ist unsere Suche gerade sehr viel einfacher geworden.«

Ulrika Boberg studierte die Fotos der beiden jungen Männer. »Waren sie das?«

»Möglicherweise. Wir werden sehen, ob sie auch hier im Ordner sind.«

»Ribbing kann sie doch identifizieren.«

»Ja, daran habe ich auch schon gedacht. Aber je weniger ich diesen Ribbing hinzuziehen muss, desto besser.«

Wie gewohnt hatte Ulrika vorbildliche Arbeit geleistet. Die mehr als fünfhundert Passkopien waren so perfekt gelocht, dass es keine unregelmäßigen Kanten gab, und auf Trennblättern hatte sie fein säuberlich »Oslo«, »Narvik«, »Trondheim« und so weiter vermerkt. Alles in allem neunzehn Flughäfen im Nachbarland.

Jonny Munther legte die Papiere, die er von Bruce Li bekommen hatte, vor sich auf den Tisch. Zunächst begnügte er sich mit dem ersten Drittel für jede Stadt, wo sich, Pi mal Daumen, die Menschen unter dreißig befanden.

Nach zehn Minuten hatte er sie gefunden. Xi Li-Jiang und Bao Tsiang waren vom Flughafen in Stavanger mit dem Flug Norwegian NW 163 um 19.45 Uhr am Mittsommerabend mit dem Ziel Peking abgereist, wo sie einen Anschlussflug nach Shanghai gebucht hatten. Er nickte. Passte wie die Faust aufs Auge.

Aber …

Jonny schaute durch die Lamellen der Jalousie auf das sonnenbeschienene Grün im Kronobergspark. Der Sommer hatte seinen Siegeszug fortgesetzt.

Aber …

Er hatte sich von dem Erfolg mitreißen lassen, dass sie endlich gefunden hatten, was sie seit Tagen suchten. *Die Identität der Täter*. Natürlich war das von Bedeutung. Aber im Grunde waren die Namen der beiden Maskierten nicht wichtiger als die Marke ihrer Sturmgewehre, denn die Männer waren auch nichts anderes als Waffen. *Guns for hire*. Obwohl sie geschossen hatten, waren sie nur Werkzeuge in den Händen anderer Leute. Vielleicht wussten sie jetzt, wer die Täter waren, aber sie hatten noch lange nicht die Schuldigen. Die Jagd ging weiter.

Nachdem er eine Weile gezögert hatte, nahm Jonny sein Handy und fotografierte die Kopien der beiden Pässe, bevor er sie an Julia Malmros schickte, die sie an Kim Ribbing weiterleiten sollte. Vielleicht erkannte er ja in den beiden Männern seine Verfolger.

Jonny Munther hatte gerade auf »Senden« gedrückt, als die Tür seines Büros geöffnet wurde. Er zuckte zusammen, als hätte er irgendetwas Ungehöriges getan, was ja in gewisser Weise zutraf, und steckte das Handy wieder in die Hosentasche. Carmen Sánchez kam herein und hielt ein iPad wie eine Siegertrophäe über ihrem Kopf. »Das geht jetzt zu den Technikern«, sagte sie, »schauen wir doch mal, welches Ei der Osterhase uns ins Nest gelegt hat.« Sie legte den Kopf schief. »Warum guckst du so komisch?«

22

In der U-Bahn nach Sundbyberg las Julia Malmros auf ihrem Handy alles über Frode Moe. Sie kannte sich inzwischen mit seinen Geschäften aus und konzentrierte sich jetzt auf seine Biografie.

Geboren wurde er 1963 in Oslo in eine Familie aus der bürgerlichen Mittelschicht. Er galt als ausgezeichneter Schüler. Nach Abschluss der Mittelstufe wusste er bereits, dass er in der aufstrebenden Ölindustrie seines Heimatlandes arbeiten wollte, und er studierte Geochemie an der Universität von Stavanger, eine Ausbildung, die maßgeschneidert war für die Tätigkeit auf den Ölbohrinseln in der Nordsee oder in den Laboren in Stavanger. Frode bekam eine Anstellung bei Statoil, und einige Jahre lang arbeitete er vor allem vor Ort auf den Bohrinseln und Schiffen im Bereich der Sedimentanalyse und Prospektion.

Dann kam das wirklich Interessante. In den Jahren 1992 und 1993 hatte Moe als Berater in einem nicht näher spezifizierten lateinamerikanischen Land gearbeitet. Das waren exakt die Jahre, in denen Kuba besonders intensiv auf der Suche nach einheimischem Öl war, um die Importe aus dem Osten zu ersetzen, die nach dem Zusammenbruch der Sowjetunion ausblieben. Das Land war nahezu bankrott, und es mangelte in dieser Phase, die von Fidel Castro die »Sonderperiode in Friedenszeiten« genannt wurde, an allem. Wenn es überhaupt Lebensmittel gab, dann fehlte es an Treibstoff, um sie zu verteilen, und die Bevölkerung hungerte. Eigenes Öl würde ein paar dieser Probleme lösen. Man fand einige Vorkommen, aber bei Weitem nicht genug.

Laut Danny Chen reichten die Gründe für die Mehrfachmorde zurück bis ins Jahr 1993, als Frode Moe und ein weiterer Mann sich in Havanna mit einem kubanischen Staatsdiener getroffen hatten. Damals hätten sie irgendeine Vereinbarung getroffen oder einen Pakt geschlossen, in dessen Folge Jahre später sechs Menschen erschossen wurden.

Im Winter 1993 kehrte Frode Moe nach Oslo zurück, und 1995 heiratete er Freja Lodalen, die er schon seit ihrer Studienzeit kannte, als sie sich zur Geophysikerin ausbilden ließ. Sie bekamen zwei Töchter, die mittlerweile zu den regelmäßigen Besucherinnen der hochklassigen Clubs in Oslo zählten. Zu den besseren Kreisen.

Irgendwann um die Jahrtausendwende hatte Frode Moe Statoil verlassen und ein eigenes Unternehmen gegründet, das sich mit der Reparatur von Ölbohrinseln sowie der Bereitstellung von Ersatzteilen beschäftigte, die in China hergestellt wurden. Nach etwa zehn Jahren machte er den entscheidenden Schritt und finanzierte selbst den Bau von Bohrinseln in China, die dann an Ölförderländer weiter vermietet wurden, allen voran Norwegen. Daneben besaß er größere und kleinere Anteile an norwegischen und schwedischen Unternehmen. Die Zellstofffabrik in Skutskär würde beispielsweise in Schwierigkeiten geraten, wenn der Norweger sich plötzlich aus ihr herauszöge.

Julia stieg in Sundbybergs Zentrum aus und nahm von dort einen Bus in Richtung des Gewerbegebiets Ulvsunda. Nachdem sie sich ans Fenster gesetzt hatte, holte sie das Handy wieder heraus, schrieb »Frode Moe« in Googles Suchfeld und tippte auf »Bilder«.

Auf der Mehrzahl der Vorschaubilder, die das Display füllten, trug Moe einen Norwegerpullover, offenbar so etwas wie sein Markenzeichen. Unter freiem Himmel und in der Natur erschien das nicht weiter verwunderlich, aber auch bei Aufsichtsratssitzungen und Jahreshauptversammlungen prangte das norwegische Nationalsymbol in verschiedenen Muster- und Farbvarianten auf seiner Brust. Nur bei Premieren, Einweihungen und auf diversen roten Teppichen fügte Moe sich hin und wieder der Konvention und trug einen Frack oder einen Anzug. Julia war versucht sich vorzustellen, wie er danach direkt nach Hause eilte, um schnell zurück in seine Tracht zu schlüpfen.

Julia zoomte ein Bild von Frode und Freja heran, das im Zusammenhang mit der Premiere eines Stücks von Jon Fosse am Osloer Nationaltheater vor etwa einem Jahr entstanden war. Beide strahlten diese fast unangenehme *Naturfrische* aus, die für Norwegen so charakteristisch war. Fjorde und Gebirgsbäche, deren Klarheit und Frische den Teint zum Strahlen brachten. Ein breites Lächeln, weiße Zähne. Klar, ein paar Krähenfüße in den Augenwinkeln und Lachfältchen um den Mund, aber alles in allem sahen beide etwa zehn Jahre jünger aus, als sie in Wirklichkeit waren.

Julia zoomte noch näher heran, sodass das Gesicht von »König Frode« den Bildschirm ausfüllte. Seine Gesichtszüge waren wie gemeißelt, das silbergraue Haar trug er kurz geschnitten, und die Nase erinnerte Julia an einen Adlerschnabel. Wenn er statt seines Fracks eine Uniform getragen hätte, wäre er als hoher Militär durchgegangen. Moes Lächeln erreichte seine Augen nicht, aber das war bei erfolgreichen Geschäftsleuten eher die Regel als die Ausnahme. War Rücksichtslosigkeit eigentlich eine Folge oder die Voraussetzung für so großen Erfolg?

Was hast du in Havanna gemacht, Frode?

Auch wenn Julia die extrafrische Ausstrahlung des Norwegers nur schwer erträglich fand, konnte sie sich nicht vorstellen, dass er Profikiller mit einem Sechsfachmord beauftragt hatte. Andererseits hatte sich auch niemand vorstellen können, dass ein Norweger, der noch im Erwachsenenalter bei seiner Mutter hockte und in dem von ihm so genannten »Furzraum« tage- und nächtelang World of Warcraft spielte, nur wenige Jahre später auf eine nur dreißig Kilometer von Oslo entfernte Insel fuhr und neunundsechzig Jugendliche tötete. *So etwas passiert doch nicht hier bei uns in Skandinavien.*

Und dann passiert es doch.

Der Bus näherte sich dem Ortsrand von Sundbyberg. Julia schaltete das Handy aus, drückte auf die Haltewunschtaste und stieg an der Station Ulvsunda Industriområde aus. Vor ihr breitete sich ein architektonischer Offenbarungseid aus: ein Gewerbegebiet aus den Sechzigerjahren. Große, flache Gebäude mit Dächern aus korrodiertem Blech und mit Platten verkleideten Wänden in verschiedenen Grautönen. *Lasst, die ihr eintretet, alle Hoffnung fahren.* Ein Blick auf das Handy verriet Julia, dass Greenbase in fünfzig Meter Entfernung in einer Baracke untergebracht sein musste, konsequenterweise in der einzigen grünen.

Vermutlich bearbeitete Greenbase seine Kundenkontakte über Telefon und Internet, da man sich, von der grünen Farbe einmal abgesehen, nicht im Geringsten bemüht hatte, die Fassade einladend zu gestalten. Nur ein kleines Schild neben ein paar krankenhausähnlichen Glastüren informierte darüber, das hier Olof Helanders Unternehmen residierte.

Julia zog eine Tür auf und erreichte schnell ein Großraumbüro, in dem etwa zehn Leute vor ihren Bildschirmen saßen, hauptsächlich Männer zwischen fünfundzwanzig und dreißig. Sie ging auf einen von zwei Männern zu, die sich eher in ihrem Altersbereich befanden, einen dürren Mann mit einer Brille und einer Aura, als hätte er ganz vorne in der Schlange gestanden, als der Commodore 64 in den Handel kam.

»Hallo«, sagte Julia. Der Mann sah auf, und etwas in seinem Blick verriet ihr, dass er sie erkannt hatte. »Ich heiße Julia Malmros und bin eine Kindheitsfreundin von Olle.«

Der Mann stand auf und nahm ihre Hand. »Thomas Wahlqvist. Natürlich, natürlich, ich weiß. Er hat oft von Ihnen gesprochen.«

»Tatsächlich? Was hat er denn erzählt?«

»Na ja, von Ihren Büchern und so. Er war wohl ein bisschen stolz darauf. Und dass Sie zusammen jede Menge Papierflieger von der Tranebergsbrücke geworfen hätten, stimmt doch, oder?«

»Doch, das ist richtig.« Julia wurde es warm ums Herz, weil auch Olle eine so besondere Erinnerung an diesen Tag hegte, dass er anderen davon erzählt hatte. Und weil dieser Tag mit seinem Tod nicht ganz verschwunden war.

»Mein Beileid«, sagte Thomas Wahlqvist.

»Auch von meiner Seite«, sagte Julia. »Arbeiten Sie schon lange hier?«

»Von Anfang an. Es waren Olle, ich und …«, Thomas zeigte auf den anderen älteren Mann, der die Hand hob, wie um sich zu melden, »… Staffan dahinten. Wir haben vor fünfzehn Jahren gemeinsam angefangen. Aber da waren wir natürlich noch nicht hier.«

»Und was passiert jetzt mit dem Unternehmen?«

Thomas' Schultern sackten herunter, während er sich die Brille von der Nase nahm und sie mit dem Zipfel seines Hemds putzte. »Es wird dann wohl eine Art Neuaufbau geben. Im Augenblick erfüllen wir zwar unsere alten Verträge, gehen aber keine neuen ein.« Thomas zeigte auf eine Reihe leerer Schreibtische. »Wir waren früher doppelt so viele, aber … tja, möchten Sie vielleicht einen Kaffee?«

Sie gingen durch das Büro zu einer Küchenecke am anderen Ende des Bungalows. Auf dem Weg kamen sie an einem Raum vorbei, in dem Julia Olles Büro vermutete, das einzige in den Räumlichkeiten, das eine gewisse Abgeschiedenheit hinter Glaswänden mit heruntergelassenen Jalousien versprach. »War das Olles Büro?«, erkundigte sie sich.

»Ja. Die Polizei war vor ein paar Tagen hier und hat seinen Rechner abgeholt. Danach haben wir nichts mehr gehört.«

Die Küchenecke beherbergte eine Spüle, eine Kaffeemaschine,

einen Mikrowellenherd sowie einen Tisch für sechs Personen. Julia setzte sich, und Thomas fragte, ob ein Cappuccino okay sei. Julia bejahte.

»Haben Sie nach irgendetwas Besonderem gefragt? Also, die Polizei?«

Thomas stellte einen Pappbecher in den Halter, drückte auf einen Knopf, und schon brummte die Maschine und wackelte, als wollte sie sagen: *Seht mal, wie ich arbeite!* Thomas musste die Stimme heben, als er antwortete: »Alles Mögliche, aber vor allem, ob Olle in etwas verwickelt gewesen sein könnte, das … ja, also etwas, das einen Grund dafür hergäbe, dass es so kam, wie es gekommen ist. Sie meinten wohl etwas Kriminelles.«

»Und was haben Sie darauf geantwortet?«

Thomas nahm den Becher, stellte ihn vor Julia auf den Tisch und setzte einen neuen Becher in die Maschine ein. »Also, soweit ich unterrichtet bin«, sagte er dann, »in gar nichts. Er war derjenige, der vor allem die Kontakte mit unseren Auftraggebern pflegte, der Energiebehörde und der SAS und so weiter. Aber irgendetwas Ungesetzliches …« Thomas verzog nachdenklich den Mund.

»Woran denken Sie gerade?«, wollte Julia wissen und nippte an dem Kaffee, der diesen Maschinengeschmack hatte, weil doppelt so viel Wasser durchgelaufen war, wie dem Kaffee guttat.

»Er schien schon *unglaublich* viel Geld zu haben«, sagte Thomas, öffnete die Hände und fügte hinzu: »Aber auf der anderen Seite habe ich keine Ahnung, was er mit seinem privaten Vermögen anstellte, vielleicht hatte er schon vor langer Zeit klug investiert.«

»Hat er jemals von Frode Moe gesprochen?«

»Diesem Geschäftsmann? Aus Norwegen? Nein, warum?«

»Nichts. Nur so eine Idee.«

Auch Thomas Wahlqvist nippte an seinem Kaffee, und seine Miene deutete an, dass er derselben Meinung war wie Julia. »Und was führt Sie zu uns?«, fragte er sie schließlich.

»Ich wollte wohl einfach sehen, wie Olle gearbeitet hat, und … also, um ehrlich zu sein, betreibe ich neben den offiziellen Ermittlungen auch gewisse private.«

»Sie waren ja auch einmal Polizistin, oder?«

»Stimmt genau. Man kann ja nicht so schnell aus seiner Haut. Könnte ich mir mal sein Büro ansehen?«

»Bitte, gerne.«

23

Olof Helanders Büro war eher für Repräsentationszwecke geeignet als der Rest des Firmensitzes, also kamen gelegentlich wohl doch Kunden zu Besuch. An den Wänden hingen ein paar gerahmte Poster mit dem Logo von Greenbase und dem Slogan »For a brighter tomorrow« zusammen mit Diplomen und Auszeichnungen. Vor dem übergroßen Schreibtisch standen zwei Besuchersessel aus Leder.

Julia betrachtete den Drehstuhl hinter dem Schreibtisch, und ein gespenstisches Gefühl kroch ihren Nacken hinauf, als würde sich etwas von ihrem Kindheitsfreund noch hier verstecken, ein ganz schwacher Luftzug, wie von einem vorbeizischenden Papierflugzeug.

Die Tür war geschlossen, und niemand konnte Julia aus dem Großraumbüro beobachten. Mit zögernden Schritten ging sie zum Schreibtisch und ließ sich auf Olles Stuhl sinken. Hier hatte er also gesessen. Auf der Tischplatte vor Julia befanden sich eine kabellose Tastatur, eine Maus sowie ein riesiger Computerbildschirm, dessen Kabel in der Luft hing, nachdem der Rechner selbst entfernt worden war.

Hast du hier gesessen, als du das tatest, was deinen Tod zur Folge hatte, was auch immer das war?

Julia strich mit dem Zeigefinger über die Tischplatte und hinterließ eine Spur in der dünnen Staubschicht. Außer der Polizei war seit mehreren Tagen niemand mehr in diesem Raum gewesen, also war Julia vielleicht nicht die Einzige, die dieses unheimliche Gefühl überfiel.

Sie zog ein paar Schreibtischschubladen heraus und fand Broschüren über die Tätigkeitsfelder von Greenbase, Büromaterial und einen Stapel leeres Druckerpapier. Nichts Persönliches. Hatte die Polizei das alles mitgenommen? Julia sah in den Papierkorb. Leer. Sie trommelte mit den Fingern auf der Tischplatte.

Mittlerweile verwalteten die Menschen jene Teile ihres Lebens, die mit Ziffern und Buchstaben zu tun hatten, über ihren Rechner, folglich waren also dort die Beweise zu finden, wenn es denn überhaupt Beweise gab. Und trotzdem. Es konnte reiner Aberglaube sein, aber wenn Julia Olles Schreibtisch betrachtete, überkam sie wieder dieses sonderbare Gefühl von vorhin. Das war Unsinn, sagte sie sich, nichts, weswegen sie irgendetwas unternehmen sollte. Aber trotzdem.

Sie wusste nicht, was schließlich den Ausschlag gab, den Stapel Druckerpapier anzuheben und umzudrehen. Ihr stockte der Atem. Die unterste Seite war vollgekritzelt, und zwar mit Ziffern und Buchstaben.

0327 HI1AW324WW365110
HI2AW275WW30196
HI3AW221WW24273
0328 HI1AW332WW367111
HI2AW282WW30397
HI3AW230WW24474

Und so weiter. Julia saß eine Weile da und starrte auf das für sie nur unbegreifliche Gekritzel. Das Einzige, was sie zur Not deuten konnte, waren die 0327 und 0328, die wohl für den 27. und den 28. März standen. Es folgten noch 0329, 0330, 0331 und danach nichts mehr. Julia blätterte durch die leeren Seiten, ohne weitere Aufzeichnungen zu finden. Diese Kürzel legten über irgendetwas Rechenschaft ab, das in irgendeinem Jahr Ende März stattgefunden hatte.

Sie machte ein Foto von der Seite, ging zu Thomas Wahlqvist und hielt es ihm vor die Nase. »Haben Sie eine Ahnung, was das hier bedeuten könnte?«

Thomas schob seine Brille auf die Nasenspitze und studierte die vollgekritzelte Seite. Seine Lippen bewegten sich, während sein Blick von oben nach unten glitt. »Nein«, sagte er dann. »Woher kommt das?«

»Von Olles Schreibtisch. Und es sah so aus, als hätte er es versteckt.«

»Hm. Staffan? Kannst du mal herkommen?«

Nichts in Thomas Wahlqvists Verhalten deutete darauf hin, dass er schauspielerte oder log, er schien über die Aufzeichnungen seines Chefs ebenso erstaunt zu sein wie Julia selbst. Staffan war so klein und rund, als hätte er das Wachstum irgendwann in der siebten Klasse eingestellt, und auch er schüttelte nur den Kopf, nachdem er die Aufzeichnungen studiert hatte.

»Also, womöglich handelt es sich ja um eine Art Messung«, sagte Staffan. »Aber es ist unmöglich, Genaueres dazu zu sagen, solange wir keine Maßeinheiten kennen, also Bar oder Pascal oder so etwas.«

Julia nickte, und ohne um Erlaubnis zu fragen, faltete sie das Blatt zusammen und steckte es in ihre Hosentasche. Die beiden schienen keine Einwände zu haben, was ebenfalls dafür sprach, dass sie nichts von der Sache wussten.

»Dann bedanke ich mich für die Hilfe«, sagte Julia. »Und herzlichen Dank auch für den Kaffee.«

»Der war nun wirklich keinen Dank wert«, sagte Thomas Wahlqvist. »Viel Glück beim …, was auch immer Sie da vorhaben.«

Julia verließ das Gebäude und ging mit dem Blick auf dem Asphalt zur Bushaltestelle, während das Blatt Papier in ihrer Tasche brannte.

H1, H2, H3? Was hast du da getrieben, Olle?

24

Es ging auf fünf Uhr zu, und Kim Ribbing war beinahe fertig mit dem Programm, als der Raum neben ihm belegt wurde. Eine Tür knallte heftig zu, und nur eine Minute später knirschten und knackten rostige Sprungfedern.

Nicht gerade ein üppiges Vorspiel, dachte Kim und biss die Zähne zusammen, als eine Frau begann, ein rhythmisches Quieken von sich zu geben. Kim konzentrierte sich darauf, die Variablen einzutippen, nach denen das Programm suchen sollte, während die Frau immer weiterquiekte. Großer Gott, wie konnte man solche Geräusche von sich geben? Sie klang wie eine Gummiente in den Fängen eines Hundes.

Kim setzte seine schalldämpfenden Kopfhörer auf, schaltete aber keine Musik an. Er schrieb »Moe«, er schrieb »Futurig«, und dann sah er ein, dass die Kopfhörer es tatsächlich nicht schafften, die Geräusche auszublenden. Vermutlich hatte niemand damit gerechnet, dass solche Laute existieren könnten. Er überlegte gerade, ob er gegen die Wand hämmern sollte, als das Quieken plötzlich an Intensität gewann. Dann erklang ein Grunzen, das Bett knirschte lautstark, und die Frau ließ ein kleines Jaulen hören, vermutlich als der Mann über ihr zusammenbrach. Kim schrieb »Greenbase« und »Klintec« und fügte sicherheitshalber noch »Frode« dazu.

Das Spionagetool, das er programmiert hatte, diente dazu, nach diesen fünf Wörtern zu suchen. Er wollte es an Fliege schicken, die es wiederum in eine möglichst frühe Version von *El Paquete* einbauen sollte. Am besten in das Original, weil dann die Verbreitung optimal wäre.

Sobald jemand in Kuba etwas aus *El Paquete* herunterlud, Kubas *hands-on*-Version des Internets, bekam er Kims Programm direkt mitgeliefert. Es durchsuchte daraufhin den Computer, inklusive seiner Historie, und machte Jagd auf diese fünf Wörter. Wenn es eines davon fand, schickte es einen Sperrballon in Form einer Mitteilung an Kim, sobald der betreffende User sich ins Netz einloggte. Weil es sich vermutlich um eine hochrangige Person handelte, dürfte auch der Zugang zum Internet gegeben sein.

Aber beschäftigte sich eine solche Person tatsächlich mit *El Paquete*, wenn er oder sie ein eigenes Wifi hatte? Vermutlich nicht, und hier kam der besondere Reiz des Programms ins Spiel: Wenn ein Computer nach einem Kontakt mit *El Paquete* erst einmal infiziert war, gab er es nach der klassischen Virusmethode an jeden anderen Computer weiter, mit dem er in Verbindung kam. Wenn ein infizierter Rechner eine Mail oder ein Foto an einen anderen Rechner schickte, machte Kim sich auch dort breit, und auch dieser Rechner konnte dann weitere anstecken.

Rein technisch gesehen würde es also reichen, einen einzigen Computer anzustecken, vorausgesetzt, dass er einer Person gehörte, die viel mit anderen kommunizierte, aber ein infiziertes *El Paquete* gab dem exponentiellen Wachstum einen Kickstart.

Kim klappte das Notebook zu und holte den Pass seines Alter Egos Sven-Erik Magnusson aus der Tasche. Vor ein paar Jahren hatte er aus einer Laune heraus Moebius darum gebeten, ihm den falschen Pass zu besorgen, aber es hatte bis jetzt keinen Grund gegeben, ihn zu verwenden. Kim war mit diesem Pass nach China gekommen und hatte ihn auch im Hotel vorgezeigt. Er hatte keine Ahnung, woher der Befehl gekommen war, Jagd auf ihn zu machen, vielleicht hatte er sogar das Flughafenpersonal erreicht. Er wollte keine Risiken eingehen. Bevor er den Raum verließ, schickte er eine Nachricht an Julia Malmros.

25

Es war kurz nach eins, und Julia Malmros saß in Sundbyberg im Bus, als ihr Handy piepste. Als sie nachsah, hatte sie eine SMS von »Kim Cracker« bekommen.

Möglicherweise vermutete Kim Ribbing, dass irgendwer ihr Handy überwachte. Die kurze Nachricht war so formuliert, dass nur Julia sie verstehen konnte. Kim hatte von seinen Taucherfreunden erzählt, und die Mitteilung lautete kurz und knapp: »Skalman fliegt zu Fliege.« Kim war auf dem Weg nach Kuba.

VII

Guanabo

Fünf Monate zuvor

1

Es war ein Zufall, dass Kim Ribbing in der Kleinstadt Guanabo an den Playas del Este in Kuba gelandet war. Am Flughafen hatte er ein Taxi nach Osten genommen, und wurde seit einer guten halben Stunde auf der riesigen Rückbank des Plymouth aus den 1950er-Jahren hin und her geworfen, als auf der linken Seite eine Ansammlung von Häusern auftauchte, im Hintergrund das Meer.

»Was ist das für ein Ort?«, hatte er den Taxifahrer gefragt.

»Der da?«, hatte der Fahrer geantwortet. »Guanabo. Das ist nirgendwo. Nichts.«

»Das klingt gut. Fahren Sie mich dorthin.«

Der Fahrer ließ ihn auf einer Straße aussteigen, die oberhalb des Strandes verlief, und verschwand schließlich mit seinem Wagen zu dem ausklingenden Da-dada-da einer Cubaton-Musik in einer Staubwolke. Kim sah sich um und fand ein Haus mit einem Symbol, das darauf hindeutete, dass es sich um ein *Casa Particular* handelte und gemietet werden konnte.

Üblicherweise wurde bei solchen Privatunterkünften immer nur ein Raum vermietet, aber hier ging es um ein ganzes Haus, das ein Stück außerhalb von Guanabo lag. Für fünfunddreißig CUC, also an den Dollar gebundene Pesos, pro Tag, bekam er nur zwanzig Meter vom Strand entfernt ein kleines Holzhaus mit Veranda. Insgesamt dreißig Quadratmeter mit Schlafzimmer, Küche und Badezimmer. Kim zog ein.

Das fehlende WLAN war ein Problem. Mithilfe von Google Translate wurde Kim von der Vermieterin erklärt, dass es einen

WLAN-Hotspot am Marktplatz gebe. Als er ihn am selben Abend aufsuchte, stellte sich heraus, dass er eine ganze Minute brauchte, um ein einziges Bild aufzurufen. Er gab sein Vorhaben auf und beschloss, sich mit der Situation zu arrangieren.

Am Nachmittag ging Kim in den Lebensmittelladen. Das Sortiment war lückenhaft, aber Bier hatte man im Augenblick genug auf Lager. Er kaufte eine Palette der einheimischen Marke Cristal und trug sie nach draußen in die sengende Sonne. Schon nach einer Minute rann ihm der Schweiß über den Körper, und er akzeptierte das Angebot eines Droschkenkutschers, der ihn zum Preis von zwei CUC den Kilometer zu seinem Haus brachte.

Kim stellte die Palette in den Kühlschrank, nachdem er eine Dose herausgelöst hatte. Er öffnete sie und setzte sich in einen der beiden Schaukelstühle aus Schmiedeeisen, die auf der Veranda standen. Kim trank einen ordentlichen Schluck von der lauwarmen Flüssigkeit und sah auf das karibische Meer hinaus, auf dem die Wellen weiße Schaumkronen bildeten, obwohl kaum Wind zu spüren war. Er schaukelte ein paarmal, nahm wieder einen Schluck und schaukelte noch ein bisschen weiter. Hier also war er jetzt.

Seine Eltern und sein Großvater waren tot, und er hatte keine anderen Verwandten, die noch lebten. Abgesehen von ein paar Bekannten in unterschiedlichen Internetforen hatte er keine Freunde. Er hatte mehr Geld, als er für den Rest seines Lebens verbrauchen konnte. Er war vollkommen frei, alle Möglichkeiten standen ihm offen, und er hatte zu nichts Lust. *Einen* losen Faden gab es in seinem Leben allerdings noch, und der hieß Martin Rudbeck, der Schockdoktor, der Kinderfolterer.

Irgendwann, dachte Kim, was er bereits so oft gedacht hatte und noch so viele Male denken würde.

In den letzten Jahren war es ihm eigentlich gut gegangen, es hatte sich nicht so angefühlt, als würde ständig eine Dunkelheit in seinem Rücken lauern, die nur darauf wartete, ihn zu verschlucken. Kim sah auf seine nackten Füße hinunter und erinnerte sich, wie sie sich auf Julia Malmros' Laken abgezeichnet hatten.

Er überlegte, ob er sie anrufen sollte, stellte aber fest, dass er momentan kein Netz hatte. Auch gut. Was sollten sie einander schon sagen? Kim ging zum Kühlschrank, um ein neues Bier zu holen, und nahm auf dem Weg seine spanische Grammatik und das Wörterbuch mit.

Er schaltete die Außenbeleuchtung ein und ließ den Blick über die Seiten wandern. Er hatte eine schnelle Auffassung und ein gutes Gedächtnis, aber um grammatikalische Prinzipien zu verstehen, musste er sich etwas mehr anstrengen. Tat er das, würde er sich schätzungsweise im Laufe einer Woche ein Grundverständnis der spanischen Sprache aneignen können und ein ganz passables Wissen in zwei Wochen.

2

Kim Ribbing widmete ein paar volle Tage dem Spanischlernen, damit er sich einigermaßen verständlich machen konnte. Der Kühlschrank wurde nie mit etwas anderem gefüllt als mit Bier und Rum, weil er fünfzig Meter von seinem Haus entfernt ein Restaurant mit vier Tischen gefunden hatte. Dort trank er seinen Morgenkaffee zu einem Stück Brot, und dort aß er auch sein Abendessen. Huhn oder Fisch mit Reis oder mit Bohnen, abhängig davon, was die Lokalbesitzer an dem Tag bekommen konnten. Die einseitige Diät machte ihm nichts aus, Essen war für ihn nichts weiter als Treibstoff für den Körper.

Am siebten Tag, nachdem Kim in Guanabo angekommen war, machte er sich auf die Suche nach einem Tauchcenter. Mehrere Leute, die er fragte, deuteten auf einen Schuppen in Strandnähe. Als Kim dorthin ging, um anzuklopfen, kam ein älterer Herr aus dem Nachbarhaus auf ihn zu. Kim fragte, ob der Schuppen ein Tauchcenter sei, und der Mann lachte zahnlos. Nein, ein *center* sei das bestimmt nicht, aber es sei der Ort, an dem er – der Mann stellte sich als Ernesto vor – seine alte Taucherausrüstung aufbewahre, die manchmal von Leuten ausgeliehen werde. Das dürfe auch Kim gerne tun.

Die Ausrüstung sah nicht gerade besonders vertrauenswürdig aus. Schläuche waren mit vulkanisiertem Gummi geflickt, eine verschrammte Taucherbrille und eine altertümliche Tarierweste. Die Druckluftflaschen waren ursprünglich wohl kaum fürs Tauchen vorgesehen, weil die Messgeräte, die den Luftvorrat anzeigten, ganz oben an den Flaschen saßen.

Kim deutete auf eine der Flaschen und dann auf seine Augen: »Wie sehe ich, ob noch … Zeit bleibt?« Er kannte das Wort für Luft nicht. Ernesto öffnete ein Fach und holte einen kleinen Handspiegel heraus, den er so vor sich hielt, als wolle er den Stand der Luft in seinem Nacken prüfen. »Aire, si?« Kuba war das Land der Notlösungen, und für das, was man nicht kaufen konnte, fand man fantasievollen Ersatz. Und Luft hieß also *aire*.

Kim schraubte die Ausrüstung zusammen, während Ernesto einen fadenscheinigen Neoprenanzug heraushholte, dessen Reißverschluss mit Segelgarn repariert worden war. Kim testete den Atemregler und merkte zu seiner Verwunderung, dass das Mundstück perfekt passte und ausgezeichnet funktionierte. Die Luft floss ungehindert und kühlte den Gaumen. Wie füllte Ernesto die Flaschen auf?

»Ämm … *aire*?«, fragte Kim. »Woher kommt die Luft? Für die Flasche?«

Ernesto klopfte auf einen größeren Tank an der Hinterwand des Schuppens, und der dröhnte, als sein Ehering gegen das Metall schlug. »Ein Lastwagen bringt sie«, sagte er und fügte bedrohlich »Boom!« hinzu.

Kim spürte Ernestos Blick auf seiner Haut, als er sich die Badehose anzog und darüber den Neoprenanzug. Der Alte besaß allerdings den Anstand, von Bemerkungen und Fragen abzusehen. Er half Kim, die Sachen zum Strand zu tragen, wo er mehr Platz hatte. Kim hatte sich gerade den Bleigürtel umgelegt, als er die Stimme einer Frau hörte. »Ey, Nesto. Bringst du schon wieder Touristen um?«

Ernesto schüttelte den Kopf und sagte: »Hör nicht auf sie. Sie ist verrückt. *Loca*.«

Am Strand näherte sich ein ungleiches Paar. Eine dünne Frau, die kaum mehr als vierzig Kilo wog und ungefähr anderthalb Meter groß war. Hüften und Brüste waren nicht mehr als angedeutet, und in ihrem Gesicht war alles bis auf die riesigen Augen winzig. Sie hatte langes, schwarzes Haar, das Kims eigenem ein wenig ähnelte, aber vermutlich nicht gefärbt war.

Neben ihr schlurfte ein Riese von einem Mann. Vielleicht zwei Meter groß und mit einem Brustkorb wie ein Ölfass. Große Hände, die beim Gehen vor- und zurückschwangen, und Arme wie Seepoller. Auch das Gesicht war das genaue Gegenteil der Frau. Tief liegende Augen, aber füllige Lippen und eine große Nase, auf dem Kopf ein Gewirr dunkelbrauner Haare, das wie ein Mopp aussah.

Wenn die Frau eckig und spitz wirkte, war der Mann ein freundlich gesinnter Bär, der ständig lächelte. Er schleppte ohne Schwierigkeiten eine komplette, leicht abgewetzte Taucherausrüstung, während die Frau nur Schwimmflossen, eine Tarierweste und ein Harpunengewehr bei sich hatte. Sie kam auf Kim zu und musterte ihn.

»Bist du so eine Art Hardrocker, oder was?« Sie benutzte das englische Wort, *hardrocker*. Kim sah ein, dass es hoffnungslos war, seine Vorliebe für schwedische Unterhaltungsmusik zu erklären, also streckte er die Hand aus und sagte: »Kim. *Me llamo* Kim.«

Die Hand der Frau war schmal, aber kraftvoll. »Man nennt mich ›Fliege‹«, sagte sie. »*La Mosca*. Und das hier ist Fedo.«

Kim wurde nervös, als seine Hand in Fedos Pranke verschwand, aber der Riese schien sich seiner ungeheuren Kraft bewusst zu sein und schüttelte sie nur leicht. »Ich bin Fedo«, sagte er und nickte vor sich hin. »Fedo.«

»Kim.«

In Fedos Blick lag etwas Kindlich-Naives und in seiner Stimme schwang eine gewisse Ahnungslosigkeit. Später würde Kim erfahren, dass Fedos mentale Entwicklung im Alter von acht Jahren stehen geblieben war, als er beim Versuch seiner Familie, mithilfe eines Floßes aus Kuba zu fliehen, beinahe ertrank. Seine Mutter und sein Vater waren dabei gestorben, was mit Sicherheit dazu beitrug, dass Fedo seine Kindheit nicht verlassen wollte.

Sein richtiger Name war Gerardo Garcia, aber alle nannten ihn Ferdinando, abgekürzt Fedo. Niemand erinnerte sich mehr, ob es eine Anspielung auf den schwerfälligen Stier war oder auf den in den Siebzigerjahren populären tschechischen *el payaso Ferdinando*, den Clown Ferdinand. Möglicherweise ja auch beides.

Fedo ließ Kims Hand los und zeigte auf seinen Neoprenanzug. »Schlecht«, sagte er. »Schlechte Sachen.«

Fliege stimmte ihm zu. »Richtig schlecht. Du wirst ertrinken. Garantiert.«

Ernesto schnaufte und sagte: »Als ob eure besser wären«, gefolgt von etwas, das vermutlich ein Fluch war, der sich auf das Geschlechtsorgan der Mutter von Fliege bezog. Sie erwiderte etwas ähnlich Lautendes, während Fedo einfach danebenstand und Kim mit diesem strahlenden Lächeln betrachtete, das man unmöglich unerwidert lassen konnte. Als Fliege und Ernesto ihre Beleidigungen ausgetauscht hatten, wandte sie sich an Kim. »Woher kommst du, Kim?«

»Aus Schweden.«

Fedo schlug die Hände zusammen, es glitzerte in seinen Augen, als sein Lächeln noch ein bisschen breiter wurde, und dann rief er: »Ibrahimović!«

»Äh, Ernesto«, sagte Fliege. »Gib diesem Zlatan hier dein Gewehr, dann kann er mit uns mitkommen.«

Kim war verwirrt. Warum sollte er ein Gewehr bekommen? Grummelnd verschwand Ernesto in seinem Schuppen, und Fliege trat zu Kim und hielt ihm einen Vortrag, den Kim ungefähr so deutete, dass er in ihrer Nähe bleiben sollte, damit sie ihn nach oben ziehen könnte, sobald er zu sinken anfing. Kim hoffte, dass sie scherzte.

»Hat er dir den Spiegel gezeigt?«, fragte sie.

»Ja.«

»Na, dann verstehst du es ja.«

Ernesto kam aus dem Schuppen und hatte ein Harpunengewehr dabei, das seine besten Tage vermutlich in den Achtzigern gesehen hatte. Fliege nahm es und verzog missbilligend das Gesicht, als sie die Spannung des Gummibands testete. »Verdammt, Ernesto. Die sind ja schlaffer als der Sack deiner *cojones.*«

Fliege demonstrierte, wie Kim die Gummibänder spannen und einen Testschuss abgeben sollte. Der Pfeil flog sieben, acht Meter, bevor er sich in den Sand bohrte. Sie seufzte. »Mit einer solchen *puta madre* als Gewehr musst du sehr nahe heranschwimmen. Vier oder besser drei Meter. Hast du das schon einmal gemacht?«

»Nie.«

»Mach es einfach so wie wir.«

Kim ging in den Schuppen und holte den Spiegel, aber als er ihn in eine Tasche stecken wollte, wedelte die Fliege abwehrend mit der Hand. »Den brauchst du nicht. Ich sehe nach.«

Sie gingen ins Wasser und zogen sich die Schwimmflossen und die Taucherbrillen an. Kim wusste nicht genau, wie es dazu gekommen war, dass er mit zwei Kubanern nach draußen zum Harpunenfischen ging, aber Fliege und Fedo behandelten ihn, als wäre das die natürlichste Sache der Welt. Sie hatten ihn zum Beispiel nie gefragt, ob er es *wollte*. Was aber sehr wohl der Fall war. Kim war es schlichtweg nur nicht gewohnt, dass sich Menschen um ihn kümmerten.

Sie paddelten bis zum Riff und tauchten dann. Kim fühlte sich plump neben Fedo, der sich mit seinem massigen Körper geschmeidig wie ein Seelöwe durch das Wasser bewegte. Von Fliege ganz zu schweigen, die wie ein Pfeil voranflog, tauchte, zurück an die Oberfläche schwamm, um Luft zu holen, und dann wieder nach unten schoss. Nach fünf Minuten hatte sie ihren ersten Fisch erlegt, während Kim noch nicht einmal nahe genug herangekommen war, um abzudrücken.

Irgendetwas klimperte, und Kim sah sich um, weil er nicht ausmachen konnte, woher das Geräusch kam. Fliege klopfte mit einem Messer auf seine Flasche und zeigte auf einen Punkt, der sich neben Kim befand. Er drehte sich dorthin und sah einen fast kugelrunden Fisch, der sich träge über das Riff bewegte.

Der Fisch sah mit seinem Muster beinahe aus wie eine lebendige Zielscheibe. Wenn man seine runde Form dazunahm, schien er ein Wink der Natur zu sein, die ihn als Übungsziel geschickt hatte. Kim hob das Harpunengewehr, zielte und drückte ab. Das Gewehr schlug hoch, als die Harpune losschoss und nur ein paar Handbreit über den Fisch hinwegfegte, der sofort flüchtete.

Kim sah zu Fliege hinüber, die ihren Daumen in die geschlossene Faust der anderen Hand drückte, eine Geste, die Kim unbekannt war, aber bei der es sich bestimmt um einen Fluch in der kubanischen Zeichensprache handelte, schätzungsweise mit einer sexuellen Bedeutung.

Zehn Minuten später schwamm Fliege auf Kim zu und kontrollierte sein Messgerät, worauf sie Daumen hoch zeigte, nicht weil er so tüchtig war, sondern als Zeichen für den Aufstieg. Kim leerte die Tarierweste und schwamm an die Oberfläche.

Als Fedo schließlich auch nach oben kam, sah er überglücklich aus. Er zeigte auf Kim und johlte: »Zlatan hat danebengeschossen!« Er zeichnete ein Rechteck mit den Händen und erklärte: »Hier ist das Ziel. Hier kommt Zlatan. Boum! Ab in den Himmel! Schlecht, schlecht.«

Kim hätte gerne etwas Lustiges darauf geantwortet, aber dafür reichte sein Wortschatz nicht aus, also schüttelte er nur den Kopf und sagte: »Erstes Mal. Schlechter Schwede.«

Fedo sah erschrocken aus. »Nein, nein, kein schlechter Schwede. Guter Schwede. Aber schlechter Schuss.«

Fedo hatte zwei Fische erlegt und die Fliege drei. Während sie zum Strand schwammen, fragte Kim, was sie mit dem Fang vorhätten.

»Essen«, antwortete Fliege. »Manchmal verkaufen wir ihn an Restaurants.«

Fisch mit Reis in Kims Stammrestaurant kostete sieben CUC, also konnte er davon ausgehen, dass sie keine größeren Summen für die Zutaten bezahlten. »Kann man davon leben?«

Fliege prustete los. »Nein, natürlich nicht.«

Als sie sich dem Strand näherten, brach eine Meinungsverschiedenheit zwischen Fliege und Fedo aus, von der Kim so viel zu verstehen meinte, dass Fedo den Fisch so etwas von satthabe, also könnten sie heute nicht einfach den ganzen Fang verkaufen? Fliege weigerte sich zuerst, gab aber irgendwann nach.

In vielen Dingen gingen Fliege und Fedo miteinander um, als seien sie Mutter und Kind, aber andererseits schienen sie in ungefähr demselben Alter zu sein, ein paar Jahre jünger als Kim.

Später erfuhr Kim, dass sie im selben *barrio* aufgewachsen waren, und der gutherzige Fedo hatte den Schutzengel der kleinen Fliege gespielt, seit sie ganz klein waren. Nach dem Unglück, bei dem Fedos Eltern ums Leben gekommen waren, drehte sich das Verhältnis um. Fedo war offiziell bei einem Onkel untergebracht, wurde aber in der Praxis ein Teil der großen Familie von Fliege mit ihren vielen Geschwistern und ging eigentlich nur noch zum Schlafen »nach Hause«.

Nachdem sie an Land gegangen waren, legte Kim seine Ausrüstung ab und bezahlte Ernesto die zehn CUC, auf die sie sich geeinigt hatten. Unterdessen unterhielten die drei sich vollkommen friedlich, und nichts deutete darauf hin, dass sie sich gegenseitig gerade noch mit den schlimmsten Beleidigungen bedacht hatten.

Kim schälte sich aus dem dünnen, genoppten Gummi und hatte den Oberkörper bereits freigelegt, als Fedo in seine Richtung sah.

Die meisten Menschen täuschten Ungerührtheit vor, wenn sie Kims Haut zu Gesicht bekamen, aber Zurückhaltung war kaum Fedos Stärke. Er sperrte seine schmalen Augen auf, und dann bekreuzigte er sich. Als Kim ganz aus dem Anzug gestiegen war, fragte Fliege: »Was ist mit dir passiert? Bist du in einer *cosechadora* hängen geblieben?«

Später würde Kim das Wort nachschlagen, es bedeutete »Mähdrescher«. Aber schon jetzt, hier am Strand, nahm er an, dass es sich um eine Maschine handelte, an der man sich verletzen konnte, und sagte: »Genau.«

»Ernsthaft?«

»Nein.«

Fedo schloss seinen aufgerissenen Mund und fragte: »Hat jemand versucht, dich zu töten? Viele Male?«

»Genau.«

Fedo wollte weiter nachfragen, aber Fliege hatte die Situation begriffen und signalisierte ihm, jetzt besser still zu sein. Fedo wirkte enttäuscht und kniff die Lippen zusammen. Kim bedankte sich bei ihnen für den Tauchgang und brachte einen Scherz zustande, dass der echte Zlatan den Fisch bestimmt getroffen hätte.

Als Kim sich zum Gehen wandte, fragte Fliege: »Morgen um dieselbe Zeit?«

3

Die folgenden Wochen bestanden für Kim Ribbing aus Strandspaziergängen, Sprachlektionen und Tauchgängen mit Fedo und Fliege. Kims Spanischkenntnisse wuchsen im selben Maß wie seine Harpunierfähigkeiten. Schon beim dritten Mal gelang es ihm, seinen ersten Fisch aufzuspießen, den er Fliege und Fedo schenkte.

»Willst du kein Geld dafür haben?«, fragte Fliege.

»Das ist nicht nötig.«

»Warum?«

»Das ist mein Dank dafür, dass ich dabei sein darf.«

Zu Kims Verwunderung akzeptierte Fliege diese Erklärung ohne weitere Einwände, und nach diesem Tag wurde es zur Routine, dass sie sich um Kims Fang kümmerten, auch wenn Fedo ihn für »komplett verrückt« hielt, weil er seine schönen Fische herschenkte. Vielleicht sprach es nicht unbedingt für Kims bisherige Lebensführung, aber nach ein paar Wochen sah er ein, dass Fliege und Fedo die besten Freunde waren, die er je gehabt hatte.

Am Nachmittag ging er in sein gewohntes Restaurant und setzte sich anschließend auf die Veranda seines Hauses, trank ein Cristal und rauchte Zigaretten, während sich die Dämmerung herabsenkte. Als er die Stange mit Camel Blue, die er am Flughafen gekauft hatte, aufgebraucht hatte, wechselte er zu der lokalen Marke Popular, deren Tabak so dunkel war, dass er davon husten musste.

Eines Abends, als er mal wieder auf der Veranda saß, versuchte er ernsthaft der Frage nachzugehen, was er mit seinem Leben anstellen sollte. Er wollte nur ungern in die Computerbranche zurückkehren. Sollte er eine Ausbildung anfangen, sich eine Wohnung suchen? Aus den Fragen wurden weitere Fragen, und am Ende befiel ihn eine große Angst. Er hatte den Eindruck, als würde sich ein Gurt um seine Brust festziehen, und er bekam kaum noch Luft. Er hämmerte mit der Faust gegen seine Brust, stand auf und hielt sich schwankend am Geländer fest. Er hatte große Lust, einfach ins Meer zu laufen und zu ertrinken, das zu vollenden, was ihm im Alter von sieben Jahren misslungen war.

Kim schleppte sich zum Strand. Sein Atem hatte sich etwas beruhigt, seit das Meer sich vor ihm ausbreitete, und das Brausen der Brandung füllte seine Ohren. Er bemerkte, dass der Mond als Sichel am Sternenhimmel stand, umarmte sich selbst und fühlte sich unerträglich einsam.

Auf halbem Weg zu Ernestos Schuppen sank er in den Sand. Die schlimmste Panik hatte sich gelegt, doch jetzt blieb nur noch eine Leere, die größer war als alles, was normalerweise in seiner Brust Platz fand. Er holte seine Schachtel Popular heraus, zündete sich eine Zigarette an und begann zu husten. Die Attacke war ungewöhnlich heftig, und als er sich keuchend auf den Rücken legte, schob sich ein umgedrehter Kopf in sein Sichtfeld.

»Das klingt aber gar nicht gut«, sagte Fliege und hielt ihm eine Hand ihn, um ihm ins Sitzen aufzuhelfen.

Kim drückte die Zigarette im Sand aus. »Das liegt an dieser Marke. Popular.« Fliege setzte sich neben ihn. »Außer Kubanern kann die niemand rauchen. Hast du die hier mal ausprobiert?«

Sie hielt ihm ein schwarzes Metallrohr mit einem Mundstück hin. Kim hob es fragend hoch, und Fliege nickte. Kim drückte auf den Knopf, der den Glühdraht aufheizte, und nahm einen Zug. Kühler Rauch füllte seine Mundhöhle und kitzelte behaglich in seinem Hals. Als er ausatmete, quoll eine dicke Wolke zwischen seinen Lippen hervor. Er gab die Vape zurück und sagte: »Ich wusste nicht, dass du … rauchst, oder wie man das hier nennen soll.«

»Fedo mag es nicht. Er hat Angst, dass ich daran sterbe.«

»Wo ist er?«

»Zu Hause. Er schläft. Normalerweise schläft er nach Ende des Kinderprogramms ein. Danach habe ich ein bisschen Zeit für mich.«

»Seid ihr sonst immer zusammen?«

»Immer.«

»Aber seid ihr denn auch … richtig zusammen?«

Fliege machte ein entsetztes Gesicht. »Natürlich nicht. Ich bin doch nicht pädophil!«

»Entschuldige.«

»Ist schon okay. Hast du eine Freundin?«

»Nein.«

»Einen Freund?«

Kim zog die Augenbrauen hoch. Gleichgeschlechtliche Beziehungen waren in Kuba ziemlich tabu. Allein diese Frage deutete auf eine ungewöhnliche Offenheit hin. »Nein. Auch das nicht.«

»Okay. Willst du ficken?«

Kim sah in die großen Augen, die zu ihm aufschauten, und sah, wie sich darin die Sterne spiegelten. Er dachte daran, wie ihr Körper sich durch das Wasser bewegte, und spürte eine Trockenheit in seinem Mund.

»Ist das eine gute Idee?«, fragte er.

»Ich glaube schon. Ich möchte nicht deine Freundin werden oder so etwas, aber ich bekam plötzlich große Lust, mit dir zu schlafen. Jetzt.«

Gerade noch hatte sich Kim ganz allein im riesigen Universum gefühlt, und jetzt saß hier plötzlich ein anderer Mensch und bot ihm Nähe an. Seltsamerweise fühlte er sich dadurch nicht weniger einsam, eher andersherum. Er konnte sich nicht aus den Grenzen seines Körpers befreien und ganz in einem anderen Menschen aufgehen; das bisschen Begehren, das er manchmal empfand, war eher theoretischer Natur. Etwas, das er spürte, weil er es *sollte*.

»Tut mir leid«, sagte er. »Aber ich glaube nicht, dass ich es kann.«

»Dass du es nicht kannst, oder dass du es nicht willst?«

»Vor allem kann, glaube ich.«

»Okay.«

Fliege paffte ein paar Züge aus der Vape, schlang dann die Arme um die Knie, saß neben ihm und sah aufs Meer. Ihr Ausdruck hatte jetzt etwas Verwundbares, und Kim bedauerte, dass er schuld daran war. »Darf ich dich etwas fragen?«

»Frag nur.«

»Wie heißt du richtig?«

Sie sah ihn an und hatte wieder dieses spöttische Glitzern in den Augen. »Wirst du mit mir schlafen, wenn ich dir meinen Namen verrate?«

»Nein.«

»Dann erzähle ich es nicht.«

Kim musste lachen. Er fühlte sich schon wesentlich besser als vorhin. Vielleicht war er ja so simpel gestrickt, dass es ihn schon aufmunterte, wenn ihn jemand begehrte, auch wenn er sich selbst nicht hingeben konnte. Fliege stand auf, steckte die Vape in die Tasche und sagte: »Ich muss zurück zu Fedo. Er wird unruhig, wenn er aufwacht und ich bin nicht da.«

»Du bist ein guter Mensch.«

»Klar. Absolut großartig. Ich hoffe, du weißt, was dir entgeht?«

»Das weiß ich. Ich komme noch ein Stück mit.«

Aus irgendeinem Grund schien Fliege nicht besonders erpicht darauf, sich begleiten zu lassen, denn sie seufzte, bevor sie sagte: »Ja, ja. Dann komm.«

Plaudernd gingen sie nebeneinanderher am Strand entlang. Als sie auf der Höhe der äußersten Häuser von Guanabo waren, sagte sie: »Danke für die Begleitung. Jetzt komme ich allein zurecht.«

»Sicher?«

»Ganz sicher. Komm her.« Fliege legte eine Hand auf Kims Schulter und zog sein Gesicht zu ihrem eigenen hinunter. Sie küsste ihn leicht auf die Wange und flüsterte: »Mein Lieblingsschwede«, bevor sie weiter in die Stadt ging. Kim wartete, bis sie hundert Meter zurückgelegt hatte, worauf er ihr weiter folgte; er wollte sichergehen, dass sie unversehrt zu Hause ankam.

Fliege lief weiter ins Landesinnere, und die Häuser wurden immer schäbiger. Als sie in eine Nebenstraße einbog, konnte man eigentlich gar nicht mehr von einer Straße reden, sondern eher von einem Lehmpfad, der von einem Lehmweg abzweigte. Kim folgte ihr noch ein paar Hundert Meter weiter, bis sie ein Feld erreichte, wo ein einsamer Schuppen stand, der nicht viel besser war als der von Ernesto.

Fliege zog knirschend eine Tür auf, die aus zusammengenagelten Planken bestand. Ein schwaches Licht flammte auf und sickerte durch die Spalten in der Bretterwand. Kim blieb eine Weile stehen und betrachtete den Schuppen, er versuchte, sich vorzustellen, wie es darin wohl aussah. Dann ging er wieder nach Hause.

Kim holte ein Bier, das er mit auf die Veranda nahm, und trank es langsam aus, während er in sich ging. Von der Angst war nichts geblieben. Er mochte Fliege sehr, und vielleicht hätte er trotzdem mit ihr schlafen sollen, aber das wäre ein Verstoß gegen ihre Freundschaft gewesen. Und darüber hinaus …

Saß er wirklich gerade hier und freute sich, dass er Julia Malmros treu geblieben war? Sie hatten sich nichts versprochen und sich zu nichts verpflichtet, und er hatte sie seit mehreren Wochen nicht mehr gesehen. Na ja, einer Erinnerung gegenüber treu zu sein, war ja auch eine Art von Treue. *Whatever gets you through the night.*

Kim ging ins Bett. Und auch wenn er Flieges Vorschlag abgelehnt hatte, war das Letzte, an das er vor dem Einschlafen dachte, ihr geschmeidiger Körper, der wie ein Delfin über dem schimmernden Riff schwebte.

4

Als Kim Ribbing am nächsten Abend auf seine Veranda trat, saß Fliege dort. Ohne ihre Gegenwart zu kommentieren, ging Kim hinein, holte zwei Bier und reichte ihr eins davon. Sie hielt die kalte Dose eine Weile an die Wange, bevor sie sie öffnete.

»Sollen wir das zu einer Gewohnheit werden lassen?«, fragte Kim.

»Vielleicht. Hättest du etwas dagegen?«

»Ganz im Gegenteil.«

Während der darauffolgenden Abende erfuhr Kim mehr über Flieges Kindheit und Jugend, die unter ärmlichsten Bedingungen stattgefunden hatte. Als Kim eines Abends fragte, als was ihr Vater und ihre Mutter gearbeitet hätten, sah ihn Fliege lange an. Schließlich nickte sie und fragte: »Hast du Rum?«

»Selbstverständlich. Soll ich ihn mit etwas mischen?«

»Nein. Einfach nur Rum.«

Kim ging hinein und schenkte ein Wasserglas voll mit *Havana Club*. Er selbst begnügte sich mit einem Viertel Glas und füllte es mit TuKola auf. Fliege quittierte es mit einem Pfeifen, als er ihr das Glas brachte. Sie nahm einen ordentlichen Schluck, räusperte sich und sagte: »Ich bin in der Sonderperiode in Friedenszeiten geboren worden. Weißt du, was das ist?«

Ja. Kim hatte gehört, wie der Begriff verwendet wurde, und anschließend darüber gelesen. Diese Sonderperiode begann mit dem Zusammenbruch der Sowjetunion 1989 und umfasste die darauffolgenden Jahre. Kubas Wirtschaft war abhängig davon gewesen, dass die Sowjetunion ihnen den Zucker für überhöhte

Preise abnahm und ihnen subventioniertes Öl verkaufte. Die Russen wollten diesen karibischen Außenposten seinerzeit als einen Stachel, der gefährlich nahe am Auge der USA saß. Als die Sowjetunion zusammenbrach und der Handel auf ein Minimum schrumpfte, ging Kubas Wirtschaft die Luft aus, und nach ein paar Monaten war der Hunger ein Faktum.

Abgesehen von rationiertem Reis und Bohnen gab es in den staatlichen Läden nichts zu kaufen. Die Preise auf den Schwarzmärkten stiegen, und viele Frauen waren gezwungen, sich zu prostituieren, um etwas zu essen zu bekommen. Viele Kinder und Erwachsene starben an Mangelkrankheiten, während die Angst umging, dass Reagan die Gelegenheit ergreifen würde und in das geschwächte Land einmarschierte.

»Meine Mutter war eine *jinetera*«, sagte Fliege. »Sie hatte keine Wahl. Sie wartete in der Lobby des Hotels Habana Libre. Sie hat erzählt«, Fliege lächelte freudlos, »dass sie sich die Lippen mit einem roten Wachsmalstift angemalt hat, den die Kinder sonst zum Zeichnen nahmen, weil es nirgendwo Lippenstifte gab. Neun Monate später kam ich zur Welt, und dann … musste sie weitermachen, damit ich nicht verhungerte. Danach wurden meine Geschwister geboren. Alle von verschiedenen Vätern, glaube ich.«

»Dein Vater ist also Ausländer?«

»Ja. Meine Mutter ist sehr viel dunkler als ich.« *Mucho mas negra.*

»Lebt sie noch?«

»Ja, aber heute verkauft sie den Touristen andere Sachen als ihren Körper.« Fliege nahm noch einen großen Schluck und trank das Glas dabei fast leer. »Erzähl das bloß nicht Fedo. Er glaubt, dass sie in Havanna Körbe verkauft hat. Es würde ihn sehr traurig machen.« Dann drückte sie ihren Rücken durch und fragte: »Wie waren deine Eltern?«

Kim hatte einmal erwähnt, dass seine Eltern tot waren, mehr

aber nicht. »Sie haben mich verkauft. An den Vater meines Vaters.« Als Fliege sich vorbeugte, hob Kim abwehrend die Hand. »Das ist eine lange Geschichte, die ich lieber nicht erzählen mag.«

»Okay. Aber wenn du sie irgendwann erzählen willst, ich bin da.« Fliege trank den Rest ihres Rums und rollte das Glas zwischen den Händen, als sie sagte: »Wir haben alle unser Päckchen zu tragen.«

»Ja. Ich mag dich sehr, Fliege. Es tut mir leid, dass wir nicht …«

»Marislady. Ich heiße Marislady. Wenn du lachst, schlage ich dich tot.«

Kim lachte nicht, und am folgenden Tag trafen sie sich wie gewohnt wieder zum Fischen. Es stellte sich heraus, dass Fedo Fliege am Abend zuvor gefolgt und jetzt davon überzeugt war, dass sie und Kim ein Paar waren. Er machte kindliche Andeutungen und Kusslaute, bis Fliege ihn anschrie, dass sie dem Schweden zwar ihren Körper angeboten hätte, aber er sie wie einen alten Putzlappen zurückgewiesen hätte.

Fedo wirkte vollkommen erschüttert, als er zu Kim sah und ihn fragte: »Aber *warum*, Zlatan?«

Kim versuchte, sich einen Grund einfallen zu lassen, der in Fedos Gedankenwelt passen könnte, und sagte schließlich: »Ich weiß nicht, wie es geht.«

Fedo schaute sich um, bevor er sich zu Kim hinunterbeugte, und flüsterte: »Ich kann es dir erklären.«

Als Fedo zu der versprochenen Veranschaulichung in Zeichensprache ansetzte, schob Kim seine Hände vorsichtig auseinander. »Ein anderes Mal, Fedo. Ein anderes Mal.«

»Okay. Aber wenn du Fragen hast, komm zu mir. Ich habe es im Fernsehen gesehen.«

Laut Fliege sah Fedo nur Sendungen für Kinder, also war das kubanische Kinderprogramm entweder etwas ganz Besonderes, oder Fedo hatte irgendetwas falsch verstanden.

Allmählich lief Kims Visum ab, und als Fliege eines Abends zu ihm kam, erzählte Kim, dass er am übernächsten Tag nach Hause reisen müsste. Fliege trug die Nachricht mit Fassung, sagte aber, dass Fedo vermutlich sehr traurig sein werde. Er hatte angefangen, »Zlatan« in seine Abendgebete aufzunehmen. Als Fliege ihn darauf hinwies, dass der Schwede gar nicht Zlatan heiße, antwortete Fedo, dass Gott bestimmt wisse, wen er meine.

»Glaubst du an Gott?«, fragte Kim und zog an der Vape, die Fliege ihm gereicht hatte.

»Natürlich. Du nicht?«

»Nein.«

»Warum nicht?«

»Ihn oder sie braucht man einfach nicht. Es ist eine sinnlose Konstruktion. Man könnte genauso gut an Außerirdische glauben.«

Fliege sah ihn an und sagte: »Ich glaube an Außerirdische. Meinst du etwa, wir sind allein auf der Welt? Und dass wir ohne Gott zurechtkommen? Das ist doch reiner Größenwahn.«

»Ich weiß nicht, Marislady.«

»Du solltest wirklich deine Einstellung zum Leben unter die Lupe nehmen, Kim Ribbing. Und nenn mich bitte nicht so.«

»Das eine werde ich tun, und das andere nicht. Aber eines werde ich auf jeden Fall machen: Ich lade euch zu einem Abschiedsessen ein.«

5

Am Abend darauf nahm er Fedo und Fliege mit zur Pizzeria Piccolo, die laut Tripadvisor das beste Restaurant der Stadt war. Seine Gäste machten einen gequälten Eindruck, als sie die Speisekarte studierten. Sie waren es gewohnt, Pizzas vom Stand zu verzehren, die zwischen fünf und zehn kubanische Pesos kosteten. Im Piccolo kosteten sie ungefähr fünfundzwanzig Mal so viel.

»Hallo«, sagte Kim, »*Oye*. Nehmt, was euch schmeckt. Ich lade euch ein.«

»Das kann ich nicht …«, fing Fliege an, aber Kim unterbrach sie: »*Callate*. Halt den Mund. Ich reise morgen nach Schweden. Das hier ist mein letzter Abend. Ich bestimme. Und ich bestimme, dass ihr genau das nehmt, was ihr haben wollt, und ich lade euch ein, *basta ya*.«

Fedos Augen leuchteten auf, als er hungrig die Pizzakarte studierte und stumm seine Lippen dazu bewegte. Er sah Kim an und fragte: »Darf ich auch zwei nehmen?«

»Fedo, du darfst auch fünf nehmen, wenn du willst.«

Fedo rieb sich nachdenklich den Bauch und sagte bedauernd: »Das schaffe ich wohl nicht.«

»Dann fang mit zwei an.«

Sie bestellten jeder eine *Diablo*, die teuerste Pizza auf der Karte und die am besten benotete auf Tripadvisor, und Fedo ergänzte mit einer *Quattro Stagioni*. Dann bestellten sie Getränke. Ohne groß darüber nachzudenken, war Kim davon ausgegangen, dass Fedo nur Limonade trank, und deshalb verwunderte es ihn, dass er nicht nur ein Bier bestellte, sondern drei, was ihm einen bösen Blick und missbilligendes Kopfschütteln von Fliege einbrachte.

»Was denn?«, sagte Fedo. »Zlatan hat doch gesagt …«

»Kümmere dich nicht darum, was die kleine Fliege summt«, sagte Kim. »Willst du auch einen *Mojito* haben?«

Fedo rümpfte die Nase. »Ich mag keinen Alkohol.«

»Ich nehme gerne einen«, sagte Fliege.

»Jetzt kommen wir in Fahrt«, sagte Kim. »Ich nehme auch einen.«

Als die Pizzen kamen, stellte sich heraus, dass Tripadvisor nicht gelogen hatte. Auch wenn Kim sich im Grunde nicht für das Essen interessierte, bemerkte er, dass die *Diablo* mit ihren feurigen Chorizoscheiben zum einen das Leckerste war, was er auf Kuba gegessen hatte, zum anderen auch die beste Pizza, die man ihm je serviert hatte. Fliege aß ihre Stücke mit elegant abgespreizten Fingern, während Fedo alles auf eine Art in sich hineinstopfte, dass man ihn für einen Wiederkäuer halten konnte. Sein Mund bewegte sich die ganze Zeit. Noch bevor Kim und Fliege fertig waren, hatte Fedo schon seine beiden Pizzen verschlungen und bestellte noch eine weitere *Diablo*. Fliege seufzte.

Nach dem Essen tranken sie noch ein paar Bier und unterhielten sich über ihre gemeinsame Zeit, über die Fische, die sie gefangen hatten, und über die, die ihnen entkommen waren. Nach ein paar weiteren Bieren prahlte Fliege damit, dass sie Elio Sánchez kannte, den Erfinder von *El Paquete*, Kubas alternativem Internet, und sie fand nicht, dass Kim diese ruhmreiche Tatsache ausreichend würdigte.

»Begreifst du nicht?«, sagte sie. »Dieses scheiß verdammte Paket, *el Paquete de puta madre*.«

Während vieler Jahre hatte für die Kubaner der Zugang zum Internet in genau diesem »Paket« bestanden, einer Festplatte von etwa einem Terabyte, die jede Woche mit dem Content vor allem amerikanischer Fernsehsender gefüllt wurde. Serien, Sport, Filme, die anschließend geteilt und über Tausende von Zwischenhändlern weiterverkauft wurden. Man steckte einen USB-Stick in einen Rechner, bezahlte einen CUC und speicherte darauf ab, was man haben wollte. Weil das Internet so langsam war, war das Paket nach wie vor für viele die erste Wahl.

»Doch«, sagte Kim. »Doch, tue ich, liebe Fliege.«

»Ich habe ihm beim Programmieren geholfen«, sagte Fliege und bekam einen nostalgischen Blick. »Bei der Programmierung dieses verdammten Pakets!«

»Dieses verdammte Paket«, murmelte Fedo und schaute müde über die Dosensammlung vor sich auf dem Tisch. Er hatte sich geweigert, die Kellnerin die leeren Dosen abräumen zu lassen, weil er seine fünfzehn ausgetrunkenen Cristal als eine Leistung betrachtete, die er der Umwelt gern zeigen wollte. Als er ein weiteres bestellte, sagte die Kellnerin, dass das Bier leider aus sei und sie ohnehin bald schließen würden.

Fliege legte ihre Vape und eine kleine Plastikflasche mit Tabakflüssigkeit auf den Tisch und sagte, dass es ein Abschiedsgeschenk sei. Wenn Kim dann dasaß und vapte, würde er an sie und an die Abende auf der Veranda denken.

»Und wann soll er an mich denken?«, fragte Fedo.

»Die ganze Zeit«, sagte Kim und fischte sein eigenes Geschenk aus der Schultertasche. Es war eine Plastikdose, die fest mit Textilklebeband umwickelt und in Zeitungspapier eingeschlagen war. »Das hier ist für euch, aber nur unter einer Bedingung. Ihr dürft es erst öffnen, wenn ich gefahren bin.«

Fliege und Fedo rieben ihre Daumen an Kims. In der Plastikdose lagen fünftausend CUC, was das Maximum war, das Kim auf der Bank abheben konnte. Er nahm an, dass Fliege das Geschenk nicht annehmen würde, wenn sie wüsste, was es war, obwohl sie und Fedo so wohnten, wie sie wohnten. Das Geld würde ihnen auf jeden Fall helfen.

Als sie auf der Straße unter einer Laterne standen, schwankten sowohl Fliege als auch Fedo ein bisschen. Fliege gab Kim einen langen, warmen Kuss auf die Wange, worauf Fedo ihn in die Arme nahm und seinen Kopf mit Küssen überschüttete, bis seine Haare feucht wurden. Als es Kim gelang, sich von ihm zu lösen, sah er, dass die Feuchtigkeit von den Tränen kam, die Fedo vergoss, und ihm wurde eigenartig schwer ums Herz.

»Seid nicht traurig«, sagte Kim. »Ich komme vielleicht zurück.«

»Ja, tu das«, sagte Fedo, strich sich die Tränen aus den Augenwinkeln und blinzelte. »Dann werde ich dir sagen, wie man es macht.«

»Wie man was macht?«, wollte Fliege wissen.

Fedo blinzelte erneut. »Das geht nur Zlatan und mich etwas an.«

VIII
Havanna

1

Olof Helanders iPad war an eine Graybox gekoppelt worden, die gut zwölf Stunden arbeitete, bis es ihr im Laufe der Nacht gelang, den sechsziffrigen Zugangscode zu extrahieren. Abgesehen von den Systemdateien war das iPad so gut wie leer. Das Einzige, was von Interesse sein konnte, wahrscheinlich sogar von höchstem Interesse, war ein Dokument mit dem Namen »Moe«, aber sobald man es öffnete, füllte der Bildschirm sich mit einer Unmenge an Buchstaben und Ziffern, die vollkommen wahllos aussahen.

Zur morgendlichen Besprechung des Ermittlungsteams hatte man auch Linus Tingwall eingeladen, IT-Forensiker und Experte für gelöschte oder verschlüsselte Dateien auf Rechnern und Handys. Er war früh am Morgen gekommen und hatte schon einige Stunden mit dem widerspenstigen iPad verbracht. Linus war fünfundzwanzig Jahre alt, hatte langes, rotes Haar und einen dichten Bart, mit dem er eher wie ein Charakter aus *Game of Thrones* aussah als ein IT-Nerd.

Aber vielleicht sehen IT-Nerds ja heute so aus, dachte Jonny Munther, bevor er sich an Linus wandte. »So. Wo stehen wir denn?«

Linus lehnte sich in seinem Stuhl zurück. »Mitten in der Scheiße.«

»Kannst du das verdeutlichen?«

»Im Moment kann ich nur Vermutungen anstellen. Aber wenn man etwas schützen möchte, ist es im Prinzip Standard, eine symmetrische Verschlüsselung mit einem asymmetrischen

Schlüssel, der also selbst auch wieder verschlüsselt ist, zu benutzen.«

»Und das bedeutet?«

»Das bedeutet, dass wir in der Scheiße sitzen. Es existiert natürlich die Möglichkeit, dass es sich um eine einfache Verschlüsselung mit einem Muster handelt, aber das bezweifle ich. Ich kann zumindest keine Art von Muster erkennen.«

Carmen Sánchez beugte sich über den Tisch. »Aber gibt es nicht irgendeinen, ja, ich weiß nicht, wie man das nennt, einen Logarithmus, den man benutzen kann, um ihn zu …« Als Linus sie mitleidig betrachtete, zögerte sie kurz. »Zu … entschlüsseln?«, fuhr sie dann fort.

»Du meinst einen *Algorithmus*«, sagte Linus. »Etwas zu entschlüsseln, ohne einen Zugang zum Schlüssel zu haben, ist theoretisch möglich, aber praktisch ausgeschlossen.«

»Was macht es denn so unmöglich?«, wollte Jonny wissen.

»Unsere begrenzte Zeit auf dieser Erde«, sagte Linus und fuhr fort: »Ohne zu sehr ins technische Detail zu gehen, so eine Verschlüsselung wird mithilfe von sehr großen Primzahlen hergestellt. Wenn wir sagen, dass die Schlüssellänge einhundertachtundzwanzig Bits beträgt, die primfaktorzerlegt sind …«

»Jetzt wird es doch ein bisschen zu technisch«, unterbrach ihn Jonny. »Du hast unsere begrenzte Zeit auf der Erde erwähnt. So etwas kann ich eher verstehen.«

»Okay. Es ist so. Sagen wir, wir hätten Zugang zu einer Kiste, die einhundert Milliarden Schlüssel in der Sekunde testen kann …«

»Was für eine Kiste soll das sein?«, fragte William King.

»Na, ein Computer«, sagte Linus und kraulte sich irritiert den Bart. »Mit großer Rechenkraft. Also, wenn der dort stehen und vor sich hin rödeln würde, und er wäre, sagen wir mal, schon auf halber Strecke, dann würde er den Schlüssel doch nicht finden, weil die Erde zu diesem Zeitpunkt bereits von der Sonne verglüht worden wäre. Wir reden also über viele Tausend Milliarden Jahre.«

Carmen wollte so schnell nicht aufgeben. »Aber diese Graybox, die den Code geknackt hat, die brauchte doch nur …«

Linus schüttelte den Kopf. »Das ist etwas ganz anderes. Ein sechsziffriger Code erzeugt nur neun hoch sechs Kombinationen, was immer noch gut eine halbe Million ist. Aber hier reden wir von astronomischen Zahlen. Vergleichbar mit der Anzahl der Atome auf der Erde. Ihr müsst in einer solchen Größenordnung denken. Viele, viele Nullen. Es ist ohne den Schlüssel praktisch unmöglich. Soweit es keine Musterverschlüsselung ist.«

»Wie sieht denn so ein Schlüssel aus, und wo bewahrt man ihn auf?«

»Es ist einfach nur eine Datei. Sie kann in einem Computer aufbewahrt sein oder auf einer Festplatte, auf einem USB-Stick oder in der Cloud.«

Jonny wandte sich an Ulrika Boberg. »Haben wir Olof Helanders Zugangsdaten?«

Sie schüttelte den Kopf. »Es geht aus dem Computer hervor, dass er einen Clouddienst benutzt, aber das Passwort haben wir nicht. Ich habe mich eine Weile in beiden Rechnern umgesehen, manche Leute schreiben ja ihre Passwörter auf, aber ich habe nichts gefunden.«

»Da kann ich vielleicht helfen«, sagte Linus. »Wenn ich mir den Rechner ausleihen darf, könnte ich vielleicht diesen Schlüsselbund öffnen.«

»Hast du denn Zeit?«, wollte Jonny wissen.

»Eigentlich nicht, aber …« Linus zuckte mit den Schultern. »Ehrlich gesagt ist dieser Fall spannender als die üblichen Kreditkartenbetrügereien.«

»Dann bedanken wir uns recht herzlich. Wir schicken die Computer zu dir nach unten, sobald wir hier fertig sind.«

Linus Tingwall blieb sitzen und sah Jonny erwartungsvoll an.

Der Kommissar hatte bereits mit den Leuten aus der IT-Abteilung die Erfahrung gemacht, dass es ihnen, verglichen mit der durchschnittlichen Bevölkerung, an sozialer Kompetenz und der Fähigkeit mangelte, subtile Signale richtig zu deuten. Ihm wurde klar, dass er deutlicher werden musste: »Also, dann erst mal vielen Dank für heute.«

2

Linus Tingwall entfernte sich mit hängenden Schultern, und Jonny Munther wandte sich an Ulrika Boberg. Ihm fiel auf, dass Christof Adler in seinem Stuhl unruhig wippte, weil er offensichtlich etwas sagen wollte, aber das hier konnte eine passende Gelegenheit sein, dem Kriminalassistenten ein wenig Geduld beizubringen.

»Ulrika? Was hast du?«

»Mich lassen diese nicht dokumentierten Einkünfte dieses Futurig-Konzerns nicht los, und ich glaube, ich habe da eine Spur gefunden, aber mehr will ich nicht sagen, bevor ich die nicht überprüft habe. Ist es okay, wenn ich in dieser Richtung weitergrabe?«

»Wenn du glaubst, dass etwas dabei herauskommt. Nimm dir den Tag für deine Nachforschungen, aber ab morgen müssen wir deine Kapazitäten für anderes in Anspruch nehmen. Christof?«

Christof Adler wollte schon springen, aber William King kam ihm zuvor. Er erhob sich umständlich und sagte nach einem lautstarken Räuspern: »Jetzt muss ich hier mal eine Sache einflechten.«

Christof warf Jonny einen kindlichen Blick der Kategorie *aber jetzt war ich doch dran!* zu, und Jonny überlegte, ob er Babyface ermahnen sollte. Doch dann erinnerte er sich an Carmen Sánchez' Hinweis, ihn freundlich zu behandeln, und er ließ King weitermachen. Der Mann beugte sich vor und wippte auf den Zehenspitzen, bevor er fragte: »Sind die Mörder denn endgültig identifiziert?«

»Ja«, sagte Jonny. »So gut wie hundertprozentig.«

»Wie denn, wenn ich fragen darf?«

Am vorhergehenden Abend hatte Julia Malmros Jonny bestätigt, dass die Männer auf den falschen Pässen identisch mit Ribbings Verfolgern waren. Jonny sah ein, dass es aussichtslos war, sich hier irgendwie herauswinden zu wollen: »Kim Ribbing hat ausgesagt, dass diese beiden Männer versucht haben, ihn in Shanghai zu töten.«

»Aha«, sagte William King und grinste. »Da kommt ja die Frage auf, warum wir nicht endgültig die gesamten Ermittlungen an Julia Malmros und Kim Ribbing übergeben?«

»Wenn es keine weiteren Fragen gibt …«

»Doch, da gäbe es tatsächlich noch etwas. Das hier ist eine Mordermittlung, richtig?« William King zeigte auf die Tafel, an der die Kopien der gefälschten Pässe angeheftet waren. »Und dort haben wir die Mörder. Sollten wir uns dann nicht bemühen, sie zu schnappen? Das ist doch der Zweck der Übung, oder irre ich mich?«

»Nein«, sagte Jonny. »Diese beiden Männer sind Auftragsmörder, die von jemandem angeheuert wurden. Ich betrachte sie als Täter, aber nicht als eigentliche Schuldige.«

William King breitete verzweifelt die Arme aus. »Und was soll ich deiner Meinung nach der Presse mitteilen? ›Doch, wir wissen genau, wer sie sind, aber wir haben nicht vor, sie zu verhaften, weil wir philosophisch denken und sie nicht für die Schuldigen halten.‹ So in etwa? Glaubst du, damit komme ich durch?«

Jonny zählte lautlos bis zehn, bevor er antwortete: »Womit du hier durchkommst, ist keine Frage, mit der ich mich beschäftige. Das hier ist eine laufende Ermittlung, und in einer solchen müssen Rücksichten genommen werden, die sich Außenstehenden nicht ohne Weiteres erklären lassen, was dir ja nicht ganz unbekannt vorkommen dürfte. Es ist, als würde man sich von außen einen Krieg ansehen und sagen: *Aber warum hören sie nicht einfach auf? Wie dumm sie doch sind!*«

Carmen Sánchez warf Jonny einen warnenden Blick zu, und er zügelte sich. »Es ist hier mit China zu diplomatischen Spannungen gekommen, und ich überlasse es dir nur zu gern, den chinesischen Botschafter zu kontaktieren, damit ihr die Situation gemeinsam löst. Möglicherweise gelingt es dir ja besser als mir, denn ich habe mittlerweile den Eindruck, als hätte der Botschafter genug von mir.«

King nickte zufrieden und setzte sich, weil er eine wichtige Aufgabe bekommen hatte. Jonny glaubte nicht im Geringsten daran, dass William King das besser gelingen würde als ihm, denn der Mann war ungehobelt, und wenn dem Botschafter eines missfiel, dann war das ein unhöfliches Auftreten.

»Christof?«, sagte Jonny. »Du sitzt ja wie auf Kohlen. Bitte sehr.«

»Endlich«, sagte Christof Adler und warf William King einen schrägen Blick zu. Der setzte eine unbeteiligte Miene auf. »Also, ich bin die Gesprächslisten durchgegangen, die wir von den Telefonfirmen bekommen haben, und es stellte sich heraus, dass Chen Bao zwei Tage vor dem Mittsommeressen Olof Helander angerufen hat.«

»Das ist doch nicht seltsam«, sagte Carmen Sánchez. »Vorbereitungen für die Reise.«

Christof bedachte sie mit einem nachsichtigen Lächeln und fuhr fort: »Das Interessante ist nicht das Gespräch an sich, sondern der Ort, von dem aus Chen Bao anrief. Das Gespräch dauerte vier Minuten, und er rief von Stavanger aus an.«

Im Raum wurde es still, während alle versuchten, diese neue Information mit den bisherigen in Verbindung zu bringen. William King trommelte mit den Händen auf der Tischplatte. »Hat niemand Chen Baos Reiseroute kontrolliert?«

Jonny hatte nicht einmal in Erwägung gezogen, dass der Weg,

den Chen Bao nach Schweden gewählt hatte, von Bedeutung sein könnte. Aber William King sah nicht so aus, als wollte er die langersehnte Gelegenheit nutzen, hinausstürzen, mit einem Taxi zum nächstbesten TV-Sender fahren und Jonny endlich bei den Medien anschwärzen.

»Wartet mal«, sagte Carmen Sánchez. »Wenn wir davon ausgehen, dass Chen Bao von Stavanger aus nach Schweden reiste, flog er also vom selben Flugplatz aus, den seine Mörder drei Tage später für ihre Flucht benutzten. Wissen wir auch, wie die Mörder nach Schweden *hineingekommen* sind?«

»Ich habe die Daten im betreffenden Zeitraum bei den Fluggesellschaften angefordert«, sagte Ulrika Boberg. »Angefangen mit Arlanda und Bromma. Der Rest sollte heute Nachmittag reinkommen.«

Carmen wandte sich an Christof Adler. »Können wir dieses Gespräch genauer lokalisieren? Und herausbekommen, von wo aus exakt er angerufen hat?«

»Ich glaube schon. Wenn wir hier fertig sind, wollte ich Telenor anrufen, die für die Verbindungen in Norwegen zuständig ist.«

»Überlass das Carmen«, sagte Jonny. Er spürte so etwas wie freundliches Mitgefühl, als Christof die Gesichtszüge entglitten, so als wollte er *Aber das war mein ...* sagen. Er machte sich stark, bevor er sagte: »Christof, du durchsuchst noch einmal Olof Helanders Büro und seine Wohnung, und dieses Mal hältst du nach einem Speichermedium jeder Art Ausschau oder nach einem möglicherweise irgendwo notierten Passwort.«

Christof stöhnte. »Das ist *langweilig*.«

»Mit den Jahren wirst du bestimmt herausfinden, dass sehr viel von der grundlegenden Polizeiarbeit langweilig ist. Also ...«

»Nur eine Sache noch«, sagte William King. »Kim Ribbing. Wo ist er jetzt?«

»Zuletzt auf dem Weg nach Kuba«, sagte Jonny Munther. Und

bevor King mit irgendwelchen Folgefragen kommen konnte, auf die Jonny ohnehin keine Antwort hatte, sagte er: »Für heute wären wir fertig.«

3

Als Kim Ribbing vor dem Hotel Habana Libre aus dem Taxi vom Flughafen stieg, waren Fliege und Fedo schon vor Ort. Fliege stand an der Straße und hielt spähend Ausschau, während Fedo auf einer Mauer saß und mit den Beinen baumelte. In der Hand hielt er ein Eis, an dem er mit konzentrierter Miene leckte.

Fliege entdeckte Kim gleich, als er aus dem Taxi stieg, machte aber keine Anstalten, sich zu ihm zu bewegen. Erst als Kim sie erreicht und ihr die obligatorischen Wangenküsse aufgedrückt hatte, wurde ihr Ausdruck weicher. Fedo trottete auf ihn zu und nahm Kim in eine Bärenumarmung, bevor er »Danke für das Geld, Zlatan!« sagte.

Fliege nickte verbissen. »Genau darum geht es. Es ist nicht gerade die feine Art, jemandem ein Geschenk zu geben, das er noch nicht einmal ablehnen kann.«

»Nein«, sagte Kim. »Und genau deswegen habe ich es so gemacht.«

»Das war sehr gut«, sagte Fedo. »Wir haben angefangen, das Haus zu reparieren, und Fliege hat sich einen neuen Computer gekauft, und sieh mal …« Fedo hielt die halb aufgegessene Waffel hoch. »Ich habe ein Eis bekommen! Und ein neues Bett und …«

»Ich werde dir das Geld zurückzahlen«, sagte Fliege. »Das wird eine Weile dauern, aber …«

Kim zeigte auf das Hotel. »Du bezahlst, indem du mir bei dieser Sache hilfst. Wenn du mir auch nur einen einzigen CUC gibst, werfe ich ihn sofort ins Meer.«

»Gut«, sagte Fedo. »Dann können wir danach tauchen.«

»Du verstehst das nicht«, sagte Fliege zu Fedo. »Hier geht es um …«

Kim unterbrach sie, indem er ihr beide Hände auf die Schultern legte. »Marislady. Hier geht es einfach nur darum, dass ich reich bin. Euch zu helfen, bedeutet mir viel mehr als das Geld selbst. Ich wäre sehr, sehr traurig, wenn du versuchen würdest, es mir zurückzugeben.«

»Mach Zlatan nicht traurig«, flüsterte Fedo, bevor er sich an Kim wandte. »Du weißt, wie sie *heißt*?«

Fliege protestierte noch eine Weile weiter, aber mit abnehmendem Enthusiasmus. Fedos Bemerkungen bewiesen, dass das Geld wirklich geholfen hatte, worüber Kim sich freute. Schließlich zuckte Fliege mit den Schultern und sagte: »Ja, ja. Vielen Dank. Aber wenn du mir auch nur noch einen *Centavo* mehr gibst, landet er im Meer.«

Fedo zwinkerte Kim zu und tat so, als würde er sich eine Tauchermaske anziehen. Kim lächelte und sagte: »Wollen wir reingehen?«

Der Wachmann an der Tür schien wenig geneigt, die Tür für sie zu öffnen, aber beim Anblick von Fedos Statur überlegte er es sich anders. Sie betraten eine überdimensionierte Lobby, die in acht Metern Höhe von einer Kuppel bekrönt wurde, durch die Tageslicht hereinfiel. Als Kim zu der Frau am Rezeptionstisch blickte, nutzte sie die nächste Gelegenheit, in einem Hinterzimmer zu verschwinden. Kim nahm an, dass seine langen, schwarzen Haare gewisse Vorstellungen von Ausschweifungen und *la vida del cabrón* weckten.

»Was machen wir jetzt?«, fragte die Fliege.

»Einchecken«, sagte Kim und wandte sich an einen Mann, der stoisch an seinem Computer stand und mit einem steifen Lächeln wartete. Kim legte seinen Pass, der auf Sven-Erik Magnusson ausgestellt war, auf den Tresen. »Ich habe reserviert.«

Der Mann öffnete den Pass und nahm sich Zeit, ihn genau zu

studieren, bevor er seinen Rechner zurate zog. Nachdem er die Buchung gefunden hatte, fuhren seine Augenbrauen in die Höhe, und er vergewisserte sich ein zweites Mal, ob er richtig gesehen hatte. Mit ungläubiger Stimme sagte er: »Zwei Zimmer. *Premiumzimmer?*«

»Ja«, sagte Kim. »Alles bezahlt, und fertig zum Bezug, oder?«

»Doch, doch …«, sagte der Mann und kratzte sich am Hinterkopf, während sein Blick von Kim zu Fliege und Fedo wanderte. Wie die meisten anderen Kubaner waren sie, unabhängig von ihrem Einkommen, gepflegt und sauber gekleidet, aber trotzdem passte ihr Erscheinungsbild nicht recht zu den Premiumzimmern im luxuriösesten Hotel Havannas.

Der Mann schien nach einem Ausweg zu suchen, vielleicht könnte er behaupten, dass sämtliche Räume ausgebrannt oder erneut von Fidel Castro beschlagnahmt worden seien, wie seinerzeit während der Revolution. Schließlich ließ er ein Seufzen hören und gab ihnen zwei Schlüsselkarten. Er zeigte zu den Fahrstühlen und sagte: »Vierundzwanzigster Stock«, worauf er sich bis zum Äußersten durchrang und »Willkommen« hinzufügte.

Fliege betrachtete die exklusive Umgebung mit einem kleinen Lächeln, während Fedo die Hände rang und am liebsten die Flucht ergriffen hätte. Fliege packte seine Hand und zog ihn zu den Aufzügen. Während der Fahrt nach oben flackerte Fedos Blick, und Fliege sagte: »*Calmate*, immer mit der Ruhe. Alles ist gut. Wir sind auf dem Weg in ein Abenteuer, so wie damals, als wir klein waren, okay?«

Fedo nickte und wirkte etwas ruhiger. Sein Blick wurde weniger gehetzt, und als sie aus dem Fahrstuhl traten, sah er sich bewundernd um. Sie standen in einem breiten Korridor mit Teppichboden und weit auseinanderliegenden Zimmertüren.

»Wir müssen reden«, sagte Kim. »Wir gehen in mein Zimmer.«

»Ich will aber erst *mein* Zimmer sehen«, sagte Fedo.

»Ich nehme an, dass Fedo und ich uns ein Zimmer teilen«, sagte Fliege. »Oder hast du vielleicht gewisse Dinge … umgestellt, Kim?«

Etwas in Flieges Tonfall musste Fedo verraten haben, worauf sie anspielte, denn er sagte: »Erinnerst du dich nicht? Zlatan weiß ja gar nicht, wie man es *macht.*«

»Genau«, sagte Kim. »Deswegen müsst ihr euch auch ein Zimmer teilen.«

Ihre Zimmer lagen nebeneinander, und Fedo hüpfte ungeduldig herum, während Fliege ihre Magnetkarte an das Schlüsselfeld hielt. Als es klickte, sagte Fedo: »Wow.«

»Kommt zu mir rüber, wenn ihr so weit seid«, sagte Kim und ging nach nebenan. Hinter sich hörte er Rufe wie *»¡Cojones!«* oder *»¡No me jodas!«*, Kim schob seine Tür auf und betrat einen Raum, der, verglichen mit seiner Suite in Shanghai, dürftig aussah, aber vermutlich den Gipfel des Luxus für zwei junge Menschen aus Kuba darstellte. Heller Holzboden, weiße Wände, zwei riesige Betten, Sitzmöbel in Pastellfarben und Schiebetüren aus Glas zum Balkon.

Kim duschte schnell, bevor er seinen Rucksack auf das Bett warf und ein T-Shirt mit dem Aufdruck eines *Santa Muerte*-Motivs herausholte, das er in Heathrow erworben hatte. Der »Heilige Tod« war das Skelett einer Frau, die einen weiten Umhang und um den Kopf einen Kranz aus Rosen trug. Kim zog sich das T-Shirt an und ging auf den Balkon.

Unten auf der Straße war es höllisch heiß gewesen, aber hier, im vierundzwanzigsten Stock, blies eine kühlende Brise von der Havannabucht herein. Fliege trat auf den Balkon nebenan, griff nach dem Geländer, nahm die Aussicht auf und murmelte: *»Que comemierda …«* Kim fragte, ob sie fertig seien, und Fliege antwortete, dass Fedo wenig geneigt sei, ihr Zimmer zu verlassen.

»Okay, dann komme ich rüber zu euch.«

In dem anderen Zimmer lag Fedo mit ausgebreiteten Armen

und Beinen in einem weißen Bademantel, dessen Ärmel ihm nur bis zum Ellenbogen reichten, auf dem Bett. Als Kim hereinkam, rollte er sich auf die Seite und lächelte strahlend. »Guck mal! Man bekommt einen Bademantel!« Fliege saß mit überkreuzten Beinen auf ihrem eigenen Bett, lehnte mit dem Rücken am Kopfende und hatte einen so gut wie neuen Laptop auf dem Schoß. »Einwandfreier Anschluss«, sagte sie. »Jedenfalls besser als alle diese Hotspots *de puta madre.*«

»Hast du ihn gefunden?«

»Klar. Ich habe hier eine Nummer.«

Trotz der langsamen Internetverbindung im Flugzeug war Kim in der Lage gewesen, seine Mails zu lesen. Drei Stunden vor der Landung war eine Mitteilung des Spionageprogramms gekommen, das Fliege in *El Paquete* installiert hatte. Ein Mann hatte eine E-Mail mit folgendem Wortlaut bekommen: »Due to recent events in Shanghai there is concern that Futurig might be implicated and we strongly urge you to do away with any documentation in regards to past affairs.«

Jemand machte sich Sorgen, dass die Informationen, die Kim womöglich in Shanghai beschafft hatte, auf Futurigs unsaubere Geschäfte hinwiesen, weshalb sämtliche kompromittierenden Dokumente vernichtet werden sollten. Die Mitteilung stammte von dem Absender GtrJL7532, vermutlich einem zufallsgenerierten Teilnehmer, der bereits wieder aus dem System verschwunden war. Beim Empfänger handelte es sich allerdings um Ramón Socarrás, einen Beamten im kubanischen Energieministerium. Seine Telefonnummer hatte Fliege herausgefunden.

»Wow, guck dir das an!«, sagte Fedo, der die Minibar entdeckt hatte, die mit Limonade, Bier, Schnaps, Nüssen und Chips gefüllt war. »Ist das gratis?«

»Ja«, log Kim. »Nimm dir, was du haben willst.«

»Das ist nicht …«, begann Fliege, wurde aber von Kims strengem Blick gebremst.

»Willst du anrufen, oder soll ich?«, fragte er dann.

»Vielleicht wäre es besser, wenn ich das mache«, sagte Fliege. »Dein Spanisch ist nicht … perfekt. Aber erklär mir das alles vorher noch einmal …«

Vom Flughafen aus hatte Kim eine schlaftrunkene Fliege angerufen und in kurzen Worten erklärt, was passiert war und was als Nächstes geschehen würde. Er hatte die Geschichte ein paarmal wiederholen müssen, da Fliege glaubte, er wollte sie veräppeln. Ein Blutbad in Schweden und ein Mordversuch in Shanghai, seit sie sich das letzte Mal gesehen hatten? *Que comemierda.*

Während Fedo Erdnüsse mampfte und ein Cristal trank, erzählte Kim die ganze Geschichte in seinem *nicht so perfekten* Spanisch also noch einmal, so gut er konnte. Fedo vergaß zu kauen, als Kim von der Verfolgungsjagd auf den elektrischen Motorrollern erzählte und von dem Kuss, der die Verfolger zu Fall gebracht hatte.

»*Coño*, Zlatan«, sagte Fedo. »Du bist ja ein richtiger James Bond.«

»Das bezweifle ich. Aber so hat es sich zugetragen.«

»Ernsthaft?«, fragte Fliege. »*¡En serio!*«

»Ja. Diese ganze Geschichte ist sehr ernst, und darum möchte ich, dass du es dir gut überlegst, bevor du anrufst oder mir hilfst. Ich habe keine Ahnung, wie weit nach oben das hier geht, aber es sind große Summen im Spiel, und damit wird es automatisch gefährlich.«

»Und warum machst du das überhaupt?«, fragte Fliege.

»Aufrichtig gesagt, weiß ich das nicht. Ich bin irgendwie mit hineingezogen worden, und … ich habe eine möglicherweise etwas krankhafte Tendenz, alles auch zu Ende zu bringen, was ich anfange. Außerdem gefällt es mir, faule Fische einzufangen. Sagt man das so? Faule Fische? *Peces feos?*«

Fedo lachte, klatschte sich auf die Schenkel und sagte immer wieder *peces feos*, also war der Ausdruck höchstwahrscheinlich nicht geläufig, was Fliege bestätigte. »Nein, aber ich kann mir vorstellen, was du meinst, und ich kann dir versichern, dass ich diese ganzen *peces feos* auch ziemlich satthabe. Sie verseuchen das ganze System, und diejenigen, die sie in die Welt gesetzt haben, kommen am Ende auch noch davon.« Fliege nahm ihr Handy vom Nachttisch. »Was soll ich ihm sagen?«

»Bist du dir sicher?«

»Ja. Also was sage ich?«

»Sag ihm, dass wir seine Geschäfte mit Frode Moe kennen und dass wir ihn auffliegen lassen, wenn er sich nicht mit uns trifft. Sag ihm, dass er hier im Hotel in die Bar kommen soll, *dorthin, wo alles angefangen hat*, das solltest du besonders betonen. Sag ihm, dass er allein kommen soll und sag …«, Kim klopfte sich auf die Brust, »… sag ihm, dass er nach *Santa Muerte* Ausschau halten soll.«

4

Eine halbe Stunde später saß Kim Ribbing in einem grauen Sessel aus Kunstleder an einer Bar, die ebenso überdimensioniert war wie alles andere in dem Hotel, aber merkwürdig sparsam eingerichtet. In dem Raum, der etwa zweihundert Leuten Platz bieten würde, gab es nur Sitzgelegenheiten für etwa dreißig Personen. In der einen Ecke stand eine erhöhte Bühne, und die Schmalseite zierten eine Reihe Wandbilder mit menschenähnlichen Figuren im naiven Stil. In der Mitte stand ein kreisrunder Tresen, hinter dem ein Barkeeper mit gelangweilter Miene herumstand. Abgesehen von Kim saßen dort nur ein paar asiatische Touristen, die sich ihren Handys widmeten.

Die indirekte Beleuchtung kam von einer langen Wand aus Glas mit Blick auf einen unregelmäßig geformten Swimmingpool, darum ein paar Gäste auf Liegestühlen.

Kim holte sein Telefon heraus und betrachtete ein weiteres Mal das Foto von Ramón Socarrás, das er im Internet gefunden hatte. Die meisten Kubaner, denen er begegnet war, hatten klare Gesichtszüge und wirkten irgendwie besonders scharf umrissen, als hätten die Härte des Lebens und der Hunger sie geprägt, aber Ramón Socarrás wirkte weich und fast schon teigig. Er sah nicht so aus, als hätte er einen einzigen Tropfen afrikanisches Blut in sich, und er konnte vermutlich eine ununterbrochene Blutlinie zu irgendeinem spanischen Ahnen vorweisen.

Das runde Gesicht strahlte Wohlstand aus, und sein kleiner Schnurrbart war sorgfältig gestutzt. Aus den dunkelbraunen Augen leuchtete keine Bösartigkeit, ganz im Gegenteil, er wirkte wie ein netter Onkel, der sich immer ein bisschen zu viel vom Weihnachtsessen nahm. Das Einzige, was vielleicht auf eine gewisse Verschlagenheit hindeutete, waren ein paar harte Linien um die Augen.

Kim drückte das Bild weg und ließ sich in den Sessel sinken. Nach seiner Erfahrung war nicht jeder Mensch, der schurkenhaft aussah, tatsächlich ein Schurke, während die Mehrheit der Schurken aussehen konnte wie du und ich. Oder wie dieser Ramón.

Kim wischte über den Schirm und rief das Foto auf, das Julia Malmros ihm geschickt hatte, den Zettel mit den kryptischen Buchstaben und Ziffern aus Olof Helanders Büro.

0327 HI1AW324WW365110
HI2AW275WW30196
HI3AW221WW24273
0328 HI1AW332WW367111
HI2AW282WW30397
HI3AW230WW24474

Nach der Methode üblicher Gleichungen sollten die Ziffern in der rechten Spalte eine Art von Resultat sein, ein Ergebnis der Ziffern und Buchstaben, die davorstanden. Aber wenn man, etwa in der letzten Zeile, davon ausging, dass es sich um die Differenz zwischen 230 und 244 handelte, die 14 betrug, wurde nicht klar, was die 74 bedeuten sollte, die also das Ergebnis der Rechnung darstellte.

Kim entdeckte nur einen Zusammenhang: Je größer die Differenz zwischen den Ziffern AW und WW, desto größer auch die Zahl in der rechten Spalte. Leider ließ sich daraus keine Konstante berechnen, und was HI bedeuten sollte, war ihm schleierhaft.

Das Telefon vibrierte in seiner Hand, und Flieges spitzes Gesicht tauchte auf. »Ja?«, meldete Kim sich knapp.

Im Hintergrund waren Verkehrslärm und Menschenstimmen zu hören. »Er kommt jetzt. Und soweit ich sehe, hat er niemanden dabei. Er wirkt ziemlich … *indeciso*«, berichtete Fliege.

»Das Wort kenne ich nicht.«

»Ja, also irgendwie … zögerlich. Als wüsste er nicht, was er tun soll.«

»Er ist also nervös. Gut so.«

»Warte, ich …«

Das Geräusch veränderte sich, und Kim verstand, dass die hallenden Schritte im Hintergrund von Fliege stammten, die Ramón in die Lobby gefolgt war.

»Jetzt geht er die Treppe hoch. Keine Begleitung.«

»Gut. Wir sprechen gleich wieder.«

Dass der Mann keine Eskorte hatte, deutete darauf hin, dass sein Engagement, worin auch immer es bestand, nicht von ganz oben abgesegnet war, was die Angelegenheit bedeutend vereinfachte. Wenn Ramón jetzt die Treppe hinaufging, war er in einer halben Minute in der Bar. Kim pfiff, um den Barkeeper auf sich aufmerksam zu machen. Als der zu ihm schaute, nickte er, und der Barkeeper nickte zurück. Kim hatte ihm fünfzig CUC gegeben, damit er den Gästen am Pool einen Drink servierte, wenn Kim ihm das Zeichen dafür gab, sodass er nicht eingreifen musste, wenn es auf irgendeine Weise zu Handgreiflichkeiten kam.

Der Barkeeper verließ die Bar und ging zum Pool. Auch die asiatischen Touristen hatten sich entfernt. Kim streckte sich in seinem Sessel aus. Sein Jetlag nach dem globalen Hin und Her der letzten Tage besaß epische Dimensionen. Sein Körper wusste nicht, ob es Tag oder Nacht war, und Kim fühlte sich auf eine Weise von der Wirklichkeit losgekoppelt, die nicht ganz unangenehm war. Das Dasein berührte ihn nicht richtig, was eine gute Verhandlungsposition war, falls es hart auf hart kam.

Der Mann, der am Eingang zur Bar auftauchte, stellte eine

etwas ältere Version des Fotos dar, das Kim kannte, die zusätzlichen Jahre hatten dazu geführt, dass sich seine Teigigkeit noch deutlicher zeigte. Ramón machte ein paar Schritte in die Bar, und Kim stand auf. Ramóns Blick wanderte von der Skelettfrau über Kims Oberkörper bis zu seinem Gesicht. Ramóns Augen weiteten sich, und er machte auf dem Absatz kehrt und ging wieder hinaus.

In der Türöffnung stieß er mit Fedo zusammen, der sich in den Weg gestellt hatte. Ramóns Kopf schlug an Fedos massiven Brustkorb. Er taumelte nach hinten, versuchte, sich auf einem Sessel abzustützen, fand aber keinen Halt und stürzte zu Boden.

»Ui«, sagte Fedo.

Wie von Kim vorausgeahnt, war es handgreiflich geworden.

5

William King war als Erster im Besprechungszimmer, und Jonny Munther entdeckte ihn viel zu spät, um noch kehrtmachen zu können. Also schlenderte er in den Raum und befasste sich ausgiebig mit dem Kaffeeautomaten.

»Sie sind tot«, sagte William King hinter ihm.

»Wer ist tot?«, wollte Jonny wissen und gab einen Schuss Milch in den Kaffee.

»Die Täter.« Jonny drehte sich um und betrachtete William King, der höhnisch grinste und hinzufügte: »Wenn man dem Botschafter glauben will.«

»Man hat sie also gefunden?«

»Jawoll. Auf einer Müllkippe außerhalb von Shanghai. Genickschuss. Die reinste Hinrichtung.«

»Hat die chinesische Polizei das offiziell bestätigt?«

»Na ja, du weiß ja sicher, wie schwer es ist, an jemanden heranzukommen, der … Alle sagen, man solle sich an die Botschaft wenden. In einer Stunde ist Pressekonferenz, meinst du, ich kann damit jetzt rausgehen?«

»Nein, halt es noch eine Weile unter Verschluss. Ich werde mit Liselott Ahrnander darüber reden, wie wir weiter vorgehen. Wenn du *hingerichtet* sagst, meinst du, dass der Staat dahintersteckt? Dass sie sozusagen ohne richtigen Prozess zum Tode verurteilt wurden?«

»Das denke ich eher nicht«, sagte William King. »Das wären in dem Fall ziemlich schnelle Maßnahmen, selbst für die Chinesen. Und die arbeiten ja auch nicht mehr mit Genickschuss, sie haben

Kastenwagen, in denen sie tödliche Injektionen geben. Mann, was für eine Art zu sterben.«

»Mhm«, sagte Jonny gedankenverloren und setzte sich auf seinen Platz an der Stirnseite des Tisches. *Die Mörder waren ermordet.* War es die Strafe dafür, dass sie Kim Ribbing entkommen ließen, oder war es von Anfang an der Plan gewesen, sich am Ende der eigenen Waffen zu entledigen?

Als Carmen Sánchez und Christof Adler dazukamen, stellte sich heraus, dass William King sie bereits darüber informiert hatte, dass die Männer, die sie jagten, nicht mehr gejagt werden mussten, immer vorausgesetzt, man konnte den Worten des Botschafters Glauben schenken. Es existierte ja die Möglichkeit, dass der chinesische Staat das Problem auch einfach nur unter den Teppich kehren wollte.

»Okay«, sagte Jonny. »Dann warten wir erst mal noch ab. Möchtest du anfangen, Christof?«

Christof Adler hatte das Kinn auf die Hand gestützt, und ihm fielen fast die Augen zu. Ohne den Kopf zu heben, sagte er: »Ja, was soll ich sagen? Ich kenne diese Wohnung mittlerweile wie meine eigene Westentasche, werde heute Nacht sicherlich von ihr träumen, aber gefunden habe ich dort nichts. Bitte, bitte, schick mich nicht noch einmal zur Durchsuchung nach Knektholmen.«

»Gefälligkeiten haben in einer Polizeiermittlung leider keinen Platz«, sagte Jonny, »anders als in deiner Freizeit. Wenn nichts dazwischenkommt, wirst du morgen wieder hinfahren.«

Christof stöhnte auf, ließ den Kopf auf den Tisch sinken und pochte mit der Stirn ein paarmal dagegen. »Ich bin nicht Polizist geworden, um …«

Jonny unterbrach ihn, indem er sich räusperte. »Und du, Carmen?«

Carmen klappte ihren Computer auf: »Vielleicht eine Kleinigkeit. Ich bin Chen Mins Instagram-Account durchgegangen und habe das hier gefunden. Aufgenommen vor einem halben Jahr.«

Sie drehte den Computer um, sodass die anderen Chen Min sehen konnten, die mit einer Porzellankatze in der Hand schüchtern in die Kamera lächelte.

»Shit«, sagte William King. »Eine Porzellankatze! Zutiefst verdächtig!«

»Sieh dir den Hintergrund an«, sagte Carmen Sánchez und spreizte die Finger auf dem Touchpad des Laptops, damit das Bild vergrößert wurde. Hinter Chen Min stand die Tür zu einem weiteren Raum mit einem Schreibtisch offen, und an der Wand dieses Zimmers hing der Grundriss einer Ölbohrinsel. Carmen zoomte weiter heran, und das Bild wurde pixelig. Sie zeigte auf einige Schnörkel auf der Zeichnung. »Das hier sieht aus wie Text. Ich habe die Aufnahme zu den Technikern geschickt, um zu sehen, ob sie ihn lesbar machen können, aber das hat leider nicht geklappt.«

»Und was soll uns das sagen?«, fragte Jonny.

»Eigentlich nichts, was wir nicht schon wüssten«, erwiderte Carmen. »Chen Bao beschäftigte sich mit Ölbohrinseln. Das hier hilft uns zumindest, diese Tatsache zeitlich besser einzuordnen. Das Foto stammt vom am 14. Januar diesen Jahres.«

»Das ist ja nur wenig gehaltvoll«, sagte Jonny.

»Sorry, Chef«, sagte Carmen. »Ich kann ja zur Strafe Christof nach Knektholmen begleiten.«

»Hm. Und du, Ulrika?«

»Tja, ich habe ein bisschen mehr, auf dem man herumkauen könnte«, sagte Ulrika Boberg, und ihre Augen leuchteten auf, während sie die Rüschen an ihrer Bluse ordnete und kontrollierte, ob der Papierstapel vor ihr schnurgerade ausgerichtet war. Dann fuhr sie fort: »Ich habe Kontakt mit der Norske Bank aufgenommen, und sie waren zumindest kooperationsbereiter als die chinesische Handelskammer. Ungefähr tausend Mal mehr. Sie haben mir alles geschickt, was sie über Frode Moes private Finanzen herausgeben dürfen.«

Ulrika streichelte zärtlich den Papierstoß, worauf sich eines der Blätter um ein paar Millimeter verschob. Sie korrigierte es unverzüglich. »Ausgehend von diesen Kontoauszügen, könnte ich als Nächstes … Sagen wir mal so, ich habe mich gestern Nachmittag ein bisschen in Grauzonen bewegt.« Ulrika tastete mit der Hand vor sich herum wie jemand, der durch dichten Nebel geht.

»Ich hoffe, du sagst jetzt nicht, dass du gegen das Gesetz verstoßen hast«, sagte Jonny. »Denn bei einem möglichen Prozess …«

Ulrika schüttelte den Kopf. »Nicht *verstoßen*, ich habe eher seine Dehnbarkeit getestet, um den Geldströmen folgen zu können. Das ist ein ganz besonderes Karussell. In bestimmten Fällen ist das Geld nämlich über bis zu sieben Konten geflossen, bevor es bei Moe gelandet ist.«

»Okay«, sagte Jonny. »Aber worauf bist du gestoßen?«

»Tja, im Lichte gewisser Aktivitäten außenstehender Personen, die auf die eine oder andere Art bei unseren Ermittlungen auftauchen, könnte es ja von Interesse sein, dass das Geld aus Kuba kommt.«

William King lachte auf. »Du meinst Ribbing? Faszinierend, wie er uns immer einen Schritt voraus ist. Wenn wir einen relevanten Ort auftun, ist er schon da.«

Jonny ignorierte William King. »Aber wofür bezahlen die Kubaner?«

»Das Geld kommt von Cupet, dem staatlichen Energieunternehmen, das unter anderem mit einer Ölförderfirma in Kuba zusammenarbeitet, also wäre es durchaus denkbar, dass es damit zu tun hat. Das Seltsame ist nur, dass das Geld an Frode Moe privat ausgezahlt wird.«

»Du meinst also, er arbeitet als Berater oder etwas Ähnliches für sie?«, wollte Carmen wissen.

»In diesem Fall handelt es sich um das höchste Beraterhonorar der Geschichte«, sagte Ulrika.

Es klopfte an der Tür, und Walter Berzelius, Astrids Psychologe, steckte seinen Kopf herein. »Entschuldigung, ich wollte nur sagen, dass wir jetzt hier sind.«

»Danke«, sagte Jonny. »Wir sind hier gleich fertig. Sie können so lange in meinem Büro warten.«

Jonny hatte Astrid Helander gebeten, bei ihm vorbeizukommen, falls sie irgendetwas wüsste, das ihnen bei der Entschlüsselung des Ziffern- und Buchstabencodes helfen könnte. Es war ein gewagter Schachzug, aber in schwierigen Situationen half es manchmal, gewagte Schachzüge zu machen.

»Was hast du gesagt, Ulrika?«

»Also, es handelt sich um mehr als einhundert Millionen pro Jahr. Natürlich ist niemals so viel Geld gleichzeitig auf dem Konto, es wird ständig in alle möglichen Richtungen transferiert, aber alles in allem handelt es sich um eine richtig schöne Festtagsgans.«

Jonny vermutete, dass Ulrika auf das Märchen von der Gans anspielte, die goldene Eier legte, aber sie hatte die Tendenz, in ihren Vergleichen ein oder zwei Bestandteile auszulassen.

»Wie sieht es denn aus?«, fragte er. »Ist es wegen des derzeitigen Embargos nicht illegal, Geschäfte mit Kuba zu machen?«

»Tja«, sagte Ulrika. »Es geht eher darum, wie sehr man sich mit den USA anlegen will und damit möglicherweise selbst unter das Embargo fällt, aber verboten ist es nicht.«

»Aha«, sagte Jonny. »Und wie machen wir jetzt weiter?«

»Ich weiß nicht«, sagte Ulrika. »Aber es ist ja immerhin nützlich zu wissen, dass König Frode eine geheime Schatzkammer hat.«

»Stimmt«, sagte Jonny. »Aber es gibt nichts, was dieses Geld mit unserem Fall in Verbindung bringt.«

Ulrikas Mundwinkel wanderten nach unten. »Ich meine mich erinnern zu können, dass jemand *freie Nachforschungen* gesagt hat.«

»So habe ich das doch gar nicht gemeint, ich wollte … gute Arbeit, wie immer. Dann wären wir jetzt fertig.«

6

Jonny Munther fühlte sich niedergeschlagen, als er in sein Büro zurückkehrte. Es war verblüffend, in welchem Ausmaß Menschen Lob als Motivation benötigten, um ihren Job zu erledigen. Ihn beispielsweise lobte nie jemand. Na ja, das war wohl der Preis, wenn man gern Chef sein wollte.

In seinem Büro fand er Walter Berzelius, der sich im Besuchersessel niedergelassen hatte, während Astrid Helander stehen geblieben war und an die Wand starrte. Sie war weniger aggressiv geschminkt als bei ihrer letzten Begegnung, und als er ihrem Blick folgte, sah Jonny, dass sie auf einen Ausdruck der chiffrierten Datei starrte, den er an die Ermittlungstafel gepinnt hatte.

»Aha, ja«, sagte Jonny. »Das ist ja lustig, das war genau das, wonach ich dich fragen wollte. Ob du vielleicht …«

»Schauen Sie hier«, sagte Astrid Helander und ging zu dem Zettel. Sie zog mit dem Finger eine lange diagonale Linie aus Ziffern, eine kürzere Diagonale aus Buchstaben und dazu noch ein paar weitere Linien kreuz und quer über das Papier.

»Ich verstehe das nicht«, sagte Jonny. »Kannst du lesen, was da steht?«

»Nein«, sagte Astrid Helander. »Aber ich weiß, was es ist. Es ist *Phönix.*«

»Phönix? Der Vogel?«

»Nein, das Papierflugzeug. Das hier ist eine Anleitung, wie man den *Phönix* faltet.«

7

Seit dem niederschmetternden Bescheid vom Verlag widmete sich Julia Malmros zum ersten Mal ihrer eigentlichen Aufgabe: Sie schrieb. Es lief zäh, und vielleicht war es nur eine Art, sich vom Warten auf Kim Ribbings Anruf abzulenken, aber sie hatte Worte zu Papier gebracht.

Nachdem sie ein paar intensive Monate in Salanders und Blomkvists Welt abgetaucht war, fand sie Åsa Fors' Gesellschaft ziemlich langweilig. Sie überlegte, ob Åsa nicht mit Krav Maga anfangen oder sich irgendeine spannende Krankheit zuziehen sollte, aber letztendlich ahnte sie, dass diese Langeweile zur Persönlichkeit von Åsa Fors gehörte, und dies gewissermaßen sogar den Reiz der Lektüre ausmachte. Im Unterschied zu den meisten anderen zeitgenössischen Krimihelden und -heldinnen hatte sie ja noch nicht einmal einen richtigen Knacks oder irgendein Trauma.

Heute fing Julia mit dem Anfang an und beschrieb den Mann, der über den Marktplatz von Rinkeby schlenderte. Als schönes Detail beschrieb sie eine Papiertüte, die er bei sich trug und die durch den wiederholten Gebrauch so zerknittert war, dass er einen der Tragegriffe mit Klebeband repariert hatte. Solche Kleinigkeiten hielten die Leserschaft am Ball, indem sie das Geschehen plastisch machten.

Sie beschrieb genauestens die Art, wie der Mann fiel, und wie das Licht in seinen Augen erlosch, während eine der Apfelsinen weiterrollte. Während der nächsten zehn Minuten erreichte sie einen Zustand von Schreibfreude, in dem sie die Düfte der Gemüsestände auf dem Markt roch und die entsetzten Ausrufe in mehreren fremden Sprachen hörte.

Als sie die Szene auf zwei Seiten auserzählt hatte, ließ der Schreibfluss nach. Jetzt müsste sie wieder zur alten Åsa Fors schwenken und beschreiben, wo im Leben sie sich gerade befand. Julia lehnte sich zurück und schloss die Augen. Sie konnte sich kaum daran erinnern, was Åsa am Ende des vorherigen Romans getan hatte. War da nicht etwas mit einer Katze?

Julia zog das Buch aus dem Regal, in dem sie ihre vielen Ausgaben aufbewahrte, und überflog die letzten dreißig Seiten. Doch, da gab es eine Katze, die dem Oberarzt im Karolinska-Krankenhaus gehörte, der sich am Ende als der Mörder herausstellte. Die Katze hieß Truls und war in Åsa Fors' Besitz übergegangen.

Eine Katze. Was für ein Drama.

Julia riss sich zusammen und schrieb eine Seite über das Zusammenleben von Åsa Fors mit Truls. Sie wusste, dass viele ihrer Leserinnen und Leser, vor allem ältere Frauen, diese Art von Szenen ausgesprochen schätzten. Sie hatte oft zu hören bekommen, dass sie sich nicht von der »ganzen Gewalt« abschrecken ließen, sondern weiterlasen, weil Julia vor allem »das ganz alltägliche Leben« so gut beschrieb, und ob sie sich nicht schon mal überlegt habe, etwas ohne diese ganzen Scheußlichkeiten zu schreiben.

Nein, das hatte sie nicht. Julia wusste nicht, wie eine Geschichte ins Rollen kommen sollte, wenn nicht brutale, plötzliche Todesfälle ein Teil der Gleichung waren. Das Einfachste war wohl das verbreitete Rezept »das kleine bisschen mit dem gewissen Etwas«.

Als Julia kurz vor vier ihren Computer zuklappte, hatte sie fünf ganz passable Seiten geschrieben. Sie massierte sich den Nacken, der von der reglosen Bildschirmarbeit ganz steif geworden war. Als sie den Text ausdrucken wollte, damit sie ihn einfacher überarbeiten konnte, fiel ihr ein, dass sie beim Drucker noch Papier nachlegen musste.

Olles Zettel.

Eigentlich wollte sie mit dem unverständlichen Geschreibsel aus Olof Helanders Büro direkt nach dem Morgenkaffee zum Polizeipräsidium gehen, und dabei vielleicht noch etwas über den aktuellen Stand der Ermittlungen aufschnappen, aber sie hatte ihn komplett vergessen. Sie überprüfte, ob Kim angerufen oder eine Nachricht geschickt hatte, zog sich an und überprüfte es ein zweites Mal, bevor sie die Wohnung verließ und zur U-Bahn lief.

8

Nachdem man sie angerufen hatte, ging Carmen Sánchez nach unten und nahm Julia Malmros in Empfang. Die Besucherin ergriff ihre ausgestreckte Hand. »Carmen, nicht wahr? Wie läuft es?«

»Ganz gut«, sagte Carmen und ging mit Julia im Schlepptau zu den Aufzügen. »Ich habe den halben Tag damit verbracht, mir Porzellankatzen anzusehen.«

»Tatsächlich? Habt ihr so wenig zu tun?«

Sie stiegen in den Aufzug, und Carmen drückte auf den vierten Stock. »Chen Mins Insta. Sie war geradezu besessen von den Viechern.«

»Aha, und hat es etwas gebracht?«

»Vielleicht ein bisschen. Und selbst?«

»Ganz okay. Ich schreibe. Aber ich bin da auf etwas gestoßen, das ich vielleicht besser direkt bei euch abgegeben hätte. Irgendwie ist mir das durchgerutscht. Vermutlich spielt es auch keine Rolle, aber man weiß ja nie.«

»Was ist das für eine Sache?«

»Ein Papier aus Olof Helanders Büro.«

»Dort waren wir schon.«

»Dann wart ihr vielleicht ein bisschen nachlässig.«

»Hm.«

Die Fahrstuhltüren öffneten sich, und Jonny Munther stand vor Julia. Der Kommissar wirkte gut gelaunt, und als Julia die Hand ausstreckte, um ihn zu begrüßen und eine mögliche Umarmung abzuwehren, drückte Jonny sie nur ganz kurz, bevor er in denselben Fahrstuhl stieg, den Julia und Carmen gerade verließen.

»Ich wollte …«, begann Julia, aber Jonny winkte ab und sagte: »Ich muss kurz in die IT-Abteilung. Warte in meinem Büro.«

Der Kommissar wollte noch etwas sagen, aber schon gingen die Türen vor ihm zu. Julia wandte sich an Carmen. »Habt ihr irgendeinen Durchbruch?«

»Nicht, soweit ich weiß, aber er schien bester Laune.«

Julia zog das Papier aus der Hosentasche und faltete es auseinander. Carmen studierte die sauber ausgefüllten Zeilen mit zusammengekniffenen Augen. »Was soll das sein?«

»Ich habe keine Ahnung, aber ich fand es unter einem Stapel Druckerpapier, also schien Olle es verstecken zu wollen. Oder es ist Schmierpapier, ich weiß es nicht. Aber ich dachte, wenn ein paar Ziffern mit denjenigen übereinstimmen, die während der Ermittlungen auftauchen …«

»Ja, danke. Ich verstehe«, sagte Carmen und gab das Papier zurück. »Vielleicht wäre es besser, wenn du es Jonny direkt gibst.«

»Warum?«

Carmen warf Julia einen spöttischen Blick zu. »Möchtest du etwa nicht glänzen und besonders tüchtig dastehen? Um im Gegenzug vielleicht ein paar Informationen zu bekommen?«

»Kennst du mich so gut?«

»Gerüchteweise. Jetzt habe ich noch ein wenig zu tun, also …«

»Ich warte im Büro.«

9

Als Julia Malmros das Büro betrat, saß dort Astrid Helander zusammen mit einem älteren Mann. Julia versuchte sich zu erinnern, wie Olof Helanders älterer Bruder Lasse ausgesehen hatte, bekam die beiden aber nicht zusammen. Schließlich stellte der Mann sich als Walter Berzelius vor, Astrids Psychologe.

Julia streckte Astrid, die an der Wand lehnte, ihre Hand entgegen. »Hallo, Astrid. Julia Malmros. Ich weiß nicht, ob du dich erinnerst?«

Astrids Hand fühlte sich klein und zerbrechlich an, und sie drückte nur vorsichtig zu. »Doch«, sagte Astrid. »Du hast mir ein Puzzle geschenkt, als ich zehn wurde. Tausend Teile. Ich habe einen Monat gebraucht, um es fertig zu bekommen.«

»Oh, ja, das war vielleicht doch ein bisschen groß. Sorry.«

»Und dann warst du da, als … mit Kim. Wie geht es ihm?«

»Gut, soweit ich weiß.«

»Seid ihr beide … zusammen?«

Julia kratzte sich am Hals, der sich zu warm anfühlte, und sagte: »Das ist eine Frage, auf die es keine einfache Antwort gibt.«

»Okay.«

Zu Julias Erleichterung ließ Astrid das Thema fallen und betrachtete einen dicht bekritzelten Zettel, der an der Ermittlungstafel hing. Dann wandte sie sich an Walter und sagte: »Sie können gehen, wenn Sie wollen. Ich komme alleine zurecht.«

Walter sah auf seine Armbanduhr. »Bist du sicher?«

»Ja. Sie haben doch um halb sechs noch eine Patientin, oder?«

›Stimmt, aber wenn du möchtest, kann ich ihr absagen und hierbleiben.«

›Das ist nicht nötig. Wir sehen uns übermorgen. Jetzt gehen Sie schon raus zum Spielen.«

Walter unterdrückte ein Grinsen und stand aus dem Besuchersessel auf. Er verabschiedete sich mit ein paar Phrasen und ließ Julia und Astrid allein zurück. Julia warf einen verstohlenen Blick auf Astrid, die Jeans mit Löchern an den Knien trug sowie eine dünne uniformähnliche Jacke über einem T-Shirt mit dem Aufdruck: »I think, therefore I'm vegan.« Sie hatte Kajal um die Augen aufgetragen, und es war schwer abzulesen, wie sie sich fühlte, also fragte Julia: »Und wie geht es dir?«

Astrid zuckte mit den Schultern. »Das fragen mich viele. Ich sage immer, dass es mir geht, wie ich kann.«

›Olle Adolphson.«

›Hundert Punkte. Noch zwei, und die Bananen gehören dir.«

Julia erinnerte sich, dass es die zehnjährige Astrid nicht leicht gehabt hatte, weil sie für ihr Alter so klein war und deshalb jünger aussah, aber intellektuell und sprachlich besonders reif wirkte. Sie hatte wie eine Achtjährige ausgesehen und geredet wie eine Dreizehnjährige und dazu noch die Disziplin aufgebracht, ein Tausend-Teile-Puzzle zu legen.

›Wie gefällt es dir bei Lasse?«, fragte Julia.

Bislang hatte Astrid einen erstaunlich gefassten und beinahe heiteren Eindruck erweckt, wenn man bedachte, was sie alles mitgemacht hatte, aber jetzt zog ein Schatten über ihr Gesicht, und es kam ein eher verletzliches Wesen zum Vorschein. »Es geht. Ich möchte nicht darüber reden.«

›Aber er ist nett zu dir?«

›Ja. Er ist nett. Das ist es nicht. Ich möchte nicht darüber reden.«

Astrid wandte sich ab und studierte den mysteriösen Zettel an der Ermittlungstafel, während Julia auf das Paar auf dem Bild von Marc Chagall starrte, das hoch über die Dächer hinwegflog. Die beiden schwiegen, bis Jonny Munther ein paar Minuten später in den Raum kam. Er ignorierte Julia, ging auf Astrid zu und sagte: »Entschuldige bitte, dass du warten musstest. Ich glaube, dass deine …«, Jonny schielte zu Julia hinüber, bevor er fortfuhr, »… deine Einsicht sich als sehr wertvoll herausstellen kann. Danke, dass du dir die Zeit genommen hast, zu uns zu kommen. Carmen Sánchez wird dich nach draußen bringen, wenn das für dich in Ordnung ist.«

»Das ist okay«, sagte Astrid und rückte ihre Jacke zurecht, warf einen Blick auf Julia und sagte: »Viele Grüße an Kim.«

10

»Was für eine Einsicht hatte sie denn?«, fragte Julia Malmros, als Astrid Helander gegangen war.

»Nichts, was ich mit dir diskutieren dürfte, tut mir leid«, sagte Jonny Munther. »Aber ich kann mich zumindest so weit aus dem Fenster lehnen und dir mitteilen, dass sich das Netz fester um deinen geschätzten Norweger zusammenzieht.«

»Frode Moe?«

»Hast du irgendwelche anderen Norweger erwähnt?«

»Habt ihr genug, um ihn …«

»Wie gesagt, die Ermittlungen nehmen ihren Lauf. Was wolltest du denn?«

Der Kommissar war kurz angebunden und wirkte ungeduldig, also zog Julia das Papier heraus, legte es auf seinen Schreibtisch und wiederholte, was sie bereits Carmen Sánchez gesagt hatte. Jonny betrachtete das Papier und fragte: »Hättest du es nicht einfach einscannen und mailen können?«

»Ich weiß nicht, ich dachte wohl, dass …«

»Dass du die Gelegenheit beim Schopf packst, hier herumzuschnüffeln.«

»Jetzt bist du einfach nur unhöflich, Jonny. Ich versuche tatsächlich, euch zu helfen.«

Jonny seufzte und rieb sich über die Augen. »Ja, ja. Entschuldige, bitte. Aber manchmal, Julia, sieht es ein bisschen so aus, als hättest du vergessen, dass du eine Privatperson bist, die eigentlich überhaupt nichts mit einer Polizeiermittlung zu tun haben dürfte. Wie geht es denn diesem Ribbing?«

»Noch eine Privatperson«, sagte Julia angefressen, »die einen gewissen Einsatz gezeigt hat.«

»Und?«

»Ich weiß nichts. Er hat seit Shanghai nichts mehr von sich hören lassen.«

Bei der Erwähnung von Shanghai schüttelte Jonny düster den Kopf. »Ja, das war ja eine Nummer. Da hast du dir ja ein wahres Prachtstück als Freund angelacht.«

»Er ist nicht …«

»Ach nein? Was ist er denn dann?«

Julia zog eine Grimasse und sagte: »Um das herauszufinden, bräuchte es eine gesonderte Ermittlung.«

11

Ramón Socarrás versank in einem Sessel, in den Kim Ribbing ihn mit Fedos Hilfe eher unsanft bugsiert hatte, und Schweiß perlte auf seiner Stirn. »Ich weiß gar nicht, was Sie von mir wollen«, sagte er nervös.

Während der vorangegangenen halben Stunde hatte Fliege Ramón Socarrás Haus in Miramar aufgesucht und herausgefunden, dass die Größe und Exklusivität seines Anwesens weit über dem lagen, was sich ein Beamter in seiner Position leisten konnte. Auf Google Maps erkannte man sogar ein Wachhäuschen am Eingang des weitläufigen Grundstücks, was normalerweise Ministern vorbehalten war.

»Wir kennen Ihre Geschäfte mit Futurig und Frode Moe«, sagte Fliege, »und logischerweise sind auch einige Ihrer Vorgesetzten darin verwickelt, sonst würde es nicht funktionieren. Aber ich glaube nicht, dass sie wissen …«, hier kam die Vermutung, mit der alles stehen oder fallen könnte, »… dass Sie einen Teil des Geld abzweigen und in die eigene Tasche stecken.«

Die Art, wie Ramón sich nervös im Raum umsah, schien ihre Vermutung zu bestätigen. Allerdings hatte Fliege nicht erwähnt, dass sie zwar von den Geschäften wussten, aber nicht, worum es dabei ging.

»Fangen wir einfach ganz vorne an«, sagte Kim. »Sie und Frode Moe haben sich 1993 in dieser Bar getroffen …«

»Woher wissen Sie das?«

Kim beugte sich vor und bohrte seine blauen Augen in Ramóns dunkelbraune. »Ich frage, Sie antworten«, fauchte er. »Sie haben eine einzige Chance, um aus dieser Geschichte heil herauszukommen. Eine einzige, verstehen Sie? Und die besteht darin, dass Sie mir jetzt alles erzählen, was ich wissen will.«

Ramón nickte, schluckte und fragte mit zitternder Stimme: »Könnte ich vielleicht etwas zu trinken bekommen?«

»Der Barkeeper ist zur Zeit leider nicht hier. Und jetzt reden Sie.«

Ramón Socarrás zog aus der Tasche seines Jacketts ein rotes Taschentuch, mit dem er sich das Gesicht abwischte. Das Taschentuch bekam dunkle Schweißflecken, die Ramón betrachtete, während er den Kopf schüttelte. »Eigentlich will ich gar nicht mehr weitermachen«, sagte er. »Ich will schon lange nicht mehr. Ich will endlich raus aus der Sache.«

»Sehr gut«, erwiderte Kim. »Dann betrachten Sie das hier als Ihre Chance und nicht als Problem.«

»Wer seid ihr?«

»Mir geht langsam die Geduld aus«, sagte Kim und zeigte Ramón das Display seines Handys. Ramón überflog die E-Mail, die Kim mit Unterstützung von Fliege über Ramón Socarrás, Frode Moe und Futurig auf Spanisch verfasst hatte, im Anhang Dateien mit äußerst verräterischen Namen. Kim ließ den Daumen über »Senden« schweben und fragte: »Können wir das hier jetzt abschließen?«

Als wäre das Handy eine Pistole, die auf seinen Kopf gerichtet war, hielt Ramón Socarrás' die Hände in die Luft und sagte: »Nein, nein. Bitte nicht losschicken. Ich werde alles erzählen.« Sein Gesicht war jetzt hochrot, seine Lippen zitterten, und er zerrte so hektisch an seinem Hemdkragen, dass Kim fürchtete, er bekäme gleich einen Herzinfarkt.

»Es war im Jahr 1993«, sagte Fliege. »Während der sogenannten Sonderperiode in Friedenszeiten.«

»Ja«, sagte Ramón. »Schwere Zeiten. Wir brauchten Öl, und es kamen Berater und Experten aus vielen Ländern, um uns bei der Suche zu helfen. Einer von ihnen war Frode Moe.«

»Das wissen wir bereits«, sagte Kim. »Weiter.«

»Also, Frode und ich hatten irgendwie einen guten Draht zueinander, und eines Abends lud er mich hier zu ein paar Drinks ein …« Ramón nickte in Richtung Swimmingpool, vermutlich der Ort, wo er und Frode Moe ihr kleines Stelldichein gehabt hatten. »… wir redeten über alles Mögliche. Und wir beschlossen, in Kontakt zu bleiben, weil es nämlich ganz so aussah, als böte sich durch die herrschenden Umstände … in Zukunft eine Möglichkeit für Geschäfte miteinander.«

»Und wann war es so weit? Wann bot sich diese Gelegenheit?«

Ramón kniff die Lippen zusammen. Kim seufzte und hob sein Telefon wieder hoch. »Sie sind einen Zentimeter davon entfernt, dass Ihr Leben zusammenbricht.«

Ramón wedelte abwehrend mit der Hand. »*Calmate*. Ruhe. Die Gelegenheit ergab sich erst 2014 … bis dahin pflegten wir einfach eine freundschaftliche Beziehung zu Venezuela und kauften ihnen Öl zu guten Preisen ab. Im Austausch schickten wir gut ausgebildete Ärzte dorthin, aber nach Hugo Chávez' Tod ging alles den Bach hinunter, und wir litten erneut unter einem Ölmangel. Die Transporte blieben aus und …«

»Diese Geschichte kenne ich«, sagte Kim. »Machen Sie weiter.«

»Nun, also, Frode Moe hatte zu der Zeit eine Stellung erreicht, von der aus er … etwas liefern konnte. *Proporcionar*.«

»Das Wort kenne ich nicht.«

»Er konnte also schlicht und einfach Öl verkaufen. Aber das wissen Sie sicher auch.«

»Natürlich, *por supuesto*«, sagte Kim, ohne eine Miene zu verziehen. »Wir wissen aber nichts über die Größenordnung.«

Ramón zuckte mit den Schultern. »Ich spreche von gut zweihunderttausend Barrel im Monat. Aus Venezuela bekamen wir dieselbe Menge innerhalb weniger Tage, zumindest in den guten Zeiten. Aber das war Vergangenheit.«

»Wie viele wissen davon?«, fragte Kim.

»So viele, wie nötig sind, damit es funktioniert. Die Leute über uns stellen keine Fragen, solange wir das Öl besorgen. So. Jetzt habe ich erzählt, was Sie wissen wollten«, sagte Ramón und erhob sich ächzend aus dem Sessel. »Ich hoffe, dass Sie auch …«

Kim gab Fedo ein Zeichen, der zu Ramón ging und ihn in den Sessel zurückdrückte.

»Wir sind fertig, wenn ich sage, dass wir fertig sind«, sagte Kim. Der Barkeeper war mittlerweile vom Pool zurückgekommen und betrachtete die kleine Gruppe bekümmert. Kim machte ein *Alles perfek*-Zeichen mit Daumen und Zeigefinger und rief: »Ein Glas Mineralwasser bitte«, weil er nicht wollte, dass Ramón Socarrás einen Hitzschlag erlitt.

»Okay«, sagte Kim. »Sie pflegen also den Kontakt zu Frode, damit ihr Öl von … Statoil kaufen könnt?«

»Nein, nein. Das ist eine rein private Angelegenheit. Wir kaufen das Öl direkt von ihm. Statoil verkauft kein Öl an Kuba, weil sie es sich nicht mit den USA verderben wollen.«

»Aber wie kam Frode Moe an das Öl?«

»Das war seine Sache. Er bot es uns an, und wir brauchten es und haben es ihm abgekauft, mehr weiß ich nicht, und mehr muss ich auch nicht wissen.«

»Okay, das akzeptiere ich«, sagte Kim, während der Barkeeper mit einem Glas Sprudelwasser auf einem Tablett kam und fragte: »Ist so weit alles in Ordnung?«

»Großartig«, sagte Kim und gab ihm einen Fünf-CUC-Schein. Ramón Socarrás sah aus, als wollte er die Situation als alles andere als großartig bezeichnen, hielt aber den Mund, als Fedo sich langsam erhob. Ramón trank gierig einen Schluck aus dem Wasserglas, wobei etwas Flüssigkeit aus seinem Mundwinkel in den Hemdkragen floss.

»Dann ist da noch etwas«, fuhr Kim fort. »Sie haben gesagt, dass Sie Frode Moe getroffen haben … dort drüben, aber ich habe aus sicherer Quelle erfahren, dass noch eine weitere Person anwesend war. Wer war das?«

Ramón Socarrás stellte das Glas so heftig auf den Tisch, dass es knallte und ein wenig Wasser herausspritzte. Er schüttelte ungestüm den Kopf und sagte: »Sie können mich bedrohen, mit was Sie wollen, Sie schrecklicher Mensch, aber das werde ich Ihnen nicht erzählen.«

»Weil?«

»Weil, also, wenn Sie …«, Ramón Socarrás zeigte auf Kims Handy, »diese Sachen an die falschen Leute schicken, dann werde ich sicher mehrere Jahre im Gefängnis verbringen und alles verlieren, was ich besitze, aber wenn ich Ihnen diesen Namen gebe, dann werde ich *sterben*. Nichts, was Sie sagen oder tun, würde …«

»Was Sie da vorbringen, klingt sehr überzeugend. Man wird ja unweigerlich sehr neugierig auf diese Person.«

»Glauben Sie mir: Sie wollen das nicht wissen, *Santa Muerte*. Darf ich jetzt bitte gehen?«

»Also schön, gehen Sie«, sagte Kim. »Einigen wir uns darauf, dass es für uns alle am besten ist, dass dieses Gespräch niemals stattgefunden hat?«

Als Ramón Socarrás aufstand, war sein Hemd so durchgeschwitzt, dass es aussah, als hätte es insgesamt einen dunkleren Farbton angenommen. Er rieb sich erneut mit einem Taschentuch über die Stirn, schielte ängstlich auf Kims Handy und fragte: »Werden Sie das … jetzt losschicken?«

»Das kommt darauf an«, sagte Kim. »*Depende*. Wenn Sie niemandem von diesem Gespräch erzählen und so weitermachen wie bisher, können Sie vielleicht noch mit verschwitzter, aber heiler Haut aus dieser Geschichte herauskommen.«

Nachdem Ramón Socarrás auf unsicheren Beinen aus der Bar gewankt war, blieb Kim in seinem Sessel sitzen und überlegte.

Frode Moe verkaufte also Öl fernab der offiziellen Kanäle, und zwar zweihunderttausend Barrel im Monat. Kim informierte sich über den Ölpreis und fand heraus, dass ein Barrel Rohöl gut fünfzig Dollar kostete. Eine Million Dollar im Monat, vielleicht sogar mehr, weil Kuba aufgrund des Embargos gezwungen war, auch einen höheren Preis zu bezahlen.

»Und was hat es mit dieser dritten Person auf sich?«, fragte Fliege.

»Das habe ich in Shanghai erfahren«, sagte Kim. »Aus einer ziemlich sicheren Quelle.«

»Kannst du diese Quelle nicht noch einmal kontaktieren?«

»Das geht leider nicht mehr. Er war derjenige, von dem ich erzählt habe. Der erschossen wurde. Aber ich muss diese dritte Person finden, bevor er oder sie mich findet.«

»Und wie willst du das anstellen?«, wollte Fliege wissen.

»Ich habe da eine Idee, oder ich sehe zumindest eine Möglichkeit. Hast du immer noch Kontakt zu deiner Mutter?«

12

Jonny Munther saß an seinem Schreibtisch und betrachtete das Papier, das Julia Malmros ihm gegeben hatte. Vielleicht war er unnötig hart gewesen, aber es fiel ihm generell nicht leicht, mit Privatdetektiven und ihren Einfällen umzugehen, und wenn die Privatdetektivin noch dazu seine Ex-Frau war … Tja, es ließ sich nicht leugnen, dass Jonny selbst die Tür für Julia einen Spalt geöffnet hatte, also brauchte es ihn nicht zu wundern, wenn sie glaubte, sie wäre jederzeit willkommen.

Die Buchstaben- und Zahlenkombinationen auf dem Blatt Papier blieben dem Kommissar ein Rätsel. Sie waren ganz offensichtlich kein Schlüssel, sondern eine Aufzeichnung von irgendetwas, das er nicht begriff. HI? AW? WW? Warum konnte denn nicht irgendwann einmal etwas im Klartext geschrieben werden?

Das Telefon klingelte, und Jonny nahm das Gespräch an. Am anderen Ende der Leitung machte sich ein aufgeregter Linus Tingwall bemerkbar: »Ich hab's, ich hab's!«

»Was so viel heißt, wie?«

»Dass ich den Text lesen kann! Es gab eine Datei namens ›Phönix‹ auf dem Computer, so wie es dieses Mädchen gesagt hatte, und als ich den Schlüssel vom iPad überführte …«

»Am besten kommst du nach oben und zeigst es mir«, sagte Jonny. »Ich gebe den anderen Bescheid.«

Fünf Minuten später waren alle – abgesehen von William King, der seine Pressekonferenz gab – im Besprechungsraum versammelt. Linus war stolz wie ein Pfau, als er Olof Helanders iPad mit dem großen Bildschirm verband, damit alle gut sehen konnten.

Der Desktop des Tablets erschien auf dem Bildschirm. Linus markierte den Schlüssel und sagte: »Das hier hatten wir gefunden, nicht wahr? Vollkommen unverständlich.« Er klickte den Text weg und öffnete stattdessen eine Datei mit dem Namen »Phönix«. Eine komplizierte Faltanleitung für ein Papierflugzeug erschien.

»Zuerst dachte ich, dass es einfach das war, wonach es aussah«, sagte Linus und zeigte auf das Muster aus Strichen, »also habe ich nie den Quellcode überprüft.«

»Was ist denn dieser Quellcode?«, fragte Jonny.

»Der Rosetta-Stein, mit Zeichentrick und allem Drum und Dran.«

»Der Rosetta-Stein?«, fragte Christof Adler.

»Der Inschriftenstein, mit dem man die ägyptischen Hieroglyphen entschlüsseln konnte«, sagte Linus. »Der Text war in drei Zeichensystemen geschrieben …«

»Wir können diese Geschichtslektion gern auf später verschieben«, sagte Jonny. »Was meintest du mit dem Zeichentrick?«

»Ganz einfach, hier handelt es sich um eine Musterverschlüsselung. Also genau das, was zu finden wir nicht zu hoffen wagten. Daher musste ich nur das Schlüsselmuster des Papierfliegers auf den verschlüsselten Text übertragen, und schwups, hatte ich ihn entschlüsselt. Olof Helander hat sich sogar bemüht, den Entschlüsselungsprozess zu visualisieren. Seht mal.«

Linus Tingwall zog die Datei namens »Phönix« über das Dokument mit dem verschlüsselten Text und ließ es dort los. Der chaotische Text erschien wieder auf dem Bildschirm, legte sich aber in Falten, als würde es sich um ein echtes Stück Papier handeln. Neue Buchstaben- und Ziffernkombinationen traten hervor, bis sie wieder gegeneinandergefaltet und umgebildet wurden. Linus gluckste und sagte: »Vollkommen unnötig, aber cool.«

Als der Papierflieger fertig war, wurde das Papier wieder auseinandergefaltet, und die dabei entstandenen Berg- und Talfalten traten deutlicher hervor und wurden schließlich in ordentliche Zeilen sortiert.

»Ta-taa!«, machte Linus Tingwall.

Ulrika Boberg ging zu dem Bildschirm, um die Ziffern und Buchstaben besser lesen zu können. Das Dokument war nun in Monate aufgeteilt, und am 15. eines jeden Monats stand eine Anzahl nichtssagender Kontonummern als Einzahler auf ein Konto mit anderer Nummer, die Ulrika wiedererkannte.

»Das Empfängerkonto hier«, sagte sie, »ist die IBAN von International Credentials and Holdings Inc., Olof Helanders und Chen Baos Unternehmen.«

»Sieh an, sieh an«, sagte Linus Tingwall und ließ den Zeiger über die anderen Nummern wandern. »Und diese hier sind nicht so schwer aufzuspüren, wenn die Nummern schon irgendwo im System bei uns liegen. Möchte jemand einen Tipp abgeben? Na, wer bezahlt dieses Geld aus?«

»Frode Moe?«, sagte Carmen Sánchez.

»König Frode höchstselbst«, bestätigte Linus. »Jedes einzelne dieser Konten gehört ihm.«

Ulrikas Blick glitt langsam über die langen Zeilen aus Ziffern. »Im Einzelfall keine Riesensummen, aber addiert ergeben sie fast eine Million pro Monat«, stellte sie fest.

»Warte«, bat ihn Carmen, als Linus in dem Dokument nach oben scrollte. »Geh noch einmal zurück zum Schluss.« Linus tat es, und Carmen zeigte darauf: »Die letzte Zahlung ist im April dieses Jahres erfolgt. Nicht im Mai und nicht im Juni.«

»Eine gestörte Verbindung?«, schlug Christof vor.

»Ach du lieber Himmel«, knurrte Jonny Munther, »geht es noch etwas umständlicher? Du hörst dich ja an wie dein eigener Großvater.«

»Aber irgendetwas muss doch zwischen ihnen schiefgegangen sein«, verdeutlichte Christof. »Vielleicht ist Chen Bao deswegen nach Stavanger gereist.«

»Vielleicht sind sie zu gierig geworden«, vermutete Carmen. »Wollten immer mehr haben.«

»Möglicherweise«, stimmte Jonny zu. »Aber da haben wir auch den springenden Punkt: Wofür *bezahlte* Frode Moe eigentlich? Und den Ersten, der jetzt ›Beratungsleistungen‹ sagt, degradiere ich zum Polizeianwärter.«

Es wurde still im Besprechungsraum, alle saßen da und starrten auf den Computerbildschirm, als könnten sie mit einem weiteren Origami-Trick die Ziffern dazu bewegen, ihre Geheimnisse preiszugeben. Schließlich sagte Ulrika: »Nach meiner Erfahrung aus dem Wirtschaftsdezernat bemüht man sich in den meisten Fällen darum, den Zahlungsweg zu verbergen, wenn es sich um Bestechungsgelder handelt.«

»Okay«, sagte Jonny. »Dann testen wir diese Hypothese. Frode Moe bestach Olof Helander und Chen Bao. Damit sie was taten?«

»Nichts«, schlug Carmen vor. »Den Mund halten.«

»Möglich. Aber in diesem Fall …«

»Wartet mal«, sagte Ulrika und zeigte auf den Bildschirm. »Gebt mir noch ein paar Minuten.« Sie eilte zu ihrem Notebook, klappte es auf und begann, etwas zu schreiben, während sie hin und wieder einen Blick auf den großen Bildschirm warf, bevor sie erneut in die Tasten hämmerte.

»Wissen wir im Übrigen schon, wie die Mörder nach Schweden einreisen konnten?«, fragte Jonny.

»Ja«, antwortete Carmen. »Keine Überraschung. Am Abend vor dem Mordanschlag flogen sie von Stavanger nach Bromma.«

»Also einen Tag, *nachdem* Chen Bao in Stavanger war?«

»Genau.«

»Um erneut hypothetisch zu werden«, sagte Jonny, »könnte man sich ja ein Treffen zwischen Frode Moe und Chen Bao vorstellen, das nicht zur beiderseitigen Zufriedenheit verlief. Sagen wir einfach mal, Chen Bao will mehr Geld für irgendetwas, was mit diesen manipulierten Ölbohrinseln zu tun hat. Der Norweger weigert sich, und der Chinese fliegt nach Schweden, nachdem er gedroht hat, die ganze Geschichte auffliegen zu lassen, wenn sich Moe nicht umentscheidet. Und dann kommt es, wie es bei diesem Mittsommeressen gekommen ist.«

Carmen schüttelte den Kopf. »Das wäre durchaus möglich, wenn man davon absieht, dass Moe die beiden chinesischen Berufskiller ja erst einmal anheuern müsste. Er nimmt ja wohl kaum mal eben das Handy und sagt: ›Hallo, bin ich dort bei der chinesischen Mafia? Könnten Sie für mich ein paar Leute umbringen?‹ Ich kann mir das jedenfalls nicht vorstellen. Außerdem ist es unpraktisch.«

»Haben wir die Verbindungslisten von Frode Moe?«, fragte Christof.

»Ich bezweifle, dass er so dumm wäre, sein eigenes Telefon dafür zu benutzen«, sagte Carmen. »Wenn er denn so gerissen ist, wie wir annehmen. Aber klar, ich kann mich an Telenor wenden, vorausgesetzt, dass Liselott damit einverstanden ist.«

»Wir sollten auch die Überwachungskameras am Flughafen Bromma überprüfen lassen«, sagte Jonny. »Es ist ja durchaus vorstellbar, dass sie sich mit jemandem getroffen haben, der ihnen Instruktionen gab. Falls die Videos so lange aufgehoben werden.«

»Ich glaube, sie sind noch da«, sagte Carmen. »Nach unserem jetzigen Stand.«

Ulrika schnipste mit den Fingern und rief: »Na, bitte! Hier habt ihr die Frau mit dem Superhirn! Verdammt, bin ich gut!«

Die anderen am Tisch verfolgten stumm diesen unerwarteten Gefühlsausbruch. Als Ulrika aufsah und in die verdatterten Mienen ihrer Kollegen schaute, schien ihr erst bewusst zu werden, was sie gerade gesagt hatte, und sie zog ein wenig den Kopf ein. »Manchmal *darf* man sich auch mal selbst auf die Schulter klopfen.«

»Absolut«, bestätigte Jonny. »Was hast du denn entdeckt?«

Ulrika zeigte auf den Bildschirm: »Ja, also wenn man diese

ganzen kleineren Auszahlungen zusammenlegt, wie ich es gerade getan habe, landet man jeden Monat bei einer bestimmten Summe. Sie kann um bis zu zweihunderttausend abweichen, aber wirklich interessant wird es, wenn man diese monatlichen Auszahlungen mit den Summen vergleicht, die jeden Monat von Kuba auf Frode Moes Konten eingezahlt werden.« Ulrika warf einen Blick auf Linus. »Wie hast du vorhin so schön gesagt: Möchte jemand einen Tipp abgeben?«

»Es handelt sich um einen bestimmten Prozentsatz«, sagte Carmen.

»Das trifft den Nagel auf den Kopf!«, rief Ulrika. »Von dem Geld, das Frode Moe jeden Monat von Cupet bekommt, leitet er jeweils exakt zehn Prozent des Betrags an International Credentials and Holdings Inc. weiter. Ich würde mal behaupten, die hatten den an den Eiern.«

Am Tisch wurde es abermals still, und Ulrika zog wieder ihren Kopf zwischen die Schultern.

13

Als Julia Malmros bei strahlendem Sonnenschein von der U-Bahn nach Hause ging, sehnte sie sich plötzlich nach dem Dämmerlicht im Engelen, aber sie widerstand dem Drang, dort noch vorbeizuschauen. Sie konnte genauso gut ein oder zwei Gläser Wein vor dem Computer trinken. Carmen Sánchez hatte etwas gesagt, das ihr Interesse geweckt hatte.

Als Julia mit einem Glas Wein in einer Armlänge Abstand vor dem Computer saß, tippte sie »Chen Min« in den Google-Übersetzer und kopierte dann die chinesischen Zeichen ins Facebook-Suchfeld. Julia wurde eine Reihe von Personen angezeigt, und sie fand ziemlich schnell die Frau, die sie suchte, weil Chen Min auch auf ihrem Profilbild eine Porzellankatze in ihren Armen hielt.

Nachdem sie ein paar Minuten in Chen Mins Fotos geblättert hatte, schwirrte Julia der Kopf. Es war grotesk, wie viele unterschiedliche Porzellankatzen es dort draußen gab, und sie glaubte nicht, dass diese ganze Menagerie von starr blickenden kleinen Biestern irgendeine Relevanz für die Ermittlungen haben könnte.

In Chen Mins Augen lagen eine gewisse Zerbrechlichkeit und bange Nervosität, als sie mit ihrem schätzungsweise neuesten Erwerb in die Kamera lächelte, ein Ausdruck, der fragte: *Mögt ihr mich jetzt?*, oder: *Mögt ihr zumindest meine Katze, bitte, ja?* Falls es irgendwann den geringsten Verdacht gegeben haben sollte, dass das Attentat beim Mittsommeressen gegen Chen Min gerichtet war, dann wurde er jetzt atomisiert. Diese Frau konnte vermutlich nicht einmal einer Mücke etwas zuleide tun, die sie gerade stach.

Julia studierte die Bilder sorgfältig, und es tauchten immer neue Katzen auf, weshalb es eine Weile dauerte, bis sie endlich zu dem Bild kam, das Carmen Sánchez gemeint haben könnte, als sie sagte, sie sei da »ein bisschen« fündig geworden.

14

Fliege winkte einen Lada mit handgemaltem Taxischild auf dem Dach heran. Gemeinsam mit Fedo drängte sie sich auf den Rücksitz, während Kim Ribbing sich neben den Fahrer setzte und »Plaza Vieja« sagte. Das Taxi brummte los und wimmerte wie ein sterbender Hund, als es nach unten auf den Malecón abbog.

Fünf Minuten später näherten sie sich ihrem Ziel. Weil Autos auf dem Marktplatz verboten waren, ließ der Fahrer sie ein paar Straßen vorher aussteigen. Es war eine Erleichterung, aus dem Taxi herauszukommen, in dem es heiß war wie in einem Pizzaofen und nach Benzindämpfen stank, die durch ein Loch im Boden aufstiegen.

Die Häuser um sie herum waren baufällig. Stücke von Putz und Mörtel bröckelten aus den Fassaden, und ein paar Balkons wurden von Holzbalken gestützt. Kleider hingen zum Trocknen an Leinen, die über die Straße gespannt waren und in Konkurrenz mit dem Wirrwarr aus Stromleitungen standen. In kleinen Holzkäfigen auf den Balkons sangen Vögel.

Nur eine Straße weiter befanden sie sich plötzlich in einer anderen Welt. Die Hausfassaden waren intakt und in warmen Pastellfarben gestrichen, die Fenstergitter waren frei von Rost und die Haustüren aus poliertem Holz mit glänzenden Messingknäufen. Sogar der Gesang der Käfigvögel klang fröhlicher.

»Das Touristenquartier«, grummelte Fliege. »Sehr *authentisch.*«

Die Straße, die sie entlanggingen, wurde von Läden gesäumt, die kubanischen Krimskrams verkauften. Autokennzeichen, T-Shirts, Schirmmützen, Blechmodelle alter amerikanischer Autos, die aus leeren Getränkedosen hergestellt wurden sowie Portraits von Ernest Hemingway. Und natürlich von Che Guevara. Che Guevaras Antlitz befand sich auf allem, was bedruckt werden konnte.

Mit überraschend heller und klarer Stimme sang Fedo ein hübsches Lied, in dem sich die Worte »la clara« und »Comandante Che Guevara« reimten, und dann hatten sie die Plaza Vieja erreicht und gingen weiter zu der Statue einer nackten Frau mit einer großen Gabel, die auf einem Gockel ritt.

»Hier arbeitet deine Mutter?«, fragte Kim.

Flieges Gesicht verriet nichts, als sie sagte: »Warte ab!«

Fliege bog in die Straße ab, wo der Touristenstrom am dichtesten war. Auf einem Straßenschild stand »Mercaderes«. Sie mussten zur Seite treten, um eine große Gruppe chinesischer Touristen vorbeizulassen, die fast alle Schirmmützen trugen und von einem Guide angeführt wurden, der an einem langen Stecken einen Wimpel in die Luft hielt. Kim ertappte sich dabei, dass er ihre Gesichter unwillkürlich nach einer potenziellen Bedrohung abscannte.

Troubadoure und Gesangsgruppen standen überall herum und gaben ihr Können zum Besten, und Kim hörte die Töne des inoffiziellen Nationalepos »Chan Chan«, bei dem er nie begriffen hatte, worum es eigentlich ging. Kleider und Gemälde wurden zum Verkauf feilgeboten, und auf nur hundert Metern lehnte Kim mit einem »*No gracias*« viermal ab, als ihm Taxifahrten oder Eintrittskarten für Nachtclubs angeboten wurden.

Sie erreichten eine Straßenecke, wo ein paar Touristen Aufnahmen von einer älteren, rundlichen Kubanerin mit »typischer« Kleidung machten: Sie hatte ein Tuch um den Kopf geschlungen, eine Zigarre im Mund und einen kleinen Papagei auf der Schulter. Ein Schild neben ihr erklärte, dass jedes Foto einen CUC kostete. Ein Tourist nach dem anderen wollte sich mit diesem *Original* fotografieren lassen, das er in den Straßen der

Hauptstadt entdeckt hatte, und streckte dabei den Daumen in die Luft.

»Meine Mutter«, sagte Fliege.

Die Frau auf dem Hocker war dunkelhäutiger als ihre Tochter, und das schwarze, grau durchsetzte Haar, das unter dem Tuch hervorlugte, rollte sich zu kleinen Locken. Obwohl die Frau übergewichtig, an der Grenze zur Fettleibigkeit war, blieben ihre Bewegungen graziös, und sie besaß auffällig kleine Hände mit dünnen Fingern, die auf die Bitten der Touristen die Zigarre aus dem Mund nahmen, bevor sie ein eingeübtes Lächeln aufsetzte.

Als das Foto gemacht war, ging Fliege zu der Frau und sagte etwas, bei dem »der Schwede« mehrfach vorkam. Die Frau sah auf, und dieses Mal war ihr breites Lächeln echt. Der Papagei flatterte mit den Flügeln, als sich die Frau erhob und Kim Ribbing umarmte und an ihre große Brust drückte.

»Gracias, mi amor«, flüsterte die Frau in Kims Ohr. »Mein Mädchen hat eine richtige Haustür bekommen und redet davon, dass sie wieder studieren möchte.«

»Das freut mich«, sagte Kim, als die Frau ihn aus ihrer Umarmung entließ, aber seine Schultern im Griff behielt, damit sie ihn studieren konnte. Ihr Blick wanderte von seinem langen, schwarzen Haar zur *Santa Muerte* auf seiner Brust. Auch der Papagei legte interessiert den Kopf schief.

»Heilige Mutter Gottes, mein Junge«, sagte die Frau. »Du siehst ja aus wie ein Gespenst.«

»Danke«, sagte Kim. »Das ist mein, wie sagt man, meine Absicht. *Mi objetivo.*«

»Allerdings wie ein Gespenst, das vom Himmel gesandt wurde«, sagte die Frau. »Ich heiße Celia.«

»Kim.«

Die Frau wiederholte seinen Namen und ließ ihn los, damit sie Fedo über die Wange streichen konnte. »Und du, mein Lieblingsbär. Wie geht es dir?«

»Gut«, sagte Fedo. »Ich habe ein Eis bekommen. Aber Zlatan möchte eine Sache wissen.«

»Zlatan?«

»Der Schwede.«

»Aha«, sagte Celia. »Lasst uns in den Schatten gehen. Marislady, nimmst du Hector?«

Fliege verdrehte die Augen und legte ihren Zeigefinger auf die Schulter ihrer Mutter. Das tat sie nicht zum ersten Mal, denn der Papagei machte einen schnellen Schritt zur Seite und kletterte auf Flieges Hand. Die ging in die Hocke und hielt Hector vor die offene Tür eines kleinen Holzkäfigs, der neben dem Hocker stand. Hector sagte »krock!« und kletterte hinein.

Celia machte eine Geste zu zwei anderen Frauen in traditioneller Kleidung, die weiter hinten in der Gasse saßen, und flüsterte: »Mich wollen doppelt so viele fotografieren, und das ist Hectors Verdienst.« Sie hob den Käfig hoch, während Fliege den Hocker und das Plakat nahm, worauf die Gruppe sich in eine schmalere Gasse begab, in die kaum Sonnenlicht fiel.

Celia ließ sich auf ihren Hocker sinken, während sich die anderen um sie herum auf den Bürgersteig setzten.

»Es geht um etwas, das während der Sonderperiode in Friedenszeiten passiert ist.«

Celia bekreuzigte sich und sagte: »Heilige Mutter Gottes, lass diese Tage bitte niemals wiederkommen.«

Kim räusperte sich. »Fl…, Marislady hat mir erzählt, dass du damals im Habana Libre … gearbeitet hast.«

Celia warf Fliege, die nur mit den Schultern zuckte, einen anklagenden Blick zu. Kim holte sein Handy heraus, auf dem er bereits ein Foto von Frode Moe vom Ende der Neunzigerjahre zurechtgelegt hatte. Er hielt Celia das Display hin und fragte: »Bist du diesem Mann jemals begegnet? Er ist Norweger und heißt Frode Moe.«

Celia beugte sich vor und kniff die Augen zusammen. Vermutlich brauchte sie eine Brille, wollte aber ihren »authentischen« Look nicht zerstören. Celia nickte langsam und sagte: »Ja. Ich erkenne ihn wieder. Aber er war keiner meiner Kunden.«

»Weißt du, ob er in Gesellschaft eines anderen Mannes unterwegs war?«

Celia schüttelte den Kopf. »Tut mir leid, mein Junge, aber ich kann mich an keinen anderen Mann erinnern. Es waren so viele, die kamen und gingen, wenn du verstehst, was ich meine.« Kim nickte, während ihn der Mut verließ. Ihm war klar gewesen, dass das hier ein Schuss ins Blaue war, aber er hatte trotzdem auf einen Treffer gehofft. Vermutlich musste er sich einfach damit abfinden, dass er nicht hinter die Identität des zweiten Mannes kam.

Plötzlich begann Celia zu lächeln und klopfte sich mit dem Zeigefinger an die Stirn. »Ah«, sagte sie. »Jetzt erinnere ich mich. Lizaveta war normalerweise mit diesem Norweger unterwegs. Vielleicht fällt ihr mehr dazu ein.«

»Lizaveta?«

»Ja«, sagte Celia und zeigte die Straße hinunter. »Sie wohnt nur ein paar Wohnblocks entfernt. Sie … geht nicht so oft aus, also sollten wir ihr einen Hausbesuch machen.« Celia wandte sich an Fedo. »Kannst du hierbleiben und auf Hector aufpassen?«, fragte sie.

»Nee«, sagte Fedo, »ich will mitkommen. Aber ich kann ihn tragen.« Fedo hob den Käfig mit übertriebener Lässigkeit hoch und fügte hinzu: »Ich bin stark.«

»Kann er sprechen?«, fragte Kim und zeigte auf Hector, während sie die Straße hinuntergingen.

»Nur zwei Worte«, antwortete Celia. »Und deswegen habe ich ihn auch nicht so gerne dabei.« Sie betrachtete den Käfig, der in Fedos Hand schwang, und sagte: »Sprich.«

»*Puta madre*«, sagte Hector.

15

Viele Kubaner legten Entfernungen gegenüber eine stoische Gelassenheit an den Tag. Aus den »paar« Blocks wurden letztendlich sieben, und als sie ihr Ziel irgendwann erreichten, hatten sie die herausgeputzten Touristenquartiere schon lange verlassen und befanden sich in einem vernachlässigten Teil des alten Havannas, in dem der Himmel wieder von einem Wirrwarr aus Stromleitungen und Wäscheleinen verdeckt wurde.

Sie betraten einen Hauseingang, in dem eine verrottete Holztür auf halb acht hing, und stiegen eine dunkle Treppe hinauf, die so schmal war, dass sie hintereinander gehen mussten. Celias Bauch streifte die Wand und das Geländer, von dem die Farbe abblätterte, als sie sich ächzend mit den anderen im Schlepptau nach oben kämpfte. Ihr breiter Hintern schaukelte vor Kims Gesicht.

Auf dem Treppenabsatz im zweiten Stock atmete Celia mit den Händen auf den Oberschenkeln eine Weile durch, bevor sie auf die Klingel neben einer blau gestrichenen Holztür drückte. Als sie nichts aus der Wohnung hörte, klopfte sie stattdessen und rief: »Veta? Bist du zu Hause?« Sie wandte sich an Kim und sagte: »Keine Sorge. Sie ist *immer* zu Hause.«

Es war eine Weile still. Dann hörte man aus der Wohnung ein Knirschen und Seufzen. Das Knirschen näherte sich, und kurz darauf wurde die Tür aufgeschlossen. Die Frau, die hinter der Schwelle in einem Rollstuhl saß, war das absolute Gegenteil von Celia. Wo Celia freundlich gerundet war, ähnelte die Frau einem Skelett, als wäre sie von einer schweren Krankheit befallen. Ihre

Haut wirkte so dünn und zart wie graue Seide, und ihr Schädel zeichnete sich deutlich unter der Gesichtshaut ab. Sie blickte suchend in das dunkle Treppenhaus. »Celia? Bist du das?«, fragte sie

»Ja, bin ich, *mi vida*«, sagte Celia und beugte sich über die Frau, um ihre eingefallene Wange zu küssen. Zwischen Freundinnen war die Begrüßung fast selbstverständlich, und manchmal wurden sogar Fremde mit *mi vida*, was wörtlich übersetzt »mein Leben« bedeutete, begrüßt. Fliege wiederholte die Prozedur, bevor Lizaveta mit zitterndem Finger in das dunkle Treppenhaus zeigte und fragte: »Was sind das für Leute, die du mitgebracht hast?«

»Freunde«, sagte Celia. »Sie wollten dich etwas fragen.«

»Ja, ja, kommt rein. Ach so, du bist es, Fedo. Dann kannst du mich ja fahren.«

Fedo übergab Fliege den Papageienkäfig und packte den Rollstuhl an den Griffen, damit er ihn in die Wohnung drehen konnte. »Die Küche«, sagte Lizaveta. »Fahr mich in die Küche. Und wer ist der Mann, der wie ein Dämon aus der Hölle aussieht?«

»Er heißt Kim«, sagte Fedo. »Aber wir nennen ihn Zlatan, weil er aus Schweden kommt. Zlatan kommt auch aus Schweden.«

Während sie knirschend durch den Flur rollten, flüsterte Celia in Kims Ohr: »Sie wurde damals schon ›Die Magere‹ genannt, *La Flaca*. Dann fiel sie die Treppe hinunter und … ja, Mutter Gottes, so kann es einem ergehen.«

Die Wohnung war genauso verfallen wie der Rest des Hauses. Der Dielenboden hatte sich gesenkt und war uneben und verzogen, die Tapeten lösten sich teilweise von den Wänden, und in der Decke waren große Risse entstanden. Die Einrichtung war eher spartanisch, aber gut gepflegt, Lizaveta hatte bestimmt jemanden, der ihr zur Hand ging.

Die Küche, die auf die Straße hinauszeigte, war heller als der unbeleuchtete Flur. Vielleicht herrschte gerade einer der vielen

Stromausfälle. Fedo fuhr Lizaveta an einen kleinen Küchentisch, an dem drei Hocker standen. Mit einem Stöhnen ließ sich Celia auf den einen sinken, während Kim und Fedo die anderen besetzten. Fliege nahm die Spülbank und stellte Hectors Käfig neben sich ab.

»Also?«, sagte Lizaveta. »Was wolltet ihr mich fragen?«

Celia nickte Kim zu.

»Celia hat erzählt«, begann er, »dass du während der Sonderperiode in Friedenszeiten im Habana Libre gearbeitet hast, und sie sagte auch, dass …« Kim hielt das Handy mit dem Foto von Frode Moe hoch, »… dass du in der Regel mit dieser Person hier … zusammen warst.«

Auch wenn Lizavetas Körper geschwächt war, an ihrer Sehkraft gab es nichts auszusetzen. Sie warf einen Blick auf das Foto, nickte und sagte: »Das stimmt. Harald. Ich weiß nicht, ob das sein echter Name war, aber so nannte er sich jedenfalls.«

Wenig überraschend hatte König Frode schon in den Neunzigerjahren den Namen des norwegischen Staatsoberhaupts als Decknamen benutzt, wenn er sich vergnügen wollte.

»Er heißt Frode«, sagte Kim. »Frode Moe, aber ich interessiere mich vor allem für eine andere Person, mit der er möglicherweise Umgang hatte.«

»Hm«, machte Lizaveta und sah vom Foto zu Fedo. »Hm, hm.«

»Was ist?«, fragte Kim.

»Wenn ich reden soll …«

»*Puta madre*«, sagte Hector, worauf Lizaveta ihre dünnen Augenbrauen hochzog. »Besser hätte ich es nicht ausdrücken können«, sagte sie. »Was ich jetzt zu erzählen habe, ist eher nicht für deine Ohren bestimmt, Fedo. Du darfst im Wohnzimmer warten.«

Fedo sah gekränkt aus. »Das ist ganz bestimmt nicht schlimm für meine Ohren! Und ich will nicht allein im Wohnzimmer sein. Dort ist es dunkel und unheimlich.«

»Ich komme mit«, sagte Fliege und zog Fedo am Ärmel, damit er aufstand. Als Fliege die Türschwelle erreichte, drehte sie sich um und nahm den Käfig mit, damit Hector keine weiteren Beiträge zum Gespräch mehr leisten konnte. Als sie die Küchentür hinter sich geschlossen hatten, sagte Lizaveta: »Das ist nichts für Kinderohren, und Fedo … na, du weißt ja, wie er ist?«

»Ja«, sagte Kim. »Das weiß ich.«

Lizaveta nickte und rutschte sich mit knackenden Gelenken in ihrem Rollstuhl zurecht, bevor sie fortfuhr: »Manchmal kam es vor, dass Männer … bestimmte Wünsche hatten. Das war bei diesem Harald auch einmal der Fall.«

Kim war es egal, ob Lizaveta Frode Moes richtigen Namen benutzte oder nicht. Die ältere Frau verschränkte die Finger über ihrem mageren Brustkorb und seufzte. »Man musste damals nehmen, was man bekam, verstehst du? Es waren schwere Zeiten, und … wie auch immer. Eines Tages kam jedenfalls dieser Harald und fragte mich, ob ich bei einem *triangulo* dabei sein könnte, du weißt, was ich meine?«

»Mit noch einem Mann, also?«

»Ja. Er und dieser Mann hatten eine wichtige Abmachung getroffen und wollten das feiern, indem sie … sozusagen … gemeinsam.«

»Ich verstehe. Man kann auf seltsame Weisen feiern.«

Lizaveta legte den Kopf schief, und ihre Augen wurden schmaler, als sie Kim ansah. »Ich finde es ziemlich unangenehm, einem Mann von diesen Dingen zu erzählen, aber du scheinst kein *solcher* Mann zu sein. Du siehst tatsächlich ein bisschen aus wie ein Mädchen.«

»Vielen Dank. Besser als ein Dämon aus der Hölle.«

»Wo war ich stehen geblieben?« Lizavetas Gesicht hatte einen gequälten Ausdruck angenommen. Sie wendete sich ab und betrachtete die Wand, während sie weiterredete. »Ja, Harald war also vorne und der anderen Mann hinten und … ja, der andere wollte also unbedingt durch den Hintereingang kommen, du verstehst schon. Das war so nicht abgemacht, und als ich versuchte, ihn daran zu hindern … da wurde er ziemlich gewalttätig, und dann lief es so, wie er es wollte.«

Lizaveta wischte sich über die papierdünnen Augenlider und ließ ein tiefes Seufzen hören. »Es waren schwere Zeiten«, sagte sie dann. »Manchmal schreckliche Zeiten.«

»Das tut mir leid«, sagte Kim. »Aber kannst du mir diesen anderen Mann vielleicht beschreiben?«

»Er war Asiate«, sagte Lizaveta. »Und was sein Gesicht betrifft …«

»Er?«, sagte Kim und zeigte ihr ein Foto von Chen Bao.

Lizaveta schüttelte bestimmt den Kopf. Sie zog mit den Zeigefingern ihre Augen zu schmalen Schlitzen und ließ die Mundwinkel herabsinken. Seit Kim in Shanghai verfolgt worden war, hatte ihn der Verdacht nicht mehr losgelassen, und jetzt rief er ein Foto von Bruce Li aus der Zeit auf, als er beim Außenministerium angefangen hatte.

»Er?«

Über Lizavetas Gesicht legte sich etwas Dunkles. »Ja, der war es«, sagte sie und zeigte auf Kims Handy. »So ein Gesicht vergisst man nicht so schnell.«

16

Als es an Julia Malmros' Tür klingelte, ging sie hin und öffnete. Im Treppenhaus stand Bruce Li mit den Händen in den Taschen einer dünnen Sommerjacke. Er betrachtete Julia, als hätten sämtliche Sorgen und Betrübnisse mit der Frau begonnen, die vor ihm stand.

»Bruce Li, hallo. Kommen Sie rein.«

Bruce Li nickte und trat in Julias Flur. Ohne sich die Schuhe auszuziehen und ohne die Hände aus den Taschen zu nehmen, ging er weiter ins Wohnzimmer. Julia folgte ihm und fragte: »Was war denn so wichtig, dass wir es nicht am Telefon besprechen konnten?«

Bruce Li ließ sich in einen Sessel sinken und bedeutete Julia mit einer Geste, dass sie auf dem Sofa Platz nehmen sollte. Sein Benehmen war verwunderlich für einen Gast, aber an Bruce Li war generell einiges verwunderlich. Julia setzte sich ganz vorn auf die Kante des Sofas und ließ die Ellenbogen auf den Knien ruhen, während sie Bruce Li einen fragenden Blick zuwarf. Er sagte: »Ich verabscheue es wirklich, so melodramatisch zu sein, aber in der Lage, die mittlerweile entstanden ist …«

Er zog eine Glock mit Schalldämpfer aus der Jackentasche und richtete sie auf Julias Brust. »Ich muss wissen, wie viel Sie wissen. Und wie viel die Polizei weiß.«

Julias Schultern spannten sich an. Sie war maßlos überrascht und fragte mit einem Zittern: »Ach du lieber Gott, Bruce, was machen Sie denn da?«

»Das, was ich machen muss, so wie die Lage jetzt ist.«

»Aber warum …, wie …?«

Bruce Li rollte müde mit den Augen. »Könnten Sie sich vielleicht konzentrieren? *Ich* stelle hier jetzt die Fragen.«

Julia schluckte schwer und hoffte, dass ihr nicht gleich die Stimme brechen würde. »Warum glauben Sie, dass ich etwas weiß?«

Bruce Li verzog wie unter Schmerzen das Gesicht. »Ich bitte Sie, könnten wir das hier nicht einfach überspringen? Ich möchte nicht erst Ihre Knie und Ellenbogen kaputt schießen, um Sie zum Reden zu bringen. Ich weiß nicht, ob ich erwähnte hatte, dass ich Sie mag und sehr gerne mit Ihnen … wie auch immer.«

»Aber woher-wissen-Sie-dass-ich-etwas-weiß?«, fragte Julia abgehackt.

»Ribbing. Meine Kontakte in Shanghai und Havanna haben mir klargemacht, dass er wesentlich mehr herausbekommen hat, als akzeptabel ist. Und ich gehe davon aus, dass er diese Informationen mit Ihnen teilt.«

»Aber Sie? Warum, wer … sind Sie? Sind Sie … China?«

In Bruce Lis rechtem Mundwinkel zuckte es. »Ob ich China bin?«

»Nein, ich meine …« Julia hielt sich die Hände vors Gesicht und atmete ein paarmal tief durch. Als sie die Hände wieder senkte, war ihre Stimme ein wenig stabiler. »Arbeiten … arbeiten Sie für China?«

»Natürlich«, sagte Bruce Li. »Aber ich halte hier die Waffe in der Hand und stelle die Fragen.«

»Das erklärt eine ganze Menge«, stieß Julia hervor.

»Das freut mich zu hören«, erwiderte Bruce Li ungerührt. »Was hat Ribbing eigentlich in Shanghai erfahren?«

»Wollen Sie mich etwa … *umbringen*?«

»Ich werde Sie jedenfalls sofort erschießen, wenn Sie sich nicht zusammenreißen und endlich reden«, sagte Bruce Li und zielte auf Julias Stirn.

Julia hob die Hände. »Geben Sie mir bitte einen kurzen Augenblick.« Sie bohrte ihre Hände in die Oberschenkel, drückte den Rücken durch und atmete tief ein. Schließlich ließ sie die Luft langsam entweichen und sagte: »Kim hat erfahren, dass alles zu Beginn der Neunzigerjahre im Hotel Habana Libre begann. Dass Frode Moe und ein anderer Mann einen kubanischen Staatsbeamten trafen. Dieser andere Mann, waren Sie das?«

»Ja. Das waren fröhliche Zeiten.« Es klang immer absurd, wenn Bruce Li über Freude und Glück sprach, weil sich in seinem Gesicht nicht die geringste Spur dieser Gefühle widerspiegelte. Er fuchtelte mit der Pistole vor Julia herum und fragte: »Wie hat er Ramón Socarrás gefunden?«

»Er hat *El Paquete* gehackt.«

»Welches Paket?«

»Das ist Kubas Version des …«, Julia hielt inne, ballte eine Faust und schlug sich damit ein paarmal gegen die Brust. »Kim überwachte die Datenströme des Internets und suchte nach bestimmten Begriffen, was ihn zu diesem Ramón Socarrás führte.«

»Und von ihm erfuhr Ribbing …?«

»Dass Frode Moe auf illegale Weise Öl an Kuba verkauft.« Julia schüttelte den Kopf und schluchzte fast, bevor sie sagte: »Dass es so *einfach* war.«

Bruce Li schien Julias Einwurf ignorieren zu wollen, zuckte dann aber mit den Schultern und hakte doch nach: »Was war einfach?«

»Die Absprache zwischen Ihnen und Moe über die Zukunft. Wie sich alles fügte, nachdem Sie in der Hierarchie aufgestiegen waren und er Ölbohrinseln zusammenkaufte. Sie überzeugten ChengBa, Schmiergeld an Sie zu bezahlen, um den Vertrag mit Frode Moe zu sichern, einen Vertrag, der schon längst geschlossen war.« Julia schien für einen Moment zu vergessen, dass eine Waffe auf sie gerichtet war, denn sie kicherte etwas nervös und kam zum Ende: »Ein hochrangiger Regierungsbeamter und ein wichtiger Geschäftsmann aus einem anderen Land treffen eine geheime Absprache. Das eröffnet sehr viele Möglichkeiten.«

»Das ist wahr«, sagte Bruce Li und nickte nachdenklich, als hätte er die Angelegenheit noch nie aus dieser Perspektive betrachtet. »Das ist wahr. Und darf ich dazu noch fragen, wie viel von dem, was Sie herausgefunden haben, auch dokumentiert ist?«

»Alles.«

»Ausgezeichnet. Alles andere hätte ich Ihnen nicht geglaubt.« Bruce Li deutete mit der Pistole auf Julias Computer. »Darf ich Sie dann bitten, diese Dokumentation zu löschen?«

Mit Bruce Li im Rücken verschob Julia sämtliche Dokumente, die mit Futurig, Frode Moe und anderen zu tun hatten, die Gegenstand ihrer Nachforschungen waren, in den Papierkorb und löschte sie anschließend dauerhaft.

»Ich gehe davon aus, dass Sie auch die Cloud verwenden«, sagte Bruce Li und drückte die Pistolenmündung in Julias Nacken. »Und bitte keine Lügen.«

Julia brauchte einige Versuche, bis sie sich mit zitternden Händen in ihren Cloudservice eingeloggt hatte. Unter Bruce Lis Aufsicht löschte sie auch dort sämtliche relevanten Dateien, bevor sie sich wieder aufs Sofa setzte. Bruce Li nahm das halb volle Glas, das neben dem Computer stand, und schüttete den Rotwein auf die Tastatur. Im Inneren des Rechners knisterte es, und der Bildschirm flackerte ein paarmal, bevor er erlosch.

»Ich nehme ihn natürlich mit … danach«, sagte Bruce Li, nachdem er sich wieder gesetzt hatte. »Man kann nie vorsichtig genug sein.«

»Danach?«, fragte Julia mit einem Flüstern.

»Sie verstehen schon«, sagte Bruce Li. »Wer das Gesicht des Phantoms gesehen hat und so weiter.«

»Darf ich eine Sache fragen?«, wollte Julia wissen.

Bruce Li sah auf seine Armbanduhr, als müsste er einen wichtigen Termin wahrnehmen, nachdem er Julia erschossen hatte, und wedelte ungeduldig mit der Hand.

»Diese manipulierten Bohrinseln«, sagte Julia. »Ich gehe davon aus, dass Sie das organisiert haben, zusammen mit ChengBa.«

»Oje«, erwiderte Bruce Li. »*Davon* wussten Sie auch? Das ist schlimm. Was für ein Glück, dass ich diesen Hausbesuch gemacht habe.«

Julia war da nicht ganz seiner Meinung, begnügte sich aber mit der Frage: »Die Manipulationen betreffen die Volumenmessung, oder? Irgendein Messgerät ist so eingestellt, dass die Bohrinsel mehr Öl fördern kann, als angezeigt wird, und dann wird der Überschuss an Kuba verkauft.«

»Was soll ich dazu noch sagen?«, kommentierte Bruce Li.

»Ich kann nur nicht begreifen, wie Olof Helander und Chen Bao …«

»*Eine* Frage, hatten wir gesagt«, unterbrach Bruce Li sie. »Ich glaube, Sie stimmen mit mir darin überein, dass wir auch das hier, wie sagten Sie so schön?, *einfach* und so effektiv wie möglich hinter uns bringen.« Bruce Li zeigte mit dem Lauf der Pistole zum Boden. »Wenn Sie also so freundlich wären, auf die Knie zu gehen und sich dann rückwärts an mich heranzuschieben. Ich versichere Ihnen, dass ein Genickschuss die … schonendste Methode in diesem Zusammenhang ist.«

»Bruce, bitte, ich will nicht sterben.«

»Nein, und ich muss zugeben, dass es ziemlich traurig ist, dass Sie das durchmachen müssen, aber so ist es nun einmal. Es ist sinnlos, das noch weiter hinauszuzögern. Also, runter auf die Knie, Julia.«

Julia ließ sich langsam auf die Knie sinken und fragte: »Sie haben diese Mörder angeheuert, nicht wahr?«

»Natürlich. Frode Moe ist zwar auch nicht zimperlich, aber ihm fehlten die richtigen Kontakte.«

Während sich Julia langsam umdrehte, um Bruce Li den Rücken zuzuwenden, machte sie ein Zeichen.

»Keine plötzlichen Bewegungen!«, ertönte Jonny Munthers Stimme, als er mit erhobener Sig Sauer aus Julias Schlafzimmer trat. Hinter ihm umklammerte Carmen Sánchez mit gequälter Miene ihre Dienstwaffe. »Auf Sie sind zwei Waffen gerichtet«, sagte Jonny zu Bruce Lis Rücken. »Legen Sie also Ihre Pistole nieder.«

Bruce Li nickte schwer, als hätte er in Wirklichkeit schon vorausgesehen, dass es genau so enden würde. Er streckte den Arm über Julias Couchtisch und legte die Pistole ab, bevor er sich in den Sessel zurücklehnte und laut seufzte.

Jonny griff nach der Glock, nahm das Magazin heraus und sicherte sie wieder, bevor er sie in die Tasche steckte. »Ach du lieber Himmel, Julia. Wie abgebrüht bist du denn? Viel länger hätte ich auch ohne dein Zeichen nicht mehr gewartet.«

»Von wegen abgebrüht«, sagte Julia und zeigte Jonny ihre zitternden Hände. »Ich war eher paralysiert …« Julia fühlte sich wie durch die Mangel gedreht. Ihre Beine wollten sie nicht tragen, sodass sie einfach auf den Knien blieb. Während ihrer Zeit im Polizeidienst war sie zwar in einigen Fällen mit einer Waffe bedroht worden, aber so kurz vor einer *Hinrichtung* hatte sie noch nie gestanden.

Carmen Sánchez senkte ihre Waffe, sicherte sie und steckte sie mit erleichterter Miene zurück ins Holster. Sie hockte sich neben Julia, legte eine Hand auf ihre Schulter und fragte: »Wie geht es dir? Soll ich dir auf die Beine helfen?«

Julia schüttelte den Kopf. »Ich muss mich erst … sammeln. Ich brauche erst eine … kleine Pause.«

Bevor Carmen wieder aufstand, klopfte sie Julia auf die Schulter und sagte: »Guter Einsatz. Ich glaube nicht, dass ich das geschafft hätte.«

»Darf ich darum bitten, eine Frage zu stellen?«, warf Bruce Li aus der Tiefe seines Sessels ein.

»Wir werden jedenfalls viele Fragen an *Sie* haben«, antwortete Jonny. »Aber nur zu.«

»All das hier …«, sagte Bruce Li und machte eine Geste, mit der er das Wohnzimmer und die vergangenen Minuten umfasste, »… war offensichtlich eine große Lüge. Eine Farce von Ihrer Seite, Julia. Sehr überzeugend, ich kann nur gratulieren. Aber …«

»Es brauchte gar nicht so viel Schauspielerei«, entgegnete Julia und steckte ihre Hände unter die Arme, um das Zittern zu unterdrücken.

»Nein«, sagte Bruce Li. »Aber trotzdem. Woher wussten Sie das? Über mich?«

»Kim hat mich aus Havanna angerufen und darüber berichtet«, sagte Julia und schob sich, ohne sich abzustützen, in das Sofa. Selbst nur aufrecht dazusitzen war in ihrem derzeitigen Zustand eine Herausforderung. »Und gerade als Kim und ich unser Gespräch beendet hatten, riefen Sie mich an und wollten mich treffen, worauf ich dann Jonny und Carmen hier informierte.«

»Aha«, sagte Bruce Li. »Deswegen wollten Sie sich also nicht sofort treffen. Damit Sie Zeit hatten, Ihre kleine … Überraschung vorzubereiten. Ich verstehe und danke für die Antwort.«

»Als Sie damals ins Polizeipräsidium kamen«, sagte Jonny, »und uns die Identitäten der Mörder enthüllten. Sie wussten, dass wir das ohnehin irgendwann herausfinden würden, und gaben sich kooperativ, damit nach den Vorfällen in Shanghai kein Verdacht auf Sie fallen würde, richtig?«

»Natürlich. Ribbing hatte die beiden ja schon gesehen, und ich ging davon aus, dass Sie schlau genug waren, um sich die Passagierlisten zu holen.«

»Wie beruhigend, dass Sie ein solches Vertrauen in die Arbeitsweise der schwedischen Polizei haben«, sagte Jonny und löste ein Paar Handschellen von seinem Gürtel. »Würden Sie bitte aufstehen und die Hände hinter Ihren Rücken halten?«

Bruce Li erhob sich aus dem Sessel und tat, was ihm gesagt wurde. Jonny ließ die Schellen zuklicken und führte Li zur Wohnungstür. Carmen Sánchez verabschiedete sich mit einem militärischen Gruß von Julia, die starr nickte und sich ein Lächeln abrang.

17

Kim Ribbing, Fliege, Fedo und Celia saßen in der Lobby des Habana Libre und hielten ihre Abschieds-Mojitos in der Hand, bis auf Fedo. Der bevorzugte sein Cristal. Bevor sie Lizaveta verließen, hatte Kim noch Geld in ihre Brotdose gesteckt. Nach kubanischen Maßstäben *sehr viel* Geld.

»Musst du schon fahren?«, fragte Fliege und saugte den Rest ihres Drinks durch den Strohhalm, bis es im Glas blubberte.

»Ich muss nicht«, sagte Kim. »Aber ich will. Es gibt noch einiges, was geklärt werden muss, und das geht am besten in Schweden. Außerdem spüre ich ein gewisses Heimweh. Oder es ist einfach nur dieser dreifache Jetlag, ich weiß es nicht.«

»Worum ging es bei dieser ganzen Geschichte eigentlich?«, fragte Celia.

»Auf mich wartet schon ein Taxi. Die Zeit reicht jetzt nicht mehr. Aber Fliege kann es dir erzählen.«

»Ich kann es auch erzählen!«, warf Fedo gekränkt ein.

»Okay«, sagte Kim und leerte seinen Drink. »Ich muss jetzt los. Ich habe Ramón Socarrás versprochen, dass ich seinen Namen aus der Angelegenheit raushalte, wenn er sich ruhig verhält, aber ich weiß ja nicht, was die schwedische Polizei alles herausfindet. Lasst von euch hören, wenn es irgendwelche Probleme gibt.«

Fliege erhob die Hände zur Lichtkuppel, als wollte sie ihr Schicksal in Gottes Hände übergeben. »Was würdest du denn dann tun?«

»Ich kann eine ganze Menge tun«, erwiderte Kim. »Ist dir das noch nicht aufgefallen?«

Kim legte nicht sonderlich viel Wert auf Abschiedsformalitäten, die oft jede Menge unnötigen Körperkontakt mit sich brachten. Als er bemerkte, dass sowohl Fliege als auch Fedo aufstehen wollten, wich er einen Schritt zurück und sagte: »Ist schon gut so. *Hasta luego*, auf Wiedersehen.«

Fliege hob ihr leeres Glas. »Es war mir ein Vergnügen. Allein schon an einem Ort wie diesem zu wohnen. Schade, dass wir den Pool nicht testen konnten.«

»Oh«, sagte Kim. »Genau. Euer Zimmer ist für eine Woche gebucht. Frühstück und Minibar inbegriffen. Lasst es euch gut gehen.«

Bevor Kim sich zum Gehen umwandte, sah er, wie Fedo beide Arme wie zu einer Siegergeste in die Luft streckte.

IX
Stavanger

1

101 Paper Airplanes lag aufgeschlagen auf dem Küchentisch vor Astrid Helander, die mit einem Stapel Papier versuchte, sich wieder anzueignen, was sie früher schon einmal gekonnt hatte. Im Augenblick war sie damit beschäftigt, den *Phönix* zu falten, und die Bewegungen, die sie aus der Kindheit noch kannte, trieben ihr Tränen in die Augen, bis sie überliefen und aufs Papier tropften.

In den letzten Tagen hatte die Trauer sie mit voller Macht eingeholt. Die Auseinandersetzung mit dem schwierigen Verhältnis zu ihren Eltern kurz vor deren Tod wich früheren Erinnerungen an ihr gemeinsames Familienleben, ein Leben, das niemand außer ihr bezeugen konnte. Sie war allein mit ihrer Kindheit.

Astrid schluchzte, wischte sich die Tränen aus den Augen und faltete weiter. Es wurde auch nicht besser dadurch, dass sie sich bei ihrem Onkel immer unwohler fühlte. Er deutete niemals auch nur an, dass Astrid ihm zur Last fiel, aber es gab diese subtilen Signale. Das Jugendamt hatte unmissverständlich klargemacht, dass sie unter keinen Umständen vor Erreichen des sechzehnten Lebensjahres »von zu Hause« ausziehen durfte, und bis dahin musste sie ein paar grundlegende Fähigkeiten erlernen. Das hieß, noch zwei weitere Jahre in dieser aufgezwungenen Gemeinschaft leben.

Astrid drehte den Smaragdring und zog ihn dann von ihrem Mittelfinger. Bis zur Volljährigkeit waren ihre finanziellen Mittel eingefroren. Aber sie hatte ihre Methoden. Schon mit zwölf Jahren hatte sie durch kleine Trickbetrügereien ihr Taschengeld aufgebessert. Astrid musterte den glitzernden Edelstein. Ein echter Smaragdring würde schon noch irgendeinen Nutzen für eine *Schwindlerin* wie sie haben.

Sie steckte den Ring wieder an ihren Finger und legte die Flügel entlang der Faltbrücke an, holte eine Schere und schnitt dem Papiervogel die Schwanzfedern, bevor sie ihn in die Luft hob. Er war nicht perfekt, und dazu kamen noch die Flecken von ihren Tränen, aber vermutlich flugtüchtig.

Sie ging ins Wohnzimmer und öffnete das Fenster, das auf den Karlbergs Kanal zeigte. Ein milder Sommerwind strich über ihr Gesicht und trocknete ihre Wangen, während sie tief Luft holte und das Engegefühl in ihrer Kehle ein wenig nachließ. Sie ließ den Flieger mit einer weichen, weit ausholenden Armbewegung aus der rechten Schulter fliegen.

Lebt wohl, meine Tränen.

Phönix bekam Luft unter seine Flügel und stieg im Wind auf, tauchte und erhob sich wieder auf seiner Reise zum Kanal. Als der Flieger den Rand des Wassers erreichte und über Kungsholms Strand flog, kam eine Bö, die *Phönix* in einen Sturzflug gleiten und mitten vor den Füßen eines Mädchens in Astrids Alter auf dem Gehweg landen ließ.

Das Mädchen bückte sich, hob *Phönix* auf und sah sich um. Als sie Astrid im offenen Fenster erblickte, hob sie die Hand zum Gruß. Astrid lächelte und winkte zurück. Es gab trotz allem eine Welt. Eines Tages würde auch sie Wind unter den Flügeln haben. Und fliegen.

2

Liselott Ahrnander hatte bereits am vorhergehenden Abend einen Haftbefehl für Bruce Li beantragt, und am Vormittag hatte das Gericht ihn genehmigt. Bruce Li saß jetzt offiziell in Untersuchungshaft, und sie konnten seine elektronischen Geräte beschlagnahmen, was sie vermutlich zu handfesten Beweisen für seine kriminellen Aktivitäten führen würde.

Jonny Munther bezweifelte zwar, dass der Mann so unvorsichtig war und bei der Beauftragung der Morde Spuren hinterlassen hatte, aber zumindest gab es sein mündliches Geständnis aus Julia Malmros' Wohnung. Das Gespräch war mit einem Handy aufgenommen worden, das in Julias Bücherregal versteckt gewesen war, und darüber hinaus konnten zwei Polizeibeamte bestätigen, was dort gesagt worden war.

Jetzt saß Jonny in Liselott Ahrnanders Büro bei der Staatsanwaltschaft. Der Raum war hell und luftig, aber Jonny bevorzugte sein eigenes, mit Aussicht auf den Kronobergspark. Von Liselotts Fenster sah man nur das Östra Reals Gymnasium.

Liselott legte Jonnys vorläufigen Bericht, den sie gerade durchgelesen hatte, zur Seite und sagte: »Diesem Plan, eine Privatperson als Lockvogel einzusetzen, hätte ich niemals zugestimmt.«

»Wir mussten schnell handeln«, sagte Jonny. »Ich hatte keine Zeit, den formalen Weg zu gehen. Und Julia wusste, worauf sie sich einließ.«

»Und wenn es schiefgegangen wäre? Sagen wir mal, dieser Bruce Li hätte sich nicht wie ein Bösewicht aus einem Hollywood-Verschnitt benommen, sondern wäre einfach hereingekommen und hätte Malmros erschossen?«

»Dann hätte ich die volle Verantwortung übernommen. Aber wir hatten ihn die ganze Zeit buchstäblich im Visier.«

»Hm. Hm. Hat der Verhaftete irgendetwas bei der Vernehmung gesagt?«

»Er schweigt wie die Chinesische Mauer. Ich habe mit ein paar Leuten im Außenministerium gesprochen, die meinten, es habe immer wieder Verdachtsmomente über ein Leck gegeben, weil die Chinesen häufig so agieren, als seien sie schon vorher über die Maßnahmen der schwedischen Diplomatie informiert gewesen. Zumindest die sind jetzt froh und zufrieden. Also, das Außenministerium. Die Chinesen leugnen natürlich jede Art von Kenntnis über einen Informanten.«

»Natürlich. Werden wir es denn beweisen können?«

»Kommt drauf an, was uns Bruce Lis Elektronik verrät, aber vermutlich jede Menge, wenn wir nur gründlich genug suchen.«

»Dann drücken wir mal die Daumen«, sagte Liselott. »Und der Norweger? Frode Moe?«

»Wir haben genug, um Anzeige wegen schwerer Wirtschaftskriminalität gegen ihn zu erheben, aber ich bezweifle, dass wir ihm Anstiftung zum Mord nachweisen können. Er ist untergetaucht, aber es wird sowohl in Schweden als auch in Norwegen nach ihm gefahndet.«

»Soll ich eine Anfrage bei Europol stellen? Bei Interpol?«

»Damit können wir noch warten. Wir haben zügig einen Gerichtsbeschluss bekommen, dass wir seine Konten einfrieren dürfen, und irgendwo muss er seine Nase ja wieder in die Luft strecken.«

»Dann machen wir das so«, sagte Liselott, stand auf, ging zum Fenster und sah nach draußen. Als sie sich Jonny wieder zuwandte, umspielte ein kleines Lächeln ihre Lippen. »Und William King? Wie lief es mit ihm?«

»Oh«, sagte Jonny. »Er fühlt sich wie ein Fisch im Wasser, weil er heute Nachmittag auf der Pressekonferenz sagen darf, dass wir jemanden verhaftet haben, der dringend tatverdächtig ist, die Morde in Auftrag gegeben zu haben. Vermutlich wird er es so darstellen, als sei er selbst für diese Festnahme verantwortlich.«

»Aber du weißt ja, was du getan hast.«

»Stimmt«, sagte Jonny. »Meinen Beitrag. Ich habe meinen Anteil geleistet. Wie ich es immer tue.«

3

Julia Malmros tigerte mit dem Handy in der Hand durch ihre Wohnung. Kim Ribbings Anschlussflug von Paris sollte kurz nach zwei landen. Um Viertel nach zwei überfielen Julia böse Ahnungen, und sie bereute, dass sie kein Taxi genommen hatte, um ihn abzuholen, weil sie wusste, dass Kim das unangenehm wäre. Er wollte ohne großes Aufheben kommen und gehen.

Das Problem war, dass Bruce Li Julias Rechner zerstört hatte, und falls von Kim ein Notruf käme, würde er sie nicht erreichen. Sie hatten miteinander gesprochen, kurz nachdem er an Bord gegangen war, und er wollte anrufen, wenn er gelandet war. Was sollte also schon passieren?

Nachdem Bruce Li von Carmen Sánchez und Jonny Munther abgeführt worden war, hatte Julia zwei Gläser Wein getrunken, eine Schlaftablette genommen und zu ihrer eigenen Verwunderung die ganze Nacht durchgeschlafen, ohne von unangenehmen Erinnerungen geplagt zu werden.

Am Vormittag hatte sie ihren Ersatzcomputer herausgeholt, den Anfang der Åsa-Fors-Geschichte aus der Cloud heruntergeladen und versucht weiterzuschreiben. Sie hatte die ersten Seiten redigiert, aber mehr war nicht drin gewesen. Danach hatte sie sich an einem neuen Anfang von *Stormland* probiert, mit Salanders und Blomqvists Alter Egos, aber alles kam ihr flach und blutarm vor. Ihre Gedanken kehrten die ganze Zeit zu Kim zurück.

Um halb zwei hatte Julia ihre Schreibversuche aufgegeben und angefangen, ihr Handy zu belauern. Hin und wieder betrachtete sie den Zettel aus Olof Helanders Büro. Am vorhergehenden Abend hatte Jonny gesagt, dass Ulrika glaubte, die Buchstaben »AW« stünden für »Angenommener Wert« und »WW« für »Wirklicher Wert«, aber weiter waren sie auch noch nicht gekommen. Julia hatte die Informationen an Kim weitergeschickt. Sie wusste nicht, ob das irgendwie wichtig war, aber sie schickte alles an ihn weiter, was sie bekam.

Als das Telefon kurz vor halb drei klingelte, machte Julias Herz einen Sprung, und sie antwortete direkt nach dem ersten Klingeln. »Ja? Hallo?«

»Ich bin da«, sagte Kim. »Arlanda. Auf dem Weg zum Motorrad.«

»Und ist … alles ruhig?«

»Ja.«

»Ich habe …«, begann Julia und drückte sich für ihre Unbedachtheit eine imaginäre Pistole an die Schläfe, bevor sie den Satz beendete: »Ich habe an dich gedacht. Sehr viel.«

»Aha, ja. Ich werde jetzt fahren.«

Julia drückte den eingebildeten Abzug durch, *bam*, fragte aber trotzdem: »Kommst du hierher?«

»Mal sehen. Ich habe noch ein paar Sachen zu regeln. Vielleicht später. Ich melde mich.«

Bevor Julia noch mehr sagen konnte, hatte Kim das Gespräch beendet. Es war so einfach, sich ihre Beziehung auszumalen, wenn sie allein vor sich hin fantasierte, aber sehr viel schwerer, sobald Kim beteiligt war. Julia blieb noch eine ganze Weile im Sofa sitzen und war enttäuscht.

Dann riss sie sich zusammen. Kim war zu Hause, und alles war ruhig. Sie konnte das bange Warten aufgeben und ein bisschen entspannen. Julia ließ das Handy auf dem Schreibtisch liegen und ging nach draußen, um sich einen kommunikationsfreien Nachmittag zu gönnen und den Sommer zu genießen.

I'm leaving the table …

4

»Vielleicht später. Ich melde mich.«

Kim beendete das Gespräch und warf das Handy in den Rucksack. *Ich habe an dich gedacht. Sehr viel.* Das war doch der Versuch einer sanften Annäherung, oder etwa nicht? Kim wusste nicht, wie er sich dazu verhalten sollte.

Erst einmal schulterte er seinen Rucksack, ging am Parkhaus vorbei und weiter zu dem Parkplatz, wo er seine Honda abgestellt hatte. Im Taxi zum Flughafen von Havanna hatte er Jenny Martling angerufen und erfahren, dass Haitis ehemalige Botschaft jetzt ihm gehörte und von unterschiedlichen Firmen möbliert worden war. Also würde er dorthin fahren, alles in Augenschein nehmen und, wenn möglich, direkt einziehen. Der Schlüssel lag im Büro eines Einrichtungshauses.

Das Motorrad stand dort, wo er es abgestellt hatte. Am Auto, das daneben parkte, war ein Mann damit beschäftigt, einige Taschen in den Kofferraum zu laden. Kim öffnete die Gepäckbox des Motorrads und stopfte seinen Rucksack hinein. Er hörte den Mann nicht, der mit den Taschen beschäftigt war, bevor er direkt hinter ihm stand. Dann spürte er einen Stich im Nacken.

Als er sich umdrehte, stand ein durchtrainierter Mann in seinem Alter vor ihm und hielt eine Spritze in der Hand. Der Mann lächelte und entblößte seine weißen Zähne in einem Gesicht, das erschreckend an diese Naturfrische zwischen Bergen und Fjorden erinnerte. Nicht Frode Moe, aber vermutlich ein jüngerer Landsmann. Kim wurde schwindelig, und er stützte sich auf der Gepäckbox ab. Die Dunkelheit füllte sein Gesichtsfeld aus wie eine Blende, die geschlossen wurde. Kims Hand glitt über die Gepäckbox aus Plastik, und er fiel nach vorn, in die Arme des Mannes.

Das Letzte, was er hörte, war eine Autotür, die sich öffnete. Und das Letzte, was er dachte, ob es nicht ein Fehler gewesen war, mit der Norwegian Air zu fliegen.

5

Kim Ribbing wusste nicht, wie viel Zeit vergangen war, als sich die Dunkelheit wieder verzog. Die Welt kehrte Pixel für Pixel wieder zu ihm zurück. Er hörte ein *fuh-fuh-fuh* über seinem Kopf und hinter seinem Rücken ein Gluckern. Er zwang sich, die Augen einen Spalt zu öffnen, und fand heraus, dass er festgeschnallt auf dem hinteren Sitz eines Hubschraubers saß. Hände und Füße waren mit zentimeterbreiten Kabelbindern aus Plastik gefesselt.

Er warf seinen Körper hin und her, aber die Ledergurte, die ihn auf seinem Sitz festhielten, bewegten sich keinen Zentimeter. Der Pilot auf dem Führersitz drehte sich zu Kim und betrachtete ihn. Er trug eine Sonnenbrille mit Spiegelglas, einen Gehörschutz und eine Circle-K-Schirmmütze. Er streckte den Daumen in die Luft und fragte: »Alles klar dahinten?«

»Superduper«, nuschelte Kim und blinzelte. Das Gluckern hinter seinem Rücken erstarb. Der Hubschrauber stand auf einem Feld, auf dem er vermutlich zum Tanken gelandet war. Wo war der Hubschrauber der beiden Killer noch gelandet? Karlstad? Waren sie in Karlstad? War es derselbe Pilot, der damals die beiden geflogen hatte?

Der Mann, der Kim die Spritze in den Nacken gerammt hatte, kletterte in den Hubschrauber und setzte sich auf den Platz gegenüber, zog die Tür hinter sich zu und reckte dem Piloten den Daumen entgegen. Warum streckten die Norweger eigentlich so gerne den Daumen nach oben? Die Geschwindigkeit der Rotorblätter nahm zu, und einen Augenblick später waren sie in der

Luft. Kims Nackenmuskulatur fühlte sich schlaff an, und sein Kopf wippte von links nach rechts.

»Wo … wohin fliegen wir?«, fragte er seinen Entführer.

»Das kannst du dir bestimmt ausrechnen«, sagte der Mann. »Es gibt eine Person, die dich gerne treffen würde.«

»Frode? Moe?«

»M-hm. Wie heißt dieses lustige Wort, das ihr so gerne benutzt? Eingeschnappt. Er ist deinetwegen ein bisschen eingeschnappt. Milde ausgedrückt. Tut mir leid, aber ich glaube nicht, dass dieser Tag gut für dich enden wird.«

Kim nickte und simulierte eine große Schwäche, indem er seinen Kopf kraftlos nach vorne fallen ließ. Er suchte mit dem Kinn auf seiner Brust, fand den kleinen Rubin und drückte ihn mit der Kinnspitze. Er spürte, wie er ein paar Millimeter hineinglitt.

Das Signal war gesendet. Jetzt konnte er nur noch hoffen, dass ihn jemand hörte.

6

Moebius überflog gerade eine Konversation über das Betriebssystem Linux auf HackPack, als der Alarm losging. Er richtete sich in seinem Stuhl auf, und noch bevor er auf das Tracksuit-Icon doppelklickte, heulte auch schon sein Telefon in Intervallen los.

Der Bildschirm wurde von einem blauen Feld mit einem weißen Streifen voller Ziffern erfüllt. Moebius zog die Augenbrauen zusammen. Als die Koordinaten zuerst erschienen, hatte dort 59.136650, 11.414687 gestanden, aber das änderte sich schnell. Die erste Ziffer, der Breitengrad, blieb im Großen und Ganzen konstant, aber der Längengrad wurde rapide kleiner. Moebius war nicht geübt genug, anhand der Veränderung des Längengrads die exakte Geschwindigkeit zu berechnen, aber so viel konnte er sagen: Kim Ribbing war mit hoher Geschwindigkeit auf dem Weg nach Westen.

Er kopierte die Koordinaten, die im Augenblick auf dem Schirm angezeigt wurden, in Google Maps, und fand heraus, dass sich Kims Position in der Nähe von Halden im südöstlichen Norwegen befand. Moebius biss auf seine ungeschnittenen Nägel. Warum rief Julia Malmros nicht an? Sie hatten abgemacht, dass sie einander kontaktieren würden, wenn der Alarm losging, um sich auszutauschen, und dann würde Julia weitere Maßnahmen ergreifen.

Moebius nahm sein Handy und drehte die Lautstärke herunter, damit er nicht von dem Lärm gestört wurde. Er konnte nicht auf »Received« drücken, weil die Koordinaten sich ständig änderten. Er wählte die Nummer von Julia Malmros. Als dort nach fünf Freizeichen niemand antwortete, begann er zu schwitzen. Er schrieb eine kurze SMS über die Bewegung nach Westen und fügte die aktuellen Koordinaten bei, bevor er sich das Gesicht mit dem kurzärmeligen Hawaiihemd abwischte, das er seit drei Tagen trug.

Moebius wartete noch eine weitere Minute, während er an den Nägeln kaute, bis sein Daumen zu bluten begann. Was sollte er tun? Diesen Jonny Munther anrufen? Manche nannten seinen Widerwillen gegen die Polizei geradezu paranoid, er selbst hielt dagegen für eine gesunde Vorsichtsmaßnahme. Er weigerte sich, auch nur irgendetwas mit ihr zu tun zu haben.

Er rief Kim Ribbing an, aber wie erwartet meldete sich niemand. Hätte er Zugang zu seinem Handy, hätte er vermutlich angerufen und nicht den Alarm ausgelöst.

Moebius betrachtete das verschmierte Fenster mit den heruntergelassenen Jalousien, und ihm brach am ganzen Körper der Schweiß aus, als er einsah, was unvermeidlich war: Er musste raus. Unter *Leute* gehen und Julia Malmros suchen. Er hatte ihre Adresse in Gamla Stan. Moebius hyperventilierte für eine Weile, bevor er seinen massigen Körper aus dem Kommandosessel schob. Stolpernd lief er in die Küche und schüttete sich kaltes Wasser ins Gesicht, damit er nicht ohnmächtig wurde.

Moebius wischte sich mit einem Geschirrtuch das Gesicht trocken und stützte sich mit beiden Händen auf der Spüle ab, senkte den Kopf und schloss die Augen, während er sich darauf konzentrierte, gleichmäßig zu atmen. Als junger Mann war er wegen seiner Menschenscheu in eine Therapie gegangen, aber es hatte nicht geholfen. Erst die Bekanntschaft mit gesichtslosen Gleichgesinnten im Internet hatte seine Isolation durchbrochen. *Du schaffst es, Mann. Du kannst das.* Kim Ribbing war einer der wenigen Menschen, die er IRL traf, und jetzt war Kim in Gefahr. Moebius *musste* da raus, auch wenn es vielleicht schon zu spät war.

Er schob sich von der Spüle weg und ging in den Flur. Als er sich auf den Hocker setzte und seine Turnschuhe herausholte, entdeckte er, dass die Öffnungen mit Spinnweben bedeckt waren. Wann war er das letzte Mal draußen gewesen? Vor zwei Monaten? Vor drei? Da musste er mit akuten Zahnschmerzen zum Zahnarzt, und alles in allem war das eines der schrecklichsten Erlebnisse seines Lebens gewesen.

Sein Bauch war im Weg, und Moebius stöhnte und keuchte, bis er in die Schuhe geschlüpft war und sie mit ungeübten Fingern zugebunden hatte. Aus dem Kragen am Hals stieg der Geruch von altem und frischem Schweiß. Nachdem er sich vom Hocker hochgestemmt hatte, blieb er ein paar Sekunden stehen und starrte auf die Klinke seiner Wohnungstür. Dann schloss er auf und drückte sie hinunter.

An der U-Bahn-Haltestelle Sundbyberg war Moebius gezwungen, die Nahverkehrs-App herunterzuladen und sich mit ihr vertraut zu machen, da es nur noch bargeldlose Tickets gab, und nach einer gewissen Mühe kam er durch die Sperren. Der kurze Spaziergang durch das Zentrum von Sundbyberg war eine Herausforderung gewesen. Die Menschen starrten ihn an, als er dicht an den Häuserwänden entlangschlich und ihm die Sonne in den Augen brannte. Wie gern hätte er jetzt eine Sonnenbrille aufgesetzt, aber er besaß keine, also bewegte er sich mit trippelnden Schritten und gesenktem Blick so gut vorwärts, wie es eben ging.

Als die U-Bahn kam, suchte sich Moebius einen leeren Viererersitz ganz hinten in der Ecke aus, wo ein Schwerbehindertenschild angebracht war. Er hielt den Blick starr aus dem Fenster gerichtet und kontrollierte nur hin und wieder auf seinem Handy, ob sich der Längengrad immer noch änderte. Kim war weiterhin in Bewegung, was wohl ein gutes Zeichen war. Soweit es sich nicht um einen Leichentransport handelte. Moebius schauderte.

Nach der T-Centralen sah er als Spiegelung im Fenster, dass

eine Frau auf dem Weg zu seinem Vierersitz war, aber kurz davor die Nase rümpfte und einen anderen Sitz auswählte. Moebius nahm seinen eigenen Körpergeruch kaum wahr, aber andere Menschen offensichtlich schon. Gut so. Im Netz war er eine Autorität und ein respektierter Datenexperte, in der »Wirklichkeit« jemand, der einen ähnlichen Status hatte wie ein Obdachloser. Das war ihm egal, allerdings konnten die Leute nicht aufhören, ihn anzustarren.

Mehrere Personen stiegen zusammen mit ihm an der Station Gamla Stan aus, und er ließ sie zuerst zu den Treppen gehen, bevor er ihnen folgte. Unter der Erde war es kühl, und Moebius schauderte, als hätte er Fieber. Es ging ihm wirklich nicht gut, und er musste nach dem Treppengeländer greifen, damit er während des Aufstiegs nicht zusammenbrach.

Als er die Straße erreichte, schlug ihm eine Welle aus Wärme entgegen, und es wimmelte von Menschen aller möglichen Nationen. Er machte ein paar vorsichtige Schritte, und ihm lief erneut der Schweiß den Rücken hinunterging, als er zu Gamla Stan hinübersah, wo sich die Sonne über Hunderte von Menschen ergoss, die sich nach unvorhersagbaren Mustern bewegten.

Moebius' Kehle schnürte sich zusammen, als er sich an der Wand abstützte. Es kam ihm vor, als würde er sterben, und in diesen engen Gassen konnte eine weitere Panikattacke der Todesstoß sein. Er kniff die Augen zusammen und schluchzte. Es ging nicht. Es ging einfach nicht.

Immer noch mit einer Hand an der Wand abgestützt, zog er sein Handy heraus. Tracksuit verriet ihm, dass der Längengrad sich nicht mehr bewegte. Kim hatte sein Ziel erreicht, wo auch immer sich das befand. Während Moebius die Koordinaten kopierte und sie an Julia Malmros schickte, hinterließen seine Finger Schweißabdrücke auf dem Display. Dann verschränkte er die Arme vor der Brust und stolperte zurück in die U-Bahn.

7

Kim Ribbing hatte während des Fluges wieder einen klaren Kopf bekommen. Die Felder, die Äcker und die Bebauung, die weit unter ihnen vorbeizogen, sagten ihm nichts, aber er nahm an, dass sie über Norwegen waren. Seine Ahnung verstärkte sich, als sie nach einer Weile die Küste verließen und über offenes Meer flogen. Die relativ große Stadt dort unten war möglicherweise Stavanger.

Nach einer weiteren halben Stunde begann der Hubschrauber schnell zu sinken, und Kims Magen sackte mit nach unten. Vor dem Fenster erkannte er eine Konstruktion im Meer, die einem Meccano-Bau eines Kindes ähnelte. Auf vier dicken, gelben Pfeilern stand eine Plattform, die von chaotisch anmutenden Röhren, Türmen und Kränen überzogen war. Eine Ölbohrinsel. Ein großes Schild an der Seite informierte, dass ihr Name »Henrik Ibsen 3« lautete. Der Hubschrauber senkte sich auf die Landeplattform.

Kims hinter dem Rücken zusammengebundene Hände waren steif und taub. Er versuchte, die Handflächen aneinanderzureiben, aber sein Bewegungsspielraum war sehr begrenzt. Also öffnete und schloss er die Fäuste, um die Blutzirkulation wieder in Gang zu bekommen, bevor er versuchte, die Hände auseinanderzudrücken. Der Kabelbinder gab keinen Millimeter nach.

Der Hubschrauber wurde inzwischen von Böen hin und her geworfen, das Cockpit wackelte, und die Geräusche der Rotorblätter änderten sich, als die Landekufen den Boden berührten. Kims Entführer sah aus dem Fenster. Einige Personen mit roten

Overalls und gelben Helmen bewegten sich über die Plattform. Der Mann vor Kim wandte sich an den Piloten und sagte etwas. Dieser nickte und verließ den Hubschrauber. Eine Weile stand der Pilot auf der Plattform, wo er etwas rief und einen Kran heranwinkte, was mehrere Arbeiter dazu bewegte, sich dorthin zu begeben.

Der Entführer löste die Riemen um Kims Brust und Taille und griff nach seinem rechten Arm. Er zog Kim aus dem Helikopter und kontrollierte, dass niemand in ihre Richtung sah. Es wehte ein ziemlich kräftiger Wind, der Kims Stimme ersticken würde, falls er zu schreien versuchte, und er wusste ohnehin nicht, ob es den Rest der Besatzung juckte, was hier mit ihm geschah. Kim trug nach wie vor nur sein *Santa Muerte*-T-Shirt, und er bekam eine Gänsehaut.

Er scannte auf der Suche nach irgendetwas, das ihm helfen könnte, die Umgebung, als sein Entführer ihn wie ein Paket über die Schulter legte und zu einer Art Vorratsschuppen hinübertrug. Kim überlegte, ob er mit einer plötzlichen Bewegung nach oben kommen und seine Zähne in die Halsschlagader des Mannes bohren könnte, aber der Griff der Hand auf seiner linken Schulter war fest wie ein Schraubstock, also keine Chance, und ihm blieb nur, weiter die Umgebung zu sichten.

Mit dem Fuß öffnete der Mann eine Tür und trug Kim in einen Verschlag, der sich tatsächlich als Vorratsraum herausstellte. Neben Schwimmoveralls und Warnwesten hingen Helme und Feuerlöscher an den Wänden. Auf einem Tisch lagen einige Werkzeuge, darunter auch ein paar Zangen.

Vorsichtig legte der Mann Kim auf den Boden und wischte die Handflächen aneinander ab. »Tut mir leid, dass ich keinen Stuhl anbieten kann.«

»Ist schon okay«, sagte Kim. »Ich habe bereits Schlimmeres durchgemacht.«

»Das glaube ich sofort. Du bist wirklich *travel* gewesen.«

»Was so viel bedeutet wie?«

»*Opptatt*, wie sagt ihr gleich, dazu … *eifrig*. Wenn du hier wartest, kommt Frode dich bald besuchen.«

»Ich werde nirgendwo hingehen.«

Der Mann nickte und sah sich in dem Raum um. Sein Blick fiel auf die Zangen, die er zusammen mit einem Schraubenzieher in seine Gesäßtasche steckte. »Damit du uns auch wirklich nirgendwo hingehst, nicht wahr?« Der Mann sah sich noch ein letztes Mal in dem Raum um und entdeckte offenbar nichts mehr, mit dem man die Kabelbinder lösen könnte. Er ließ Kim zurück und schloss von draußen die Tür ab.

8

Es dauerte nur wenige Minuten, bis der Gitterboden von Schritten vibrierte, die näher kamen, und kurz darauf wurde die Tür mit einem Knirschen aufgezogen. Eine Gestalt in Jeans und Norwegerpulli betrat gemeinsam mit Kim Ribbings Entführer den Raum.

Frode Moe klappte einen Plastikstuhl auf, den er mitgebracht hatte, setzte sich darauf und studierte Kim, während Kim Moe studierte. Frode Moes helle blaue Augen, die scharf geschnittenen Gesichtszüge und das gut frisierte graue Haar verliehen ihm die Aura eines alternden Filmstars, der mittlerweile Rollen als »Vater der Braut« bekam. Der Norwegerpulli des Tages war schwarz und weiß, hatte ein geometrisches Muster über der Brust und einen roten Kragen. Moe beugte sich auf seinem Stuhl vor, ließ die Fingerknöchel knacken und sagte auf Norwegisch: »Junger Mann, Sie sehen schrecklich aus.«

»Wenn Sie möchten, dass ich Sie ernst nehme, dann sollten Sie Schwedisch mit mir sprechen«, sagte Kim.

Frode Moes Mundwinkel sackten herab. »Möchten Sie eine Backpfeife?«

»Da hören Sie es selbst«, sagte Kim. »Selbst wenn Sie mir *drohen*, klingt es, als würden Sie mit einem niedlichen Hundewelpen reden. Und eine Backpfeife brauche ich nicht, danke.«

Frode Moe gab dem Entführer ein Zeichen. Ohne eine Miene zu verziehen, ging er ein paar Schritte vor und trat Kim mit voller Wucht in den Bauch. Ihm blieb die Luft weg, und er hustete und keuchte, während in seiner Mitte der Schmerz explodierte und sich in seinem Mund Blutgeschmack ausbreitete, nachdem er sich auf die Zunge gebissen hatte.

Ohne Kim den Gefallen zu tun, Schwedisch zu sprechen, sagte Moe: »Für mich klingt Schwedisch wie eine Sprache für Geistesgestörte, also werde ich mich ans Norwegische halten.«

»Okay«, sagte Kim. »It's your funeral.«

»Eher Ihres, würde ich sagen. Das Meer wird Ihr Grab sein, wie es der Seemann so schön sagt.« Frode Moe richtete sich in seinem Stuhl auf und schüttelte den Kopf. »Ich muss zugeben, dass ich Sie für Ihre Fähigkeit, an gewisse Informationen zu kommen, fast bewundere.«

»Und mein Wissen wird nicht verschwinden, indem Sie mich töten. Ich habe es bereits an andere weitergegeben.«

»Ja, davon bin ich ausgegangen.«

»Und worum geht es hier?«

Frode Moe sah verwundert aus und warf dem Entführer einen Blick zu, als hätte Kim gerade etwas Unglaubliches gefragt. »Rache natürlich«, sagte er, wieder an Kim gewandt. »Sinnlose Rache dafür, dass Sie meine Geschäfte zerstört haben. Mein Leben zerstört haben, könnte ich sogar fast sagen. Glauben Sie etwa, ich lasse Sie mit so etwas davonkommen?«

»Nein, damit würden Sie Ihre Creds verspielen, vermute ich.«

Frode Moe schlug sich auf die Oberschenkel: »Na. Ich wollte nur einen kurzen Blick auf Sie werfen, bevor Sie verschwinden.«

»Und jetzt haben Sie mich gesehen. Was machen Sie als Nächstes?«

»Mit Ihnen? Das habe ich doch schon …«

»Mit sich selbst. Sie sagen, dass Ihr Leben zerstört sei. Was machen Sie jetzt also?«

»Sie müssen sich um mich keine Sorgen machen. Meine Ressourcen sind noch lange nicht aufgebraucht, und ich habe viele Wege und Mittel, um hier wegzukommen. Ich werde mich irgendwo niederlassen, wo mich der sogenannte Arm des Gesetzes nicht erreichen kann.«

»Und Ihre Frau? Ihre Töchter?«

Frode Moe biss die Zähne zusammen, und sein Blick verfinsterte sich. Er erhob sich und sagte: »Na, dann verstehen Sie sicherlich, warum ich Sie tot sehen möchte.« Er nickte Kim zu, gab dem Entführer den zusammengeklappten Stuhl und sagte: »Warte, bis alle zum Mittagessen gegangen sind.«

9

Kim Ribbing wusste nicht, wie spät es war oder wie lange es dauerte, bis *alle zum Mittagessen gingen*, es konnte sich um Minuten oder Stunden handeln. Jetzt wusste er also endlich, was genau mit dem Meeresbiologen Edward Dahlberg passiert war, und wenn er nicht noch einen Ausweg fand, würde er sein Schicksal teilen.

Einmal hatte er ein Video mit einer Frau gesehen, die ihre mit Handschellen gefesselten Hände innerhalb von vier Sekunden vom Rücken zur Brust bewegte, indem sie die Arme über den Kopf zog. Kim hatte seine Handgelenke mit Textilklebeband verbunden und dasselbe versucht, aber das war unmöglich. Dafür musste man seine Schulter auskugeln können, was meist dank einer angeborenen Anomalie gelang, und so etwas hatte Kim nicht.

Nachdem er das Klebeband abgemacht hatte, hatte er die Finger hinter dem Rücken verschränkt und versucht, nach hinten durch die Arme zu steigen. Kein größeres Problem. Dann hatte er die Handgelenke wieder mit Textilklebeband zusammengeklebt und dasselbe versucht, was aber missglückte. Die rund zehn Zentimeter, die zwischen den Handgelenken und den Fingern lagen, gaben den Ausschlag.

Der Kabelbinder, der ihn jetzt fesselte, war allerdings dünner als ein Textilklebeband, und das schenkte ihm ein paar Zentimeter. Er trat sich die Schuhe ab, um keinen Millimeter zu verschenken. Trotzdem klappte es nicht. Obwohl er seinen Körper ganz zusammenklappte und die Arme so weit wie möglich ausstreckte, bekam er das Plastikband nur über die Fersen, dann sank es ins Fußgewölbe, und von dort ging es nicht mehr weiter.

Fuck, fuck, fuck …

Kim lag wie ein Ball auf dem Boden und hämmerte seine Stirn gegen die hochgezogenen Knie. Er hatte nicht vor, diesen Norwegerpulli gewinnen zu lassen, also musste er nachdenken. Kim schloss die Augen und rief sich alles exakt ins Gedächtnis, was sich mit ihm in diesem Raum befand. Dann kam er auf die Füße und hüpfte zur Werkbank, auf der eine Kunststoffflasche mit Motoröl stand.

Er nahm sie mit den Zähnen, setzte sich wieder und klemmte die Flasche zwischen die Knie, worauf er den Deckel mit den Zähnen abdrehte. Er legte sich auf die Seite und ließ den Inhalt der Flasche auf den Boden laufen.

Kim tauchte seine nackten Fußsohlen in die zähflüssige Pfütze und widmete sich wieder seiner Aufgabe. Als der Kabelbinder dieses Mal ins Fußgewölbe sank, gelang es ihm, ihn weiter durch das Öl zu treiben. Kim gab ein triumphales »Ha!« von sich, als der Kabelbinder mit einem Schlürfen über seinen großen Zeh rutschte und seine Hände nun vor dem Bauch lagen.

Wenn zu Hause das Experiment nicht wie erwartet lief, konnte er immer auf ein Messer zurückgreifen. Das stand ihm hier leider nicht zur Verfügung, aber das war sein kleinstes Problem. Kim grub im Hosenbund, bekam die Vape heraus und schraubte sie auseinander, bis der Glühdraht freigelegt war. Zum Glück hatte er sie dieses eine Mal nicht in den Hosensaum gesteckt.

Wenn er mit Handschellen gefesselt gewesen wäre, hätte die Vape ihm nichts genützt, aber jetzt ging es um Kabelbinder. Plastik und Glut waren in diesem Zusammenhang eine gute Kombination. Innerhalb einer Minute war es Kim gelungen, seine Handfessel wegzubrennen, und der Raum stank nach Plastikqualm, als er dasselbe mit der Fußfessel machte. Er war frei.

Kim studierte das Türschloss. Es war eine solide Konstruktion, die sich mit keinem der Werkzeuge öffnen ließ, die er zur Hand hatte. Er sah sich um und musterte ein weiteres Mal alle Gegenstände, die sich in dem Raum befanden. Er dachte eine Weile nach und wog die Möglichkeiten ab. Dann zog er sich die Schuhe wieder an und begann sich vorzubereiten.

10

Als Julia Malmros ihre Wohnung verlassen hatte, streunte sie ohne ein bestimmtes Ziel durch die Gassen von Gamla Stan, und landete wie so oft schließlich auf dem Stortorget. Sie setzte sich auf eine Bank mitten auf dem Platz und betrachtete das Treiben. Eine Gruppe Chinesen machte, mit dem Dom im Hintergrund, Fotos voneinander, und ein Mann mit gelangweilter Haltung benutzte einen Selfiestick, um sich selbst vor dem Börshuset zu verewigen.

Julia schielte zu den Chinesen hinüber, die anscheinend gar nicht genug Bilder von sich vor den bekanntesten Gebäuden in Gamla Stan bekommen konnten. Nicht das kleinste Kribbeln von Besorgnis tauchte in ihr auf.

Das Gefühl, dass etwas endgültig vorbei war, hinterließ eine gewisse Leere und Gelöstheit in ihrer Brust. Die Ereignisse am gestrigen Abend mit Bruce Li waren erschreckend und aufwühlend gewesen, aber gleichzeitig eine Art Finale der Geschichte, die mit dem Mittsommerfest begonnen hatte. Vielleicht hatte sie deswegen auch so gut schlafen können.

Ihre Gedanken wanderten vom Thema Schlaf zu ihrem Bett, und von dort aus unausweichlich zu Kim Ribbing. Julia horchte in sich hinein. Irgendwo in ihr loderte immer noch eine Flamme, aber Julia wusste nicht, ob Kim sich daran wärmen wollte oder fürchtete, sich daran zu verbrennen. Wollte er die Flamme nähren oder gar ersticken? Julia seufzte, als sie sich an ihren Übergriff auf Tärnö erinnerte. Hatte sich seitdem etwas verändert?

Das Weiche in Julias Brust wurde von einer vagen Unruhe

verdrängt, sodass sie schließlich von der Bank aufstand und eine Runde um den Marktplatz ging. Wenn sie auch offenkundig trotz des Vorfalls mit Bruce Li nicht an Sinophobie litt – der alten Angst und Abneigung gegenüber allem, was chinesisch war –, so hatte eine andere und sehr viel modernere Angst ihre Klauen in sie geschlagen: die *Nomophobie*, die Angst davor, in ein Funkloch zu geraten oder ohne ihr Handy unterwegs zu sein. Es hatte sich gut angefühlt, als sie ihre Wohnung verlassen hatte, doch jetzt schlug ihre Sorge in Nervosität um. Sie bog in die Svartmangatan ab, und als sie die Deutsche Kirche hinter sich ließ, wurden ihre Schritte immer ausgreifender.

Das war natürlich Unsinn, aber sie wurde von einem ähnlichen gespenstischen Gefühl wie in Olle Helanders verwaistem Büro heimgesucht. Was man *Intuition* nannte, war eigentlich nur die unbewusste logische Verknüpfung bekannter Variablen, die zu einem Schluss führte, der wie eine Art Omen wirkte. Und eben weil das unbewusst geschah, hatte Julia keine Ahnung, weshalb sie plötzlich nach Hause rannte.

Sobald Julia ihre Wohnung betrat und das Handy aufhob, sah sie, dass ihre Empfindungen alles andere als Unsinn gewesen waren. Sie hatte eine Mitteilung von Moebius bekommen, die lautete: »KIM SCHLÄGT ALARM! 59.136650, 11.414687 BEWEGT SICH SCHNELL NACH WESTEN.« Dieser Information folgten mehrere Nachrichten mit neuen Koordinaten und die Bitte, Julia möge sofort zurückrufen oder schreiben.

Sie umklammerte das Handy und lief durchs Treppenhaus wieder nach draußen. Noch während sie immer zwei Stufen auf einmal nahm, rief sie Jonny Munther an.

11

Seit die Tür verschlossen wurde, waren ein paar Stunden vergangen. Kim Ribbing hatte ausreichend Zeit gehabt, sich vorzubereiten, bis sich erneut die scheppernden Schritte über den Gitterboden näherten. Er ließ die Hände über den Schwimmoverall wandern, den er übergezogen hatte, und umklammerte den Feuerlöscher.

Die Tür wurde aufgezogen, und hinter dem Entführer erschien der Pilot. Kim wurde von dem Licht geblendet, und der erste Mann konnte gerade noch einen norwegischen Fluch ausstoßen, bevor Kim die Löschpistole auf seinen Kopf gerichtet und abgedrückt hatte.

Der Feuerlöscher fauchte wie eine riesige Schlange, und der Mann stolperte rückwärts, als ihn der Schaumstrahl im Gesicht traf und in einen halben Schneemann verwandelte. Er klappte nach vorn und schlug sich schreiend die Hände vor das Gesicht.

Kim stieg an ihm vorbei und hinaus aufs Gitter. Der Pilot hielt sich die Hände schützend vor die Augen, was für Kim vollkommen okay war. Er ließ die Löschpistole los, griff den Feuerlöscher mit beiden Händen und schmetterte den schweren Eisenbehälter in den Schritt des Mannes. Der jaulte schmerzerfüllt auf und schob die Hände zwischen die Beine, bevor er nach vorne klappte und seinem Kollegen auf dem Boden Gesellschaft leistete.

Der Wind riss an Kims Haaren, als er den Feuerlöscher wegwarf und zum Hubschrauberlandeplatz lief. Seine Bewegungen wurden vom Schwimmoverall behindert, der mehrere Nummern zu groß war. Der Bereich, in dem sich vorhin die Arbeiter bewegt hatten, war jetzt leer. Als Kim sich umsah, entdeckte er Frode Moe, der hinter der Fensterscheibe eines Beobachtungsturms stand, von dem aus er wahrscheinlich Kims Seebestattung genießen wollte. Sein Mund war zu einem O geformt, und er hob gerade sein Handy ans Ohr.

Es war nicht unwahrscheinlich, dass noch andere hier in Frode Moes dunkle Machenschaften verwickelt waren. Schließlich war es kaum möglich, einen Öltanker für den weiteren Transport nach Kuba zu füllen, ohne dass mehrere Menschen daran beteiligt waren. Bald würden auch diejenigen, die gekommen waren, um ihn zu töten, wieder auf den Beinen sein, und Kim wusste nicht, ob sie bewaffnet waren. Er musste weg von hier. Und zwar jetzt.

Der Plan war klar. Als sie gelandet waren, war sein Blick an einem kleineren Schlauchboot mit dazugehörigem Außenbordmotor hängen geblieben, das an der Reling der Bohrinsel festgemacht war. Kim lief dorthin, während der Overall um seine Füße schlackerte und ihm der Wind um die Ohren pfiff. Nachdem er die Riemen gelöst hatte, die das Schlauchboot festhielten, schaute er kurz auf den Vorratsschuppen, in dem sie ihn eingesperrt hatten.

Beide Männer waren wieder auf den Beinen, Kims Entführer fasste sich mit einer Hand an den Hosenbund, während er sich mit der anderen den Schaum aus dem Gesicht wischte. Vermutlich war seine Sehkraft eingeschränkt, aber Kim bot auf dem offenen Deck eine grandiose Zielscheibe. Er hob das Schlauchboot hoch und blickte über die Reling. Das Meer, das sich schäumend an den massiven Pfeilern brach, lag mindestens zwanzig Meter unter ihm.

Fuck.

Hinter Kim knallte ein Schuss, und in der Luft klingelte es, nachdem die Kugel gegen die Reling geprallt war und als Querschläger über die See davonflog.

Fuck.

Kim holte tief Luft und hob das Schlauchboot über den Kopf, bis seine Arme vor Anstrengung zitterten. Dann kletterte er auf die Reling, dachte noch ein letztes Mal *fuck* und sprang hinaus. Wie erhofft griffen die aufwärts gerichteten Luftströme nach dem Schlauchboot und bremsten ein wenig seinen Fall, als er der weiß schäumenden Wasseroberfläche entgegenstürzte.

Das war möglicherweise das Wahnsinnigste, was er jemals getan hatte, und während Kim Ribbing neben den Pfeilern der Bohrinsel nach unten taumelte, erlebte er, wie die Zeit stehen blieb und so zäh wurde wie das Öl unter seinen Fußsohlen.

Er spürte den Wind im Gesicht und die Elastizität der Dollen aus Gummi, die er fest umklammert hielt, während er versuchte, das Schlauchboot weiter in seiner Position über seinem Kopf zu halten. Er sah die Sonne, die immer noch hoch am Himmel stand und eine glitzernde Decke aus Lichtflecken auf das tosende Wasser warf.

Neben den Pfeilern der Bohrinsel schimmerten regenbogenfarbene Ölflecken, die sich in Zeitlupe näherten. Die Flecken bewegten sich, änderten ihre Form, und Kim starrte gebannt darauf, als kurz das *Muster* aufblitzte, und plötzlich war ihm alles klar.

Die Ölbohrinsel repräsentierte das Viereck, der Bohrturm den gestreckten Rhombus. Der Öltanker, der danebenlag und seine Last aufnahm, war das Rechteck, und dann gab es noch den Kreis. Den hatte er nicht verstanden. Olof Helanders Drohne bildete den Kreis.

Der Unterschied zwischen dem angegebenen Wert und dem wirklichen Wert entstand, weil man mehr Öl förderte, als man angab. Bei dem angegebenen Wert handelte es sich wahrscheinlich um die Partikelkonzentration in der Luft. Aber hier ging der Wert nicht um die Belastung für die Umwelt. Olof Helander diente der Wert als Beweis dafür, dass Öl gefördert wurde. Vielleicht standen die Ziffern in der rechten Spalte für die Differenz an Barreln. Das hatte Olof Helander dann als Grundlage verwendet, um Frode Moe zu erpressen, und am Ende hatte der Norweger die Nase voll und bat seinen chinesischen Partner, das Problem für ihn zu lösen.

Kurz vor dem Aufprall löste sich das Muster auf, und Kim wurde sich bewusst, dass die Wasseroberfläche mit großer Geschwindigkeit näher kam. Er biss die Zähne zusammen und bereitete sich darauf vor.

Im letzten Augenblick nahm er noch einmal alle Kraft zusammen und schob das Schlauchboot unter sich. Vielleicht war das ein Fehler. Es prallte mit voller Wucht auf die Wasseroberfläche, und Kim wurde auf den Boden des Schlauchboots geschleudert. Trotz seines dicken Schwimmoveralls blieb ihm durch den Aufprall die Luft weg, und ihm wurde schwarz vor Augen, als er über den Rand geschleudert wurde.

Fu…

Kim schluckte kaltes Wasser, als sein betäubter Körper ins Meer fiel und sein Kopf unter die Oberfläche geriet. Er konnte kaum Arme und Beine bewegen, aber glücklicherweise hielt der Schwimmoverall ihn oben. Sein Kopf dröhnte wie eine Kirchenglocke, und er spürte, dass er kurz vor einer Ohnmacht stand. Das Schlauchboot hob und senkte sich in den Wellen und entfernte sich immer weiter von ihm.

Nein! Bitte nicht!

Kim schüttelte den Kopf und hustete das Meerwasser aus. Er nahm all seine Kräfte zusammen und konzentrierte sich auf seine Arme und Beine. Dann machte er einen Schwimmzug in Richtung Schlauchboot. Und noch einen. Obwohl er seine Arme nicht spürte, gelang es ihm, sie zu bewegen. Nach einem weiteren Schwimmzug warf er einen Arm über den Rand des Schlauchboots und zog sich hoch.

Er schaukelte in den Wellen, bis sich ihm der Magen umdrehte. Er spuckte über den Rand des Schlauchboots und lag danach ein paar Sekunden einfach nur regungslos da. Als er den Blick hob, sah er, dass ein größeres Schlauchboot gerade von der Bohrinsel ins Wasser heruntergelassen wurde.

Doublefuck.

Vermutlich hatte er keine Chance, aber aufgeben kam für ihn nicht infrage, wenn noch nicht alle Möglichkeiten ausgeschöpft waren. Kim inspizierte den kleinen Außenbordmotor, der am Heckspiegel des Schlauchboots befestigt war, und überlegte, wo er Treibstoff herbekäme. Kein Schlauch, kein Tank. Dann sah er den Tankdeckel im hinteren Teil des Motors und begriff, dass der Tank integriert war.

Er öffnete den Choke und zog an der Startleine. Als der Motor beim ersten Zug startete, drückt er den Choke wieder hinein und wendete das Boot, ausgehend vom Stand der Sonne, in die Richtung des Festlands.

Seine Lage war maximal aussichtslos. Sie waren vielleicht eine halbe Stunde über das Meer geflogen, und ein Hubschrauber flog mit einer Geschwindigkeit von bis zu dreihundert Kilometern pro Stunde. Also befanden sie sich ungefähr einhundertfünfzig Kilometer von der Küste entfernt. Er konnte froh sein, wenn das bisschen Treibstoff in dem kleinen Motor für ein Zehntel der Strecke langte. Darüber hinaus hatte das größere Boot mit dem stärkeren Motor schon den halben Weg von der Ölplattform hinunter zum Meer geschafft. Es war gelaufen.

Der Norwegerpulli gewinnt. Mist.

Das Schlauchboot wurde auf die Wellenkämme gehoben und stürzte dann wieder hinunter, wodurch Kim das Salzwasser ins Gesicht spritzte. Er wischte sich übers Gesicht und entdeckte auf- und ab tanzende Lichtpunkte. Kim kniff konzentriert die Augen zusammen. Die Lichtpunkte mussten irgendwie von dem anderen Boot erzeugt werden, sie wurden größer und größer.

Kim versuchte, einer Welle auszuweichen, die so hoch war, dass sie für einen Augenblick die Lichtpunkte verdeckte, und als das Schlauchboot ihren Kamm erreichte, hob es Kim von der Bank und er musste sich am Motor festhalten, damit er nicht über Bord ging. Der Motor heulte auf, als er aus dem Wasser gezogen wurde, und dann krachte das Schlauchboot auch schon wieder hinunter ins Wellental, was Kim bis in die Knochen spürte.

Die Lichtpunkte wuchsen und wurden zu Scheinwerfern. Insgesamt drei Stück, und nach einigen Sekunden hörte Kim durch das Tosen der Wellen das gleichmäßige Heulen mehrerer Hubschrauber, die sich näherten. Kim blickte über die Schulter und sah, dass das große Schlauchboot nicht weiter heruntergelassen wurde und ein paar Meter über der Wasseroberfläche hing.

Das Geräusch der Rotorblätter war jetzt direkt über Kim. Zwei norwegische Polizeihubschrauber flogen weiter zur Ölbohrinsel, während ein schwedischer zu ihm herabsank. Die Seitentür wurde aufgezogen, und ein wohlbekanntes Gesicht tauchte auf. Julias graue Haare peitschten und wirbelten um ihr Gesicht, als sie sich so weit herauslehnte, wie sie nur konnte. Kim lachte und schüttelte den Kopf.

Julia Malmros, back in the game.

12

Nachdem sie Jonny Munther die Lage erklärt hatte, nahm Julia Malmros das nächste Taxi nach Arlanda zur Hubschrauberbasis der Flugbereitschaft der schwedischen Polizei, wo der Kommissar nur wenige Minuten später mit einem Streifenwagen eintraf.

Jonny stellte den Nutzen und die Angemessenheit ihrer Gegenwart bei diesem Einsatz stark infrage, aber Julia hatte argumentiert, dass sie von ihrem Handy fortlaufend über Kim Ribbings Aufenthaltsort informiert wurde, und außerdem sei es nicht der richtige Zeitpunkt, über irgendwelche Regeln zu streiten. Es war auch nicht das erste Mal, dass Julia in einem Polizeihubschrauber mitflog, also gab der Kommissar nach, und eine Minute später waren sie in der Luft.

Nachdem Jonny nachdrücklich darauf hingewiesen hatte, dass Julia auf keinen Fall eingreifen dürfe, sondern nur als »Beraterin« an Bord sei, saß er eine Weile still am Fenster und starrte verbissen nach draußen, bevor er Kontakt zur norwegischen Polizei aufnahm. Der Hubschrauber war bereits eine gute halbe Stunde unterwegs gewesen, als Julia von Moebius über Kims endgültiges Ziel informiert wurde. Julia googelte die Koordinaten, und als sie feststellte, dass die irgendwo draußen in der Nordsee lagen, gab es für sie nur eine Erklärung.

»Kim ist auf einer Ölbohrinsel«, sagte Julia und googelte weiter. »Henrik Ibsen 3, wenn das stimmt, was hier steht.«

Julia verließ die Suchmaschine und tat etwas, das sie längst hätte tun sollen. Seit Moebius' erster Nachricht hatte sie die aktualisierten Koordinaten als eine *Funktion* betrachtet, sie kamen einfach herein und sie wertete sie aus. Jetzt schrieb sie endlich eine Antwort: »Gute Arbeit. Wir sind auf dem Weg. Danke. Drück uns die Daumen.«

Julia legte die Hand auf ihr Herz, das aus ihrer Brust zu springen drohte, seit sie in ihre Wohnung zurückgelaufen war. Es war über eine Stunde vergangen, seit Kim den GPS-Sender aktiviert hatte, und es waren immer noch mehr als zwei Stunden, bis sie die Bohrinsel erreichen würden. In dieser Zeit konnte alles Mögliche passieren.

Drei Stunden. Julia presste die Hände gegen ihre Brust, um sich zu beruhigen. Das Atmen fiel ihr schwer. Jonny hatte den Piloten angewiesen, so schnell wie möglich zu fliegen, und trotzdem fand Julia, dass die Landmasse unter ihr nur vorbeikroch. Jonny kommunizierte die meiste Zeit über mit der norwegischen Polizei, um sie vom Ernst der Lage zu überzeugen. Es war nicht ganz einfach, sie zu einem konzertierten Einsatz gegen König Frode zu bewegen.

Der Pilot peitschte den Hubschrauber so schnell voran, wie es die Treibstoffversorgung erlaubte, und als sie auf die norwegische Basis in Stavanger zum Tanken hinuntergingen, blinkten schon mehrere Warnleuchten. Während nachgetankt wurde, sprach sich Jonny mit den norwegischen Kollegen ab, die sich ihnen angeschlossen hatten. Fünf Minuten später konnten die drei Hubschrauber als versammelte Armada in das Zielgebiet Nordsee einfliegen.

Julia zählte die Sekunden. Kim war vollkommen allein mitten in diesem Nichts und befand sich in den Händen eines Mannes, der keine Skrupel kannte.

Als sie sich endlich der Henrik Ibsen 3 näherten, drückte Julia ihr Gesicht gegen die Scheibe und spähte zu der seelenlosen Stahlkonstruktion hinüber, die sich plötzlich in ihrer ganzen Grässlichkeit auftürmte, als wäre sie vom Himmel gefallen. Julias Blick glitt von der Bohrinsel auf das Meer hinaus, und sie schnappte nach Luft, als sie den orangefarbenen Fleck entdeckte, der auf den Wellen auf und ab sprang.

»Da!«, schrie sie in ihr Headset, sodass sich der Pilot an die Ohren fasste. »Dort, glaube ich … dort!«

Der Pilot senkte den Helikopter näher Richtung Meer, während die norwegischen Hubschrauber zur Bohrinsel weiterflogen. Als sie nur noch etwa zwanzig Meter entfernt waren, stellte Julia fest, dass in dem kleinen Schlauchboot dort unten tatsächlich Kim saß. Der Pilot ging noch ein paar Meter weiter runter, Julia kontrollierte, dass ihr Sicherheitsgurt fest saß, und zog die Tür auf.

»Julia, verdammt«, rief Jonny. »Du kannst doch nicht …«

Julia sah Kim in die Augen, während seine Lippen ein paar Worte formten, und trotz der widrigen Umstände glaubte sie, ein Blitzen in seinen Augen zu erkennen.

»Wir müssen ihn hochholen«, sagte Julia zu dem Piloten.

»Wir haben keine Ausrüstung für Außenbergungen«, antwortete er.

»Geh einfach runter, so weit du kannst«, sagte Julia. »Ich hole ihn.«

Julia wurde am Sicherheitsgurt nach hinten gezogen. »Jetzt beruhige dich mal, Julia!«, rief Jonny und winkte mit dem Handy. »Ich rufe die norwegische Seerettung an, und die können dann mit dem richtigen Equipment kommen, sobald …«

Falls die Seerettung nicht irgendwo in der Nähe kreuzte, und das war eher unwahrscheinlich, würde es Stunden dauern, bis sie diesen Ort erreichten. Kims Boot, das auf den Wellen herumhüpfte, wäre bis dahin vermutlich gekentert. Julia griff auf ihre altbewährte Methode zurück und drückte die Zeigefinger knapp unter Jonnys Brustkorb in dessen Bauch. Er stieß eine Mischung aus Keuchen und Kichern aus und ließ Julias Gurt los.

Julia schob ihn weg und lehnte sich nach draußen, so weit es der Gurt zuließ, und es gelang ihr, das rechte Bein herauszuschwingen und den Fuß auf die Landungskufe zu stellen. Durch den Luftzug der Rotorblätter flatterten ihre Haare wild umher, als sie Kim die Hand entgegenstreckte, der aufstand und sich nur mit größter Mühe auf dem schaukelnden Boot halten konnte.

»Verdammt, verdammt, verdammt …«, hörte Julia den Piloten durch die Kopfhörer, während er den Hubschrauber einen weiteren Meter senkte, die Windstöße parierte und gleichzeitig mit höchster Präzision näher an Kims ausgestreckte Hand heran manövrierte.

»Was soll das, Julia!«, rief Jonny. »Ist er denn so verdammt wichtig für dich, dass du deswegen …« Er ruckte an Julias Gurt, aber ohne wirkliche Überzeugung, und sie dachte: *Ja, so wichtig ist er.*

Der Hubschrauber wurde seitlich von einer kräftigen Bö erfasst, sodass er sich querlegte. Julias Hand schoss noch ein paar Zentimeter nach unten, bis ihre Finger Kims berührten. Sekunden später schlossen sich ihre Finger um die Handgelenke des anderen.

Sie biss die Zähne aufeinander und meinte Amalgam zu schmecken, als sie so fest zog, wie sie nur konnte. Der Schwimmoverall, den Kim trug, machte ihn schwerer, aber Julia bekam unerwartet von einer Welle Hilfe, die ihn hochhob. Kim nutzte den Impuls, sprang vom Boot und schlang ein Knie um die Landungskufe. Julia streckte auch die andere Hand aus, und als Kim sie packte, zog sie ihn mit einem Ruck herauf, sodass Kim in den Hubschrauber fiel und zusammenbrach.

»Jesus, Maria und Josef«, sagte der Pilot und stieg auf eine weniger lebensgefährliche Höhe, während Julia die Tür zuzog.

Julia streichelte Kims Rücken und fragte: »Bist du okay? Wie geht es dir?«

»Den Verhältnissen entsprechend gut«, antwortete Kim und zog sich auf den Sitz neben Julias. Mit einem Nicken grüßte er Jonny, der irgendetwas brummte und den Kopf schüttelte.

Durch Julias Kreislauf pumpte weiter Adrenalin, und als Kim ihm das Gesicht zuwandte, legte sie die Hände auf seine Wangen und zog ihn zu sich heran. Im ersten Moment waren seine Lippen kühl und unwillig. Doch dann wurde Kims Mund weich, und er erwiderte ihren Kuss. Eine Wolke aus roter Wärme breitete sich in Julias Körper aus.

»Großer Gott«, grummelte Jonny. »Nehmt euch ein Zimmer.«

Kim löste sich behutsam von Julia und sagte: »Kein Problem. Ich habe ein ganzes Haus.«

Epilog

1

Es war nach zehn Uhr morgens, als Julia Malmros in Kim Ribbings großzügigem Hästen-Bett erwachte. Kim war bereits aufgestanden, und aus der Küche drang der Duft von Kaffee herüber. Am vorhergehenden Abend hatten sie noch lange zusammengesessen und erzählt, Wein getrunken und einander schließlich geliebt. Immer noch schien sich Kims Körper zu Beginn gegen diese Art von Nähe zu sperren, was allerdings nachließ, wenn seine Lust erwachte.

Julia sah sich in dem Zimmer um, das eigenartig eingerichtet war. Die beiden Einrichtungsfirmen, die Jenny Martling beauftragt hatte, waren sich nicht einig gewesen und hatten sich geweigert, ihre jeweiligen Vorstellungen abzusprechen. Das hatte dazu geführt, dass sie beide loslegten, wie sie wollten. Im Schlafzimmer gab es beispielsweise eine antike Seemannskiste von Bukowski neben einem kugelrunden Siebzigerjahre-Sessel aus Plastik, und zwischen den beiden stand eine Stehlampe, die allem Anschein nach aus einem Raumfahrzeug gestohlen war.

Julia hatte vorsichtig angedeutet, das Haus sähe aus, als wäre es von einem Fünfjährigen mit ein paar Millionen auf dem Konto eingerichtet worden, und Kim hatte nur mit den Schultern gezuckt. »Und? Es sind doch nur Möbel.« Seit sie aus Norwegen zurückgekehrt waren, hatte Julia einige Zeit in der Villa verbracht und sich allmählich daran gewöhnt. Das Haus war ebenso schillernd und widersprüchlich wie sein Besitzer, also war es vielleicht doch konsequent.

Die norwegische Polizei hatte Frode Moe verhaftet, als dieser gerade in seinen Hubschrauber steigen wollte. Kims Zeugenaussage reichte vollkommen, um einen Haftbefehl für ihn und seine beiden Handlanger auszustellen. Sie befanden sich zurzeit in Untersuchungshaft in Oslo. Für Frode stand zuerst ein Prozess wegen Wirtschaftsdelikten in Norwegen an, bevor er wegen Anstiftung zum Mord in Schweden vor Gericht gestellt würde. Der Telefonverkehr zwischen ihm und Bruce Li würde den Norweger voraussichtlich belasten.

Julia schwang die Beine über die Bettkante und zog sich den Morgenrock über. Er gehörte zu den wenigen Dingen, denen Kim den »Einzug« in sein Haus gestattet hatte, wie er es ausdrückte. Sie hatten nie ein ernsthaftes Gespräch über ihre Beziehung geführt und wohin sie sich entwickelte, und vielleicht würden sie das ja auch niemals tun. Sie bestand, und das war alles.

Julia sah aus dem Fenster. Der Kaknästurm erhob sich einen knappen Kilometer entfernt über die Baumwipfel. Kims Villa lag am Lidovägen, lustigerweise nur ein paar Steinwürfe von der chinesischen Botschaft entfernt und mit dem Djurgården um die Ecke. Weil der frühere Hausherr sich während der Zeit, in der dieses Gebäude als Botschaft diente, keine eigene Residenz leisten konnte, hatte man für ihn eine Wohnung im zweiten Stock des Botschaftsgebäudes eingerichtet, und diese Wohnung hatte nun wiederum Kim neu ausstatten lassen, mit einer »Mischung aus Altem und Neuem«, wenn man zu diesem etwas beschönigenden Ausdruck greifen mochte.

Die ehemaligen Büros im Untergeschoss standen immer noch leer, und Julia begriff nicht, was Kim mit so viel ungenutzter Fläche wollte. Seine einzige Antwort auf die Frage war, dass er »die Bude mochte«. Vielleicht hatte der hohe schmiedeeiserne Zaun, der das Grundstück umgab, mit seinen nach wie vor funktionierenden Kameras den Ausschlag gegeben. Oder etwas ganz anderes.

Julia ging über den Parkettboden, auf dem Perserteppiche mit geometrischen Mustern um ausreichend Platz rangelten, und fand Kim mit einer Tasse Kaffee und seinem Notebook am Küchentisch.

»Guten Morgen«, sagte Julia.

»Hm-hm«, antwortete Kim. »Es gibt Kaffee.«

Julia schenkte sich selbst eine Tasse ein und fragte: »Hast du die Summe aufgegeben?«

»Welche Summe?«

»Die theologische?«

»Nach fünfhundert Seiten von Aquins *Summa theologica* hatte ich genug. Geschwätzig. Und Gott gibt es trotzdem nicht. Gerade interessiere ich mich mehr für diesen Ces. Jetzt hat er oder sie sich offensichtlich mit der Riksbanken eingelassen. Ziemlich beeindruckend, finde ich.«

Als Julia ihren Kaffee ausgetrunken hatte, kehrte sie in das Schlafzimmer zurück und zog sich ein dunkelblaues Kleid über. Um halb zwölf fand der Trauergottesdienst für Olof und Gabriella Helander auf dem Skogskyrkogården statt. Ob es Gott nun gab oder nicht, Julia wollte auf jeden Fall dabei sein, um ihrem Freund aus Kindertagen die letzte Ehre zu erweisen.

Als sie fertig angezogen war, folgte sie Kim die Treppe hinunter ins Erdgeschoss, ihre Schritte hallten durch die leeren Räume.

»Vielleicht könnte ich ja hier wohnen«, sagte Julia.

»Sehr witzig«, entgegnete Kim.

Julia hatte ihren Vorschlag ohnehin nicht ernst gemeint, fand es aber auf eine kindliche Weise belustigend, Kims Grenzen auszutesten. Er verabscheute alle Andeutungen, ihr Verhältnis zu formalisieren, und sobald Julia etwas in diese Richtung sagte, fuhr er seine Krallen aus.

Das Hochsommerwetter schien niemals enden zu wollen. Ein

weiterer Tag mit blauem Himmel, und kein Wölkchen in Sicht. Trotzdem war nichts vertrocknet. Ein Regenschauer hatte der Vegetation im Laufe der Nacht Leben geschenkt, und auf dem Grundstück duftete es nach frischem Gras.

Kim begleitete Julia den Kiesweg zum hohen schmiedeeisernen Tor hinunter. Er schloss auf, und es öffnete sich mit einem wehklagenden Knirschen. Nachdem sie sich mit einem Kuss verabschiedet hatten, machte Julia sich auf den Weg zur Bushaltestelle, und Kim kehrte ins Haus zurück.

Er war auf dem Weg zur Kellertür, die er mit einem Vorhängeschloss gesichert hatte, beschloss aber, dass *dieses* Projekt noch ein paar Stunden warten konnte. Stattdessen ging er in die Küche hinauf und schmierte sich ein Butterbrot. Dann widmete er sich wieder der Aufgabe, in das Patientenakten-System des Krankenhauses von Danderyd einzudringen.

2

Hunderte Trauergäste hatten sich in der Kapelle der Hoffnung versammelt, und Julia Malmros kam als eine der Letzten herein. Mehrere Köpfe drehten sich um, als sich die Tür hinter ihr schloss, darunter auch Astrid Helander in der ersten Reihe. Astrids Miene war verschlossen. Julia hob die Hand zu einem angedeuteten Gruß, und Astrid erwiderte ihn.

Julia glitt mit einem gewissen Gefühl der Erleichterung in eine der hinteren Bänke. In der vergangenen Woche hatten die Zeitungen eine ganze Menge von William King serviert bekommen und selbst noch einiges mehr herausgefunden. Olof Helanders Rolle in der Geschichte war inzwischen bekannt. Wie er mithilfe der Drohnen, die er von seinem Büro aus gesteuert hatte, Geld von Frode Moe erpresst hatte. Julia hatte erheblich zur Aufklärung des Falls beigetragen und befürchtet, dass Astrid wütend auf sie wäre. Vielleicht war sie auch wütend, aber zumindest hatte sie gegrüßt.

Zwei helle Holzsärge standen ganz vorn in der Kapelle nebeneinander, und Julia fragte sich, wie es Astrid wohl gerade ging. Dort zu sitzen und die Särge zu betrachten, in denen ihre Mutter und ihr Vater ruhten. Der Pfarrer sprach, Musik wurde gespielt, und einige der Angehörigen hielten Ansprachen, in denen Olof und Gabriella als großartige Menschen geschildert wurden. Weder die Gründe noch die Umstände ihres Tods wurden erwähnt.

Als es Zeit war, an den Särgen Abschied zu nehmen, stand Astrid als Erste vorn. Das Schluchzen und Schniefen wurde lauter, als Astrid auf jeden der Särge eine Rose legte. *Vollkommen allein.* Julia bekam einen Kloß im Hals, aber auch dieses Mal verriet Astrids Gesichtsausdruck wenig. Das Mädchen sah vor allem entschlossen aus.

Als alle Trauergäste an den Särgen vorbeigekommen waren, blieb Astrid auf ihrem Platz sitzen und nahm die nicht enden wollenden Beileidsbekundungen entgegen. Julia zögerte, ging schließlich aber nach vorn und stellte sich in die Schlange. Als sie nach zehn Minuten zu Astrid vorgedrungen war, sah das Mädchen blass und erschöpft aus und betrachtete Julia mit einem gleichgültigen Blick.

»Möchtest du überhaupt mit mir reden?«, fragte Julia.

Astrid zuckte mit den Schultern. »Solange du nicht zu heulen anfängst und mir erzählst, wie leid ich dir tue.«

»Nein, ich wollte vor allem sagen …, dass es mir leidtut, wie es mit Olof gelaufen ist. Auch in den Zeitungen und so.«

»Ich habe auch mitgeholfen«, sagte Astrid. »Mit dem iPad. Und außerdem war es ja vor allem Kim, oder?«

»Ja, vielleicht. Bist du böse auf ihn?«

»Nein. Ich werde ihn besuchen. Wenn das hier vorbei ist.«

»Einfach so?«

»Er hat mich angerufen. Und wollte, dass ich bei ihm vorbeikomme.«

»Oh, ihr steht also … aha.«

Astrid beugte sich vor und seufzte, als sie die lange Schlange hinter Julia betrachtete. »Wenn du mich bitte entschuldigst. Ich werde wohl noch mehr Mitleid entgegennehmen müssen.«

»Stimmt. Natürlich. Und … mein Beileid.«

Astrid nickte, und Julia machte Platz für den nächsten Trauernden. Astrid strahlte eine gewisse Ruhe und Stärke aus, wie sie da mit geradem Rücken in ihrem schwarzen Tüllkleid saß. Julia hoffte, dass sich alles gut für sie fügen würde, und wenn es nicht klappte, dann würde Astrid bestimmt selbst dafür sorgen. In gewisser Weise genauso wie Kim.

3

Kurz vor eins verließ Kim Ribbing sein Haus und trat auf den Lidovägen hinaus, der zur Bushaltestelle hinaufführte. Der schmale Weg wurde von Bäumen gesäumt, näher konnte man nicht am Wald wohnen, wenn man trotzdem mitten in Stockholm leben wollte. Abgesehen vom Ruderverein etwa hundert Meter weiter unten am Strand gab es hier kaum ein anderes Haus. Das gefiel Kim ausgezeichnet; sich in eine Nachbarschaft einzupassen, war nie sein Ding gewesen.

Astrid Helander kam um 13.05 Uhr mit der Buslinie 69 an. Ihre Frisur war Kims eigener nicht ganz unähnlich, und so ein schwarzes Tüllkleid hätte Kim als Jugendlicher in einer bestimmten Phase vermutlich auch getragen.

»Wie war die Beerdigung?«, fragte er.

»Es ging so.«

»Gut. Wollen wir gehen?«

Kim hatte Jonny gebeten, seine Mithilfe bei der Lösung der Mordfälle auf Knektholmen aus den Medien herauszuhalten, aber irgendwie war doch etwas durchgesickert, und er vermutete, dass die undichte Stelle William King hieß. Er tauchte in ein paar Berichten auf, und es stellte sich heraus, dass Astrid alle gelesen hatte. Während des ganzen Weges zum Haus bombardierte sie Kim mit Fragen, die er knapp und ehrlich beantwortete. Als Kim das Tor aufschloss, blieb Astrid stehen und starrte ihn an. »Shit, ernsthaft? Das hier gehört dir?«.

»Ja.«

»Wie denn das? Bist du etwa steinreich?«

»Ja. Aber das bist du doch auch?«

»Nicht so reich, und erst, wenn ich achtzehn bin. Wie bist du denn an das viele Geld gekommen?«

»Genau wie du. Geerbt.«

»Deine Eltern …«

»Tot. Alle sind tot.«

4

In dem Sommer vor Kims vierzehntem Geburtstag waren die Übergriffe seines Großvaters weniger barbarisch und unregelmäßiger. Nicht, weil er nicht wollte, sondern weil ihm die Kraft fehlte. Teils hatte das Alter den Grafen nach einem Leben voller Ausschweifungen eingeholt, und teils sorgte Kims immer stärker werdender Körper dafür, dass er ihm entwischte, indem er sich wegduckte, abtauchte, antäuschte oder ganz einfach fortlief.

In den vorangegangenen Jahren hatte Kim den Großteil seiner Freizeit mit dem Turnen verbracht. Er war Vierter bei der Landesmeisterschaft der Junioren geworden und wurde als Ersatz für die Juniorennationalmannschaft aufgestellt. Nur wenn er seinen Körper bis auf das Äußerste anstrengte und sich ganz auf den perfekten Salto oder die millimetergenaue Landung konzentrierte, legte sich das Chaos in seinem Inneren für einen kurzen Augenblick.

Nein, es gab noch eine Beschäftigung, die ihm vorübergehende Linderung schenkte, und der widmete er den Rest seiner Freizeit. Computer. Über Onlinespiele hatte Kim begonnen, das Internet in einer ganz bestimmten Absicht zu erforschen, und im Sommer 2006 war er endlich am Ziel. Er konnte das ausführen, was er sich schon lange vorgenommen hatte.

Die Sommerwochen auf Roshult waren immer mehr oder weniger die Horrorversion eines Versteckspiels zwischen ihm und dem Grafen gewesen. Der Großvater lauerte ihm auf und sprang ihn plötzlich an oder schwang eine Waffe in seine Richtung. Kim befand sich in ständiger Alarmbereitschaft. Inzwischen jedoch kam er so gut wie immer davon. Ein paar Wunden und blaue Flecken kas-

sierte er schon, aber es gelang dem Alten nicht mehr, ihn zu quälen. Kim vermutete, dass sein Großvater eigentlich gar nicht mehr so daran interessiert war, sondern ihm eher aus alter Gewohnheit nachstellte.

Anfang August kamen die Eltern zu Besuch. Kim hielt einen gebührenden Abstand, aber der Tonfall der Gespräche am Mittagstisch, der bis in den Garten drang, verriet ihm, dass die Privilegien der Eltern wohl in Gefahr waren, da der Graf nicht mehr dasselbe Vergnügen an den Sommerbesuchen hatte. Kim saß in einem Gartenstuhl und setzte ein Lächeln auf, das nicht mehr war als ein Hochziehen der Mundwinkel. Ihre Privilegien waren die kleinste Sorge seiner Eltern, aber davon ahnten sie noch nichts.

Nach dem Mittagessen war die Zeit für die traditionelle Bootsfahrt in dem sorgfältig gepflegten Holzkahn seines Großvaters gekommen. Kim hielt sich fern. Während der Ausflüge gab der Großvater sich zärtlich und liebevoll, als hätte er eine ganz normale Beziehung zu seinem Enkelkind. Die Eltern spielten bei der Scharade mit. Das war im Grunde das Widerwärtigste von allem.

Kim hatte sich in der Holunderlaube versteckt und sah die kleine Gruppe mit dem Großvater an der Spitze über den Rasen laufen, sie trugen allesamt altertümliche, orangefarbene Schwimmwesten. Er sah sie auf den Steg gehen und ins Boot steigen, hörte, wie der Glühkopfmotor knatternd ansprang, und beobachtete, wie der Kahn auf das stille Wasser des Hornsjön hinaustrieb.

Kim kehrte zum Haus und in den ehemaligen Ballsaal zurück, blieb eine Weile stehen und betrachtete das verhasste Pferd, das der Graf diesen Sommer bestimmt nicht abdecken würde. Wieder sah er den Großvater danebenstehen und hörte ihn glucksend »Im Galopp, im Galopp« rufen. Wieder spürte er den weiß glühenden Hass.

Kim wandte dem Pferd den Rücken zu, nahm den Richtermantel von dem Haken an der Wand und zog ihn an. Der Folteranzug des Großvaters reichte ihm bis zu den Fußgelenken, und das Gewicht auf seinen Schultern drückte seine Fußsohlen fest auf den Boden und gab ihm Halt und Kraft.

Kim kehrte in den Garten zurück, der Mantel strich über seine Waden. Er blieb mitten auf dem Rasen stehen, straffte seine Schultern, stand dort, zum See gewandt, wie eine Statue. Er wischte seine verschwitzten Hände an dem Schafswollrevers ab und zog sein Handy heraus, ein einfaches Nokia 1100.

Kim hatte zwei Jahre gebraucht, um die verborgenen Nischen des Internets zu durchsuchen und sich dort beibringen zu lassen, wie man einen kleineren Sprengkörper baut. Ein weiteres Jahr dauerte es, um an die Bestandteile für ein funktionsfähiges Exemplar zu kommen. In dieser Situation hatte er bereits so viele verlässliche Kontakte geknüpft, dass sich der ferngesteuerte Zünder als das geringste Problem erwies. Die Komponenten des handygesteuerten Zünders wurden ihm von einem gewissen Moebius *besorgt. Gegen Bezahlung natürlich.*

Besagte Bombe war jetzt mittels Haftmasse unter dem Benzintank des Boots befestigt. Es näherte sich der Mitte des Sees, wo er am tiefsten war. Kim flüsterte: »Im Galopp, im Galopp.« Dann wählte er eine bestimmte Nummer auf dem Handy. Die Druckwelle und Hitzestrahlung der Explosion breiteten sich aus über die Bucht, in der er sich sechs Jahre zuvor das Leben nehmen wollte, erreichten das Ufer und wärmten Kims Gesicht, während in seiner Seele etwas zerbrach.

5

Als Kim Ribbing und Astrid Helander durch die leeren Büros des Erdgeschosses gingen, bemerkte Astrid, dass es nicht viele Menschen gäbe, die eine eigene Rollschuhbahn hätten. Sie stiegen die Treppe hinauf, und Astrid ließ ein paar Kommentare über die Inneneinrichtung fallen, die sie *einfach viel zu übertrieben* fand.

»Es ist, als ob …, ich weiß nicht«, sagte Astrid. »Es ist wie eine Art *Krieg* zwischen den Möbeln. Sie stehen herum und glotzen einander an. *You lookin' at me?*, sagt das Sofa zum Tisch. Ich mag das.«

»Gut«, sagte Kim und ging zu einer Tür neben der Küche und öffnete sie. Astrid sah in einen spartanisch eingerichteten Raum, der nichts anderes enthielt als ein Bett, einen Schreibtisch mit Stuhl sowie einen Sessel mit Stehlampe. Ein großes Fenster öffnete die Aussicht auf den Wald.

»Ist das so eine Art Büro von dir?«, fragte Astrid.

»Nein«, sagte Kim. »Es ist deins.«

»Mein … Büro?«

»Nein. Dein Zimmer. Wenn du willst.«

Astrids ließ die Hände sinken und schaute Kim erstaunt an. »Wie …, ich meine, du …, soll ich …?«

»Du wohnst bei deinem Onkel, darfst aber so lange hier sein, wie du möchtest. Wenn du mehr Möbel brauchst, kaufe ich sie dir.«

»Aber … warum?«

»Du hast doch gesagt, dass du dich dort nicht wohlfühlst. Vielleicht fühlst du dich hier besser. Aber ich bin nicht dein Vater, und ich habe nicht vor …«

Weiter kam Kim nicht, da warf Astrid sich auch schon an seinen Hals und begann zu weinen. Kim tätschelte ihr ungeschickt den Rücken und sagte: »Ist schon okay. Alles ist gut.«

Unter Schluchzern bekam Astrid heraus: »Das hier ist das Netteste, was jemand in meinem Leben für mich gemacht hat.«

»Ich bin nicht nett, ich bin nur …, kannst du mich jetzt bitte loslassen?«

Astrids Lippen wanderten über Kims Wange und näherten sich seinem Mund. Kim schob sie vorsichtig weg und sagte: »Nein, Astrid, nein. Nicht so.«

»Aber ich dachte …«

»Dann musst du aufhören, das zu denken. Du bist ein Kind. Ich weiß nicht, vielleicht erkenne ich etwas von mir selbst in dir wieder, aber das ist auch alles. Mehr wird daraus nicht werden «

Astrid musste hicksen und sagte: »Ich bin ein kleines bisschen verliebt in dich.«

»Das geht bestimmt vorbei.«

Kim warf Astrid einen strengen Blick zu, als es so aussah, als hätte sie noch mehr Einwände. Dann nickte sie und rieb sich die Augen, sodass ihr Kajal verwischte, und ließ einen Seufzer hören. »Dann bedanke ich mich«, sagte sie mit erstickter Stimme. »Vielen herzlichen Dank. Du weißt gar nicht, was das für eine Erleichterung ist, hier … einen Ort zu haben, zu dem ich gehen kann.«

»Ich kann es mir vorstellen«, sagte Kim. »Ab übermorgen kannst du hier sein. Ich werde dir einen Schlüssel besorgen. Jetzt habe ich allerdings ein bisschen zu tun.«

Astrid inspizierte noch kurz ihr Zimmer, und Kim sah ihr an, wie sie sich ihr Leben darin vorzustellen versuchte. Sie blieb eine Weile in dem Raum und schaute aus dem Fenster, bevor sie sich wieder Kim zuwandte: »Jetzt kann es gut werden. Jetzt kann es tatsächlich gut werden. Bis jetzt habe ich das nicht geglaubt.«

6

Als Astrid Helander gegangen war, lief Kim Ribbing durch das leere Erdgeschoss zu der schmalen Tür in der ehemaligen Kaffeeküche, die mit einem robusten Vorhängeschloss gesichert war. Er nahm den Schlüssel von einem Haken an der Wand und schloss auf.

Eines der Details, die diese Immobilie für Kim attraktiv machten, war das ausgedehnte Kellergeschoss mit mehreren Räumen. Er schaltete das Licht an und stieg eine schmale Treppe hinunter, die auf dem feuchten Betonboden endete. Der Keller roch nach Schimmel und musste irgendwann saniert werden.

Kim bog nach links ab und ging zu dem Sahnehäubchen auf der Immobilientorte. Eine schwere Schiebetür aus Stahl und Blech, die derjenigen sehr ähnelte, die Leatherface im *The Texas Chain Saw Massacre* nach seinem ersten Hammermord hinter sich zuzieht. Gott weiß, was das Botschaftspersonal aus Haiti in diesem Raum mit den nackten Betonwänden angestellt hatte.

Kim öffnete ein weiteres Vorhängeschloss und musste seine ganze Kraft aufwenden, um die Tür zur Seite zu ziehen. Es knirschte unheilverkündend, als die schwere Metallplatte über eine rostige Schiene im Boden glitt. Kim drehte an einem Stromschalter hinter der Tür, und ein paar Neonröhren unter der Decke erwachten flackernd zum Leben.

Der Raum enthielt nicht mehr als eine Pritsche mit Lederriemen. Auf der Pritsche lag Dr. Martin Rudbeck, festgeschnallt, bekleidet nur mit T-Shirt und Unterhose. Der Raum stank nach Urin. Das war ein Detail, das er noch lösen musste. Der Schockdoktor blinzelte Kim an, und sein Mund verzog sich zu einer Grimasse, als er sagte: »Was haben Sie vor, Sie armer Mensch?«

»Wir werden jetzt reden, du und ich«, sagte Kim nüchtern. »Richtig reden. Nach meinem Großvater bist du der schlimmste Mensch, den ich jemals getroffen habe. Er lebt nicht mehr, aber jetzt habe ich ja dich.« Kim zog die Tür mit einem Krachen zu. Dann ging er zu Martin Rudbeck, beugte sich über ihn und sagte: »Ich will *verstehen.*«

— ENDE —